차라투스트라는 이렇게 말했다

프리드리히 니체

차라투스트라는 이렇게 말했다

모든 사람을 위한, 그러나 그 누구를 위한 것도 아닌 책

서문 레지널드 홀링데일

홍성광 옮김

팽귄 클래식 코리아

차라투스트라는 이렇게 말했다

1판 1쇄 발행 2009년 1월 9일
1판 32쇄 발행 2023년 4월 17일

지은이 | 프리드리히 니체 옮긴이 | 홍성광
발행인 | 이재진 단행본사업본부장 | 신동해 편집장 | 김경림
마케팅 | 최혜진 최지은 홍보 | 반여진 허지호 정지연
제작 | 정석훈 국제업무 | 김은정 김지민

브랜드 펭귄클래식코리아
주소 경기도 파주시 회동길 20 웅진씽크빅 단행본사업본부 펭귄클래식코리아
문의전화 031-956-7350(편집) 031-956-7127(마케팅)
홈페이지 www.wjbooks.co.kr
인스타그램 www.instagram.com/woongjin_readers
페이스북 https://www.facebook.com/woongjinreaders
블로그 blog.naver.com/wj_booking

발행처 ㈜웅진씽크빅
출판신고 1980년 3월 29일 제406-2007-000046호.

Penguin Classics Korea is the Joint Venture with Penguin Random House Ltd.
Penguin and the associated logo are registered and/or unregistered trademarks of
Penguin Random House Limited. Used with permission.
펭귄클래식코리아는 펭귄랜덤하우스와 제휴한 ㈜웅진씽크빅 단행본사업본부의 브랜드입니다. 펭귄 및 관련 로고는 펭귄랜덤하우스의 등록 상표입니다. 허가를 받아야만 사용할 수 있습니다.

이 책은 저작권법에 따라 보호받는 저작물이므로 무단 전재와 무단 복제를 금지하며, 책 내용의 전부 또는 일부를 이용하려면 저작권자와 ㈜웅진씽크빅의 서면 동의를 받아야 합니다.

한국어판 ⓒ 웅진씽크빅, 2009
서문 ⓒ 레지널드 홀링데일, 1961, 1969/펭귄랜덤하우스

ISBN 978-89-01-09159-4 04800
ISBN 978-89-01-08204-2 (세트)

• 잘못된 책은 구입하신 곳에서 바꾸어 드립니다.
• 책값은 뒤표지에 있습니다.

차례

서문 · 9

제1부

차라투스트라의 머리말 · 53

차라투스트라의 가르침 · 75

  세 단계 변화에 대하여 · 75
  덕을 가르치는 강의에 대하여 · 78
  저편의 세계를 믿는 자들에 대하여 · 82
  몸을 경멸하는 자들에 대하여 · 86
  환희와 열정에 대하여 · 89
  창백한 범죄자에 대하여 · 91
  읽기와 쓰기에 대하여 · 95
  산비탈의 나무에 대하여 · 97
  죽음을 설교하는 자들에 대하여 · 101
  전쟁과 전사들에 대하여 · 104
  새로운 우상에 대하여 · 107
  시장의 파리들에 대하여 · 111
  순결에 대하여 · 116
  벗에 대하여 · 118

천 개와 하나의 목표에 대하여 · 121
이웃 사랑에 대하여 · 124
창조하는 자의 길에 대하여 · 126
늙은 여자와 젊은 여자에 대하여 · 130
독사에게 물린 상처에 대하여 · 134
아이와 혼인에 대하여 · 136
홀가분한 죽음에 대하여 · 139
베푸는 덕에 대하여 · 143

제2부

거울을 지닌 아이 · 153
지극한 행복의 섬에서 · 157
동정하는 자들에 대하여 · 161
성직자들에 대하여 · 165
덕이 있는 자들에 대하여 · 168
천민에 대하여 · 173
타란툴라에 대하여 · 177
명성이 높은 철학자들에 대하여 · 181
밤의 노래 · 185
춤의 노래 · 188
무덤의 노래 · 192
자기 극복에 대하여 · 196
숭고한 자들에 대하여 · 201
교양의 나라에 대하여 · 205
순결한 인식에 대하여 · 208
학자들에 대하여 · 213

시인들에 대하여 · 216
큰 사건에 대하여 · 220
예언자 · 225
구원에 대하여 · 230
현명한 처세술에 대하여 · 237
가장 고요한 시간 · 242

제3부

방랑자 · 249
환영과 수수께끼에 대하여 · 253
원치 않는 행복에 대하여 · 261
해 뜨기 전에 · 265
작아지게 만드는 덕에 대하여 · 270
감람산에서 · 278
스쳐 지나감에 대하여 · 282
변절자들에 대하여 · 286
귀향 · 292
세 가지 악에 대하여 · 298
중력의 영에 대하여 · 304
낡은 서판과 새로운 서판에 대하여 · 310
건강을 회복하고 있는 자 · 337
위대한 동경에 대하여 · 346
또 다른 춤의 노래 · 350
일곱 개의 봉인 · 356

제4부 — 마지막 부

제물로 바친 꿀 · 363
도움을 청하는 외침 · 368
왕들과 나누는 대화 · 373
거머리 · 379
마술사 · 384
일자리를 잃음 · 393
더없이 추한 자 · 400
자진해서 거지가 된 자 · 407
그림자 · 413
정오 · 418
환영 인사 · 422
만찬 · 430
보다 높은 인간에 대하여 · 433
우울의 노래 · 447
학문에 대하여 · 454
사막의 딸들 사이에서 · 458
일깨움 · 466
나귀 축제 · 471
취한 자의 노래 · 476
조짐 · 487

작가 연보 · 492
옮긴이 주 · 495

서문

레지널드 홀링데일

1

『차라투스트라는 이렇게 말했다』의 독자가 맨 처음 주목하는 것, 심지어는 내용을 채 인지하기도 전에 주목하게 되는 것은 이 책의 서술 방식이다. 아니 더 정확히 말하자면 서술 방식의 과도함이다. 이 책의 가장 큰 단점은 바로 과도함이다. 이것이 얼마든지 용서할 수 있는 단점이라고 해서 단점이라는 사실 자체가 바뀌는 건 아니다. 공교롭게도 과도함은 니체의 이후 저작들에서는 찾아볼 수 없다. 이후 저작들에서는 진술의 간명함, 간결성, 직접성이 나타난다. 다른 어떤 독일 철학자도 근접할 수 없을 정도로 (그리고 어떤 분야의 작가도 필적할 수 없을 정도로) 말이다. 『차라투스트라는 이렇게 말했다』에서 수사적이고 웅변적인 것은 니체에게 부득이하고 차마 어쩌지 못하는 어떤 것이었으며, 그로 인해 벗어나게 되는 어떤 것이었음이 분명하다. 단어들, 메타포들, 등장인물들, 익살들의 분출은 곧 느낌의 분출을 암시한다. 여기서 우리가 해야 할 일은 왜 이런 분출이 필요하게 되었는지, 그리고 왜 꼭 이 시점(1883년 겨울)이었는지를 밝히고, 그리하여 이 위대하고도 기묘한 책이 실제로 무엇에 관한 것인지를 더 잘 이해하는 것이다.

2

(결론을 미리 이야기하자면) 『차라투스트라는 이렇게 말했다』는 오랫동안 지속된 지적 위기에 대한 해결책이다. '지적'이라는 단어를 오도하지 말자. 대다수의 사람들, 심지어 대다수의 철학자들과 달리, 니체는 현실을 감수하며 살듯 자기의 지적인 문제들을 감수하며 살았다. 그는 다른 남자들이 아내와 자식에 대해 감정적 연루를 경험하듯이, 그 문제들에 대해 비슷한 감정적 연루를 경험하였다. 사실상 이것이 그의 독특함의 표식이자, 그를 이해하는 실마리가 된다. 그는 유고로 출간된 몇몇 메모에서 지적 문제들이 무엇을 의미하는지를 명확히 밝히고 있다.

네 자신이 나와 반대된다고 느끼는 순간 너는 나의 입장을, 결과적으로 나의 논증들을 이해하는 걸 멈추게 된다! 너는 동일한 열정의 희생자가 되어야 한다!

나는 나 자신에 대한 가장 큰 불신을 불러일으키기를 원한다. 나는 오로지 내가 체험했던 것들에 대해서 말할 뿐, 머릿속에서 일어난 사건들만을 제시하지는 않을 것이다.

사람들은 자신의 육체와 영혼이 가진 가장 큰 문제들을 체험하기를 원해야 한다.

나는 항상 내 마음과 영혼을 다해 글을 써왔다. 나는 순전히 지성적이기만 한 문제들이 어떤 건지 알지 못한다.

너는 이러한 것들을 사유로 인식한다. 그러나 네 사유는 네 체험이 아니다. 사유는 체험의 메아리이며 후유증이다. 마차가 지나갈 때 네 방이 흔들리는 것처럼. 그러나 나는 마차에 앉아 있다. 그리고 종종 나는 마차 그 자체다.

이렇게 생각하는 사람에게 사유와 느낌, 지성과 열정 사이의 이분법은 확실히 사라진다. 그는 그의 사유들을 느낀다. 그는 하나의 관념과 사랑에 빠질 수 있다. 하나의 관념이 그를 병들게 할 수 있다.

니체의 조상은 루터교도였다. 대부분이 루터 교회에 소속되어 있었다. 그의 아버지와 외조부, 친조부 모두 루터교 목사였고, 그의 친조부는 주교의 직위에 해당하는 루터교 감독관이었다. 소년 시절 니체는 목사의 아들답게 신앙심이 매우 두터웠지만, 십 대 후반에는 신앙심을 잃었고 신학 공부를 포기했다. 그는 종교적 신앙을 어디에도 얽매이지 않은 철학적 사색으로 대체했으며, 종교로부터 거둬들인 맹렬한 관심을 거기에 쏟아부었다. 가족 사제관으로부터 벗어나는 길은 회의주의의 길이었다. 쇼펜하우어의 형이상학과 바그너의 음악은 우회로이자 종교의 대체물이었다. 1876년 여름 서른두 살 되던 해에 그는 회의주의의 길로 되돌아갔고, 일련의 아포리즘적 책들을 집필하기 시작했다. 이 책들은 19세기에 나타난 회의주의에서 어쩌면 가장 철저한 경로를 확립했던 것일 수 있다. 그는 1878년에는 『인간적인, 너무나 인간적인』을, 1879년에는 『다양한 의견과 격언들』을, 1880년에는 『방랑자와 그의 그림자』를, 1881년 6월에는 『아침놀』을 출간했다. 이 책들은 매우 광범위한 주제들에 대한 성찰을 담고 있긴 하지만 이 다섯 해 동안의 그의 사유의 지배적 경향은 의심의 여지 없이 분명하다. 그것은 인류가 자부심을 갖고 좋아하는 모든 개념들과 특성들을 누구도 좋아하지 않고 자부심을 갖지도 않는 몇몇 단순한 특성들로 분류하고, 후자 속에서 전자의 기원을 발견하는 것이다. 또한 그것은 도덕의 비도덕적 기초를 폭로함으로써 도덕성의 토대를 침식하고, 이성의 비이성적 기초를 폭로함으로써 이성의 토대를 침식하는 것이다. 그리고 '더 높은' 세계, 즉 형이상학적 세계가 현시한다고 하는 것들을 모두 인간적이고 현상적이며 심지어 동물적이기까지 한 세계의 관점에서 설명함으로써, 그 형이상학적인 세계를 폐기하는 것이다. 간단히 말해, 그의 사유의 지배적인 경향은 니힐리즘이다. 명랑한 어조, 문체의 아름다움, 언어 운용의 냉정함이 파괴가 일어나고 있다는 사실을 감출 수는 없다. 아무튼 그 사실은 니체 자신에게는 명백했다. 그리고 그의 모든 문제들 중에서 이것은 가장 중요하고 가장 절박한 것, 그가 가장 열정적으로 씨름했던 것이었다. 그는 인간성을 거의 전면적으로 탈가치화하게 되었다. 그리고 그는 그 당시로서는 그 운동을 중지시킬 어떤 방법도 발견할 수 없었기 때문에, 그에게 열려 있는 유일한 길을 따랐다. 그것을 극단으로까지 밀고 나아가는 길이다.

니체의 다음 책인 『즐거운 학문』의 전반부는 『아침놀』로 기획된 것이었다. 그러나 그것을 빼버린 것은 그가 『아침놀』이 너무 두꺼워져 버렸다고 생각했던 탓도 있지만, 그가 당시 사유하고 쓰고 있던 것의 격렬함이 더욱 고조되었던 탓도 있다는 점을 말해 두고 싶다. 그의 입장이 갖는 니힐리즘은 그제서야 솔직하게 표명된 것이다.

네 가지 오류. 인간은 그가 저지른 오류들에 의해 길러져 왔다. 첫째, 인간은 자신을 불완전하게 볼 수밖에 없었다. 둘째, 그는 스스로에게 가상의 특성들을 귀속시켰다. 셋째, 그는 동물과 자연과의 관계에서 잘못된 서열 속에 자신을 위치시켰다. 넷째, 그는 계속해서 가치들의 새로운 목록들을 고안했고, 잠깐 동안은 각 목록이 영원하고 절대적이라고 여겼다. 그래서 때로는 이런, 때로는 저런 인간의 충동과 상태가 첫 번째 자리를 차지했으며 이 가치 평가의 결과로 고귀한 것이 되었다. 이 네 가지 오류들의 효과를 제외시킨다면 인간성과 인간다움 및 '인간 존엄성'도 제외시키는 게 될 것이다.(115)

니체는 '진리'라는 게 발견될 수 있기나 한 것인지, 또는 오류는 인류에게 부득이한 것은 아닌지 하는 문제를 더 당당하게 직시하고 더 절박하게 논의한다.

삶은 논증이 아니다. 우리는 우리 자신을 위해 우리가 살아갈 수 있는 하나의 세계를 배치해 왔다.——물체, 선, 면, 원인과 결과, 운동과 정지, 형식과 내용이라는 공준(公準)들로써 말이다. 이런 믿음의 조항들이 없다면 이제 누구도 살아갈 수 없을 것이다! 그러나 그렇다고 그것들이 입증되고 증명되었다는 말은 아니다. 삶은 논증이 아니다. 삶의 조건들 가운데에는 오류가 있을 수 있다.(121)

그는 이런 논증선 상의 최종 단계로 보이는 것에 도달한다.

궁극적 회의주의. 그렇다면 결국 인간의 진리는 무엇인가?——그것은 인간의 반박할 수 없는 오류들이다.(265)

세계는 무의미하고 혼돈스러운 것이라는 그의 관념이 매듭지어졌다. 신은 죽었다는 것이 유명한 구절에서 고지된다.

광인. 그대들은 밝은 아침나절에 등불을 켠 채로 장터로 달려가면서 끊임없이 "나는 신을 찾고 있노라! 신을 찾고 있노라!"라고 외치는 저 광인에 대해 들어본 적이 없는가? 신을 믿지 않는 이들이 그곳에 많이 모여 있었기 때문에 그는 큰 웃음거리가 되었다. 그렇다면 너는 신을 잃었단 말이냐? 누군가 말했다. 신이 아이처럼 길을 잃었다는 거냐? 다른 누군가가 말했다. 아니면 신이 숨어 있다는 거냐? 우리를 두려워해서? 신이 항해를 떠났다는 거냐? 아니면 이민을?——이렇듯 그들은 떠들어대며 웃었다. 광인은 그들 한가운데로 뛰어들어 그들을 뚫어져라 쳐다보았다. "신이 어디로 갔느냐고? 너희들에게 말하겠노라! 우리가 신을 죽였다.——너희들과 내가! 우리 모두 신의 살해자다! 하지만 우리가 어떻게 이 일을 저질렀을까? 우리가 어떻게 바닷물을 다 마셔버릴 수 있단 말인가? 누가 우리에게 지평선 전체를 지워버릴 수 있는 스펀지를 주었을까? 태양에 묶인 지구의 사슬을 풀어버렸을 때 우리는 무슨 짓을 한 것일까? 이제 지구는 어디로 가고 있는가? 지금 우리는 어디를 향해 가고 있는 것일까? 모든 태양들로부터 멀어지는가? 우리는 영원히 추락하고 있는 것이 아닐까? 위로, 옆으로, 앞으로, 모든 방향으로? 위든 아래든 남아 있기나 한가? 무한한 허무를 통과하듯 헤매고 있는 것은 아닐까? 우리는 허공의 입김을 느끼고 있는 건 아닐까? 더 추워지고 있는 건 아닐까? 밤이 점점 더 모든 시간을 덮쳐 오는 건 아닐까? 아침에도 등불을 밝혀야 하는 건 아닐까? 우리는 신을 파묻고 있는 인부들의 소리를 전혀 듣지 못하고 있는 건가? 신의 시체가 부패하는 냄새가 나지 않는가?――신들도 부패한다! 신은 죽었다! 신은 죽은 채로 있다. 그리고 우리가 신을 죽였다! 살해자 중의 살해자인 우리는 어떻게 우리 자신을 위로할 것인가? 지금까지 세상에 존재했던 그 무엇보다도 신성하고 강한 것이 우리의 칼 아래 피를 흘리며 죽었다. ――누가 우리에게 묻은 피를 닦아줄 것인가? 우리는 어떤 물로 우리를 깨끗이 씻을 것인가? 어떤 속죄의 제의들을, 신성한 제전들을 고안해야 할 것인가? 이 행위의 위대성은 우리가 감당하기에는 너무 큰 것이 아닐까? 그 일을 하기에 손색이 없는 것처럼 보이기 위해서라도 우리는 스스로 신이 되어야 하는 것 아닐까? 이보다 더 위대한 행위는 없었다. ――우리 뒤에 태어날 자는 누구든 이 행위를 위해서 지금까지의 전 역사보다도 더 높은 역사에 속하게 될 것이다."(125)

신이 존재하지 않을 뿐만 아니라 질서를 부여하는 다른 어떤 원리도 존재하지 않는다.

경계하자! 이 세계가 살아 있는 존재라고 생각하는 것을 경계하자. 그것이 어디로 퍼져간단 말인가? 그것이 무엇으로 자신을 키운단 말인가? 그것이 어떻게 성장하고 번식할 수 있다는 말인가? 우리는 사실 유기체가 무엇인지 대략 알고 있다. 그런데도 이 우주를 유기체라고 부르는 자들처럼, 단지 지구의 표면에서만 지각될 뿐인 지극히 파생적이고 뒤늦게 생겨났고 희귀하고 우연적인 것을 본질적이고 보편적이고 영원한 것으로 재해석해야 한단 말인가? 나는 그런 짓이 구역질 난다. 우주가 하나의 기계라고 믿는 것을 경계하자. 우주는 어떤 작업을 수행하기 위해 구성된 것이 아니다. '기계'라는 말은 우주에 대해 지나치게 큰 경의를 표하는 것이다. 우리 이웃 행성들의 주기적 운동처럼 질서정연한 무언가가 일반적이고 보편적인 상태라고 전제하는 것을 경계하자. 은하수를 한번 쳐다보는 것만으로도, 거기에는 훨씬 더 조야하고 모순적인 운동이 존재하는 건 아닌가 하는 의심이 생겨난다. 영원히 수직 궤도를 그리는 별들이나 그와 유사한 것들처럼 말이다. 우리가 살고 있는 별의 질서는 예외다. 이 질서와 그것을 조건으로 하는 외견상의 영속성은 예외 중의 예외인 유기체의 형성에 의해 가능해진다. 반면에 이 세계의 전체적 본성은 영원히 카오스다. 필연성이 결여되어 있다는 의미에서가 아니라, 질서, 구조, 형식, 미, 지혜 및 우리가 가질 수 있는 인간의 다른 심미적 개념들이 모두 결여되어 있다는 의미에서 그러하다. 이성의 관점에서 판단하건대, 실패한 사례들이 단연 규칙이며, 예외들은 은밀한 목표가 아니다. 이 장치 전체는 결코 멜로디라고 부를 수 없는 그것의 주제를 몇 번이고 되풀이하면서 영원히 반복한다. ── 결국 '실패한 사례'라는 용어조차도 이미 비난의 의미를 담고 있는 인간화다. 그러나 우리가 어떻게 감히 우주를 비난하거나 찬양할 수 있겠는가! 우주에 무정함, 비합리성, 또는 그 반대되는 말들을 부여하는 것을 경계하자. 우주는 완벽하지도 아름답지도 고귀하지도 않으며, 그렇게 되려는 욕망도 없다. 우주는 결코 인간을 모방하려고 애쓰지 않는다! 그것은 우리의 어떤 심미적 판단과 도덕적 판단에도 좌우되지 않는다! 마찬가지로 우주는 자기 보존의 충동은 물론이고 어떤 종류의 충동도 갖지 않는다. 그것은 어떤 법칙도 알지 못한다. 자연에 법칙이 있다고 말하는 것을 경계하자. 오직 필연성만이 있을 뿐이다. 자연에는 명령하는 자도 복종하는 자도 위반하는 자도 없다. ……죽음이 삶에 대립되는 것이라고 말하는 것을 경계하자. 살아 있는 존재는 사자(死者)의 한 종일 뿐이며, 그것도 매우 희귀한 종이다.(109)

이 구절들과 이와 유사한 많은 구절들은 『즐거운 학문』의 본래 판본을 구성하는 네 권 중 앞의 세 권에 실려 있다. 내가 보기에 이 구절들은 니체가 자기 조상들의 신앙을 저버리고 홀로 떠날 때 출발했던 길의 종착지를 표시해 주는 것 같다. 그가, 그가 아닌 누구든 이 방향으로 어떻게 더 나갈 수 있겠는가! 그가 다른 어떤 방향을 발견하지 못했다면, 그는 이 시기에 ─ 1881년 후반에 ─ 그의 종착역에 다다랐을 것이다. 그의 지적 위기를 구성한 것도 그의 이러한 인식이며, 『차라투스트라는 이렇게 말했다』는 그 위기에 대한 해결책이다.

3

이제 니체의 저자로서의 또 다른 면모를 살펴볼 차례다. 근대 유럽에 국한해서 보면 그는 정신의 오래 묵은 습성과 도덕적 편견들을 타파하는 데 대단히 선구적인 사람이었다. 더욱이 그가 의욕적으로 활동하던 시기에 그의 책은 거의 읽히지 않았기 때문에, 그는 지나칠 정도로 자기 스스로의 주석가이자 비평가가 되어야만 했다. 그의 저작에는 이런 사실로부터 곧장 유래하는 한 가지 요소가 있다. 독자들은 종종 하나가 아닌 두 개의 목소리를 듣게 된다. 한 목소리로는 어떤 주장을 단호히 내세우고, 다른 목소리로는 이의를 제기하거나 수정을 가한다. 혹은 동일한 전제들로부터 한 목소리는 우울한 결론을 이끌어내고, 다른 목소리는 행복한 결론을 끌어낸다. 두 번째 목소리의 중요한 임무 중 하나는 진행 중인 모든 파괴가 단지 새로운 건설을 위해 없어서는 안 될 사전 준비이자 선행 조건일 수 있음을 그 책들의 전략적 지점에서 넌지시 암시하는 것이다. 이 구절들 가운데 가장 웅변적이고 의미를 명료하게 드러내는 것은 『아침놀』 말미에 위치한 구절이다.

우리, 정신의 비행사들! 멀리까지, 가장 멀리까지 날아가는 이 모든 용감한 새들 ──그들은 어디선가 더는 나아갈 수 없어 돛대나 황량한 절벽 사면에 내려앉을 것이다. 그건 확실하다!── 심지어 이 비참한 숙소에 감사하면서! 그러나 그들 앞에 광대하게 열려 있는 공간이 없다고, 그들이 날 수 있는 최대한을 날았다고 누가 감히 추론할 수 있으리오! 우리의 모든 위대한 스승과 선구자들은 결국 멈춰 섰다……. 나도 그대도 그렇게 될 것이다! 그러나 그것이 나와 그대에게 뭐가 중요한가! 다른 새들은 더 멀리 날 것이다! 우리의 이러한 통찰과 믿음은 그들과 우열을 다투면서 멀리 그리고 높이 날아간다. 그것은 우리 머리 위로, 우리의 무기력함 위로 솟구쳐 올라 상공에 다다른다. 그곳에서 그것은 먼 곳을 내려다보고 우리보다도 훨씬 더 강한, 우리보다도 훨씬 더 분투하는 새들의 무리가 그 앞에 있음을 본다. 그곳에서 모든 것은 바다, 바다, 바다다!──그렇다면 우리는 대체 어디로 날아가려는가? 바다를 가로지르려는 것인가? 이 강력한 열망은 우리를 어디로 데려갈까? 우리에게 어떤 쾌락보다도 더 가치 있는 이 열망은 말이다. 그것도 하필이면 왜 이 방향인가? 인류의 모든 태양이 침몰했던 그곳을 향해서 말이다. 언젠가 사람들은 우리에 대해 이렇게 말하지 않을까? 우리는 서쪽으로 향하면서 인도에 다다르기를 희망했다고.──그러나 무한(無限)에 맞서다 좌초되는 것이 우리의 운명이었다고! 그렇지 않은가, 나의 형제들이여? 그렇지 않은가?(575)

이것은 대담한 소리를 낸다. 그리고 그 소리가 표현하는 느낌──활짝 열려야 할 새로운 세계들이 있다는 느낌──이 1881년 이후로 점점 더 강해졌다. 1881년 8월 14일 니체는 페터 가스트에게 보내는 편지에서 다음과 같이 쓰고 있다. "관념들이 내 지평선 위로 떠올랐다네. 나는 이전에는 그와 유사한 것들을 결코 보지 못했지……. 난 반드시 몇 년 더 살아야 할 것 같다네! ……나의 이 강렬한 느낌들은 나를 소름끼치게 만들고 또 웃게 만들지.──나는 두어 번 눈이 충혈되었다는 바보 같은 이유 때문에 방을 나갈 수 없었어. ……매번 그 전날 산책하면서 너무 울었기 때문이지. 감상적인 눈물이 아니라 기쁨의 눈물이었다네. 나는 울면서 노래했고 무의미한 말을 중얼거렸지. 새로운 비전으로 가득 차서……."

이것은 아주 새로운 기록은 아니지만 그 강렬함은 새로운 것이고, 언급된 그 '관념들' 역시 새롭고도 새롭다. 그것들은 지난 오 년간의 니힐리즘적 결론들 중 어떤 것도 철회하지 않으면서도 그것들을 넘어서려는 직접적 시도라는 점에서 그러하다.

『즐거운 학문』의 4권은 니체가 가고 있는 길을 가리키는 이정표다. 언제나 중요한 날짜들에 영향을 받는 그는 1882년 새해에 대해 쓴 구절로 4권을 시작한다.

> 새해에 대해. 나는 아직 살아 있고, 나는 아직 생각한다. 나는 계속 살아야만 한다. 계속 생각해야 하므로. 나는 존재한다, 고로 나는 생각한다. 나는 생각한다, 고로 나는 존재한다.(Sum, ergo cogito: cogito, ergo sum.) 새해 첫날인 오늘 모든 사람에게는 자신의 소망과 자신의 가장 소중한 생각을 표현할 기회가 주어진다. 그래서 나 역시도 오늘 내가 나 스스로에게 바라는 바를, 그리고 올해 처음으로 맹세한 것이 어떤 생각이었는지를 말하고 싶다. ──어떤 생각이 앞으로의 내 삶의 토대이자 보증인이자 감미로움이 될 것인지를! 나는 사물들에 있어서 필연적인 것을 그것들의 아름다움으로 보는 법을 더욱더 터득하고 싶다. ──그리하여 나는 사물들을 아름답게 만드는 사람 중의 하나가 될 것이다. 네 운명을 사랑하라.(Amor fati.) ──지금부터는 이것이 나의 사랑이 될 것이다! 나는 추한 것과 전쟁을 벌이고 싶지 않다. 나는 비난하고 싶지도 않다. 심지어 나를 비난하는 자들까지도. 눈길을 돌리는 것이 나의 유일한 부정의 형식이 될 것이다! 그리고 무엇보다도 소중한 것. ──앞으로 나는 언제나 긍정하는 자(ein Ja-sagender)가 되기를 원한다!(276)

그의 본성에 있던 니힐리즘적인 모든 것에 대한 이러한 도전이 있고 난 얼마 뒤 행동과 투쟁과 적극적 참여에의 요구가 잇따른다. 그것은 그가 창조해 낸 문구들 중 가장 유명한 문구 중 하나로 표현된다. ──사실 그의 전 저작을 통해 가장 유명한 문구일지도 모른다.

　무엇보다도 용맹함을 다시 영예로운 것으로 만들어줄 더 남성적이고 호전적인 세대가 오고 있음을 보여 주는 모든 징후들을 나는 환영한다! 그 세대는 한층 더 고귀한 세대를 위해 길을 열어주고 그 고귀한 세대가 언젠가 필요로 하게 될 힘을 결집시킬 것이기 때문이다.──그 세대는 영웅주의를 인식으로까지 확대하고, 관념들과 그것들의 결과물들을 위해 전쟁을 벌일 것이다. 그 때문에 지금 용감한 선구자들이 많이 필요하다……. 묵묵하게, 고독하게, 단호하게 있는 법을 아는 사람들. 이들은…… 모든 것 속에서 그들이 극복해야 할 것을 찾는 타고난 성향의 사람들이다. 명랑함, 인내심, 순박함을 지니고 있고, 패자들의 작은 허영에 대해 승자의 관대함과 관용을 베푸는 꼭 그만큼 커다란 허영에 대해서는 경멸감을 갖는 사람들. ……자기들 스스로의 축제일, 노동의 날들, 애도의 날들을 가지고 있으며 명령하는 일이 익숙하고 자신 있을 뿐만 아니라, 필요할 경우에는 똑같이 복종할 준비가 되어 있고, 이런저런 일들에 똑같이 긍지를 느끼며, 자신의 대의를 위해 똑같이 헌신하는 사람들. 더 위태로운 사람들, 더 많은 결실을 내는 사람들, 더 행복한 사람들! 왜냐하면──나를 믿어라!──실존의 가장 큰 결실과 가장 큰 향락을 얻기 위한 비결은 이것이기 때문이다. 위험하게 살아가기! 그대들의 도시를 베수비오 화산의 비탈 뒤에 세워라! 그대들의 배를 지도에도 없는 바다로 내보내라! 그대들과 동등한 자들, 그리고 그대들 자신과 투쟁하면서 살아가라! 그대 인식하는 자들이여, 지배자와 소유자가 될 수 없다면 약탈자와 파괴자가 되어라! (283)

인류가 갖게 될지도 모를 새로운 인간 이미지가 출현하기 시작한다.

더욱더 높이(Excelsior)! "그대는 다시는 기도하지 않으리라. 다시는 숭배하지 않으리라. 다시는 무한한 신뢰 속에 안주하지 않으리라. ──그대는 궁극적 지혜, 궁극적인 선, 궁극적 힘 앞에서 머뭇거리는 것을 거부한다. ──그대의 일곱 가지 고독을 위한 수호자나 친구도 없다. ……그대에게는 보상자나 보답자도 더 이상 없다. ──벌어지는 일에는 이제 어떤 이유도 없고, 그대에게 일어나는 일에는 이제 어떤 사랑도 없다. ──그대의 가슴을 향해 열려 있는 안식처도 더 이상 없다. 우연히 발견하는 일만 할 뿐 더 이상 찾아다니는 일은 하지 않아도 되는 그런 곳 말이다. 그대는 어떤 종류의 궁극적 평화에도 저항하고, 전쟁과 평화의 영원한 회귀를 원한다. ──체념의 인간이여, 그대는 이 모든 것 안에서 체념하려 하는가? 누가 그대에게 그럴 수 있는 힘을 주겠는가? 아직까지는 누구도 이런 힘을 갖지 못했다!' ──호수가 하나 있다. 그 호수는 어느 날 흘러가기를 거부하고, 그것이 이전에 흘러가던 곳에 급히 둑을 쌓았다. 그 후 이 호수의 수위는 점점 더 높아져 갔다. 저 체념은 체념 자체를 견딜 수 있는 힘을 우리에게 줄 것이다. 아마도 인간은 더 이상 신에게로 흘러가지 않는 바로 그 때부터 점점 더 높은 곳으로 솟아오르리라.(285)

이 책의 끝에서 두 번째 절은 자기 긍정과 삶 긍정의 공식을 제시하고 있는 매우 묘한 절이다.

가장 무거운 짐. 어느 날 낮, 또는 어느 날 밤 그대가 가장 쓸쓸한 고독 속에 잠겨 있을 때 한 악마가 그대 뒤로 슬며시 다가와 그대에게 이렇게 말한다면 어떨까. '네가 지금 살고 있고, 또 살아왔던 이 삶을 너는 다시 그리고 또다시 살아야 할 것이다. 무수히 반복해서. 거기에 새로운 것은 전혀 없으며, 모든 고통, 모든 기쁨, 모든 생각과 탄식, 그리고 네 삶에서 이루 말할 수 없이 크고 작은 모든 것들이 틀림없이 네게로 찾아올 것이다. 모든 것이 똑같은 차례와 순서로.——나무들 사이의 이 거미와 이 달빛이 똑같은 방식으로, 그리고 이 순간과 나 자신도 똑같은 방식으로. 실존의 영원한 모래시계가 다시 그리고 또다시 뒤집혀질 것이다.——그리고 티끌 중의 티끌인 너도 그것과 더불어 그렇게 될 것이다!'——그대는 쓰러지듯 드러누워 이를 갈면서, 이렇게 말한 악마를 저주하지 않을까? 아니면 악마에게 다음과 같이 대답하는 엄청난 순간을 경험해 보았는가? '너는 신이로구나. 나는 이보다 더 신성한 이야기는 들어본 적이 없거든!' 이런 생각이 그대를 지배한다면 그것은 이제 그대를 변화시키고 아마도 그대를 부숴버릴 것이다. 무엇보다도 '너는 다시 그리고 또다시, 무수히 반복해서 이것을 원할 것인가?'라는 질문은 그대의 모든 행위에 가장 무거운 짐이 될 것이다! 이 궁극적이고 영원한 인가와 인증을 받는 것이 그대의 가장 큰 욕구가 되기 위해서 그대는 그대 자신과 그대의 삶에 대해서 얼마나 큰 호의를 가져야 할까?(341)

1882년 4월 니체의 삶에서 오로지 심각하기만 했던 이성관계가 시작되었다. 바로 루 살로메와의 짧고도 굴욕적인 연애사건이었다. 이 지면에는 그 사건의 세세한 부분까지 들어갈 여유가 없다. 다만 그 사건은 차라투스트라의 '고독한 남자'의 측면과 어떤 관계가 있기 때문에, 그리고 그것은 1881년 여름에서 1883년 초에 이르는 18개월 동안 니체가 처한 전반적인 위기 상태의 일부분이기 때문에 여기서 그것을 조금이나마 다루고자 한다. 두 가지 점만 강조해 둘 필요가 있다.

첫째, 니체는 1879년 부활절에 바젤 대학에서 어쩔 수 없이 물러난 이후로 그가 겪어왔던, 그리고 점점 더 그를 무겁게 짓눌러 왔던 고독이 이제 막 끝나려 한다고 생각했다. 루 살로메에게 보낸 편지(1882년 7월 2일자)에서 그는 다음과 같이 쓰고 있다. 어제는 "마치 내 생일인 것 같았습니다. 당신이 초대에 응한다는 소식(니체와 삼 주 동안 함께 지내기 위해 오겠다는 소식—홀링데일)을 보내준 건 제가 받을 수 있는 가장 멋진 선물이었지요. ……토이브너(인쇄업자)가 『즐거운 학문』의 앞부분 교정지 세 장을 보내주었습니다. 이에 덧붙여 『즐거운 학문』의 원고 마지막 부분이 완성되었고, 그로써 장장 6년(1876~82년)에 걸친 작업, 나의 '자유사상' 전체가 완결된 것입니다."

이것은 그가 이 편지를 쓰던 당시 다음 구절의 정서를 막 끝냈음을 의미한다. 『즐거운 학문』 초판을 마무리하는 구절이다.

비극의 시작(Incipit tragoedia). 차라투스트라는 서른 살이 되자 고향 마을과 호수를 등지고 산속으로 들어갔다. 이곳에서 그는 고독을 음미하고 정신을 수양하며, 십 년 동안 싫증을 느끼지 않았다. 그러던 어느 날 마침내 마음이 바뀌어, 아침놀을 맞으며 잠자리에서 일어난 그는 태양을 향해 걸어가 말했다. "그대 위대한 별이여! 그대의 빛이 밝힐 누가 없어도 그대는 행복하겠는가! 십 년 동안 그대는 나의 동굴을 밝혀 주었다. 하지만 나와 나의 독수리, 그리고 나의 뱀이 없었다면 그대는 그대의 빛과 빛의 길에 싫증을 느꼈을 것이다. 그런데 우리는 아침마다 그대를 기다렸고, 그대의 넘치는 빛을 받아들였으며, 그 대가로 그대를 축복했다. 보라! 나는 너무 많이 꿀을 모은 벌처럼 나의 지혜에 싫증이 나서, 이제는 나에게 손을 내밀어 줄 누군가가 필요하다. 나는 베풀고 나누고 싶다. 인간들 중에서 현명한 자들이 또 한 번 자신의 어리석음을 기뻐하고, 가난한 자들이 또 한 번 자신의 넉넉함을 기뻐할 때까지. 그러기 위해 나는 저 아래로 내려가야 한다. 그대도 저녁이 되면 바다 너머의 지하 세계를 밝혀 주지 않는가. 그대 풍요로운 별이여! 내가 저 아래로 내려가 만나려는 인간들이 그렇게 부르듯이, 나도 그대처럼 내려가야 한다. 나를 축복해 다오. 크나큰 행복도 질투하지 않고 바라볼 수 있는 그대 고요한 눈이여! 넘치는 이 잔을 축복해 다오. 황금빛 물이 흘러 온 누리에 그대의 환희를 다시 밝혀 줄 이 잔을! 보라! 이 잔은 다시 텅 비려고 하고, 차라투스트라는 다시 인간이 되려고 한다." 차라투스트라의 내려감은 이렇게 시작되었다.(342)

이 구절의 의미는 앞서 인용한 편지의 말미에서 다른 말로 반복되고 있다. "나는 더 이상 외롭고 싶지 않아요. 나는 다시 인간적으로 사는 일을 배우고 싶습니다. 아아! 이 분야에서 나는 여전히 거의 모든 것을 배워야 합니다."

확실히 니체는 이 시점에서 자신을, 40세 무렵의 고독으로부터 내려온 또 다른 '교사'와 동일시했다.

둘째, 니체는 그해 10월 루 살로메에게 버림받고 그녀와 결혼하려는 소망이 이뤄질 가망이 없음을 깨닫고서는 절망의 심연에 빠져들었다. 보통 그런 실망이 가져올 것으로 생각되는 감정적 효과를 과소평가하는 건 아니지만, 니체의 경우 그 효과는 확실히 너무 격렬했다. 특히 그의 성향이 대체로 명랑한 편이었음을 감안한다면 더욱 그러하다. 1871년 이후 그의 병이 계속 재발했고——그것은 학생 시절에 감염된 매독의 결과인 것이 거의 확실하다.——이런 발병이 작업을 지연시키는 것 이상의 영향을 미치지도, 그를 의기소침하게 만들지도 못했다는 사실은 그의 기질의 쾌활함을 증명해 준다는 점을 상기해야 한다. 하지만 루와의 연애 실패는 한동안 그를 완전히 불안정하게 만들었다.——그가 얼마나 불안정해졌는지는 예컨대 1882년 크리스마스에 프란츠 오버벡에게 보낸 편지를 보면 알 수 있다.

나는 광기 때문에 고통받았던 것처럼 지난 여름의 수치스럽고 비통한 추억들 때문에 고통을 받았네. ……그 추억들은 내가 감당하지 못할 상반된 감정들의 충돌을 불러일으켰지. ……잠만이라도 제대로 잘 수 있다면! 그러나 가장 강력한 수면제도 거의 도움이 되지 않고 여섯 시간에서 여덟 시간 정도를 걸어도 마찬가지네. 이 모든 것을 바꿔놓는 마술 주문, 오물을 황금으로 바꾸는 주문을 찾아낼 수 없다면 나는 길을 잃고 말 거야. ……이제는 누구도 믿지 못하겠어. 내가 듣는 모든 소리에서 나를 향한 경멸이 느껴지네. ……때로는 바젤에 작은 방을 세내어 종종 자네를 찾아가고 강의에도 참석하자는 생각이 든다네. 때로는 그 반대로 하려는 생각도 드네. 나의 고독과 체념을 궁극적인 한계까지 밀고 나가 보자는 생각 말일세.

다른 편지들, 특히 『차라투스트라는 이렇게 말했다』가 보여 주듯이, 이 격렬한 반응의 근거는 그가 고독 속으로 돌아왔고 그곳에 머무르게 될 것이라는 깨달음이었다.

나중에 생각해 보면, 1882년에서 1883년으로 해가 바뀔 무렵 니체에게 어떤 종류의 폭발을 가져올 요소가 쌓였음을 알 수 있다. 아니, 곧 알게 되겠지만, 그것은 차라리 분출이었다. 지적으로, 정서적으로, 그리고 육체적으로 그는 거의 기진맥진해 있었다. 그러나 『즐거운 학문』 4권에서 모호하게 표현되었던 1881년 여름의 '관념들'은 앞으로 도래할 것들을 예고하는 전조들이었다. 1월에 —— '완전히 신선하고 명랑한 정초(正初)의 결과로서' —— 긴장은 깨어졌고 억제력은 무너졌으며, 『차라투스트라는 이렇게 말했다』의 1부가 맹렬히 쏟아져 나왔다.

"19세기 말에 과연 어느 누가 강력한 시대의 시인들이 영감이라고 부른 것에 대해 명료한 생각을 가지고 있겠는가?" 『이 사람을 보라』에서 니체는 『차라투스트라는 이렇게 말했다』와 관련해서 그렇게 묻고 있다.

아무도 없다면 내가 그것을 말해 보겠다. —— 자기 안에 미신의 잔재가 조금이라도 있는 자라면, 자신이 압도적인 힘들의 화신이나 대변자 또는 매개체에 불과하다는 생각을 버릴 수가 없을 것이다. 계시라는 개념이 그 사실을 간단하게 말해 준다. 무언가가 갑자기 이루 말할 수 없이 확실하고 오묘하게 볼 수 있고 들을 수 있는 것이 되고, 사람을 바닥부터 뒤흔들어 놓고 전복시킨다는 점에서 말이다. 사람들은 듣기는 하지만 애써 찾지는 않으며, 받기는 하지만 누가 주는지를 묻지 않는다. 어떤 생각이 필연성을 가지고 단호하게 형성된 채로 번개처럼 스쳐 지나간다. —— 나는 어떤 선택도 한 적이 없다. 엄청난 긴장이 때로 눈물의 강으로 쏟아지며, 발걸음이 때로는 자신도 모르는 사이에 쏜살같이 달려가고 때로는 자기도 모르게 지체되는 황홀경. ……가장 고통스럽고 우울한 것들이 나타나지만, 그것들이 대립으로서가 아니라 빛의 넘쳐남 속에서 필연적 색채로서 조건지어지고 요구되는 깊은 행복감. ……모든 것이 가장 높은 정도로 무의식중에 존재하지만, 자유의 느낌, 절대성, 힘, 신성함의 폭풍 안에서 발생한다. 이미지와 메타포의 무의식적 성격이 무엇보다도 가장 놀랄 만한 것이다. 사람들은 더 이상 무엇이 이미지고 무엇이 메타포인지를 알지 못한다. 모든 것은 가장 신속하고 가장 진실하며 가장 단순한 표현 수단으로 나타난다. 차라투스트라의 표현으로 말하자면, 실제로 어떤 것들이 스스로 다가와 메타포가 되는 것처럼 보인다. ……이것이 영감에 대한 나의 경험이다. 나에게 '그것은 또한 나의 경험이기도 하다.'라고 말할 수 있는 사람을 찾아내려면 수천 년 전으로 거슬러 올라가야만 할 것이다.

차라투스트라는 십 년간의 고독에서 다시 벗어난다. 그러나 이제 그가 말을 건네기를 원했던 인류는 그를 거부하고, 따라서 그는 그 일을 그만둔다. 그 후 그는 그와 함께 남아 있던 소수의 선택된 자들조차 버리고 고독 속으로 되돌아간다. 그가 인류에게 전하는 메시지는 다음과 같다.

　　나는 그대들에게 초인을 가르치러 왔노라. 인간은 극복되어야 하는 존재다.*

그리고

초인은 곧 대지의 의미다. 그대들의 의지가 말하게 하라. 초인은 대지의 의미가 되어야 한다고.

그리고

모든 신은 죽었다. 이제 우리는 초인이 나타나기를 원한다.──이 말이 언젠가 찾아올 위대한 정오에 우리의 마지막 의지가 되게 하라!

그 다음에

민족들은 저마다 선을 적을 게시판을 걸어두고 있다. 보라, 그것은 민족이 극복한 것을 적은 게시판이다. 보라, 그것은 민족의 힘에의 의지의 게시판이다.

그리고 (이어지는 6월과 7월의 비슷한 흥분 상태에서 쓰인 제2부에서)

자기 극복에 대하여. ……나는 살아 있는 생명을 발견한 곳에서는 힘에의 의지를 발견할 수 있었다. ……이 비밀을 나에게 말해 준 것은 삶 자체였다. "보라, 나는 언제나 자기 자신을 극복해야만 하는 그 무엇이다. ……몰락이 일어나고 낙엽이 떨어지는 경우를 보라. 그때 삶은 자신을 희생한다.──힘을 위해! ……

---

* 이후에 나오는 『차라투스트라는 이렇게 말했다』에서 발췌된 인용글들은 독자의 이해를 돕기 위해 옮긴이의 번역을 사용하였다.──편집자

그리고 그대, 그대 깨인 자도 내 의지의 오솔길이자 발자국일 뿐이다. 정말이지 나의 힘에의 의지는 그대의 진리에의 의지마저도 짓밟는다! ……살아 있는 생명은 여러 가지 면에서 삶 자체보다 높게 평가된다. 이런 평가를 통해 바로 힘에의 의지가 말한다!"

그리고 (1884년 1월, 훨씬 더 큰 흥분 상태에서 쓰인 제3부에서)

오, 그대 나의 의지여! ……온갖 사소한 승리로부터 나를 지켜다오! ……내가 언젠가 위대한 정오를 맞이할 준비를 하고 성숙해 있도록. ……자신의 화살을 찾아 욕정에 불타는 활, 자신의 별을 찾아 욕정에 불타는 화살, ……자신의 정오를 맞을 준비를 한 성숙한 별, 꿰뚫린 별처럼……. 하나의 위대한 승리를 위해 나를 보호해 다오!

그리고

노래하고, 마음껏 소리 질러라. 오, 차라투스트라여, 새 노래로 그대의 영혼을 낫게 하라. 아직 어떤 인간의 운명도 아니었던 그대의 커다란 운명을 짊어지도록! ……보라, 그대는 영원회귀를 가르치는 자다. ……그대가 지금 죽으려고 하더라도, 그대가 그대 자신에게 무엇을 말하리라는 것을 우리는 알고 있다. ……"나는 이제 죽어서 사라진다. ……그리고 순식간에 나는 무(無)가 되고 만다. ……하지만 내가 얽혀 들어간 인과의 매듭은 다시 돌아오고, 그것은 나를 다시 창조하리라! ……나는……다시 오지만, 새로운 삶이나 더 나은 삶, 비슷한 삶으로는 아니다. ……나는…… 이러한 동일한 삶에 영원히 회귀한다. 만물의 영원회귀를 다시 가르치려고. 대지와 인간의 위대한 정오에 대한 말을 하려고, 인간에게 다시 초인이 오는 것을 알리려고.

끝으로

> 오, 인간이여, 조심하라!
> 깊은 한밤중은 무슨 말을 하는가?
> "나는 잠들어 있었다, 잠들어 있었다.
> 깊은 꿈에서 깨어났다.
> 세계는 깊다.
> 낮이 생각한 것보다 더 깊다.
> 세계의 고통은 깊다.
> 쾌락은 마음의 고통보다 더 깊다.
> 고통은 말한다. '사라져버려라!'
> 하지만 모든 쾌락은 영원을 원한다.
> 깊고 깊은 영원을!"

그리고 한 해 뒤 이 시는 멋지게 부연된다.

그대들이 일찍이 쾌락에 대해 그렇다고 말한 적이 있는가? 오, 나의 벗들이여. 오, 나의 벗들이여. 그랬다면 모든 고통에 대해서도 그렇다고 말한 셈이 된다. 모든 사물은 사슬로 이어져 있고, 실로 꿰어져 있고, 반해 있다. 그대들이 일찍이 어떤 한 순간을 향해 또 한 번 하고 바란 적이 있다면, 그대들이 일찍이 "그대는 내 마음에 든다. 행복이여! 찰나여! 순간이여!"라고 말한

적이 있다면, 그대들은 모든 것이 되돌아오기를 바란 것이다. 모든 것을 새로 시작하고, 모든 것이 영원하며, 모든 것이 사슬로 이어져 있고, 실로 꿰어져 있고, 반해 있다면 그대들은 세계를 사랑한 것이다. 그대들 영원한 자들이여, 이러한 세계를 영원히 언제까지나 사랑하라. 그리고 고통에 대해 "사라져라, 하지만 되돌아오라!"라고 말하라. 모든 쾌락은 영원을 바라기 때문이다!

위버멘쉬*, 위버멘쉬에의 의지, 힘과 자기 극복에의 의지. 위험하게 살아라! 운명애(Amor fati), 영원회귀, 삶의 총체적 긍정, 위대한 정오. 이것들은 슬로건이며 '전조들'이다. 니체는 그것들을 통해 자신의 니힐리즘을 넘어서고 자신의 위기를 해결했다.

---

* 니체의 '위버멘쉬'는 오랫동안 '초인'으로 번역되었다. 그러나 이 번역어에는 오해의 여지가 있다. 초인이 신이 자리를 대신할 절대적이고 초월적인 인격, 또는 초능력을 가진 인간이나 세계를 지배할 수 있는 절대 권력을 가진 인간 등의 잘못된 뉘앙스를 강하게 풍길 수 있기 때문이다. 위버멘쉬는 매 순간 자신의 삶을 부단히 극복하고 한계를 초월하기 위해 실존적 결단을 내리는 존재 유형일 뿐이다. 그는 자신의 삶뿐만 아니라 그가 속한 사회와 문화의 가치와 의미를 새로이 창조한다는 점에서 권력자, 지배자라기보다는 일종의 예술가로 이해될 수 있다. 또한 니체가 비판한 근대 시장경제 사회의 노예가 된 인간을 넘어설 새로운 실존 유형이다.
최근 니체 연구자들 사이에서는 이 용어의 풍부한 함의를 살리기 위해 독일어 발음 그대로 음역하여 '위버멘쉬'로 옮기는 경향이 강하다. 이 점을 강조하기 위해 서문에서는 본문의 번역어(초인)와 달리 위버멘쉬로 번역하였다. 다만 이 번역어가 "니체의 철학 개념을 이해할 때 원어의 맥락에서 이해할 수 있는 장점을 갖고 있지만, 독일어를 모르는 사람에게는 그 의미 내용이 전달되기 어려운 한계를 동시에 지닌다."(김정현, 『니체, 생명과 치유의 철학』)는 점은 지적해 두고자 한다. —서문 옮긴이

4

이제 이 책의 핵심으로 들어가서 주요 개념들의 실질적 의미를 찾아보자.

진리란 무엇인가? 빌라도는 조롱조로 물었다. 그리고 그는 대답을 기다리지 않고 떠났다. 만일 그가 가만히 기다렸다면 어떤 대답을 들었을까? 거기에는 조금도 의심의 여지가 없다. 예수는 말했을 것이다. '내가 진리니라.'라고. 이것은 '진리는 무엇인가?'라는 물음에 대한 차라투스트라의 대답이기도 하다. 이 차원에서 진리란 무엇을 위한 것인가, '그 진리'라는 것은? 그것은 네 자신인 진리를 제외하고서 어떤 진리도 발견될 수 없다는 발견이 아닌가? 즉 네 자신이 세계에 부여하는 진리(의미, 의의)를 제외하고 세계에는 어떤 진리(의미, 의의)도 없다는 발견, 진리는 인간의 정신과 의지에 속하는 개념이며 인간 정신과 의지를 제외하면 '진리' 같은 것은 결코 없다는 발견이 아닌가? 결국 그것은 네 자신의 진리가 그 진리여야 한다는 단호한 결정이 대지 위 '진리'의 유일한 기원이라는 발견이 아닌가 말이다. 삶에 하나의 의미를 부여하기, 그것이 '진리'를 전파했던 모든 사람들의 장엄한 노력이었다. 만일 삶에 하나의 의미가 주어지지 않는다면 삶은 아무것도 아니다. 이 차원에서 진리는 증명될 수 있거나 반증될 수 있는 그런 것이 아니다. 진리는 네가 결정하는 무엇이며, 오래된 심리학의 용어로 표현하자면 네가 의지하는 무엇이다. 진리는 발견되기를 기다리는 어떤 것, 네가 복종하거나 그 앞에서 멈춰서야 할 어떤 것도 아니다. 진리는 네가 창조하는 어떤 것이다. 그것은 네 안에서 자신을 과감히 주장해 온 특수한 종류의 존재와 생명의 표현이다. 따라서 차라투스트라는 선언한다. "위버멘쉬는 대지의 의미다. 너의 의지가 말하게 하라. 위버멘쉬는 대지의 의미가 되어야 한다고." 그는 예언자다. 그러나 존재하는 진리의 예언자가 아니라 존재해야 할 진리의 예언자다. 진리의 본성을 결정하는 것은 무엇인가? '나는 진리다.'라고 주장하는 나의 본성이다. 왜 진리이고, 차라리 비진리나 혹은 진리에 대한 무관심이 아닌가? 개개의 특수한 생명과 존재는 자신을 보존하고 보호해 주며 팽창과 더 많은 힘을 추구하며 뻗어나가게 해줄 하나의 요새를 필요로 하며, 진리란 이러한 요새이기 때문이다. 혹은 삶이 사유하는 인간에게 말하는 것처럼 "나의 힘에의 의지는 네 진리에의 의지를 발로 삼아 걷는다." 그렇다면 궁극적으로 빌라도의 물음에 대한 대답은 무엇인가? 그것은 바로 '진리는 힘에의 의지'라는 것이다. 아무튼 나의 독법에 따르자면 차라투스트라는 이렇게 말했다.

위대한 필요, '필요한 한 가지'는 형이상학적 세계의 파괴 ('신의 죽음')에 잇따른 삶과 인간의 니힐리즘적 평가절하를 극복하는 것이다. 이러한 평가절하는 주로 하나의 심리학적 이론에 의해 생겨났다. 다시 말해 원초적 충동들은 **승화**될 수 있으며, 따라서 인간만의 독특한 특성들, 즉 '인간다운' 특성들은 인류가 동물들과 공유하는 충동들의 승화된 형태로 이해할 수 있다는 이론에 의해 생겨난 것이다. 그런 이론을 세우게 된 동기는 형이상학적이거나 초자연적인 것에 의존함 없이 인간이 특별히 무엇인지를 설명할 필요성이었다. 수많은 실험들로부터 두 가지 원초적 충동이 지배적인 것으로서 출현한다. 힘에 대한 욕망과 공포의 감정. 그리고 니체가 공포를 힘의 부재에 대한 느낌으로 이해하게 되자, 그에게 남은 것은 모든 인간 행위의 동기가 되는 유일한 원리, 즉 힘에의 의지였다.

승화된 힘에의 의지는 이제 니힐리즘의 미로를 벗어날 길을 인도하는 아리아드네의 실이 되었다. "가치들의 목록"——즉 도덕성——은 "모든 민족들 위에 내걸려 있다." 그것은 군중과 하층민들을 하나의 민족으로 전환시킨 자기 부과적 명령들의 목록이다. 원초적 공격성은 자기 자신에게로 향했고 자기 통제로 승화되었다. 똑같은 일이 개인에게서 일어날 때, 개인이 자기에게 명령을 부과하고 그것에 복종할 때, 그래서 이를테면 오합지졸이 하나의 민족으로 바뀌는 것처럼 그 개인이 그렇게 될 때, 그 결과가 '위버멘쉬', 즉 자기 자신의 주인인 인간이다. 그러나 스스로를 지배한다는 것은 모든 과제들 중 가장 어려운 과제다. 그 과제는 가장 큰 힘을 요구한다. 그것을 할 수 있는 자는 힘의 가장 큰 증대를 경험한다. 그리고 만일 (니체가 나중에 분명하게 말하지만 여기서는 암시만 하듯이) 행복(『차라투스트라는 이렇게 말했다』에서의 '기쁨')이 힘이 증대하는 느낌, 즉 저항이 극복된 느낌이라면, 위버멘쉬는 가장 행복한 인간이며 그 자체로서 실존의 의미이자 정당화가 될 것이다. 삶의 혼돈을 삶의 지속적인 자기 극복으로 변화시키고, 따라서 이런 자기 극복과 동의어인 기쁨을 훨씬 더 크게 경험하도록 하는 힘의 지속적 증대를 통해서 말이다. 그것은 이제 삶의 의미가 될 것이다.——상식적으로도 그렇듯 기쁨은 니체에게 어떤 정당화도 요구하지 않는 유일한 것, 즉 그 자체로 정당화되는 유일한 것이기 때문이다. 기쁨에 이른 사람은 삶이 아무리 많은 고통을 포함하고 있을지라도 삶을 긍정하고 사랑한다. 왜냐하면 그런 사람은 "모든 것들은 연결되어 있고 함께 얽혀 있으며", 따라서 모든 것은 **총체적으로** 받아들여야 할 전체의 일부분임을 깨닫기 때문이다. 삶의 긍정에 대한 이런 느낌을 표현하기 위해 니체는 '동일한 것의 영원회귀'라는 원리를 정식화했으며, 그것을 『차라투스트라는 이렇게 말했다』에서 광시곡으로 표현했다. 확실히 위버멘쉬만이 자신의 삶을 영원히 반복해서 원할 만큼 그의 삶에 호의를 가질 수 있다. 그러나 엄밀히 말해 그것은 그가 자신의 창조를 의지하는 이유다. 위버멘쉬가 자신의 있는 그대로의 모습에서 느끼는 기쁨은 힘에의 의지의 궁극적인 승화이자 니힐리즘의 최종적 극복이며, 영원히 그럴 것이다. 그런 승화가 없다면 니힐리즘은 냉혹하고 피할 길 없다.

5

이 개념들은 『차라투스트라는 이렇게 말했다』의 핵심을 구성한다. 이 개념들, 그리고 이 책의 독특한 어조와 파토스를 이루는 고독과 개인성에 대한 광범위한 찬사들. 나는 그것들의 형성 과정을 하나의 '분출'로 표현해 왔다. 이것은 니체의 초기 사유에 속한 관념들의 잠재의식으로부터의 분출, 그리고 이 당시 그가 그 관념들이 이끌었던 길의 종착점에 다다랐다는 바로 그 사실에 의해 유발된 분출을 의미한다. 그는 더는 전진할 수 없었고, 그래서 되돌아와야 했다. 그러나 그가 지난 오 년간 주장해 온 것들 역시 철회할 수 없었으므로, 이제 다시 언급되는 초기의 관념들은 변형되고, 거의 원형을 찾아볼 수 없을 정도로 왜곡되었다. 여기에는 정신분석의 심리적 검열관과 같은 어떤 것이 작동하고 있다. 그래서 나는 니체가 비범한 수사학적 재능을 발휘하여 정교화시킨 장엄하고 웅장한 적극적 개념들의 유래를 그 스스로 완전히 자각하고 있었는지 의문이다.

물론 이 '초기의 관념들'은 기독교적이고, 특히 루터교적이다. 루터교의 경건주의의 가르침은 무엇보다도, 삶의 사건들이 신에 의해 의지된 것이고, 따라서 사물들이 현재의 모습과 달라야 한다는 욕구는 불경하다는 것이다. 그러나 루터교도들은 당연히 기독교 신앙의 다른 교의들 또한 확고하게 신봉한다. 여기에 1881년 여름부터 1883년 1월까지의 기간 동안 니체의 정신을 지배했던 관념들──1884년 『차라투스트라는 이렇게 말했다』에서 온전히 표현되는──과 유사한 기독교적 관념들로 보이는 것들이 있음은 별 무리 없이 지적할 수 있다.

운명애: 삶의 사건들을 신에 의해 의지된 것으로 받아들이는 루터교의 순응성. 그 결과로 삶 자체도 **신성한** 것으로, 즉 신의 의지의 산물로 긍정하는 태도, 그리고 삶을 혐오하는 것은 신성모독이라는 함의.

영원회귀: 운명애의 귀결로서, 삶의 긍정의 가장 극단적 공식인 이 관념은 기독교의 영원한 삶과 신의 불변적 본성이라는 개념들로부터 강한 영향을 받은 것이다. "지금도 그리고 앞으로도 끝이 없는 세계"인 것.

힘에의 의지: 신성한 은총. 연결의 실마리는 '자기 극복'이라는 개념이다. 자기 극복은 승화를 위한 조건들 중의 하나며, 힘에의 의지 이론을 니힐리즘적 개념에서 적극적이고 즐거운 개념으로 방향을 틀게 하는 이음새다. 여기에 상응하는 기독교의 개념은 신의 은총의 힘으로 구속(救贖)되는 죄 많은 본성이라는 개념이다. 두 개념에 공통된 핵심적 관념은 어떤 내적 성질(은총/승화된 힘에의 의지)이 인간(또는 일부의 인간)을 여타의 본성을 넘어서도록 고양한다는 것이다. '힘에의 의지'에 투여

된 파토스들은 신의 의지에서는 모든 것이 가능하다는 기독교의 교설과 함께 '신의 의지가 이루어지도록 하소서', 그리고 '힘'과 '영광'의 병치로부터 일정 정도 유래한다.

위험하게 살아라!: '너의 십자가를 지고 나를 따르라.' ─ 편안한 삶에 대한 기독교의 반대.

위대한 정오: 그리스도의 재림, 최후의 심판, 양과 염소의 구별, 밀과 가라지의 구별.

위버멘쉬: 창조자와 최상의 존재로서의 신, 신으로서의 '인간의 아들', 영원성이라는 관념을 좋아하는 신성한 은총의 그릇으로서의 인간. 바람직한 것으로 간주되는 모든 것의 구현이자 현실화. 니체는 기독교도가 신에 대해서 말하면서 사용한 것과 거의 똑같은 용어들로 위버멘쉬에 대해 말한다. 즉 '영원토록 이 나라와 힘과 영광이 당신의 것이나이다.'

6

영감을 받은 예언자이자 수수께끼를 푸는 자로서 차라투스트라가 갖는 태도는 그 자체가 니체의 정신 안에서 일어난 격세유전을 암시한다. 그것이 그 이전의 어느 단계로 돌아가는지를 명확하게 확인할 수는 없지만 말이다. 그러나 그것은 자신을 발생시킨 구름과 악천후를 사라지게 하는 전기 폭풍처럼 치료적인 효과를 지닌 격세유전이었다. 실존에서의 기쁨, 즉 주권자적 개인의 '기쁨 가득한 자기 충족'이자 삶의 목적과 의미로서의 기쁜 자기 충족이라는 주제는 궁극적으로는 이 책의 최고의 주제로서 군림한다. 그리고 이러한 주제는 기독교의 장엄하지만 궁극적으로는 강압적이고 숨막힐 듯한 개념들로부터 유래하는 것이 아니라, 니체가 이후에 위버멘쉬의 실현으로 찬양했던 한 사람으로부터 유래하는 것이다. 그는 바로 괴테다.

건강하고 건전한 본성을 지닌 사람이 하나의 전체로서 활동할 때, 그가 세계 속에서 스스로를 장엄하고 아름답고 훌륭하고 가치 있는 전체로서 느낄 때, 이 조화로운 편안함이 그를 순수하게 하고 방해받지 않는 기쁨을 줄 때, 그럴 때 우주가 만일 자신을 지각할 수 있다면, 그것은 자신의 고유한 본질과 진화의 절정에서 그것의 목표에 도달하고 경이로움을 얻었다며 기쁘게 외칠 것이다. 만일 한 행복한 인간이 자신도 모르는 사이에 자신의 실존을 기뻐하지 않는다면, 태양들과 행성들 그리고 달들, 별들과 은하수, 혜성과 성운, 진화하고 쇠퇴하는 세계를 전부 다 써버릴지라도 그것이 무슨 목적에 이바지하겠는가?

이 구절은 니체도 분명 알고 있었던, 빙켈만에 대한 괴테의 에세이(1805)에서 온 것으로서, 『차라투스트라는 이렇게 말했다』의 모토가 될 수 있을 것이다. 그것은 괴테의 매우 관대한 정신의 정수이며, 니체가 '디오니소스적'이라고 불렀던 정신이다. 강조점은 크게 다르지만, 『차라투스트라는 이렇게 말했다』도 역시 그 정신을 따른다.

7

이제 『차라투스트라는 이렇게 말했다』를 장별로 간단하게 개관하고, 독자들이 알고 싶어 할 몇 가지 개별적 논점들에 대해 설명해 보자.

차라투스트라(그리스어 조로아스트레스)는 고대 페르시아 종교의 창설자다. 그리고 그가 지은 것으로 여겨지는 젠드 아베스타(Zend-Avesta)는 그 종교의 경전이다. 19세기의 학자들은 호머가 실존했는지 의심했던 것처럼 차라투스트라가 실존 인물인지를 의심했다. (이러한 의심은 아마도 '진화론'의 부작용일 것이다.) 이제 이 둘의 명예는 다시 회복되었다. 니체는 호머가 사라지는 것에 저항했다. "우리는 민족의 시적 영혼에 대한 이론으로는 아무것도 얻지 못하고, 항상 시적 개인으로 되돌아가게 된다."(『호메로스와 고전어문학』, 1869) 차라투스트라와 관련해서도 마찬가지다. 차라투스트라는 기원전 7세기에 살았던 것으로 추정된다. 그가 창시한 종교의 핵심은 빛과 선의 신인 아후라 마즈다(오르무즈드)와 어둠과 악의 신인 앙그라 마이뉴(아흐리만)의 갈등이다. 니체는 차라투스트라라는 이름을 가져다 자신이 만든 영웅의 이름으로 쓴 이유를 다음과 같이 설명한다.

바로 내 입에서 나온, 최초의 비도덕주의자의 입에서 나온 차라투스트라라는 이름이 무엇을 의미하는지를 내게 질문해야 함에도 불구하고, 나는 그런 질문을 받은 적이 없다. 역사에서 그 페르시아인의 엄청난 독특함을 구성하는 것은 내가 말한 차라투스트라와는 정반대인데도 말이다. 차라투스트라는 선과 악의 투쟁에서 사물들이 작용하는 실제적 바퀴를 본 최초의 사람이었다. 도덕을 형이상학의 영역으로 옮겨서, 힘, 원인, 목적 그 자체로 번역하는 것이 그의 일이다. 그러나 이 질문은 근본적으로 그 자체가 그것의 답이다. 차라투스트라는 오류들 중에서도 가장 치명적인 오류인 도덕을 창조했다. 따라서 그는 당연히 그것을 인식한 최초의 사람이기도 하다. 여기서 그는 다른 사상가보다도 더 길고 더 극심한 경험을 한 것으로 그치지 않는다. ……더 중요한 것은 차라투스트라는 다른 사상가보다도 더 참되다는 점이다. 그의 가르침, 그리고 그의 가르침만이 진리성을 지고의 덕으로 받들었다. ── 진리를 말하고 활을 잘 쏘는 것, 이것이 페르시아적 덕이다. ── 나의 이런 의미가 이해되었을까? 진리성을 통한 도덕의 자기 극복, 도덕주의자들을 정반대로 ── 나로 향하도록 ── 바꿔놓을 자기 극복 ── 이것이 내가 말한 차라투스트라라는 이름이 의미하는 것이다.(『이 사람을 보라』)

이 책은 매우 느슨하게 구성되어 있긴 하지만 막연한 방향과 줄거리를 가지고 있다.

제1부. 프롤로그. (1) 차라투스트라는 고독으로부터 내려와, (2) 신이 죽었다는 것을 고지하고, (3) 신 뒤에 오는 위버멘쉬를 설교한다. 인류는 위버멘쉬를 이해하지 못한다. (4) 위버멘쉬가 자신의 지극한 행복에 대해 상세히 설명하고(「마태복음」 5장 3~11절), (5) 그의 정반대인 '최후의 인간', 즉 자신의 현재를 위해 미래를 희생시키는 인간에 대해 기술함으로써 그들의 자부심에 호소할 때조차도 말이다. (6) 어릿광대에 의해(차라투스트라 자신이 어쩌면 예고 없이 나타난 유일한 자일 것이다.) 줄타기 곡예사(인류는 심연 위에서 균형을 잡았다.)가 넘어져 떨어진 사건은 차라투스트라에게 (7) 인간 실존은 '기괴하다'는 것(『안티고네』의 두 번째 코러스를 참조하라. "많은 것들이 기괴하

다. 그러나 인간보다도 더 기괴한 것은 없다.")을 절실히 깨닫게 해준다. 그리고 불편한 하룻밤을 보낸 뒤, (8) 그는 결심한다. (9) 장터를 떠나 자신의 메시지를 개인에게만 전하기로.

이어지는 22개의 '가르침들'은 차라투스트라가 그의 일군의 제자들에게 강연한 것이다. 이 가르침들 중 5개는 소규모의 연극적 장면 속에 들어 있고, 나머지 가르침들은 그가 직접 이야기한 것이다. 다음은 문제가 되는 주제에 대한 니체의 견해들을 각각 대략적으로 정리한 것이다.

1장. 정신의 교육: 자기 단련, 독립성, 창조성.(전혀 다른 언어로 되어 있는 또 다른 설명으로는 『인간적인, 너무나 인간적인』 1권 서문의 3~7절을 보라.)
2장. '소극적 덕.' 나쁜 짓을 하지 않는 데 있으며, '영혼의 평화'를 그것의 보상으로 삼는 덕.
3장. '형이상학적 세계.' (미학적 가치가 유일하게 참된 가치라는 그의 초기 견해(『비극의 탄생』, 1872)의 폐기를 포함.)
4장. 정신과 신체의 관계.(힘에의 의지 이론에 대한 하나의 프롤로그.)
5장. 덕의 본성.
6장. 그 반대로 '범죄적 본능.'
7장. 저술과 행복 및 웃음에 대한 아포리즘.('중력의 영'을 도입.)
8장. '영혼의 고귀함.'
9장. 염세주의.
10장. '위험하게 살아라!'
11장. 국가

12장. 인류에 대한 메스꺼움, "지옥, 그것은 타인이다."
13장. 육욕과 그것의 위장(僞裝).
14장. 진정한 친구가 되는 법.
15장. 도덕적 가치들의 상대성.(힘에의 의지를 도입.)
16장. '네 이웃을 네 자신과 같이 사랑하라.'에 대한 비판.
17장. 고독의 필요성과 고독의 위험성.
18장. 여성의 본성.
19장. 정의의 본성.
20장. 나쁜 결혼과 좋은 결혼.
21장. 나쁜 죽음과 좋은 죽음.

전반적으로 이 가르침들은 '인간은 극복되어야 할 어떤 것이다.'라는 차라투스트라의 격언 주위를 맴돌고 있다. 마지막 장은 프롤로그로, 즉 신의 죽음과 대지에 의미를 부여하는 위버멘쉬의 필요성으로 되돌아간다. 차라투스트라는 관대한 사람, 즉 힘과 행복으로 충만해서 그렇게 하지 않으면 안 되기 때문에 다른 이들에게 선물을 선사하는 이를 찬양한다. 그리고 그는 자신의 제자들에게 독립하도록 간곡히 권한다. 그런 뒤 그는 제자들을 떠난다.

제2부. 1부보다 훨씬 더 다양하다. 차라투스트라는 더 연극적인 성격을 띠며, 22개의 장들 중 8개의 장이 (차라투스트라의) 직접적 행동을 포함한다.

1장. 1부의 프롤로그에 상응한다. 차라투스트라의 (산속으로의) 귀환.

2장. '신은 죽었다'는 주제의 확장된 재현부, 신 다음에 오는 자인 위버멘쉬의 재도입.

3장. 인간에 대한 연민과 그것을 극복해야 할 필요성.

4장. 조직화된 종교와 성직자.

5장. 덕, 참과 거짓에 대한 또 하나의 에세이.

6장. 인간에 대한 메스꺼움과 그것에 대한 또 하나의 에세이.

7장. 정의와, 정의로 위장한 복수심에 대한 반론.

8장. 철학, 참과 거짓.

9~11장. 산문시들, 자전적이고 대체로 성마르고 푸념조에 불만에 찬 것들.(3부의 3~4장, 14~16장을 참고하라.)

12장. 힘에의 의지에 대한 자세한 설명.

13장. 요약과 완결.

14장. 당대 문화에 대한 비판

15장. 관조적 삶과 '순수한 인식'의 추구에 대한 비판.

16장. 학자적 삶에 대한 비판.

17장. 예술가적 본성에 대한 비판

18장. 이 책의 극적인 전환점. 혁명과 무정부주의에 대한 가르침이 드물게 많은 행동들 및 선원들이 들려주는 환상적인 이야기와 결합되어 있다. 우리는 차라투스트라의 제자들이 선원들의 이야기를 되풀이하고 싶은 욕망 때문에 그의 가르침에 "거의 귀 기울이지 않는다."는 소리를 듣게 된다. 그 순간 차라투스트라의 분신이 "때가 되었다! 최고의 때가 되었다." "그것은 무엇을 위한 최고의 때인가?"를 외치면서 공중을 날고 있는 것이 보였다. 차라투스트라는 이것을 알고는 자신에게 묻는다. (당장은 말하지 않았지만 그 후 그의 마음에서 결코 떠나지 않은) 대답은 '영원회귀를 선포해야 할 시간'이다.

19장. 18장의 환상적인 분위기가 지속되고, 이 분위기가 강렬해져 악몽으로 바뀐다. 차라투스트라는 이제까지 그의 주된 특징이었던 넘쳐흐르는 낙관의 상태와는 전혀 다르게 과민하고 우울한 상태에 빠진다. 3부까지 계속되는 '영혼의 어두운 밤'.

20장. '위대한 사람들'에 대한 가르침은 의지의 본성에 대한 성찰들로 이어진다. 그리고 그 한가운데에서 차라투스트라는 영원회귀 이론에 대해 자신이 말하고 있는 것의 함의들을 깨닫고는 놀라 말문이 막힌다.

21장. 가면들의 바람직함에 대하여——아름답게 구성된 장. 이 방면에서는 아마도 가장 멋진 장일 것이다. 그러나 이것은 이 책의 앞부분의 정신에 어울린다. 그것은 18장에서 22장까지의 꾸준한 하강을 가로막는다.

22장. 차라투스트라는 자신감 전부와 자제력 대부분을 그에게서 앗아간 두 번째 악몽의 결과로 다시 그의 제자들을 버린다. 그러나 이번에는 심히 비참한 기분이었으며, 그리고 영원한 결별이었다.

제3부. 대부분 차라투스트라는 홀로 있으면서 자신에게 이야기한다. 이전의 주제들이 다시 화제로 올라 때로는 지나치게 촘촘해지는 짜임새 속으로 엮여 들어간다. 이미지가 이따금씩 엉켜버린다. 그러나 그가 노린 표현의 강렬함은 훌륭하게 달성되고 지속된다.

1장. 차라투스트라는 막 그의 제자들을 떠나 집으로 돌아가는 길이다. 여전히 우울함에 빠져 있다.

2장. 배 위에서 그는 영원회귀를 하나의 수수께끼로 설명하며, 2부의 악몽을 연상시키는 언어를 사용한다. 비록 모든 것이 여전히 모호함과 신비에 둘러싸여 있음에도 불구하고, 그가 이제 장막을 조금이나마 걷어 올릴 마음을 갖게 된 것은 그의 평상시의 명랑함을 회복시키기에 충분한 것이다.

3~4장. 내성적이고 명랑하며 차분한 산문시들. 이 시들은 2부 9~11장의 멜랑콜리와 3부 14~16장의 디오니소스적 황홀경 사이의 중도를 걷는다.

5장. 견고한 뭍으로 돌아온 차라투스트라는 그에게 익숙한, 인류에 대한 역겨움을 다시 경험한다.

6장. 고독한 자로서의 차라투스트라의 자화상.

7장. '눈길을 돌리는 것이 나의 유일한 부정의 형식이다!'라는 텍스트에 대한 부연 설명.

8장. 연민에 대한 반론.

9장. 차라투스트라는 그의 동굴로 돌아온다. 고독에 대한 찬가.

10장. 세 가지 악에 대한 '재평가'의 모델.

11장. 명랑함에의 권고.

12~16장. 이 책의 클라이맥스이자 니체를 세계의 위대한 인물들 반열에 올려놓은 한결같은 지적 열정이 최고로 표출된 곳. 12장은 차라투스트라의 가르침에 대한 간단한 재설명으로, 영원회귀 이론에까지 이르기는 하지만 그 이론을 포함하지는 않는다. 영원회귀 이론은 13장을 위해 유보된다.

13장. 마침내 영원회귀 이론이 전모를 드러내며 숨김없이 진술

되며, 기쁘게 받아들여지고 수용된다. 이러한 행위와 더불어 차라투스트라의 자기 교육은 정해진 목표에 도달한다. 그러한 성취는 대단히 열광적이고 강렬한 산문시 삼부작인 14~16장을 통해 찬미된다. 그의 여정의 이 절정에서 차라투스트라는 앞서 말한 바와 같이 완전히 혼자다. 그래서 그가 주신(酒神) 찬가적인 시로 자신의 억누를 길 없는 기쁨과 감사의 감정을 표현하고 싶었을 때, 사실 그의 곁에는 자기 말고는 이 주신 찬가들에 대해 이야기할 사람이 아무도 없었다.

따라서 14장은 자신의 영혼을 향해 연설한 것이고, 15장은 그가 자기 내부에서 느끼고 있는 생명을 향해 연설한 것이며, 16장은 앞으로의 윤회 속에 존재할 자신에게 연설한 것이다. 16장에서 언급된 영원성은 물론 영원회귀이며, 그가 '영원성'에서 얻기를 원하는 아이는 바로 그 자신이다.

제4부. 1884년 1월 니체가 「일곱 개의 봉인」이라는 장으로 그 책을 끝냈을 때, 그는 『차라투스트라는 이렇게 말했다』가 완성되었다고 생각했다. 그러나 이듬해 겨울 그는 다시 그 주제를 화제에 올리며 세 부분을 더 쓸 계획을 세운다. 그중 첫 번째 부분에서 차라투스트라는 잡다한 '보다 높은 인간들'의 방문을 받는다. 보다 높은 인간들은 차라투스트라의 가르침의 결과지만, 그들은 자신들의 결함을 깨닫게 된다. 이 부분의 끝에서 차라투스트라는 다시 세계로 나아가라는 사명을 받아들이고, 다음 부분에서 자신의 의기양양한 메시지를 연설할 지지자들을 모은다. 마지막 부분에서 그는 사라진다. 니체는 어떤

식으로 처리할지 결정하지 못했지만 말이다. 이 새로운 세 부분 중 첫 번째 부분만이 1884~85년 사이 겨울에 천천히, 그리고 휴지기를 가지면서 집필되었다. 니체는 그것을 자비로 인쇄했지만 출판은 보류된다. 그리고 그것은 1892년 『차라투스트라는 이렇게 말했다』의 '4부 및 마지막 부'로서, 니체의 첫 번째 전집의 일부분으로 발표되었다.

문체상으로 4부는 1~3부와 매우 다르고 영감의 수준도 떨어지는 편이다. '보다 높은 인간들'은 인간 유형들이자 개인들이다. 우울한 예언자는 쇼펜하우어다. 두 명의 왕들은 임의의 왕들이다. 정신의 양심을 지닌 인간은 아마도 다윈일 것이다. 어떤 과학 전문가도 그렇겠지만 말이다. 마술사는 바그너다.(마술사의 시들은 바그너가 후기에 사용한 시적 방법의 패러디들이다.) 가장 추악한 인간과 그림자는 각각 무신론자와 자유사상가를 대변한다. 자진해서 거지가 된 자는 붓다 또는 톨스토이다.

영원회귀는 표면으로 드러나지 않는다. 그러나 결론에서 등장하여, 가장 열광적이고 황홀한 긍정을 얻는다.

서문 번역 진은영
니체에 대한 연구로 이화여대 대학원에서 박사학위를 받았다.
현재 시인으로 활동하면서 이화여대 탈경계 인문학단 HK 연구교수로
재직 중이다. 『니체의 영원회귀와 차이의 철학』 등의 저서가 있다.

차라투스트라는 이렇게 말했다
ALSO SPRACH ZARATHUSTRA

- 이 책의 원본은 Friedrich Nietzsche, *Werke in vier Bänden*, Verlag das Bergland-Buch, Salzburg, 1985이다.
- 고딕체로 표기한 부분은 원문에서 강조 표시된 부분이다.

제1부

차라투스트라의 머리말

1

차라투스트라[1]는 서른 살이 되자 고향 마을과 호수를 등지고 산속으로 들어갔다. 이곳에서 그는 고독을 음미하고 정신을 수양하며, 십 년 동안 싫증을 느끼지 않았다. 그러던 어느 날 마침내 마음이 바뀌어, 아침놀을 맞으며 잠자리에서 일어난 그는 태양을 향해 걸어가 말했다.

"그대 위대한 별이여! 그대의 빛이 밝힐 누가 없어도 그대는 행복하겠는가!

십 년 동안 그대는 나의 동굴을 밝혀 주었다. 하지만 나와 나의 독수리, 그리고 나의 뱀[2]이 없었다면 그대는 그대의 빛과 빛의 길에 싫증을 느꼈을 것이다.

그런데 우리는 아침마다 그대를 기다렸고, 그대의 넘치는 빛을 받아들였으며, 그 대가로 그대를 축복했다.

보라! 나는 너무 많이 꿀을 모은 벌처럼 나의 지혜에 싫증이 나서, 이제는 나에게 손을 내밀어 줄 누군가가 필요하다.

나는 베풀고 나누고 싶다. 인간들 중에서 현명한 자들이 또 한 번 자신의 어리석음을 기뻐하고, 가난한 자들이 또 한 번 자신의 넉넉함을 기뻐할 때까지.

그러기 위해 나는 저 아래로 내려가야 한다. 그대도 저녁이 되면 바다 너머의 지하 세계를 밝혀 주지 않는가. 그대 풍요로운 별이여!

내가 저 아래로 내려가 만나려는 인간들이 그렇게 부르듯이, 나도 그대처럼 내려가야 한다.

나를 축복해 다오. 크나큰 행복도 질투하지 않고 바라볼 수 있는 그대 고요한 눈이여!

넘치는 이 잔을 축복해 다오. 황금빛 물이 흘러 온 누리에 그대의 환희를 다시 밝혀 줄 이 잔을!

보라! 이 잔은 다시 텅 비려고 하고, 차라투스트라는 다시 인간이 되려고 한다."

차라투스트라의 내려감[3]은 이렇게 시작되었다.

2

차라투스트라는 홀로 산을 내려갔다. 도중에 아무도 마주치는 자가 없었지만 숲에 이르렀을 때, 갑자기 한 노인[4]이 그의 앞에 나타났다. 숲에서 식물의 뿌리를 캐려고 자신의 신성한 오두막을 나선 노인이었다. 노인은 차라투스트라에게 말했다.

"이 나그네는 낯설지 않군. 몇 해 전인가 이곳을 지나간 적이 있지 않나. 차라투스트라라고 했지. 그런데 많이 변했군.

그때 자네는 자네의 재를 지고 산으로 들어갔지. 그런데 이제는 불을 지고 골짜기로 가려는가? 자네는 방화하는 자에게 내려지는 형벌이 두렵지 않은가?

그래. 차라투스트라가 맞아. 눈은 맑아지고, 입가에는 어떤 역겨움도 남아 있지 않군. 그러니 걷는 모습이 춤추는 사람 같지 않은가?

자네는 변했군. 아이가 되었어. 차라투스트라는 깨달음을 얻은 게 틀림없어. 그런데 잠든 자들 곁에서 무얼 하려는가?

자네는 바닷속에 잠긴 것처럼 고독 속에서 살았고, 바다는 그런 자네를 기꺼이 품어주었네. 아아, 자네는 끝내 육지에 오르려는가? 아아, 자네는 자네의 몸을 다시 끌고 다니려는가?"

차라투스트라는 대답했다. "나는 인간들을 사랑합니다."

성자가 말했다. "내가 왜 숲과 황야로 들어갔겠는가? 그것은 내가 인간들을 정말 사랑했기 때문이 아니겠는가?

하지만 지금 내가 사랑하는 것은 신이지 인간들이 아니네. 내가 보기에 인간은 너무나 불완전한 존재야. 인간을 사랑하다간 죽고 말 거야."

차라투스트라가 말했다. "나는 사랑을 말하는 게 아닙니다! 나는 인간들에게 선물을 주려는 겁니다."

성자가 말했다. "그들에게 아무것도 주지 말게. 차라리 그들의 것을 얼마간 덜어주고, 그것을 그들과 함께 나누어 지게.——자네가 기꺼이 할 수 있는 일이라면, 그것이 그들에게도 가장 좋은 일이 될 거야.

만약 그들에게 뭔가 주고자 한다면, 동전 몇 푼이나 던져주게. 그리고 그들이 애걸하도록 만들게!"

차라투스트라가 말했다. "아니, 그렇게 하지 않을 겁니다.

나는 그럴 정도로 가난하지 않습니다."

성자는 차라투스트라를 비웃으며 말했다. "그러면 그들이 자네의 보물을 받을지 지켜보게! 그들은 은둔자를 불신한다네. 우리가 선물을 주기 위해 왔다고 생각하지 않아.

골목에 울리는 우리의 발소리는 그들에게 너무 외롭게 들릴 뿐이라네. 해도 뜨지 않은 한밤중에 잠자리에서 어떤 사람의 발소리를 듣는다면, 그들은 '도둑이 어디 가려는 거지?'라고 중얼거릴지도 몰라.

인간들에게 가지 말고 숲 속에 머무르게! 차라리 짐승들에게 가는 게 나을 거야! 어찌하여 자네는 나처럼 곰 중의 곰, 새 중의 새가 되려고 하지 않는가?"

차라투스트라가 물었다. "그렇다면 그대는 숲에서 무얼 하시나요?"

성자가 대답했다. "노래를 지어 부르지. 그리고 노래를 지으면서 웃고 울며 흥얼거린다네. 이렇게 나는 신을 찬양하지.

노래하며 울고 웃다가 흥얼거리면서 신을, 나의 신을 찬양한다네. 그런데 자네는 우리에게 무슨 선물을 가져왔는가?"

차라투스트라는 그 말을 듣고 성자에게 인사하며 말했다. "제가 그대들에게 드릴 건 없습니다! 그대들에게서 아무것도 빼앗지 못하도록 나를 어서 보내주시오!" ──그리고 노인과 차라투스트라는 마치 소년들처럼 해맑게 웃으면서 헤어졌다.

하지만 차라투스트라는 성자가 떠나자 마음속으로 말했다. "이럴 수 있단 말인가! 저 늙은 성자는 숲 속에 살아서 신이 죽었다[5]는 말을 아직 듣지 못했구나!"

3

 차라투스트라가 숲에서 가장 가까운 도시에 이르렀을 때, 그는 장터에 한 무리의 사람들이 모여 있는 것을 보았다. 그들은 줄 타는 광대의 공연을 기다리고 있었다. 차라투스트라가 군중에게 말했다.
 나는 그대들에게 초인[6]을 가르치러 왔노라. 인간은 극복되어야 하는 존재다. 그대들은 인간을 극복하기 위해 무엇을 했는가?
 지금까지 모든 인간들은 자기 자신을 넘어 무언가를 창조했다. 그런데 그대들은 이 커다란 밀물의 썰물이 되려 하고, 인간을 극복하기보다 오히려 짐승으로 되돌아가려는가?
 인간이 보기에 원숭이는 어떤 존재인가? 웃음거리거나 고통스런 수치다. 초인이 보기에 인간도 이와 마찬가지로 웃음거리거나 고통스런 수치에 불과하다.
 그대들은 벌레로부터 인간에 이르는 길을 걸어왔지만, 아직 그대들 내면에는 많은 것들이 여전히 벌레다. 일찍이 그대들은 원숭이였고, 지금도 인간은 어떤 원숭이보다 더 원숭이다.
 그대들 중 가장 현명한 자도 단지 식물과 유령의 분파이며 잡종에 불과하다. 그런데 내가 그대들에게 유령이나 식물이 되라고 하겠는가?
 보라, 나는 그대들에게 초인을 가르칠 것이다!
 초인은 곧 대지[7]의 의미다. 그대들의 의지가 말하게 하라. 초인은 대지의 의미가 되어야 한다고.
 나의 형제들이여, 나는 그대들에게 간청한다. 대지에 **충실하라**. 그대들에게 하늘나라의 희망을 말하는 자들의 말을 믿지 마라! 그들은 알든 모르든 독을 섞는 자들이다.

그들은 삶을 경멸하는 자들이고, 쇠약해지는 자들이며, 스스로 독을 마시는 자들이다. 대지는 그들에게 싫증이 났다. 그러므로 그들이 떠나도록 하라!

일찍이 신을 모독하는 일이 가장 큰 불경이었지만, 신은 죽었고, 이로써 신을 모독하는 자들도 죽었다. 이제 가장 큰 불경은 대지를 모독하는 일이고, 불가해한 존재를 대지의 의미보다 더 높이 평가하는 일이다.

일찍이 영혼은 몸을 경멸하는 눈초리로 바라보았고, 당시에는 그것이 최고의 경멸이었다. —— 영혼은 몸이 야위고 추해지며 굶주리기를 바랐다. 그렇게 해서 영혼은 몸과 대지로부터 달아날 수 있다고 생각했다.

하지만 영혼도 야위고 추해지며 굶주렸다. 영혼의 쾌락은 잔혹함이노라!

나의 형제들이여, 나에게 말해 다오. 그대들의 몸은 그대들의 영혼에 대해 무엇을 말하는가? 그대들의 영혼은 가난함이자 더러움이며 가련한 안락함이 아닌가?

진실로, 인간은 더럽혀진 강물이다. 더럽혀진 강물을 받아들이면서도 오염이 되지 않으려면 바다가 되어야 한다.

보라, 나는 그대들에게 초인을 가르칠 것이다. 초인은 바다며, 그대들의 커다란 경멸은 이 바다 안에 가라앉게 될 것이다.

그대들이 체험할 수 있는 최상의 것은 무엇인가? 그것은 위대한 경멸이다. 그 순간 그대들의 행복, 그대들의 이성, 그대들의 덕은 역겨움이 될 것이다.

그 순간 그대들은 말한다. "나에게 행복이 무슨 소용인가! 그것은 빈곤함이고 더러움이며 가련한 안락함이다. 하지만 나의 행복은 존재 그 자체를 인정하는 것이다."

그 순간 그대들은 말할 것이다. "나에게 이성이 무슨 소용인가! 그것은 사자가 먹이를 탐하듯이 지식을 탐하는 것이 아닌가? 그것은 빈곤함이고 더러움이며 가련한 안락함이다!"

그 순간 그대들은 말할 것이다. "나에게 덕이 무슨 소용인가! 그것은 나를 한 번도 열광케 한 적이 없었다. 나는 나의 선과 악에 얼마나 싫증이 나 있는가! 이 모든 것은 빈곤함이고 더러움이며 가련한 안락함이다."

그 순간 그대들은 말할 것이다. "나에게 정의가 무슨 소용인가! 나는 불꽃이자 숯이라고 생각하지 않는다. 하지만 정의로운 자는 불꽃이자 숯이다!"

그 순간 그대들은 말할 것이다. "나에게 연민이 무슨 소용인가! 연민은 인간을 사랑하는 자가 못 박히는 십자가가 아닌가? 하지만 나의 연민은 결코 십자가에 못 박히는 형벌이 아니다."

그대들은 이미 그렇게 말했는가? 그대들은 벌써 그렇게 외쳤는가? 아, 그대들의 외침을 들었더라면!

하늘을 향해 외치는 것은 그대들의 죄가 아니라 그대들의 절제하는 마음이다! 그대들의 죄 안에 있는 그대들의 조악함이 하늘을 향해 외치는 것이다!

그런데 자신의 혀로 그대들을 핥아줄 번갯불은 어디 있는가? 그대들에게 심어주어야 하는 광기는 어디 있는가?

보라, 나는 그대들에게 초인을 가르칠 것이다. 그는 이러한 번갯불이고 이러한 광기다! —

차라투스트라가 이렇게 말하자 군중 속에서 한 사람이 외쳤다. "줄 타는 광대 이야기는 충분히 들었으니, 이제 그를 우리에게 보여 주시오!" 그러자 다들 차라투스트라를 비웃었다. 줄 타는 광대는 그의 말이 끝나기 무섭게 줄을 타기 시작했다.

4

 차라투스트라는 그런 군중을 바라보며 의아하게 생각했다. 그가 말했다.

 인간이란 짐승과 초인을 연결해 주는 밧줄,──심연 위에 걸린 하나의 밧줄이다. 저편으로 건너가는 것도, 도중에 있는 것도, 뒤돌아보는 것도 위험하고, 벌벌 떨거나 멈추어 서 있는 것도 위험하다.

 인간이 위대한 점은 그가 다리이지 목적이 아니라는 데 있다. 인간을 사랑할 수밖에 없는 것은 그가 건너가는 존재며, 내려가는 존재라는 데 있다.

 나는 사랑한다. 내려가는 자로서가 아니면 살아갈 줄 모르는 사람들. 그들은 저편으로 넘어가는 자들이기 때문이다.

 나는 사랑한다. 마음껏 경멸하는 자들을. 그들은 마음껏 경배하는 자들이고, 저편의 해안을 동경하는 화살이기 때문이다.

 나는 사랑한다. 내려가고 희생하는 이유를 먼저 별들 너머에서 찾지 않고, 언젠가 대지가 초인의 것이 될 때까지 대지에 자신을 희생하는 자들을.

 나는 사랑한다. 인식하기 위해 살며, 언젠가 초인으로 살아가기 위해 인식하려는 자를. 이렇게 그는 내려가려 한다.

 나는 사랑한다. 초인에게 집을 지어주고, 그에게 대지며 동식물을 제공하기 위해 일하고 고심하는 자를. 이렇게 그는 내려가기 때문이다.

 나는 사랑한다. 자신의 덕을 사랑하는 자를. 덕은 내려가려는 의지이고, 동경의 화살이기 때문이다.

 나는 사랑한다. 자신을 위해 한 방울의 정신도 남겨 두지 않고, 정신이 온통 자신의 덕으로 가득한 자를. 그는 오직 정신으로만 다리를 건너가는 것이다.

나는 사랑한다. 자신의 덕으로 자신의 성향과 운명을 만들어 내는 자를. 그는 자신의 덕을 위해 살려고 하고 죽으려고 한다.

나는 사랑한다. 너무 많이 덕을 가지려고 하지 않는 자를. 하나의 덕은 운명이 걸려 있는 더 많은 매듭이기 때문에, 하나의 덕은 두 개의 덕 이상이다.

나는 사랑한다. 감사의 말을 하지도 않고 받으려고도 않는, 자신의 영혼을 아낌없이 내주는 자를. 그는 언제나 베풀기만 하고, 자신이 가지려고 하지 않기 때문이다.

나는 사랑한다. 주사위가 자신에게 행운을 가져올 때 부끄러워하면서 "나는 사기꾼이 아닌가?" 하고 묻는 자를.——그는 파멸하려고 하기 때문이다.

나는 사랑한다. 행동에 앞서 황금 같은 말을 던지고, 언제나 약속한 것 이상으로 실행하는 자를. 그는 자신이 내려가는 것을 바라기 때문이다.

나는 사랑한다. 앞으로 올 사람들을 인정하고, 지나간 사람들을 구원하는 자를. 그는 현재의 인간들에게 파멸을 당하려고 하기 때문이다.

나는 사랑한다. 자신의 신을 사랑하기 때문에 자신의 신을 징계하는 자를. 그는 신의 노여움으로 인해 파멸해야 하기 때문이다.

나는 사랑한다. 상처를 입고도 영혼이 깊고, 사소한 일로 파괴될 수 있는 자를. 그는 기꺼이 다리를 건너간다.

나는 사랑한다. 자기 자신을 잊고, 모든 사물을 내면에 간직할 수 있을 정도로 영혼이 충만한 자를. 모든 사물은 그를 내려가게 만든다.

나는 사랑한다. 자유로운 정신과 자유로운 마음을 지닌 자를. 그의 머리는 그의 마음의 일부일 뿐이지만 그의 마음은 그를 내려가게 만든다.

나는 사랑한다. 인간들 위에 걸린 먹구름에서 방울져 떨어지는 묵직한 물방울 같은 자를. 그는 번개가 올 것을 예고하고, 예고하는 자로서 파멸한다.

보라, 나는 번개를 예고하는 자며, 구름에서 떨어지는 묵직한 물방울이다. 우리는 이 번개를 초인이라 부른다.

5

차라투스트라는 말을 마치고 나서 다시 군중을 바라보았다. 그리고 입을 다물었다. 그는 마음속으로 말했다. "이들은 우두커니 서서 웃고 있을 뿐이다. 내 말을 알아듣지 못하는 게 틀림없다. 내 입은 이들의 귀에 맞지 않는 것이다.

눈으로 듣는 법을 배우도록 먼저 이들의 귀를 산산이 부숴야 하는 걸까? 큰북이나 참회를 권하는 설교자처럼 떠들썩한 소리를 내야 하는 걸까? 아니면 이들은 말더듬이의 말에만 귀 기울이는 걸까?

이들에게는 뭔가 자부심을 갖게 하는 것이 있다. 그것을 뭐라고 부르는가? 이들은 교양이라고 부른다. 그것이 이들을 목자보다 돋보이게 하는 것이다.

그 때문에 이들은 '경멸'이라는 말을 듣기 싫어한다. 그래서 나는 이들의 자부심을 향해 호소하려고 한다.

나는 이들에게 가장 경멸스러운 자를 말하고자 한다. 그것은 최후의 인간[8]이다."

그리하여 차라투스트라는 군중에게 말했다.

지금은 인간이 자신의 목표를 세워야 할 때다. 지금은 인간이 자신의 가장 높은 희망의 씨앗을 심어야 할 때다.

아직은 인간의 토양이 그럴 만큼 충분히 비옥하다. 그런데 언젠가 이 토양은 메마르고 황폐해져, 거기서 큰 나무가 더 이상 자랄 수 없게 될 것이다.

슬프구나! 인간이 더 이상 자신의 너머로 동경의 화살을 쏘지 못하고, 그의 활시위가 윙윙거리며 날아가게 하는 법을 잊어버리는 때가 오다니!

그대들에게 말하노니, 춤추는 별을 낳으려면 자신의 내면에 아직 혼돈을 지니고 있어야 한다. 그대들에게 말하노니, 그대들 내면에는 아직 혼돈이 있다.

슬프구나! 인간이 더 이상 별을 낳지 못하는 때가 오다니. 슬프구나! 더 이상 자기 자신을 경멸할 수 없는 더없이 경멸스러운 인간의 시대가 오다니.

보라! 그대들에게 최후의 인간을 보여 주겠다.

"사랑이 무엇인가? 창조가 무엇인가? 동경이 무엇인가? 별이 무엇인가?" ——최후의 인간은 이렇게 묻고서 눈을 껌벅인다.

그 순간 대지는 작아지고, 대지 위에는 모든 것을 작아지게 만드는 최후의 인간이 뛰어다닐 것이다. 그 종족은 벼룩처럼 뿌리 뽑기 어려워서, 최후의 인간은 가장 오랫동안 살아남을 것이다.

"우리는 행복을 고안해 냈다." ——최후의 인간은 이렇게 말하고 눈을 껌벅인다.

그들은 살기 힘든 지역을 떠났다. 따뜻함이 필요하기 때문이다. 그들은 아직 이웃을 사랑하고, 이웃과 서로 몸을 비비고 있다. 온기가 필요하기 때문이다.

그들은 질병과 불신을 죄악으로 간주한다. 그래서 그들은 조심스럽게 걷는다. 돌부리나 사람에 걸려 비트적거리는 자는 바보다!

때로 미량의 독은 안락한 꿈을 꾸게 한다. 하지만 다량의 독은 안락한 죽음으로 이끌 것이다.

그들은 아직 일을 한다. 그들에게 일은 놀이이기 때문이다. 하지만 놀이로 인해 몸이 축나지 않도록 조심해야 한다.

그들은 더 이상 가난해지거나 부유해지지 않는다. 두 가지 다 너무 성가신 일이다. 누가 아직 지배하는가? 누가 아직 복종하는가? 두 가지 다 너무 성가신 일이다.

목자가 없는 가축의 무리와 같다! 다들 같은 것을 바라고, 다들 같다. 다르다고 느끼는 자는 제 발로 정신병원으로 간다.

"전에는 온 세상이 미쳤었지." ──가장 총명한 자들은 이렇게 말하고 눈을 껌벅인다.

그들은 현명하며, 무슨 일이 일어났는지 다 알고 있다. 그래서 그들의 조롱은 끝없이 계속된다. 그들은 아직도 서로 다투지만 이내 화해한다. ──그러지 않으면 위가 망가지기 때문이다.

그들은 낮에는 낮대로, 밤에는 밤대로 소소한 즐거움을 만끽한다. 하지만 무엇보다 건강을 소중히 여긴다.

"우린 행복을 고안해 냈다." ──최후의 인간들은 이렇게 말하고 눈을 껌벅인다.

여기서 '머리말'이라고 불리는 차라투스트라 최초의 연설이 끝났다. 이 대목에서 군중의 고함과 환호가 연설을 중단했기 때문이다. 그들은 소리쳤다. "오, 차라투스트라, 우리에게 그 최후의 인간을 보여 다오! 우리를 이 최후의 인간으로 만들어 다오! 그리면 그대에게 초인을 선사하겠소!" 그러면서 모든 군중은 환호하며, 혀를 찼다. 차라투스트라는 슬퍼져서, 마음속으로 말했다.

이들은 내 말을 알아듣지 못하는 게 분명해. 내 입은 이들의 귀에 맞지 않아.

내가 산속에 너무 오래 살았나 보다. 시냇물과 나무 소리에 너무 많이 귀 기울였나 보다. 나는 목자에게 말하듯 말하고 말았구나.

내 영혼은 흔들림이 없고, 오전의 산처럼 밝다. 그러나 이들은 나를 냉혹하고, 끔찍한 농담이나 즐기는 조롱꾼이라고 생각한다.

이제 이들은 나를 바라보고 웃고 있다. 웃으면서 나를 미워하고 있어. 이들의 웃음은 얼음장처럼 차갑구나.

6

그런데 그때 모든 사람의 입을 다물게 하고, 모든 사람의 시선을 사로잡는 일이 일어났다. 그사이에 줄 타는 광대가 묘기를 선보이기 시작했던 것이다. 줄 타는 광대는 작은 문에서 걸어 나와 두 개의 탑 사이에 묶여 있는, 그러니까 장터와 군중 위에 걸려 있는 밧줄 위를 걸어갔다. 그가 바로 밧줄의 중간에 이르렀을 때, 또다시 그 작은 문이 열리면서, 어릿광대처럼 알록달록한 옷을 입은 사내가 뛰어나와 빠른 걸음으로 앞서 가는 사내를 뒤따랐다. 그는 끔찍한 목소리로 외쳤다.

"어서 가, 이 절름발이야! 어서 가, 이 게으름뱅이, 밀매업자, 창백한 녀석아! 내 발꿈치로 너를 간질이지 못하게 말이야! 여기 탑 사이에서 뭐 하는 거야? 너는 탑에 갇혀 있는 게 제격이야. 널 탑에 가둬야 하는 건데. 너보다 뛰어난 사람의 자유로운 진로를 가로막다니!" ──이렇게 소리를 지르면서 사내는 줄 타는 광대에게 점점 더 가까이 다가갔다. 그런데 사내가 그의 한 발짝 뒤에 다가갔을 때, 모든 사람의 입을 다물게 하고, 모든 사람의 시선을 사로잡는 무서운 일이 일어났다.

사내는 악마처럼 고함을 지르면서 자기 앞길을 막고 있던 광대를 훌쩍 뛰어넘었다. 광대는 자신의 경쟁자가 승리하는 것을 보고 그만 제정신을 잃고 밧줄을 헛디뎠다. 광대는 자신의 장대를 내던지고, 팔과 다리로 회오리바람을 일으키듯 장대보다 더 빠른 속도로 곤두박질쳤다. 장터와 군중은 폭풍이 휘몰아치는 바다와도 같았다. 모두들 뿔뿔이 흩어지며 뒤섞였다. 특히 광대의 몸이 떨어진 자리는 아수라장이 되었다.

하지만 차라투스트라는 제자리에 그대로 있었다. 그의 바로 옆에 줄 타는 광대가 떨어졌는데, 뼈가 부러지고 으스러졌지만, 아직 목숨은 붙어 있었다. 잠시 후 온몸이 부서진 광대가 의식을 되찾았다. 그는 차라투스트라가 자기 옆에서 무릎을 꿇는 것을 보았다. 이윽고 그가 말했다. "거기서 뭐 하고 있는 거요? 나는 오래전부터 악마가 내 발을 걸어 넘어뜨리리라는 것을 알고 있었소. 이제 악마가 나를 지옥으로 끌고 갈 모양인데, 그를 좀 막아주겠소?"

차라투스트라는 대답했다. "친구여, 맹세코 말하건대, 그대가 말하는 것 따위는 존재하지 않네. 악마도 지옥도 없어. 그대의 육체보다 그대의 영혼이 더 빨리 죽을 거야. 그러니 이제 더 이상 두려워하지 말게!"

그 남자는 믿지 못하겠다는 듯이 쳐다봤다. 이윽고 그는 말했다. "그대가 진리를 말한다면 나는 죽더라도 아무것도 잃지 않을 거요. 나는 매질과 보잘것없는 음식으로 춤추는 법을 배운 한 마리 짐승보다 나을 게 없소."

차라투스트라는 말했다. "그렇지 않네. 그대는 위험한 일을 그대의 직업으로 삼았을 뿐, 그건 경멸할 일이 아니야. 그대는 그대의 직업 때문에 파멸하는 것뿐이라네. 그러니 내 손으로 그대를 묻어주겠네."

차라투스트라가 이 말을 하자 죽어 가는 자는 더 이상 대답이 없었다. 하지만 그는 고마움을 표시하려고 차라투스트라의 손을 찾으려는 듯 손을 움직였다. ─

7

어느새 저녁이 되었고, 장터는 어둠에 싸였다. 군중은 모두 흩어졌다. 호기심과 놀라움마저도 싫증이 났기 때문이다. 하지만 차라투스트라는 죽은 광대 옆에 앉아, 시간 가는 줄도 모르고 생각에 잠겨 있었다. 이윽고 밤이 되었고, 차가운 바람이 고독한 자의 머리 위로 스쳐갔다. 그때 차라투스트라는 몸을 일으키며 마음속으로 말했다.

"실로 차라투스트라는 오늘 멋진 고기잡이를 했구나! 사람

은 하나도 낚지 못했지만, 그래도 시체 하나는 낚았으니.[9]

 인간의 생존은 으스스하고, 여전히 의미가 없구나. 어릿광대 한 명이 인간에게 재앙이 될 수 있으니.

 나는 인간들에게 그들의 존재 의미를 가르쳐주고 싶다. 그것은 초인이요, 인간이라는 먹구름에서 번쩍이는 번갯불이다.

 하지만 아직 나는 그들과 멀리 떨어져 있고, 내 말은 그들에게 통하지 않는구나. 인간들에게 나는 아직 광대와 시체 중간에 있는 자다.

 밤은 어둡고, 차라투스트라가 갈 길도 어둡구나. 가자, 그대 차갑고 뻣뻣한 길벗이여! 내 손으로 그대를 묻어줄 곳까지 메고 가리라."

8

 차라투스트라는 마음속으로 이렇게 말하고, 시체를 등에 메고 길을 떠났다. 그런데 채 백 걸음도 가지 않았는데, 한 사람이 그에게 슬그머니 다가와서 귀에 대고 속삭였다. 그런데 보라! 그에게 속삭인 자는 탑의 어릿광대였다. 그가 말했다.

 "오, 차라투스트라여, 이 도시를 떠나시오. 여기서는 너무 많은 인간들이 그대를 미워하오. 선하고 의로운 자들도 그대를 미워하며, 그대를 자신들의 적이자 자신들을 경멸하는 자라고 부르고 있소. 올바른 신앙을 가진 신자들도 그대를 미워하며, 그대를 대중의 위험 인물이라고 부르고 있소. 사람들이 그대를 비웃는 것은 다행스런 일이오. 정말이지 그대는 어릿광대처럼 이야기했소. 그대가 저 죽은 개[10]와 한패가 된 것이 그대에게는 다행스러운 일이었소. 그대가 자신을 그처럼 낮추었기 때문에 오늘 목숨을 구할 수 있었소. 그러나 곧 이 도시를 빠져나가시오. 그렇지 않으면 내가 내일 그대를, 곧 살아 있는 자가 죽은 자를 뛰어넘을 거요." 그는 이 말을 남기고 떠났다. 그러나 차라투스트라는 어두운 골목을 계속해서 나아갔다.

도시의 성문에서 그는 무덤 파는 자들과 마주쳤다. 그들은 횃불로 그의 얼굴을 비춰 보고 차라투스트라임을 알고는 그를 심하게 조롱했다. "차라투스트라가 죽은 개를 메고 가는구나. 차라투스트라가 무덤 파는 자가 되었다니 멋진 일이군! 이런 구운 고기를 만지기에는 우리 손이 너무 깨끗하니까. 차라투스트라가 악마에게서 고기 한 조각을 훔치려는 걸까? 자, 그럼! 맛있게 먹게! 악마가 차라투스트라보다 더 솜씨 좋은 도둑이 아니라면 말이야!——악마는 이들을 훔쳐서 먹어치울 거야!" 그리고 그들은 서로 웃어대며 머리를 맞댄 채 은밀히 이야기를 나누었다.

차라투스트라는 아무 대꾸도 없이 자신의 길을 갔다. 숲과 늪을 지나 두 시간쯤 걷는 동안, 굶주린 늑대들의 울부짖는 소리가 쉴 새 없이 들려왔고, 그 자신도 배가 고팠다. 그래서 그는 불빛이 새어 나오는 어느 외딴 집 앞에 발길을 멈추었다.

"배고픔이 강도처럼 엄습하는구나." 차라투스트라가 말했다. "숲과 늪에서 배고픔이 나를 엄습하는구나. 그것도 한밤중에.

나의 배고픔은 이상하게 변덕스럽다. 식사를 마친 후면 배가 고픈 게 보통인데, 오늘은 온종일 배가 고프지 않았어. 배고픔이 어디에 있었던 걸까?"

이렇게 중얼거리며 차라투스트라는 대문을 두드렸다. 그러자 한 노인이 나타났다. 등불을 든 노인이 물었다. "누가 찾아와 겨우 잠든 나를 깨우는 거요?"

"한 명의 산 자와 한 명의 죽은 자입니다." 차라투스트라가 말했다. "먹고 마실 것을 주시오. 온종일 먹는 것을 잊어버렸답니다. 현자가 말하기를 굶주린 자를 먹이는 자는 자신의 영혼에 생기를 불어넣는 자라고 하지 않았습니까."

노인은 안으로 들어가더니 이내 돌아와서 차라투스트라에게 빵과 포도주를 주었다. "이곳은 굶주린 자에겐 좋은 곳이 아니라네." 노인이 말했다. "그래서 내가 여기에 살고 있지 않나. 동물과 인간이 나에게, 이 은둔자에게 찾아온다네. 자네의 길벗에게도 먹고 마실 것을 주게나. 자네보다 더 지쳐 보이네." 차라투스트라가 대답했다. "나의 길벗은 죽었습니다. 그러니 먹으라고 설득하기 어려울 겁니다." "그건 나와 상관없네." 노인은 퉁명스럽게 말했다. "우리 집 대문을 두드린 사람은 내가 주는 것을 받아야 해. 그럼 먹고 잘 가게!"

그 후 차라투스트라는 길과 별빛을 따라 다시 두 시간을 걸었다. 그는 밤길을 걷는 데 익숙했고, 잠든 만물의 얼굴을 들여다보는 것을 좋아했기 때문이다. 그런데 먼동이 틀 무렵 차라투스트라는 깊은 숲 속에 있었고, 더는 아무 길도 보이지 않았다. 그래서 그는 자기 머리맡에 있는 텅 빈 나무 안에 죽은 자를 눕히고서 ─ 차라투스트라는 늑대들로부터 그를 보호하고 싶었기 때문이다. ─ 자신도 이끼 낀 땅에 드러누웠다. 그러자 비록 몸은 지쳤지만 평온한 마음으로 곧 잠이 들었다.

9

차라투스트라는 오랫동안 잠을 잤다. 아침놀뿐만 아니라 오전의 햇살도 그의 얼굴을 스치고 지나갔다. 마침내 그는 눈을 떴다. 차라투스트라는 놀라서 숲과 고요를 들여다보았고, 놀라서 자신의 내면을 들여다보았다. 그러고 나서 그는 갑자기 육지를 발견한 뱃사람처럼 재빨리 일어나 환성을 질렀다. 하나의 새로운 진리를 보았기 때문이었다. 그런 다음 그는 마음속으로 말했다.

한 줄기 빛이 밝았다. 나에겐 내가 가고자 하는 곳으로 함께 갈 살아 있는 길벗이 필요하다. 어깨에 메고 다녀야 하는 죽은 길벗, 시체가 아니라.

스스로 방향을 틀어, 내가 가고자 하는 곳으로 따라오는 살아 있는 길벗이 필요해.

한 줄기 빛을 보았다. 차라투스트라는 군중이 아니라 길벗에게 말하노라! 차라투스트라는 가축의 무리를 돌보는 목자나 개가 되어서는 안 된다!

내가 온 것은 무리에서 많은 이들을 끌어내기 위해서가 아니던가. 군중과 무리는 나에게 화를 내겠지. 목자들은 차라투스트라를 약탈자라고 부르겠지.

나는 목자라고 말하지만, 그들은 스스로를 선하고 의로운 자라고 부른다. 나는 목자라고 말하지만, 그들은 스스로를 올바른 신앙을 가진 신자라고 부른다.

선하고 의로운 자들을 보라! 그들은 누구를 가장 미워하는가? 그들이 존중하는 가치를 기록한 석판을 부수는 자, 파괴하는 자, 죄를 범하는 자를 가장 미워한다.——하지만 그는 창조하는 자다.

온갖 신앙의 신자들을 보라! 그들은 누구를 가장 미워하는가? 그들의 석판[11]을 부수는 자, 파괴하는 자, 죄를 범하는 자를 가장 미워한다. ――하지만 그는 창조하는 자다.

창조하는 자가 찾는 것은 길벗이지, 시체나 가축 무리, 신자들이 아니다. 창조하는 자는 함께 창조하는 자들을, 새로운 석판에 새로운 가치를 적을 자[12]들을 찾는다.

창조하는 자는 길벗을, 함께 수확할 자를 찾는다. 그에게는 모든 것이 수확을 기다리며 익어가기 때문이다. 하지만 그에게는 백 개의 낫이 없으므로, 이삭을 훑으며 화를 낸다.

창조하는 자는 자신의 낫을 갈 줄 아는 길벗을 찾는다. 이들은 선과 악을 파괴하는 자이자, 경멸하는 자라고 불릴 것이다. 하지만 이들은 수확하고, 축제를 벌이는 자들이다.

차라투스트라는 함께 창조하고, 수확하며, 축제를 벌이는 자들을 찾는다. 차라투스트라가 가축 무리나 목자들, 시체들과 무엇을 창조하겠는가!

그리고 그대, 나의 최초의 길벗이여, 잘 있게나! 난 속이 빈 나무에 그대를 잘 묻어두었고, 늑대들로부터 잘 숨겨 놓았네.

하지만 그대와 헤어질 때가 되었어. 나는 아침놀과 아침놀 사이에 새로운 진리를 얻었네.

나는 목자나 무덤 파는 자가 되지는 않을 거야. 다시는 군중과 이야기하지 않을 거야. 죽은 자에게 말하는 것도 이번이 마지막이야.

나는 창조하는 자, 수확하는 자, 축제를 벌이는 자와 한패가 될 거야. 나는 이들에게 무지개를 보여 주고, 초인이 딛는 모든 계단을 보여 줄 거야.

나는 혼자 있는 은둔자와 둘이 있는 은둔자에게 나의 노래를 불러줄 것이다. 그리고 일찍이 들어보지 못한 것에 귀 기울이는 자에게, 나의 행복으로 그의 가슴을 무겁게 만들어줄 것이다.

나의 길을 가고, 나의 목표를 향해 가련다. 나는 머뭇거리고 게으른 자들을 훌쩍 뛰어넘을 것이다. 그러므로 내가 가는 길이 그들에게는 내려가는 길이 되리라!

10

차라투스트라가 마음속으로 이 말을 했을 때, 해는 이미 중천에 떠 있었다. 그때 그는 무슨 일인가 하고 하늘을 쳐다보았다.——머리 위에서 날카로운 새 울음소리가 들렸기 때문이다. 그런데 보라! 독수리 한 마리가 크게 원을 그리며 공중을 날고 있었고, 독수리 몸에는 한 마리 뱀이 먹이가 아니라 친구처럼 걸려 있었다. 뱀이 독수리의 목을 휘감고 있었던 것이다.

"나의 짐승들이로구나!" 차라투스트라는 진심으로 기뻐했다.

"태양 아래 가장 자부심 강한 짐승과 태양 아래 가장 영리한 짐승이 무언가를 살펴보러 나왔구나.

차라투스트라가 아직 살아 있는지 알아보려는 거야. 정말 내가 아직 살아 있나?

짐승들 사이에 있는 것보다 인간들 사이에 있는 게 더 위험하다. 차라투스트라는 위험한 길을 가는 거야. 나의 짐승들이여, 나를 인도해 다오!"

차라투스트라는 숲 속에 사는 성자의 말을 떠올리며 한숨을 쉬었다. 그리고 마음속으로 말했다.

나는 좀 더 영리해지고 싶다! 나의 뱀처럼 머리끝에서 발끝까지 영리해지고 싶다!

하지만 나는 불가능한 일을 바라고 있다. 그러므로 언제나 나의 자부심이 나의 영리함과 함께하기를 간청하노라!

나의 영리함이 언젠가 나를 저버린다면──아, 그것은 달아나기를 좋아하는구나!──그때는 나의 자부심이 나의 어리석음과 함께 날아가 버리기를 바라노라!

차라투스트라의 내려감은 이렇게 시작되었다.

차라투스트라의 가르침

세 단계 변화에 대하여

나는 그대들에게 정신의 세 단계 변화를 설명할 것이다. 정신이 어떻게 낙타가 되고, 낙타[13]가 어떻게 사자가 되며, 마지막으로 사자가 어떻게 아이가 되는지를.

내면에 외경심이 깃들어 있는, 강하고 참을성 있는 정신은 무거운 짐을 지고 있다. 정신의 강함은 무거운 것과 가장 무거운 것을 갈망한다.

가장 무거운 것이란 무엇인가? 참을성 있는 정신은 이렇게 물으며 낙타처럼 무릎을 꿇고 앉아 무거운 짐을 싣기를 바란다.

그대 영웅들이여, 내가 짊어짐으로써 나의 강함을 기뻐할 수 있을 만큼 가장 무거운 것은 무엇인가? 참을성 있는 정신이 묻는다.

가장 무거운 것이란 정신의 오만함에 고통을 주기 위해 스스로를 낮추는 것이 아닌가? 정신의 지혜를 비웃기 위해 정신의 우둔함을 드러내는 것이 아닌가?

또는 뜻한 바를 이루어 승리를 축하하고 있을 때, 우리의 대의명분으로부터 떠나는 것이 아닌가? 유혹하는 자를 시험하기 위해 높은 산으로 올라가는 것이 아닌가?

깨달음의 도토리와 풀을 먹고 살며, 진리 때문에 영혼의 굶주림에 시달리는 것이 아닌가?

병든 그대를 위로하러 온 자들을 돌려보내고, 그대가 바라는 것을 조금도 듣지 못하는 귀머거리와 우정을 맺는 것이 아닌가?

진리의 물이라면 더러운 물속이라도 들어가고, 차가운 개구리든 뜨거운 두꺼비든 쫓아내지 않는 것이 아닌가?

우리를 경멸하는 자들을 사랑하고, 우리에게 공포를 자아내려는 유령에게 악수를 청하는 것이 아닌가?

참을성 있는 정신은 이 모든 무거운 것을 짊어지고자 한다. 그러므로 무거운 짐을 지고 총총히 사막으로 들어가는 낙타처럼, 정신은 자신의 사막으로 총총히 들어가는 것이다.

그런데 쓸쓸하기 짝이 없는 사막에서 두 번째 변화가 일어난다. 이곳에서 정신은 사자가 되고, 자유를 쟁취하여 사막의 주인이 되려고 한다.

그는 이곳에서 자신의 마지막 주인을 찾는다. 그는 자신의 마지막 주인, 마지막 신과 대적하고자 한다. 그는 승리를 얻기 위해 거대한 용과 싸우고자 한다.

정신이 더 이상 주인이나 신으로 섬기려고 하지 않는 거대한 용의 이름은 무엇인가? 거대한 용은 '너는 해야 한다.'를 뜻한다. 하지만 사자의 정신은 "나는 하려고 한다."라고 말한다.

'너는 해야 한다.'는 금빛 비늘을 번쩍이며, 정신의 앞길을 가로막는다. 용의 비늘마다 '너는 해야 한다.'라는 글자가 금빛으로 빛난다.

이 비늘에서는 천년을 지탱해 온 가치가 번쩍인다. 모든 용들 중에 가장 힘센 용이 말한다. "사물의 모든 가치는 나에게서 번쩍인다."

또 다시 용이 말한다. "모든 가치는 이미 창조되었고, 창조된 모든 가치는 바로 나다. 진실로 '나는 하려고 한다.'는 더 이상 존재해서는 안 된다."

나의 형제들이여, 그대들의 정신에 사자가 왜 필요한가? 체념과 경외를 아는, 짐을 지는 낙타로는 왜 만족하지 않는가?

새로운 가치를 창조하는 일, ──사자도 아직 이루지 못했지만, 새로운 가치를 창조하기 위해 스스로 자유를 창조하는 일 ──그것은 오직 사자의 힘으로 가능하다.

스스로 자유를 창조하고, 의무를 신성하게 부정하기 위해서는 사자가 필요하다.

새로운 가치의 권리를 확보하는 것 ── 이는 참을성 있고 경외를 아는 정신에게는 아주 끔찍한 일이다. 진실로, 이는 정신에게 강탈이고, 먹이를 약탈하는 맹수가 하는 짓이다.

정신은 일찍이 '너는 해야 한다.'를 가장 신성한 것으로 사랑했다. 그런데 이 정신이 자신의 사랑으로부터 자유를 빼앗기 위해, 가장 신성한 것에서도 망상과 자의(恣意)를 찾아야 한다. 이렇게 빼앗기 위해 사자가 필요하다.

하지만 나의 형제들이여, 사자도 할 수 없는 일을 아이가 어떻게 할 수 있단 말인가? 강탈하는 사자가 어떻게 아이가 되어야 한단 말인가?

아이는 순진함이자 망각이고, 새로운 시작이자 유희다. 저절로 굴러가는 바퀴이고, 최초의 움직임이며, 신성한 긍정이다.

그렇다. 나의 형제들이여, 창조의 유희를 위해서는 신성한 긍정이 필요하다. 이제 정신은 자신의 의지를 원하고, 속세를 등진 정신은 자신의 세계를 획득한다.

나는 그대들에게 정신의 세 단계 변화를 설명했다. 정신이 어떻게 낙타가 되고, 낙타가 어떻게 사자가 되며, 마지막으로 사자가 어떻게 아이가 되는지를.

차라투스트라는 말했다. 그때 그는 '얼룩소'라고 불리는 도시에 머물고 있었다.

덕을 가르치는 강의에 대하여

차라투스트라는 잠[14]과 덕을 잘 가르친다고 명성이 자자한 현자를 찾았다. 그는 높은 보수를 받으며, 수많은 젊은이들이 가르침을 듣기 위해 몰려드는 존경의 대상이었다. 차라투스트라는 그를 찾아가 젊은이들과 함께 그의 가르침을 들었다. 현자가 말했다.

잠을 존중하고 부끄러워하라! 그것이 가장 중요한 일이다! 밤에 잠을 이루지 못하고 깨어 있는 자들을 멀리하라!

도둑은 잠을 부끄러워한다. 도둑은 밤이 되면 언제나 살금살금 돌아다닌다. 그러나 야경꾼은 부끄러움을 모르고, 뻔뻔스럽게 호루라기를 불고 다닌다.

잠을 자기란 쉬운 일이 아니다. 그러려면 온종일 깨어 있어야 한다.

낮에 그대는 적어도 열 번은 자신을 극복해야 한다. 그것은 영혼의 양귀비이자 심한 피로를 안겨 줄 것이다.

그대는 적어도 열 번은 자기 자신과 화해해야 한다. 극복하기란 쓰라린 일이라서, 화해하지 않은 자는 잠을 이루기 어렵기 때문이다.

그대는 낮에 열 가지 진리를 발견해야 한다. 그대의 영혼이 굶주려 있으므로, 그렇지 않으면 그대는 밤에도 진리를 찾게 될 것이다.

그대는 낮에 열 번을 웃어야 하고 쾌활하게 지내야 한다. 그렇지 않으면 괴로움의 아버지인 위가 밤에 그대를 방해하게 될 것이다.

잠을 잘 자려면 온갖 덕을 지니고 있어야 하는데, 이를 아는 자는 별로 없다. 내가 위증을 하기라도 한다면? 내가 간통을 하기라도 한다면?

내가 이웃집 하녀에게 욕정을 품기라도 한다면? 이 모든 일은 순조로운 잠을 방해할 것이다.

온갖 덕을 지니고 있다 하더라도 한 가지 사실을 잘 알고 있어야 한다. 즉 덕조차도 제때에 잠들게 해주는 것이다.

귀여운 여자들이 서로 다투지 않도록 하는 게 필요하다! 불행한 그대를 두고 말이다!

신과 이웃에 화목하게 지내라! 그래야 잠을 잘 이룰 수 있다. 그리고 이웃의 악마와도 화목하게 지내라! 그렇지 않으면 그대의 집에 악마가 나타날 것이다.

권력에 경의를 표하고 복종하라. 그것이 설령 잘못된 것일지라도! 그래야 잠을 잘 이룰 수 있다. 권력이 굽은 다리로 돌아다니는 걸 좋아하는데 난들 어떡하겠는가?

나는 자신의 양 떼를 가장 푸른 초원으로 이끌고 가는 자를 항상 최고의 목자라고 부른다. 그래야 편히 잠을 이룰 수 있다.

나는 큰 명예도 막대한 재물도 바라지 않는다. 간만 붓게 하기 때문이다. 그러나 적당한 명성과 어느 정도의 재물이 없으면 잠을 이루기 어렵다.

나는 나쁜 사람들과 어울리는 것보다 한두 사람과 어울리는 것을 더 좋아한다. 하지만 이런 만남도 때맞춰 시작했다가 끝내야 한다. 그래야 편히 잠을 이룰 수 있다.

나는 마음이 가난한 자들을 무척 좋아한다. 그들은 잠을 잘 이루게 해준다. 특히 그들이 옳다는 것을 사람들에게 인정받는다면 그들은 복 받은 자들이다.

덕이 있는 사람의 낮은 이렇게 지나간다. 이제 밤이 되면 나는 잠을 부르지 않도록 주의해야 한다! 덕의 주인인 밤은 부르는 걸 좋아하지 않기 때문이다.

그 대신 나는 낮에 한 일과 생각한 일을 되새겨 본다. 암소처럼 참을성 있게 반추하면서 나는 스스로에게 묻는다. 네가 극복한 열 가지 일이 무엇인가?

그리고 내 마음을 흐뭇하게 만든 열 가지 화해와 열 가지 진리, 열 가지 웃음이 무엇인가?

이런저런 마흔 가지의 생각을 하며 마음을 가라앉히면, 덕의 주인은 부르지 않았는데도 어느새 찾아온다.

잠이 눈꺼풀을 두드리면 나의 눈꺼풀은 감긴다. 잠이 입술을 어루만지면 나의 입술은 벌어진다.

참으로, 도둑 중에 가장 사랑스런 도둑인 잠이 발소리를 죽인 채 나에게 다가와, 나의 생각을 훔쳐간다. 나는 이 의자처럼 멍하니 서 있다.

하지만 나는 마냥 그렇게 있지 않고 이내 눕는다.

현자의 말을 들으며 차라투스트라는 마음속으로 웃었다. 깨달음을 얻었기 때문이다. 그래서 이렇게 중얼거렸다.

마흔 가지의 생각을 지닌 이 현자는 바보에 지나지 않지만, 잠을 이루는 문제는 잘 알고 있는 것 같다.

현자 곁에서 사는 자는 그것만으로 이미 행복한 일이다! 그런 잠은 전염성이 강해서, 두꺼운 벽이라도 뚫을 수 있다.

그의 가르침에는 어떤 마력이 들어 있다. 젊은이들이 잠의 설교자에게 가르침을 받는 것은 쓸데없는 일이 아니었다.

그의 지혜는 잠을 잘 이루기 위해 주의하는 것이다. 그리고 참으로 삶이 의미가 없고, 내가 무의미를 선택해야 한다면, 이는 나에게도 가장 선택할 만한 가치가 있는 무의미일 것이다.

이제 나는 사람들이 덕의 스승을 찾아와, 무엇을 얻으려고 했는지 알겠다. 그들은 잠을 잘 자는 것과 양귀비꽃 같은 덕을 원했던 것이다!

세인의 찬사를 받는 현자의 가르침에서 지혜란 꿈을 꾸지 않고 자는 것이다. 이들은 삶의 보다 나은 의미를 알지 못했다.

오늘날에도 이러한 덕의 설교자 같은 자들이 더러 있다. 하지만 항상 그렇게 정직한 것은 아니다. 그들의 시간은 이미 지나갔다. 그래서 그들은 이제 더 이상 서 있지 못하고, 어느덧 자리에 누워 있다.

졸음에 겨운 자들은 행복하다. 곧 잠에 곯아떨어질 테니까.

차라투스트라는 이렇게 말했다.

저편의 세계를 믿는 자들에 대하여

일찍이 차라투스트라도 저편의 세계를 믿는 모든 인간들처럼 피안의 망상에 사로잡혔던 때가 있었다. 그때 세계는 고뇌와 번민에 찬 신[15]의 작품이었다.

그때 세계는 꿈이자 신의 시문학 작품이었다. 신에 불만을 가진 자들의 눈앞에 피어오른 알록달록한 연기와도 같았다.

선과 악, 쾌락과 고통, 나와 너 ─ 이런 것들은 창조자의 눈에 알록달록한 연기처럼 보였을 것이다. 창조자는 자신에게서 눈길을 돌리려는 생각으로 세계를 창조했다.

고통에 시달리는 자에게는 자신의 고통에서 눈을 돌리고 자신을 잃어버리는 것이 도취적인 쾌락이다. 도취적인 쾌락과 자기 자신을 잃어버리는 것은 한때 내가 생각한 세계였다.

영원히 불완전한 이러한 세계, 영원한 모순의 모사(模寫)이자 불완전한 모사 ─ 이러한 세계를 만든 불완전한 창조자에게는 도취적인 쾌락 ─ 이것이 한때 내가 생각한 세계였다.

그러므로 나도 한때는 저편의 세계를 믿는 인간들처럼 피안의 망상에 사로잡혀 있었다. 그것이 진정한 의미의 피안이었을까?

아, 형제들이여, 내가 만들어낸 이러한 신은 모든 신들과 마찬가지로 인간의 작품이자 망상이다.

그는 인간이고, 인간과 자아(Ego)의 가련한 한 조각에 불과하다. 이 유령은 참으로 내 자신이 타고 남은 재와 불에서 나온 것이지, 피안에서 온 것이 아니다!

나의 형제들이여, 무슨 일이 일어났던가? 나는 자신을, 고뇌하는 자신을 극복했고, 타고 남은 재를 산으로 가져가서 보다 환한 불꽃으로 만들었다. 그런데 보라! 이제 유령들이 나를 피해 달아나고 있지 않은가!

이러한 유령을 믿는 것은 지금 건강을 회복하고 있는 나에게 고뇌와 고통이 될지도 모른다. 지금 나에게 고뇌이자 굴욕이 될지도 모른다. 그러므로 나는 저편의 세계를 믿는 자들에게 말하노라.

고뇌와 무능력, 이것이 저편의 세계를 믿는 사람들을 만들어 냈고, 더없이 괴로운 사람만이 경험하는 행복이라는 저 짧은 망상이 그런 세계를 만들어냈다.

목숨을 걸고 뛰어올라 단숨에 궁극적인 것에 이르려는 데서 오는 피로감, 이제 더는 아무것도 바라지 못하는 가련하고 무지한 피로감, 이것이 온갖 신들과 저편의 세계를 만들어냈다.

나의 형제들이여, 내 말을 믿어라! 몸에 절망한 것은 바로 몸이었다. 그 몸이 우롱당한 정신의 손가락으로 궁극의 벽을 더듬은 것이다.

나의 형제들이여, 내 말을 믿어라! 대지에 절망한 것은 바로 몸이었다. 존재의 배가 자신에게 하는 말을 들은 것은 그 몸이었다.

그때 몸은 머리를 써서, 단지 머리만 쓴 것은 아니지만, 궁극의 벽을 뚫고 '저 세계'로 넘어가고자 했다.

그런데 '저 세계'는 인간에게 감추어져 있다. 인간다움을 잃은 저 비인간적인 세계는 천상의 무(無)다. 그리고 존재의 배는 인간적인 모습이 아니라면, 결코 인간에게 말을 걸지 않는다.

참으로 모든 존재는 증명하기도 어렵고, 입을 열게 하기도 힘들다. 그대 형제들이여, 나에게 말해 다오. 명확하게 증명할 수 있는 일은 불가사의한 일이 아닌가?

그렇다. 이러한 자아의 모순과 혼란이야말로 자신의 존재를 가장 솔직하게 말해 준다. 창조하고 노력하며 평가하는 이러한 자아야말로 사물의 척도이자 가치인 것이다.

이 가장 솔직한 존재, 자아 ─ 그것은 몸을 말하고, 몸을 원한다. 꾸며대고 몽상하며 부서진 날개로 파닥거릴 때조차도.

자아는 점점 더 솔직하게 말하는 것을 배운다. 그리고 많이 배우면 배울수록 자아는 몸과 대지를 위한 말을 보다 많이 발견하고 경의를 표한다.

나의 자아는 나에게 새로운 자부심을 가르쳤고, 나는 그것을 사람들에게 가르친다. 더 이상 천상의 모래밭에 머리를 처박는 것이 아니라, 대지에 의미를 부여하는 대지의 머리를 자유롭게 쳐들라고!

나는 인간들에게 새로운 의지를 가르친다. 인간이 맹목적으로 걸어온 이 길을 원하고, 이 길을 받아들이며, 병자와 죽어가는 자들처럼 더 이상 길에서 벗어나 몰래 달아나지 말라고!

병자와 죽어가는 자들이야말로 몸과 대지를 경멸하고, 하늘나라와 구원의 핏방울을 꾸며낸 자들이다. 하지만 이들은 이러한 달콤하고 음산한 독조차도 대지와 몸에서 만들어낸 것이다!

이들은 자신의 불행에서 달아나려고 하지만, 별은 이들에게서 너무 멀리 떨어져 있다. 그래서 이들은 탄식한다. "오, 다른 존재와 행복으로 살그머니 들어갈 수 있는 천사의 길이 있으면 좋으련만!" ─ 그래서 이들은 샛길과 핏빛 음료를 만들어냈던 것이다!

이 배은망덕한 자들은 이제 자신의 몸과 이 대지로부터 벗어났다고 착각한다. 하지만 벗어났다는 기쁨과 희열은 누구 덕분인가? 자신의 몸과 이 대지의 덕이 아니던가.

차라투스트라는 병자에게 상냥하다. 참으로 그는 이들 나름대로의 위안과 배은망덕에 화내지 않는다. 이들은 병이 나아 극복하는 자가 되고, 보다 고귀한 몸을 갖게 되기를 바랄 뿐이다!

차라투스트라는 건강을 회복하고 있는 사람이 자신의 망상에 연연하고, 한밤중에 자신이 섬기는 신의 무덤 주위를 배회하더라도 화내지 않는다. 하지만 그들의 눈물은 아직 병이고 병든 몸이다.

꾸며대며 신을 애타게 갈구하는 자들 중에 언제나 병든 사람들이 많았다. 이들은 인식하는 자들을 격렬하게 미워하고, 덕 중에 가장 새로운 덕인 솔직함을 몹시 미워한다.

이들은 언제나 까마득한 옛날을 되돌아본다. 물론 그때는 망상과 믿음이 지금과 달랐다. 이성의 광기는 신과 닮아 있었고, 의심은 죄악이었다.

나는 신과 닮은 자들을 잘 알고 있다. 이들은 사람들이 자신을 믿기를 바라며, 의심은 죄악이라고 말한다. 또한 나는 이들이 무엇을 믿고 있는지 잘 알고 있다.

참으로 이들이 믿는 것은 저편의 세계와 구원의 핏방울이 아니라 몸이며, 이들에게는 자신의 몸이 물(物) 자체다.

하지만 이들에게 몸은 병든 것이고, 어떻게든 몸이라는 피부에서 벗어나고자 한다. 그 때문에 이들은 죽음의 설교자 말에 귀 기울이고, 스스로 저편의 세계를 설교하는 것이다.

나의 형제들이여, 오히려 건강한 몸의 음성에 귀 기울여라! 이것이야말로 보다 솔직하고 순수한 음성이다.

건강한 몸, 완전하고 반듯한 몸은 보다 솔직하고 순수하게 말한다. 그리고 그 몸은 대지의 의미를 말한다.

  차라투스트라는 이렇게 말했다.

몸을 경멸하는 자[16]들에 대하여

  나는 몸을 경멸하는 자들에게 말한다. 그들에게 다시 배우고 다시 가르치라는 것이 아니라, 그들 자신의 몸에 작별을 고하고 침묵을 지키라는 것이다.

  "나는 몸이고 영혼이다." ―아이는 이렇게 말한다. 그렇다면 우리는 왜 아이들처럼 말하지 못하는가?

  하지만 선각자와 선지자는 말한다. "나는 전적으로 몸이고, 그 밖의 아무것도 아니다. 그리고 영혼은 몸에 달린 무언가를 표현하는 말에 지나지 않는다."

  몸은 하나의 커다란 이성이자, 하나의 의미를 지닌 다양성이다. 전쟁이자 평화며, 가축의 무리이자 목자다.

  나의 형제여, 그대가 '정신'이라고 부르는 그대의 하찮은 이성도 그대 몸의 도구고, 그대의 커다란 이성의 작은 도구이자 장난감이다.

  그대는 '자아'라고 말하며, 이 말에 자부심을 느낀다. 하지만 보다 위대한 것은 ―그대가 믿지 않을지도 모르지만― 그대의 몸이고 그 몸이라는 커다란 이성이다. 이 커다란 이성은 자아를 말하지 않고 자아를 행한다.

  감각이 느끼는 것, 정신이 인식하는 것, 그것은 그 스스로 결코 자신의 목적을 갖고 있지 않다. 하지만 감각과 정신은 자신들이 모든 사물의 목적이라고 그대에게 설득하고 싶어 한다. 그것들은 이처럼 허영심이 강하다.

감각과 정신은 도구이자 장난감이다. 그것들 뒤에는 아직 자기[17]가 있다. 자기는 감각의 눈으로 찾고, 정신의 귀로 듣는다.

자기는 언제나 듣고 찾는다. 그것은 비교하고 억압하며 정복하고 파괴한다. 그것은 자기를 지배하며, 자아를 지배하는 자이다.

나의 형제여, 그대의 사상과 감정의 배후에는 강력한 지배자, 알려지지 않은 현자가 있으니, 그 이름은 자기다. 그것은 그대의 몸 안에 살고 있고, 그대의 몸이 바로 그것이다.

그대의 몸에는 그대의 가장 뛰어난 지혜 속에 있는 것보다 더 많은 이성이 들어 있다. 그런데 그대의 몸이 무엇 때문에 바로 그대의 가장 뛰어난 지혜를 필요로 하는지 대체 누가 알겠는가?

그대의 자기는 그대의 자아와 그 자아의 자랑스러운 도약을 비웃는다. "사상의 이러한 도약과 비상(飛翔)은 나에게 무엇이란 말인가?" 자기가 스스로에게 말한다. "나의 목적에 이르는 우회로다. 나는 자아를 이끄는 끈이고, 자아의 개념들을 귓속말로 알려 주는 자다."

자기가 자아에게 말한다. "여기서 고통을 느껴라!" 그러면 자아는 괴로워하면서, 어떻게 하면 더 이상 괴로워하지 않을지 곰곰 생각한다.—바로 그 때문에 자아는 사유해야 한다.

자기가 자아에게 말한다. "여기서 쾌락을 느껴라!" 그러면 자아는 기뻐하면서, 어떻게 하면 자주 기뻐할 수 있을지 곰곰 생각한다. 바로 그 때문에 자아는 사유해야 한다."

나는 몸을 경멸하는 자들에게 한마디 하고자 한다. 그들이 경멸하는 것은 사실 존중하기 때문이다. 존중과 경멸, 가치와 의지를 창조한 것이 무엇이란 말인가?

창조하는 자기가 존중과 경멸, 쾌락과 고통을 창조했다. 창조하는 몸은 자신의 의지로 정신을 창조했다.

몸을 경멸하는 그대들이여, 그대들이 어리석음과 경멸에 빠져 있을 때도 그대들은 그대들의 자기에 봉사하고 있다. 그대들에게 말하노라. 그대들의 자기는 스스로 죽음을 바라고, 삶을 외면하고 있다.

그대들의 자기는 그것이 가장 하고 싶어 하는 일, 즉 자기 자신을 넘어 창조하는 일을 더는 할 수 없다. 자기가 가장 원하는 것은 자기 자신을 넘어 창조하는 일이며, 자기가 열정을 다해 하고자 하는 일이 바로 그것이다.

하지만 자기가 그 일을 성취하기에는 이제 너무 늦어버렸다. 그래서 그대들의 자기는 몰락하려고 한다. 몸을 경멸하는 그대들이여.

그대들의 자기는 파멸하려고 하고, 그 때문에 그대들은 몸을 경멸하는 자가 되었도다! 그대들은 더 이상 그대 자신을 넘어 창조할 수 없기 때문이다.

그리고 그 때문에 그대들은 이제 삶과 대지에 분노한다. 눈을 흘기며 경멸하는 그대들의 눈길에는 어떤 질투가 담겨 있다.

나는 그대들의 길을 가지 않는다. 몸을 경멸하는 그대들이여. 그대들은 나에게 초인에 이르는 다리가 아니다!

차라투스트라는 이렇게 말했다.

환희와 열정에 대하여

나의 형제여, 그대에게 한 가지 덕이 있고, 그것이 그대의 덕이라면, 그대는 그것을 아무와도 나누어 갖지 못한다.

물론 그대는 이 덕의 이름을 부르고 쓰다듬고 싶어 한다. 그대는 이 덕의 귀를 잡아당기며 장난이라도 치고 싶어 한다.

그런데 보라! 이제 그대는 이 덕을 군중과 나누어 갖고, 그대의 덕으로 군중이 되며 가축의 무리가 되었다!

그대는 차라리 이렇게 말하는 게 나을지도 모른다. "나의 영혼을 고통스럽게 만들고 달콤하게 만들며, 나의 내장을 굶주리게 하는 것, 그것은 말로 표현할 수 없고 이름도 없다."

그대의 덕은 이름으로 친숙하게 부르기에는 너무 높은 곳에 있어야 하리라. 그리고 덕을 말해야 할 때는 더듬거리며 말하더라도 부끄럽게 여기지 말라.

더듬거리며 말하라. "그것은 나의 선이고, 나는 그것을 사랑한다. 그것은 내 마음에 쏙 들며, 나는 오로지 그 선을 원한다.

나는 그 덕을 신의 법으로서, 인간의 규범이나 필수품으로서 원하는 것이 아니다. 그 덕은 이 지상의 너머나 천국[18]으로 인도하는 이정표가 되어서는 안 되리라.

내가 사랑하는 것은 바로 이 지상에서의 덕이다. 그 속에 현명함은 별로 없고, 모든 사람이 지니고 있는 이성은 아주 조금만 들어 있다.

그러나 이 새는 우리 집에 둥지를 틀었다. 그 때문에 나는 이 새를 사랑하고 껴안는다. 이제 이 새는 우리 집에서 황금 알을 품고 있다."

이렇게 그대는 더듬거리며 그대의 덕을 칭송해야 한다.

한때 그대에겐 열정이 있었지만, 그대는 그것을 악이라 불렀다. 그런데 이제 그대는 그대의 덕만을 지니고 있는데, 그 덕은 그대의 열정에서 자라난 것이다.

그대는 이러한 열정의 마음에 그대의 최고 목표를 두었다. 그러자 그 열정은 그대의 덕이 되고 환희가 되었다.

그대가 다혈질이거나 관능적이거나 광신적이거나 복수심에 불타는 자의 혈통을 이어받았다 하더라도,──

결국 그대의 모든 열정은 덕이 되었고, 그대의 모든 악마는 천사가 되었다.

한때 그대는 그대의 지하실에 들개를 키우고 있었다. 하지만 결국 그 들개들은 새와 사랑스러운 여가수로 변했다.

그대는 그대의 독으로 그대의 향유를 만들어낸 셈이고, 그대의 슬픔이라는 암소에게서 젖을 짜낸 셈이다. 이제 그대는 그 젖가슴에서 나오는 달콤한 젖을 마시고 있다.

그리고 그대에게서 더 이상 악이 자라나지 않을 것이다. 그대가 지닌 덕의 투쟁에서 자라는 악이 아니라면.

나의 형제여, 그대에게 행운이 있다면 그대는 하나의 덕을 가질 뿐 더는 갖지 않을 것이다. 그래야 더 홀가분한 마음으로 다리를 건널 수 있기 때문이다.

덕이 많다는 것은 돋보이는 일이긴 하지만, 힘든 운명이기도 하다. 많은 이들이 사막으로 가서, 덕의 싸움을 견디고 전쟁터가 되는 것을 감내하느라 지친 나머지 스스로 목숨을 끊지 않았던가.

나의 형제여, 전쟁과 전투는 악한 것인가? 하지만 이러한 악은 꼭 필요하고, 그대의 여러 덕이 서로 시샘하고 불신하며 비방하는 것은 필연적이다.

보라, 그대의 덕들은 각기 최고의 자리를 갈망하고 있지 않은가. 그대의 정신을 그 덕의 전령으로 삼고자, 덕은 그대의 정신 전체를 원한다. 그대의 덕은 분노, 미움, 사랑 속에서 그대의 힘 전체를 원한다.

모든 덕은 다른 덕을 시샘하는데, 이 시샘이란 끔찍한 것이다. 덕의 시샘으로 파멸에 이를 수 있다.

시샘의 불꽃에 휩싸인 자는 결국 방향을 돌려, 전갈처럼 자기 자신을 독침으로 쏜다.

아, 나의 형제여, 그대는 어떤 덕이 자기 자신을 비방하고 찔러 죽이는 것을 본 적이 없는가?

인간이란 극복되어야 하는 그 무엇이다. 그러므로 그대는 그대의 덕을 사랑해야 한다. 그대가 그것들로 파멸할 것이기 때문이다.

차라투스트라는 이렇게 말했다.

창백한 범죄자에 대하여

그대 재판관과 제물을 바치는 자들이여, 그대들은 제물로 바쳐진 동물이 고개를 끄덕여 동의해야 죽일 것인가? 보라, 창백한 범죄자가 고개를 끄덕였고, 그의 눈은 커다란 경멸을 보이고 있다.

"나의 자아는 극복되어야 하는 무엇이다. 나의 자아는 나에게 인간에 대한 커다란 경멸이다." 그의 눈이 이렇게 말하고 있다.

그의 최고 순간은 자기 자신을 재판하는 것이다. 그러므로 이 숭고해진 자를 그의 비열한 상태로 다시 되돌리지 마라!

이처럼 자기 자신에게 시달리는 자에겐 빨리 죽는 것 말고는 어떤 구원도 없다.

그대 재판관들이여, 그대들은 복수심으로가 아니라 동정심으로 사형 판결을 내려야 한다. 그리고 그대들은 사형 판결을 내리면서 자신의 삶을 정당화하도록 노력하라!

그대들은 자신들이 죽이는 자와 화해하는 것으로는 충분치 못하다. 그대들의 슬픔이 초인에 대한 사랑이 되도록 하라. 그리하여 그대들이 아직 살아 있음을 정당화하라!

그대들은 '적'이라고 말해야지 '악인'이라고 말해선 안 된다. '병자'라고 말해야지 '악당'이라고 말해선 안 된다. '바보'라고 말해야지 '죄인'이라고 말해선 안 된다.

그리고 붉은 법복을 입은 재판관이여, 그대가 이미 마음속에서 행한 모든 일을 큰 소리로 말한다면 다들 이렇게 소리칠 것이다. "이 더러운 놈, 독충을 없애 버려라!"

하지만 생각과 행위, 그리고 그 행위의 표상은 별개의 것이다. 그것들 사이에는 인과의 수레바퀴가 돌지 않는다.

어떤 표상이 창백한 사람을 창백하게 만들었다. 그가 어떤 행위를 했을 때 그는 그 행위를 감당할 만했지만 그 행위를 하고 난 뒤에는 그것의 표상을 감당할 수 없었다.

그는 이제 언제나 자신이 어떤 행위를 한 자로 생각하게 되었다. 나는 이를 망상이라고 부른다. 즉 그에게는 거꾸로 예외가 본질이 된 셈이다.

줄 하나가 암탉을 꼼짝 못하게 묶어놓는다. 이처럼 그가 저지른 어떤 행위가 그의 가련한 이성을 꼼짝 못하게 묶어버리는 것이다. ——나는 이를 행위 이후의 망상이라고 부른다.

들어보라, 그대 재판관들이여! 또 다른 망상이 있으니 이는 행위 이전의 망상이다. 아, 그대들은 이러한 영혼 속으로 충분히 깊게 들어가지 못한 것이다!

붉은 법복을 입은 재판관이 말한다. "이 범죄자가 살인한 이유는 무엇인가? 그는 강탈하려고 했기 때문이다." 하지만 나는 그대들에게 말한다. "그의 영혼이 원한 것은 강탈이 아니라 피였다. 그는 칼을 휘두르는 행복을 갈망하고 있었다."

그러나 그의 가련한 이성은 이러한 망상을 이해하지 못하고 그를 설득했다. "피가 무슨 상관이란 말인가! 너는 강탈을 하지 않을 것인가? 복수를 하지 않을 것인가?" 이성이 말했다.

그리고 범죄자는 자신의 가련한 이성의 말에 귀 기울였는데, 이성의 말은 그의 마음을 납덩이처럼 짓눌렀다. 그래서 범죄자는 살인하면서 강탈까지 했던 것이다. 그는 자신의 망상을 부끄러워하지 않았다.

그런데 이제 죄책감이란 납덩이가 다시 그의 마음을 짓누른다. 그러자 그의 가련한 이성은 다시 뻣뻣해지고 마비되며 무거워졌다.

그가 머리를 흔들 수만 있어도 그의 짐은 굴러떨어지겠지만, 누가 이 머리를 흔들 수 있단 말인가?

이 사람의 정체는 무엇인가? 정신을 통해 세계 속으로 손을 내뻗는 질병의 무더기이다. 즉 질병들은 이 세계에서 먹이를 낚아채려고 한다.

이 사람의 정체는 무엇인가? 서로 사이좋게 지내지 못하는 뱀들이 뒤엉켜 있는 것이다. 그래서 뱀들은 각기 따로 흩어져 이 세상에서 먹이를 구한다.

이 가련한 몸을 보라! 이 몸이 괴로워하고 탐낸 것을 이 가련한 영혼이 나름대로 해석해 낸 것이다. 이 영혼은 그것을 살인의 욕구로, 칼을 휘두르는 행복의 갈망으로 해석했다.

지금 악하다고 불리는 악이 병든 자를 덮친다. 병든 자는 자신이 받은 고통으로 남에게 고통을 주려고 한다. 하지만 이와 다른 시대가 있었고, 다른 악과 선이 있었다.

한때 의심은 악이었고, 자기에 대한 의지도 악이었다. 그때는 병자가 이단자가 되었고 마녀가 되었다. 이단자이자 마녀로서 그는 고통을 받았고 남에게 고통을 주려고 했다.

하지만 이러한 말이 그대들의 귀에 먹히지 않는다. 이런 말은 그대들의 선한 자에게 해롭다고 그대들은 나에게 말한다. 하지만 그대들의 선한 자들이 나와 무슨 상관이란 말인가!

그대들의 선한 자들이 지니고 있는 많은 점이 나에게 구역질을 일으킨다. 그런데 정말이지 그들의 악은 그렇지 않다. 나는 이러한 창백한 범죄자처럼 그들도 자신들을 파멸로 이끌 망상을 품기 바란다!

참으로 나는 그들의 망상이 진리나 성실, 정의로 불리기를 바란다. 하지만 그들은 오랫동안 살기 위해, 가련하지만 안락하게 살기 위해 자신의 덕을 지니고 있다.

나는 급류가 흐르는 강가의 난간이다. 붙잡을 수 있는 자는 나를 붙잡아라! 그렇지만 내가 그대들의 지팡이는 아니다.

차라투스트라는 이렇게 말했다.

읽기와 쓰기에 대하여

나는 모든 글 중에서 자신의 피로 쓴 것만 사랑한다. 피로 써라. 그리하면 그대는 피가 정신임을 알게 될 것이다.

남의 피를 이해하기란 쉬운 일이 아니다. 그래서 나는 글을 읽는 게으름뱅이들을 미워한다.

독자를 아는 자는 독자를 위해 더는 아무 일도 하지 않는다. 백년이나 된 독자라면, 그 정신 자체는 악취를 풍길 것이다.

누구나 읽는 것을 배우면 결국에는 쓰는 것뿐만 아니라 생각마저 썩고 말 것이다.

한때 정신은 신이었고, 그 다음에는 인간이 되었다가, 이젠 천민이 되었다.

피와 잠언으로 글을 쓰는 자는 읽히기를 바라는 것이 아니라 암송되기를 바란다.

산에서 산으로 갈 때 가장 가까운 길은 봉우리에서 봉우리로 가는 것이다. 하지만 그러려면 다리가 길어야 한다. 잠언은 봉우리가 되어야 한다. 그리고 몸집이 크고 키가 큰 자라야 잠언을 알아들을 수 있다.

희박하고 순수한 공기, 임박한 위험, 흥겨운 심술궂음으로 가득 찬 정신, 이런 것들이 서로 잘 어울린다.

나에게는 용기가 있으므로 내 주위에 요마(妖魔)가 있었으면 좋겠다. 유령들을 쫓아버리는 용기는 스스로 요마를 만들어낸다. 용기는 너털웃음을 짓고자 한다.

나는 이제 그대들처럼 느끼지 않는다. 발아래로 보이는 이 구름들, 내가 비웃는 저 검고 묵직한 구름, 바로 이것이 그대들의 번개를 몰아오는 구름이다.

그대들은 높은 곳에 오르려고 할 때 위를 쳐다본다. 나는 이미 높은 곳에 있으므로 아래를 내려다본다.

그대들 중에 누가 웃을 수 있으며 동시에 높은 곳에 있다고 할 수 있는가?

가장 높은 산에 올라가는 자는 모든 비극적 유희와 비극적 심각함을 비웃는다.

지혜는 우리에게 개의치 말고 조롱하며 난폭하게 행동하기를 원한다. 즉 지혜는 여인이라서 언제나 용사만을 사랑한다.

그대들은 나에게 말한다. "삶은 감당하기 어렵다."고. 그런데 그대들은 무엇 때문에 아침에는 자부심을 지녔다가, 저녁에는 체념하고 마는가?

삶이란 감당하기 어렵다. 하지만 내 앞에서 그렇게 나약하게 굴지 마라! 우리는 모두 짐을 지고 가는 귀여운 나귀들이 아닌가!

우리는 한 방울의 이슬만 떨어져도 파르르 떠는 장미 꽃봉오리와 어떤 공통점이 있는가?

참으로 우리가 삶을 사랑하는 것은 삶에 익숙해져서가 아니라 사랑에 익숙해졌기 때문이다.

사랑에는 언제나 약간의 망상이 담겨 있다. 그러나 망상 속에는 언제나 약간의 이성이 깃들어 있다.

그런데 삶에 호의적인 내가 보기에도 나비와 비눗방울이, 그리고 인간들 중에서 그런 부류의 자들이 행복을 가장 많이 아는 것 같다.

이렇듯 가볍고 어리석으며 우아하고 활동적인 조그만 영혼들이 파닥거리며 나는 것을 보노라면, 차라투스트라는 이에 유혹되어 눈물을 흘리고 노래를 부르지 않을 수 없다.

나는 춤출 줄 아는 하나의 신만 믿을 것이다.

그리고 나는 나의 악마를 보고 진지하고 철저하며 심오하고 엄숙하다고 생각했다. 그것은 중력의 영(靈)[19]이었고, 이로써 모든 사물은 떨어지는 것이다.

인간들은 분노로 죽이는 것이 아니라 웃음으로 죽인다. 자, 우리 중력의 영을 죽이도록 하자꾸나!

나는 걷는 법을 배웠고, 그런 이후로 자신을 내달리게 한다. 나는 날아다니는 법을 배웠고, 그 이후로 누구에게 떠밀리지 않아도 솔선해서 움직이게 되었다.

이제 나는 가벼워서, 이제 나는 날아다닌다. 이제 나는 자신을 내려다보며, 이제 어떤 신이 나로 인해 춤을 춘다.

차라투스트라는 이렇게 말했다.

산비탈의 나무에 대하여

차라투스트라는 한 젊은이가 자신을 피해 가는 것을 목격했다. 어느 날 저녁 그가 '얼룩소'라고 불리는 도시를 둘러싸고 있는 산길을 혼자 걸어가는 중이었다. 그런데 보라. 이 젊은이가 어떤 나무에 몸을 기대고 앉아, 피곤한 눈으로 골짜기를 내려다보고 있었다. 차라투스트라는 그 젊은이가 앉아 있는 나무를 붙잡고 말했다. "두 손으로 이 나무를 흔들고 싶어도 그럴 수 없을 거야.

그러나 우리 눈에 안 보이는 바람은 나무를 괴롭히고 마음대로 구부릴 수 있지. 우리도 이처럼 눈에 보이지 않는 손에 의해 가장 심하게 구부려지고 괴롭힘을 당하는 걸세."

그러자 젊은이는 깜짝 놀라 몸을 일으키며 말했다. "차라투스트라의 목소리가 아닌가요. 그렇지 않아도 방금 전까지 당신을 생각하고 있던 중입니다." 차라투스트라는 이렇게 대꾸했다.

"왜 그렇게 놀라는가? 인간은 나무와 같은 존재가 아니던가. 나무는 높고 밝은 곳으로 오르려고 할수록 뿌리를 더욱 힘차게 대지를 향해 아래로, 어둠 속으로, 깊은 곳으로—악(惡)의 내부로 뻗어가려고 하지."

"그래요. 악의 내부로!" 젊은이가 소리쳤다. "당신은 어떻게 내 영혼을 들여다볼 수 있었나요?"

차라투스트라는 빙그레 웃으며 말했다. "우리가 먼저 영혼을 꾸며내지 않고는 결코 영혼을 들여다볼 수 없는 거라네."

"그래요, 악의 내부로!" 젊은이가 또 한 번 소리쳤다.

"차라투스트라, 당신은 진리를 말했어요. 나는 높은 곳으로 올라가려고 한 이후로 더는 나 자신을 믿을 수 없으며, 아무도 나를 믿으려고 하지 않아요. 그런데 어쩌다가 이런 일이 일어났을까요?"

"나는 너무 빨리 변해요. 나의 오늘은 나의 어제를 부정하거든요. 나는 올라갈 때 종종 계단을 건너뛰기도 하지만, 계단은 이런 행위를 용서하지 않아요.

위에 올라가면 나는 언제나 혼자입니다. 아무도 내게 말을 걸지 않고, 고독이란 냉기는 나를 떨게 만들어요. 나는 높은 곳에서 무엇을 바라는 걸까요?

나의 경멸과 동경이 함께 커집니다. 내가 높이 오르면 오를수록 올라가는 그 자를 더욱 경멸해요. 그는 높은 곳에서 무엇을 바라는 걸까요?

올라가며 비틀거리는 내 모습이 얼마나 부끄러운지 몰라요! 나는 거칠게 헐떡이는 내 숨소리를 얼마나 비웃는지 몰라요! 나는 날아다니는 자를 얼마나 미워하는지 몰라요! 높은 곳에서 얼마나 피곤한지 몰라요!"

이 말을 하고 젊은이는 입을 다물었다. 차라투스트라는 옆에 서 있는 나무를 바라보며 말했다.

"이 나무는 여기 산속에 외롭게 서 있군. 인간과 짐승을 굽어보며 높이 자랐어.

말을 하고 싶어도 자기 말을 듣는 자가 없을 거야. 그만큼 높이 자란 거지.

이제 나무는 기다리고 또 기다릴 것이다. 이 나무는 무얼 기다리는 걸까? 그것은 구름이 있는 곳과 아주 가까이 살면서 최초의 번개를 기다리는 게 아닐까?"

차라투스트라가 이렇게 말하자 젊은이는 격렬한 몸짓을 하며 외쳤다. "그래요, 차라투스트라, 당신은 진리를 말하고 있어요. 나는 높은 곳으로 올라가려고 할 때 나의 멸망을 바랐어요. 그런데 내가 기다리던 번개는 바로 당신입니다! 보세요. 당신이 우리에게 나타난 이후로 나의 존재는 무엇이란 말인가요? 당신에 대한 시샘이 나를 파괴했어요!" 젊은이는 목 놓아 울며 말했다. 차라투스트라는 팔로 그를 감싸 안고 함께 길을 떠났다.

한동안 나란히 걷다가 차라투스트라가 말문을 열었다.

가슴이 찢어지는 듯하구나. 그대가 하는 말보다 오히려 그대의 눈에 온갖 위험이 도사리고 있다.

그대는 아직 자유롭지 못하고, 여전히 자유를 갈망한다. 그대는 자유에 대한 갈망 때문에 밤새 잠들지 못하고 극도로 긴장해 있다.

그대는 툭 트인 산꼭대기로 올라가려고 하고, 그대의 영혼은 별들을 갈망한다. 하지만 그대의 좋지 않은 충동도 자유를 갈망한다.

그대의 들개들은 자유를 그리워하고, 그대의 정신도 모든 감옥을 열어놓으려고 애쓰고 있을 때, 들개들은 지하실에서 쾌락을 달라고 짖어댄다.

내가 보기에 아직 그대는 자유를 꿈꾸는 포로다. 아, 그러한 포로의 영혼은 영리해지지만, 교활해지고 사악해지기도 한다.

정신이 해방된 자도 자신을 정화해야 한다. 그의 속에는 아직 감옥과 곰팡이가 많이 남아 있기 때문이다. 그의 눈은 더 순수해져야 한다.

그렇다. 나는 그대가 처한 위험을 알고 있다. 그런데 나의 사랑과 희망을 걸고 간절히 애원하건대, 그대의 사랑과 희망을 내버리지 마라!

그대는 아직도 자신을 고귀하다고 느끼고 있다. 그대를 원망하며 곱지 않은 시선을 보내는 다른 사람들도 그대를 고귀하다고 느낀다. 그런데 고귀한 자가 모든 사람에게 방해됨을 잊지 마라!

고귀한 자는 선한 자들에게도 방해된다. 그래서 그들이 그를 선한 자라고 부를지라도, 그러면서 그를 옆에 제쳐놓으려고 한다.

고귀한 자는 새로운 것과 새로운 덕을 만들어내고자 한다.

반면에 선한 자는 낡은 것을 원하고, 낡은 것은 그대로 유지되기를 원한다.

하지만 고귀한 자가 선한 자가 되는 것은 위험하지 않다. 고귀한 자가 뻔뻔스러운 자, 조롱하는 자, 파괴하는 자가 되는 것이 위험하다.

아, 나는 최고의 희망을 잃어버린 고귀한 자들을 알고 있었다. 하지만 희망을 잃은 자들은 고상한 희망을 모조리 비방한다.

그들은 순간적인 쾌락에 빠져 뻔뻔스럽게 살았다. 삶의 목표가 없었던 것이다.

"정신도 쾌락이다." 그들은 이렇게 말했다. 그리하여 그들은 정신의 날개를 잃고 말았다. 이제 그들의 정신은 이리저리 기어 다니고, 이것저것 갉아먹으며 몸을 더럽힌다.

한때 그들은 영웅이 될 생각이었지만, 이젠 탕아가 되고 말았다. 그들에게 영웅은 원망과 두려움의 대상이다.

하지만 나의 사랑과 희망을 걸고 간절히 애원하건대, 그대의 영혼 속에 들어 있는 영웅을 버리지 마라! 그대의 최고 희망을 신성하게 간직하라!

차라투스트라는 이렇게 말했다.

죽음을 설교하는 자들에 대하여

죽음을 설교하는 자들이 있다. 이 대지에는 삶을 등지고 떠나라는 설교를 들어야 하는 자들로 가득하다. 이 대지에는 쓸모없는 자들로 넘치고, 수많은 어중이떠중이들 때문에 삶이 망가져 있다. 그들을 '영원한 삶'이라는 말로 꾀어 이 삶을 등지도록 하면 좋으련만!

인간들은 죽음의 설교자를 '노란 인간'이나 '검은 인간'이라고 부른다. 하지만 나는 그대들에게 그들을 또 다른 색으로 보여 주고자 한다.

마음속에 맹수를 품고 돌아다니며 쾌락에 탐닉하거나 자신을 갈가리 찢는 것 말고는 다른 선택을 하지 못하는 끔찍한 자들이 있다. 그리고 그들의 쾌락이라는 것도 자신을 갈가리 찢는 것이다.

이들, 이 끔찍한 자들은 아직 인간이 되지 못했다. 이들이 삶을 등질 것을 설교하고 스스로 떠나버리면 좋으련만!

여기에 영혼의 결핵 환자들이 있다. 그들은 태어나자마자 이미 죽어가기 시작했고, 피로와 체념의 가르침을 그리워한다.

그들은 기꺼이 죽어 있고자 하므로, 우리는 그들의 뜻을 존중해야 할 것이다! 이러한 죽어 있는 자들을 깨우지 않도록, 이러한 살아 있는 관(棺)들을 훼손하지 않도록 조심해야 한다!

그들은 병자나 노인, 시체와 마주치면 즉시 "삶은 부정되었다!"라고 말한다.

그러나 부정된 것은 그들일 뿐이고, 생존의 한쪽 얼굴밖에 보지 못하는 그들의 눈일 뿐이다.

그들은 심상치 않은 우울한 기분에 사로잡혀, 죽음을 불러오는 사소한 우연을 갈망하면서, 이를 악물고 기다린다.

하지만 그들은 달콤한 과자를 향해 손을 뻗으며, 자신의 유치함을 비웃기도 한다. 그들은 자신의 지푸라기 같은 삶에 집착하면서, 자신들이 아직 지푸라기에 집착하고 있는 것을 비웃는다.

    이들의 지혜는 말한다. "살아 있는 자는 바보이므로 우리도 바보다! 그리고 삶에서 가장 어리석은 것이 바로 이것이다!"

    어떤 사람들은 "삶이 고통일 뿐이다."라고 말하는데, 이들은 거짓말을 하는 것이 아니다. 그렇다면 그대들은 그만 살도록 하라! 고통일 뿐인 삶을 그만두도록 하라!

    그러므로 그대들의 덕은 이렇게 가르친다. "그대 자신을 죽이도록 하라! 그대 자신이 몰래 사라지도록 하라!"

    죽음을 설교하는 자들 중에 "육욕은 죄악이니, 육욕을 버리고 자식을 낳지 마라."라고 말하는 자들이 있다.

    또 다른 자들은 이렇게 말한다. "자식을 낳는 건 힘든 일이다. 왜 아직 아이를 낳는단 말인가? 불행한 자들만 낳을 뿐이다!" 이들도 죽음의 설교자들이다.

    또 다른 자들은 이렇게 말한다. "동정은 꼭 필요하다. 내가 가진 것을 가져라! 나 자신을 가져라! 그러면 삶의 구속이 덜해지리라!"

    이들이 진정으로 동정하는 자라면 이웃이 삶을 싫어하게 만들 것이다. 이들의 올바른 선의란 사악해지는 것이다.

    하지만 이들은 삶에서 벗어나려고 한다. 그러므로 이들이 자신의 쇠사슬과 선물로 남을 더욱 단단히 묶어둘 필요가 뭐가 있겠는가?

    삶을 힘겨운 일이며 불안이라고 생각하는 그대들도 삶에 몹시 싫증을 느끼지 않는가? 그대들은 죽음의 설교를 받아들일 정도로 아주 무르익어 있지 않은가?

    힘겨운 일을 좋아하고, 빠르고 새로우며 낯선 것을 좋아하는 그대들 모두는 자신을 제대로 견디지 못하고, 그대들의 부지런함은 도피이자 자신들을 잊어버리려는 의지이다.

그대들이 삶을 좀 더 신봉한다면 순간에 자신을 내던지는 일은 하지 않을 것이다. 하지만 그대들의 마음속에는 기다릴 만한 충분한 내실이 없으며, 게으름을 부릴 만한 내실도 없다!

죽음을 설교하는 자들의 목소리가 사방에 울려 퍼진다. 그런데 대지에는 죽음의 설교를 들어야 할 사람들로 넘친다.

또는 '영원한 삶'에 대한 설교도 나에게는 마찬가지다. 이들이 빨리 사라지기만 한다면!

차라투스트라는 이렇게 말했다.

전쟁[20]과 전사들에 대하여

우리는 우리의 가장 강력한 적들로부터, 또한 우리가 진정으로 사랑하는 자들로부터 보살핌을 받고 싶지 않다. 그러므로 내가 그대들에게 진리를 말할 수 있도록 하라!

전쟁 중인 나의 형제들이여! 나는 그대들을 진정으로 사랑한다. 나는 그대들과 같은 인간이고, 과거에도 그랬다. 그리고 그대들의 가장 강력한 적이기도 하다! 그러므로 내가 그대들에게 진리를 말할 수 있도록 하라!

나는 그대들 마음속의 미움과 시샘을 알고 있다. 그대들은 미움과 시샘을 모를 정도로 위대하지는 않다. 그렇다면 그대들이 그런 마음을 품고 있는 것을 부끄러워하지는 않을 정도로 위대해지도록 하라!

그리고 그대들이 인식의 성자가 될 수 없다면, 최소한 인식의 전사(戰士)가 되도록 하라! 인식의 전사는 그러한 신성함의 길벗이자 선구자다.

나는 수많은 병사들을 보고 있지만, 이제는 수많은 전사들을 보고 싶다! 그들이 입는 것을 '제복'이라고 부르지만 그들이 제복으로 감추고 있는 것이 획일적이지 않기를 바란다!

그대들은 언제나 그대들의 눈으로 어떤 적, 그대들의 적을 찾는 그런 자들이 되어야 한다. 그대들 중에는 첫눈에 증오하는 자를 찾아내는 자가 있을 것이다.

그대들은 그대들의 적을 찾아내어 자신의 전쟁을 수행해야 한다. 그대들의 사상을 위해! 그대들의 사상이 패배할지라도 그대들의 솔직함은 아직 승리를 외쳐야 한다!

그대들은 새로운 전쟁에 대한 수단으로 평화를 사랑해야 한다. 오랜 평화보다 잠깐의 평화를 더 사랑해야 한다.

나는 그대들에게 일이 아니라 싸움을, 평화가 아니라 승리를 권한다. 그대들의 일이 싸움이고, 그대들의 평화가 승리이기를!

활과 화살이 있을 때만 말없이 가만히 있을 수 있다. 그렇지 않으면 마구 지껄이며 다투게 된다. 그대들의 평화가 승리이기를!

그대들은 명분이 좋으면 전쟁도 신성하다고 말하는가? 나는 그대들에게 말한다. 모든 명분을 신성하게 만드는 것이 바로 좋은 전쟁이라고.

전쟁과 용기가 이웃에 대한 사랑보다 위대한 일을 더 많이 해왔다. 지금까지 불행에 빠진 사람들을 구한 것은 그대들의 동정심이 아니라 그대들의 용감함이었다.

"무엇이 선인가?"라고 그대들은 묻는다. 용감한 것이 선이다. 어린 소녀들이 이렇게 말하도록 하라. "귀여운 동시에 감동을 주는 것이 선하다."

사람들은 그대들에게 피도 눈물도 없다고 말한다. 하지만 그대들 마음은 순수하고, 나는 그대들의 부끄러워하는 마음을 사랑한다. 그대들은 밀물처럼 들어오는 것을 부끄러워하지만, 다른 사람들은 썰물처럼 빠져나가는 것을 부끄러워한다.

그대들이 보기에 추한가? 그럼 좋다. 나의 형제들이여! 추한 것을 덮는 숭고함의 외투를 걸쳐라!

그대들의 영혼이 위대해지면 그 영혼은 오만해지고, 그대들의 숭고함 속에는 사악한 것이 깃들어 있다. 나는 그대들을 잘 알고 있다.

오만한 자와 나약한 자는 나쁘다는 점에서 일치한다. 그런데도 둘은 서로를 잘못 이해한다. 나는 그대들을 잘 알고 있다.

그대들은 미워해야 할 적만 가져야지, 경멸해야 할 적은 갖지 말아야 한다. 그대들은 그대들의 적을 자랑스럽게 생각해야 한다. 그래야 적의 성공이 그대들의 성공이 되기도 한다.

반항하는 것은 노예들의 고귀한 행위이다. 그런데 그대들의 고귀한 행위가 순종이 되기를! 그대들의 명령 자체가 순종이 되기를!

훌륭한 전사는 "나는 하려고 한다."라는 말보다 "너는 해야 한다."라는 말을 듣는 것을 더 좋아한다. 그러므로 그대들이 좋아하는 모든 것을 할 수 있도록 먼저 명령하지 않으면 안 된다.

삶에 대한 그대들의 사랑이 그대들의 최고 희망에 대한 사랑이 되도록 하라. 그리고 그대들의 최고 희망이 삶에 대한 최고의 사상이기를!

그러므로 그대들은 그대들의 최고 사상을 나에게 명령하도록 하라. 인간은 극복되어야 하는 그 무엇이라는 사상을.

그러므로 그대들은 순종하고 투쟁하는 삶을 살도록 하라! 오래 산다는 게 무슨 소용이란 말인가! 전사가 무슨 보살핌을 받을 필요가 있겠는가!

나는 그대들을 보살피지 않고, 진정으로 사랑할 뿐이다. 전쟁 중인 나의 형제들이여!

차라투스트라는 이렇게 말했다.

새로운 우상에 대하여

어딘가에는 아직 국가를 이루지 못한 민족과 집단이 있을 것이다. 그렇지만 나의 형제들이여, 우리는 그렇지 않다. 우리에겐 국가가 있다.

국가? 그것이 무엇인가? 자! 내 말에 귀를 기울여 보라! 이제 그대들에게 민족의 죽음을 말하고자 한다.

국가란 온갖 냉혹한 괴물 중에서 가장 냉혹한 것이다.[21] 그것은 차갑게 거짓말을 하기도 한다. 그 괴물의 입에서는 "나, 즉 국가가 민족이다."라는 말이 기어 나온다.

그건 거짓말이다! 민족을 만들어내고, 그 민족 위에 하나의 믿음과 사랑을 걸어놓은 자들은 창조하는 자들이다. 이렇게 이들은 삶에 봉사했다.

많은 사람들에게 덫을 놓고, 그것을 국가라고 부르는 자들은 파괴하는 자들이다. 그들은 이 덫 위에 하나의 칼과 백 가지의 욕망을 걸어놓는다.

아직 민족이 있는 곳에서는 국가를 이해하지 못하며, 그들은 사악한 눈길이자 풍속과 법에 반하는 죄악이라고 국가를 증오한다.

나는 그대들에게 그 징표를 알려 주고자 한다. 민족마다 선과 악을 각기 자신의 언어로 말하지만, 이웃 민족은 그 언어를 이해하지 못한다. 민족마다 자신의 언어를 풍속과 법으로 만들어냈기 때문이다.

그런데 국가는 선과 악을 온갖 말로 꾸며댄다. 국가가 하는 말은 모두 거짓말이고, 국가가 갖고 있는 것은 모두 훔친 것이다.

국가의 모든 것이 엉터리다. 물어뜯는 존재인 국가는 훔친 이빨로 물어뜯으며, 그의 내장조차 엉터리다.

선과 악을 말할 때 언어의 혼란이 일어난다. 즉 이것이 국가임을 알려 주는 징표다. 참으로 이 징표는 죽음에 대한 의지를 나타낸다! 참으로 이 징표는 죽음의 설교자들에게 오라고 손짓한다!

수많은 자들이 태어난다. 즉 국가는 이런 쓸모없는 자들을 위해 고안된 것이다!

보라, 국가가 수많은 어중이떠중이를 어떻게 유혹하는지를! 어떻게 그들을 집어삼켜 씹고 되씹는지를!

"이 대지 위에 나보다 더 위대한 것은 아무것도 없다. 나는 질서를 부여하는 신의 손가락이다." 괴물은 이렇게 울부짖는다. 그런데 무릎을 꿇는 자는 귀가 큰 자나 근시인 자들만이 아니다!

아, 위대한 영혼의 소유자인 그대들에게도 국가는 음산한 거짓말을 속삭인다! 아, 국가는 자신을 흔쾌히 바치는 넉넉한 마음의 소유자를 알아맞힌다!

그렇다. 국가는 낡은 신을 정복한 그대들도 알아맞힌다! 그대들은 싸움에 지쳤고, 이제 지친 나머지 새로운 우상을 섬기는 것이다!

국가, 이 새로운 우상은 영웅과 존경할 만한 자들을 전면에 내세우고자 한다! 국가, 이 차가운 괴물은 떳떳한 양심의 햇볕을 쬐고자 한다!

그대들이 이 국가를 숭배하면 그 새로운 우상은 그대들에게 뭐든지 주려고 한다. 이렇게 하여 국가는 그대들의 빛나는 덕과 자랑스러운 눈빛을 매수한다.

국가는 그대들을 미끼로 삼아 수많은 자들을 유혹하고자 한다! 그렇다. 그러기 위해 지옥이라는 예술품, 신의 영광으로 장식되어 쩔렁거리는 소리를 내는 죽음의 말[馬]이 고안되었다!

그렇다. 스스로 생명이라고 미화하는 죽음이 많은 사람들을 위해 고안되었다. 참으로 이는 모든 죽음의 설교자들에 대한 마음에서 우러나는 봉사가 아닌가!

선한 자나 악한 자가 모두 독을 마시게 되는 곳, 그런 자들이 모두 자기 자신을 잃어버리는 곳을 나는 국가라고 부른다. 나는 모든 사람들이 서서히 자살을 하면서, '삶'이라고 부르는 곳을 국가라고 부른다.

이 쓸모없는 자들을 보라! 이들은 발명가의 작품과 현자의 보물을 훔친다. 즉 이들은 도둑질을 교육이라고 부른다. 그리하여 이들에겐 모든 것이 병과 재난이 된다!

이 쓸모없는 자들을 보라! 이들은 언제나 병들어 있고, 담즙을 토해 내면서 이를 신문이라고 부른다. 이들은 서로를 집어삼키지만, 결코 소화를 시키지는 못한다.

이 쓸모없는 자들을 보라! 이들은 부를 긁어모으지만 그럴수록 더욱 가난해진다. 이들은 권력을 원하고, 무엇보다 권력의 지렛대인 많은 돈을 원한다.──이 무능한 자들이!

날쌘 원숭이들이 기어오르는 것을 보라! 이들은 서로 뒤엉켜 기어오르고, 그러면서 진창과 심연으로 떨어진다.

이들은 모두 왕좌에 오르려고 한다. 왕좌에 오르면 행복하리라는 것이 바로 이들의 망상이다! 때로는 왕좌 위에 진창이 있고, 때로는 그 왕좌가 진창 위에 있기도 한데 말이다.

이들은 모두 망상에 사로잡힌 자들이고, 기어오르는 원숭이들이며, 열에 들뜬 자들이다. 냉혹한 괴물인 이들의 우상도, 그 우상 숭배자들도 모두 악취를 풍기고 있다.

나의 형제들이여, 그대들은 이들의 주둥이와 욕망에서 뿜어내는 악취 속에서 질식할 것인가? 차라리 창문을 부수고 바깥으로 뛰쳐나가라!

나쁜 냄새에서 벗어나라! 쓸모없는 자들의 우상 숭배에서 벗어나라!

나쁜 냄새에서 벗어나라! 인간 제물들이 내뿜는 증기에서 벗어나라!

위대한 영혼의 소유자들에게는 아직도 대지가 활짝 열려 있다. 은은한 바다 냄새가 감도는 자리, 혼자서 또는 둘이서 은둔 생활을 하는 자들을 위한 자리가 아직 많이 비어 있다.

위대한 영혼의 소유자들에게는 아직 자유로운 삶이 활짝 열려 있다. 참으로 가진 게 별로 없는 사람은 그럴수록 덜 사로잡힌다. 하찮은 가난을 찬미하라!

국가가 소멸하는 곳에서 비로소 꼭 필요한 인간의 삶이 시작된다. 그곳에 꼭 필요한 인간의 노래가, 단 한 번뿐이고 대체할 수 없는 노래가 시작된다.

국가가 소멸하는 곳, 그곳을 보라. 나의 형제들이여! 그대들의 눈에는 초인이라는 무지개와 다리가 보이지 않는가?

차라투스트라는 이렇게 말했다.

시장의 파리들에 대하여

나의 벗이여, 그대의 고독 속으로 달아나라! 나는 그대가 위인들의 소음에 귀먹고, 소인배들의 가시에 마구 찔리는 것을 본다.

숲과 바위는 그대와 더불어 침묵할 줄 안다. 다시 그대가 사랑하는 나무처럼 되라. 그 나무는 가만히 귀 기울이며 바다 위로 넓게 가지를 뻗고 있다.

고독이 끝나는 곳에 시장이 열린다. 그리고 시장이 열리는 곳에 위대한 배우들의 소음이 시작되고, 독파리들의 윙윙거림이 시작된다.

세상에 제아무리 훌륭한 것이라도 그것을 연출해 주는 자가 없으면 아무 소용이 없다. 이러한 연출자를 군중은 위인이라 부른다.

군중은 위대한 것, 즉 창조하는 것을 잘 이해하지 못한다. 하지만 위대한 일을 연출하는 자들과 그 배우들을 파악하는 심미

안을 가지고 있다.

세계는 새로운 가치를 만들어낸 발명가를 중심으로 눈에 보이지 않게 돌아간다. 그렇지만 군중과 명성은 배우들을 중심으로 돌아간다. '세상 돌아가는 이치'란 바로 이런 것이다.

배우에게도 정신이 있지만, 그 정신에는 양심이 거의 없다. 배우는 언제나 자신이 가장 믿게 만드는 것, 즉 자신을 믿게 만드는 것을 믿는다!

그는 내일이면 새로운 믿음을, 모레면 보다 새로운 믿음을 갖는다. 그의 마음은 군중과 마찬가지로 쉬 바뀌고, 변덕스러운 날씨와 같다.

뒤집어엎는 것, 이것은 그에게 증명을 뜻한다. 광분하게 하는 것, 이것은 그에게 설득을 뜻한다. 그리고 피는 그에게 모든 근거들 중의 최상으로 간주된다.

그는 예민한 귀를 가진 사람들만 겨우 알아들을 수 있는 진리를 거짓말이자 무(無)라고 부른다. 참으로 그는 이 세상에서 시끄러운 소음을 내는 신들의 존재만 믿을 뿐이다!

시장에는 알록달록하게 차려입은 어릿광대들로 가득하다. 그리고 군중은 자신의 위인들을 자랑스럽게 생각한다. 즉 그들이 그 순간의 주인인 것이다.

하지만 어릿광대들은 시간에 쫓겨 그대를 몰아댄다. 그리고 그들은 그대에게서도 "네." 또는 "아니오."를 듣고자 한다. 슬프구나, 찬성과 반대 사이에 그대의 의자를 놓으려는가?

그대 진리를 사랑하는 자여, 이처럼 마구잡이로 몰아댄다고 이들을 질투하지 마라! 지금까지 마구 몰아대는 자의 팔에 진리가 매달린 적이 없었다.

이처럼 난데없이 구는 자들을 피해 그대의 안전한 곳으로 돌아가라. 사람들은 시장에서만 느닷없이 "네?" 또는 "아니오?"를 강요할 것이다.

우물이 깊으면 어떤 체험이든 그 결과가 서서히 나타난다. 깊은 우물 속에 뭐가 떨어졌는지 알려면 한참 기다려야 한다.

위대한 일은 모두 시장이나 명성과 떨어진 곳에서 일어난다. 예로부터 새로운 가치를 고안해 낸 자들은 시장이나 명성과 떨어진 곳에서 살았다.

나의 벗이여, 그대의 고독 속으로 달아나라! 나는 그대가 독을 품은 파리에 쏘이는 것을 본다. 거친 바람이 세차게 부는 곳으로 달아나라!

그대의 고독 속으로 달아나라! 그대는 하찮고 가련한 것들과 너무 가까이서 살아왔다. 눈에 보이지 않는 그들의 복수를 피해 달아나라! 그들은 그대에게 오직 복수만을 노리고 있다!

그들에 맞서 다시는 팔을 들어 올리지 마라! 그들은 무수히 많고, 그대의 운명이 파리채가 되는 것은 아니기 때문이다.

이렇듯 하찮고 가련한 것들은 무수히 많다. 위풍당당한 건물들이 빗방울과 잡초로 인해 무너지는 경우를 이미 여러 번 보지 않았던가!

그대가 돌은 아니지만, 많은 빗방울로 이미 움푹 파이지 않았던가. 그대는 앞으로도 수많은 빗방울로 인해 부서지고 쪼개질 것이다.

나는 그대가 독을 품은 파리들로 인해 지치고, 백여 군데나 쏘여 피투성이가 된 것을 본다. 그런데 그대는 자존심 때문에 화내지 않는구나.

독을 품은 파리들은 아무 생각 없이 그대의 피를 원하고, 핏기 없는 이들의 영혼은 피를 갈망한다. 그 때문에 그것들은 아무 생각 없이 그대를 쏘아댄다.

그런데 마음 깊은 그대여, 그대는 조그만 상처에도 너무 심한 고통을 받는다. 또 그대의 상처가 채 아물기도 전에 같은 독충이 그대의 손 위로 기어오른다.

살금살금 갉아먹는 이것을 죽이기에는 그대의 자존심이 너무 세다. 하지만 독기 있는 부당한 짓을 죄다 견디는 것이 그대의 운명이 되지 않도록 조심하라!

그들은 그대 주위에서 윙윙거리며 찬양의 노래를 부르기도 한다. 그들의 찬양은 성가실 정도로 집요하다. 그들은 그대의 피부와 피 가까이에 있고자 하는 것이다.

그들은 신이나 악마에게 하듯 그대에게 알랑거린다. 그것들은 신이나 악마 앞에게 하듯 그대 앞에서 징징거린다. 어쩌겠는가? 그들은 알랑거리고 징징거리는 자들에 불과한데.

또한 그들은 그대에게 애교를 부리기도 한다. 하지만 그것은 언제나 비겁한 자의 약은 꾀다. 그렇다. 비겁한 자들은 영악하다!

그들은 그들의 옹색한 소견으로나마 그대에 대해 많은 생각을 한다. 그대는 그들에게 언제나 우려스러운 존재다! 유념해서 많이 생각해야 하는 모든 것은 우려스러운 것이 된다.

그들은 온갖 덕을 지닌 대가로 그대를 벌한다. 그들이 진정으로 용서하는 것은 그대의 실책뿐이다.

그대는 마음이 부드럽고 올바르기 때문에 이렇게 말한다. "그들이 하찮은 삶을 살아간다고 해서 그들 잘못은 아니다." 하지만 그들은 옹색한 소견으로 "모든 위대한 존재는 죄악이다."라고 생각한다.

그대가 그들에게 부드럽게 대한다 해도 그들은 그대에게 경멸을 당한다고 느낀다. 그래서 그들은 그대가 베푼 선행을 은밀한 악행으로 갚는다.

그대의 말없는 자부심은 언제나 그들의 취향에 거슬린다. 그대가 허황될 정도로 겸손한 태도를 보이면 그들은 기뻐 날뛸 것이다.

우리가 어떤 인간에게서 알아내는 것, 그것은 그에게 불을 붙이는 격이 될 수 있다. 그러므로 소인배들을 조심하라!

그들은 그대 앞에서 너무 왜소하다고 느낀다. 그래서 그들의 비열함은 눈에 보이지 않는 복수심으로 그대를 향해 희미하게 또는 활활 타오른다.

그대가 그들에게 다가갈 때, 그들이 항상 입을 다물어버리고, 꺼져가는 불꽃에서 피어오르는 연기처럼 기력이 쇠하는 것을 그대는 눈치채지 못했는가?

나의 벗이여, 그대의 이웃은 그대를 보고 양심의 가책을 느낀다. 그들은 그대에게 아무 가치가 없기 때문이다. 그래서 그들은 그대를 미워하고, 그대의 피를 빨아먹으려고 하는 것이다.

그대의 이웃은 언제까지나 독을 품은 파리로 있을 것이다. 그대의 위대한 점, 바로 그 점이 그들을 더욱 유독하게 만들고, 점점 더 독을 품은 파리답게 만든다.

나의 벗이여, 달아나라. 그대의 고독 속으로, 거친 바람이 세차게 부는 곳으로! 그대의 운명은 파리채가 되는 것이 아니다.

차라투스트라는 이렇게 말했다.

순결에 대하여

나는 숲을 사랑한다. 도시에는 욕정에 눈먼 자들이 너무 많아 살기 좋지 않다.

욕정에 불타는 여인의 꿈에 나타나는 것보다는 살인자의 손에 걸려드는 게 더 낫지 않을까?

그런데 이 남자들을 보라. 이들의 눈은 이 세상에서 여자와 잠자리를 같이하는 게 제일 좋다고 말하고 있지 않은가.

이들의 영혼 밑바닥에는 진창이 깔려 있다. 이들의 진창에 정신마저 있다면 얼마나 슬픈 일일까!

그대들이 최소한 짐승으로나마 완전하다면 좋을텐데! 그래도 짐승에게는 순진함이 있으니까.

내가 그대들의 관능을 죽이라고 권한단 말인가? 나는 그대들에게 관능의 순진함을 권하는 것이다.

내가 그대들에게 순결을 권한단 말인가? 몇몇 사람들에게는 순결이 덕이지만, 많은 사람들에게는 거의 악덕이나 마찬가지다.

이들은 아마 억제할지도 모른다. 하지만 이들이 하는 모든 일에서 관능이라는 암캐가 시샘의 눈길을 번득이고 있다.

심지어 덕의 높은 경지에까지, 냉철한 정신 속에까지 이러한 짐승과 그 짐승의 불만족이 이들을 쫓아다닌다.

그리고 관능이라는 이 암캐는 한 점의 살 조각을 서부당하는 경우 얼마나 애교 있게 한 조각의 정신을 구걸할 줄 아는가?

그대들은 비극을 사랑하고, 가슴을 쥐어뜯게 하는 모든 것을 사랑하는가? 하지만 나는 그대들의 암캐를 신뢰하지 않는다.

그대들은 너무 잔혹한 눈을 가지고 있고, 고뇌하는 자들을 음탕한 눈길로 바라본다. 그대의 육욕이 자신을 위장하고, 스스로를 동정이라 부르고 있지 않은가?

비유하건대, 적지 않은 자들이 자신의 악마를 몰아내려다가 그만 암퇘지들 사이에 들어가게 되었다.[22]

순결을 지키기 어려운 자에게는 그것에 집착하지 말라고 충고해야 한다. 순결이 지옥에 이르는 길, 즉 영혼의 진창과 욕정에 이르는 길이 되지 않도록 하기 위해서는.

내가 더러운 것을 말하는 건가? 이것이 내가 하는 가장 고약한 일은 아니다.

인식하는 자가 물속에 뛰어들기를 꺼린다면 이는 진리가 더러워서가 아니라 얕아서이다.

참으로 근본이 순결한 자들이 있다. 이들의 마음은 그대들보다 더 부드럽고 그대들보다 더 흔쾌하며 그대들보다 활짝 웃는다.

이들은 순결에 대해서도 웃어넘기며 묻는다. "순결이 뭐란 말인가?

순결이란 어리석음이 아닌가? 하지만 순결이 우리에게 온 것이지, 우리가 순결에게 다가간 것은 아니었다.

우리는 이 손님에게 숙소와 마음을 제공해 줘서, 그는 이제 우리 집에 살고 있다. 그는 우리 집에 있고 싶은 만큼 얼마든지 있어도 좋다!"

차라투스트라는 이렇게 말했다.

벗에 대하여

"내 주위에는 언제나 한 사람이 더 있다." 은둔자는 이렇게 생각한다. "언제나 하나에다 하나를 곱하지만 결국에는 둘이 된다."

나와 또 다른 나는 언제나 너무 열심히 대화를 나눈다. 그러므로 다른 벗이 없었다면 어떻게 견딜 수 있었으랴?

은둔자에게 벗은 언제나 제3의 인물이다. 이 제3의 인물은 나와 다른 나의 대화가 깊은 곳에 가라앉는 것을 막아주는 코르크 마개다.

아, 모든 은둔자에게는 너무 많은 심연이 있다. 그 때문에 이들은 벗과 높은 곳을 그토록 그리워하는 것이다.

다른 사람들에 대한 우리의 믿음은 우리가 우리 자신의 어떤 점을 기꺼이 신뢰하고자 하는지를 드러내준다. 우리가 벗을 그리워하는 것은 우리가 비밀을 누설하는 것이다.

또 사람들은 가끔 사랑으로 단지 시샘만을 뛰어넘으려고 한다. 그리고 사람들은 공격당할 여지가 있다는 것을 숨기기 위해 간혹 공격하기도 하고 적을 만들기도 한다.

"차라리 내 적이라도 되어다오!" 감히 우정을 청하지 못하는, 진정으로 공경하는 마음은 이렇게 말한다.

벗을 가지기를 원한다면 그 벗을 위해 전쟁도 불사해야 한다. 그리고 전쟁을 벌이기 위해서는 적이 될 수도 있어야 한다.

벗의 내부에 도사리고 있는 적도 존중해야 한다. 벗에게 넘어가지 않고 그대의 벗에 가까이 다가갈 수 있겠는가?

벗의 내부에 도사리고 있는 최상의 적을 가져야 한다. 그대가 벗에게 반대한다면 마음으로 그에게 가장 가까이 다가가야 한다.

그대는 벗 앞에서 어떤 옷도 입지 않으려고 하는가? 있는 그대로의 그대의 모습을 보여 주는 것이 그대의 벗에게 영광이 되겠는가? 하지만 그러면 벗은 그대를 악마에게 넘겨 주고 싶을 것이다!

자신을 조금도 숨기지 않는 자는 남의 분노를 산다. 그만큼 그대가 벌거벗는 것을 두려워하는 나름의 이유가 있는 것이다! 그렇다. 그대들이 신이라면 그대들이 옷을 입은 걸 부끄러워할지도 모른다!

그대가 벗을 위해 아무리 멋지게 꾸민다 해도 지나친 게 아니다. 그대는 벗에게 초인을 향하는 화살이자 동경이어야 하기 때문이다.

그대는 벗의 진면목을 알기 위해 이미 그의 잠든 모습을 본 적이 있는가? 그런데 벗의 평소 얼굴이 어떠하던가? 그것은 거칠고 고르지 않은 거울에 비친 자신의 얼굴이 아니던가.

그대는 이미 벗의 잠든 모습을 본 적이 있는가? 벗의 그런 모습을 보고 깜짝 놀라지 않았는가? 오, 나의 벗이여. 인간이란 극복되어야 하는 그 무엇이다.

벗이라면 추측과 침묵의 달인이 되어야 한다. 그대는 모든 것을 보려고 할 필요가 없다. 그대의 벗이 깨어 있을 때 어떻게 행동하는지는 꿈으로써 알아내야 한다.

그대의 벗이 동정을 원하는지 그대가 먼저 알 수 있도록, 그대의 동정은 추측해야 한다. 어쩌면 그는 그대의 맑디맑은 눈과 영원의 눈길을 사랑하는지도 모른다.

벗에 대한 동정은 단단한 껍질 안에 숨겨 두어야 한다. 그것을 잘못 깨물 경우 이 하나쯤은 부러질 각오를 해야 한다. 그래야 그대의 동정이 섬세하고 달콤한 것이 될 것이다.

그대는 벗에게 맑은 공기이고 고독이며, 빵이자 약인가? 많은 사람들이 자신의 족쇄를 풀 수는 없지만, 자신의 벗을 구원하는 사람은 될 수 있다.

그대는 노예인가? 그렇다면 벗이 될 수 없다. 그대는 폭군인가? 그렇다면 벗을 사귈 수 없다.

여인의 가슴속에는 너무 오랫동안 노예와 폭군이 숨겨져 있었다. 그 때문에 여인은 아직 우정을 나눌 능력이 없고, 사랑만 알 뿐이다.

여인의 사랑에는 자신이 사랑하지 않는 모든 것을 부당하고 맹목적으로 대한다. 그것이 교화된 사랑일지라도 여전히 빛 외에도 비난과 번개, 밤이 들어 있다.

여인은 아직 우정을 나눌 능력이 없다. 여인들은 여전히 고양이요 새다. 또는 기껏해야 암소와 같다.

여인은 아직 우정을 나눌 능력이 없다. 하지만 그대 남자들이여, 내게 말하라. 그대들 중에 대체 우정을 나눌 능력이 있는 사람이 누가 있는지?

아, 그대 남자들이여. 그대들의 영혼은 얼마나 빈곤하고 인색한가! 나는 그대들이 벗에게 주는 만큼 나의 적에게 주고자 한다. 그로 인해 더 가난해지는 일은 없을 것이다.

동지애라는 것이 있지만, 우정이 있으면 얼마나 좋겠는가!

차라투스트라는 이렇게 말했다.

천 개와 하나의 목표에 대하여

 차라투스트라는 많은 나라와 민족을 보았다. 그래서 그는 많은 민족의 선과 악을 발견했으며, 지상에서 선과 악보다 더 큰 힘이 없다는 것을 알게 되었다.

 가치를 평가하지 못하는 민족은 살아남지 못할 것이다. 그 민족이 자신의 삶을 보존하기 위해서는 이웃 민족이 평가하는 식으로 평가해서는 안 된다.

 한 민족이 선이라고 부르는 많은 것을 다른 민족은 수치나 치욕이라고 부르는 경우를 나는 보았다. 여기서는 악이라고 부르는 많은 것을 저기서는 보랏빛 명예로 장식하는 경우를 나는 보았다.

 이웃끼리 서로를 이해한 적은 한 번도 없었다. 한 민족의 영혼은 이웃 민족의 망상과 악의를 언제나 이상하게 생각했다.

 민족들은 저마다 선을 적은 게시판을 걸어두고 있다. 보라, 그것은 민족이 극복한 것을 적은 게시판이다. 보라, 그것은 민족의 힘에의 의지의 게시판이다.

 각 민족에게 어려운 일로 간주되는 것은 찬양할 만한 일이다. 꼭 필요하고 어려운 일이 선이라고 불리기 때문이다. 그리고 가장 심한 곤경에서 풀려나게 하는 일, 드문 일, 가장 어려운 일, 이런 것을 각 민족은 신성하게 여기며 찬양한다.

 어떤 민족으로 하여금 지배하고 승리하며 영광되게 하는 일, 이웃 민족이 공포에 떨며 시샘하게 하는 일, 이것이 그 민족에서 고귀하고 으뜸가는 일이며, 척도이자 만물의 의미이다.

 참으로 나의 형제여, 그대가 일단 어떤 민족의 곤경, 대지와 하늘, 그 이웃 민족을 알게 된다면 그대는 그 민족을 극복할 수 있는 법칙을 알아맞히고, 왜 그 민족이 이 사다리를 타고 희망으로 올라가는지 알아맞히게 될 것이다.

"그대는 언제나 으뜸이어야 하고, 다른 자들보다 뛰어나야 한다. 질투심에 불타는 그대의 영혼은 벗 말고는 아무도 사랑해서는 안 된다." 이 말이 한 그리스인의 영혼을 전율케 했고, 그러면서 그는 위대한 길을 걸었다.

"진리를 말하고, 활과 화살을 잘 다루어라." 내 이름[23]이 거기서 유래하는 그 민족은 이를 소중히 여기면서도 동시에 어려운 일로 여겼다. 그 이름은 나에게 소중하고도 어려운 것이다.

"부모를 공경하고 영혼의 뿌리에까지 그들의 뜻을 따르라." 어떤 민족[24]은 이러한 극복의 게시판을 내걸었고, 그로써 강력하고도 영원한 민족이 되었다.

"충성을 바치고, 그 충성을 위해 악하고 위험한 일에도 명예와 피를 걸어라." 어떤 민족[25]은 이런 가르침을 강요하면서, 스스로를 절제함으로써 커다란 희망을 잉태하고 몸이 무거워졌다.

참으로 인간들은 자신에게 온갖 선과 악을 부여했다. 참으로 이들은 선과 악을 받아들이거나 찾아낸 것이 아니었고, 그것이 하늘의 음성으로 떨어진 것도 아니었다.

인간은 먼저 자신을 지탱하는 사물에 가치를 부여했다. 인간은 먼저 사물에 의미를, 인간적 의미를 부여했던 것이다! 그 때문에 인간은 자신을 '인간', 즉 평가하는 자라고 부른다.

평가하는 것은 창조하는 것이다. 이 말을 들어라. 그대 창조하는 자들이여! 평가 자체가 평가된 모든 사물들에게는 보물이자 귀중품이다.

평가를 통해 비로소 가치가 생긴다. 그리고 평가가 없다면 현존재라는 호두는 속이 텅 비어 있는 것에 불과하다. 이 말을 들어라. 그대 창조하는 자들이여!

가치의 변화, 그것은 바로 창조하는 자의 변화다. 창조자가 되어야 하는 자는 언제나 파괴해야 한다.

처음에는 창조하는 자가 민족이었고, 나중에 가서야 개인이 되었다. 참으로 개인 그 자체는 가장 최근의 창조물이다.

일찍이 민족들은 선의 게시판을 자신 위에 내걸었다. 지배하려는 사랑과 복종하려는 사랑이 그러한 게시판을 함께 창조해 냈다.

군중에 대한 욕망이 자아에 대한 욕망보다 더 오래되었다. 거리낌이 없는 양심이 대중으로 불리는 한, 자아는 양심의 가책일 뿐이다.

참으로 간교한 자아, 사랑이 없는 자아는 다수의 이익을 빙자하여 자신의 이익을 취한다. 그러한 자아는 대중의 근원이 아니라 몰락이다.

선과 악을 창조하는 자는 언제나 사랑하는 자들이자 창조하는 자들이었다. 모든 덕의 이름 속에는 사랑의 불길이, 분노의 불길이 이글이글 타고 있다.

차라투스트라는 많은 나라와 민족을 보았다. 차라투스트라는 이 세상에서 사랑하는 자들이 이루어놓은 일보다 더 커다란 힘을 발견하지 못했다. 그것의 이름은 '선'과 '악'이다.

참으로 이러한 칭찬과 비난의 힘은 괴물과도 같다. 말하라, 그대 형제들이여. 누가 나를 위해 이를 제압할 것인가? 말하라, 누가 천 마리나 되는 이 짐승의 목에 족쇄를 채울 것인가?

천 개의 민족이 있었기 때문에 지금까지는 천 개의 목표가 있었다. 다만 천 개의 목에 채울 족쇄가 아직 없을 뿐이고, 그 하나의 목표가 없는 것이다. 아직 인류에게는 아무런 목표가 없다.

하지만 나에게 말하라, 나의 형제들이여. 인류에게 아직 목표가 없다면 인류 자신도 아직 없다는 말이 아닌가?

차라투스트라는 이렇게 말했다.

이웃 사랑에 대하여

그대들은 이웃 사람들 주위로 몰려들어 듣기 좋은 말을 늘어놓는다. 하지만 그대들에게 말하건대, 그대들의 이웃 사랑은 그대 자신에게 해로운 사랑이다.

그대들은 자신을 피해 이웃에게 달아나서, 거기서 덕을 만들어내고자 한다. 하지만 나는 그대들의 '헌신'의 본질을 꿰뚫어 보고 있다.

'너'라는 말은 '나'라는 말보다 오래되었다. '너'라는 호칭은 신성하게 불리지만, '나'라는 호칭은 아직 그렇지 못하다. 그래서 사람들은 이웃에게 몰려가는 것이다.

내가 그대들에게 이웃 사랑을 권한단 말인가? 나는 차라리 이웃에서 달아나 가장 멀리 있는 자를 사랑하라고 권한다!

이웃에 대한 사랑보다 가장 멀리 있는 자, 미래에 올 자에 대한 사랑이 더 고귀하다. 인간에 대한 사랑보다 사물과 유령[26]에 대한 사랑이 더 고귀한 것으로 간주된다.

나의 형제여, 그대 앞으로 달려오는 이 유령이 그대보다 더 아름답다. 왜 그대는 이 유령에게 그대의 살과 뼈를 붙여주지 않는가? 하지만 그대는 두려워하며 그대의 이웃에게 달려간다.

그대들은 그대들 자신을 견뎌내지 못하고, 스스로를 충분히 사랑하지 못한다. 이제 그대들은 이웃을 사랑으로 유혹하려 하고, 이웃의 오류로 자신을 금칠하려 한다.

나는 그대들이 온갖 부류의 이웃과 그 이웃의 이웃을 견뎌내지 못하기를 바란다. 그러므로 그대들은 그대들 자신으로부터 그대들 벗과 벗의 넘쳐흐르는 마음을 창조해야 할지도 모른다.

그대들은 자신을 좋게 말하려는 경우 이웃이라는 증인을 끌어들인다. 그대들이 자신을 긍정적으로 생각하도록 증인을 유혹했다면 자신을 긍정적으로 생각하는 것이다.

자신이 아는 것과 반대로 말하는 자뿐만 아니라, 자신이 모르는 것을 무시하고 말하는 자야말로 거짓말을 하는 자다. 그리고 그대들은 이웃을 만나 자신을 그렇게 말함으로써, 그대들과 이웃마저 속이는 것이다.

바보는 이렇게 말한다. "사람들과 교제하면 성격을 망치는데, 성격이 없는 사람일 때 특히 그러하다."

어떤 자는 자신을 찾으려고 이웃에게 가고, 또 어떤 자는 자신을 잃고 싶지 않아서 이웃에게 간다. 그대들 자신에 대한 그릇된 사랑은 고독을 감옥으로 만들어버린다.

이웃에 대한 그대들 사랑의 대가를 치르는 자들은 오히려 보다 멀리 있는 자들이다. 그대들 다섯 명이 모이면 여섯 번째 사람은 언제나 희생양이 되고 만다.

나는 그대들의 축제도 사랑하지 않는다. 배우들이 너무 많고, 구경꾼들도 때로는 배우처럼 행동했기 때문이다.

차라투스트라는 이렇게 말했다

나는 그대들에게 이웃이 아니라 벗을 가르친다. 벗이 그대들에게 대지의 축제요, 초인에 대한 예감이 되도록 하라.

나는 그대들에게 벗과 그 벗의 넘치는 마음을 가르친다. 그런데 넘치는 마음으로부터 사랑을 받으려면 스펀지가 될 수 있어야 한다.

나는 그대들에게 세계가 선의 껍질로 완성되어 있는 벗을 가르친다. 언제나 완성된 세계를 선사할 수 있는 창조하는 벗을.

그리고 세계가 그에게서 굴러가 버린 것처럼, 이제 세계는 다시 고리 모양으로 둘둘 말며 벗에게 되돌아온다. 선이 악을 통해 생겨나고, 여러 목적이 우연에서 생겨나듯이.

미래이자 가장 멀리 있는 것이 오늘 그대의 존재 이유가 되기를. 즉 그대는 벗의 내부에 있는 초인을 그대의 존재 이유로서 사랑해야 한다.

나의 형제들이여, 나는 그대들에게 이웃 사랑을 권하지 않고, 가장 멀리 있는 자를 사랑하라고 권한다.

차라투스트라는 이렇게 말했다.

창조하는 자의 길에 대하여

나의 형제여, 그대는 고독 속으로 들어가려는가? 그대 자신에 이르는 길을 찾으려는가? 그럼 잠시 가던 길을 멈추고 내 말을 들어보라.

"찾는 자는 길을 잃기 쉽다. 모든 고독은 죄악이다."라고 군중은 말한다. 그리고 그대는 오랫동안 군중의 일원이었다.

군중의 목소리가 아직 그대 마음속에 울릴 것이다. 그런데 그대가 "나는 더 이상 그대들과 하나의 양심을 갖고 있지 않다."라고 말한다면 슬프고 고통스러운 일일 것이다.

보라, 이 고통 자체를 낳은 것도 그 하나의 양심이었다. 그리고 이 양심의 마지막 불꽃이 그대의 슬픔 위에 희미하게 빛나고 있다.

그런데 그대는 그대 자신에 이르는 길이기도 한 슬픔의 길을 가려는가? 그렇다면 나에게 그대의 권리와 힘을 보여 줘라!

그대는 새로운 힘이자 권리인가? 최초의 움직임인가? 제 힘으로 굴러가는 수레바퀴인가?

그대는 또한 별들이 그대 주위를 돌게 할 수 있는가?

아, 높은 곳을 갈망하는 자는 얼마든지 있다! 경련하며 발작하는 야심가들은 얼마든지 있다! 그대가 갈망에 사로잡힌 자도 야심에 불타는 자도 아님을 나에게 보여 다오!

아, 위대한 사상이라면서 풀무보다 못한 사상이 얼마나 많은가. 그것들은 과장할수록 속이 더 비어 있기 마련이다.

그대는 자신을 자유롭다고 말하는가? 내가 듣고 싶은 것은 그대를 지배하는 사상이지, 그대가 멍에로부터 벗어났다는 사실이 아니다.

그대는 멍에로부터 벗어나도 되는 그런 자인가? 세상에는 속박으로부터 벗어나면서 자신의 마지막 가치마저 던져버리는 자가 많기 때문이다.

무엇으로부터의 자유냐고? 그것이 차라투스트라와 무슨 상관이란 말인가? 그런데 그대는 환한 눈길로 내게 말해 줘야 한다. 무엇을 위한 자유인지를?

그대는 그대 자신에게 선과 악을 부여하고, 그대의 의지를 율법처럼 머리 위에 내걸 수 있는가? 그대 자신이 그대 율법의 재판관이자 복수자가 될 수 있는가?

자기 자신의 율법의 재판관이자 집행관이 되어 홀로 있는 것은 무서운 일이다. 그러므로 별 하나가 홀로 있는 황량한 곳간으로, 얼음처럼 차디찬 에테르 속으로 내던져지는 것이다.

오늘도 그대, 홀로 있는 그대는 많은 사람들에게 시달리고 있다. 오늘도 그대는 용기와 희망을 온전하게 지니고 있다.

하지만 언젠가 고독은 그대를 지치게 만들 것이고, 언젠가 그대의 자부심은 구부러질 것이며, 그대의 용기는 찌부러질 것이다. 그대는 언젠가 "나는 혼자다!"라고 외칠 것이다.

언젠가 그대는 자신의 고귀함을 더 이상 보지 못하고 자신의 비열함만 너무 가까이 보게 될 것이다. 그대의 고상함 자체가 마치 유령처럼 그대를 두렵게 할 것이다. 그대는 언젠가 "모든 것은 거짓이다."라고 외칠 것이다.

고독한 자를 죽이려는 감정들이 있다. 이런 감정들이 목적을 달성하지 못하면 그것들 자신이 죽어야만 한다! 그런데 그대는 살인자가 될 능력이 있는가?

나의 형제여, 그대는 '경멸'이라는 단어를 이미 알고 있는가? 그리고 그대를 경멸하려는 자에게도 정의롭게 대하려는 정의로움의 고통을 알고 있는가?

그대는 많은 사람들을 강요하여 그대에 대한 생각을 바꾸게 한다. 그들은 그대의 이런 행동을 가혹하게 평가한다. 그대는 그들에게 가까이 다가갔다가, 그대로 지나쳐버렸다. 그들은 이러한 행동을 결코 용서하지 않는다.

그대는 그들을 타고 넘어 올라간다. 그러나 그대가 높이 오를수록 시샘의 눈초리에 그대는 더욱 작아 보인다. 더구나 날아가는 자가 가장 많이 미움을 받는다.

"그대들이 나에게 정의롭게 대하기를 어떻게 바라겠는가! 나는 그대들의 부당함을 나에게 주어진 몫으로 감수할 뿐이다." 그대는 이렇게 말해야 한다.

그대들은 고독한 자에게 부당한 짓을 하고, 그들을 향해 더러운 것을 던진다. 하지만 나의 형제여, 그대가 하나의 별이 되고자 한다면 그들을 적지 않게 비춰야 한다!

그리고 선하고 의로운 자들을 조심하라! 그들은 자기 자신의 덕을 만들어내는 자들을 십자가에 매달기 좋아한다. 그들은 고독한 자를 미워한다.

성스럽고 단순한 자도 조심하라! 이러한 자들이 볼 때 단순하지 않은 것은 모두 신성하지 않다. 그들은 또한 불장난을, 화형의 장작더미를 갖고 노는 것을 좋아한다.

또한 불쑥 그대에게 사랑의 감정이 생기지 않도록 조심하라! 고독한 자는 자신이 마주치는 자에게 너무 빨리 손을 내밀기 때문이다.

어떤 자에게는 손을 내밀지 말고 앞발을 내밀어야 한다. 그러므로 그대의 앞발에 발톱도 있기를 바란다.

그러나 그대가 마주칠 수 있는 가장 고약한 적은 언제나 그대 자신일 것이다. 그대 자신은 동굴과 숲 속에서 그대를 기다리며 숨어 있다.

고독한 자여, 그대는 그대 자신에 이르는 길을 가는 것이다! 그리고 그대의 길은 그대 자신과 일곱 악마 곁을 지나가는 것이다!

그대는 자신에게 이단자가 될 것이며, 마녀, 예언자, 바보,

의심하는 자, 성스럽지 않은 자, 악한이 될 것이다.

그대는 그대 자신의 불꽃으로 그대를 불태우려고 해야 한다. 먼저 재가 되지 않고 어떻게 거듭나려고 하는가!

고독한 자여, 그대는 창조하는 자의 길을 가고 있다. 즉 그대는 그대의 일곱 악마로 하나의 신을 창조하려고 한다!

고독한 자여, 그대는 사랑하는 자의 길을 가고 있다. 즉 그대는 그대 자신을 사랑하고, 그 때문에 사랑하는 자만이 경멸할 수 있듯이 그대 자신을 경멸한다.

사랑하는 자는 경멸하기 때문에 창조하려고 한다! 자신이 사랑한 것을 경멸할 줄 모르는 자가 사랑을 알겠는가!

나의 형제여, 그대의 사랑, 그대의 창조와 함께 그대의 고독 속으로 들어가라. 그러면 나중에 가서 정의가 다리를 절며 그대를 뒤따라올 것이다.

나의 형제여, 그대의 눈물과 함께 고독 속으로 들어가라. 나는 자기 자신을 넘어 창조하려고 파멸하는 자를 사랑한다.

차라투스트라는 이렇게 말했다.

늙은 여자와 젊은 여자에 대하여

"차라투스트라여, 그대는 무엇 때문에 어스름 속을 살금살금 걸어가는가? 그리고 외투 밑에 조심스럽게 숨기고 있는 것은 무엇인가?

그것은 그대가 선물 받은 보물인가? 아니면 그대가 낳은 자식인가? 아니면 이제 그대 스스로 도둑질을 하러 나섰는가, 그대 사악한 자의 벗이여?

참으로, 나의 형제여! 그것은 내가 선물 받은 보물이었다고 차라투스트라가 말했다. 그것은 내가 들고 다니는 조그만 진리다.

하지만 그 진리는 어린아이처럼 버릇이 없다. 그래서 내가 그 입을 틀어막지 않으면 큰 소리로 마구 떠들어댄다.

나는 오늘 석양 무렵에 홀로 길을 가다가 한 노파를 만났다. 그녀는 내 영혼에게 말했다.

"차라투스트라여, 우리 여자들에게 많은 이야기를 들려주었지만, 정작 여자에 대해서는 우리에게 아무 말도 하지 않았어요."

그래서 나는 노파에게 대꾸했다. "여자에 대해서는 남자들에게만 말해야지요."

"나에게도 여자에 대해 말해 주시오. 나는 너무 늙어 들어도 곧 다시 잊어버리니까요."

그래서 나는 그 노파의 부탁을 들어주기로 하고 이렇게 말했다.

여자의 모든 것이 수수께끼이고, 그 모든 것엔 하나의 해결책이 있는데, 그것은 바로 임신이다.

여자에게 남자란 수단이다. 그 목적은 언제나 아이다. 하지만 남자에게 여자는 어떤 존재인가?

진정한 남자는 위험과 놀이, 두 가지 종류를 원한다. 그 때문에 남자는 위험천만한 장난감으로서 여자를 원한다.

남자는 전투를 하도록, 여자는 전사의 피로를 풀도록 교육을 받아야 한다. 다른 모든 것은 어리석은 일이다.

전사는 너무 달콤한 과일을 좋아하지 않는다. 그가 여자를 좋아하는 것은 그 때문이다. 즉 가장 달콤한 여자라도 맛이 쓴 법이다.

남자보다 여자가 아이를 더 잘 이해하지만, 여자보다 남자가 더 아이 같다.

진정한 남자 속엔 놀이를 하고 싶어 하는 아이가 숨어 있다. 그러므로 여자들이여, 남자 안에 든 아이를 찾아내도록 하라!

여자는 보석 같이 우아하고 섬세한 장난감이어야 한다. 아직은 존재하지 않는 세계의 여러 덕으로 빛을 발하는.

그대들의 사랑에 한 줄기 별빛이 반짝이기를! 그대들의 희망이 "난 초인을 낳고 싶다!"이기를!

그대들의 사랑에 용기가 깃들게 하라! 그대들은 두려움을 불러일으키는 자에게 그대들의 사랑으로 덤벼들어야 한다.

그대들의 사랑에 명예가 깃들게 하라! 그러지 않고는 여자가 명예를 이해할 길이 거의 없다. 하지만 언제나 사랑을 받기보다는 사랑을 하려고 하고, 결코 제2인자가 되지 않는 것이 그대들의 명예가 되게 하라.

남자여, 여자가 사랑할 때 여자를 두려워하라. 그때 여자는 모든 것을 희생하고, 다른 것은 모두 무가치하게 생각하기 때문이다.

남자여, 여자가 미워할 때 여자를 두려워하라. 남자는 영혼의 바닥이 사악할 뿐이지만, 여자는 영혼이 속되기 때문이다.

여자는 어떤 사람을 가장 미워하는가? 쇠붙이가 자석에게 말했다. "내가 너를 제일 미워하는 까닭은 네가 나를 끌어당기기만 하지, 나를 붙들어 둘 만큼 강하지 않기 때문이야."

남자의 행복은 "나는 원한다."라는 데 있다. 여자의 행복은

"그가 원한다."라는 데 있다.

"보라, 이제야말로 세계가 완성되었다!" 사랑의 감정으로 순종할 때 모든 여자는 이렇게 생각한다.

그러므로 여자는 순종하는 가운데 스스로 표면의 깊이를 발견해야 한다. 표면은 여자의 마음이고, 얕은 물 위에서 격렬하게 움직이는 살갗이다.

그런데 남자의 마음은 깊고, 그 흐름은 대지 아래 동굴 속으로 흘러간다. 여자는 남자의 힘을 어렴풋이 예감하지만, 이해하지는 못한다.

그러자 노파가 나에게 대꾸했다. "차라투스트라는 나에게 여러 가지 경청할 만한 이야기를 했구려. 특히나 그 말에 어울릴 만한 젊은 여자들을 위해서 말이오.

이상한 일이오. 아는 여자는 거의 없으면서 여자에 대한 말은 맞으니 말이오! 여자에게는 어떤 일도 불가능하지 않으니까 이런 일이 생긴 것인가?

자, 그럼 감사의 대가로 조그만 진리를 받으시오! 나는 그 진리를 알 만큼 나이가 들었으니!

이 진리를 천으로 둘둘 싸서 그 입을 막으시오. 그렇지 않으면 이 조그만 진리가 너무 시끄럽게 소리칠 거요."

"여인이여, 그대의 조그만 진리를 나에게 주시오!" 내가 말했다. 그러자 노파는 이렇게 말했다.

"여자들한테 간다고요? 그럼 이 회초리를 잊지 마시오!"

차라투스트라는 이렇게 말했다.

독사에게 물린 상처에 대하여

날이 무더웠던 어느 날 차라투스트라는 두 팔로 얼굴을 가리고 무화과나무 아래서 잠이 들었다. 그때 독사 한 마리가 다가와서 그의 목을 무는 바람에, 차라투스트라는 고통에 못 이겨 큰 소리로 비명을 질렀다. 얼굴에서 팔을 내리고 그는 뱀을 찬찬히 살펴보았다. 그러자 차라투스트라의 눈빛을 알아챈 뱀은 어정쩡한 동작으로 몸을 돌려 달아나려고 했다. 차라투스트라가 말했다. "도망치지 마라. 너는 아직 고맙다는 내 말을 듣지 못했다. 마침 너는 갈 길이 먼 나를 깨워 주었구나."

그러자 독사는 슬픈 어조로 말했다. "그대의 길은 얼마 안 남았다. 내 독은 치명적이다." 차라투스트라는 빙그레 웃으며 말했다. "용이 뱀의 독 때문에 죽었다는 말을 들은 적이 있느냐? 하여튼 너의 독은 너에게 돌려주마! 너는 나에게 독을 선물할 정도로 부유하지 못하니." 그러자 독사는 다시 그의 목을 감고는 상처를 핥기 시작했다.

차라투스트라가 언젠가 이 이야기를 제자들에게 들려주자 그들이 물었다. "그런데 차라투스트라여, 이 이야기에 담긴 교훈은 무엇입니까?" 차라투스트라는 대답했다.

"선하고 의로운 자들은 나를 도덕[27]의 파괴자라 부른다. 말하자면 내 이야기가 비도덕적이라는 것이다."

그런데 그대들에게 적이 있다면 악을 선으로 갚지 않도록 하라. 그것은 적을 부끄럽게 할 뿐이다. 차라리 적이 그대들에게 선한 일을 했음을 증명하라.

그리고 그대들은 부끄러워하기보다 차라리 화를 내라. 저주의 말을 들었을 때에는 축복하지 마라. 나는 그것을 원하지 않는다. 차라리 같이 저주하라!

그리고 누가 그대들에게 크게 부당한 일을 하면 재빨리 다섯 개의 부당한 일을 행하라! 혼자 부당한 일을 당하는 것은 보기에도 좋지 않다.

그대들은 이미 이러한 사실을 알고 있었는가? 부당한 일을 나누면 정의는 반으로 줄어든다. 그리고 부당한 일을 감당할 수 있는 자가 그것을 받아들여야 한다.

전혀 복수하지 않는 것보다 약간이나마 복수하는 것이 보다 인간적이다. 그리고 처벌이 위반한 자에게 정의와 명예가 되지 않는다면 나는 그대들의 처벌을 원하지 않는다.

자신이 옳다고 고집하는 것보다 자신의 그릇됨을 인정하는 것이 더 고상하다. 자신이 옳을 경우에는 특히 그러하다. 다만 그대들은 그럴 만큼 넉넉해야 한다.

나는 그대들의 냉혹한 정의를 좋아하지 않는다. 그대들 재판관의 눈에는 언제나 형리와 그의 차가운 칼이 엿보인다.

말하라, 바라보는 눈을 가진 사랑이라는 정의는 어디에 있는가?[28]

그럼 온갖 처벌뿐만 아니라 온갖 사랑도 감당하는 사랑을 만들어내라!

그럼 재판관만 제외하고 모두에게 무죄를 선고하는 정의를 만들어내라!

그대들은 이 말도 들으려고 하는가? 철저하게 정의롭고자 하는 자에게는 거짓말도 인간에 대한 호의가 된다는 것을.

그런데 어떻게 내가 철저하게 정의롭기를 바랄 수 있겠는가! 어떻게 내가 각자에게 그의 것을 줄 수 있겠는가! 각자에게 나의 것을 주는 것으로 만족하라.

마지막으로, 나의 형제들이여! 모든 은둔자들에게 부당한 일을 하지 않도록 조심하라! 은둔자가 어떻게 잊을 수 있겠는가! 어떻게 그가 보복할 수 있겠는가!

은둔자는 깊은 우물과 같고, 그 속에 돌을 던지기는 쉽다. 말하라, 바닥에 가라앉고 나면, 누가 그것을 다시 건져오겠는가?"

은둔자를 모욕하지 않도록 조심하라! 그런데 이미 모욕했다면 차라리 그를 죽여 버려라!

차라투스트라는 이렇게 말했다.

아이와 혼인에 대하여

나의 형제여, 그대에게만 묻고 싶은 것이 있다. 그대의 영혼이 얼마나 깊은지 보려고 이 질문을 그대의 영혼 속에 추처럼 던진다.

젊은 그대는 아이를 원하고, 혼인을 원한다. 하지만 나는 그대에게 묻는다. 그대는 아이를 원해도 되는 인간인가?

그대는 승리를 거둔 자인가? 자신을 극복한 자인가? 관능의 지배자인가? 그대는 넉의 주인인가? 나는 그대에게 묻는다.

아니면 그대의 소망에는 짐승과 절실한 욕구가 들어 있는가? 아니면 고독해서인가? 아니면 자신이 불만스러워서인가?

나는 그대의 승리와 자유가 아이를 그리워하기를 바란다. 그대의 승리와 자유를 위해 그대는 살아 있는 기념비를 세워야 한다.

그대는 그대 자신을 넘어서 세워야 한다. 하지만 일단 그대는 그대의 몸과 영혼을 반듯하게 세워야 한다.

그대는 그대 자신을 계속 번식시킬 뿐만 아니라 드높여야 한다! 혼인의 동산이 그렇게 하도록 그대를 도와주리라!

그대는 보다 고상한 몸을, 최초의 움직임을, 제힘으로 굴러가는 바퀴를 창조해야 한다. 그대는 창조하는 자를 창조해야 한다.

창조한 자들보다 더 나은 한 사람을 창조하려는 두 사람의 의지, 이것을 나는 혼인이라고 부른다. 이러한 의지를 실현하려는 상대방에 대한 서로의 의지를 나는 혼인이라고 부른다.

이것이 그대가 말하는 혼인의 의미이자 진리가 되도록 하라. 하지만 많고 많은 사람들, 쓸데없는 어중이떠중이들이 혼인이라고 부르는 것, 나는 이것을 뭐라고 불러야 한단 말인가?

아, 두 영혼의 이 빈곤함이여! 아, 두 영혼의 이 더러움이여! 아, 두 영혼의 이 가련한 안락함이여!

그들은 이 모든 것을 혼인이라고 부른다. 그리고 그들은 자신들의 혼인이 하늘에서 맺어졌다고 말한다.

그런데 나는 쓸모없는 자들의 이러한 하늘을 좋아하지 않는다! 아니, 나는 하늘의 그물에 사로잡혀 있는 이러한 짐승들을 좋아하지 않는다!

자신이 짝지어 주지 않은 자들을 축복하기 위해 다리를 절며 다가오는 신도 나에게 멀리 떨어져 있어라!

하지만 이러한 혼인을 비웃지 마라! 어떤 자식이라도 자신의 부모 때문에 울 이유가 있지 않겠는가?

어떤 남자는 품위가 있어 보였고, 대지의 의미를 알 만큼 성숙해 보였다. 하지만 그의 아내를 보는 순간 대지가 나에게는 정신병원처럼 느껴졌다.

그렇다. 나는 성자와 거위가 서로 짝을 이루면 대지가 경련하며 부르르 떨기를 바랐다.

그 성자는 마치 영웅처럼 진리를 찾아 나섰으나, 결국 하나의 꾸며진 거짓을 손에 넣었을 뿐이다. 그러고 나서 이것을 자신의 혼인이라고 부른다.

그는 남을 사귀는 것을 꺼렸고, 상대를 까다롭게 골랐다. 그런데 그는 단번에 자신의 교제를 영원히 망쳐버렸다. 즉 그는 이를 자신의 혼인이라고 부른다.

그는 천사의 덕을 갖춘 하녀를 구하였다. 그런데 그는 단번에 한 여자의 시종이 되었고, 이제는 자신이 천사까지 되어야 할 판이다.

이제 나는 모든 구매자들이 신중하다는 것을 알았고, 모두들 교활한 눈을 갖고 있다는 것을 알았다. 그런데 아무리 교활한 구매자라도 자신의 아내를 얻을 때에는 자루를 열어보지도 않고 자루째 사버린다.

순간순간의 많은 어리석은 일들, 이것을 그대들은 사랑이라고 부른다. 그리고 그대들의 혼인은 순간순간의 많은 어리석음을 끝내는 하나의 기나긴 어리석음이다.

여자에 대한 그대들의 사랑과 남자에 대한 여자들의 사랑, 이 사랑이 괴로워하고 숨겨져 있는 신들에 대한 동정이라면! 대개 두 짐승은 서로의 정체를 알아맞힌다.

하지만 그대들의 최고 사랑도 한갓 황홀한 비유이자 고통스러운 열정일 뿐이다. 사랑이란 그대의 보다 고귀한 길을 비춰

줘야 하는 횃불이다.

그대들은 언젠가 그대들을 넘어 사랑해야 한다! 그러니 먼저 사랑하는 법을 배우도록 하라! 그리고 그 때문에 그대들은 사랑의 쓴잔을 마셔야 한다.

최고의 사랑이라는 잔에도 쓴맛은 있다. 그리하여 이 잔은 초인에 대한 그리움을 불러일으키고, 그대 창조하는 자에게 갈증을 느끼게 한다!

창조하는 자의 목마름, 초인에 대한 화살과 그리움. 말하라, 나의 형제여. 이것이 혼인에 대한 그대의 의지인가?

나는 이러한 의지와 혼인을 신성하다고 부른다.

차라투스트라는 이렇게 말했다.

홀가분한 죽음에 대하여

많은 사람들은 너무 늦게 죽고, 몇몇 사람들은 너무 일찍 죽는다. "제때에 죽어라!"라는 가르침은 아직 낯설게 들린다.

차라투스트라는 "제때에 죽어라!"라고 가르친다.

물론 알맞은 때에 결코 살지 못하는 자가 어떻게 제때에 죽을 수 있겠는가? 차라리 그는 태어나지 않는 게 좋았다! 이렇게 나는 쓸모없는 자들에게 충고한다.

그런데 쓸모없는 자들도 자신의 죽음을 중요한 일로 받아들이고, 속이 텅 빈 호두도 깨뜨려지기를 바란다.

모두가 죽음을 중요한 일로 받아들인다. 그런데 죽음이 아직 축제는 아니다. 인간들은 아직 아주 멋지게 축제를 지내는 법을 배우지 못하고 있다.

나는 삶을 완성시키는 죽음, 살아 있는 자들에게 가시가 되고 맹세가 될 죽음을 그대들에게 보여 주고자 한다.

삶을 완성시키는 자는 희망하는 자들과 맹세하는 자들에 둘러싸여 승리에 찬 죽음을 맞이한다.

이렇게 죽는 법을 배워야 한다. 이렇게 죽어가는 자가 살아 있는 자들의 맹세를 받지 못하는 축제가 있어서는 안 된다!

이렇게 죽는 것이 최선이다. 그러나 차선은 투쟁 속에 죽으면서 위대한 영혼을 낭비하는 것이다.

그런데 승자에게뿐만 아니라 투쟁하는 자에게 주인으로서 다가오는 게 아니라 도둑처럼 살금살금 히죽거리며 다가오는 죽음은 가증스럽다.

나는 내가 원하기 때문에 다가오는 나의 홀가분한 죽음을 칭찬한다.

그런데 나는 언제 죽기를 원할 것인가? 목표와 상속인이 있는 자는 그 목표와 상속인을 위해 알맞은 때에 죽기를 원한다.

그리고 목표와 상속인에 대한 외경심 때문에 그가 삶의 성전(聖殿)에 시든 화환을 걸어놓지는 않을 것이다.

참으로 나는 새끼 꼬는 자들처럼 되고 싶지 않다. 그들은 새끼를 길게 잡아당기며 자신은 언제나 뒤로 물러선다.

진리와 승리를 얻기에는 나이가 너무 많은 자들도 더러 있다. 이 빠진 입은 더는 진리를 말할 권한이 없기 때문이다.

그리고 명성을 얻으려는 자는 누구든 제때에 명예와 작별하고, 어려운 재주를 부려 알맞은 때에 떠나야 한다.

가장 맛이 좋을 때 먹는 것을 그만두어야 한다. 오래오래 사랑을 받으려는 자는 이런 사실을 알고 있다.

물론 가을의 마지막 날까지 기다려야 할 운명인 신 사과들이 있다. 이것들은 익는 것과 동시에 누렇게 되고 쪼글쪼글해진다.

사람에 따라 마음이 먼저 늙는 자와 정신이 먼저 늙는 자가 있다. 그리고 젊은 나이에 백발이 되는 자도 있다. 그러나 늦어서 청년이 되는 자는 오랫동안 젊음을 유지한다.

삶에 실패하는 사람이 적지 않다. 그들의 가슴은 독충이 갉아먹는다. 이런 자는 그런 만큼 죽음에 휩쓸리지 않도록 조심해야 한다.

달콤하게 되지 않는 사람이 적지 않다. 이런 자는 여름에 이미 썩고 만다. 이런 자가 계속 나뭇가지에 매달려 있는 것은 비겁한 일이다.

너무 많은 사람들이 살고 있고, 너무 오래 가지에 매달려 있다. 폭풍우가 불어와 이 썩고 벌레 먹은 열매를 다 떨어뜨려 버렸으면!

빨리 죽도록 설교하는 자들이 왔으면 좋겠다! 이들이야말로 삶의 나무를 제때에 흔드는 폭풍우일 것이다! 그러나 내 귀에 들리는 소리라곤 천천히 죽으라 하고, '대지'의 모든 일을 참으라는 설교뿐이다.

아, 그대들은 대지의 일을 참으라고 설교하는가? 이 대지의 일이야말로 그대들을 너무 많이 참고 있지 않은가, 그대 비방하는 자들이여!

참으로 천천히 죽으라고 설교하는 자들이 존경하는 저 히브리인은 너무 일찍 죽었다. 그리고 그 이후로 많은 사람들은 그의 때 이른 죽음을 재앙으로 받아들였다.

이 히브리인 예수는 선하고 의로운 자[29]들의 미움과 히브리인의 눈물, 비애밖에 알지 못했다. 그래서 그는 늘 죽음에 대한 동경에 사로잡혔다.

그는 황야에 있으면서 선하고 의로운 자들과 멀리 떨어져 있어야 했다! 그랬더라면 그는 아마 사는 법을 배우고, 대지를 사랑하는 법을 배웠을지도 모른다. 게다가 웃음까지 배웠을 것이다!

내 말을 믿으라, 나의 형제들이여! 그는 너무 일찍 죽었다. 그가 내 나이만큼 살았더라면 자신의 가르침을 취소했으리라! 그는 취소할 만큼 고귀한 자였다!

하지만 그는 미처 성숙하지 못했다. 그 젊은이는 미숙하게 사랑했고, 인간과 대지를 사랑하는 법도 미숙했다. 그의 마음이며 정신의 날개는 묶여 있어 무거웠다.

그런데 젊은이보다 성인 남자가 더 어린이에 가깝고, 슬픔을 덜 느낀다. 즉 성인 남자가 죽음과 삶을 더 잘 이해한다.

"그렇다."라고 말할 시간이 없을 때 신성하게 부정하는 자가 죽음에 대해, 죽음에 직면해서 홀가분함을 느꼈다. 즉 그는 삶과 죽음을 이렇게 이해한다.

나의 벗들이여, 그대들의 죽음이 인간과 대지에 대한 모독이 되지 않기를. 나는 바로 이 점을 그대들의 영혼의 꿀에 간절히 부탁한다.

죽음에 직면해서도 그대들의 정신과 덕은 저녁놀처럼 이글이글 타올라야 한다. 그렇지 않으면 잘못된 죽음이 되리라.

나 자신도 이렇게 죽어서, 그대 벗들이 나 때문에 대지를 더욱 사랑하게 되기를 바란다. 그리고 나를 낳은 대지로 되돌아가 거기서 안식을 얻고 싶다.

참으로 차라투스트라에게는 하나의 목표가 있었는데, 그는 자신의 공을 던졌다. 이제 그대 벗들이 내 목표의 상속자가 되라. 나는 그대들에게 황금 공을 던지겠노라.

나의 벗들이여, 나는 그대들이 무엇보다도 황금 공[30]을 던지는 모습을 보고 싶다! 그래서 이 대지에 약간 더 머물러 있으려고 하니, 나를 용서해 주길 바란다!

차라투스트라는 이렇게 말했다.

베푸는 덕에 대하여

1

차라투스트라가 자신의 마음을 사로잡은 '얼룩소'라는 이름의 도시를 떠나려고 할 때 많은 사람들이 제자가 되겠다며 그의 뒤를 따랐다. 이들이 네거리에 이르렀을 때 차라투스트라는 이제부터 혼자 가고 싶다고 했다. 그는 혼자 다니기를 좋아하는 사람이었기 때문이다. 그러자 그의 제자들이 이별의 표시로 지팡이 하나를 주었는데, 그 황금 손잡이에는 뱀이 태양을 휘감고 있는 모습이 있었다. 차라투스트라는 지팡이를 받고 기뻐하면서, 그것을 짚고 서서는 제자들에게 말했다.

나에게 말해 보라. 황금이 어떻게 최고의 가치를 얻게 되었는지를? 귀하고 무용하며, 번쩍이면서도 빛이 은은하기 때문이다. 금은 이처럼 언제나 자신을 베푸는 것이다.

금은 최고의 덕을 닮았다는 이미지로만 최고의 가치를 지니게 되었다. 베푸는 자의 눈길을 금빛처럼 빛나게 하고, 금빛 광채는 달과 태양의 평화를 맺어준다.

최고의 덕은 귀하고 무용하며, 번쩍이면서도 빛이 은은하다. 즉 베푸는 덕이야말로 최고의 덕인 것이다.

나의 제자들이여, 나는 참으로 그대들의 마음을 잘 알고 있다. 그대들도 나와 마찬가지로 덕을 베풀려고 하지 않는가. 그대들이 어떻게 고양이나 늑대들과 같을 수 있겠는가?

그대들은 자신을 희생하고 선물이 되고자 갈망하고 있다. 그 때문에 온갖 부를 영혼 속에 쌓아두기를 갈망하고 있다.

덕을 베풀려는 그대들의 의지가 결코 지칠 줄 모르기 때문에 그대들의 영혼은 지칠 줄 모르고 보물과 보석을 가지려고 한다.

그대들은 만물이 그대들의 샘에서 다시 흘러 나가 그대들의 사랑을 전하는 선물이 되도록, 만물이 그대들에게 그대들의 속으로 들어오게 한다.

참으로 이처럼 베푸는 사랑은 모든 가치를 빼앗는 강도가 되어야 한다. 하지만 나는 이러한 이기심을 온전하고 신성하다고 말한다.

또 다른 이기심, 너무 가난하고 굶주려서 언제나 훔치려고 하는 병든 자들의 이기심, 즉 병든 이기심이 있다.

이 이기심은 번쩍거리는 것이면 죄다 도둑의 시선으로 바라본다. 먹을 게 풍성한 사람을 굶주린 자의 탐욕스러운 시선으로 바라본다. 그러면서 그 이기심은 언제나 베푸는 자의 식탁 주위를 살금살금 맴돈다.

이러한 욕망으로 질병과 눈에 보이지 않는 퇴화를 엿볼 수 있다. 이러한 이기심의 도둑 같은 욕망은 몸이 병으로 쇠약해 있음을 말해 준다.

말하라, 나의 형제들이여. 우리는 무엇을 나쁜 것, 가장 나쁜 것이라고 생각하는가? 그것은 퇴화가 아닌가? 베푸는 영혼이 없는 곳에서는 늘 퇴화가 일어나게 마련이다.

우리의 길은 위를 향해, 종(種)을 뛰어넘는 단계로 나아간다. 하지만 퇴화하는 마음은 "모든 것은 나를 위해 존재한다."라고 말하면서 우리에게 전율을 안겨 준다.

우리의 마음은 위를 향해 날아간다. 그것은 우리 몸의 비유이고, 올라감의 비유이다. 이러한 올라감의 비유가 덕의 이름이다.

이렇게 몸은 성장하고 투쟁하는 것으로 역사 속을 뚫고 나아간다. 그런데 정신은 몸에 어떤 의미인가? 몸의 투쟁과 승리를 알려 주는 전령이자 동지이며 메아리이다.

선과 악을 나타내는 이름들은 모두 비유다. 이름들은 눈짓만 할 뿐, 말로 표현하지 않는다. 그러므로 이러한 이름에서 지식을 얻으려는 자는 바보다.

나의 형제들이여, 그대들의 정신이 비유를 들어 말하려는 순간마다 주의하라. 그대들이 바라는 덕의 근원이 거기에 있기 때문이다.

이때 그대들의 몸은 고양되고 소생한다. 몸은 자신의 희열로 정신을 황홀하게 해서, 정신이 창조하는 자, 평가하는 자, 사랑하는 자, 모든 것의 선행자가 되게 한다.

그대들 마음이 강물처럼 온 사방을 굽이쳐 흐를 때, 강변에 사는 자들에게 축복이자 위험이 될 때, 거기에 그대들이 바라는 덕의 근원이 있다.

그대들이 칭찬과 비난에 초연하고, 그대들 의지가 사랑하는 자의 의지로서 모든 사물에 명령하려고 할 때, 거기에 그대들이 바라는 덕의 근원이 있다.

그대들이 안락함과 부드러운 잠자리를 경멸하고, 부드러운 자들로부터 충분히 떨어져 잘 수 없을 때, 거기에 그대들이 바라는 덕의 근원이 있다.

그대들이 하나의 의지를 원하는 자가 되고, 온갖 곤경으로부터 이러한 전환이 꼭 필요하다고 볼 때, 거기에 그대들이 바라는 덕의 근원이 있다.

참으로 그대들의 덕은 새로운 선이자 악이다! 참으로 새롭고도 깊은 물결 소리이며, 새로운 샘물 소리이다!

이 새로운 덕이야말로 힘이다. 그 덕은 지배적인 사상이고, 그 사상은 현명한 영혼에 둘러싸여 있다. 그 덕은 황금 태양이고, 한 마리 뱀이 태양을 휘감고 있다.

2

여기서 차라투스트라는 잠시 말을 멈추고, 애정 어린 눈길로 제자들을 바라보았다. 그러고 나서 그는 계속 말했는데, 그의 목소리는 변해 있었다.

나의 형제들이여! 그대들 덕의 힘으로 대지에 충실하도록 하라! 베푸는 그대들 사랑과 그대의 인식이 대지의 의미에 봉사하도록 하라! 이렇게 그대들에게 부탁하고 간청한다.

그대들의 덕이 지상에서 날아올라, 날개로 영원의 벽에 부딪치지 않도록 하라! 아, 날아올라 헛되이 사라져버린 덕이 얼마나 많았던가!

나와 마찬가지로 헛되이 사라져버린 덕을 도로 대지로 데려오라! 그렇다. 몸과 살이 있는 곳으로 도로 데려와 대지에 자신의 의미를, 인간적인 의미를 부여하도록 하라!

지금까지 덕은 물론이고 정신도 수없이 날아올라 헛되이 떨어지곤 했다. 아, 아직 우리 몸속에는 이러한 모든 망상과 과오가 살고 있다. 즉 망상과 과오는 그곳에서 몸이자 의지가 되었다.

지금까지 덕은 물론이고 정신도 수없이 시도하고 잘못을 범했다. 그렇다. 인간은 하나의 시도였다. 아, 많고 많은 무지와 오류가 우리 몸이 된 것이다!

수천 년 이어져 온 이성뿐만 아니라 이성의 망상도 우리에게서 터져 나온다. 그러므로 상속자가 된다는 것은 위험천만한 일이다.

우리는 한 걸음 한 걸음 디딜 때마다 아직 우연이라는 거인과 투쟁하고 있다. 아직까지도 불합리와 무의미가 전 인류를 지배해 온 것이다.

나의 형제들이여, 그대들의 정신과 덕은 대지의 의미에 충실하도록 하라. 모든 사물의 가치를 그대들이 새로이 정립하도록 하라! 그 때문에 그대들은 투쟁하는 자가 되어야 한다! 그 때문에 그대들은 창조하는 자가 되어야 한다!

몸은 앎을 통해 자신을 정화해야 한다. 몸은 앎으로 시도하면서 자신을 고양한다. 인식하는 자에게는 모든 충동이 자신에게 신성하게 된다. 고양된 자에게는 영혼이 즐거워진다.

의사[31]여, 그대 자신을 돕도록 하라. 그래야 그대의 환자에게도 도움이 된다. 자기 자신을 치유하는 자를 그가 자신의 눈으로 보는 것이 그에게 최고의 도움이 되기 때문이다.

아직 발길이 닿지 않은 수천 개의 오솔길이 있고, 천 개의 건강법과 숨겨진 삶의 섬이 있다. 아직 발견되지 않은 채로 무궁

무진하게 남아 있는 인간과 인간의 대지가 있다.

깨어나 귀를 기울여라. 그대 고독한 자들이여! 은밀하게 날개를 퍼덕이며 미래에서 바람이 불어오고, 예민한 귀에 좋은 소식이 들려온다.

오늘날의 그대 고독한 자들이여, 세상을 등진 은둔자들이여, 그대들은 언젠가 하나의 민족이 되어야 한다. 그대들 스스로를 선택한 그대들로부터 선택된 민족이 되어야 한다. 그리고 그 민족에서 초인이 나와야 한다.

참으로 대지는 이제 치유의 장소가 되어야 한다! 그리고 대지의 주변에는 치유의 새로운 향기와 새로운 희망이 감돌고 있다.

3

차라투스트라는 이렇게 말하고서 입을 다물었는데, 아직 마지막 말은 하지 않은 사람 같았다. 머뭇거리며 손에 쥔 지팡이를 오랫동안 이리저리 흔들던 그는 마침내 이렇게 말했다. 그의 목소리는 변해 있었다.

이제 나 혼자 가도록 하겠다. 나의 제자들이여! 그대들도 이제 헤어져 각자 제 갈 길로 가거라! 내 생각은 그러하다.

참으로 그대들에게 충고하노니, 그대들은 나를 떠나고, 차라투스트라에게 저항하라! 그리고 그에 대해 부끄러워하는 것이 더 바람직하다! 어쩌면 그가 그대들을 속였을지도 모르니까.

인식의 인간은 자신의 적을 사랑할 뿐만 아니라 자신의 벗을 미워할 줄도 알아야 한다.

언제까지나 학생으로 남아 있는 자는 스승에게 제대로 보답하는 것이 아니다. 그대들은 왜 나의 월계관을 빼앗으려 하지 않는가?

그대들은 나를 숭배하지만 어느 날 숭배심이 변하면 어쩌려는가? 그대들이 숭배하는 입상(立像)에 깔려 죽지 않도록 조심하라!

그대들은 차라투스트라를 믿는다고 말하는가? 그러나 그가 대체 무슨 소용이란 말인가! 그대들은 나의 신도라고 하지만, 그 많은 신도가 무슨 소용이란 말인가!

그대들이 나를 만났을 때 그대들은 아직 그대들 자신을 찾지 못했었다. 신도들이란 모두 이렇기 때문에 신앙이란 이처럼 죄다 보잘것없는 것이다.

이제 나를 버리고 그대들을 찾도록 하라. 그리고 그대들 모두가 나를 부정하게 될 때 비로소 나는 그대들 곁으로 되돌아올 것이다.

참으로 나의 형제들이여, 그때는 나를 잃어버린 자들을 다른 눈으로 찾을 것이고, 그때는 다른 사랑으로 그대들을 사랑할 것이다.

그리고 언젠가 그대들은 나에게 벗이 되어야 하고, 희망의 아이들이 되어야 한다. 그러면 나는 세 번째로 그대들 곁에서 함께 위대한 정오를 축하할 것이다.

위대한 정오란 인간이 짐승과 초인 사이의 길 한복판에 있을 때이고, 저녁에 이르는 그의 길을 최고의 희망으로서 축하하는 때이다. 왜냐하면 그 길은 새로운 아침에 이르는 길이기 때문이다.

이때 아래로 내려가는 자는 자신이 건너가는 자임을 알고 스스로를 축복할 것이다. 그리고 그에게 그의 인식의 태양은 중천에 떠 있을 것이다.

"모든 신은 죽었다. 이제 우리는 초인이 나타나기를 바란다." 이 말이 언젠가 찾아올 위대한 정오에 우리의 마지막 의지가 되게 하라!

차라투스트라는 이렇게 말했다.

제2부

"……그대들 모두가 나를 부정하게 될 때 비로소 나는 그대들 곁으로 되돌아올 것이다.

참으로 나의 형제들이여, 그때는 나를 잃어버린 자들을 다른 눈으로 찾을 것이고, 그때는 다른 사랑으로 그대들을 사랑할 것이다."

──『차라투스트라는 이렇게 말했다』, 제1부, 「베푸는 덕에 대하여」

거울을 지닌 아이

그 후 차라투스트라는 다시 산속으로, 자신의 동굴로 돌아와 고독하게 지내며 사람들을 피했다. 즉 그는 씨를 뿌려놓고 수확을 기다리는 농부처럼 지냈다. 하지만 그의 영혼은 무척 안절부절못했고, 자신이 사랑한 사람들에 대한 그리움으로 가득 찼다. 그들에게 줄 것이 아직 많았기 때문이었다. 말하자면 활짝 폈던 손을 사랑하는 마음 때문에 오므리고, 베푸는 자로서 수치심을 간직하는 것이 가장 어려운 일이었다.

이렇게 고독한 자에게 달이 가고 해가 갔다. 하지만 그의 지혜는 커져 갔고, 그것이 너무 충만해서 그는 고통스러웠다.

그러던 어느 날, 아침 동이 트기 전에 잠에서 깨어난 그는 잠자리에 누워 오랫동안 생각에 잠겼다가, 마침내 마음속으로 말했다.

"내가 꿈을 꾸다가 깜짝 놀라 깨어난 이유가 무엇일까? 거울을 지닌 아이가 나에게 다가오지 않았던가?

'오, 차라투스트라여.' ──아이가 나에게 말했다.── '거울 속의 그대 모습을 보세요!'

하지만 거울을 들여다보는 순간 나는 놀라 비명을 질렀고, 내 마음은 충격에 빠졌다. 왜냐하면 거울 속의 모습은 내가 아니라, 악마의 찌푸리고 조롱하는 얼굴이었기 때문이었다.

참으로 나는 이 꿈의 징조와 경고를 너무나 잘 이해하고 있다. 나의 가르침이 위험에 처해 있고, 잡초가 밀이라고 행세하려는 것이다!

나의 적들은 힘이 세졌고, 나의 가르침의 본뜻을 왜곡하였다. 그리하여 내가 가장 사랑하는 제자들마저 내가 준 선물을 부끄러워하지 않을 수 없게 된 것이다.

나는 나의 벗들을 잃어버렸다. 그러니 이제 잃어버린 벗을 찾으러 나설 때가 온 것이다!"

차라투스트라는 자리를 박차고 일어났다. 하지만 그 모습은 속이 답답해 시원한 공기를 쐬려는 자라기보다 오히려 영감을 받은 선지자나 가인(歌人)처럼 보였다. 그의 독수리와 뱀은 이상하다는 듯 그를 바라보았다. 다가올 행복이 마치 아침놀처럼 그의 얼굴에 서려 있었기 때문이었다.

내게 무슨 일이 일어났는가, 나의 짐승들이여? 차라투스트라가 말했다. 내 모습이 변하지 않았는가? 축복이 폭풍우처럼 나에게 오지 않았는가?

나의 행복은 어리석으므로 나의 입에서는 어리석은 말이 나오리라. 나의 행복은 아직 너무 어리므로 너그럽게 참고 견디어라!

나는 나의 행복으로 인해 상처를 입었다. 고뇌하는 자들은 모두 나의 의사가 되어주기를 바란다!

나는 나의 벗들에게 다시 내려갈 수 있게 되었고, 나의 적들에게도 갈 수 있게 되었다! 차라투스트라는 다시 말하고 베풀 수 있게 되었고, 사랑하는 자들에게 가장 커다란 사랑을 보여줄 수 있게 되었다!

나의 성급한 사랑은 콸콸 넘쳐흐르며, 해 뜨는 방향이나 해 지는 방향으로 흘러내린다. 침묵의 산과 고통의 폭풍으로부터 나의 영혼은 골짜기로 흘러내린다.

나는 너무 오랫동안 자신을 그리워하며 먼 곳을 바라보았고, 너무 오랫동안 고독에 잠겨 있었다. 그리하여 나는 침묵하는 것을 잊어버리고 말았다.

나는 온몸이 입이 되었고, 높다란 바위에서 떨어지는 시냇물의 쏴쏴 하는 소리가 되었다. 나는 나의 말이 골짜기 아래로 떨어지기를 바란다.

그리고 내 사랑의 물길이 길이 없는 곳으로 떨어진들 무슨 상관이겠는가! 끝내는 바다로 이르는 길을 찾고 말 텐데!

아마 내 마음속에는 하나의 호수, 은둔자처럼 자족하는 호수가 있을지도 모른다! 그러나 내 사랑의 물길은 호수를 허물고 바다로 흘러가리라!

나는 새로운 길을 가면서 새로운 가르침을 전한다. 나는 창조하는 자들이 다 그렇듯이 진부한 말에 싫증이 났다. 나의 정신은 더 이상 낡은 신발을 신고 돌아다니고자 하지 않는다.

모든 말이 너무 느리게 들린다. 폭풍우여, 그대의 수레에 뛰어오르리라! 그리고 나의 심술로 그대를 채찍질하고자 한다.

나는 함성처럼 환호성처럼 드넓은 바다를 건너가, 나의 벗들이 기다리는 지극한 행복의 섬을 발견하리라.

그들 중에는 나의 적들도 있겠지! 이젠 내가 말할 수 있는 자면 누구든 사랑하리라! 나의 적들도 내 축복의 일부가 아니던가.

사납기 짝이 없는 나의 말에 올라타려고 할 때 나에게 가장 도움이 되는 것은 언제나 나의 창이 아니던가. 그 창은 언제나 대기하고 있는 내 발의 하인이 아니던가.

내가 나의 적을 향해 창을 던질 수 있게 되다니! 마침내 창을 던질 수 있게 해주니 나의 적들이 얼마나 고마운 존재인가!

나의 구름은 너무 팽팽한 긴장 상태에 있었다. 즉 번갯불의 너털웃음 사이로 저 아래를 향해 우박을 퍼부으리라!

이때 내 가슴은 크게 부풀어 오르며, 자신의 폭풍우가 저 산 너머로 몰려가게 하리라. 그러면 내 가슴은 가벼워지리라.

참으로 나의 행복과 자유는 폭풍우처럼 찾아오리라! 그러나 나의 적들은 악인이 자신의 머리 위에서 날뛴다고 생각하겠지.

그렇다. 나의 벗들이여, 그대들도 나의 사나운 지혜 때문에 놀라게 될 것이다. 어쩌면 그대들도 나의 적들처럼 달아날지도 모른다.

아, 나는 그대들을 목자의 피리 소리로 유혹해 그대들을 되돌아오게 하는 법을 알고 있다면 좋으련만! 아, 지혜라는 나의 암사자가 사랑스럽게 으르렁거리는 법을 배웠더라면! 그런데 우리는 이미 많은 것을 함께 배우지 않았던가!

나의 사나운 지혜는 고독한 산 위에서 잉태되었고, 거친 바위 위에서 아이를, 최후의 아이를 낳았다.

이제 나의 지혜는 황량한 벌판을 바보처럼 뛰어다니며, 부드러운 풀밭을 찾아다니고 있다. 나의 해묵은 사나운 지혜는!

그대들 마음의 부드러운 풀밭 위에, 나의 벗들이여! 나의 지혜는 그대들 사랑 위에 자신의 가장 사랑스러운 아이를 눕히고 싶어 한다!

차라투스트라는 이렇게 말했다.

지극한 행복의 섬[32]에서

무화과 열매들이 나무에서 떨어진다. 그것들은 잘 익어 달콤하다. 그 열매들은 떨어지면서 붉은 껍질을 터뜨린다. 나는 무화과 열매에 불어닥치는 북풍이다.

나의 벗들이여, 나의 가르침은 이러한 무화과 열매처럼 그대들에게 떨어진다. 이제 그 과즙을 마시고 달콤한 속살을 먹도록 하라! 가을이 무르익었고, 맑은 날 오후다.

보라, 주위가 얼마나 충만한가! 그리고 이렇듯 넘치는 가운데 먼바다를 바라본다는 것은 얼마나 멋진 일인가.

일찍이 사람들은 먼바다를 바라보면서 신을 말했다. 하지만 나는 이제 그대들에게 초인을 말하도록 가르치겠다.

신이란 하나의 억측에 불과하므로, 나는 억측이 그대의 창조하는 의지보다 멀리 나아가기를 바라지 않는다.

그대들은 하나의 신을 창조할 수 있는가? 그렇지 않다면 침묵하라! 하지만 그대들은 초인을 창조할 수 있을지도 모른다.

나의 형제들이여, 어쩌면 그대들은 스스로 창조할 수 없을지도 모른다! 하지만 그대들은 자신들을 초인의 아버지나 조상으로 바꿀 수는 있을 것이다. 이것이 그대들 최고의 창조이리라!

신은 하나의 억측에 불과하므로, 나는 그대들의 억측이 생각의 가능성에 머물기를 바란다.

그대들은 신을 사유할 수 있는가? 그런데 진리에의 의지란 모든 사물을 인간이 생각할 수 있고, 볼 수 있으며, 느낄 수 있는 것으로 바꾸는 일이다! 그대들은 자신의 감각을 끝까지 사유해야 한다.

그리고 그대들이 세계라고 부르는 것, 그것은 먼저 그대들에 의해 창조되어야 한다. 즉 그대들의 이성, 그대들의 심상, 그대들의 의지, 그대들의 사랑이 세계 자체가 되어야 한다! 그대들 인식하는 자여, 그러면 참으로 행복을 얻게 되리라!

그대들 인식하는 자여, 그대들은 이러한 희망도 없이 어떻게 삶을 견디려 하는가? 그대들은 이해할 수 없는 것이나 합리적이지 않은 것 속에서 태어나서는 안 된다.

하지만 그대 벗들이여, 그대들에게 내 마음을 다 드러내도록 하겠다. 만약 신들이 존재한다면 내가 신이 아니란 사실을 어떻게 참고 견딜 수 있겠는가! 그러므로 신들은 존재하지 않는 것이다.

어쩌면 내가 결론을 내렸는지 모르지만, 이젠 그것이 나를 이끌어간다.

신은 하나의 억측에 불과하다. 그런데 이 억측이라는 고통을 다 마시고도 죽지 않을 자가 누가 있겠는가? 창조하는 자에게서 그의 믿음을, 독수리에게서 하늘을 맴도는 능력을 빼앗으란 말인가?

신이란 반듯한 것을 모두 구부러지게 만들고, 가만히 서 있는 것을 모두 돌게 하는 사상이다. 그래서 어떻다는 것인가? 시간이 사라져버리고, 덧없는 모든 것이 거짓에 불과하단 말인가?

이 모든 것을 생각하면 온몸이 소용돌이치며 어지럽고, 위에서는 구역질이 난다. 참으로 이러한 억측을 하는 것을 나는 어지러운 현기증이라 부른다.

나는 이를 사악한 것, 인간에게 적대적인 것이라고 부른다. 즉 하나뿐인 것, 완전무결한 것, 변하지 않는 것, 충만한 것, 영원한 것에 대한 이 모든 가르침을!

불멸하는 모든 것은 하나의 비유일 뿐이다! 그런데 시인들은 거짓말을 너무 많이 한다.

그러나 최고의 비유라면 시간과 생성을 말해야 한다. 이러한 비유는 모든 덧없음을 찬양하고 정당화해야 한다!

창조하는 것, 이것이야말로 고통으로부터의 위대한 구원이며, 삶을 가볍게 만드는 것이다. 하지만 창조하는 자가 되려면 뼈를 깎는 고통이 필요하고, 많은 변신이 필요하다.

그렇다. 그대 창조하는 자들이여, 그대들의 삶에는 수많은 쓰라린 죽음이 있어야 한다! 그리하여 그대들은 모든 무상함을 대변하고 옹호하는 사람이 되어야 한다.

창조하는 자 자신이 새로 태어날 아이가 되려면, 스스로 임신부가 되어 산고를 겪어야 한다.

참으로 나는 백 개의 영혼을 거치고, 백 개의 요람과 산고를 겪으며 나의 길을 걸어왔다. 이미 여러 번 작별을 했고, 가슴이 찢어지는 듯한 최후의 순간도 잘 알고 있다.

하지만 나의 창조하려는 의지, 나의 운명이 이를 바라고 있다. 아니 보다 솔직하게 말하자면 바로 그러한 운명을 나의 의지가 바라고 있는 것이다.

내가 느끼는 모든 감정은 나에게 시달리며, 감옥에 갇혀 있다. 그러나 나의 의욕은 언제나 나를 해방시키고 기쁨을 가져다주는 자로서 나에게 온다.

의욕은 해방을 가져다준다. 이것이 의지와 자유에 대한 참된 가르침이며, 차라투스트라는 이를 그대들에게 가르친다.

더 이상의 의욕, 더 이상의 평가, 더 이상의 창조는 없다! 아, 나는 이런 심한 권태를 더 이상 맛보지 않기를 바란다!

또한 무언가를 인식할 때에도 나는 내 의지의 생식 욕구와 생성 욕구만을 느낄 뿐이다. 그리고 나의 인식에 순진함이 있다면 이는 나의 인식에 생식 의지가 있기 때문이다.

이러한 의지가 나를 유혹하여 신과 신들로부터 멀어지게 했다. 만약 신들이 있다면 창조할 게 뭐가 있겠는가?

하지만 나의 불타오르는 창조 의지는 늘 새로이 나를 인간에게 몰고 가서, 망치로 돌을 치게 한다.

아, 그대 인간들이여. 돌 속에는 하나의 형상, 내가 바라는 형상들 중의 한 형상이 잠들어 있다! 아, 그 형상이 단단하고 흉하기 짝이 없는 돌멩이 속에 잠들어 있어야 하다니!

이제 나의 망치가 그 형상을 가두고 있는 감옥을 잔혹하게 내리친다. 돌 조각이 사방으로 흩어진다. 그런데 그게 무슨 상관인가?

어떤 그림자가 나를 찾아왔기 때문에, 나는 이 형상을 완성하고자 한다. 모든 사물 중에서 가장 조용하고 가벼운 것이 언젠가 나를 찾아왔던 것이다!

초인의 아름다움이 그림자로서 나를 찾아왔다. 아, 나의 형제들이여! 신들이 나와 무슨 상관이란 말인가!

차라투스트라는 이렇게 말했다.

동정하는 자[33]들에 대하여

나의 벗들이여! 그대들의 벗은 이런 빈정대는 말을 듣게 되었다. "차라투스트라를 보라! 그는 짐승들 사이를 돌아다니듯 우리들 사이를 돌아다니지 않는가?"

그런데 이렇게 말했으면 좀 더 나았을 것이다. "그 인식하는 자는 짐승인 인간들 사이를 돌아다닌다."

인식하는 자가 볼 때는 인간 자신이 붉은 뺨을 지닌 짐승인 것이다.

어쩌다가 인간이 그렇게 되었는가? 너무 자주 부끄러워해야 했기 때문이 아닌가?

오, 나의 벗들이여! 인식하는 자는 이렇게 말한다. 수치, 수치, 수치 ── 이것이 인간의 역사라고!

그 때문에 고귀한 자는 남이 수치심을 느끼지 않게 하라고 자신에게 명한다. 그는 고뇌하는 모든 자에게 수치심을 느끼라고 자신에게 명한다.

참으로 나는 동정을 베풀며 행복을 느끼는 자비로운 인간들을 좋아하지 않는다. 그들에게는 수치심이 너무 부족하기 때문이다.

내가 동정해야 하더라도 동정심이 많은 자라는 말을 듣고 싶지 않다. 그리고 내가 그럴 상황이 된다면 멀찍이 떨어져서 동정하고 싶다.

또 다른 자가 나를 알아보기 전에 얼굴을 가리고 달아나고 싶다. 나의 벗들이여, 그대들도 이렇게 하도록 하라!

나의 운명이 언제나 그대들처럼 고뇌하지 않는 인간들에게 이끌어주면 좋겠다! 희망과 식사, 꿀을 같이 나누어도 되는 자들이 있는 곳으로!

참으로 나는 고뇌하는 자들을 위해 기꺼이 이런저런 일을 많이 했다. 그러나 내가 더 잘 즐길 줄 알게 되었을 때 나는 보다 나은 일을 했다고 생각한다.

이 세상에 존재한 이래로 인간은 너무 즐길 줄 몰랐다. 나의 형제들이여, 이것만이 우리의 원죄다!

우리가 더 잘 즐길 수 있게 되면 다른 사람에게 고통을 주거나 고통을 줄 생각을 더 잘 버릴 수 있다.

그 때문에 나는 고뇌하는 자를 도운 나의 손을 씻고, 그 때문에 나의 영혼도 깨끗이 씻는다.

고뇌하는 자가 고통스러워하는 것을 보고 내가 부끄러워한 것은 그의 수치심 때문이며, 내가 도와주었을 때 그의 자긍심이 손상되었기 때문이다.

지나친 친절은 감사하는 마음이 아니라 복수심을 일으킨다. 그리고 조그만 선행이 잊히지 않으면 그로써 그곳에 좀벌레가 생긴다.

"받아들일 때 냉담한 태도를 취하라! 그로써 그대들이 받아들이는 것이 표 나게 하라!" 나는 베풀 게 없는 사람들에게 이렇게 충고한다.

나는 베푸는 자다. 나는 벗이 벗에게 하듯 베푸는 것을 좋아한다. 그러나 낯선 자들이나 가난한 자들은 나의 나무에서 직접 열매를 따는 게 덜 창피한 일이다.

하지만 거지들은 모두 쫓아버려라! 참으로 그들에게는 줘도 화나고, 안 줘도 화난다.

그리고 죄 지은 자들과 양심의 가책을 받는 자들도 마찬가지로 쫓아버려라! 내 말을 믿으라, 나의 벗들이여. 양심의 가책을 받는 자들은 남을 물게 된다.

가장 나쁜 것은 하찮은 생각들이다. 하찮은 생각을 하느니 나쁜 짓을 하는 게 차라리 낫다!

사실 그대들은 이렇게 말할 것이다. "작은 나쁜 짓을 생각하면 큰 나쁜 짓을 예방할 수 있다." 그러나 이 경우 예방할 생각을 해서는 안 된다.

나쁜 행위는 궤양과 같다. 나쁜 행위는 가려워서 긁어대다가 터지게 된다. 나쁜 행위는 이처럼 솔직하게 말한다.

"보라, 나는 질병이다." 나쁜 행위는 이렇게 말한다. 즉 그것이 나쁜 행위의 솔직함이다.

그러나 하찮은 생각은 진균과 같다. 기어 다니고 파고들면서 어디에 가만히 있으려 하지 않는다. 조그만 진균 때문에 온몸이 썩어 문드러질 때까지.

나는 악마에게 홀린 자의 귀에 이렇게 속삭인다. "그대의 악마를 크게 키우는 게 더 낫다! 그대에게는 아직 위대한 자가 될 수 있는 길이 있으니까!"

아, 나의 형제들이여! 우리는 모두를 정말 많이 알고 있다! 이처럼 우리는 많은 사람들을 꿰뚫어 보지만, 그렇다고 우리는 아직 그들을 속속들이 안다고 할 수 없다.

침묵이란 너무 어렵기 때문에, 사람들과 같이 사는 것은 힘들다.

우리는 우리에게 거슬리는 자들이 아니라 우리와 전혀 상관없는 자들에게 가장 부당하게 대한다.

만약 고통받는 친구가 있다면 고통의 휴식처가 되도록 하라. 다만 딱딱한 침대, 야전 침대가 되도록 하라. 그래야 그대가 그에게 가장 도움이 될 것이다.

어떤 벗이 그대에게 좋지 않은 일을 하면 이렇게 말하라. "네가 한 일을 용서한다. 하지만 그대가 그대 자신에게 나쁜 짓을 했다는 걸 어떻게 용서할 수 있겠는가!'

그러므로 모든 위대한 사랑은 말한다. 사랑은 용서와 동정마저 극복한다고.

우리는 마음을 굳게 다잡아야 한다. 마음을 제멋대로 놓아두면 분별력마저도 금방 달아나기 때문이다!

아, 세상에 동정하는 자들보다 더 어리석은 짓을 하는 자들이 어디 있겠는가? 세상에 동정하는 자들의 어리석음보다 더 커다란 고통을 안겨 주는 것이 어디 있겠는가?

아직 자신의 동정심도 극복하지 못하고 사랑하는 자들에게 안타까움을 금할 수 없다.

언젠가 악마가 나에게 이렇게 말한 적이 있었다. "신에게도 지옥이 있는데, 그것은 인간에 대한 사랑이다."

그리고 최근에 악마가 이런 말을 하는 것을 들었다. "신은 죽었다. 인간을 동정하는 바람에 신은 죽어버렸다."

그러므로 동정하지 않도록 주의하라. 그곳으로부터 인간에게 먹구름이 몰려온다! 정말이지 나는 날씨의 징조를 잘 알고 있다!

그런데 이 말도 명심하라. 모든 위대한 사람은 동정을 넘어선다. 그것은 사랑의 대상조차도 창조하려고 하기 때문이다!

"나는 나 자신을 사랑에 바치고, 나와 마찬가지로 내 이웃도 나의 사랑에 바친다." 창조하는 자는 모두 이렇게 말한다.

하지만 창조하는 자들은 모두 냉혹하다.

차라투스트라는 이렇게 말했다.

성직자들에 대하여

한번은 차라투스트라가 제자들에게 손짓하며 이렇게 말한 적이 있었다.

"여기에 성직자들이 있다. 이들이 나의 적이긴 하지만, 칼을 잠재우고 이들 곁을 조용히 지나가자.

그들 중에는 영웅도 있지만, 그들 중에는 고통을 당한 자가 더 많다. 그래서 이들은 다른 사람들에게 고통을 주려고 한다.

이들은 사악한 적들이다. 그들의 겸손보다 더 복수심에 불타는 것은 없을 것이다. 그러므로 이들을 공격하는 자는 자신을 금방 더럽히게 된다.

하지만 나의 피는 이들의 피와 다르지 않다. 그래서 나는 나의 피가 이들에게서도 존중받기를 바란다."

이들이 지나가자 고통스러운 감정이 차라투스트라를 덮쳤다. 이 고통과 잠시 싸운 후 그는 입을 열었다.

이들은 참으로 딱하군. 내 마음에 들지 않아. 하지만 이것은 내가 인간들 사이에 돌아온 이래 가장 사소한 일에 불과하다.

나는 이 성직자들과 함께 괴로워했고, 괴로워하고 있다. 그들은 붙잡혀 있는 죄수들이고 낙인이 찍힌 자들이다. 그들이 구세주라고 부르는 자가 그들을 묶어놓은 것이다.

그릇된 가치와 허황된 말이라는 굴레로! 아, 누가 그들의 구세주로부터 그들을 구원해 줄 것인가!

언젠가 바다가 그들을 계속 잡아당겼을 때 그들은 한 섬에 도착했다고 생각했다. 그런데 보라, 그것은 잠들어 있는 괴물이 아니었던가!

그릇된 가치와 허황된 말들, 이것이야말로 결국 죽을 운명인 인간에게는 최악의 괴물이다! 그 괴물 안에는 불길한 운명이 오랫동안 잠자며 기다리고 있었다.

그리고 마침내 불길한 운명이 모습을 드러내며 깨어나, 불길한 운명 위에 오두막을 지은 자를 통째로 삼켜버렸다.

아, 이 성직자들이 지은 오두막을 보라! 그들은 감미로운 향기가 나는 동굴을 교회라고 부른다!

아, 이 날조된 빛이여, 이 케케묵은 공기여! 이곳에서는 영혼이 높은 곳으로 날아오를 수 없다.

오히려 그들의 영혼은 이렇게 명한다. "무릎을 꿇고 계단을 오르라. 그대 죄인들이여!"

참으로 나는 수치스러운 마음과 경건한 마음이 섞인 그들의 사팔뜨기 눈보다 차라리 후안무치한 자들을 보리라!

그러한 동굴과 참회의 계단을 만들어낸 자가 누구였던가? 자신을 숨기려 한 자들, 맑은 하늘 아래서 부끄러워한 자들이 아닌가?

무너진 천장 사이로 맑은 하늘이 다시 보이고, 무너져 내린 벽들 주위에 풀과 붉은 양귀비가 내려다보일 때 비로소 나는 내 마음을 다시 이 신의 거소로 돌리고자 한다.

그들은 자신들을 부정하고 고통을 주는 자를 신이라고 불렀다. 참으로 그들의 경배하는 마음에는 영웅적 기질이 다분했다!

그들은 인간을 십자가에 못 박는 것 말고는 달리 자신의 신을 사랑할 줄 몰랐던 것이다!

그들은 송장으로 살 생각이었고, 그 송장을 검은 옷으로 둘렀다. 그들의 설교에서는 아직도 영안실의 고약한 냄새가 난다.

그리고 그들 가까이에서 사는 자는 두꺼비가 감미롭고도 슬픈 노래를 불러대는 시커먼 연못 가까이에서 사는 자와 같다.

나에게 이들의 구세주를 믿도록 하려면 그들은 좀 더 나은 노래를 불러주어야 할 것이다.

그들이 진정한 구세주의 제자들이라면 내가 보기에 좀 더 구원받은 모습을 보여 주어야 할 것이다!

나는 그들의 벌거벗은 모습을 보고 싶다. 오로지 아름다움만이 참회를 설교할 수 있기 때문이다. 그런데 이렇게 위장한 슬픔으로 누굴 설득하겠단 말인가?

참으로 그들의 구세주 자신은 자유로부터, 자유의 일곱 번째 천국[34]으로부터 온 것이 아니다! 참으로 그들의 구세주 자신은 결코 인식의 양탄자 위를 걸어온 것이 아니다!

그들이 믿고 있는 구세주의 정신에는 빈틈이 있다. 그리고 그 빈틈마다 그들이 신이라 칭한 자의 **망상**을, 즉 대용물을 채워 넣었다.

그들의 정신은 그들의 동정심으로 인해 익사하고 말았다. 그리고 그들의 동정심이 넘치면 넘칠수록 그 표면에는 언제나 커다란 어리석음이 표류했다.

그들은 열심히 고함을 지르며 그들의 무리를 이끌어 다리를 건너게 했다. 마치 미래에 이르는 단 하나의 다리인 것처럼! 정말이지 그 목자들도 양 떼의 일원이었다!

그 목자들은 약간의 지성과 원대한 영혼을 지니고 있었다. 그러나 나의 형제들이여, 지금까지 가장 원대한 영혼이라고 생각했던 것이 얼마나 조그만 대지였던가!

이들은 자신이 가는 길에 핏자국을 남겨 놓았고, 어리석게도 피로써 진리를 증명해야 한다고 가르쳤다.

그러나 피는 진리의 가장 나쁜 증인이다. 피는 아무리 순수한 가르침이라도 망상이며 마음의 증오로 중독시키기 때문이다.

  그리고 어떤 자가 자신의 가르침을 위해 불 속을 통과한다 하더라도 그것으로 무얼 증명한단 말인가?

  정말이지 자신의 열정에서 자신이 가르침이 생겨나는 게 더 낫지 않을까!

  흥분한 마음과 차가운 머리, 이 둘이 만나는 곳에서 '구세주'라는 광풍이 일어난다.

  참으로 군중이 구세주라 부르는 이 매혹적인 광풍보다 더 위대한 자들과 더 고귀하게 태어난 자들이 있었다!

  그런데 나의 형제들이여, 그대들은 모든 구세주들보다 더 위대한 자들에 의해 구원받아야 하고, 그대들은 자유에 이르는 길을 찾아야 한다!

  아직까지 초인이 존재한 적은 한 번도 없었다. 나는 가장 위대한 인간과 가장 하찮은 인간, 이 둘의 벌거벗은 모습을 보았다.

  둘은 서로 꼭 닮은 모습이다. 참으로 나는 가장 위대한 인간도 너무나 인간적임을 알게 되었다!

  차라투스트라는 이렇게 말했다.

덕이 있는 자들에 대하여

  우리는 나약하고 무기력한 감각에 천둥과 하늘의 불꽃으로 말해야 한다.

하지만 아름다움의 음성은 소곤소곤 말하고, 오직 잠을 깬 영혼 안으로만 살금살금 들어간다.

오늘 나의 거울은 나지막하게 떨며 소리 내어 웃었다. 그것은 아름다움의 신성한 웃음이자 떨림이다.

그대들 덕이 있는 자들이여, 오늘 나의 아름다움은 그대들을 비웃었다. 그대들의 목소리는 나에게 말했다. "그대들은 아직 대가를 바라는구나!"

그대들 덕이 있는 자들이여, 그대들은 아직 대가를 바라는구나! 덕에 대한 대가를, 대지에서 사는 대가로 천국을, 그대들의 오늘에 대한 대가로 영원한 것을 바라는가?

그런데 내가 대가를 지불할 자도 없고 보수를 지급할 자도 없다고 가르치므로 나에게 화를 내는 건가? 그런데 정말이지 나는 덕이 그 자체의 보수라고 결코 가르치지 않는다.

아, 그것이 나의 슬픔이다. 즉 사람들은 사물의 밑바닥에 보수와 형벌이라는 거짓을 끌어들였고, 이제 그대들 영혼의 밑바닥에도 거짓을 끌어들였다. 그대들 덕이 있는 자들이여!

그러나 나의 말은 멧돼지의 주둥이처럼 그대들 영혼의 밑바닥을 파헤쳐야 한다! 나는 그대들에게 쟁기의 날이라고 불리고자 한다.

그대들의 밑바닥에 있는 모든 비밀이 드러나야 한다. 그대들이 태양 아래 파헤쳐지고 부서졌을 때, 그대들의 거짓도 그대들의 진리로부터 떨어져 나갈 것이다.

이것이 그대들의 진리이기 때문이다. 그대들은 너무 순수해서 복수, 형벌, 보수, 보복이라는 더러운 말과는 맞지 않는다.

그대들이 덕을 사랑하는 것은 어머니가 자식을 사랑하는 것과 같다. 그런데 자신이 자식을 사랑한 대가를 바라는 어머니가 어디 있단 말인가?

그대들의 덕은 그대들이 사랑하는 자기이다. 그대들 안에는 순환의 고리를 향한 욕망이 있다. 모든 순환의 고리는 자기 자신에 다시 도달하기 위해 발버둥치며 돈다.

그대들의 덕이 하는 모든 일은 소멸하는 별과 같다. 그 빛은 언제나 나아간다. 언제쯤 그칠 것인가?

그대들의 덕은 일이 끝났는데도 아직 빛을 밝히고 있다. 이제 그 일이 잊혀지고 소멸한다 하더라도 그 빛은 여전히 살아서 나아갈 것이다.

그대들의 덕은 그대들 자신이다. 이방인이거나 껍데기, 외투가 아니다. 그대들 덕이 있는 자들이여, 그것이 그대들 영혼의 밑바닥으로부터 우러나오는 진리이다!

그러나 그대들 중에는 채찍을 맞아 몸부림치는 것을 덕이라고 여기는 자들도 있을 것이다. 그대들은 덕의 비명을 정말 많이 들었던 것이다!

그리고 어떤 자들은 그대들의 악덕이 줄어드는 것을 덕이라고 여길 것이다. 그대들의 증오와 질투가 한번 팔다리를 펴면 그대들의 '정의'가 깨어나면서 잠에 취한 두 눈을 비비게 된다.

또 그들의 악마에 이끌려 아래쪽으로 끌려가는 자들이 있다. 그런데 그들이 깊이 가라앉을수록 그들의 눈길과 신에 대한 갈망은 더욱 불타오르며 빛을 발한다.

아, 그대들 덕이 있는 자들이여, 그대들은 그들의 외침을 듣지 못하였는가. "내가 아닌 것, 그것이 나에게는 신이자 덕이다!"라는 외침을.

또 내리막길로 돌을 나르는 수레처럼 힘겹게 덜컹거리며 내려오는 자들이 있다. 그들은 늘 품위와 덕을 말하며, 그들의 제동장치를 덕이라 부른다.

또 태엽을 감는 평범한 가정용 시계와 같은 자들도 있다. 그들은 똑딱똑딱 소리를 내면서 그 소리를 덕이라고 불러주기를 바란다.

참으로 이런 자들을 대하면 나는 신이 난다. 어디서나 그런 시계를 보게 되면 비웃으며 태엽을 감아줄 것이다. 그래서 시계가 계속 나에게 투덜거리게 해야 한다!

그리고 어떤 자들은 한 줌의 정의를 자랑하며, 그것 때문에 모든 사물에 죄악을 저지른다. 그것 때문에 세계는 그들의 불의에 빠져 익사하고 말 것이다.

아, 그들의 입에 오르내리는 '덕'이라는 단어는 우리를 얼마나 불쾌하게 만드는가! 그들이 "나는 정의롭다."라고 하는 말은 언제나 "나는 복수 당했다!"라는 말처럼 들린다.[35]

그들은 자신의 덕으로 적의 눈을 할퀴려고 한다. 그들이 일어나는 경우는 오직 남을 낮추려고 할 때뿐이다.

그리고 자신의 늪 속에 앉아 갈대 밖으로 이렇게 말하는 자들이 있다. "덕, 그것은 조용히 늪 속에 앉아 있다.

우리는 아무도 물려고 하지 않는다. 다만 물어뜯으려고 하는 자를 피할 뿐이다. 매사에 우리는 우리에게 주어진 의견을 따른다."

몸짓을 사랑하여 덕이란 일종의 몸짓이라고 생각하는 자들이 있다.

이들은 늘 무릎을 꿇고 기도하며, 이들의 손은 덕을 찬미하지만, 이들의 가슴은 이런 사실을 까맣게 모르고 있다.

그리고 "덕은 꼭 필요하다."라고 말하는 것을 덕이라고 생각하는 자들이 있다. 그러나 근본적으로 그들은 경찰이 꼭 필요하다는 것만 믿을 뿐이다.

인간의 고귀함을 보지 못하는 자는 인간의 저열함을 너무 가까이서 보고 이를 덕이라고 부르기도 한다. 그러므로 이들은 자신의 사악한 눈길을 덕이라고 부른다.

그리고 어떤 자들은 교화되고 감화되기를 바라면서 이를 덕이라고 부른다. 그리고 어떤 자들은 넘어짐을 바라면서 이것도 덕이라고 부른다.

이와 같이 누구나 자신이 덕에 관여하고 있다고 확고하게 믿는다. 그리고 누구나 자신이 '선'과 '악'의 전문가라고 주장한다.

하지만 차라투스트라는 "그대들이 덕에 대해 무얼 안단 말인가! 그대들이 덕에 대해 무얼 알 수 있단 말인가!"라고 말하기 위해 이 모든 거짓말쟁이와 바보들을 찾아온 것이 아니다.

나의 벗들이여, 나는 그대들이 바보들이나 거짓말쟁이들에게 배운 낡은 말에 싫증을 내도록 찾아온 것이다.

'보수', '복수', '형벌', '정의로운 보복'과 같은 말에 싫증을 내도록.

"이기적이지 않은 행동이 선하다."라는 말에 싫증을 내도록.

아, 나의 벗들이여! 어머니가 아이의 안에 있듯이, 그대들의 자기가 행위 안에 있는 것, 그것이 덕에 관한 그대들의 말이 되도록 하라!

정말이지 나는 그대들에게서 백 가지에 이르는 좌우명과 그대들의 덕이 가장 사랑하는 장난감을 빼앗았다. 그래서 그대들은 아이들처럼 나에게 화를 낸다.

아이들은 바닷가에서 놀고 있었다. 그때 파도가 밀려와 그들의 장난감을 깊은 바닷물 속으로 가져가 버렸다. 그래서 아이들은 울고 있다.

그런데 그 파도가 그들에게 새 장난감을 가져다주고, 알록달록한 새 조개들도 그들 앞에 쏟아놓을 것이다!

그러면 아이들은 위안을 얻으리라. 나의 벗들이여, 아이들과 마찬가지로 그대들도 위안과 새로운 알록달록한 조개를 얻으리라!

차라투스트라는 이렇게 말했다.

천민[36]에 대하여

삶은 기쁨의 샘물이다. 그러나 천민이 마시는 모든 샘물에는 독이 뿌려져 있다.

나는 오염되지 않은 것을 좋아한다. 이를 드러내며 웃는 입이나 불결한 자의 갈증을 보는 것은 좋아하지 않는다.

그들이 샘물에 눈길을 보내면 그 역겨운 미소가 물에 비쳐 나에게 반사된다.

그들은 신성한 샘물에 육욕이라는 독을 뿌렸다. 그리고 자신의 불결한 꿈을 기쁨이라고 부르면서 그 말에도 독을 뿌렸다.

그들이 축축하게 젖은 마음을 불에 갖다 대면 불꽃마저 그들을 피한다. 천민이 불에 가까이 다가가면 불의 정신이 부글부글 끓어오르며 김을 내뿜는 것이다.

과일은 그들의 손에서 물컹거리며 짓물러진다. 그들의 눈길이 닿으면 과일나무는 힘없이 쓰러지고 꼭대기마저 시들어버린다.

삶에 등을 돌린 적지 않은 사람들도 천민에게서 등을 돌렸다. 그들은 샘물, 불꽃, 과일을 천민과 나누려고 하지 않았다.

사막에서 맹수들과 갈증에 시달린 적지 않은 사람들은 더러운 낙타 몰이꾼들과 물통 주위에 함께 앉으려 하지 않았다.

과수원을 침범하는 우박처럼 파괴자처럼 적지 않은 사람들은 자신의 발을 천민의 입에 쑤셔 넣고 목구멍을 틀어막으려고 한다.

그런데 삶에 적의, 죽음, 순교의 십자가가 꼭 필요하다는 사실을 아는 것, 그것이 가장 삼키기 힘든 음식물은 아니다.

왜 나의 삶에 천민이 꼭 필요한가? 나는 언젠가 이 질문으로 인해 질식할 뻔했다.

독이 든 샘물, 냄새나는 불, 불결한 꿈, 생명의 빵 속에 우글거리는 구더기가 꼭 필요한가?

나의 삶을 걸신들린 듯 먹어치운 것은 나의 미움이 아니라 나의 구역질이었던 것이다! 아, 천민에게도 뛰어난 정신이 있음을 볼 때마다 나는 종종 정신에 권태를 느낀다!

나는 지배자들이 오늘날 지배라는 말을 어떻게 생각하는지 알고 그들에게서 등을 돌렸다. 그들은 권력을 얻기 위해 천민과 거래하고 흥정하였다!

나는 낯선 언어를 사용하는 군중들 사이에서 귀를 막고 살았다. 권력을 얻기 위한 서대와 흥정의 언어로부터 밀리 떨어져 있기 위해서.

그리고 코를 막고 어제든 오늘이든 모두 언짢은 기분으로 지냈다. 정말이지 어제든 오늘이든 글을 쓰는 천민의 악취가 진동하고 있다!

나는 귀먹고 눈멀고 말 못하는 장애인처럼 오랫동안 살아왔다. 권력의 천민, 글 쓰는 천민, 쾌락을 좇는 천민과 함께 살지 않으려고.

나의 정신은 힘겹고도 조심스러운 걸음으로 계단을 오른다. 내 정신의 회복제는 기쁨이라는 자선이다. 삶은 지팡이에 의지한 채 눈먼 자에게 살금살금 다가온다.

나에게 무슨 일이 일어났던가? 어떻게 나는 구역질에서 구원을 받았는가? 누가 내 눈을 젊어지게 했는가? 어떻게 나는 천민이 샘가에 앉아 있지 않은 높은 곳으로 날아올라 왔는가?

나의 구역질이 나에게 날개를 달아, 샘물로 날아가게 힘을 주지 않았던가? 정말이지 나는 기쁨의 샘을 다시 찾으려고 가장 높은 곳으로 날아가야 했다!

아, 나의 형제들이여, 나는 그 샘을 찾았다! 여기 가장 높은 곳에서 나에게 기쁨의 샘이 솟아오른다! 어떤 천민과도 나누어 마시지 않는 삶이 여기에 있다!

그대 기쁨의 샘이여, 정말 콸콸 나에게 쏟아져 나오는구나! 잔을 다시 비워서 자꾸 채우려고 하는구나!

나는 보다 겸허하게 그대 곁으로 다가가는 법을 배워야 한다. 나의 마음이 너무 격렬하게 아직 그대에게 쏟아져 내린다.

짧고 무더우며, 우울하고 축복에 넘치는 나의 여름이 나의 마음 위에서 불타고 있다. 나의 뜨거운 여름의 마음은 얼마나 그대의 서늘함을 갈망하고 있는가!

내 봄날의 머뭇거리던 슬픔은 지나갔노라! 6월에 흩날리던 눈송이의 심술은 지나갔노라! 나는 완전히 여름이 되었고, 여름의 대낮이 되었다!

차가운 샘물과 지극한 행복의 고요함이 있는 가장 높은 곳의 여름. 오라, 내 벗들이여, 이 고요함이 더욱 지극한 행복이 되도록!

이곳이야말로 우리의 높은 경지이자 고향이기 때문이다. 우리는 온갖 불결한 자들과 이들의 갈증이 미치기에는 너무 높고 가파른 곳에 살고 있다.

그대 벗들이여, 그대들의 순수한 눈길을 내 기쁨의 샘물에 던져보라! 그런다고 해서 샘이 흐려지겠는가! 샘물은 자신의 순수한 눈길을 보내며 그대들에게 웃음 지으리라!

우리는 미래라는 나무 위에 보금자리를 짓는다. 독수리는 자신의 부리로 고독한 우리에게 음식을 날라주리라!

참으로 독수리는 불결한 자들과 함께 먹을 수 없는 음식을 날라주리라! 그들이 그 음식을 먹으면 불을 먹는 것처럼 입이 타게 되리라!

참으로 우리가 여기서 집을 짓는 것은 불결한 자들을 위해서가 아니다! 우리의 행복이 그들의 몸과 마음에는 얼음 동굴로 불리리라!

그리고 우리는 세찬 바람처럼 그들의 머리 위에서 살고자 한다. 독수리의 벗, 눈의 벗, 태양의 벗이 되어 세찬 바람처럼 살고자 한다.

그리고 언젠가는 바람처럼 그들 사이에 날아가, 나의 정신으로 이들 정신의 숨결을 빼앗으리라. 이것이 내가 바라는 미래다.

참으로 차라투스트라는 모든 낮은 곳으로 불어가는 강풍이다. 그리고 경멸하며 침을 뱉는 모든 적에게 이렇게 충고을 한다. "바람을 향해 침 뱉지 않도록 조심하라!"

차라투스트라는 이렇게 말했다.

타란툴라[37]에 대하여

 보라, 이것은 타란툴라가 사는 구멍이다! 그대의 눈으로 직접 보려는가? 여기 거미줄이 있으니 흔들어보라.

 저기 타란툴라가 제 발로 기어 오는구나. 반갑다. 타란툴라여! 그대의 등에는 세모꼴의 검은 무늬가 있다. 그리고 나는 그대의 영혼 속에 무엇이 도사리고 있는지도 알고 있다.

 그대의 영혼에는 복수심이 깃들어 있다. 그대가 무는 곳이면 어디서나 검은 부스럼이 자란다. 그대의 독은 그대의 영혼을 복수심으로 어지럽게 만든다!

 그대 평등의 설교자들이여, 영혼을 어지럽히는 그대들을 나는 이렇게 빗대어 말한다! 그대들은 타란툴라 독거미이고, 숨어서 복수를 노리는 자들이다!

 하지만 나는 그대들이 숨은 곳을 폭로하고자 한다. 그로 인해 나는 그대들의 얼굴에 나의 고귀한 웃음을 터뜨리고자 한다.

 나는 그대들이 분노하여 거짓의 구멍 밖으로 몸을 드러내도록 그대들의 거미줄을 찢을 것이다. 그리하여 그대들의 '정의'라는 말 뒤에서 숨어 있는 복수심을 드러나게 할 것이다.

 인간을 복수심에서 구하는 것, 그것이 나에게는 최고의 희망에 이르는 다리[橋]이며, 오랜 폭풍우 뒤의 무지개다.

 그러나 타란툴라의 생각은 다르다. "세상이 우리의 복수심이라는 폭풍으로 가득 차는 것, 그것이야말로 우리에게는 정의를 뜻한다."라고 그들은 말한다.

 "우리는 우리와 평등하지 않은 모든 자들에게 복수하고 모욕을 주리라." 타란툴라는 마음속으로 이렇게 맹세한다.

차라투스트라는 이렇게 말했다 177

"그리고 '평등에 대한 의지', 앞으로는 이것 자체가 덕을 일컫는 이름이 되어야 한다. 그러므로 우리는 힘을 지닌 모든 것에 맞서 소리 높여 고함을 지르려고 한다!"

그대 평등의 설교자들이여, 무력한 폭군의 광기가 그대들 마음에서 '평등'을 외쳐댄다. 그대들의 은밀한 폭군의 욕망이 덕이라는 말로 스스로를 위장한다!

비뚤어진 자만심과 억눌린 질투심은 그대들의 아버지가 품은 자만심과 질투심에서 비롯된 것인지 모른다. 그것들이 불꽃이자 복수의 광기가 되어 그대들의 마음속으로부터 터져 나온 것이다.

아버지가 입을 다물고 말하지 않은 것, 그것이 아들의 입에서 새어 나온 것이다. 그리고 나는 종종 아들이 적나라하게 드러난 아버지의 비밀임을 발견한다.

그들은 열광하는 자들과 같다. 하지만 그것은 마음이 아니라 복수심 때문이다. 만약 그들이 우아하고 냉정해진다면, 그들을 그렇게 만드는 것은 정신이 아니라 질투심이다.

그들은 질투심에 이끌려 사상가들의 오솔길을 걷기도 한다. 그리고 그들의 질투심은 언제나 너무 멀리 나아간다는 점이 특징이다. 그래서 결국 피로하여 눈 위에 쓰러져 잠들어 버린다.

그들이 불평할 때마다 복수심이 울려 퍼지고, 찬미할 때마다 적의가 배어 나온다. 재판관이 되는 것은 그들에게 커다란 행복이다.

나의 벗들이여, 그대들에게 충고한다. 남에게 벌주려는 욕구가 강한 자를 믿지 마라!

그들은 종족과 혈통이 비천한 자들이며, 그들의 얼굴에는 사형 집행인과 집요한 추적자의 모습이 보인다.

자신이 정의롭다고 떠벌리는 사람들의 말을 믿지 마라! 참으로 그들의 영혼에는 꿀만 부족한 것이 아니다.

그리고 자신들이 "선하고 의로운 자들"이라고 말할 때 그들에게 권력만 없을 뿐이지 그들이 바로 바리새인이라는 사실을 잊지 마라!

나의 벗들이여, 나는 다른 자들과 뒤섞여 나를 잃고 싶지 않다.

삶에 대한 나의 교리를 설교하는 자들이 있다. 그들은 평등의 설교자이자 타란툴라이기도 하다.

이들 독거미들이 삶에 등을 돌린 채, 굴에 틀어박혀 있으면서도, 삶의 의지를 말하는 것은 남에게 고통을 주기 위함이다.

그들은 지금 권력을 쥐고 있는 자들에게 고통을 주려고 한다. 그들에게는 죽음에 관한 설교가 가장 친숙하기 때문이다.

그렇지 않다면 타란툴라 독거미는 다른 것을 가르쳤을 것이다. 그들이야말로 예전에 세상을 가장 혹독하게 비방하고 이단자를 화형에 처하던 자들이다.

나는 그러한 평등의 설교자들과 뒤섞여 그들 중의 하나가 되고 싶지 않다. 정의가 나에게 "인간은 평등하지 않다."라고 말하기 때문이다.

물론 인간이 평등해져서도 안 된다! 만약 내가 그렇지 않다고 말한다면 초인에 대한 나의 사랑은 대체 뭐란 말인가?

인간은 천 개의 다리와 통로를 지나 미래로 나아가야 한다. 인간들 사이에는 더 많은 전쟁과 불평등이 자리 잡아야 한다. 나의 위대한 사랑은 나에게 이렇게 말하게 한다!

인간은 증오 속에서 여러 형상과 유령을 만들어냈으며, 이것으로써 서로 최고의 전쟁을 치러야 한다! 선악, 빈부, 귀천 등 모든 덕의 이름은 삶 그 자체가 몇 번이고 초극해야 하는 무기이자 단호한 표지가 되어야 한다.

삶 그 자체는 기둥과 계단으로 자신을 높은 곳에 세우려고 한다. 그래서 삶은 먼 곳을 바라보며 황홀한 아름다움을 추구한다. 이것이 삶이 높은 곳을 필요로 하는 까닭이다!

삶에는 높은 곳이 필요하므로 계단이 필요하고, 계단과 올라가는 자들의 모순이 필요하다! 삶은 오르려고 하고, 오르면서 자신을 극복하고자 한다!

그런데 보라, 나의 벗들이여! 타란툴라의 구멍이 있는 이곳에 고대 신전의 잔해가 우뚝 솟아 있다. 깨달음을 얻은 눈으로 바라보라!

한때 이곳에 자신의 사상을 돌에 담아 높이 쌓은 사람은 참으로 가장 지혜로운 자처럼 온갖 삶의 비밀을 알고 있었을 것이다!

아름다움 속에도 투쟁과 불평등이 있고, 권력과 지배를 위한 전쟁이 있다. 그는 이러한 사실을 우리에게 비유로써 아주 또렷하게 가르쳐준다.

이곳의 둥근 천장과 아치가 맞붙어 싸우는 모습이 얼마나 거룩한가. 빛과 그림자의 거룩한 투쟁은 또 어떠한가.

나의 벗들이여, 이처럼 우리도 당당하고 멋지게 서로 적이 되도록 하자! 우리는 서로에게 맞서 거룩하게 분투하자!

슬프도다! 이때 나의 오랜 적, 타란툴라가 나를 물어버렸다! 그 녀석은 거룩하게도 당당하고 멋시에 내 손가락을 물어버렸다!

그 녀석은 "처벌과 정의가 있어야 한다."라고 생각한다. "여기에서 적의를 찬미하는 노래를 부르려면 대가를 톡톡히 치러야지!"

그렇다. 타란툴라가 복수를 하지 않았는가! 그리고 슬프도다! 복수를 함으로써 이제 나의 영혼도 어지럽게 만들 것이다!

그런데 나의 벗들이여, 내가 어지럽지 않도록 나를 이 기둥에 단단히 묶어다오! 나는 복수심의 회오리에 휩쓸리기보다 차라리 기둥에 묶인 성자가 되련다!

참으로 차라투스트라는 돌풍이나 회오리바람이 아니다. 그리고 춤추는 자이긴 하지만 결코 타란툴라의 춤을 추는 자는 아니다!

차라투스트라는 이렇게 말했다.

명성이 높은 철학자들에 대하여

명성이 높은 철학자들이여, 그대들 모두는 군중과 군중의 미신을 섬겼을 뿐, 진리를 섬기지는 않았다! 그대들이 존경받는 이유는 바로 그 때문이다.

군중이 그대들에게 신앙이 없음을 용인하는 까닭은 그것이 바로 군중을 위한 웃음거리이자 옆길이기 때문이다. 이처럼 주인은 자신의 노예를 그냥 내버려 두고, 그들의 방자함도 즐긴다.

그런데 군중의 미움을 받는 자는 개의 미움을 받는 늑대와 같다. 그 이유는 그가 자유로운 정신의 소유자이자, 속박의 적이고, 신을 숭배하지 않는 자이며, 숲 속에 사는 자이기 때문이다.

이러한 자를 은신처에서 쫓아내는 것을 군중은 언제나 '정의로운 일'이라고 불렀다. 군중은 여전히 더없이 날카로운 이빨을 가진 개가 그를 뒤쫓게 한다.

"진리가 있는 곳에 군중이 있기 때문이다! 진리를 찾는 자에게 화가 있으리라!" 군중은 예로부터 이렇게 말해 왔다.

명성이 높은 철학자들이여, 그대들은 군중의 존경을 정당화하려고 했고, 그것을 '진리에의 의지'라고 불렀다!

그대들의 마음은 언제나 자신에게 이렇게 말했다. "나는 군중으로부터 왔다. 신의 음성도 그곳으로부터 왔다."

군중의 대변자인 그대들은 나귀처럼 언제나 완강하고 영악했다.

그리하여 군중을 자기 뜻대로 조종하려는 많은 권력자들은 자기 말[馬] 앞에 한 마리 작은 나귀인 명성이 높은 철학자를 매어 놓았다.

명성이 높은 철학자들이여, 나는 이제 그대들이 사자의 가죽을 완전히 벗어던지기를 바란다!

맹수의 가죽을, 얼룩덜룩한 가죽을, 그리고 탐구하고 찾으며 정복하는 자의 텁수룩한 머리를 벗어던져라!

아, 나에게 그대들의 '진실함'을 믿게 하려면 그대들은 먼저 자신들의 존경하는 의지부터 부수어야 한다.

신이 없는 사막에 가서, 자신의 존경하는 마음을 부수어버린 자를 나는 '진실한 자'라고 부른다.

그는 타는 듯이 태양이 내리쬐는 누런 모래밭에서 갈증에 시달리며, 짙은 나무 그늘 아래 생명체들이 쉴 수 있는 샘이 풍부한 섬을 곁눈질할지도 모른다.

하지만 그의 목마름도 이처럼 안락하게 사는 사람들처럼 되라고 그를 설득하지 못한다. 오아시스가 있는 곳에는 우상도 있기 때문이다.

사자의 의지는 굶주리면서 난폭해지며 고독해질지언정 신의 존재를 부정한다.

노예의 행복에서 벗어나 신과 신을 숭배하는 일로부터 구원되고, 두려워하지 않고 남을 두렵게 하며, 위대하고 고독해지는 것, 이것이 진실한 자의 의지이다.

진실한 자들, 자유로운 정신의 소유자들은 예로부터 사막의 주인으로서 사막에서 살았다. 그러나 도시에서는 피둥피둥 살찌고 명성이 높은 철학자들과 수레를 끄는 가축들이 산다.

말하자면 언제나 그들은 노새로서 군중이라는 짐수레를 끄는 것이다!

그렇다고 내가 그들에게 화를 내는 것은 아니다. 그런데 그들이 황금 마구(馬具)를 번쩍인다 하더라도 그들은 하인이자 마구를 단 자에 불과하다.

그리고 이들은 때때로 유능하고 칭찬할 만한 하인이다. 덕이 이렇게 말하기 때문이다. "그대가 하인이라면 그대의 시중을 가장 필요로 하는 자를 찾아라.

그대가 그의 하인이 됨으로써 그대 주인의 정신과 덕이 성장해야 한다. 그래서 그의 정신과 덕이 그대 자신과 함께 성장하리라."

그리고 참으로 그대들 명성이 높은 철학자들이여, 군중의 하인들이여! 그대들 자신은 군중의 정신이며 덕과 더불어 성장했고, 군중은 그대들을 통해 성장했다! 내가 이 말을 하는 것은 그대들의 명예를 위해서다!

그러나 그대들의 덕은 아직도 군중의 수준에 머물러 있다.

즉 눈은 흐리멍덩하고, 정신이 무엇인지조차 모르는구나!

정신이란 자기 스스로 삶 속에 파고들어 가는 삶이다. 삶은 자신의 고통으로 자신의 지식을 늘린다. 그대들은 이미 이런 사실을 알고 있지 않았던가?

그리고 정신의 행복이란 향유를 바르고 눈물로 정화되어, 산 제물이 되는 것이다. 그대들은 이미 이런 사실을 알고 있지 않았던가?

그리고 시각장애인의 맹목성, 그의 탐색과 모색은 그가 들여다본 태양의 힘을 증거해야 한다. 그대들은 이미 이런 사실을 알고 있지 않았던가?

그리고 인식하는 자는 산으로써 쌓아 올리는 법을 배워야 한다. 정신이 산을 옮기는 것은 별로 대단한 일이 아니다. 그대들은 이미 이런 사실을 알고 있지 않았던가?

그대들이 알고 있는 것은 단지 정신의 불꽃일 뿐이다. 그대들은 정신 그 자체인 모루를 보지 못하고, 정신의 망치가 얼마나 사나운지 보지 못한다!

정말이지 그대들은 정신의 자긍심을 알지 못한다. 정신이 말을 걸기라도 한다면 그대들은 정신의 겸손함을 견디지 못하리라!

그대들은 정신을 아직 눈구덩이에 던져보지 못했다. 그대들은 그러기에 충분히 뜨겁지 못하기 때문이다! 그러므로 눈의 냉기가 주는 희열도 알지 못한다.

그런데 그대들은 만사에 정신을 너무 신뢰한다. 그래서 그대들은 종종 천박한 시인들을 위하여 지혜로써 빈민 구호소와 병원을 세운다.

그대들은 독수리가 아니므로 정신이 깜짝 놀랄 만한 행복을 경험하지 못했다. 새가 아닌 자는 구렁 위에 둥지를 틀어서는 안 된다.

그대들은 열의가 없는 자들이다. 그러나 심오한 지식은 모두 차갑게 흘러간다. 정신의 가장 깊은 샘물은 얼음처럼 차디차서, 뜨거운 손과 그 손을 쓰는 자에게 청량제가 된다.

그대들은 경건하고 뻣뻣하게 등을 꼿꼿이 세우고 서 있다. 그대들 명성이 높은 철학자들이여! 어떤 세찬 바람과 의지도 그대들을 몰아내지 못하리라.

그대들은 거센 폭풍우를 맞아 돛을 둥글게 부풀리고 떨면서 바다를 건너가는 배를 본 적이 없는가?

나의 정신은 돛처럼 정신의 거센 폭풍우를 맞아 떨면서 바다를 건너간다. 나의 억누를 수 없는 지혜는!

그러나 그대들 명성이 높은 철학자들이여, 그대들이 어떻게 나와 함께 갈 수 있는가?

차라투스트라는 이렇게 말했다.

밤의 노래

밤이 되었다. 이제야 솟아오르는 샘물들이 모두 소리 높여 말한다. 나의 영혼도 솟아오르는 샘물이다.

밤이 되었다. 이제야 사랑하는 자들의 노래가 모두 깨어난다. 나의 영혼도 사랑하는 자의 노래이다.

내 마음속에는 억제되지 않은 것, 억제될 수 없는 것이 있다.

그것이 큰 소리로 말하려 한다. 사랑에 대한 욕구가 내 마음속에 있고, 바로 그것이 사랑의 말을 속삭인다.

나는 빛이다. 아, 내가 밤이라면! 그런데 내가 빛에 둘러싸여 있다는 것, 이것이 나의 고독이다.

아, 내가 어두운 밤이라면! 빛의 젖을 얼마나 빨려고 할까?

그대들 반짝이는 작은 별들이여, 하늘을 날아다니는 반딧불이여. 나는 그대들을 축복하고자 한다! 그러면 그대들이 주는 빛의 선물로 행복할 것이다.

하지만 나는 나의 빛 속에 살고 있고, 나에게서 솟아오르는 불꽃을 다시 들이마신다.

나는 받는 자의 행복을 알지 못한다. 나는 때때로 훔치는 것이 받는 것보다 더 행복하리라고 꿈꾸기도 한다.

나의 손은 쉼 없이 베푼다. 이는 내 궁핍의 이유다. 나는 기다리는 눈과 그리움의 빛나는 밤을 본다. 이는 내 질투가 이유다.

아, 베푸는 모든 자들의 불행이여! 아, 내 태양의 소멸이여! 아, 갈망에 대한 몸부림이여! 아, 배부른 가운데 극심한 배고픔이여!

그들은 나에게서 가져가기만 한다. 하지만 내가 그들의 영혼을 건드리기나 했을까? 주는 것과 받는 것 사이에는 커다란 틈이 있다. 그리고 틈새가 가장 좁은 곳에 다리를 놓기가 가장 어려운 법이다.

나의 아름다움에서 굶주림이 자란다. 나는 내가 주는 자들에게서 빼앗고 싶다. 이렇게 나는 사악한 마음에 굶주려 있다.

그대들이 이미 손을 뻗었을 때 나는 손을 거두어들였다. 쏟아져 내리면서 머뭇거리는 폭포수처럼 나는 머뭇거린다. 이렇게 나는 사악한 마음에 굶주려 있다.

그러한 복수는 나의 충만함에서 마련되고, 그러한 원한은 나의 고독에서 솟아난다.

베풀면서 얻은 행복은 베풀면서 사라진다. 나의 덕은 충만함으로 인해 스스로에게 싫증이 났다!

늘 베푸는 자는 수치심을 잃어버릴 위험이 있다. 늘 베푸는 자의 손과 가슴은 끊임없이 나누어주느라고 못이 박였다.

나의 눈은 애원하는 자들의 수치심을 보고도 더 이상 눈물짓지 않는다. 나의 손은 가득 찬 손의 떨림을 느끼기에는 너무 딱딱해졌다.

내 눈의 눈물과 내 마음의 꽃은 어디로 가버렸단 말인가? 아, 베푸는 모든 자들의 고독이여! 아, 빛을 밝히는 모든 자들의 침묵이여!

수많은 태양이 황량한 우주에서 돌고 있다. 이것들은 모든 어둠 속에서 자신의 빛으로 말하지만, 나에게는 침묵을 지킨다.

아, 이것은 빛을 밝히는 것에 대한 빛의 적개심이다. 빛은 냉혹하게 자신의 궤도를 달린다.

마음속 깊은 곳에서 빛을 밝히는 자에 대해서는 부당하게 대하고, 여러 태양에 대해서는 냉혹하게 대하며, 모든 태양은 돌고 있다.

태양들은 폭풍처럼 자신의 궤도를 날아간다. 그것이 태양의 여정이다. 태양들은 냉혹한 의지에 따른다. 그것이 그들의 냉정함이다.

아, 그대 어둡고 밤 같은 자들이여, 그대들은 빛을 내는 것에서 비로소 자신의 온기를 만들어내는 존재들이다! 아, 그대들은 비로소 빛의 젖가슴에서 젖과 청량제를 마신다!

아, 나는 얼음에 둘러싸여 있고, 내 손은 차디찬 얼음에 화상을 입는다! 아, 내 마음속에는 갈증이 있고, 그것은 그대들의 갈증을 애타게 그리워한다!

밤이 되었다. 아, 나는 빛이 되어야 한다! 밤에 대한 갈증이여! 그리고 고독이여!

밤이 되었다. 이제 나에게서 갈망이 샘처럼 솟아오른다. 말하고자 하는 갈망이.

밤이 되었다. 이제 솟아오르는 모든 샘물은 보다 큰 소리로 말한다.

밤이 되었다. 이제야 사랑하는 자들의 모든 노래가 깨어난다. 그리고 나의 영혼도 사랑하는 자의 노래이다.

차라투스트라는 이렇게 말했다.

춤의 노래

어느 날 저녁에 차라투스트라는 제자들과 함께 숲을 지나가고 있었다. 그는 샘물을 찾고 있었다. 보라, 푸른 풀밭이 앞에 나타났다. 나무와 관목으로 조용히 둘러싸인 풀밭에는 소녀들이 춤추고 있었다. 소녀들은 차라투스트라를 보자 춤을 멈추었다. 하지만 차라투스트라는 다정한 몸짓으로 그들에게 다가가 말했다.

"춤을 멈추지 마라. 사랑스러운 소녀들이여! 나는 사악한 눈초리로 놀이를 망치는 자도 소녀들의 적도 아니다.

나는 중력의 영인 악마를 상대로 신을 대변하는 자다. 그대들 재주 많은 피조물들이여, 내가 어찌 신성한 춤에 적의를 품겠는가? 그것도 아름다운 복사뼈를 지닌 소녀들의 발에?

나는 어두운 나무들의 숲이며 밤이다. 하지만 나의 어둠을 두려워하지 않는 자는 나의 측백나무 아래서 장미 꽃밭을 발견하리라.

그리고 소녀들이 가장 사랑하는 조그만 신[38]도 발견할지 모른다. 그는 샘물 곁에 눈을 감고 조용히 누워 있다.

정말이지 대낮에 잠이 든 그는 게으름뱅이인 모양이다! 나비를 잡으려고 너무 많이 뛰어다닌 걸까?

그대들 춤추는 아름다운 소녀들이여, 내가 이 조그만 신을 좀 꾸짖더라도 나에게 화내지 마라! 그는 소리 내어 울지도 모른다. 하지만 그의 우는 모습마저 웃음을 자아내지 않는가?

그가 눈물이 그렁한 눈으로 그대들에게 춤을 청하면 나 자신도 그의 춤에 맞춰 노래를 부르리라.

중력의 영, '세계의 주인'이라 불리는 나의 가장 강력한 악마를 위한 춤의 노래와 조롱의 노래를."

큐피드와 소녀들이 같이 춤을 추자 차라투스트라는 이렇게 노래를 불렀다.

나는 얼마 전에 그대의 눈을 들여다보았다. 아, 삶이여! 끝 모를 심연으로 가라앉는 듯하구나.

하지만 그대는 황금 낚싯바늘로 나를 끌어올렸다. 내가 그대를 끝 모를 심연이라고 부르자 그대는 비웃었다.

"물고기들은 모두 그렇게 말한다. 깊이를 잴 수 없을 때면 끝 모를 심연이라고.

그러나 나는 변덕스러운 데다가 억누를 수 없으며, 천생 여자이고 덕도 없다.

남자들은 나를 '심오한 자', '성실한 자', '영원한 자', '신비로운 자.'라고 부른다.

하지만 그대들 남자들은 언제나 자신의 덕으로 우리에게 베푼다. 아, 그대들 덕이 있는 자들이여!'

그 미덥지 못한 여자는 웃었다. 하지만 나는 그녀 스스로 악을 말할 때 그녀의 말이나 웃음을 결코 믿지 않는다.

내가 나의 거친 지혜와 마주하고 대화를 나눌 때 지혜는 나에게 화내며 말했다. "그대는 원하고 갈구하며 사랑한다. 그로 인해 오직 삶을 찬양한다"

그때 나는 심술궂게 대답할 뻔했다. 나의 화난 지혜에게 진리를 말할 뻔한 것이다. 우리는 우리의 지혜에게 "진리를 말할" 때보다 더 심술궂게 대답할 수는 없을 것이다.

이는 우리 셋의 관계 때문이다. 나는 삶을 진심으로 사랑한다. 참으로 삶을 미워할 때야말로 삶을 가장 사랑하는 것이다!

그런데 내가 지혜에게 다정하게, 종종 지나칠 정도로 다정하게 대하는 것은 지혜가 나에게 삶을 간절히 생각나게 하기 때문이다!

지혜는 눈이며 웃음이며 황금 낚싯대도 갖고 있다. 삶과 지혜, 이 둘이 이토록 닮은 것을 난들 어쩌란 말인가?

삶이 언젠가 나에게 "저게 대체 누구야? 지혜인가?"라고 물었을 때 나는 열심히 대답했다. "아, 그래, 지혜야!

사람들은 지혜에 목말라 있고, 지겨워하지도 않는다. 베일을 뚫고 보려 하고, 그물로 낚아채려 한다.

지혜는 아름다운가? 난들 어떻게 알겠는가? 그러나 가장 늙은 잉어도 지혜로 유혹할 수 있다.

지혜는 변덕스럽고 고집이 세다. 나는 때때로 지혜가 입술을 깨물며, 머릿결과 반대로 빗질하는 것을 보았다.

지혜는 심술궂고 가식적이며, 천생 소녀일 뿐이다. 그런데 지혜가 자신을 부정적으로 말할 때야말로 가장 유혹적이다."

내가 삶에게 이렇게 말하자, 그녀는 심술궂게 웃으며 눈을 감더니 이렇게 말했다. "누구 얘기를 하는 거지? 내 얘기를 하는 모양이지?

그런데 아무리 맞는 말이더라도 나에게 그것을 대놓고 말하다니! 그럼 이제 그대의 지혜에 대해서도 말해 다오!'

아, 이제 그대는 다시 눈을 떴다. 아, 사랑스러운 삶이여! 그리고 나는 다시 끝 모를 심연으로 가라앉는 듯하구나.

차라투스트라는 이렇게 노래했다. 그러나 춤이 끝나고 소녀들이 돌아가자 울적해졌다.

"해가 벌써 졌구나." 마침내 그가 입을 열었다. "풀밭은 눅눅해지고, 숲에서는 냉기가 느껴지는구나.

미지의 것이 나를 둘러싸고 생각에 잠겨 바라보고 있다. 뭐라고? 차라투스트라여, 그대가 아직 살아 있는가?

무엇 때문에? 무얼 위해? 무엇에 의해? 어디로? 어디서? 어떻게? 아직 살아 있다는 건 어리석은 일이 아닌가?

아, 나의 벗들이여. 나의 내부에서 이렇게 묻는 것은 밤이다. 나의 울적한 기분을 용서하라!

밤이 되었다. 밤이 된 것을 용서하라!'

차라투스트라는 이렇게 말했다.

무덤의 노래

"그곳에 무덤의 섬, 침묵의 섬이 있다. 그곳에 내 청춘의 무덤도 있다. 나는 삶의 늘 푸른 화환을 그곳으로 가져가리라."

그렇게 마음속으로 결심하며 나는 바다를 건너갔다.

아, 그대들! 내 청춘의 환영과 현상들이여! 아, 그대들 사랑의 모든 눈길이여, 그대들 거룩한 순간들이여! 어찌하여 그대들은 그토록 일찍 죽었는가? 나는 나의 죽은 벗들처럼 그대들을 생각한다.

내가 가장 사랑하는 죽은 자들이여, 그대들에게서 감미로운 향기가, 가슴을 녹이고 눈물을 지우는 향기가 풍기는구나. 참으로 이 향기는 고독한 항해자의 마음을 뒤흔들어 녹이는구나.

나는 여전히 가장 풍요로운 자고, 가장 부러움을 받는 자다. 더없이 고독한 내가! 나는 그대들을 가졌고, 그대들은 아직 나를 가지고 있다. 나무에서 그러한 장밋빛 사과들이 나에게 떨어졌듯이 누구에게 떨어졌단 말인가?

나는 여전히 그대들에게 사랑의 상속자고, 그대들의 기억 속에서 자라는 야생의 다채로움을 뽐내는 덕의 꽃이다. 아, 그대들 가장 사랑하는 자들이여!

아, 우리는 서로를 위해 만들어졌다. 그대들 상냥하고 낯선 기적들이여. 그대들은 수줍어하는 새들처럼 나와 나의 욕망을 찾아온 것이 아니라, 신뢰하는 자로서 신뢰하는 자를 찾아온 것이다.

그렇다. 그대들은 나처럼 성실함으로, 애정 어린 영원함으로 만들어졌다. 그런데 나는 그대들을 불성실이라고 부른다. 그대들 거룩한 눈길과 순간들이여! 나는 아직 그대들을 부를 다른 이름을 찾지 못했다.

참으로 그대들 도망자들이여, 그대들은 너무 일찍 죽었다. 하지만 그대들이 나에게서, 내가 그대들에게서 도망친 것이 아니다. 우리의 성실함은 우리에게 죄가 있는 것이 아니다.

사람들은 나를 죽이려고 그대의 목을 졸랐다. 그대들 내 희망을 노래하는 새들이여! 그렇다. 그대들 가장 사랑하는 자들이여, 악의의 화살은 언제나 그대들을 향했다.——내 마음을 쏘기 위해!

화살은 적중했다! 그대들은 항상 내 마음의 동반자이자, 내가 소유하고 있고 나를 사로잡은 자들이다. 그 때문에 그대들은 젊어서 너무 일찍 죽어야 했다!

사람들은 내가 소유하고 있던 것 중에 가장 상처받기 쉬운 것을 향해 화살을 쏘았다. 그것은 바로 그대들, 피부가 솜털 같고, 한 번의 눈길에 소멸하고 마는 미소와도 같은 자들이다!

하지만 나는 나의 적들에게 말한다. 그대들이 나에게 한 짓에 비하면 살인은 아무것도 아니다!

그대들은 어떤 살인보다 더 나쁜 짓을 했다. 그대들은 나에게서 돌이킬 수 없는 것을 앗아갔다. 나는 그대들에게 말한다. 나의 적들이여!

그대들은 나의 청춘의 환영과 가장 사랑하는 기적을 앗아갔다! 그대들은 나의 소꿉친구인 행복의 영(靈)을 앗아갔다! 이들을 추억하며 나는 이 화환과 저주를 내려놓는다.

그대들에 대한 이 저주를, 나의 적들이여! 울림이 차가운 밤에 스러지듯, 그대들은 나의 영원한 것을 스러지게 만들었다! 영원한 것은 그저 거룩한 눈의 섬광으로서, 순간적으로 나에게 찾아왔을 뿐이었다!

지난날 행복했던 시절에 나의 순결은 이렇게 말했다. "나에게 모든 존재는 신성한 것이어야 한다."

그때 그대들은 추악한 유령들과 함께 나를 기습했다. 아, 행복했던 시절은 어디로 가버렸단 말인가!

"모든 나날이 나에게 신성한 것이어야 한다." 한때 내 젊은 날의 지혜는 이렇게 말했다. 참으로 즐거운 지혜의 말이 아닌가!

하지만 그때 나의 적인 그대들은 나에게서 밤을 훔쳐갔고, 잠 못 이루는 고통에 팔아버렸다. 아, 즐거운 지혜는 어디로 갔단 말인가!

한때 나는 행운의 새점을 열망한 적이 있었다. 그때 그대들은 나의 길 위에 역겨운 괴물 부엉이를 날아오르게 했다. 아, 나의 간절한 소망은 어디로 날아갔는가?

일찍이 나는 모든 혐오스러운 것을 멀리하기로 맹세했다. 그때 그대들은 나의 가족들과 이웃을 종기로 변질시켰다. 아, 나의 더없이 고귀한 맹세는 어디로 달아났는가?

나는 한때 눈먼 자로서 행복의 길을 걸었다. 그때 그대들은 눈먼 자의 길에 오물을 뿌렸다. 이제 나는 눈먼 자의 길에 혐오감을 느낀다.

내가 더없이 어려운 일을 해내고 나의 승리를 축하할 때, 그대들은 내가 사랑하는 자들에게 소리치게 했다. 내가 그들에게 말할 수 없는 고통을 준다고.

정말이지 언제나 그대들이 한 짓은 나의 가장 좋은 꿀을 쓰게 만들고, 나의 가장 좋은 꿀벌의 부지런함을 망쳐버리는 것이었다.

그대들은 자비심 많은 나에게 언제나 염치없는 거지들을 보냈다. 그대들은 동정심이 많은 내 주위에 후안무치한 자들이 몰려들게 했다. 이렇게 그들은 내 덕의 신념에 상처를 입혔다.

그리고 나의 가장 신성한 것을 제물로 바쳤을 때, 그대들의 '경건함'은 그 옆에 기름이 번지르르한 선물을 내려놓았다. 그대들의 기름에서 나오는 연기로 나의 가장 신성한 것을 질식시키기 위해서.

일찍이 나는 지금까지와 다른 방식으로 춤을 추고자 했다. 온 하늘을 훨훨 날며 춤을 추고자 했다. 그때 그대들은 내가 가장 좋아하는 가수를 꾀어냈다.

그리하여 그는 소름이 끼치는 음침한 목소리로 노래를 부르기 시작했다. 아, 그 소리는 내 귀에 애처로운 뿔피리 소리처럼 들렸다!

아, 잔인한 가수여, 사악한 악기여, 더없이 무지한 자여! 나는 최고의 춤을 출 준비가 되어 있었다. 그때 그대는 자신의 목소리로 나의 황홀경을 죽여 버렸던 것이다!

나는 오직 춤으로써 최고의 사물에 빗대어 춤으로만 말할 수 있다. 그런데 이제 나의 최고의 비유는 침묵의 몸짓에 남게 되었다!

내 최고의 희망은 입 밖에 내지 못하고, 끝내 실현되지 못했다. 그리하여 내 젊은 날의 모든 환영과 위안은 죽고 말았다!

나는 이를 어떻게 견뎌냈던가? 어떻게 그러한 상처를 이겨내고 극복했던가? 나의 영혼은 이러한 무덤에서 어떻게 다시 살아났던가?

그렇다. 나에게는 상처 입힐 수 없고, 파문지도 못하며, 바위라도 뚫고 나오는 것이 있으니, 그것이 바로 나의 의지다. 이 의지는 오랜 세월 동안 변하지 않고 말없이 걸어간다.

나의 오랜 의지는 나의 발에 의지하여 그 길을 가고자 한다. 냉혹해서 상처도 받지 않는다.

나에게서 상처받지 않는 곳은 오직 발꿈치뿐이다. 그대 가장 인내심 강한 자여, 그대는 여전히 거기에 살아 있고, 언제나 한결같다! 그대는 언제나 온갖 무덤들을 파헤치고 나왔다!

그대 안에는 내 젊은 시절의 이루지 못한 것이 아직 살아 있다. 그대는 삶이자 청춘으로서 여기 무덤의 누런 폐허 위에 희망을 품고 앉아 있다.

그렇다. 그대는 아직 나에게 온갖 무덤을 파헤치는 자다. 행복을 빈다. 나의 의지여! 무덤이 있는 곳에만 부활이 있는 법이다.

차라투스트라는 이렇게 말했다.

자기 극복에 대하여

최고의 현자[39]들이여, 그대들은 자신들을 몰아가고 열정에 불타게 하는 것을 '진리에의 의지'라고 부르는가?

나는 모든 존재를 사유할 수 있게 만드는 의지를 그대들의 의지라고 부른다!

그대들은 모든 존재를 먼저 사유할 수 있게 만들고자 한다. 그대들은 그것이 과연 사유할 수 있는지 불신하며 의심하기 때문이다.

모든 존재는 그대들의 뜻에 순응하고 굴복해야 한다! 그대들의 의지는 그렇게 되기를 바란다. 모든 존재는 정신의 거울과 반영으로서 순응하며 정신에 종속되어야 한다.

최고의 현자들이여, 그것은 힘에의 의지로서 그대들의 전체 의지이다. 그대들이 선과 악, 가치 평가에 대해 말할지라도 마찬가지다.

그대들은 그 앞에 무릎을 꿇을 수 있는 세계를 창조하고자 한다. 이것이 그대들의 마지막 희망이며 기쁨이다.

물론 무지한 군중은 한 척의 나룻배가 떠가는 강물과 같다. 그리고 이 나룻배에는 가치 평가란 것이 가면을 쓰고 엄숙한 표정으로 앉아 있다.

그대들은 자신의 의지와 가치를 생성이라는 강물에 띄웠다. 그리하여 군중의 선과 악에 대한 믿음이 낡은 힘의 의지를 드러낸다.

최고의 현자들이여, 바로 그대들이 그러한 손님을 이 나룻배에 태웠고, 그들에게 화려하고 자랑스러운 이름을 주었다. 그대들과 그대들의 지배적인 의지가 그것이다!

이제 강물은 그대들의 나룻배를 실어 나른다. 강물은 나룻배를 실어 날라야만 한다. 부서진 파도가 거품을 일으키고, 용골에 부딪쳐 포효해도 소용없다.

최고의 현자들이여, 그대들의 위험은 강물이나 선과 악의 종말이 아니라 그 의지 자체, 힘의 의지, 끊임없이 생겨나는 삶의 의지이다.

그대들이 선과 악에 대한 나의 가르침을 이해하도록, 나는 그대들에게 삶과 모든 살아 있는 것의 본성을 말하리라.

나는 살아 있는 생명을 쫓아다녔고, 그것의 본성을 알기 위해 가장 먼 길도 가장 가까운 길도 마다하지 않았다.

그것이 입을 닫고 있을 때는 그 눈이 나에게 말하는 것을 읽기 위해 백 개의 거울로 그것의 시선을 붙잡았다. 그러자 그 눈은 나에게 이렇게 말했다.

하지만 살아 있는 생명을 발견한 곳에서는 어디서나 순종의 말을 들을 수 있었다. 살아 있는 모든 생명은 순종하는 생명이다.

그리고 두 번째로 들은 말은 이것이다. 즉 자기 자신에게 순종하지 못하는 자는 명령을 받을 것이다. 이것이 살아 있는 것의 본성이다.

그러나 세 번째로 들은 말은 이것이다. 즉 명령하기가 순종하기보다 더 어렵다. 그것은 명령하는 자가 모든 순종하는 자의 짐을 지기 때문만이 아니며, 이 짐이 명령하는 자를 쉽게 억누르기 때문만도 아니다.

모든 명령은 일종의 실험이며 모험이다. 살아 있는 생명은 언제나 명령을 내릴 때 모험을 하는 셈이다.

그렇다. 자기 자신에게 명령을 내릴 때라도 그것에 대한 대가를 치러야 한다. 그는 자기 자신의 율법에 대한 재판관이자 집행관이며 희생물이 되어야 한다.

어찌하여 이런 일이 일어난단 말인가? 나는 이렇게 스스로에게 물었다. 살아 있는 생명이 순종하고 명령하며, 명령하면서 순종하도록 설득하는 것은 무엇이란 말인가?

최고의 현자들이여, 내 말을 들어보라! 내가 삶 그 자체의 마음속으로, 그 마음의 밑바닥까지 기어들어 갔는지 확인해 보라!

나는 살아 있는 생명을 발견한 곳에서는 어디서나 힘에의 의지를 발견할 수 있었다. 그리고 시중드는 자의 의지에서도 주인이 되려는 의지를 발견할 수 있었다.

  약한 자는 강한 자를 섬기는 것이라고 약한 자가 자신을 설득하면서, 그의 의지는 보다 약한 자를 지배하려고 한다. 약한 자는 이러한 즐거움 없이 지내기 어려울지도 모른다.

  그리고 보다 작은 자는 가장 작은 자를 지배하는 즐거움과 힘을 갖기 위해 보다 큰 자에게 헌신하듯이, 가장 큰 자도 힘을 위해 헌신하고 목숨을 건다.

  가장 큰 자는 모험을 감행하고 위험을 무릅쓰며, 목숨을 건 주사위 놀이를 하는 것에 헌신한다.

  희생과 봉사, 그리고 사랑의 눈길이 있는 곳에도 지배하려는 의지가 있다. 이때 보다 약한 자는 비밀 통로를 통해 보다 강한 자의 성 안으로, 마음으로 몰래 숨어들어 거기서 힘을 훔쳐낸다.

  이 비밀을 나에게 말해 준 것은 삶 자체였다. "보라, 나는 언제나 자기 자신을 극복해야만 하는 그 무엇이다.

  물론 그대들은 이를 생식을 위한 의지나 목적에 대한 충동, 즉 보다 높고 멀 뿐만 아니라 다양한 것에 대한 충동이라고 부른다. 그러나 이 모든 것은 한가지이고 하나의 비밀이다.

  나는 이 하나를 단념하느니 차라리 몰락할 것이다. 보라, 참으로 몰락이 일어나고 낙엽이 떨어지는 경우를. 그때 삶은 자신을 희생한다. ── 힘을 위해!

  나는 투쟁이자 생성이고 목적이며, 여러 목적의 모순이어야 한다. 아, 나의 의지를 알아맞히는 자는 내가 얼마나 굽어진 길을 가야 하는지도 알아맞힐 것이다!

  내가 무엇을 창조하든, 그것을 얼마나 사랑하든, 나는 이내 내가 창조한 것과 내 사랑의 적이 되어야 한다. 내 의지가 이를 바라기 때문이다.

그리고 그대, 그대 깨인 자도 내 의지의 오솔길이자 발자국일 뿐이다. 정말이지 나의 힘에의 의지는 그대의 진리에의 의지마저도 짓밟는다!

진리를 향해 '생존을 위한 의지'라는 교리를 쏘았던 자는 진리를 맞히지 못했다. 이러한 의지는 존재하지 않는다!

존재하지 않는 것은 의욕할 수 없고, 현존하는 것은 생존을 의욕할 수 없다!

삶이 있는 곳에만 의지도 있다. 그런데 그것은 삶에의 의지가 아니라 힘에의 의지라고 나는 그대에게 가르치는 것이다!

살아 있는 생명은 여러 가지 면에서 삶 자체보다 높게 평가된다. 이런 평가를 통해 바로 힘에의 의지가 말한다!'

일찍이 삶은 나에게 이렇게 가르쳤다. 최고의 현자들이여, 나는 이러한 가르침으로 그대의 마음에 있는 수수께끼를 풀어주려고 한다.

참으로 나는 그대들에게 말한다. 영원한 선과 악이란 존재하지 않는다! 선과 악은 자기 자신으로부터 몇 번이고 극복되어야 한다.

그대들 가치를 평가하는 자들이여, 그대들은 선과 악에 대한 가치 평가와 교리로 폭력을 저지른다. 이것은 그대들의 숨겨진 사랑이고, 그대 영혼들의 찬란함이자 전율이며 흘러넘침이다.

그러나 그대들의 가치로부터 보다 강한 폭력, 새로운 극복이 자란다. 이것으로 인해 알과 껍질이 깨어진다.

그리고 선과 악의 창조자가 되려는 자는 참으로 먼저 파괴자가 되어, 가치들을 깨부수어야 한다.

그러므로 최고의 악은 최고의 선의에 속한다. 그런데 이러한 선의는 창조적인 선의이다.

최고의 현자들이여, 비록 말하는 것이 나쁜 일이라고 하더라도 이에 대해 말하기로 하겠다. 침묵은 더 나쁘고, 숨겨진 진리는 모두 독성을 띠기 때문이다.

그리고 진리에 부딪혀 부수어질 수 있는 것은 모두 부수어 버리기로 하자! 아직 지을 집이 많지 않은가!

차라투스트라는 이렇게 말했다.

숭고한 자들에 대하여

내 바다의 밑바닥은 고요하다. 그것이 익살맞은 괴물을 숨기고 있다는 걸 누가 짐작이나 하겠는가?

나의 심연은 흔들림이 없다. 하지만 그것은 떠다니는 수수께끼들와 웃음으로 인해 빛나고 있다.

나는 오늘 어떤 숭고한 자, 엄숙한 자, 정신의 참회자를 보았다. 아, 나는 그 추한 모습을 보고 얼마나 웃었던가!

그 숭고한 자는 가슴을 치켜들고, 숨을 들이마신 사람처럼 말없이 그곳에 서 있었다!

사냥의 수확물인 추한 진리들을 매달고, 찢어진 옷가지를 껴입은 채, 몸에는 많은 가시를 달고 있었다. 그러나 장미는 보이지 않았다.

그는 웃음과 아름다움을 아직 배우지 못했다. 이 사냥꾼은 지식의 숲에서 우울한 표정으로 돌아왔다.

야수와 싸우다가 돌아온 것이다. 하지만 그의 진지한 표정에서는 아직 한 마리 야수가 바라보고 있다. ──정복되지 않은 야수다!

그는 펄쩍 뛰어오르려는 호랑이처럼 여전히 거기에 서 있다. 그러나 나는 이러한 긴장된 영혼을 싫어한다. 뒤로 물러서 있는 이러한 자들은 모두 내 취향에 맞지 않는다.

벗들이여, 그대들은 취향이나 미각 때문에 다투어서는 안 된다고 말하는가? 그러나 삶이란 취향과 미각을 둘러싼 싸움이다!

취향, 그것은 저울추이자 저울판이며 무게를 다는 자다. 이들을 둘러싼 다툼도 없이 살려고 하는 모든 살아 있는 생명에게는 재앙이 닥칠 것이다!

이 숭고한 자가 자신의 숭고함에 싫증이 날 때 비로소 그의 아름다움이 고개를 들 것이다. 그때야 비로소 나는 그의 진면목을 보게 되고 그의 고상함을 알게 될 것이다.

그는 자신에게 등을 돌릴 때야 비로소 자신의 그림자를 뛰어넘을 것이다. 그리고 참으로! 자신의 태양 속으로 들어가게 되리라!

그는 그늘에 너무 오래 앉아 있었고, 정신의 참회자는 두 뺨이 파리해졌다. 기다림에 지쳐 거의 굶어 죽을 지경이 된 것이다.

그의 눈에는 아직 경멸의 눈빛이 남아 있고, 그의 입에는 역겨운 기색이 묻어 있다. 사실 그는 지금 쉬고 있지만, 그의 휴식은 아직 태양 아래로 나오지 않았다.

그는 황소처럼 행동해야 하고, 그의 행복은 대지를 경멸하는 냄새가 아니라 대지의 냄새를 풍겨야 한다.

나는 흰 황소가 되어 씩씩거리고 울부짖으며 쟁기를 끄는 그의 모습을 보고 싶다. 그리고 그의 울부짖음도 대지의 모든 것을 찬양하는 것이었으면 좋겠다!

그의 표정은 아직 어둡다. 즉 손의 그림자가 아직 얼굴에 어른거리고 있고, 그의 눈빛도 아직 그늘져 있다.

그의 행위 자체가 아직 그의 얼굴에 그늘을 드리우고 있다. 즉, 손이 행동하는 자를 어둡게 하고 있는 것이다. 그는 아직 자신의 행위를 극복하지 못했다.

나는 황소의 목덜미를 사랑하지만, 이젠 천사의 눈도 보고자 한다.

그는 자신의 영웅적 행위를 잊어야 한다. 그는 숭고한 자뿐만 아니라 고양된 자가 되어야 한다. 에테르 자체가 그를, 의지가 없는 그를 고양시켜야 한다!

그는 괴물을 정복했고 수수께끼마저 풀었다. 하지만 그는 자신의 괴물과 수수께끼도 구원해야 하고, 그것을 천상의 아이로 변화시켜야 한다.

그의 지식은 미소 짓는 법도, 질투하지 않는 것도 아직 배우지 못했다. 그의 격한 열정은 아름다움 속에서 아직 잔잔해지지 않았다.

참으로 그의 갈망은 배부름 속에서가 아니라 아름다움 속에서 침묵하고 가라앉아야 한다! 기품이란 위대한 생각을 지닌 자의 고결함에 속하므로.

팔을 머리 위에 올려야 한다. 영웅은 이렇게 쉬어야 하고 자신의 휴식도 그렇게 이겨내야 한다.

그러나 바로 그 영웅에게는 아름다움이 모든 것 중에서 가장 어렵다. 아름다움이란 아무리 격렬한 의지라도 쉽게 잡을 수 없기 때문이다.

아름다움에는 조금 넘치기도 하고 조금 모자라기도 하는 것,

바로 그것이 중요하고, 가장 중요하다.

그대들 숭고한 자들이여, 근육을 이완시키고 의지라는 무장을 풀고 있는 것, 이것이 그대들 모두에게는 가장 힘든 일이다!

권력이 자비를 베풀고 눈에 보이는 세계로 내려올 때, 나는 이러한 하강을 아름다움이라고 부른다!

그대 권력자여, 나는 다름 아닌 그대에게서 바로 아름다움을 바란다. 그대의 선의가 그대의 마지막 자기 극복이 되기를 바란다!

나는 그대가 온갖 악한 일을 할 수 있다고 믿는다. 그 때문에 내가 그대에게서 선을 바란다.

정말이지 나는 약한 자를 비웃었다. 그들은 자신의 발톱이 무디기 때문에 자신이 선하다고 생각하는 자들이다!

그대는 기둥의 덕을 추구해야 한다. 기둥은 높이 올라갈수록 더 아름다워지고 섬세해지지만, 그 속은 더욱 단단해지고 강해지지 않는가.

그렇다. 그대 숭고한 자여, 그대는 언젠가 아름다워져서 그대 자신의 아름다움을 거울에 비춰 보아야 한다.

그러면 그대의 영혼은 신적인 욕망을 전율하게 될 것이다. 그리고 그대의 허영심에도 숭배의 마음이 깃들게 되리라!

말하자면 이것이 영혼의 비밀이다. 영웅이 그 영혼을 버릴 때 비로소 꿈속에서 영혼에 접근할 수 있다. ── 영웅을 넘어선 영웅에게로.

차라투스트라는 이렇게 말했다.

교양의 나라에 대하여

나는 미래 속으로 너무 멀리 날아갔다. 그리고 공포에 사로잡혔다.

주위를 둘러보았다. 보라, 시간이 나의 유일한 동시대인이었다.

그리하여 나는 뒤로, 고향으로 점점 빠르게 날아갔다. 그리하여 나는 그대들 현대인들 곁으로, 교양의 나라로 돌아왔다.

처음에 나는 그대들을 보기 위한 눈과 선한 욕구를 가지고 왔다. 정말이지 마음속에 그리움을 안고 돌아온 것이다.

하지만 나에게 무슨 일이 일어났던가? 비록 나는 불안했지만 웃지 않을 수 없었다! 내 눈은 지금껏 이처럼 알록달록한 반점들을 본 적이 없었던 것이다!

발도 마음도 떨렸지만 나는 웃고 또 웃었다. "여기야말로 온갖 염료 단지의 고향이로다."라고 나는 말했다.

그대들 현대인들이여! 그대들은 얼굴과 사지의 오십 군데에 색을 칠하고, 여기에 이렇게 앉아 나를 놀라게 하는구나!

그리고 그대들의 유희에 아첨하고 흉내 내는 오십 개의 거울이 그대들을 둘러싸고 있구나!

정말이지 그대들은 자신의 얼굴보다 더 나은 가면을 도저히 쓸 수 없으리라. 그대들 현대인들이여! 누가 그대들을 알아볼 수 있겠는가?

온몸에 과거의 부호들이 가득 적혀 있고, 그 부호에 다시 새로운 부호들이 덧칠해져 있다. 그러므로 그대들은 모든 부호 해독자들로부터 자신들을 잘 숨겨 놓은 것이다!

만약 그대들의 생식능력을 검사한다면 불임을 발견하게 될 것이다. 그대들은 채색한 종이 조각을 아교로 붙여 구운 것처럼 보이기 때문이다.

모든 시대와 민족이 그대들의 알록달록한 베일을 보고 있다. 모든 풍속과 신앙이 그대들의 알록달록한 몸짓을 말하고 있다.

누가 그대들에게서 베일과 겉옷, 색채와 몸짓을 앗아간다면 새들을 놀라게 할 정도의 것만 남게 되리라.

참으로 나야말로 색채도 없이 언젠가 그대들의 벌거벗은 모습을 보고 놀란 새였다. 그때 나는 해골이 사랑의 추파를 던지자 달아나고 말았다.

차라리 나는 저승에서 과거의 망령들 사이에서 날품팔이가 되고자 한다! 그대들보다 저승에 사는 자들이 더 살찌고 포동포동하리라!

그대들 현대인들이여, 그대들이 옷을 벗었든 입었든 그대들을 견딜 수 없다는 것이 나의 내장의 쓰라림이다.

미래의 온갖 미지의 것들이나 잘못 날아가 버린 새들을 떨게 한 것도 참으로 그대들의 '현실'보다는 더 친밀하고 정답다.

그대들이 이렇게 말하기 때문이다. "우리는 아주 현실적이며, 신앙이나 미신도 없다." 그대들은 이렇게 뽐내며 가슴을 내민다. ──뽐낼 가슴도 없으면서!

그렇다. 알록달록한 반점을 가진 자들이여! 그대들이 어떻게 신앙을 가질 수 있겠는가! 그대들은 이제까지 신앙의 대상이 된 모든 것의 그림일 뿐이다.

그대들은 신앙 자체를 반박하며 어슬렁거리는 자들이고, 온갖 사상의 사지를 부러뜨리는 자들이다. 그러므로 나는 그대들을 신앙이 없는 자라고 부른다. 그대들 현실적인 자들이여!

온갖 시대가 그대들의 정신 속에서 서로 헝클어져 지껄이고 있다. 온갖 시대의 꿈과 수다가 오히려 그대들이 깨어 있는 상태보다 더 현실적일 것이다!

그대들은 열매를 맺지 못하는 자들이다. 그 때문에 그대들에게는 신앙이 결여되어 있다. 하지만 창조해야 하는 자는 언제나 자신의 진정한 꿈과 별의 징조를 지니고 있었다. 그러니까 신앙이 있는 것이다!

그대들은 무덤 파는 자들이 옆에서 기다리고 있는 반쯤 열린 문이다. 그리고 "파멸해 가는 모든 것은 가치 있다."라는 것이 그대들의 현실이다.

아, 그대들 열매 맺지 못하는 자들이여, 그대들은 얼마나 갈비뼈가 앙상한 꼴로 내 앞에 서 있는가! 그리고 그대들 중의 일부는 이런 사실을 스스로 간파했을지도 모른다.

그가 말했다. "내가 잠들어 있을 때 어떤 신이 나에게서 무언가를 몰래 빼내 간 것이 아닐까? 참으로 조그만 여자 하나를 만들 만큼!

내 갈비뼈가 이렇게 초라하다니 이상하구나!" 이렇게 말한 현대인도 이미 더러 있었다.

그렇다. 현대인들이여, 그대들은 나에게 웃음거리이다! 그대들이 자기 자신을 보고 놀랄 때 특히 그러하다!

내가 그대들의 놀람을 보고 웃어넘길 수 없거나 그들의 밥그릇에 담긴 역겨운 것을 다 마셔야 한다면 나는 얼마나 참담하겠는가!

하지만 나는 무거운 짐을 짊어져야 하므로 그대들의 짐을 덜어주고자 한다. 딱정벌레나 풍뎅이가 내 짐 위에 앉는다고 무슨 부담이 되겠는가!

참으로 그로 인해 내 짐이 더 무겁게 되지는 않는다! 그대들 현대인들이여, 그대들로 인해 나의 피로가 심해지지는 않는다!

아, 나의 그리움을 안고 이제 어디로 올라가야 하는가! 온갖 산꼭대기에서 나는 아버지와 어머니의 나라를 굽어보노라!

하지만 어디에도 고향은 보이지 않았다. 나는 어떤 도시에서도 붙박지 못하고, 모든 성문에서 새로 출발했다.

일찍이 내가 정을 준 현대인들은 내게 낯설고 조롱거리일 뿐이다. 나는 아버지와 어머니의 나라에서 쫓겨난 것이다.

그래서 나는 아직 발견되지 않고 먼바다에 떠 있는 아이들의 나라를 사랑할 뿐이다. 나는 나의 돛에 명하여 그 나라를 찾고 또 찾는다.

나는 그 아이가 내 아버지의 후손이라는 사실을 모든 미래에 바로잡으리라.——이 현재를 위해서라도!

차라투스트라는 이렇게 말했다.

순결한 인식에 대하여

나는 어제 달이 떠올랐을 때 태양을 낳으려는가 하고 생각했다. 달은 임신한 듯 풍만한 상태로 지평선에 걸려 있었다.

그러나 달이 임신한 듯 보인 것은 거짓이다. 그래서 나는 달이 여자라기보다는 오히려 남자라고 생각하고 싶다.

물론 밤에만 돌아다니는 이 겁쟁이는 남자답지 못하다. 정말이지 달은 양심의 가책을 받으며 지붕 위를 돌아다닌다.

달 속의 수도사는 음탕하고 질투심이 많아, 대지와 사랑하는 자들의 온갖 즐거움을 탐하기 때문이다.

그렇다. 나는 그를 좋아하지 않는다. 지붕 위를 돌아다니는 이 수고양이를! 반쯤 닫힌 창가를 살금살금 돌아다니는 모든 것은 역겨운 것이다!

그는 경건하고 말없이 별들의 양탄자 위를 돌아다닌다! 하지만 나는 쩔그럭거리는 박차 소리도 내지 않고 소리 죽여 걸어다니는 남자의 발을 좋아하지 않는다.

정직한 사람이라면 걸어갈 때 발소리가 나는 법이다. 그러나 고양이는 대지 위를 살금살금 돌아다닌다. 보라, 달이 고양이처럼 다가온다. 정직하지 못하게.

나는 감상적인 위선자들에게 빗대어 말한다. 그대들 "순수한 인식을 하는 자들이여!" 나는 그대들을 음탕한 자들이라고 부른다.

나는 그대들도 대지와 대지 위의 것을 사랑한다는 것을 잘 알고 있다! 하지만 그대들의 사랑에는 수치심과 양심의 가책이 있다. 그대들은 달을 닮은 것이다!

사람들은 대지 위의 것을 멸시하도록 그대들의 정신을 설득했지만, 그대들의 뱃속까지 설득하지는 못했다. 하지만 그것이야말로 그대들에게서 가장 강력한 것이 아닌가!

그런데 이제 그대들 정신은 뱃속의 의지에 따르는 것을 부끄러워하고, 그것이 수치스러워 샛길과 거짓의 길을 걷는다.

그대들의 기만당한 정신은 스스로에게 이렇게 말한다. "개처럼 혀를 늘어뜨리지 않고, 아무런 욕망 없이 삶을 관조하는 것이 나에게 최상의 것이리라.

그리고 사욕을 취하거나 탐하지 않고 의지를 죽이고 관조하며 행복해하는 것이다. 온몸은 차가운 잿빛이지만, 도취된 달의 눈을 하고서!

그것이 내게 가장 사랑스러운 것이리라!' 유혹을 당하는 자는 이렇게 유혹을 당한다. "대지가 달을 사랑하듯 대지를 사랑하는 것이. 그리고 오로지 눈으로만 대지가 아름다움을 더듬는 것이.

그리고 내가 사물들 앞에 백 개의 눈을 가진 거울처럼 있을 뿐 사물들로부터 아무것도 바라지 않는 것을 나는 모든 사물에 대한 순결한 인식이라 부른다."

아, 그대들 민감한 위선자들이여, 음탕한 자들이여! 그대들의 욕망에는 순진함이 부족하다. 그대들이 욕망을 비방하는 것은 바로 그 때문인 것이다!

참으로 그대들은 창조하는 자, 낳는 자, 새로 시작하는 것을 즐거워하는 자로서 대지를 사랑하지 않는다!

순진함은 어디에 있는가? 생식의 의지가 있는 곳에 존재한다. 내가 보기에 자기 자신을 넘어 창조하려는 자야말로 가장 순수한 의지를 가진 자다.

아름다움은 어디에 있는가? 내가 온갖 의지를 가지고 의욕하지 않으면 안 되는 곳에 있다. 하나의 상(像)이 단지 상으로만 머물러 있지 않도록 내가 사랑하고 파멸하려는 곳에 있다.

사랑하고 파멸하는 것, 이것은 아득한 옛날부터 짝을 이루고 있다. 사랑하려는 의지, 이것은 죽음마저 기꺼이 받아들인다. 나는 그대들 비겁한 자들에게 이렇게 말한다!

하지만 이제 그대들은 그대들의 거세된 곁눈질이 '관조'라고 불리기를 바란다! 그리고 비겁한 눈길로 자신을 더듬는 것이 '아름답다'고 불려야 하다니! 아, 고귀한 이름을 더럽히는 자들이여!

하지만 그대들 순결한 자들이여, 순수한 지식이여, 그대들이 결코 아이를 낳지 못하리라는 것이 그대의 저주가 되어야 한다. 그대들이 임신한 듯 풍만한 상태로 지평선에 걸려 있다고 하더라도!

참으로 그대들의 입은 고귀한 말로 가득하다. 그대들 거짓말쟁이들이여. 그렇다고 우리가 그대들의 마음이 넘친다고 믿어야 하는가?

하지만 나의 말은 서툴고 멸시당하기 일쑤이며 더듬거리기까지 한다. 나는 그대들이 식사할 때 식탁 아래로 흘리는 것을 기꺼이 주워 담는다.

여전히 나는 그들 위선자들에게 진리를 말할 수 있다! 그렇다. 내가 주운 물고기 가시, 조개껍질, 가시 달린 잎으로 위선자들의 코를 간질일 것이다!

그대들과 그대들 식탁 주위에는 언제나 나쁜 공기가 감돌고 있다. 그대들의 탐욕적인 생각, 그대들의 거짓과 비밀이 공기 중에 떠돌고 있다!

오직 그대들 자신을 믿도록 하라.——그대들과 그대들의 뱃속을! 자기 자신을 믿지 않는 자는 언제나 거짓말을 한다!

그대들 '순수한 지식이여', 그대들은 신의 가면을 쓰고 있다. 신의 가면 속으로 그대들의 끔찍한 뱀이 기어들었다.

그대들 '관조하는 자들'이여, 참으로 그대들은 기만을 일삼고 있구나! 차라투스트라도 한때는 그대들 신과 같은 외관에 현혹된 바보였다. 그 안에서 똬리를 틀고 있는 뱀을 알아차리지 못한 것이다!

나는 한때 그대들의 유희에서 신의 영혼을 볼 수 있다고 생각했었다. 그대들 순수한 인식을 하는 자들이여! 한때는 그대들의 재주보다 더 나은 재주는 없다고 생각했었다!

멀리 떨어져 있어서 나는 뱀의 더러움과 불결한 냄새를 알지 못했다. 또한 도마뱀의 간교함이 탐욕적인 눈길로 이곳을 살금살금 기어 다니는 것도 몰랐다.

하지만 나는 그대들에게 가까이 다가갔다. 그때 내게 날이 밝아 왔고, 이제 낮이 그대들을 찾아간다. 달의 정사는 이제 끝났다!

저기를 보라! 발각된 달이 파리한 얼굴로 섰다! 아침놀 앞에!

이미 이글거리며 타오르는 대지에 대한 태양의 사랑이 찾아왔기 때문이다! 순진함과 창조자가 되려는 욕망이 모든 태양의 사랑이다.

태양이 얼마나 성급하게 바다를 건너오는지 저기를 보라! 그대들은 태양이 내뿜는 사랑의 갈증과 뜨거운 숨결을 느끼지 못하는가?

태양은 바다를 빨아들이려 하고, 저 깊은 바다를 자신의 높이까지 마시려 한다! 즉 그때 바다의 욕망은 천 개의 가슴으로 솟아오른다.

바다는 태양의 갈증으로 입맞춤을 받고 빨아들여지기를 바란다. 바다는 대기가 되고, 높은 하늘이 되고, 빛의 오솔길이 되고, 스스로 빛이 되고자 한다!

참으로 나는 태양처럼 삶과 모든 심해를 사랑한다.

나는 이를 깨달음이라고 부른다. 모든 깊은 것은 ─ 나의 높이로 끌어올려야 한다!

차라투스트라는 이렇게 말했다.

학자들에 대하여

 내가 누워 잠들어 있을 때, 한 마리 양이 내 머리에 두른 담쟁이덩굴 화환을 먹어치웠다. 그 양이 말했다. "차라투스트라는 더 이상 학자가 아니다."

 양은 이렇게 말하며 도도하고 의기양양하게 그곳을 떠났다. 한 아이가 이 사실을 나에게 전해 주었다.

 나는 여기 아이들이 노는 곳, 무너진 담장 옆, 엉겅퀴와 붉은 양귀비꽃 아래에 누워 있기를 좋아한다.

 나는 아이들이며 엉겅퀴와 양귀비꽃에게는 아직 학자다. 이들은 악의를 품고 있을 때에도 순진하다.

 그러나 나는 양들에게 더 이상 학자가 아니다. 나의 운명은 이를 바란다. 나의 운명에 축복이 있기를!

 사실은 이렇다. 나는 학자들의 집을 나왔고, 나오면서 문을 쾅 닫았다.

 내 영혼은 학자들의 식탁에 너무 오랫동안 굶주린 채 앉아 있었다. 나는 이들이 호두를 까듯 깨달음을 얻는 훈련을 받지 못했다.

 나는 자유를 사랑하고, 신선한 대지 위의 공기를 사랑한다. 나는 학자들의 지위와 위엄을 누리며 잠자기보다는 오히려 황소 가죽 위에서 잠자고 싶다.

 나는 자신의 사상으로 너무 뜨겁게 불타오르고 있다. 그래서 숨이 답답할 때가 자주 있다. 그래서 나는 먼지로 뒤덮인 모든 방을 떠나 야외로 나가지 않으면 안 된다.

 하지만 학자들은 서늘한 그늘에 시원하게 앉아 있다. 그들은 모든 일에 방관하는 자가 되려고 할 뿐, 태양이 내리쬐는 뜨거운 계단에 앉기를 피한다.

거리에 서서 지나가는 사람들을 멍하니 바라보는 자들처럼, 학자들도 기다리며 남이 생각한 사상을 멍하니 바라본다.

사람들이 손으로 이들을 건드리면 밀가루 포대를 건드린 것처럼 주위에 뽀얗게 먼지가 인다. 자기 의도와는 달리. 하지만 그 먼지가 낟알에서 나온 것이고, 여름 들판의 황금빛 희열에서 생겨났음을 누가 알겠는가?

그들은 지혜롭다고 자처하지만 나는 이들의 하찮은 잠언과 진리에 오싹한 기분을 느낀다. 마치 늪에서 생겨난 듯 이들의 지혜에는 냄새날 때가 자주 있다. 참으로 나는 이들의 지혜에서 이미 개구리가 개굴개굴 우는 소리를 듣기도 했다!

이들은 능숙하고, 이들의 손가락은 기민하다. 이들의 다채로운 재주에 비하면 나의 단순함은 무엇이란 말인가! 이들의 손가락은 실을 꿰고 뜨개질을 하며 짜는 법을 훤히 터득하고 있다. 이들은 이렇게 정신의 양말을 짜는 것이다!

이들은 훌륭한 시계다. 단지 태엽을 감아주기만 하면 된다! 그러면 어김없이 시간을 알려 주고, 그러면서 얼마 안 되는 소음을 내기도 한다.

이들은 물레방아처럼, 절굿공이처럼 일한다. 이들에게 낟알을 던져주기만 하면 된다! 이들은 낟알을 잘게 빻아 그것을 흰 가루로 만드는 법을 이미 알고 있기 때문이다.

이들은 서로의 손가락을 주시하면서, 서로를 잘 믿지 않는다. 이들은 하찮은 책략을 부리며, 절름발이 지식을 지닌 자들을 거미처럼 기다리고 있다.

이들은 언제나 조심스레 독을 조제하고 있다. 그러면서 언제나 손가락에 유리 장갑을 끼고 있다.

또한 이들은 거짓으로 주사위 놀이하는 법을 알고 있다. 놀이에 너무 열중한 나머지 땀을 뻘뻘 흘리고 있다.

우리는 서로에게 서먹서먹하다. 그리고 그들의 덕은 그들의 거짓이나 거짓 주사위 놀이보다 여전히 내 취향에 더 거슬린다.

그리고 이들과 함께 살면서도 나는 이들을 내려다보며 살았다. 그 때문에 이들은 나를 미워했다.

이들은 자신의 머리 위에 누가 걸어 다니는 소리를 듣고자 하지 않는다. 그래서 이들은 나와 그들의 머리 사이에 나무며 흙이며 오물을 깔아놓았다.

그리하여 그들은 나의 발소리를 약화시켰다. 그리하여 최고의 학자들은 나에 관해 거의 아무것도 듣지 못하게 되었다.

그들은 자신과 나 사이에 온갖 인간적인 잘못과 약점을 깔아놓았다. 나는 그것을 그들의 집에 설치된 '방음판'이라고 부른다.

하지만 나는 나의 사상을 가지고 그들의 머리 위로 걸어 다닌다. 내가 자신의 실수를 밟으며 걸어 다닌다 하더라도 나는 여전히 그들과 그들의 머리 위에 있을 것이다.

왜냐하면 인간은 평등하지 않기 때문이다. 정의가 이렇게 말한다. 내가 바라는 것을 이들이 바라서는 안 된다!

차라투스트라는 이렇게 말했다.

시인들에 대하여

"내가 몸을 더 잘 알게 된 이후로." 차라투스트라가 한 제자에게 말했다. "나에게 정신은 흡사 정신처럼 보일 뿐이다. 그리고 모든 '불멸의 것'도 하나의 비유일 뿐이다."

"전에도 선생님께서 그렇게 말씀하시는 것을 들은 적이 있습니다." 제자가 대답했다. "그때 이렇게 덧붙여 말씀하셨지요. '그런데 시인들은 거짓말을 너무 많이 한다.' 그때 왜 그렇게 말씀하셨나요?"

"왜냐고?" 차라투스트라가 말했다. "왜라고 묻는 건가? 다른 사람들에게는 왜냐고 물어도 되지만 나에게는 그렇게 물어선 안 된다.

나의 경험이 어제 것이란 말인가? 내 견해의 근거를 체험한 건 오래 전의 일이다.

내가 나의 근거를 지니고 있으려면 기억을 저장하는 통이 되어야 하지 않겠는가?

나의 견해를 유지하는 것마저 나에게는 버거운 일이다. 그리고 날아가 버린 새도 적지 않다.

나의 비둘기 집에는 다른 곳에서 날아온 낯선 새도 가끔 보이는데, 내가 그놈에게 손을 갖다 대면 부르르 떤다.

그렇게 되기 전에 차라투스트라가 그대에게 무슨 말을 했는가? 시인들이 거짓말을 너무 많이 한다고? 그런데 차라투스트라도 시인이다.

그대는 그가 여기서 진리를 말한다고 생각하는가? 왜 그대는 그렇게 생각하는가?"

제자가 대답했다. "나는 차라투스트라를 신뢰합니다." 하지만 차라투스트라는 고개를 가로저으며 빙그레 웃었다.

믿음은 나에게 축복을 주지 못해. 그가 말했다. 더욱이 나에 대한 믿음도 마찬가지야.

하지만 누가 시인들이 거짓말을 너무 많이 한다고 진지하게 말한다면 그의 말이 옳다. 우린 거짓말을 너무 많이 해.

우리는 아는 것도 너무 적고, 제대로 배우지도 못했다. 그러므로 우리는 거짓말을 할 수밖에 없다.

우리 시인들 중에 자신의 포도주를 변조하지 않은 자가 있을까? 우리의 지하실에서는 유독한 혼합이 적지 않게 일어났고, 거기서 이루 말할 수 없는 일이 적지 않게 일어난다.

아는 게 별로 없어서 마음이 가난한 자들이 진심으로 우리 마음에 든다. 젊은 여자의 경우에는 특히 그렇다!

그리고 나이 든 여자들이 밤에 들려주는 것마저 우리는 애타게 갈망한다. 우리는 이를 우리의 영원한 여성성이라고 부른다.

그리고 무언가를 배우려는 자들에게 가로막혀 있는, 앎에 이르는 특별한 비밀 통로가 있기라도 한 것처럼 우리는 군중과 그들의 '지혜'를 믿는다.

하지만 모든 시인들은 이렇게 생각한다. 풀밭이나 외로운 나무 그늘에 누워 귀를 쫑긋 세우는 자는 하늘과 대지 사이에 있는 사물에 대해 무언가를 알게 된다고.

그러다가 애틋한 흥분에 사로잡히면 시인들은 언제나 자연이 자신들에게 반했다고 생각한다.

그리고 자연이 자신들의 귀에 은밀한 말과 사랑의 밀어를 속삭인다고 생각한다. 그리고 죽을 운명인 모든 인간들 앞에서 이를 뽐내고 자랑한다.

아, 하늘과 대지 사이에는 오직 시인들만 꿈꿀 수 있는 많은 것들이 있다!

하늘 위에는 특히 그렇다. 모든 신이란 시인들의 비유이자 궤변이기 때문이다.

참으로 우리는 언제나 저 위로, 말하자면 구름의 나라로 끌려 올라간다. 그리고 이 구름 위에 알록달록한 껍질들을 벗어 놓고 이를 신이나 초인이라고 부른다.

이들은 구름 위에 앉아도 될 만큼 충분히 가볍지 않은가!

아, 실제로 일어나는 일이라지만 나는 이 모든 불충분한 것에 얼마나 싫증이 났는가! 아, 나는 시인들에게 신물이 났!

차라투스트라가 이렇게 말하자 제자는 그에게 화가 났지만 입을 다물고 있었다. 차라투스트라도 말이 없었다. 그의 눈은 마치 먼 곳을 바라보듯 자신의 내면을 향하고 있었다. 마침내 그는 한숨을 쉬며 탄식했다.

그러고 나서 말했다. 나는 오늘과 과거의 인물이지만, 내 안에는 내일과 모레, 미래의 것이 들어 있다.

옛 시인이든 새 시인이든 난 시인에 지쳤다. 이들 모두는 나에게 피상적인 것이고, 얕은 바다에 불과하다.

이들은 심오한 것을 충분히 생각하지 못했다. 그 때문에 이들의 감정은 밑바닥까지 가라앉지 못했다.

약간의 관능과 약간의 권태, 이것이 지금까지 이들의 최고 사색이었다.

이들이 켜는 하프 소리는 나에게 유령의 숨결이자 유령이 휙 지나가는 소리로 들렸다. 이들은 지금까지 음향의 열정에 관해 무얼 알고 있었단 말인가!

이들은 충분히 순수하지 못하다. 이들은 자신의 바다를 깊게 보이게 하려고 모든 물을 흐려놓는다.

이러면서 이들은 화해하는 자로 자처하기를 좋아한다. 하지만 이들은 중개하는 자며 참견하는 자이고, 어중이떠중이이자 불순한 자에 불과하다!

아, 나는 이들의 바다에 나의 그물을 던지고, 좋은 고기를 잡으려 했다. 그러나 그물에 걸려든 것은 언제나 어떤 늙은 신의 머리였다.

바다는 이처럼 굶주린 자에게 돌멩이 하나를 주었다. 그리고 시인들 자신도 어쩌면 바다에서 태어났을지도 모른다.

물론 사람들은 이들에게서 진주를 발견한다. 시인들 자신은 그럴수록 단단한 조개껍질과 닮아 있다. 그런데 나는 이들에게서 영혼 대신에 소금기에 찌든 점액을 종종 발견했다.

이들은 바다에게서 허영을 배웠다. 바다야말로 공작들 중의 공작이 아닌가?

바다는 모든 물소들 중에 가장 보기 흉한 물소 앞에서도 자신의 꼬리를 펼쳐 보인다. 지칠 줄 모르고 은과 비단으로 장식한 자신의 부채를 만든다.

오만하게 이 모습을 지켜보는 물소의 영혼은 모래사장과 닮았고, 덤불과 더 닮았으며, 늪과 가장 닮았다.

아름다움이나 바다, 공작의 장식이 물소에게 무슨 소용이란 말인가! 나는 이런 비유를 시인에게 말한다.

정말이지 이들의 정신 자체가 공작 중의 공작이고, 허영의 바다가 아닌가!

비록 물소가 관객일지라도 시인의 정신은 관객을 원한다!

하지만 나는 이러한 정신에 싫증이 났다. 그리고 나는 이러한 정신이 자기 자신에게 싫증날 때가 오는 것을 본다.

나는 이미 시인들이 변하여, 자기 자신에게 시선을 돌리는 것을 보았다.

나는 정신의 속죄자들이 오는 것을 보았다. 시인들이 자라 속죄자가 된 것이다.

차라투스트라는 이렇게 말했다.

큰 사건에 대하여

바다 한가운데, 차라투스트라가 머물고 있는 지극한 행복의 섬에서 그리 멀지 않은 곳에 섬이 하나 있다. 그 화산은 계속 연기를 내뿜고 있다. 이 섬에 대해 군중이, 군중 가운데서도 노파들이 말하기를, 이 섬은 저승의 문 앞에 놓여 있는 하나의 돌덩어리와 같아서 화산을 통해 저승의 문으로 들어갈 수 있는 좁은 길이 아래쪽으로 나 있다고 한다.

차라투스트라가 지극한 행복의 섬에 머물고 있을 때, 연기를 내뿜는 섬에 배 한 척이 닻을 내렸다. 선원들이 토끼 사냥을 하려고 뭍에 상륙한 것이다. 그런데 선장과 선원이 다시 모인 정오 무렵에 그들은 갑자기 한 사내가 공중에서 그들 쪽으로 오는 것을 보았다. 그리고 "때가 왔다! 때가 무르익었다!"라고 외치는 소리를 또렷하게 들었다. 그런데 그 형상이 가까이 다가왔을 때 —하지만 그것은 이내 그림자처럼 재빨리 화산 방향으로 날아갔다.— 그들은 무척 놀랍게도 그것이 차라투스트라임을 알아보았다. 선장을 제외한 모든 사람들이 차라투스트라를 본 적이 있었던 것이다. 그들은 군중과 마찬가지로 사랑과 두려움이 섞인 감정으로 그를 사랑하고 있었다.

"저기를 보라!" 늙은 키잡이가 말했다. "차라투스트라가 지옥에 떨어진다!"

이 선원들이 화산의 섬에 상륙한 그 시각에 차라투스트라가 사라졌다는 소문이 떠돌았다. 사람들이 그의 벗들에게 물었더니 밤에 그가 행선지도 밝히지 않고 배를 탔다고 했다.

이렇게 해서 불안감이 생겨났고, 삼 일 후에는 선원들의 이야기가 이러한 불안감을 증폭시켰다. 그리하여 이제 모든 군중은 차라투스트라가 악마에게 잡혀갔다고 말했다. 그렇지만 그의 제자들은 이 소문을 웃어넘겼다. 그들 중의 한 명은 "오히려 차라투스트라가 악마를 잡아갔을걸." 하고 말하기도 했다. 그러나 제자들의 마음속 깊은 곳에서는 근심과 그리움이 가득했다. 그러던 중 닷새 만에 차라투스트라가 이들 앞에 나타나 이들은 기쁘기 한량없었다.

다음은 차라투스트라가 불개와 나눈 대화다.

차라투스트라가 말했다. 대지에는 피부가 있는데, 이 피부가 병에 걸렸다. 이를테면 이 병들 중의 하나는 '인간'이라고 불린다.

그리고 다른 병은 '불개'라고 불린다. 그 개에 대해 인간들은 많이 속고 속였다.

이 비밀을 규명하기 위해 나는 바다를 건너갔다. 그리고 진리를 적나라하게 보았다. 참으로! 맨발에서 목덜미까지.

나는 이제 불개의 정체를 알게 되었고, 마찬가지로 분출과 전복의 온갖 악마들에 대해서도 알게 되었다. 노파들만 이 악마들을 두려워하는 것은 아니다.

나는 소리쳤다. "나오너라, 불개야. 네가 있는 깊은 곳에서! 그리고 이 심연이 얼마나 깊은지 실토하라! 네가 씩씩거리며 내뿜는 것은 어디서 나오는 거냐?'

너는 바닷물을 실컷 퍼마신다. 너의 웅변이 짜디짠 것을 보면 이를 알 수 있다! 참으로 깊은 곳에 사는 동물치고는 표면에서 너무 많은 양분을 섭취했다!

나는 너를 기껏해야 대지의 복화술사로 생각한다. 그리고 전복과 분출의 악마들이 말하는 것을 들을 때마다 나는 그들이 너와 같다고 생각했다. 짜고 거짓되고 천박하다고.

너희들은 울부짖는 법을 알고, 재로 대기를 어둡게 만드는 법을 안다! 너희들은 최고의 허풍쟁이이고, 진흙을 뜨겁게 끓어오르게 하는 재주를 충분히 배웠다.

너희들이 있는 곳 근처에는 언제나 진흙이 있어야 하고, 스펀지 같은 것, 속이 빈 것, 쪼그라든 것이 많이 있어야 한다. 그것은 자유를 갈망하는 것이다.

너희들 모두는 '자유'라고 울부짖는 것을 가장 좋아한다. 그러나 큰 사건이 요란한 울부짖음과 연기에 둘러싸이자마자, 나는 그 '큰 사건'에 대한 믿음을 잃어버린다.

내 말을 믿어다오. 지옥의 소음이라는 벗이여! 아주 커다란 사건, 그것은 우리의 가장 시끄러운 사건이 아니라 가장 조용한 사건이다.

세계는 새로운 소음을 만들어낸 사람들 주위가 아니라, 새로운 가치를 만들어낸 사람들 주위를 돌고 있다. 세계는 소리 없이 돌고 있는 것이다.

그럼 이제 고백하라! 그 소음과 연기가 사라지고 나면 언제나 아무 일도 일어나지 않은 것처럼 잠잠하지 않은가. 한 도시가 미라가 되고, 입상이 진흙에 뒤덮인다 해서 그게 무슨 상관이란 말인가!

나는 입상을 넘어뜨리는 자들에게 이렇게 말한다. 소금 바다 속에, 입상을 진흙 속에 던지는 것이야말로 가장 어리석은 짓이다.

너희들의 경멸이라는 진흙탕에 입상이 쓰러져 있었다. 하지만 경멸을 받으면서 다시 삶과 살아 있는 아름다움이 자라나는 것이 바로 입상의 법칙이다!

예언자의 모습으로 슬픔에 가득 찬 유혹적인 입상은 이제 다시 일어선다. 너희들 전복자들이여, 자신들을 쓰러뜨린 데 대해 입상은 너희들에게 고마워할 것이다.

그러나 나는 왕들과 교회, 그리고 노쇠하여 덕이 약해진 모든 것에 충고한다. 그냥 쓰러지도록 하라! 그대들이 다시 생명을 얻고 덕이 생겨나도록!

나는 불개에게 이렇게 말했다. 그러자 불개는 무뚝뚝하게 내 말을 가로막으며 물었다. "교회라고? 그것이 대체 무엇인데?"

내가 대답했다. "교회? 그것은 일종의 국가다. 그것도 말할 수 없이 기만적이다. 하지만 입을 다물라. 너 위선적인 개야! 그대와 같은 종류를 그대 자신이 가장 잘 알고 있겠지!

그대처럼 국가란 위선적인 개다. 그대와 마찬가지로 국가는 울부짖고 연기를 내뿜으며 말하기 좋아한다. 그대와 마찬가지로 사물의 본질에서 말한다고 믿게 하려는 것이다.

국가는 지상에서 전적으로 가장 중요한 짐승이 되고자 하기 때문이다. 사람들도 국가를 그렇게 생각한다."

내가 이렇게 말하자 불개는 악의로 가득 차 미친 듯이 날뛰며 소리쳤다. "뭐라고? 지상에서 가장 중요한 짐승이라고? 사람들도 국가를 그렇게 생각한다고?" 불개의 목구멍에서 많은 증기와 소름 끼치는 소리가 터져 나왔다. 그래서 분노와 시기심 때문에 그가 질식해 죽지나 않을까 생각되었다.

마침내 불개는 조용해졌고, 헐떡거리던 숨도 가라앉았다. 그러나 불개가 진정되자마자 나는 웃으며 말했다.

"화내고 있구나, 불개야. 그런 걸 보니 내 말이 맞는 모양이구나!

내 말이 맞다는 걸 확인하도록 다른 불개 이야기를 할 테니 잘 들어보라. 그 불개는 정말로 대지의 마음으로부터 말한다.

그의 숨결은 황금의 입김과 황금의 비를 내뿜는다. 그의 마음이 이를 원하기 때문이다. 그러므로 그에게 재와 연기, 뜨거운 점액이 무슨 소용이 있겠는가?

그의 웃음은 알록달록한 구름처럼 펄럭인다. 그 불개는 그대가 으르렁거리고, 내뿜어 대며, 복통을 일으키는 것을 혐오한다!

그런데 황금과 웃음. 그는 대지의 심장에서 이것을 가져온다. 대지의 심장은 황금으로 만들어졌다는 것을 그대도 알아야 한다."

불개는 이 말을 듣자 더는 내 말을 듣는 것을 참지 못했다. 불개는 창피한 나머지 꼬리를 내리고, 기죽은 소리로 멍! 멍! 짖으며 자신의 동굴 속으로 기어 들어갔다.

차라투스트라는 이렇게 이야기했다. 하지만 그의 제자들은 그의 말에 거의 귀 기울이지 않았다. 그들은 선원들과 토끼, 공중으로 날아간 사내에 대해 그에게 이야기하고 싶었기 때문이다.

"내가 그 일을 어떻게 생각해야겠나!" 차라투스트라가 말했다. "내가 유령이란 말인가?

하지만 내 그림자였을지도 모른다. 그대들은 나그네와 그의 그림자에 대해 이미 어느 정도 듣지 않았나?

하지만 내가 그림자를 보다 잘 단속해야 한다는 것은 분명하다. 그렇지 않으면 그 그림자가 나의 명성을 망쳐버릴 테니까."

차라투스트라는 또 한 번 고개를 설레설레 저으며 의아하게 생각했다. "내가 그 일을 어떻게 생각해야겠나!" 그가 다시 같은 말을 했다.

"왜 유령은 '때가 왔다! 때가 무르익었다!' 라고 외쳤을까?

대체 무엇을 위한 절호의 때가 왔다는 건가?'

차라투스트라는 이렇게 말했다.

예언자

"그리고 나는 인간들에게 크나큰 슬픔이 닥치는 것을 보았다. 가장 훌륭한 자들도 자신의 일에 싫증이 났다.

하나의 가르침이 공표되었고, 이와 아울러 하나의 신앙이 퍼졌다. '모든 것은 공허하고, 모든 것은 동일하며, 모든 것은 이미 있었던 것이다!'

그러자 모든 언덕에서 다시 메아리쳐 돌아왔다. '모든 것은 공허하고, 모든 것은 동일하며, 모든 것은 이전의 것이다!'

우린 수확을 했다. 그런데 왜 모든 열매가 썩고 누르스름해졌는가? 간밤에 사악한 달에서 무엇이 떨어졌단 말인가?

모든 노동은 헛된 것이 되었고, 우리의 포도주는 독이 되었으며, 사악한 눈길이 우리의 들판과 마음을 누렇게 태워버렸다.

우리 모두는 메마르게 되었다. 불이 우리 위에 떨어지면 우리는 재처럼 이리저리 흩날린다. 정말이지 우리는 불마저 지치게 만들었다.

모든 샘은 바짝 말랐고, 바다도 뒤로 물러났다. 대지는 갈라지려고 하지만, 심연은 우리를 집어삼키려 하지 않는다!

'아, 빠져서 익사할 만한 바다가 아직 있단 말인가?' 얕은 늪 너머로 우리의 탄식 소리가 울려 퍼진다.

참으로 우리는 죽기에도 너무 지쳤다. 그래서 우리는 깬 상태로 계속 살아가는 것이다. ──무덤 속에서!'

차라투스트라는 한 예언자가 이렇게 말하는 소리를 들었다. 그의 예언은 차라투스트라의 심금을 울렸고, 그를 변화시켰다. 그는 슬픔에 잠겨 돌아다니느라 지쳤고, 예언자가 말한 사람들처럼 되었다.

그는 제자들에게 말했다. "참으로 조금만 지나면 이처럼 오랫동안 어스름한 순간이 오리라. 아, 나의 빛을 어떻게 구원한단 말인가!

그 빛이 이러한 슬픔에 잠겨 질식하지 않기를! 그 빛은 보다 먼 세계를 위한, 그리고 아득히 먼 밤을 위한 빛이 되어야 한다!"

이처럼 차라투스트라는 근심에 잠겨 돌아다녔다. 그리고 사흘 동안 그는 먹고 마시지도 않았고, 쉬지도 말하지도 않았다. 마침내 그는 깊은 잠에 빠져들었다. 하지만 그의 제자들은 그의 주위에서 긴 밤을 꼬박 샜고, 그가 깨어나 다시 말하기를, 슬픔에서 회복되기를 근심하며 기다렸다.

이윽고 차라투스트라는 잠에서 깨어나 이렇게 말했다. 그런데 제자들에게는 그의 음성이 아득히 먼 곳에서 들려오는 것 같았다.

"그대들 벗들이여, 내가 꾼 꿈을 들어보라. 그리고 그 의미를 알아맞히게 도와다오!

이 꿈은 나에게 아직 하나의 수수께끼이다. 그것의 의미는 꿈속에 숨겨져 있고 갇혀 있어서, 자유로운 날개를 달고 아직 꿈을 넘어 날아오르지 못한다.

나는 모두 삶을 단념하는 꿈을 꾸었다. 저기 쓸쓸한 죽음의 산성에서 나는 밤의 파수꾼이 되고 무덤의 파수꾼[40]이 되었다.

그 위에서 나는 죽음의 관을 지키고 있었다. 곰팡내 나는 지하묘에는 승리의 기호들이 가득 차 있었다. 유리로 만든 관 속에는 극복한 삶이 나를 바라보고 있었다.

나는 먼지로 덮인 영원의 냄새를 맡았다. 나의 영혼은 먼지에 덮여 숨 막히는 상태로 누워 있었다. 그런데 거기서 누가 자신의 영혼에 바람을 통하게 할 수 있을까!

나는 한밤중의 밝음에 둘러싸여 있었고, 그 곁에는 고독이 웅크리고 있었다. 그리고 그 다음으로는 나의 여자 친구들 중 가장 고약한 죽음의 정적이 신경을 자극하고 있었다.

나는 온갖 열쇠들 중에서 가장 녹슨 열쇠를 가지고 있었다. 그리고 그것으로 모든 문들 중에서 가장 삐걱거리는 문을 여는 법을 알았다.

그 문이 열렸을 때 불길하게 울어대는 까마귀 소리 같은 음이 기다란 복도에 울려 퍼졌다. 이 새는 깨어나기 싫은 듯 신경질적으로 울어댔다.

그런데 다시 침묵이 찾아오고 주위가 조용해지자 불길한 침묵 속에 홀로 앉아 있던 나는 더욱 무서워지고 조바심이 났다.

시간은 나를 지나쳐, 살금살금 달아났다. 만일 시간이라는 것이 있었다면 그랬을 것이다. 내가 시간에 대해 무얼 알 수 있겠는가! 그런데 마침내 나는 깨어나게 되었다.

마치 천둥소리처럼 세 번 문을 두드리는 소리가 났다. 그 소리는 지하묘에 다시 세 번 메아리치며 울부짖는 소리를 냈다. 그래서 나는 문 쪽으로 갔다.

알파! 나는 소리쳤다. 누가 자신의 재를 산으로 지고 가는가? 알파! 알파! 누가 자신의 재를 산으로 지고 가는가?

그리고 나는 열쇠를 집어넣고 문을 열려고 애썼다. 그러나 문은 조금도 열리지 않았다.

그때 세찬 바람이 불어와 문을 열어젖혔다. 윙윙거리면서 귀청을 찢는 날카로운 소리를 내며 바람은 나에게 검은 관 하나를 던졌다.

그리고 관은 윙윙거리면서 귀청을 찢는 날카로운 소리를 내며 쪼개졌고, 천 갈래의 웃음소리를 토해 냈다.

그리고 아이들, 천사들, 올빼미들, 바보들, 아이만 한 나비들이 오만상을 찌푸리며 나를 향해 웃고 조롱하며 떠나갈 듯이 소리쳤다.

그 바람에 나는 소스라치게 놀라 푹 쓰러지고 말았다. 그리고 공포에 질려 그 어느 때보다 크게 소리를 질렀다.

하지만 나는 자신의 공포에 놀라 깨어나 정신을 차렸다.

차라투스트라는 이렇게 자신의 꿈 이야기를 하고 난 다음 입을 다물었다. 아직 자신의 꿈을 해석하지 못했기 때문이었다. 그러나 그가 가장 좋아하는 제자가 재빨리 일어나더니 차라투스트라의 손을 잡고는 이렇게 말했다.

"그대의 삶 자체가 우리에게 이 꿈을 해석해 줍니다. 오, 차라투스트라어!

그대 자신이 날카롭게 윙윙거리는 소리로 죽음의 성문을 열어젖히는 바람이 아닌가요?

그대 자신이 삶의 알록달록한 악의와 천사의 찌푸린 얼굴로 가득 찬 관이 아닌가요?

참으로 차라투스트라는 아이들의 수천 가지 웃음소리처럼 온갖 죽은 자들의 방으로 들어갑니다. 이 밤의 파수꾼과 무덤의 파수꾼, 그리고 불길한 열쇠를 쩔렁거리며 소리내는 자를 비웃으며.

그대는 자신의 웃음소리로써 이들을 위협하고 거꾸러뜨릴 겁니다. 그들이 기절하고 깨어남으로써 이들에 대한 그대의 힘이 입증될 겁니다.

그대 삶의 대변자여, 기나긴 어스름과 죽음의 권태가 찾아올지라도 그대는 우리의 하늘에서 사라지지 않을 겁니다!

그대는 우리에게 새로운 별들과 밤의 영광을 보여 주었습니다. 참으로 그대는 웃음 자체를 알록달록한 장막처럼 우리 머리 위에 펼쳤습니다.

이제 아이의 웃음소리가 관에서 언제까지나 솟아오를 겁니다. 이제 거센 바람이 온갖 죽음의 권태에 언제까지나 승리를 거둘 겁니다. 그대 자신이 우리에게는 이에 대한 보증인이자 예언자입니다!

참으로 그대는 그대의 적들을 꿈에서 보았습니다. 그것은 그대의 가장 괴로운 꿈이었습니다!

하지만 그대가 잠에서 깨어나 그들로부터 그대 자신에게 돌아왔듯이, 그들 자신도 자신으로부터 깨어나 그대 자신에게 돌아올 것입니다!

제자는 이렇게 말했다. 이제 다른 모든 제자들도 차라투스트라 주위에 몰려들어 그의 두 손을 잡고, 침대와 슬픔에서 벗어나 자신들에게 돌아오라고 그에게 설득하려고 했다. 그러나 차라투스트라는 멍한 표정으로 자신의 침상에 몸을 일으켜 앉았다. 마치 오랫동안 외지를 떠돌아다니다 돌아온 사람처럼 그는 제자들을 바라보았고, 그들의 얼굴을 찬찬히 들여다보았다. 그런데 아직 그는 이들의 얼굴을 알아보지 못했다. 하지만 제자들이 그를 자리에서 일으켜 세우자, 그 순간 그의 눈빛이 변했다. 그는 그동안 일어난 모든 일을 파악하고, 수염을 쓰다듬으며 힘찬 목소리로 말했다.

"좋아! 이제야말로 바로 그때다. 나의 제자들아, 즐거운 잔치를 열자꾸나. 어서! 그리하여 악몽을 털어내도록 하자!

그런데 저 예언자는 내 곁에서 먹고 마시도록 하라. 정말이지 나는 그가 빠져 죽을 수 있는 바다를 그에게 보여 주고자 한다!"

차라투스트라는 이렇게 말했다. 그러고 나서 그는 꿈을 해석해 준 제자의 얼굴을 오랫동안 들여다보면서 고개를 설레설레 저었다.

구원에 대하여

하루는 차라투스트라가 큰 다리를 건너가고 있을 때 장애인과 거지들이 그를 에워쌌다. 한 곱사둥이가 그에게 말했다.

"보시오, 차라투스트라여! 군중도 그대에게서 배우고 그대의 가르침을 믿고 있소. 하지만 군중이 그대를 전적으로 믿게 하려면 아직 한 가지가 필요하오. 그대는 우선 우리 장애인들을 설득해야 합니다! 지금 여기에 장애인들이 많이 있으니, 그대는 참으로 절호의 기회를 맞이했소! 그대는 보지 못하는 자의 눈을 뜨게 할 수 있고, 다리를 저는 자를 달리게 할 수 있소. 그리고 등에 너무 많은 짐을 짊어진 자의 짐도 약간 덜어줄 수 있소. 나는 그것이 장애인들에게 차라투스트라를 제대로 믿게 할 수 있는 옳은 방법이라고 생각하오!"

하지만 차라투스트라는 그 사람에게 이렇게 대답했다. "곱사등이에게서 혹을 떼어내면 그 자의 정신을 떼어내는 격이다. 이는 군중이 가르쳐준 것이다. 보이지 않는 자의 눈을 뜨게 하면, 세상의 나쁜 것을 너무 많이 보게 되어, 자신을 낫게 한 자를 저주하게 된다. 무엇보다 다리를 저는 자를 달리게 하는 자는 그에게 최고의 해를 끼치는 것이다. 그가 달리게 되자마자 그의 악덕도 함께 달리기 때문이다. 이는 군중이 장애인에 대해 가르쳐준 것이다. 군중이 차라투스트라에게서 배운다면 차라투스트라라고 군중에게서 배우지 못할 까닭이 뭐가 있겠는가?

그런데 내가 인간들 사이에 온 이후로 이보다 더한 경우도 많이 보았다. 어떤 자에게는 눈이 없고, 어떤 자에게는 귀가 없고, 또 어떤 자에게는 다리가 없고, 혀나 코, 머리가 없는 자들도 있다.

나는 이보다 더 심한 경우와 일일이 말할 수 없을 정도로 여러 혐오스러운 경우들을 보았고 보고 있다. 그중 몇 가지에 대해서는 침묵하고 싶지 않을 정도다. 말하자면 한 가지만 지나치게 많이 가지고 있을 뿐, 다른 모든 것은 부족한 사람들이 있다. 하나의 커다란 눈이나 하나의 커다란 입, 하나의 커다란 배나 또는 그 밖의 어떤 커다란 것 말고는 아무것도 없는 사람들이 있는데, 나는 이러한 자들을 거꾸로 된 장애인[41]들이라고 부른다.

내가 고독한 생활에서 벗어나 처음으로 이 다리를 건넜을 때 나는 내 눈을 믿을 수 없어 바라보고 또 바라보다가 말했다. '저 귀를 보라! 사람만큼이나 큰 귀구나!' 보다 자세히 보았더니 정말이지 귀 밑에 가련할 정도로 작고 빈약하고 가냘픈 어떤 것이 움직이고 있었다. 참으로 거대한 귀가 작고 가는 줄기 위에 얹혀 있었다. 그런데 그 줄기는 바로 인간이었다! 눈에 안경을 썼다면 시샘하는 작은 얼굴마저 알아볼 수 있었으리라. 또한 부풀어 오른 조그만 영혼이 줄기에 달려 대롱거리는 모습도 볼 수 있었으리라. 그런데 커다란 귀는 하나의 인간일 뿐만 아니라, 하나의 위대한 인간, 즉 천재이기도 하다고 군중이 나에게 말했다. 하지만 나는 위대한 인간이라고 말하는 군중의 말을 믿지 않고, 이 커다란 귀는 한 가지만 너무 많이 갖고 있는 반면 다른 모든 것은 너무 적게 갖고 있는 거꾸로 된 장애인이라는 나의 신념을 바꾸지 않았다."

차라투스트라는 곱사등이에게, 곱사등이를 입이자 대변자로 내세운 자들에게 이렇게 말하고는 잔뜩 언짢은 표정으로 제자들에게 고개를 돌리고 말했다.

"참으로 나의 벗들이여, 인간들 사이를 돌아다니다 보면 인간의 조각난 토막이나 팔다리 사이를 돌아다니는 듯한 기분이 든다!

전쟁터나 푸줏간에서처럼 인간이 산산히 조각나서 흩어져

있는 모습을 보는 것은 끔찍한 일이다.

현재에서 과거로 눈을 돌린다 해도 언제나 같은 광경이 아른거린다. 조각난 토막이나 팔다리, 섬뜩한 우연들, 그러나 인간은 어디에도 없다!

이 지상에서의 현재와 과거, ─아! 나의 벗들이여. ─이것이 내가 가장 참기 어려운 것이다. 내가 오게끔 되어 있는 것을 예언하는 자가 아니라면 나는 살 수 없었을지도 모른다.

예언하는 자, 의지를 가진 자, 창조하는 자, 미래와 미래에 이르는 다리 ─그리고 아, 이 다리 옆에 장애인처럼 서 있는 신세, 이 모든 것이 차라투스트라다.

그대들도 이따금 스스로에게 묻는다. '차라투스트라는 우리에게 어떤 사람인가? 그를 어떻게 불러야 하나?' 그리고 그대들은 물음으로써 나 자신에게와 마찬가지로 그대들 자신에게 대답해 주었다.

그는 약속하는 자인가, 아니면 실천하는 자인가? 정복하는 자인가, 아니면 상속받은 자인가? 수확하는 자인가, 아니면 쟁기를 끄는 자인가? 병을 고치는 자인가, 아니면 병 고침을 받는 자인가?

그는 시인인가, 아니면 진실한 자인가? 해방하는 자인가, 아니면 구속하는 자인가? 선한 자인가, 아니면 악한 자인가?

나는 내가 응시하는 저 미래의 파편들인 인간들 사이를 돌아다닌다.

그리고 파편이자 수수께끼이며 섬뜩한 우연인 것을 하나로 압축하여 한데 모으는 것, 이것이 나의 모든 시며 의도다.

인간이 시인이며 수수께끼를 푸는 자, 우연의 구원자가 아니라면, 내가 인간이라는 사실을 어떻게 견딜 수 있겠는가!

지나간 과거를 구원하고, 모든 "그러했다."를 "내가 그렇게 되기를 원했다!"로 바꾸는 것, 바로 이것을 나는 구원이라고 부른다!

의지 — 해방하는 자와 기쁨을 주는 자는 이렇게 불린다. 나의 벗들이여, 나는 그대들에게 이렇게 가르쳤다! 그런데 이것도 알아야 한다. 의지 그 자체는 아직 죄수에 지나지 않는다.

실천하는 의지인 의욕은 해방하는 역할을 한다. 하지만 이 해방하는 자가 아직 쇠사슬에 묶여 있는 것은 뭐라고 불리는가?

"그러했다." 이를 부드득 가는 의지와 더없이 고독한 슬픔이라고 불린다. 의지는 이미 행해진 일에 무력하고, 지나간 모든 일에 악의적인 방관자다.

의지는 돌아가기를 의욕할 수 없다. 시간을 부수지 못하고, 시간의 욕망을 이기지 못한다는 것, 이것이 의지의 더없이 고독한 슬픔이다.

의욕은 해방하는 역할을 한다. 의욕 그 자체는 자신의 슬픔에서 벗어나 자신의 감옥을 조롱하기 위해 무엇을 하는가?

아, 감옥에 갇힌 모든 죄수는 바보가 되고 만다! 사로잡힌 의지도 바보 같은 방식으로 자신을 구원한다.

의지는 시간이 거꾸로 흐르지 않는다는 것에 분노를 금치 못한다. "과거에 있었던 것" — 이것이 의지가 굴릴 수 없는 돌의 이름이다.

이처럼 의지는 분노와 불만으로 인해 돌을 굴리고, 자신처럼 분노와 불만을 느끼지 않는 것에 복수한다.

해방하는 자인 의지는 이렇게 하여 고통을 주는 자가 되었다. 의지는 자신이 돌아가기를 의욕할 수 없다는 이유로 괴로워할 수 있는 모든 것에 복수한다.

　시간에 대한 반감, "그러했다."에 대한 의지의 반감, 바로 이것만이 복수 그 자체다.

　참으로 우리의 의지 안에는 아주 어리석은 것이 살고 있다. 이 어리석음이 정신을 배우게 된 사실이 모든 인간적인 것에 저주가 되었다!

　나의 벗들이여, 복수의 정신은 지금까지 인간이 생각해 낸 최상의 성찰이었다. 그리고 고뇌가 있는 곳에는 언제나 형벌이 있어야 한다.

　말하자면 복수는 스스로를 '형벌'이라고 부른다. 복수는 거짓말로 자신을 거리낌 없는 양심이라고 속인다.

　의지를 가진 자가 돌아가려는 의지를 펼 수 없는 것이 고뇌이므로 의욕 그 자체와 모든 삶은 형벌일 수밖에 없다!

　그리하여 정신 위에 구름이 겹겹이 쌓이는 바람에 급기야 망상이 설교하였다. "모든 것은 사라지므로, 그 때문에 모든 것은 사라질 만한 가치가 있다!"

　"그리고 시간이 자신의 자식을 먹어치워야 한다는 시간의 법칙, 이것이야말로 정의 그 자체다." 망상은 설교했다.

　"사물은 정의와 형벌에 따라 윤리적으로 정리되어 있다. 오, 사물의 흐름이나 '생존'이라는 형벌로부터 구원은 어디에 있는가?" 망상은 설교했다.

　"영원한 정의가 있다면 구원이 있겠는가? 아, '그러했다'는 돌을 굴릴 수 없구나. 즉 모든 형벌도 영원해야 한다!" 망상은 설교했다.

　"어떠한 행위도 없앨 수 없다. 어떻게 형벌에 의해 행위가 없었던 걸로 될 수 있는가? 생존도 영원히 되풀이되는 행위이

자 죄악이어야 한다는 것, 이것이야말로 '생존'이라는 행위에서 영원한 것이다!

마침내 의지가 자기 자신을 구원하고, 의욕이 의욕을 상실하지 않는 한." 하지만 나의 형제들이여, 그대들은 망상이 꾸며낸 이 노래를 잘 알고 있지 않은가!

"의지는 창조하는 자다."라고 내가 그대들에게 가르쳤을 때 나는 그대들을 이 터무니없는 노래로부터 벗어나게 해주었다.

모든 '그러했다'는 하나의 파편이자 수수께끼이며 섬뜩한 우연이다. 창조적 의지가 "그런데 나는 그렇게 되기를 원했다!"라고 그에 대해 말할 때까지는.

창조적 의지가 "그런데 나는 그렇게 되기를 원한다! 나는 그렇게 되기를 원할 것이다!"라고 그에 대해 말할 때까지는.

하지만 의지가 이미 그렇게 말했단 말인가? 언제 이런 일이 일어날 것인가? 의지는 자신의 어리석음이라는 무장을 벌써 벗어버렸는가?

의지는 자기 자신에게 벌써 구원자이자 기쁨을 가져다주는 자가 되었는가? 의지는 이를 부드득 가는 복수의 정신을 잊어버렸는가?

그런데 누가 의지에게 시간과의 화해를, 그리고 모든 화해보다 더 높은 것을 가르쳤는가?

의지, 힘에의 의지는 모든 화해보다 높은 것을 의욕해야 한다. 그렇지만 의지에게 어떻게 이런 일이 일어나는가? 누가 의지에게 돌아가기를 의욕하는 것도 가르쳤는가?"

하지만 이 말을 하면서 차라투스트라는 갑자기 말을 멈추었는데, 극도로 놀란 사람처럼 보였다. 놀란 눈으로 그는 제자들을 바라보았다. 그의 눈은 마치 화살처럼 제자들의 생각과 그 너머의 생각을 꿰뚫어 보았다. 하지만 잠시 후 그는 다시 웃으며 온화하게 말했다.

"침묵하는 게 너무 어렵기 때문에, 사람들과 함께 살기란 쉽지 않다. 말이 많은 사람에게는 특히 그러하다."

차라투스트라는 이렇게 말했다. 곱사등이는 자신의 얼굴을 가린 채 대화를 귀담아 듣고 있었다. 그런데 차라투스트라의 웃음소리가 들리자 그는 호기심 어린 눈길로 그를 올려다보며 천천히 말했다.

"그런데 차라투스트라는 왜 우리에게 하는 말과 제자들에게 하는 말이 다른가요?"

차라투스트라는 이렇게 대답했다. "그게 무슨 놀랄 일인가! 곱사등이에게는 그에게 어울리는 말로 하는 것이다!"

"좋소." 곱사등이가 말했다. "제자들에게는 흉금을 털어놓을 수 있다는 말이겠지요.

그런데 차라투스트라는 왜 자기 자신에게 하는 말과 제자들에게 하는 말이 다른가요?"

현명한 처세술에 대하여

두려운 것은 산꼭대기가 아니라 산비탈이다!

산비탈을 오를 때, 눈길은 저 아래로 향하고, 손은 저 위로 뻗어야 한다. 여기에서 마음은 서로 다른 의지로 인해 혼란스럽다.

아, 벗들이여. 그대들은 내 마음의 서로 다른 의지를 잘 알고 있지 않은가?

눈길은 저 높은 곳으로 향하고, 손은 저 아래의 심연을 붙든 채 자신을 지탱하려고 하는 것, 이것이야말로 나의 산비탈이고 위험이다!

나의 의지는 인간들에게 매달려 있다. 초인이 되려고 위로 잡아당겨지므로, 나는 쇠사슬로 나 자신을 인간들에게 묶는다. 나의 또 다른 의지가 위로 올라가려고 하기 때문이다.

그 때문에 나는 인간들 사이에서 마치 그들을 모르는 사람처럼 눈 먼 자로 살고 있다. 나의 손이 확고한 것을 잡고 있다는 믿음을 완전히 잃어버리지 않기 위해.

나는 그대들 인간을 알지 못하며, 이러한 어둠과 위로가 종종 내 주위를 둘러싸고 있다.

나는 온갖 사기꾼이 오가는 성문 옆에 앉아 묻는다. 누가 나를 속이려고 하는가?

사기꾼들을 경계하지 않기 위해 내가 속아 넘어가는 것이 나의 처세술에서 제일 현명한 것이다.

아, 내가 인간들을 경계한다면, 인간이 어떻게 나의 기구(氣球)를 붙들어 매는 닻이 될 수 있겠는가! 나는 너무 수월하게 위로 끌려가고 말 것이다!

조심할 필요가 없다는 이러한 섭리가 나의 운명에 드리워져 있다.

그러므로 인간들 사이에서 시달리고 싶지 않은 자는 어떤 잔으로든 마시는 법을 배워야 한다. 그리고 인간들 사이에서 순수하게 남아 있고자 하는 자는 더러운 물로도 자신을 씻는 법을 터득해야 한다.

그래서 나는 종종 자신에게 위로 삼아 이렇게 말했다. "자, 그럼! 힘을 내자! 예전의 마음이여! 그대는 한 가지 불행에서 벗어났다. 그러므로 이를 그대의 행복으로 즐겨라!"

그런데 자부심이 강한 자들보다 허영심이 강한 자들을 더 소중히 여기는 것이 또 다른 현명한 처세술이다.

상처받은 허영심이야말로 모든 비극의 씨앗이 아닌가? 그러나 자부심이 상처받은 곳에서는 자부심보다 나은 것이 자라날 것이다.

삶을 즐거운 마음으로 바라보기 위해서는 삶의 연기가 좋아야 한다. 하지만 그러기 위해서는 좋은 배우가 필요하다.

나는 허영심이 강한 자들이 모두 훌륭한 배우임을 알게 되었다. 그들은 연기하면서 관객이 즐거운 마음으로 보기를 바란다. 그들의 온 정신은 이러한 의지에 집중되어 있다.

그들은 연기하며 스스로를 꾸며낸다. 나는 그들 가까이에서 삶을 구경하는 것을 좋아한다. 그것은 우울한 기분을 치유해준다.

나는 허영심이 강한 자들을 소중히 여긴다. 그들은 나의 우울한 기분을 고쳐주는 의사들이고, 연극뿐만 아니라 인간에 관심을 쏟게 하기 때문이다.

그리고 누가 허영심 강한 자들이 지닌 겸손의 깊이를 잴 수 있겠는가! 나는 그들이 겸손해서 그들을 좋아하고 동정한다.

허영심 강한 자는 그대들로부터 자신에 대한 믿음을 배우고자 한다. 그는 그대들의 눈길로 먹고살며, 그대들의 두 손에서 나오는 칭찬을 먹어치운다.

그대들이 그에 대해 호의적인 거짓말을 잘 하면 그는 그대들의 거짓말도 믿는다. 왜냐하면 그의 마음 깊은 곳에서 "나는 무엇인가!"라고 그의 마음이 탄식하고 있기 때문이다.

그리고 자기 자신을 모르는 것이 참된 덕인 것과 마찬가지로 허영심 강한 자는 자신의 겸손을 알지 못한다!

그런데 대인관계에서 그 다음으로 현명한 처세술은 그대들이 두려움에 떨지 않도록 내가 사악한 자들의 눈길을 싫어하지 않는다는 것이다.

나는 뜨거운 태양이 부화시키는 기적들, 즉 호랑이며 야자나무며 방울뱀을 보는 것이 마냥 행복하다.

인간들 사이에도 뜨거운 태양의 아름다운 새끼가 있고, 사악한 자들에게도 기적 같은 일이 적지 않다.

사실이지 그대들 중 가장 지혜로운 자들이 내가 보기에 그렇게 지혜롭지 않듯이, 인간의 악의도 평판에 비하면 별것 아니라 생각되었다.

나는 때때로 머리를 흔들며 물었다. 그대 방울뱀들이여, 왜 딸랑거리는 소리를 내는가?

정말이지 악에도 아직 미래는 있다! 그리고 가장 뜨거운 남쪽 나라는 아직 인간에게 발견되지 않았다.

폭이 약 3.6미터밖에 안 되고 태어난 지 세 달밖에 되지 않으면서 벌써 가장 사악한 것으로 불리는 게 있지 않은가! 하지만 언젠가는 보다 큰 용이 세상에 나타날 것이다.

초인이 자신에게 어울리는 거대한 용을 갖기 위해서는 축축한 원시림에 훨씬 뜨거운 태양이 작열해야 하기 때문이다!

우선 그대들의 살쾡이가 호랑이로 변하고, 그대들의 독 두꺼비가 악어로 변해야 한다. 훌륭한 사냥꾼은 훌륭한 사냥을 해야 하기 때문이다!

그리고 참으로 그대들 선하고 의로운 자들이여! 그대들에게는 우스운 점이 많다. 지금까지 '악마'라고 불린 것을 그대들이 두려워하는 점이 특히 그러하다.

그대들의 영혼은 위대한 것과 거리가 멀므로, 초인의 선의에도 그대들은 두려워하는 것이다!

그리고 그대 현자들과 지식인들이여, 그대들은 초인이 벌거벗고 목욕하기를 좋아하는 지혜의 뙤약볕을 피해 달아나리라!

나와 눈을 마주친 그대 최고의 인간들이여! 나는 그대들이 나의 초인을 악마라고 부를 것을 짐작하므로, 그대들을 의심하며 몰래 웃음 짓는다!

아, 나는 이 최고와 최선의 자들에게 싫증이 났다. 그들의 '높이'로부터 나는 저 위, 저 바깥, 저쪽으로 벗어나 초인에 이르기를 갈망했다!

나는 이 최선의 자들이 벌거벗은 몸을 보고 온몸에 소름이 돋았다. 그때 먼 미래로 날아갈 날개가 나에게 자라났다.

일찍이 어떤 조각가가 꿈꾼 것보다 먼 미래를 향해, 보다 남쪽 나라로, 신들이 온갖 옷을 부끄럽게 여기는 그곳으로!

그런데 나는 그대들이 변장하고 있는 모습을 보고 싶다. 그대 이웃들과 동시대 사람들이여, 그대들이 옷을 멋지게 차려 입고 허영을 떨고 위엄을 부리며, '선하고 의로운 자'인 것처럼 행동하는 모습을 보고 싶다.

그리고 내가 그대들과 나 자신을 오해하도록, 나 자신도 그대들 틈에 변장한 채 앉아 있고 싶다. 말하자면 이것이 인간에게 처신하는 나의 마지막 지혜다.

차라투스트라는 이렇게 말했다.

가장 고요한 시간

나의 벗들이여, 나에게 무슨 일이 일어났는가? 그대들이 보다시피 나는 당혹스러운 마음으로, 쫓기듯 마지못해 순순히 떠나기로 했다. 아, 그대들로부터 떠나기로 했다!

그렇다. 차라투스트라는 또 한 번 자신의 고독 속으로 돌아가야 한다. 그런데 내키지 않지만 그 곰은 이번에는 자신의 동굴로 되돌아가야 한다!

나에게 무슨 일이 일어났는가? 누가 그러도록 명하는가? 아, 화난 나의 여주인이 이를 원한다. 그녀가 나에게 말했다. 내가 그대들에게 벌써 그녀의 이름을 말했던가?

어제 저녁때쯤 나의 가장 고요한 시간이 나에게 말했다. 그것이 나의 무서운 여주인의 이름이다.

이렇게 일은 시작되었다. 느닷없이 떠나는 사람에게 그대들의 마음이 응어리지지 않도록 나는 그대들에게 모든 것을 말해야 하기 때문이다!

그대들은 잠이 드는 자의 공포를 아는가?

바닥이 사라지고 꿈이 시작되므로 그는 발가락까지 두려움에 떤다.

나는 이것을 그대들에게 비유적으로 말한다. 어제 가장 고요한 시간에 바닥이 사라지고 꿈이 시작되었던 것이다.

시곗바늘이 움직였고, 내 삶의 시계는 숨을 죽였다.

지금까지 내 주위가 그렇게 고요한 적이 없어서 내 마음은 깜짝 놀랐다.

그때 누가 소리 없이 나에게 말했다. "차라투스트라여, 그대는 알고 있는가?"

나는 이 속삭임에 깜짝 놀라 비명을 질렀다. 얼굴에서는 핏기가 싹 가셨지만, 나는 아무 말도 하지 않았다.

그때 누가 또 한 번 소리 없이 나에게 말했다. "차라투스트라여, 그대는 알고 있다. 하지만 말하지 않고 있구나!"

그래서 나는 마침내 반항하듯이 대답했다. "그렇다. 나는 알고 있다. 하지만 나는 말하고 싶지 않다!"

그때 누가 다시 소리 없이 나에게 말했다. "차라투스트라여, 그대는 바라지 않는가? 그것이 사실인가? 그대의 반항심 속에 숨지 마라!"

그래서 나는 아이처럼 울었고 부들부들 떨며 말했다. "아, 나는 이미 말하려고 했다. 하지만 어떻게 말할 수 있단 말인가! 이것만은 나에게 면하게 해다오! 내 힘을 넘어서는 일이니까!"

그때 누가 다시 소리 없이 나에게 말했다. "차라투스트라여, 그대에게 뭐가 문제란 말인가! 그대의 가르침을 말하고 산산이 부서져라!"

나는 대답했다. "아, 이것이 나의 가르침인가? 난 누구인가? 나는 보다 위엄 있는 자를 기다리고 있다. 그 사람 앞에서 나는 부서질 만한 가치도 없다."

그때 누가 다시 소리 없이 나에게 말했다. "그대에게 뭐가 문제란 말인가? 그대는 아직 충분히 겸손하지 않다. 겸손은 말할 수 없이 단단한 가죽을 두르고 있다."

그래서 나는 대답했다. "나의 겸손의 가죽이 무얼 견뎌내지 못했단 말인가! 나는 산기슭에 살고 있다. 나의 꼭대기는 얼마나 높은가! 아직 그것을 나에게 말해 준 사람이 아무도 없었다. 하지만 나는 나의 골짜기를 잘 알고 있다."

그때 누가 다시 소리 없이 나에게 말했다. "아, 차라투스트라여, 산을 옮기는 자는 골짜기와 함께 저지대도 옮겨야 한다."

그래서 나는 대답했다. "내 말은 아직 어떤 산도 옮기지 못했고, 내가 한 말은 누구에게도 도달하지 않았다. 나는 인간들에게 다가가기는 했지만, 그들에게 아직 도달하지는 못했다."

그때 누가 다시 소리 없이 나에게 말했다. "그대가 그것에 대해 무얼 알겠는가! 이슬은 밤이 가장 적막할 때 풀 위에 떨어진다."

그래서 나는 대답했다. "내가 나의 길을 발견하고 걸어갔을 때 그들은 나를 비웃었다. 그리고 사실 그때 내 발이 떨렸다.

그러자 그들은 나에게 이렇게 말했다. 그대는 길을 잊어버렸는데, 이제는 걸어가는 것도 잊어버렸구나!'

그때 누가 다시 소리 없이 나에게 말했다. "그들의 조롱이 무슨 상관인가! 그대는 복종을 잊어버린 자다. 그대는 이제 명령을 내려야 한다!

그대는 모든 사람들에게 가장 필요한 자가 누구인지 모르는가? 위대한 일을 명령하는 자다.

위대한 일을 하는 것은 어렵다. 그러나 위대한 일을 명령하는 것은 더 어렵다.

그대의 가장 용서 못 할 점은 그대가 힘을 지니고 있지만 지배하려고 하지 않는 점이다."

그래서 나는 대답했다. "나에게는 명령을 내리기 위한 사자 같은 목소리가 없다."

그때 누가 다시 속삭이듯 나에게 말했다. "아주 조용한 말이 폭풍우를 몰아오고, 비둘기의 걸음으로 오는 사상이 세계를 움직인다.

오, 차라투스트라여, 그대는 다가올 자의 그림자로서 걸어가야 한다. 그러면 그대는 명령할 것이고, 명령하면서 앞장서서 갈 것이다."

그래서 나는 대답했다. "부끄럽구나."

그때 누가 다시 소리 없이 나에게 말했다. "그대는 아이가 되어야 하고 부끄러움을 몰라야 한다.

그대는 아직 청춘의 자부심을 지니고 있고, 나이 들어 젊어졌다. 그러나 아이가 되려는 자는 자신의 젊음도 극복해야 한다."

그래서 나는 한참을 곰곰 생각하면서 부르르 떨었다. 그러나 마침내 처음에 한 말과 같은 말을 했다. "나는 바라지 않는다."

그러자 내 주위에서 웃음소리가 들렸다. 아 괴롭구나, 이 웃음소리가 나의 내장을 찢고 나의 마음을 도려내는구나!

그리고 마지막으로 누군가가 나에게 말했다. "아, 차라투스트라여, 그대의 열매는 익었지만, 그대는 그 열매에 어울릴 만큼 익지 못했구나!

그러니 그대는 다시 고독 속으로 돌아가야 한다. 그대는 더 무르익어야 하기 때문이다."

그리고 그 자는 다시 웃다가 사라졌다. 그러나 주위는 두 배로 고요해진 듯 적막이 감돌았다. 하지만 나는 바닥에 누워 있었고, 온몸에서 땀이 흘러내렸다.

이제 그대들은 모든 이야기를 들었다. 그리고 내가 왜 고독 속으로 되돌아가야 하는지도 들었다. 나는 그대들에게 아무것도 숨기지 않는다. 나의 벗들이여.

그대들은 나에게서, 누가 모든 인간들 중에서 가장 말이 없으며, 또 그렇게 되고자 하는지 이 말도 들었다!

아, 나의 벗들이여! 나는 그대들에게 아직 할 말이 있고, 아직 그대들에게 줄 것이 있다! 그런데 왜 나는 그것을 그대들에게 주지 않는가? 내가 인색하단 말인가?

차라투스트라가 이 말을 했을 때 커다란 고통을 느끼며 벗들과 이별할 시간이 가까워졌다는 생각이 그를 엄습했다. 그래서 그는 큰 소리로 울었다. 그런데 아무도 그를 위로할 수 없었다. 그러나 밤이 되자 그는 혼자 길을 떠났고, 그의 벗들과 헤어졌다.

제3부

"그대들은 높은 곳에 오르려고 할 때 위를 쳐다본다. 나는 이미 높은 곳에 있으므로 아래를 내려다본다.

그대들 중에 누가 웃을 수 있으며 동시에 높은 곳에 있다고 할 수 있는가?

가장 높은 산에 올라가는 자는 모든 비극적인 유희와 비극적인 심각함을 비웃는다."

——『차라투스트라는 이렇게 말했다』, 제1부, 「읽기와 쓰기에 대하여」

방랑자[42]

아침 일찍 건너편 해안에 도착해야 배를 탈 수 있기 때문에 차라투스트라는 한밤중에 섬의 산등성이에 올랐다. 산 너머 해안가에는 외국의 배들도 정박하는 훌륭한 부두가 있었다. 그곳에서 배들은 지극한 행복의 섬을 떠나 바다를 건너려는 많은 사람들을 실어 날랐다. 그런데 차라투스트라는 산을 오르는 도중에 젊은 시절의 방랑을 떠올렸다. 그는 이미 얼마나 많은 산과 산등성이 그리고 산꼭대기를 올랐던가.

그는 마음속으로 말했다. 나는 방랑자며 산을 오르는 자다. 나는 평지를 사랑하지 않으며, 오랫동안 가만히 앉아 있질 못한다.

앞으로 내가 어떤 운명에 처하고 어떤 경험을 하든, 언제나 이리저리 떠돌아다니며 산을 오르게 될 것이다. 인간이란 결국 자기 자신만을 체험할 뿐이다.

나에게 우연한 일이란 더 이상 일어나지 않을 것이다. 이미 나 자신의 것이 아닌 어떤 일이 나에게 새삼스럽게 일어날 수 있겠는가!

되돌아왔다. 나 자신은 물론, 오랫동안 낯선 곳을 떠돌며 온갖 사물과 우연들 사이에 흩어져 있었던 것들의 일부가 마침내 나의 집에 되돌아왔다.

나는 한 가지 사실을 알고 있다. 나는 이제 마지막 정상, 내가 그토록 오랫동안 남겨둔 것 앞에 서 있다. 아, 나는 더없이 험난한 길을 올라가야 한다! 아, 나는 더없이 고독한 방랑을 시작해야 한다!

그런데 나와 같은 부류의 사람은 자신에게 이렇게 말하는 시간을 피하지 못한다. "이제야 그대는 위대함에 이르는 그대의 길을 간다! 정상과 심연——그것은 이제 하나가 되었다!

그대는 위대함에 이르는 그대의 길을 간다. 이제까지 최후의 위험이라고 여겨지던 것이 이제는 최후의 은신처가 되었다!

그대는 위대함에 이르는 그대의 길을 간다. 그대 뒤에 더 이상의 길이 없다는 것이 이제 그대의 모든 용기를 북돋아 주어야 한다!

그대는 위대함에 이르는 그대의 길을 간다. 아무도 그대 뒤를 몰래 따라가서는 안 된다! 그대의 발이 자신이 지나온 길을 지웠고, 그 길 위에는 '불가능'이라고 써놓았다.

모든 발판이 사라졌을 때, 그대는 자신의 머리 위로 올라가는 법을 터득하고 있어야 한다! 그러지 않고 어떻게 위로 올라가려는가?

그대 자신의 머리 위로, 그대 자신의 마음을 넘어라! 이제 그대에게서 가장 부드러운 것도 가장 준엄한 것이 되어야 한다.

언제나 자신을 너무 지나치게 아끼는 자는 결국 그 바람에 병들고 만다. 그러므로 준엄함을 칭송하라! 나는 버터와 꿀이 흐르는 대지를 칭송하지 않는다!

많은 것을 보려면 자기 자신을 단념하는 법을 배워야 한다. 산을 오르는 자에게는 모두 이런 혹독함이 필요하다.

그런데 깨달음을 구하는 자로서 눈에 보이는 것에 집착한다면 모든 사물의 눈에 보이는 근거 이상의 것을 볼 수 있겠는가!

그런데 차라투스트라여, 그대는 모든 사물의 근거와 그 너머를 보고자 한다. 그러므로 그대는 그대 자신을 넘고 올라야 한다. 위로 저 위로, 그대가 바로 별 위에 오를 때까지!"

그렇다! 나 자신과 나의 별들을 내려다보는 것, 나는 그것을 비로소 정상이라고 부른다. 그것은 나에게 남겨진 최후의 정상이다!

차라투스트라는 산을 오르면서 준엄한 잠언으로 자신을 위로하며 말했다. 그 어느 때보다 마음의 상처가 컸기 때문이다. 산등성이에 올랐을 때, 눈앞에 다른 바다가 펼쳐져 있었다. 그는 발걸음을 멈추고 한참을 말없이 있었다. 산등성이의 밤은 춥고 맑아 별들이 환히 빛나고 있었다.

그는 마침내 슬픈 어조로 말했다. 나는 자신의 운명을 알고 있다. 자! 나는 각오가 되었다. 바야흐로 나의 마지막 고독이 시작되었다.

아, 내 발밑의 이 검고 슬픈 바다여! 아, 이 충만하고 음울한 불쾌감이여! 아, 운명과 바다여! 난 이제 그대들에게 내려가야 한다!

나는 가장 높은 산 앞에, 가장 긴 방랑 앞에 서 있다. 그 때문에 내가 일찍이 내려갔던 곳보다 더 깊이 내려가야 한다.

내가 일찍이 내려갔던 곳보다 더 깊이 고통 속으로 들어가야 한다. 고통의 검디검은 밀물에 다다를 때까지! 나의 운명이 그렇게 되기를 원한다. 자! 나는 각오가 되었다.

나는 한때 이렇게 물었다. 가장 높은 산들은 어디서 오는가? 그때 나는 그것들이 바다에서 온다고 배웠다.

그 증거는 산의 바위와 산꼭대기의 암벽에 쓰여 있다. 가장 높은 것은 가장 깊은 데서 나와 그 높이에 도달한다.

차라투스트라는 차가운 산꼭대기에서 이렇게 말했다. 그러나 바다 부근에 가서 이윽고 벼랑 아래에 홀로 섰을 때 그는 피곤해졌고, 그 어느 때보다 그리움에 사무쳤다.

이제 만물이 잠들어 있구나. 그가 말했다. 바다도 잠들어 있다. 바다의 눈은 잠에 취한 채 낯선 눈길로 나를 바라본다.

하지만 나는 바다의 숨결이 따뜻하다고 느낀다. 나는 바다가 꿈꾼다고 느낀다. 바다는 딱딱한 베개를 베고 꿈꾸면서 몸을 뒤척인다.

귀 기울여 보라! 귀 기울여 보라! 나쁜 기억으로 신음하고 있지 않은가! 아니면 나쁜 기대로?

아, 그대 어두컴컴한 괴물이여, 난 그대와 더불어 슬프고, 그대 때문에 나 자신을 원망한다.

아, 내 손이 충분히 강하다면! 참으로 나는 그대를 악몽에서 꼭 구해 주고 싶다!

차라투스트라는 이렇게 말하면서 우울하고 비통한 마음으로 스스로를 비웃었다. 그가 말했다. 이런! 차라투스트라! 그대는 바다에게 위로의 노래라도 불러주려는가?

아, 그대 사랑스러운 바보, 차라투스트라, 남을 지나치게 신뢰하는 자여! 하지만 그대는 언제나 그랬다. 그대는 언제나 온갖 무시무시한 것에 친밀하게 다가갔다.

그대는 언제나 온갖 괴물을 쓰다듬어주려고 했다. 따스한 숨결, 발에 난 부드러운 털. 그대는 곧장 그것을 사랑하고 그것을 유혹할 준비가 되어 있었다.

사랑, 살아 있기만 하면 무엇이든 사랑하는 것은 가장 고독한 자에게 위험한 것이다!

참으로 사랑 앞에서 나의 어리석음과 겸손함은 우스꽝스럽다!

차라투스트라는 이렇게 말하면서 또 한 번 웃음을 터뜨렸다. 하지만 그때 그는 떠나온 벗들을 떠올렸다. 그리고 마치 자신의 상념이 그들에게 몹쓸 짓이라도 한 것처럼 자신의 상념으로 인해 분노했다. 그러자 웃던 자도 울기 시작했다. 분노와 그리움에 차라투스트라는 슬피 울었다.

환영과 수수께끼에 대하여

1

차라투스트라가 배를 탔다는 소문이 선원들 사이에 쫙 퍼졌다. 지극한 행복의 섬에서 온 한 사내가 그와 함께 배를 탔기 때문이다. 그러자 호기심과 기대가 커졌다. 그러나 차라투스트라는 이틀 동안 아무 말도 하지 않았고, 슬픈 나머지 냉정하고 귀먹은 사람처럼 어떤 눈길이나 어떤 질문에도 대응하지 않았다. 그런데 이틀째 되던 저녁에 여전히 입은 다물고 있었지만 귀는 다시 열었다. 먼 곳에서 와서 먼 곳으로 가는 이 배에는 귀 기울여 들을 만한 진기한 것과 위험한 것이 많았기 때문이다. 아닌 게 아니라 차라투스트라는 멀리 여행하면서 위험한 일을 두루 겪으며 살아가는 모든 자들의 벗이 아니었던가. 그런데 보라! 귀 기울여 듣는 동안에 마침내 그 자신의 혀가 풀렸고, 얼음장 같은 마음이 녹았다. 그러자 그는 다시 말하기 시작했다.

그대들, 대담한 모험가와 탐험가들이여. 그리고 일찍이 교활한 돛을 이용해 무서운 바다를 항해한 자들이여.

그대들, 영혼이 피리 소리의 유혹에 빠져 온갖 미혹의 골짜기로 이끌리는, 수수께끼에 취하고 어스름을 즐기는 자들이여.

그대들은 겁먹은 손으로 한 오라기의 실을 더듬더듬 찾으려고 하지 않는다. 그대들은 추측할 수 있는 곳에서는 규명하는 것을 싫어한다.

이제 그대들에게 내가 본 수수께끼를 들려주고자 한다. — 가장 고독한 자의 환영을.

나는 최근에 죽음의 잿빛 어스름 속을 입술을 꾹 다물고 울적한 기분으로 걸었다. 우울하고 괴로웠다. 나에게는 하나의 태양만 진 것이 아니었다.

크고 작은 돌이 거칠게 박혀 있는 오솔길, 풀포기도 관목도 자랄 수 없는 외로운 오솔길. 이러한 산속의 오솔길이 내 발밑에서 도발하듯 달가닥거리는 소리를 냈다.

비웃듯이 달가닥거리는 소리를 내는 돌멩이 위를 말없이 걸었다. 미끄러운 돌을 밟으며 그렇게 힘겹게 올라갔다.

저 위로. 내 발을 아래로, 심연으로 끌어내리려는 영(靈), 나의 악마이자 대적인 중력의 영을 거슬러 올라갔다.

저 위로. 반은 난쟁이요 반은 두더지인, 절름거리며 나를 절름거리게 하는, 이 중력의 영은 내 위에 앉아 내 귓속에 납방울을, 내 뇌 속에 납으로 만든 사상을 떨어뜨리고 있었다.

"오, 차라투스트라여." 그는 한 음절 한 음절 비웃듯이 속삭였다. "그대 지혜의 돌이여! 그대는 그대 자신을 높이 던졌으나, 던져진 돌은 떨어지게 마련이다!

오, 차라투스트라여, 그대 지혜의 돌이여, 그대 힘차게 내던져진 돌이여, 그대 별의 파괴자여! 그대는 그대 자신을 너무 멀리 던졌으나, 던져진 돌은 모두 떨어지게 마련이다!"

그대 자신에게 되돌아와 자신을 죽이는 돌을 너무 멀리 던졌다. 오 차라투스트라여. 하지만 그 돌은 그대 머리 위에 떨어질 것이다!"

이 말을 하고 난쟁이는 입을 다물었다. 침묵이 오래 계속되었고, 그 침묵은 나를 답답하게 했다. 이렇게 둘이 있으면 혼자 있는 것보다 정말 더 외로운 법이다!

나는 오르고 또 올랐고, 꿈꾸며 생각했다. 그러나 모든 게 다 내 마음을 짓눌렀다. 나는 심한 고통 때문에 지치고, 악몽 때문에 잠에서 깨어난 환자 같았다.

그러나 내 안에는 용기라고 부르는 것이 있다. 그것이 지금까지 나의 모든 낙담을 사라지게 했다. 그 용기가 마침내 나에게 멈추라고 명령하고, 이렇게 말하도록 했다. "난쟁이여! 그대인가! 또는 나인가!"

용기, 공격하는 용기는 최고의 파괴자다. 공격할 때마다 승리의 함성이 울려 퍼진다.

인간은 가장 용감한 동물이다. 그리하여 인간은 모든 동물을 초극했다. 승리의 함성을 울리며 인간은 모든 고통을 초극했다! 하지만 인간의 고통은 가장 깊은 고통이다.

용기는 심연에서 느끼는 현기증도 파괴한다. 인간이 심연에 서 있지 않은 적이 있었던가! 본다는 것 자체가 심연을 보는 것이 아닌가?

용기는 최고의 파괴자다. 용기는 동정도 파괴한다. 하지만 동정이야말로 가장 깊은 심연이다. 인간이 삶을 깊이 통찰할수록 고통도 깊이 통찰하게 된다.

그러나 용기는 최고의 파괴자다. 공격하는 용기, 용기는 죽음조차 파괴한다. 용기는 "그게 삶이었던가? 자! 그럼 다시 한 번!"이라고 말하기 때문이다.

그런데 이런 말을 할 때 승리의 함성이 힘차게 울린다. 귀가 있는 자는 들어라!

2

"멈춰라! 난쟁이여!" 내가 말했다. "나인가! 아니면 그대인가! 우리 둘 중에 더 강한 자는 나다. 그대는 나의 심연의 사상을 알지 못한다! 그대는 이 사상을 감당할 수 없으리라!"

이때 내 몸이 가벼워졌다. 호기심 많은 난쟁이가 내 어깨에서 뛰어내렸기 때문이다! 난쟁이는 내 앞의 돌 위에 웅크리고 앉았다. 우리가 발걸음을 멈춘 곳에 바로 입구가 있었다.

"이 입구를 보라! 난쟁이여!" 나는 말을 계속했다. "거기에는 두 개의 얼굴이 있고, 두 개의 길은 여기에서 만난다. 지금껏

이 길을 끝까지 가본 사람은 아무도 없었다.

우리 뒤쪽으로 나 있는 기나긴 오솔길, 이 길은 영원으로 통한다. 그리고 바깥으로 나 있는 저 기나긴 오솔길, 그것은 또 다른 영원이다.

이 두 길은 서로 모순된다. 그것들은 서로 정면으로 충돌한다. 그리고 여기, 이 입구에서 두 길이 만난다. 이 입구의 이름은 위쪽에 '순간'이라고 쓰여 있다.

하지만 그대 난쟁이여, 누가 그 길을 따라 멀리 더 멀리 간다면, 그 길이 영원한 모순이라고 생각하는가?"

그러자 난쟁이가 경멸하듯이 나직하게 말했다. "직선은 모두 거짓이다. 진리는 모두 곡선이며, 시간 그 자체는 원을 이루고 있다."

나는 화를 내며 말했다. "그대 중력의 영이여! 너무 쉽게 생각하지 마라! 그러면 나는 절름발이 그대가 웅크리고 있는 그곳에 그대를 그대로 놓아둘 것이다. 내가 그대를 높은 곳에 데려오지 않았던가!

나는 말을 계속했다. "보라, 이 순간을! 이 순간이라는 입구에서 기나긴 영원의 오솔길이 뒤쪽으로 뻗어 있다. 우리 뒤에 영원이 놓여 있는 것이다.

모든 사물들 중에서 달릴 수 있는 것이라면 이미 언젠가 이 오솔길을 달리지 않았겠는가? 모든 사물들 중에서 일어날 수 있는 것이라면 이미 언젠가 일어났고 행해졌으며 달려 지나가지 않았겠는가?

그리고 이미 모든 것이 존재한 것이라면 난쟁이는 이 순간을 뭐라고 생각하는가? 이 입구도 이미 존재한 것이 분명하지 않은가?

그리고 이 순간이 미래의 모든 사물을 끌어당기는 방식대로 모든 사물은 굳게 연결되어 있지 않은가? 그러므로 이 순간은 자기 자신마저 끌어당기고 있지 않은가?

모든 사물 중에서 달릴 수 있는 것은 바깥으로 나 있는 이 기나긴 오솔길을 다시 한 번 달려야 하기 때문이다!

그리고 달빛을 받으며 느릿느릿 기어가는 이 거미와 달빛 그 자체, 그리고 입구에서 영원한 사물에 대해 속삭이는 나와 그대, 우리 모두는 이미 존재했던 것이 분명하지 않은가?

그리고 되돌아와 우리 앞에 있는 또 다른 길, 그 길고 섬뜩한 오솔길을 달려가서, 우리는 영원히 되돌아올 수밖에 없지 않은가?

이렇게 나는 점점 더 소리를 죽여 말했다. 나 자신의 생각과 그 속내가 두려웠기 때문이었다. 그때 갑자기 가까이서 개 한 마리가 짖어대는 소리가 들려왔다.

내가 일찍이 개가 저토록 짖어대는 소리를 들은 적이 있었던가? 내 생각은 과거로 달려갔다. 그렇다! 나의 어린 시절, 아득히 먼 과거로.

그때도 개가 그렇게 짖어댄 적이 있었다. 개들도 유령을 믿을 수밖에 없는 더없이 고요한 한밤중에, 개 한 마리가 털을 곤두세우고 머리를 위로 향한 채 떨고 있는 것을 보았다.

그 모습에 나는 측은한 생각이 들었다. 바로 그때 보름달이 죽음처럼 말없이 집 위로 떠올랐다. 그 둥근 불덩어리는 바로 멈추어 섰다. 납작한 지붕 위에 조용히, 마치 남의 소유물 위에 서 있는 것처럼.

그러자 그 개는 소스라치게 놀랐다. 개는 도둑과 유령의 존재를 믿기 때문이다. 그리고 나는 다시 개가 짖는 소리를 듣고 또 한 번 측은한 생각이 들었다.

그런데 난쟁이는 어디로 갔는가? 그리고 입구는? 거미는? 온갖 속삭임은? 내가 꿈을 꾼 것일까? 내가 깨어 있었던가? 별안간 나는 험준한 낭떠러지 사이에 서 있었다. 홀로 적막하게, 황량하기 그지없는 달빛을 받으며.

그곳에 한 사람이 누워 있었다! 그곳에! 털을 곤두세우고 날뛰며 낑낑거리던 개가 이제 내가 오는 것을 보고 다시 짖어댔다. 아니 울부짖었다. 나는 일찍이 개가 도와달라고 이토록 울부짖는 것을 들은 적이 있었던가?

그리고 정말이지, 그때 내가 본 것, 그러한 것을 다시는 보지 못했다. 나는 젊은 목자가 몸을 비튼 채, 구역질하고 경련하며 오만상을 찌푸리는 것을 보았다. 그는 한 마리의 크고 검은 뱀을 입에 물고 있었다.

나는 일찍이 인간의 얼굴에서 이토록 심한 구역질과 창백한 공포를 본 적이 있었던가?

그는 혹시 자고 있었던 걸까? 뱀이 그의 목구멍 속으로 기어 들어가 그곳을 꽉 물었다.

나는 손으로 뱀을 잡아당기고 또 잡아당겼으나 아무 소용이 없었다! 뱀을 목구멍에서 도저히 빼낼 수 없었다. 그때 내 안에서 이런 울부짖음이 들렸다. "물어라! 물어뜯어라!

대가리를! 물어뜯어라!" 이렇게 내 안에서 울부짖는 소리가 들렸다. 나의 두려움, 나의 미움, 나의 구역질, 나의 연민, 나의 선과 악이 한꺼번에 내 안에서 소리를 질러댔다.

그대들 내 주위의 대담한 자들이여! 그대들 모험가와 탐험가들이여, 그리고 그대들 가운데 교활한 돛을 이용해 미지의 바다를 항해한 자들이여! 그대들 수수께끼를 즐기는 자들이여!

차라투스트라는 이렇게 말했다

그때 내가 본 수수께끼를 풀어다오. 더없이 고독한 자가 본 환영을 설명해 다오!

그것은 하나의 환영이며 예견이기 때문이다. 그때 비유 속에서 나는 무엇을 보았던가? 그리고 언젠가 오고야 말 그 자는 누구인가?

뱀이 입속으로 기어 들어간 그 목자는 누구인가? 그러니까 가장 무겁고 가장 검은 것이 목구멍으로 기어 들어갈 인간은 누구일까?

하지만 목자는 내가 고함을 질러 그에게 일러준 대로 물어뜯었다. 물어도 제대로 물었다! 그는 뱀 대가리를 멀찌감치 뱉어 버리고는 벌떡 일어섰다.

더 이상 목자도 인간도 아닌 자, 변화된 자, 빛에 둘러싸인 자로서 그는 웃고 있었다! 지금껏 지상에서 그처럼 웃은 자는 아무도 없었다!

오, 나의 벗들이여, 내가 들은 웃음은 인간의 웃음소리가 아니었다. 그리고 이제 갈증이, 도저히 채워지지 않는 그리움이 나를 갉아먹는다.

이러한 웃음에 대한 그리움이 나를 갉아먹는다. 오, 이제 어떻게 견디며 살아갈 것인가? 그리고 지금 죽어야 하는 것을 어떻게 견딘단 말인가?

차라투스트라는 이렇게 말했다.

원치 않는 행복에 대하여

이러한 수수께끼와 쓰라림을 마음에 안고 차라투스트라는 계속 항해했다. 그러나 그는 지극한 행복의 섬과 자신의 벗들을 떠난 지 나흘이 되었을 때 자신의 모든 고통을 극복하였다. 그는 의기양양했고, 굳건한 발로 다시 자신의 운명을 밟고 섰다. 그리고 그때 차라투스트라는 기뻐하는 자신의 양심에게 말했다.

나는 다시 혼자의 몸이고, 홀로 맑은 하늘과 탁 트인 바다와 있으며, 또 그러기를 바란다. 내 주위는 다시 오후다.

내가 일찍이 나의 벗들을 만난 때가 오후였고, 다음에 만날 때도 오후였다. 모든 빛이 점차 가라앉는 시간이었다.

하늘과 대지 사이에서 행복이 아직 발걸음을 멈추지 않은 것은 어딘가에 머물 밝은 영혼을 찾고 있기 때문이다. 행복으로 인해 이제 모든 빛은 더욱 가라앉았다.

아, 내 삶의 오후여! 한때 나의 행복도 머물 곳을 찾아 골짜기로 내려갔다. 그곳에서 나의 행복은 마음을 활짝 열고 손님을 반기는 영혼을 발견했다.

오, 내 삶의 오후여! 내가 한 가지, 내 생각의 살아 있는 작물과 내 최고 희망의 아침놀을 얻기만 한다면 무엇을 내주지 못하겠는가!

일찍이 창조하는 자는 길벗과 자신의 희망의 아이들을 찾아다녔다. 그런데 보라. 그는 아이들을 먼저 창조하지 않고는 그들을 찾을 수 없음을 알게 되었다.

그리하여 나는 나의 아이들에게 가기도 하고 그들에게서 되돌아오기도 하면서 자신의 일에 몰두하고 있다. 자신의 아이들을 위해 차라투스트라는 자신을 완성해야 한다.

인간들은 본래 자신의 아이와 일을 사랑하기 때문이다. 그리고 자기 자신을 무척 사랑한다는 것은 잉태의 징조다. 나는 그러한 사실을 알게 되었다.

나의 아이들은 그들의 첫 번째 봄을 맞이하여 소리 없이 초록으로 물들고 있다. 가장 좋은 흙과 내 정원의 나무들이 나란히 서서 바람에 흔들리고 있다.

참으로! 이러한 나무들이 나란히 서 있는 곳에 지극한 행복의 섬들이 있다!

그러나 언젠가 나는 이 나무들을 뽑아 제각각 따로 심을 것이다. 각각의 나무에게 고독과 저항, 예지를 배우게 하리라!

절대로 굴하지 않는 삶의 살아 있는 등대로서 그것들은 옹이 지고 굽은 채로 유연하면서도 굳건하게 바닷가에 서 있어야 한다.

폭풍이 바다로 휘몰아치고, 산의 돌출부가 물을 마시는 곳, 그곳에서 나무들은 언젠가 저마다의 시련을 견디고 깨달음을 얻기 위해 밤낮을 뜬눈으로 지내야 한다.

나는 각각의 나무가 나와 같은 종이고 혈통인지 알아보기 위해 시험하고 평가해야 한다. 그것이 장구한 의지의 주인으로서 말할 때도 과묵한지, 주면서도 받을 때처럼 주는지 알아보기 위해.

언젠가 나의 길벗이 되고, 차라투스트라와 함께 창조하며 함께 기뻐하는 자로서, 만물을 보다 온전하게 완성하려고 나의 의지를 나의 서판에 기록하는 그러한 자인지 알아보기 위해.

그러한 자와 그러한 자를 닮은 자를 위해 나는 나 자신을 완성해야 한다. 그 때문에 이제 나는 나의 행복을 피하고, 나 자신을 온갖 불행에 내맡긴다.——나 자신을 마지막으로 시험하고 깨달음을 얻기 위해.

참으로 내가 떠나야 할 시간이었다. 그리고 방랑자의 그림자와 더없이 긴 시간과 더없이 고요한 시간, 이 모든 것이 나에게 충고했다. "때가 무르익었다!"라고.

바람이 열쇠 구멍으로 불어 들어와 나에게 "오라!"라고 말했다. 문은 눈치 빠르게 활짝 열리며 "가라!"라고 나에게 말했다.

하지만 나는 아이들에 대한 사랑의 사슬에 매여 있었다. 욕망이 나에게 이런 올가미를 씌웠던 것이다. 내 아이들의 산 제물이 되고, 그들을 위해 나 자신을 버리고자 하는 사랑에 대한 욕망이.

욕망이란 나에게 이미 나 자신을 버렸음을 뜻한다. 너희들은 나의 것이다, 나의 아이들아! 이러한 소유에는 추호의 의심이나 욕망이 없어야 한다.

하지만 내 사랑의 태양은 내 위에서 뜨겁게 내리쬐고 있었고, 차라투스트라는 자신의 체액 속에서 끓고 있었다. 그때 그림자와 회의가 내 머리 위로 날아갔다.

나는 이미 서릿발과 겨울을 갈망하고 있었다. "오, 서릿발과 겨울이 나를 다시 산산히 부수고 깨뜨렸으면!" 하고 나는 탄식했다. 그러자 얼음처럼 찬 안개가 내 안에서 피어올랐다.

나의 과거가 무덤을 파헤쳤고, 산 채로 파묻힌 고통이 깨어났다. 그것은 수의에 싸인 채 푹 잠들어 있었을 뿐이었다.

모든 징조가 나에게 소리쳤다. "때가 되었다!" 하지만 나는 결국 나의 심연이 요동치고 나의 사상이 나를 물어뜯을 때까지 귀담아 듣지 않았다.

아, 그대 나의 사상이! 심연과도 같은 사상이여! 그대가 무덤을 파헤치는 소리를 들어도 떨지 않을 만큼 강한 힘을 나는 언제나 갖게 될 것인가?

그대의 무덤을 파헤치는 소리에 내 마음은 목구멍까지 두근거린다! 그대 심연처럼 침묵하는 자여. 그대의 침묵은 내 목을 조르려 하는구나!

나는 아직 그대를 올라오라고 부른 적이 한 번도 없었다. 나는 그대를 지니고 다니는 것만으로 충분하다! 나는 아직 최후의 사자처럼 더없이 오만하고 방자할 만큼 충분히 강하지 않다.

나는 언제나 그대의 무게만 해도 이미 충분히 두렵다. 하지만 나는 언젠가 그대에게 올라오라고 부를 강한 힘과 사자의 목소리를 찾고 말리라!

내가 지금 나 자신을 극복한다면 보다 위대한 일에서도 나를 극복하리라! 그러면 이 하나의 승리가 곧 나의 완성을 보증하는 봉인이 되리라!

그사이 나는 불확실한 바다 위를 이리저리 떠돌았다. 말솜씨가 좋은 우연이 나에게 아첨한다. 앞뒤를 둘러보지만 아직 끝은 보이지 않는다.

나에게는 아직 마지막 결전의 시간이 오지 않았다. 아니면 이 시간이 혹시 나에게 방금 온 것일까? 정말이지 내 주위의 바다와 삶이 음험한 마음을 숨긴 채 아름답게 바라보고 있다!

오, 내 삶의 오후여! 오, 저녁이 오기 전의 행복이여! 오, 대양의 항구여! 오, 불안 속의 평화여! 나는 그대들 모두를 얼마나 불신하는가!

참으로 나는 그대들의 음험한 아름다움을 불신한다! 나는 벨벳처럼 부드러운 미소를 믿지 않는 연인과 같다.

질투하는 자가 다정하면서도 무정하게 가장 사랑하는 자를 밀쳐 내듯이, 나는 이 지극히 행복한 시간을 밀쳐 낸다.

가라, 그대 지극히 행복한 시간이여! 그대와 함께 나에게 원치 않은 행복이 찾아왔다! 나는 깊디깊은 고통과 만나고자 여기 서 있다. 그대는 좋지 않은 때에 온 것이다!

가라, 그대 지극히 행복한 시간이여! 차라리 저기, 내 아이들이 있는 곳에 머물러라. 서둘러라! 그리고 저녁이 오기 전에 나의 행복으로 아이들을 축복하라!

벌써 저녁이 가까워진다. 해가 저문다. 가라.——나의 행복이여!

차라투스트라는 이렇게 말했다. 그러고는 밤새도록 자신의 불행이 오기를 기다렸지만, 아무 소용이 없었다. 밤은 여전히 밝고 고요했으며, 행복 자체가 점점 더 가까이 다가왔다. 그러나 아침 무렵이 되어 차라투스트라는 마음속으로 웃었고, 비웃듯이 말했다. "행복이 내 꽁무니를 쫓아온다. 내가 여자들 꽁무니를 쫓아다니지 않으니 이렇게 된 것이다. 행복이란 여자다."

해 뜨기 전에

오, 내 머리 위의 하늘이여, 그대 순수한 자여! 깊은 자여! 빛의 심연이여! 나는 그대를 바라보며 신성한 욕망에 전율한다.

그대의 높이로 나를 던지는 것, 그것이 나의 깊이다! 그대의 순결함 속에 나를 숨기는 것, 그것이 나의 순진함이다!

신의 아름다움이 신을 가린다면 그대는 그대의 별들을 가린다. 그대는 말하지 않는다. 그대는 그렇게 자신의 지혜를 나에게 알린다.

그대는 오늘 사나운 바다 위로 말없이 나에게 떠올랐고, 그대의 사랑과 겸손은 사나운 내 영혼에 계시의 말을 전한다.

그대는 자신의 아름다움 속에 자신을 숨기고 아름다운 모습으로 나에게 왔다. 그대는 자신의 지혜를 드러내며 말없이 나에게 말한다.

오, 내가 그대 영혼의 온갖 부끄러움을 어찌 짐작하지 못하겠는가! 해 뜨기 전에 그대는 더없이 고독한 나에게 왔다.

우리는 처음부터 벗이다. 우리는 비통도 공포도 세상도 나누어 갖는다. 우리는 태양마저도 나누어 갖는다.

우리가 서로에게 말하지 않는 것은 정말 많은 것을 알고 있기 때문이다. 우리는 서로에게 침묵하며, 우리는 우리의 지식에 대하여 미소를 짓는다.

그대는 나의 타오르는 불에서 나오는 빛이 아니던가? 그대는 나의 통찰과 자매인 영혼을 갖고 있지 않은가?

우리는 모든 걸 함께 배웠다. 우리는 함께 우리를 넘어 우리 자신에게 올라가는 법과 구름 한 점 없이 환하게 미소 짓는 법을 배웠다. 우리의 발밑에 충동과 목적, 죄악이 비처럼 흐를 때, 밝은 눈으로 멀리 떨어져 있는 곳에서 아래를 향해 구름 한 점 없이 미소 짓는 법을.

내가 혼자 방랑할 때, 나의 영혼은 밤마다 정처 없이 누구를 갈망했는가? 그리고 내가 산에 올랐을 때, 산에서 그대가 아니라면 누구를 찾았겠는가?

나의 모든 방랑과 산행은 어쩔 수 없는 일이었고, 서투른 자의 임시방편에 불과했다. 나의 모든 의지는 오로지 날아가고자 한다. 그대 안으로 날아가고자 한다!

그리고 나는 떠다니는 구름과 그대를 더럽히는 모든 것을 무엇보다 미워하지 않았던가? 또한 나는 그대를 더럽히는 나의 미움도 미워했다.

떠다니는 구름, 살금살금 돌아다니는 이 도둑고양이를 보면 나는 화가 난다. 고양이들은 우리가 나누어 갖고 있는 것, 저 광대하고 무한한 "그렇다."와 "아멘."이라는 말을 그대와 나에게서 빼앗아가기 때문이다.

나는 이처럼 중간에 끼어 있는 자와 섞여 있는 자, 즉 떠다니는 구름을 보면 화가 난다. 진심으로 축복하지도 않고 저주하지도 않는 이도저도 아닌 자들을 보면.

나는 그대 빛나는 하늘이 떠다니는 구름으로 인해 더럽혀지는 것을 보기보다는 오히려 닫힌 하늘 아래 커다란 통 속, 하늘 없는 심연 속에 앉아 있고 싶다!

나는 때때로 톱니 모양으로 생긴 번개의 황금 줄로 구름을 꽁꽁 묶어두고 싶었고, 구름의 속이 비어 있는 배를 천둥처럼 북을 치듯 두들기고 싶었다!

북을 치는 분노한 고수가 되리라. 그대들이 나에게서 그대의 "그렇다!"와 "아멘!"을 빼앗아가기 때문이다. 그대 내 머리 위의 하늘이여, 그대 순수한 자여! 그대 빛나는 자여! 그대 빛의 심연이여! 떠다니는 구름이 나에게서 나의 "그렇다!"와 "아멘!"을 빼앗아가기 때문이다.

나는 이 신중하고 의심 많은 고양이의 조용함보다는 오히려 소음, 천둥, 폭풍우의 저주를 바라기 때문이다. 그리고 인간들 중에서 살금살금 걸어 다니는 자, 이도저도 아닌 자, 의심하고 망설이며 떠다니는 구름, 이 모두를 가장 미워하기 때문이다.

그러므로 "축복할 줄 모르는 자는 저주하는 법을 배워야 한다!" 밝은 하늘에서 이러한 밝은 가르침이 나에게 내려왔고, 이 별은 어두운 밤에도 나의 하늘에 떠 있다.

그대 순수한 자여! 빛나는 자여! 그대 빛의 심연이여! 그대가 내 주위에 있기만 하면 나는 축복하는 자이고 "그렇다."라고 말하는 자가 된다! 그때 나는 모든 심연 속으로 나의 축복하는 "그렇다."라는 말을 지니고 간다.

나는 축복하는 자이자 "그렇다."라고 말하는 자가 되었다. 나는 언젠가 축복을 내리는 두 손의 자유를 얻으려고 오랫동안 애썼고 애쓰는 자다.

그런데 이것은 만물 위에 그 자신의 하늘로서, 그 자신의 둥근 지붕으로서, 하늘색 종과 영원한 보증으로서 내리는 나의 축복이다. 이렇게 축복하는 자는 행복하다!

만물은 영원의 샘과 선악의 저편에서 세례를 받기 때문이다. 그런데 선악 자체는 어중간한 그림자일 뿐이고, 눅눅한 슬픔이자 떠다니는 구름일 뿐이다.

내가 "만물들 위에는 우연이라는 하늘, 순진함이라는 하늘, 우발성이라는 하늘, 오만이라는 하늘이 있다."라고 가르칠 때, 이는 참으로 축복이지 모독이 아니다.

'우발적인 것', 이것이야말로 세상에서 가장 유서 깊은 고귀함이다. 나는 만물에 이것을 되돌려 주었고, 만물을 목적이라는 노예 상태에서 구해 주었다.

내가 어떠한 '영원한 의지'도 만물 위에 군림하고, 그것에 깃들기를 원치 않는다고 가르칠 때, 나는 이러한 자유와 천상의 명랑함을 하늘색 종처럼 만물 위에 걸어놓았다.

내가 "모든 것들 가운데 한 가지 불가능한 것이 있다. 그것이 바로 분별력이다!"라고 가르칠 때, 나는 저 의지 대신에 이 오만과 무지를 내세웠다!

약간의 이성, 별마다 흩어져 있는 지혜의 씨앗, 이러한 신맛 나는 반죽이 만물에 섞여 있다. 즉 지혜는 어리석음을 위해 만물에 섞여 있는 것이다!

약간의 지혜는 가능하다. 나는 이러한 행복한 확신을 만물에서 발견했다. 즉 모든 것은 오히려 우연이라는 발로 춤추고 싶어 한다는 것을.

오, 내 머리 위의 하늘이여, 그대 순수한 자여! 높은 자여! 나에게는 영원한 이성이라는 거미도 거미줄도 없는 것이 그대의 순수함이다.

그대는 나에게 신성한 우연을 위한 무도장이고, 신성한 주사위와 주사위 놀이[43]를 하는 자를 위한 신의 탁자다!

그렇지만 그대는 얼굴을 붉히는가? 내가 말로 표현할 수 없는 것을 말했는가? 내가 그대를 축복하려고 한다면서 모독했는가?

아니면 우리 둘이 있는 것이 부끄러워 그대가 얼굴을 붉혔다는 말인가? 이제 낮이 오니까 나더러 가서 침묵하라고 명령하는 건가?

세계는 깊다. 일찍이 낮이 생각한 것보다 깊다. 낮이 된다고 무슨 말이든 해도 되는 것은 아니다. 하지만 낮이 오고 있으므로 우리 이제 헤어지기로 하자!

오, 내 머리 위의 하늘이여, 그대 부끄러워하는 자여! 이글거리며 타오르는 자여! 오, 해가 뜨기 전의 나의 행복이여! 낮이 오고 있으므로 우리 이제 헤어지기로 하자!

차라투스트라는 이렇게 말했다.

자아지게 만드는 덕에 대하여

1

다시 뭍에 올라갔을 때 차라투스트라는 곧장 자신의 산과 동굴로 가지 않고, 이곳저곳을 여행하며 여러 가지를 묻고 조사하였다. 그는 스스로에 대해 자조 섞인 말을 했다. "수없이 구불구불 흘러 결국 자신의 원천으로 되돌아 흐르는 강물을 보라!" 차라투스트라는 자신이 없는 동안에 인간들에게 무슨 일이 일어났는지, 인간이 보다 커졌는지 보다 작아졌는지 직접 알고 싶었다. 그는 새로 지은 집들이 열 지어 서 있는 모습을 보고 궁금하여 말했다.

"이 집들은 무엇인가? 참으로 위대한 영혼이 자신의 형상대로 지은 것은 아닌 모양이군."

혹시 어떤 어리석은 아이가 자신의 장난감 상자에서 그 집들을 꺼내 놓은 것일까? 그렇다면 다른 아이가 그것을 도로 자신의 상자에 넣었으면 좋으련만!

과연 이 거실과 침실에 어른들이 들락거릴 수 있을까? 이 방들은 인형을 위해 지어진 것이거나 조금씩 먹는 미식가를 위해 지어진 것인지도 모른다."

차라투스트라는 발길을 멈추고 생각에 잠겼다. 마침내 그는 슬픈 목소리로 말했다. "모든 것이 보다 작아졌구나!

어디를 보나 문들이 더 낮아졌다. 나와 같은 자들은 아직 이 문을 지나다닐 수 있지만, 그들은 허리를 더 굽혀야 한다!

오, 언제나 다시 내 고향에 돌아갈 수 있으려나! 더 이상 허리를 굽힐 필요가 없는, 이미 작은 자들 앞에서 더 이상 허리를 굽힐 필요가 없는 내 고향에! 차라투스트라는 탄식하며 먼 곳을 바라보았다.

바로 그날 그는 작아지게 만드는 덕에 대해 말했다.

2

나는 눈을 부릅뜨고 군중 사이를 지나간다. 그들은 자신들의 덕을 시기하지 않는 나를 용서하지 않는다.

그들이 나를 물어뜯는다. 작은 자들에게는 작은 덕이 필요하다고 말했기 때문이다. 작은 자들이 필요하다는 사실을 내가 좀처럼 수긍하지 않기 때문이다!

나는 여기 낯선 농가에 있는 수탉과 같다. 암탉들에게 쪼이지만 나는 이 암탉들을 언짢게 생각하지 않는다.

나는 작은 문제를 대할 때와 마찬가지로 이 암탉들에게 공손히 대한다. 작은 일에 신경을 곤두세우는 것은 고슴도치의 지혜처럼 보이기 때문이다.

그들은 밤에 불 주위에 둘러앉아 다들 내 이야기를 한다. 나에 관해 말하지만 내 생각을 하는 사람은 아무도 없다!

이것이 내가 알게 된 새로운 고요함이다. 내 주위에서 그들이 내는 소음은 내 사상을 둘러싸는 외투가 된다.

그들은 서로 떠들어댄다. "이 음산한 구름이 우리에게 뭘 하려는 거지? 우리에게 전염병을 퍼뜨리지 않게 지켜봐야겠군!"

최근에는 한 여자가 나에게 오려는 아이를 자기 쪽으로 끌어당겼다. "얘야, 가지 마!" 여자가 소리쳤다. "저런 눈은 아이들의 영혼을 불태운다."

내가 말하면 그들은 기침을 한다. 그들은 기침으로 거센 바람을 막아낼 수 있다고 생각한다. 그들은 내 행복의 미친 바람을 전혀 알지 못한다!

"우리는 차라투스트라에게 시간을 내기 어렵다." 그들은 항의한다. 하지만 차라투스트라에게 "시간을 내기 어려운" 시간이라는 게 무슨 소용이 있단 말인가?

그들이 나를 칭찬한다 하더라도 그들의 칭찬을 듣고 내가 어떻게 잠들 수 있겠는가? 나에게는 그들의 칭찬이 가시 박힌 띠와 같다. 내가 그 띠를 풀어놓아도 그것은 나를 할퀸다.

그리고 나는 그들에게서 이것도 배웠다. 칭찬하는 자는 되돌려 주는 척하지만, 실은 더 많이 선물을 받고 싶은 것이다!

그들이 칭찬하고 유혹하는 선율이 마음에 드는지 내 발에게 물어보라! 내 발은 그러한 박자와 똑딱거리는 소리에 맞춰 춤을 추거나 멈추어 있는 것을 좋아하지 않는다.

그들은 작은 덕으로 나를 유혹하고 칭찬하려고 한다. 그들은 조그만 행복의 똑딱거리는 박자로 내 발을 설득하려고 한다.

나는 눈을 부릅뜨고 군중 사이를 지나간다. 그들은 더 작아졌고, 점점 더 작아진다. 그런데 이는 행복과 덕에 대한 그들의 가르침 때문이다.

말하자면 그들은 덕마저도 겸손한데, 이는 그들이 안락함을 바라기 때문이다. 안락함과 어울리는 것은 겸손한 덕밖에 없기 때문이다.

어쩌면 그들도 나름대로 걷고 앞으로 나아가는 법을 배울지도 모른다. 나는 이를 그들의 절뚝거림이라 부른다. 그리하여 그들은 급히 걸어가는 모든 자에게 방해가 된다.

그리고 그들 중의 일부는 앞으로 나아가면서 뻣뻣한 목으로 뒤돌아본다. 나는 이들에게 달려가는 것을 좋아한다.

발과 눈은 거짓말을 해서는 안 되고, 거짓말을 했다고 서로를 꾸짖어도 안 된다. 그런데 작은 자들 중에는 거짓말쟁이가 적지 않다.

그들 중의 몇몇은 의욕이 있지만, 대부분은 의욕이 있을 뿐이다. 그들 중의 몇몇은 진짜지만, 대부분은 형편없는 배우에 불과하다.

그들 중에는 뭣도 모르고 배우가 된 자도 있고, 마지못해 배우가 된 자도 있다. 진정한 자는 언제나 드물고, 진정한 배우는 특히 그러하다.

여기에 남자다운 남자가 적다. 그 때문에 그들의 여자가 남자가 되고 있다. 제대로 된 남자만이 여자 속의 여자를 구원할 수 있기 때문이다.

그리고 나는 명령을 내리는 자들도 봉사하는 자들의 덕을 가장하는 최악의 위선을 찾아냈다.

"나는 봉사하고, 그대는 봉사하고, 우리는 봉사한다." 여기서는 지배하는 자들의 위선도 이처럼 기도한다. 으뜸가는 주인이 다만 으뜸가는 하인에 불과하다니 슬프구나!

아, 내 눈의 호기심이 그들의 위선 속으로 날아 들어갔다. 그래서 나는 햇살이 내리쬐는 창가에서 그 모든 파리들의 행복과 윙윙거리는 날갯짓 소리를 잘 알게 되었다.

나는 선의가 있는 만큼 그만큼의 약점이 있는 것을 보고, 정의와 동정이 있는 만큼 그만큼의 약점이 있는 것을 본다.

그들은 서로 원만하고 정직하며 사이좋게 지낸다. 마치 모래알이 다른 모래알과 원만하고 정직하며 사이좋게 지내는 것처럼.

작은 행복을 겸허하게 얼싸안는 것, 그들은 이를 '순종'이라고 부른다! 그러면서 그들은 어느새 새로운 작은 행복을 향해 겸허하게 곁눈질한다.

그들이 근본적으로 한결같이 바라는 것은 단 한 가지, 남에게서 고통을 받지 않는 것이다. 그래서 그들은 누구보다도 먼저 모두에게 친절을 베푸는 것이다.

그런데 이것은 비겁함이다. 이미 그것이 '덕'이라 불리긴 하지만.

그리고 그들, 이 작은 자들이 좀 거칠게 말하더라도 나에게는 그들의 목쉰 소리만 들릴 뿐이다. 말하자면 바람만 살짝 불어도 그들은 목이 쉬고 만다.

그들은 영리하고, 그들의 덕에는 영리한 손가락이 있다. 하지만 그들에게는 주먹이 없어서, 그들의 손가락은 주먹 뒤에 숨을 줄도 모른다.

그들에게 덕이란 겸손하고 길드는 것이다. 그리하여 그들은 늑대를 개로 만들었고, 인간 자신을 인간 최고의 가축으로 만들었다.

"우리는 우리의 의자를 한가운데에 놓았다."라고 그들은 싱긋 웃으며 말한다. "죽어가는 검투사나 배부른 암퇘지로부터 멀리 떨어져서."

하지만 이것은 평범함이다. 비록 이미 그것을 중용이라고 부르고 있더라도.

3
나는 군중 사이를 지나가며 몇 마디 말을 한다. 하지만 그들은 받아들일 줄도 간직할 줄도 모른다.

그들은 내가 그들의 쾌락과 악덕을 비방하지 않는 것을 의아하게 여긴다. 정말이지 나는 소매치기를 조심하라는 말을 하려는 것이 아니다.

그들은 내가 그들의 영리함을 더욱 붙돋아 주고 돋보이게 할 준비를 하지 않는 것을 의아하게 여긴다. 석필(石筆)을 긁어대는 목소리를 가진, 잘난 체나 하는 사람들로는 아직 흡족하지 않는 것처럼!

그리고 내가 "울먹이며 두 손을 모으고 숭배하기를 좋아하는 그대들 마음속의 모든 비겁한 악마를 저주하라."고 외치면 그들은 이렇게 소리친다. "차라투스트라는 신을 부정한다."

특히 순종을 가르치는 그들의 교사들이 그렇게 소리친다. 하지만 나는 바로 그들의 귀에 대고 이렇게 소리치는 것을 좋아한다. 그렇다. 나는 신을 부정하는 차라투스트라다!

이 순종의 교사들! 이들은 작고 병들고 부스럼 딱지가 덮인 곳이면 어디든지 한 마리 이처럼 기어 다닌다. 내가 그것들을 눌러 죽이지 않는 것은 다만 구역질이 나를 가로막기 때문이다.

자, 그럼! 그들의 귀에 들려줄 설교는 이것이다. 신을 부정하는 차라투스트라는 이렇게 말한다. "내가 그의 가르침을 기뻐할 정도로 나보다 더 신을 부정하는 자는 누구인가?"

나는 신을 부정하는 차라투스트라다. 나와 같은 인간을 어디서 찾을 수 있을까? 스스로 자신의 의지를 드러내고 모든 순종을 물리치는 자는 나와 같은 자다.

나는 신을 부정하는 차라투스트라다. 나는 나의 냄비 속에서 모든 우연을 요리한다. 그리고 우연이 거기서 잘 요리되었을 때야 비로소 그것을 나의 음식으로 환영한다.

참으로 적지 않은 우연이 으스대며 나에게 왔다. 하지만 나의 의지는 더욱 당당하게 그에게 말했다. 그러자 우연은 애걸하며 무릎을 꿇었다.

그리고 나의 마음을 얻기를 애원하면서, "보라, 차라투스트라여, 오직 벗만이 벗을 찾아온다!"라고 달콤한 목소리로 설득했다.

그렇지만 아무도 내 말을 들으려는 귀를 갖지 않은 곳에서 내가 무슨 말을 하겠는가? 그래서 나는 바람이 불어오는 모든 방향으로 외치고자 한다.

그대들은 점점 더 작아진다. 그대들 작은 자들이여! 그대들은 힘없이 무너진다. 그대들 안락한 자들이여! 그대들은 파멸하고 말리라.

그대들의 수많은 작은 덕, 그대들의 수많은 작은 태만, 그대들의 수많은 작은 순종 때문에!

너무 관대하고, 너무 고분고분한 것, 이것이 그대들의 토양이다! 하지만 나무가 크게 자라려면 단단한 바위를 뚫고 단단한 뿌리를 내려야 한다!

그대들이 태만하게 한 일도 인류의 미래라는 직물에 짜여 들어간다. 그대들의 무위도 거미줄이며 미래의 피를 빨아먹고 사는 거미다.

그대들은 받을 때도 훔치듯이 받는다. 그대들 작은 덕이 있는 자들이여. 악당들마저 명예가 있어 이렇게 말하지 않는가. "빼앗을 수 없을 때만 훔쳐야 한다."

"그것은 스스로에게 주어진 것이다." 이것도 순종의 가르침이다. 하지만 나는 그대들, 안락한 자들에게 말한다. 그것은 빼앗기는 것이고, 그대들은 점점 더 많이 빼앗길 것이다.

아, 그대들은 어중간한 의욕일랑 다 버리고, 태만이든 행동이

든 단호하게 결정하라!

아, 그대들이 내 말을 알아듣기를 바란다. "어쨌든 그대들이 의욕하는 일을 하라. 그러나 먼저 의욕할 수 있는 자가 되라!

"어쨌든 그대들 이웃을 그대들 몸처럼 사랑하라. 하지만 먼저 자기 자신을 사랑하는 자가 되라!

큰 사랑으로 사랑하고, 큰 경멸로 사랑하라!" 신을 부정하는 차라투스트라는 이렇게 말한다.

그렇지만 아무도 내 말을 들으려는 귀를 갖지 않은 곳에서 내가 무슨 말을 하겠는가? 여기서 말을 하기에는 한 시간쯤 이르다.

나는 이 군중 사이에서 나 자신의 선구자이고, 어두운 골목길에 울려 퍼지는 나 자신의 닭 울음소리다.

하지만 그들의 시간은 오리라! 그리고 나의 시간도 오리라! 매 순간 그들은 더 작아지고 가련해지며 메마른다. 가련한 풀 포기여! 가련한 흙이여!

그들은 곧 마른 풀밭과 초원이 되어 내 앞에 나타나리라. 참으로! 그대들 자신에 싫증이 난 나머지, 물보다는 오히려 불을 갈망하면서!

오, 축복받은 번갯불의 시간이여! 오, 정오가 되기 전의 비밀이여! 나는 언젠가 그들을 내달리는 불로 만들고, 불꽃의 혀를 가진 예언자로 만들리라.

그들은 언젠가 불꽃의 혀로 선언해야 한다. 그것이 다가온다. 가까이 다가온다. 위대한 정오가!

차라투스트라는 이렇게 말했다.

감람산[44]에서

겨울이라는 고약한 손님이 우리 집에 앉아 있다. 그와 다정한 악수를 하면서 내 손은 파래졌다.

나는 이 고약한 손님을 존중하지만, 그를 혼자 앉혀 두는 것을 좋아한다. 나는 그에게서 달아나기를 좋아한다. 잘 달리는 자라야 그에게서 달아날 수 있다!

나는 따스한 발과 따스한 생각을 갖고 바람이 잔잔한 그곳, 나의 감람산의 양지바른 곳으로 달려간다.

그곳에서 나는 나의 엄격한 손님을 보고 웃지만, 그가 나의 집에서 파리와 수많은 작은 소음을 쫓아버렸기 때문에 그에게 다정하게 대한다.

그는 모기 한두 마리가 왱왱거리는 것도 견디지 못한다. 또한 그는 골목길을 적막하게 만들어 달빛마저 그곳의 밤을 두렵게 한다.

그는 까다로운 손님이다. 하지만 나는 그를 존중하고, 나약한 자들처럼 배가 불룩한 불의 우상[45]에게 기도하지는 않는다.

우상에게 기도하기보다는 오히려 약간 덜덜 떠는 게 낫다! 그것이 내 기질에 맞다. 나는 발정하여 후덥지근한 김을 뿜어내는 불의 우상을 특히 싫어한다.

나는 내가 사랑하는 자를 여름보다 겨울에 더 사랑한다. 나는 겨울이 나의 집에 앉아 있는 이후로 이제 나의 적을 더 잘, 더 통쾌하게 조롱한다.

내가 침대에 들어갈 때조차 참으로 통쾌하게 조롱한다. 나의 은밀한 행복도 그때 웃어대고 장난을 친다. 나의 거짓 꿈도 웃어댄다.

나는 기는 자인가? 나는 그동안 살아오면서 힘 있는 자 앞에서 한 번도 긴 적이 없다. 만약 내가 거짓말을 했다면 그것은 사랑했기 때문이다. 그 때문에 나는 겨울 침대 속에서도 기쁨에 넘쳤다.

화려한 침대보다 초라한 침대가 나를 더 따뜻하게 만든다. 나는 나의 가난을 질투하기 때문이다. 그리고 가난은 겨울에 나에게 가장 충실하다.

나는 매일매일 악의로 시작하고, 냉수욕으로 겨울을 조롱한다. 그 때문에 나의 엄격한 집안의 벗은 투덜거린다.

나는 또한 그를 밀초로 간질이는 것을 좋아한다. 겨울이 마침내 잿빛 어스름으로부터 하늘을 드러내도록.

나는 아침에 특히 악의에 차 있다. 우물가에서 두레박 소리가 덜거덕거리는 이른 아침에, 말들의 울음소리가 잿빛 골목에 따스하게 울려 퍼지는 이른 시각에.

그때 나는 밝은 하늘, 눈처럼 흰 수염의 겨울 하늘, 그 백발의 노인이 마침내 내 앞에 나타나기를 조바심하며 기다린다.

때때로 자신의 태양마저 숨겨 버리는 과묵한 겨울 하늘을!

내가 그에게서 오래되고 밝은 침묵을 배운 것일까? 아니면 그가 나에게서 배운 것일까? 그것도 아니면 우리가 각자 이를 고안해 낸 것일까?

아름다운 만물의 근원은 천 겹으로 되어 있다. 아름답고 분방한 만물은 기쁨에 넘쳐 현존 속으로 뛰어든다. 이 사물들이 어떻게 단 한 번만 도약한단 말인가!

아름답고 자유분방한 오랜 침묵도 겨울 하늘과 마찬가지로 둥근 눈의 밝은 얼굴로 바라본다.

그것은 겨울 하늘처럼 자신의 태양과 굽히지 않는 태양의 의지를 숨긴다. 참으로 나는 이러한 기교와 겨울의 이러한 분방함을 제대로 배웠다!

나의 침묵이 침묵을 통해 자신을 드러내지 않는다는 것을 배웠다는 것이 나의 가장 사랑스러운 악의이자 기교다.

말과 주사위로 요란한 소리를 내서 나는 엄숙한 감시자를 속여 넘긴다. 나의 의지와 목적은 이러한 엄격한 감시자로부터 몰래 달아나야 한다.

나의 깊이와 최후의 의지를 아무도 내려다보지 못하도록 나는 길고 밝은 침묵을 생각해 냈다.

나는 영리한 자를 많이 보았다. 그들은 아무도 자신의 얼굴을 꿰뚫어 보거나 내려다보지 못하도록 자신의 얼굴을 베일로 가렸고, 자신의 물을 흐리게 하였다.

하지만 바로 그들에게 영리하고 의심 많은 자와 호두 까는 자가 찾아와 그들이 꽁꽁 숨겨 둔 물고기를 즉시 낚아채 갔다!

가장 영리하게 침묵하는 자는 그러한 자가 아니라 밝고 정직하며 투명한 자들이다. 그들의 바닥은 너무 깊어서 가장 맑은 물도 자신의 바닥을 드러내지 않는다.

그대 눈처럼 수염이 흰 겨울 하늘이여, 그대 내 머리 위의 둥근 눈을 가진 백발의 하늘이여! 아, 그대 내 영혼과 그 분방한 영혼에 대한 천상의 비유여!

그런데 사람들이 나의 영혼을 찢어발기지 못하도록 나는 금을 삼킨 자처럼 자신을 숨겨야만 하는가?

내 주위의 이렇듯 시샘하고 비방하는 모든 자들은 나의 긴 다리를 보지 못하게 죽마를 타야만 하는가?

자욱한 연기에 답답함을 느끼며, 빈둥거리고, 닳아 해진 데

다가 빛까지 바랜, 슬픔에 잠긴 영혼들, 그들의 질투가 나의 행복을 어찌 견뎌낼 수 있겠는가?

그리하여 나는 그들에게 나의 꼭대기에 있는 얼음과 겨울만 보여 줄 뿐, 나의 산이 온통 태양의 띠를 두르고 있음은 보여 주지 않는다!

그들은 내 겨울의 폭풍우가 휘몰아치는 소리만 들을 뿐, 정열적이며 강렬하고 뜨거운 남풍처럼 따뜻한 바다를 건너가는 내 소리는 듣지 못한다.

그들은 내가 당한 재난과 우연을 측은하게 여긴다. 하지만 나는 말한다. "우연이여, 나에게 올 테면 오라. 우연은 아이처럼 순진하다."

그들이 어찌 나의 행복을 견딜 수 있을 것인가! 내가 재난이며 겨울의 곤궁이며 백곰의 털모자며 눈 내리는 하늘의 외투로 나의 행복을 두르지 않는다면!

내가 시샘하고 비방하는 자들의 동정을 측은하게 여기지 않는다면!

내가 그들 앞에서 탄식하고 혹한에 떨며, 참을성 있게 그들의 동정 속에 감싸이지 않는다면!

내 영혼이 그 겨울과 혹한의 폭풍우를 숨기지 않는다는 것, 이것이 내 영혼의 지혜로운 분방함이자 호의이다. 내 영혼은 동상도 숨기지 않는다.

어떤 자의 고독은 병자의 도피이고, 또 어떤 자의 고독은 병자로부터의 도피이다.

나는 그들이, 내 주위의 이 모든 가련한 사팔뜨기 녀석들이 내가 겨울의 추위에 덜덜 떨고 탄식하는 소리를 들었으면 한다. 나는 이처럼 덜덜 떨고 탄식하면서도 그들이 데워놓은 방에서 달아난다.

내가 동상에 걸린 것에 대해 그들이 함께 동정하고 함께 탄식하게 하라. 그들은 이렇게 탄식한다. "그는 얼음처럼 차가운 인식으로 우리마저 얼어붙게 한다!"

그사이에 나는 따뜻한 발로 나의 감람산을 이리저리 돌아다닌다. 내 감람산의 양지바른 곳에서 나는 노래하며 온갖 동정을 비웃는다.

차라투스트라는 이렇게 노래했다.

스쳐 지나감에 대하여

차라투스트라는 수많은 군중과 여러 도시를 거쳐 천천히 우회하여 자신의 산과 동굴로 향했다. 그런데 보라, 그는 자신도 모르는 새에 대도시의 성문 앞에 다다랐다. 그때 (어찌나 말이 많은지) 입에 거품을 문 한 광대가 두 손을 활짝 벌리고 그를 향해 달려와 길을 막았다. 그는 차라투스트라의 화법을 배우고 그의 풍부한 지혜를 즐겨 빌려 썼기 때문에 군중이 "차라투스트라의 원숭이"라고 부르는 광대였다. 그 광대가 차라투스트라에게 말했다.

"오, 차라투스트라여, 여기는 대도시입니다. 여기서 당신은 아무것도 찾아내지 못하고 모든 것을 잃을 겁니다.

왜 이 진흙탕을 걸어가려고 합니까? 당신의 발이 가엾지도 않습니까? 차라리 이 문에 침을 뱉고 발길을 돌리세요!

이곳은 은둔자의 생각을 전하기에는 지옥과 같습니다. 여기서는 위대한 생각이 산 채로 삶아지고 조그맣게 요리됩니다.

여기서는 위대한 감정이 모두 썩고 맙니다. 여기서는 오직 달랑거릴 만큼 작고 메마른 감정만이 있을 뿐입니다!

정신의 도살장과 음식점 냄새가 나지 않습니까? 이 도시에 도살된 정신이 내뿜는 증기가 자욱하지 않습니까?

영혼들이 축 늘어진 더러운 누더기처럼 걸려 있는 것이 보이지 않습니까? 이들은 이 누더기로 신문도 펴냅니다.

여기서는 정신이 언어유희의 대상일 뿐이라는 소리를 듣지 못했습니까? 정신이 역겨운 말의 구정물을 토해 냅니다! 그런데 이들은 이 말의 구정물로 신문도 펴냅니다.

그들은 서로를 몰아대지만 어디로 가는지는 모릅니다. 그들은 서로를 자극하지만 그 이유는 모릅니다. 그들은 자신의 깡통을 달그락거리며, 자신의 금화를 짤랑거립니다.

그들은 추위에 떨며 화주(火酒)로 자신의 몸을 녹이려 합니다. 그들은 몸이 달아올라, 얼어붙은 정신에서 냉기를 찾으려 합니다. 그들은 모두 앓고 있으며 여론에 의해 병이 들었습니다.

여기서는 온갖 쾌락과 악덕이 활개를 칩니다. 하지만 덕이 있는 자들도 있고, 재치 있고 유능한 자들도 많이 있습니다.

재치의 덕을 가진 자들은 손가락을 놀려 글을 써댑니다. 그들의 엉덩이는 앉아서 기다리느라 굳은살이 박였습니다. 그들은 작은 가슴에 장식을 하고, 빈약해 속을 채워 부풀린 엉덩이를 가진 딸을 낳는 축복을 받습니다.

여기에는 만군의 주에 대한 경건함이 넘치고, 침이라도 핥을 돈독한 믿음과 아첨이 많습니다.

'위로부터' 별과 자비로운 침이 뚝뚝 떨어집니다. 별을 품지 못한 가슴은 모두 저 하늘을 그리워합니다.

달에게는 그의 궁전이 있고, 그 궁전에는 달의 아이[46]가 있습니다. 그 궁전에서 나오는 거지와 재치 있는 거지의 덕을 가진 모든 자들은 기도를 드립니다.

'나는 봉사하고, 그대는 봉사하고, 우리는 봉사한다.' 모든 지혜의 덕은 군주를 우러러보며 이렇게 기도를 드립니다. 그 대가로 마침내 좁은 가슴에 가치 있는 별을 달았습니다!

그러나 달은 아직 대지의 주위를 돕니다. 그러므로 군주도 모든 것 중에 가장 대지에 가까운 것의 주위를 돕니다. 그것은 바로 상인의 황금입니다.

만군의 주는 금괴의 신이 아닙니다. 생각은 군주가 하지만 행동은 상인이 합니다.

당신 마음속의 밝고 강하며 아름다운 모든 것을 걸고 맹세합니다. 오, 차라투스트라여! 이 상인들의 도시에 침을 뱉고 발길을 돌리십시오!

여기서는 모든 피가 악취가 나고 차갑게 식었으며 거품이 가득한 채 혈관 속을 돌아다닙니다. 온갖 찌꺼기가 부글거리며 떠돌아다니는 거대한 쓰레기 더미인 이 대도시에 침을 뱉으십시오!

짓눌린 영혼과 좁은 가슴, 퀭한 눈, 끈적거리는 손가락의 도시에 침을 뱉으십시오!

치근거리는 자, 염치없는 자, 악착같이 글을 써대고 아우성치는 자, 너무 열뜬 야심가들의 도시에.

모든 부패한 것, 평판이 좋지 않은 것, 음탕한 것, 음울한 것, 퇴폐적인 것, 곪아 터진 것, 음모가 한데 뒤섞인 곳.

이 대도시에 침을 뱉고 발길을 돌리십시오!"

그러나 여기서 차라투스트라는 거품을 물고 열변을 토하는 광대를 제지하며 그의 입을 막았다.

"제발 그만 좀 하라!" 차라투스트라가 소리쳤다. "그대의 말과 말투에 이미 오래전부터 구역질이 났다!

왜 그대는 스스로 개구리와 두꺼비가 될 만큼 그리 오랫동안 늪가에 살았는가?

이제 그대 자신의 핏줄에 악취가 나고 거품이 가득한 늪의 피가 흐르고 있어, 그 때문에 이처럼 꽥꽥거리며 비방하는 것을 배우지 않았는가?

그대는 왜 숲 속에 들어가지 않는가? 왜 대지를 경작하지 않는가? 바다에는 푸른 섬이 가득하지 않은가?

나는 그대의 경멸을 경멸한다. 그대는 나에게 경고하면서 그대 자신에게는 왜 경고하지 않는가?

나의 경멸과 나의 경고하는 새는 오직 사랑으로만 날아오를 뿐 늪에서 날아올라서는 안 된다!

그대 거품을 문 광대여, 그대는 나를 닮은 원숭이라 불린다. 하지만 나는 그대를 투덜거리는 나의 광대라고 부르겠다. 투덜거림으로써 그대는 나의 우신 예찬[47]을 욕되게 한다.

처음 그대를 투덜거리게 만든 것은 무엇이었나? 아무도 그대에게 충분히 아첨하지 않아서이다. 그 때문에 그대는 투덜거릴 구실을 마련하려고 이 쓰레기 더미 위에 앉은 것이다.

마음껏 복수하기 위한 구실을 마련하려고! 그대 허영에 찬 광대여, 그대가 내뿜는 모든 거품은 말하자면 복수다. 나는 그대를 꿰뚫어 보고 있다!

그대가 옳을지라도 그대의 어리석은 가르침은 나에게 손해를 끼친다. 차라투스트라의 가르침이 백번 옳다고 하더라도 그대는 내 말로 언제나 부당한 일을 할 것이다.

차라투스트라는 이렇게 말했다. 그는 대도시를 바라보며 탄식하고 오랫동안 입을 다물었다. 그러다가 마침내 이렇게 말했다.

이 광대는 물론이고 이 대도시도 구역질이 난다. 여기서든 저기서든 더 나아질 것도 더 나빠질 것도 없다.

이 대도시에 화(禍)가 있기를! 나는 이 대도시가 불기둥이 되어 타오르기를 바란다.

위대한 정오보다 이 불기둥이 앞서야 하기 때문이다. 하지만 이 일에는 때가 있고 그 자신의 운명이 있는 법이다.

그대 광대여, 하지만 나는 작별의 말로 이러한 가르침을 전한다. 더 이상 사랑할 수 없는 곳에서는 스쳐 지나가야 한다!

차라투스트라는 이렇게 말하고, 광대와 대도시를 스쳐 지나갔다.

변절자들에 대하여

1

아, 얼마 전까지만 해도 이 초원의 푸릇푸릇하고 울긋불긋했던 모든 것이 어느새 시들어 잿빛이 되었단 말인가! 나는 얼마나 많은 희망의 꿀을 이곳에서 나의 벌통으로 옮겼던가!

그 젊은 마음은 이미 늙어버렸다. 아니 늙어버린 것이 아니다! 다만 지치고 속되며 편안해졌을 뿐이다! 그들은 이를 가리켜 "우리는 다시 경건해졌다."라고 말한다.

얼마 전까지만 해도 나는 그들이 꼭두새벽에 씩씩한 걸음으로 내달리는 것을 보았다. 하지만 이제 그들은 지식의 발에 힘이 풀리고 아침의 씩씩함마저 헐뜯는다!

참으로 그들 중의 일부는 한때 춤꾼처럼 발을 들어 올렸고, 나의 지혜로운 웃음은 그들에게 눈짓을 보냈다. 그러면 그들은 생각에 잠겼다. 그들이 십자가 쪽으로 몸을 구부리고 기어가는 모습이 보였다.

그들은 한때 모기와 젊은 시인들처럼 빛과 자유를 찾아 훨훨 날아다녔다. 나이가 좀 들고 열정이 좀 식자, 그들은 어느새 속이 시커먼 자, 수군거리는 자, 집에만 틀어박혀 있는 자가 되었다.

고독이 고래처럼 나를 삼켜버려 그들이 낙담한 걸까? 그들의 귀가 그리움에 사무쳐 오랫동안 나와 나의 나팔소리, 전령의 외침에 귀 기울였으나 허사로 돌아가서일까?

아! 그들 중에는 오랫동안 용기를 잃지 않고 분방한 마음을 가진 자가 얼마 되지 않는다. 그런 자에게는 정신도 끈기가 있지만, 나머지는 비겁하다.

나머지 인간들, 그들은 언제나 수가 많고 평범하며, 남아돌 뿐만 아니라 흔하다. 그들은 모두 비겁한 자들이다!

나와 같은 부류의 인간은 또한 나와 같은 부류의 경험을 할 것이다. 그러므로 그와 함께할 최초의 길벗은 시체와 어릿광대이리라.

그의 신자를 자처할 두 번째 길벗은 사랑과 어리석음, 그리고 미숙한 숭배로 가득 찬 생기 있는 무리리라.

인간들 중에서 나와 같은 부류인 자들은 이러한 신자들에게 자신의 마음을 얽매지 말아야 한다. 변덕스럽고 비겁한 인간성을 알아채는 자는 이러한 봄기운과 울긋불긋한 초원을 믿어서는 안 된다!

만일 그들이 다르게 할 수 있었다면 그들은 다른 선택을 했을 것이다. 언제나 이도 저도 아닌 자들이 일을 다 망쳐버리는 법이다. 나뭇잎은 시들게 마련이므로 무엇 때문에 탄식하겠는가!

나뭇잎이 흩날려 떨어지도록 하라. 오, 차라투스트라여, 불평하지 마라! 오히려 나뭇잎 사이로 살랑거리는 바람이 불게 하라.

이 나뭇잎 사이로 바람이 불게 하라. 오, 차라투스트라여, 시든 모든 것이 그대에게서 보다 빨리 사라지도록!

2

"우리는 다시 경건해졌다." 변절자들은 이렇게 고백한다. 그리고 그들 중의 일부는 너무 비겁해서 그런 고백조차 하지 못한다.

나는 그들의 눈을 들여다본다. 그들의 얼굴을 정면으로 바라보며, 그들의 뺨이 붉어지도록 말한다. 그대들은 다시 기도하는 자들이 되었구나!

하지만 기도하는 것은 수치가 아닌가! 모두에게 다 그렇지는 않지만 그대와 나, 그리고 머릿속에 양심이 있는 자에게는 그러하다. 그대에게는 기도하는 게 수치다!

그대도 이를 잘 알고 있다. 두 손을 맞잡고 무릎에 얹은 채 안락하게 살고 싶어 하는 그대 마음속의 비겁한 악마, 이 비겁한 악마가 "신은 존재한다!"라고 그대에게 말하는 것이다.

하지만 이로써 그대는 빛에서 안식을 얻지 못하고 빛을 두려워하는 자에게 속하게 된다. 이제 그대는 매일 그대의 머리를 밤과 안개 속으로 더 깊숙이 밀어 넣어야 한다!

참으로 그대는 때를 잘 고른 것이다. 지금 막 밤새들이 날아오르기 때문이다. 빛을 두려워하는 모든 족속에게 '휴식'이 없는 저녁의 휴식이 찾아온 것이다.

소리를 듣고 냄새를 맡았다. 사냥을 하고 행진할 시간이 되었다. 사실 거친 자를 사냥할 시간이 아니라 길들인 자, 절룩이는 자, 쿵쿵거리는 자, 조용히 걷는 자, 조용히 기도하는 자들을 사냥할 시간이 된 것이다.

감정이 풍부한 위선자들을 사냥할 시간이 된 것이다. 마음속의 모든 쥐덫은 이제 다시 설치되었다! 내가 휘장을 걷어 올리면 조그만 나방 한 마리가 팔랑팔랑 날아오른다.

이 작은 나방은 다른 나방들과 함께 그곳에 웅크리고 있었던 걸까? 나는 도처에서 숨어 있는 작은 교단의 냄새를 맡았다. 작은 방이 있는 곳에는 새로운 신도와 그들의 냄새가 있다.

그들은 기나긴 밤에 나란히 앉아 말한다. "우리로 하여금 다시 어린아이처럼 되어 '사랑의 주여'라고 말하게 하소서!" 달콤한 과자를 만드는 이 경건한 자들 때문에 입과 위를 상하게 된다고 하더라도.

또는 그들은 기나긴 밤에 교활하게 숨어 있는 십자거미를 오래도록 지켜보기도 한다. 이 십자거미들은 거미들 자신에게 신중하게 설교를 하고 가르친다. "십자가 밑은 거미줄을 치기에 좋은 곳이다!"

또는 그들은 온종일 늪에 낚싯대를 드리우고 앉아, 그 때문에 그들 스스로 심오하다고 생각한다. 하지만 고기가 있을 턱이 없는 그런 곳에서 낚시하는 자에게 나는 천박하다는 말조차 하지 않는다!

　또는 그들은 노래하는 시인 곁에서 경건하고 흥겹게 하프 켜는 법을 배운다. 이들은 하프를 켜서 젊은 여인들의 마음을 사로잡으려고 하는데, 이는 늙은 여자들과 이들의 칭찬에 싫증이 났기 때문이다.

　또는 그들은 박식한 반미치광이에게서 등골이 오싹해지는 것을 배운다. 그들은 어두운 방에서 정신들이 자신을 찾아오고, 정신이 완전히 달아나기를 기다린다!

　또는 그들은 휘파람을 불며 터벅터벅 걸어 다니는 떠돌이 노인에게 귀를 기울인다. 그 노인은 음울한 바람에게서 음울한 곡조를 배웠다. 이제 그는 바람 소리에 맞추어 휘파람을 불고, 음울한 곡조로 슬픔을 설교한다.

　그리고 그들 중의 몇몇은 야경꾼이 되었다. 그들은 뿔피리를 부는 법과, 밤중에 돌아다니며 오랫동안 잠들어 있던 낡은 일들을 일깨우는 법을 알게 되었다.

　나는 어젯밤 정원의 담벼락에서 오래된 일에 관한 다섯 가지 말을 들었다. 그것은 늙고 궁핍하며 쭈글쭈글한 야경꾼이 한 말이었다.

　"그는 아버지로서 자식들을 제대로 돌보지 않는다. 그 점에서는 인간의 아버지들이 더 낫다!"

　"그는 너무 늙었다! 자식들을 더 이상 돌보기 어렵다." 다른 야경꾼이 말했다.

　"도대체 그에게 자식이 있기나 한가? 자신이 이를 증명하지 않으면 누가 증명할 수 있겠는가! 나는 그가 언젠가는 이 점을 확실하게 증명해 주기를 진작부터 바라고 있었다."

"증명한다고? 그 자가 언제 무언가를 증명한 적이 있었다는 듯한 말투군! 증명한다는 것은 그에게 무리한 일이야. 그는 사람들이 자신을 믿는 문제에만 골몰하고 있어."

"그래! 그래! 그에 대한 믿음이 그를 행복하게 만들지. 이것이 늙은이들의 방식이야! 우리도 마찬가지야!"

늙은 야경꾼과 빛을 두려워하는 두 사람이 대화를 나누었다. 그리고 나서 슬픈 곡조로 뿔피리를 불었다. 이것은 간밤에 정원 담벼락에서 일어난 일이다.

하지만 나의 마음은 우스운 나머지 뒤집혀 터질 것만 같고, 어디로 가야 할지 몰라 황경막 속으로 가라앉고 말았다.

내가 술 취한 나귀를 보고, 이처럼 신을 의심하는 야경꾼의 말을 들었을 때, 너무 우스워 질식한 것은 참으로 나의 죽음이 될 것이다.

그런 온갖 의심을 하기에는 이미 때가 너무 늦은 건 아닐까? 그렇게 오래전에 잠들어 버린, 빛을 두려워하는 일들을 누가 깨울 수 있단 말인가!

낡은 신들은 이미 오래 전에 최후를 고했다. 참으로 낡은 신들은 멋지고 즐겁게 신성한 종말을 맞지 않았던가!

그들은 죽음을 맞아 "어스름 속으로 사라진" 것이 아니다. 그것은 거짓말이다! 오히려 그들은 너무 웃다가 죽음을 맞이한 것이다!

그것은 신을 가장 잘 부정하는 말, 즉 "신은 유일하다. 그대는 나 이외에 다른 신을 섬기지 마라!"라는 말이 신 자신의 입에서 나왔을 때 일어났다.

분노의 수염을 단 늙은 신, 질투의 신이 이처럼 자신을 망각한 것이다.

그때 모든 신들이 웃었고, 자신의 의자에 앉아 몸을 흔들어대며 소리쳤다. "신들이 존재하지만, 하나의 신만 존재하지 않는다는 게 바로 신성함이 아닌가?"

귀 있는 자는 들어라!

차라투스트라는 그가 사랑하는 '얼룩소'라는 도시에서 이렇게 말했다. 여기서 다시 자신의 동굴과 짐승이 있는 곳까지 가려면 이틀이면 충분했다. 자신의 귀향이 임박하자 그의 영혼은 기뻐 어쩔 줄 몰랐다.

귀향

오, 고독이여! 그대 나의 고향인 고독이여! 황량한 타향에서 너무 오랫동안 살아서 눈물 없이는 그대에게 돌아갈 수 없구나!

이제 어머니들이 그러하듯이 손가락으로만 나를 위협하라. 이제 어머니들이 그러하듯이 나에게 미소 지으며 이렇게 말해다오. "마치 폭풍우처럼 언젠가 나에게서 달아난 자가 누구였던가?

그는 떠나면서 '너무 오랫동안 고독하게 앉아 있었기 때문에, 나는 침묵하는 것을 잊어버렸다!'라고 외쳤다. 침묵──그대는 이제 그것을 배웠는가?

오, 차라투스트라여, 나는 모든 걸 알고 있다. 그대는 내 곁에 있을 때보다 군중 속에서 더 고립되지 않았는가!

고립과 고독은 다르다. 그대는 이제 그것을 배운 것이다! 그대가 인간들 속에서 언제나 버림받고 낯설게 되리라는 것을.

인간들이 그대를 사랑할 때조차도 버림받고 낯설게 되리라는 것을. 인간들은 무엇보다 먼저 **보살핌** 받기를 바라기 때문에!

그러나 그대는 여기 그대의 고향이자 집에 와 있다. 여기서 그대는 무슨 말이든 다 할 수 있고, 속에 품은 모든 이야기를 다 털어놓을 수 있다. 여기서는 감추어둔 감정이든 냉정한 감정이든 아무것도 부끄럽지 않다.

여기서는 온갖 사물이 어리광을 부리며 그대의 대화에 다가와 그대에게 아양을 부린다. 그들이 그대의 등에 업혀 가려고 하기 때문이다. 여기서 그대는 온갖 비유를 타고 모든 진리를 향해 간다.

여기서 그대는 만물에게 솔직하고 숨김없이 말해도 된다. 참으로 누가 만물에 터놓고 말한다면 이는 만물의 귀에 칭찬처럼 들리리라!

하지만 고립되는 것은 이와 다르다. 오, 차라투스트라여, 그대는 아직 알고 있는가? 그대가 숲 속에서 '갈 길을 몰라 시체 가까이에 서 있을 때, 그대의 새가 그대의 머리 위에서 큰 소리로 지저귀던 때를.

'내 짐승들이 나를 이끌어주었으면! 짐승들과 있는 것보다 인간들과 있는 것이 더 위험하다.' 라고 그대가 말하던 때를. 고립되는 것이란 이를 두고 하는 말이리라!

오, 차라투스트라여, 그대는 아직도 기억하는가? 그대가 그대의 섬에 앉아 텅 빈 나무통들 사이에서 샘물처럼 솟아나는 포도주를 나누고 베풀며, 목마른 자들에게 붓고 따르던 때를.

마침내 그대는 술 취한 자들 사이에 혼자 앉아 '받는 것보다 주는 것이 더 행복하지 않는가? 받는 것보다 훔치는 것이 더 행복하지 않는가?'라고 밤마다 탄식하곤 했다. 고립되는 것이란 이를 두고 하는 말이리라!

오, 차라투스트라여, 그대는 아직도 기억하는가? 그대의 가장 고요한 시간이 찾아와, 그대 자신으로부터 그대를 내쫓던 때를, 그대의 가장 고요한 시간이 '말하라. 그리고 부숴버려라!' 하고 사악하게 속삭이던 때를.

그대의 가장 고요한 시간이 그대의 온갖 기다림과 침묵을 후회하게 만들고, 그대의 겸손한 용기를 꺾을 때를. 고립되는 것이란 이를 두고 하는 말이리라!

오, 고독이여! 그대 나의 고향인 고독이여! 그대의 목소리는 얼마나 행복하고 상냥하게 나에게 말하는가!

우리는 서로에게 묻지 않고, 서로에게 탄식하지 않는다. 우리는 때때로 열린 문으로 함께 들락거린다.

그대 곁은 탁 트여 있고 밝기 때문이다. 여기서는 시간도 보다 경쾌한 발걸음으로 달린다. 말하자면 빛 속에서보다 어둠 속에서 시간이 더 무거워지는 법이다.

여기서는 모든 존재의 말과 말의 상자가 나에게 활짝 열린다. 여기서는 모든 존재가 말이 되고자 하고, 여기서는 모든 생성이 나에게서 말하는 법을 배우고자 한다.

그런데 저 아래서는—온갖 말이 아무 소용없다! 거기서는 잊는 것과 스쳐 지나가는 것이 최상의 지혜다! 그런 사실을—

나는 이제 배우게 되었다!

　인간들 사이에 일어나는 온갖 일을 파악하려는 자는 온갖 일에 손을 대야 할지도 모른다. 하지만 그러기에는 내 두 손이 너무 깨끗하다.

　나는 어느덧 그들의 숨결을 들이마시는 걸 좋아하지 않는다. 아, 내가 그토록 오랫동안 그들의 소음과 역겨운 숨결을 맡으며 살았다니!

　오, 내 주위의 복된 고요함이여! 오, 내 주위의 순수한 향기여! 오, 이 고요함은 깊은 가슴으로부터 얼마나 순수하게 숨을 쉬는가! 오, 어떻게 귀 기울이고 있는가, 이 복된 고요함은!

　하지만 저 아래, 거기서는 모든 것이 말을 하고 모든 것이 건성으로 들을 뿐이다. 사람들은 종을 울려 자신의 지혜를 소리 내려 하지만, 시장 상인들의 동전 소리가 그것을 덮어버릴 것이다!

　그들 곁의 모든 것이 말을 하지만, 아무도 그것을 더는 이해할 줄 모른다! 모든 것이 물속으로 떨어질 뿐, 더는 아무것도 깊은 우물 속으로 떨어지지 않는다.

　그들 곁의 모든 것이 말을 하지만, 아무것도 더는 이루어지지 않고, 끝나지 않는다. 모든 것이 울어대지만, 누가 자신의 둥지에 가만히 앉아 알을 품으려 하겠는가?

　그들 곁의 모든 것이 말을 하고, 모든 것이 입씨름을 한다.

　그래서 어제까지만 해도 시대와 시대의 이빨이 씹기에는 너무 딱딱하던 것이 오늘은 씹히고 뜯긴 채 현대인의 입에 매달려 있다.

　그들 곁의 모든 것이 말을 하고, 모든 것이 드러난다. 그래서 한때는 심오한 영혼의 비밀과 은밀한 일로 불리던 것이 오늘날에는 거리의 나팔수와 그 밖의 경박한 자들의 것이 되었다.

오, 인간들, 그대 종잡을 수 없는 존재여! 그대 컴컴한 골목의 소음이여! 이제 그대는 다시 내 뒤에 있다. 나에게 가장 위험한 것이 내 뒤에 있는 것이다!

나에게 가장 위험한 것은 언제나 보살핌을 받고 동정을 받고 있었다. 인간이란 모두 보살핌과 동정을 받고자 한다.

진리를 숨긴 채, 바보의 손과 바보가 된 마음으로, 동정에서 나온 이런저런 자잘한 거짓말을 하면서 —— 나는 인간들 사이에서 언제나 이렇게 살았다.

나는 나 자신을 감추고 그들 사이에 앉아 있었다. 내가 그들을 견뎌내고 있다고, 나 스스로 오해받을 각오를 하고. 그리고 '너 바보야, 너는 인간을 모른다!' 라고 나 자신을 즐겨 타일렀다.

인간은 인간들과 살면서 인간을 잊어버린다. 모든 인간에게는 너무 많은 겉치레가 있다. 먼 곳을 잘 보고 먼 곳을 갈망하는 눈이 무슨 소용이 있겠는가!

인간들이 나를 오해했을 때, 나는 바보처럼 내가 한 것보다 더 그들을 감싸 주었다. 나 자신에게 가혹하게 대하는 데 익숙해진 나는 이렇게 감싸 주는 대가로 종종 나 자신에게 복수했다.

나는 독파리에게 마구 쏘이고, 방울져 떨어지는 악의의 물방울에 돌멩이처럼 움푹 파이며, 그들 사이에 앉아 나 자신에게 타일렀다. "모든 작은 것은 자신이 작은 것에 대해 죄가 없다!" 라고.

특히 '선한 자' 라고 자칭하는 자들이야말로 나는 가장 독성이 강한 파리임을 알게 되었다. 그들은 철없이 쏘아대고, 철없이 거짓말한다. 그들이 어떻게 나에게 공정할 수 있단 말인가!

선한 자들 사이에 사는 자에게 거짓말을 가르치는 것은 동정심이다. 동정심은 모든 자유로운 영혼의 소유자들을 숨 막히게 만든다. 말하자면 선한 자의 어리석음은 깊이를 헤아릴 수 없는 것이다.

나 자신과 나의 풍요를 숨기는 것, 그것을 나는 저 아래에서 배웠다. 나는 모든 사람의 마음이 가난하다는 것을 알았기 때문이다. 내가 모든 사람들에 대해 알았다고 한 것은 나의 동정심에서 나온 거짓이었다.

그들의 정신이 어느 정도면 충분하고, 어느 정도면 너무 많은 것인지 모든 사람에게서 보았고 냄새를 맡았다는 것은 나의 동정심에서 나온 거짓말이었다!

그들의 현학적인 현자들, 나는 그들을 현학적이라고 하지 않고 지혜롭다고 했다. 나는 이렇게 말을 삼키는 법을 배웠다. 그들의 무덤 파는 자를 나는 연구자이자 학자라 불렀다. 나는 이렇게 말을 혼동하는 법을 배웠다.

무덤 파는 자들은 구덩이를 파다가 병에 걸린다. 오래된 폐허 더미 밑에는 고약한 냄새가 고여 있다. 그러니 수렁을 휘젓지 말아야 한다. 사람은 산 위에서 살아야 한다.

나는 축복받은 콧구멍으로 다시 산의 자유를 호흡했다! 마침내 나의 코는 온갖 인간이 내는 냄새로부터 구원을 받았다!

샴페인의 향긋한 냄새가 코를 자극하여 나의 영혼은 재채기를 한다. 재채기를 하고 자신에게 환호한다. 그대에게 신의 가호가 있기를!'

차라투스트라는 이렇게 말했다.

세 가지 악에 대하여

1

꿈속에서, 오늘 아침의 꿈에서 나는 어떤 곶(串)에 서 있었다. 세계 저편에서 나는 저울을 들고 세계의 무게를 재고 있었다.

오, 아침놀이 너무 일찍 나를 찾아왔다. 그것은 벌겋게 달아오르며 나를 깨웠다. 질투심이 많은 아침놀! 그것은 언제나 내 아침의 꿈이 타오르는 것을 질투한다.

시간이 있는 자에게는 잴 수 있는 것, 유능하게 저울질하는 자에게는 달 수 있는 것, 날개가 억센 자에게는 날아서 도달할 수 있는 것, 호두를 까는 신성한 자에게는 미루어 알 수 있는 것, 내 꿈의 세계는 이렇다.

내 꿈은 대담한 항해자이자, 반은 배고 반은 선풍이며, 나비처럼 과묵하고 매처럼 성미가 급하다. 이 꿈이 오늘은 무슨 일로 세계를 (저울에) 달아볼 인내심과 여유를 갖게 되었을까!

모든 '무한한' 세계를 비웃는 나의 지혜, 웃으면서 깨어 있는 낮의 지혜가 은밀히 내 꿈에게 말한 것일까? 지혜는 이렇게 말하기 때문이다. "힘이 있으면 수(數)도 여주인이 되고, 그 수는 보다 큰 힘을 지닌다."

나의 꿈은 얼마나 확신을 갖고 이 유한한 세계를 바라보는가? 새것과 옛것에 대한 호기심도 없이, 두려워하지도 않고 애원하지도 않으며.

마치 동그란 사과가, 벨벳처럼 부드럽고 시원한 껍질을 가진 황금사과가 내 손에 쥐어 있는 것처럼, 세계는 그렇게 나에게 주어졌다.

마치 나를 향해 휘어진 나무가, 여행에 지친 길손이 몸을 기대고 발을 얹을 수 있도록 휘어진 것처럼, 가지가 벌어지고 의지가 강한 나무가 나에게 눈짓하는 것처럼, 세계는 그렇게 나의 곁에 서 있었다.

마치 사랑스러운 손길이 나에게 건넨 상자가, 부끄러워하면서도 존경하는 눈을 황홀하게 하도록 열어놓은 상자 하나를 건네는 것처럼, 세계는 오늘 그렇게 내게 건네졌다.

인간에 대한 사랑을 쫓아낼 만큼의 수수께끼 같지도 않고, 인간의 지혜를 잠재울 만큼의 해결책이 있는 것도 아닌, 인간들이 그토록 험담을 퍼붓는 이 세계가 오늘 나에게 인간적으로 좋게 보였다!

이른 아침에 이렇게 세계를 달아보게 해주니 나의 아침 꿈이 얼마나 고마운지 모른다! 마음을 위로해 주는 이 꿈은 인간적인 선으로서 나를 찾아왔다!

나는 낮에도 똑같은 일을 할지도 모른다. 그것의 가장 좋은 점을 흉내 내고 배우기 위하여 이제 나는 세 가지 가장 나쁜 것을 저울에 올려놓고 인간적인 관점에서 제대로 재보려고 한다.

축복하는 것을 가르친 자는 저주하는 것도 가르쳤다. 이 세상에서 가장 저주받은 세 가지는 무엇일까? 나는 이것들을 저울에 올려놓으려고 한다.

육욕, 지배욕, 이기심. 이 세 가지는 지금껏 가장 저주받아 왔고, 최악의 왜곡된 평판을 받아 왔다. 나는 이 세 가지를 인간적인 과정에서 제대로 달아보려고 한다.

자! 여기에는 나의 곁이 있고, 저기에는 바다가 있다. 저 바다가 나에게 넘실거리며 다가온다. 내가 사랑하는 충실하고 해묵은, 머리가 백 개나 되는 괴물 같은 털북숭이 개가 애교를 부리며 굽이친다.

자! 여기서 나는 굽이치는 바다를 내려다보며 저울을 들고 있으리라. 그리고 지켜볼 증인으로 그대 은둔자인 나무를 택하리라. 향기가 진동하고 가지가 벌어진, 내 사랑하는 그대를!

어떤 다리를 지나 현재는 미래로 가는가? 어떤 충동이 높은 것을 낮은 것으로 구부러지도록 강요하는가? 그리고 더없이 높은 것을 더 자라도록 명령하는 것은 무엇인가?

이제 저울은 수평 상태를 유지하고 있다. 내가 묵직한 세 가지 질문을 던져 넣자, 다른 쪽 저울판에 세 가지 묵직한 대답이 올라온다.

2

육욕. 그것은 육체를 경멸하며 세마포를 입고 다니는 고행자들에게 가시이자 형벌의 기둥이며, 저편의 세계를 믿는 자에게는 '속된 것'으로 저주를 받는다. 육욕은 혼란과 오류를 가르치는 모든 자들을 비웃고 바보로 만들기 때문이다.

육욕. 그것은 천민들에게 그들의 몸을 서서히 태우는 불이고, 벌레 먹은 모든 목재와 악취를 풍기는 모든 누더기에게는 욕정에 불을 붙여 끓어오르게 하는 난로다.

육욕. 그것은 자유로운 마음을 지닌 자에게 순진하고 자유로운 것, 지상 낙원의 행복이자 모든 미래가 현전하는 넘쳐흐르는 고마움이다.

육욕. 그것은 시들어버린 자에게 달콤한 독이지만, 사자와 같은 의지를 지닌 자에게는 훌륭한 강장제이며 소중히 지켜온 포도주 중의 포도주이다.

육욕. 그것은 보다 높은 행복과 최고의 희망을 보여 주는 크나큰 행복을 비유한 말이다. 말하자면 수많은 인간에게 혼인과 혼인 이상의 것이 약속되어 있는 것이다.

남자와 여자보다 더 낯선 많은 사람들에게. 그런데 남자와 여자가 얼마나 낯선지 누가 완전히 알아차렸단 말인가!

육욕. 하지만 나는 내 사상의 둘레에, 그리고 내 말의 둘레에도 울타리를 치려고 한다. 돼지와 광신자들이 내 정원에 침입하지 못하도록.

지배욕. 그것은 더없이 냉혹한 자들을 후려치는 벌겋게 달아오른 채찍이고, 잔혹하기 그지없는 자가 자신을 위해 남겨 놓는 무시무시한 고문이며, 산 채로 불태워 죽이는 장작불의 음산한 불꽃이다.

지배욕. 그것은 허영심에 넘치는 군중에게 달라붙는 성가신 쇠파리이고, 어느 말[馬]이나 어느 자부심을 타고 가는 모든 막연한 덕을 비웃는 자다.

지배욕. 그것은 무르고 속이 빈 모든 것을 부수고 무너뜨리는 지진이고, 구르고 으르렁거리고 벌하면서 회칠한 무덤을 파괴하는 자며, 섣부른 대답에 붙은 섬광 같은 의문부호다.

지배욕. 그것의 시선 앞에서 인간은 설설 기고 머리를 조아리고 힘써 일한다. 그리고 뱀과 돼지보다 더 비굴해진다. 마침내 그의 내부에서 경멸의 커다란 외침이 터져 나올 때까지.

지배욕. 그것은 커다란 경멸을 가르치는 무서운 선생이다. 그는 도시와 국가의 면전에 대놓고 "너 물러가라!"라고 설교한다. 마침내 그것들의 내부에서 "나는 물러가겠다!"라고 외칠 때까지.

지배욕. 그런데 그것은 또한 순수한 자와 고독한 자를 유혹하고, 저 위의 자족하고 있는 고귀한 자에게 올라간다. 대지의 하늘에 유혹하듯 보랏빛 행복을 그리는 사랑처럼 이글이글 타오르며.

지배욕. 그렇지만 고귀한 것이 권력을 탐해 아래로 내려오려고 갈망한다면, 누가 이를 병적 욕망이라고 하겠는가? 참으로 그러한 갈망과 내려감에는 병적인 것도 병적인 욕망도 없다!

고독함을 느끼는 높은 것이 영원히 고독을 맛보며 자족하지 않고, 산은 골짜기로 내려오고, 높은 곳의 바람은 낮은 곳으로 내려오려고 한다.

오, 그러한 그리움에 대한 올바른 세례명과 덕의 이름을 누가 발견하겠는가! '베푸는 덕' —— 일찍이 차라투스트라는 이름 붙이기 어려운 것을 그렇게 불렀다.

그때 다음과 같은 일이 일어났다. —— 정말이지 처음으로 있는 일이었다! 차라투스트라는 힘찬 영혼에서 솟아나는 온전하고 건강한 이기심을 복된 것이라고 칭찬했다.

주위의 만물에게 거울이 될 만큼 아름답고 승리감에 넘치며, 새로운 몸이자 거룩한 몸에 어울리는 힘찬 영혼에서 솟아나는 이기심을.

유연하고 설득력 있는 몸, 춤꾼의 형상과 정수가 스스로 즐거워하는 영혼. 이러한 몸과 영혼의 자기 희열이 스스로를 '덕'이라고 부른다.

그러한 자기 희열은 신성한 작은 숲으로 자신을 둘러싸듯, 선악의 교리로 자신을 가린다. 즉 행복이라는 이름으로 자기 희열은 경멸스러운 모든 것을 자신으로부터 추방한다.

자기 희열은 비겁한 모든 것을 자신으로부터 내쫓는다. 자기 희열은 나쁜 것, 그것은 "비겁하다!"라고 말한다. 자기 희열은 늘 걱정하고 탄식하며 슬퍼하는 자, 하찮은 이익에 연연하는 자를 경멸스럽다고 여긴다.

자기 희열은 슬픔에 잠긴 지혜도 경멸한다. 정말이지 어둠 속에서 피어나는 지혜, 밤의 그늘과도 같은 지혜도 있기 때문이다. 이러한 지혜는 "모든 것은 덧없다!"라고 늘 탄식한다.

자기 희열은 꺼리며 불신하는 것을 하찮게 여긴다. 그리고 눈길이나 손길 대신에 맹세를 바라는 자도 하찮게 여긴다. 너무 불신하는 모든 지혜도 하찮게 여긴다. 이러한 지혜는 비겁한 영혼이라는 속성을 지니기 때문이다.

자기 희열은 재빨리 영합하는 자, 툭하면 벌렁 드러눕는 개 같은 자, 굴종하는 자를 더욱 하찮게 여긴다. 이처럼 비굴하고 개 같고 위선적이며 재빨리 영합하는 지혜도 있는 것이다.

자기 희열은 저항하려고 하지 않는 자, 독성 있는 침이나 사악한 눈길을 달게 받는 자, 너무 인내심이 강하고 모든 것을 참는 자, 무슨 일에든 만족해하는 자를 미워하고 구역질을 느낀다. 말하자면 그것은 노예의 속성이기 때문이다.

신들과 신들의 발길질에 굴종하든, 인간들과 인간들의 어리석은 견해에 굴종하든, 이렇듯 명예로운 이기심은 **모든 노예의 속성에 침을 뱉는다!**

열등함, 명예로운 이기심은 기죽어 소심하게 굴종하는 모든 것과 부자연스럽게 깜빡거리는 눈, 억눌린 마음, 두툼하고 비겁한 입술로 입맞춤하며 굴복하는 저 거짓된 속성을 이렇게 부른다.

명예로운 이기심은 노예이자 노인이며 염세적인 자의 감정을 거짓 지혜라고 부른다. 그리고 특히 불량하고 헛소리나 지껄이며 가식적인 성직자의 어리석음을 그렇게 부른다.

그런데 거짓 현자들, 모든 성직자들, 세상에 지친 자들, 영혼이 여자나 노예의 속성을 지닌 자들. 오, 예로부터 이들의 장난질이 이기심을 얼마나 괴롭혀 왔던가!

그런데 이기심을 괴롭히는 것, 바로 그것이 덕이었고, 덕으로 불린 것이다! 그리고 "사심이 없는 것" 즉 세상에 지친 모든 비겁한 자들과 십자거미들이 그렇게 되기를 바란 것은 나름대로 근거가 있었던 것이다!

그러나 이 모든 자들에게 이제 낮과 변화가, 심판의 칼이, 위대한 정오가 다가오고 있다. 그러면 모든 것이 분명히 드러나리라!

그리고 자아를 건전하고 신성하다고 일컫고, 이기심을 명예롭다고 일컫는 자, 참으로 그 예언자는 자신이 알고 있는 것을 말하고 있다. "보라. 그것이 오고 있다. 가까이 왔다. 위대한 정오가!"

차라투스트라는 이렇게 말했다.

중력의 영에 대하여

1

나의 입은 군중의 입이다. 나는 앙골라 토끼들에게 너무 거칠고 진실하게 말한다. 그리고 나의 말은 잉크 같은 물고기들과 펜을 든 여우들에게는 모두 낯설게 들린다.

나의 손은 바보의 손이다. 슬프구나, 모든 탁자와 벽 그리고 아직도 바보가 함부로 갈겨쓰거나 낙서할 방이 있다니!

나의 발은 말[馬]의 발이다. 이 발로 나는 아무 데나 거침없이, 들판을 가로질러 달가닥거리며 달린다. 그리고 질풍처럼 내달릴 때는 기뻐 미칠 지경이다.

나의 위장은 혹시 독수리의 위장이 아닐까? 양고기를 가장 좋아하니 말이다. 어쨌든 새의 위장인 것은 확실하다.

무해한 음식을 조금 먹고, 성급하게 날아올라 날아가 버리는 것—그것이 나의 천성이니, 그것이 어찌 새의 천성이 아니겠는가!

그리고 특히 내가 중력의 영과 적대적이라는 것, 그것이 바로 새의 천성이다. 참으로 나는 중력의 영과는 용서할 수 없는 원수이자 최대의 원수이며, 조상 대대로 원수이다! 오, 나의 적의가 이미 날아가, 보지 않은 곳, 날아가 헤매지 않은 곳이 어디 있겠는가!

나는 그것을 노래할 수 있고, 노래하려고 한다. 비록 내가 텅 빈 집에서 홀로 내 자신의 귀에 대고 노래해야 한다 하더라도.

물론 청중이 가득 차야 비로소 목청이 부드러워지고, 손짓이 자연스러워지며, 눈의 표정이 풍부해지고, 마음이 생기를 띠는 가수들이 있다. 나는 그들과 같지 않다.

2

언젠가 인간에게 나는 법을 가르치는 자는 모든 경계석을 옮길 수 있을 것이다. 그의 눈앞에서 모든 경계석 자체가 공중으로 날아갈 것이다. 그는 대지에 '가벼운 것'이라는 새로운 세례명을 줄 것이다.

타조라는 새는 가장 빠른 말보다 더 빨리 달리지만, 타조는 아직 머리를 무거운 대지에 무겁게 처박고 있다. 그러므로 아직 날지 못하는 인간도 타조와 마찬가지다.

인간에게 대지와 삶은 무겁다. 그것은 중력의 영이 바라는 것이다! 따라서 가벼워져서 새가 되기를 바라는 자는 자기 자신을 사랑해야 한다. 나는 이렇게 가르친다.

물론 아픈 자와 병든 자처럼 사랑해서는 안 된다. 이러한 자들의 경우에는 자기애도 악취를 풍기기 때문이다!

인간은 온전하고 건강한 자로서 자기 자신을 사랑하는 법을 배워야 한다고 나는 가르친다. 자기 자신을 참아내느라 헤매고 다니지 않도록 하기 위해서다.

그렇게 헤매고 다니는 것은 '이웃 사랑'이라는 말로 불린다. 지금까지 이 말로 사람들을 가장 많이 속여 왔고 위선을 저질렀다. 특히 온 세상을 힘들게 한 사람들에 의해서.

그리고 참으로 자신을 사랑하는 법을 배우는 것은 오늘과 내일을 위한 계율이 아니다. 오히려 이것은 모든 기술 중에서 가장 정교하고 교묘하며, 가장 인내심이 요구되는 궁극적인 기술이다.

말하자면 모든 소유물은 그 소유자에게 잘 숨겨져 있어서, 매장된 모든 보물 중에서 자기 자신의 것이 가장 나중에 발굴되는 것이다. 중력의 영은 바로 그런 일을 한다.

요람에 누워 있을 때부터 우리는 이미 무거운 말과 가치를 받는다. 이 지참금은 '선'과 '악'이라고 불린다. 그 때문에 우리는 사는 것을 허락받는다.

인간들이 아이들을 자기에게 오게 하는 것은 자기 자신을 사랑하는 것을 제때에 저지하기 위해서다. 중력의 영이 바로 그런 일을 한다.

그리고 우리 ─ 우리는 우리에게 지참금으로 주어진 것을 딱딱한 어깨에 메고 험준한 산을 넘어 충실하게 끌고 간다! 이때 우리가 땀을 흘리면 사람들은 우리에게 말한다. "그래, 삶이란 짊어지고 다니기에 무거운 거야."

그러나 인간에게는 오직 인간만이 짊어지기에 무거운 것이다! 인간은 자신의 어깨에 너무 많은 낯선 짐을 끌고 다니기 때문이다. 인간은 낙타처럼 무릎을 꿇고 자기 등에 잔뜩 짐을 싣게 하기 때문이다.

특히 외경심을 품은 강하고 끈기 있는 자, 그 자는 낯설고 무거운 말과 가치를 너무 많이 등에 짊어지고 있다. 그에게는 이제 삶이 사막처럼 느껴지는 것이다!

그리고 참으로! 자기 소유가 많은 자도 짊어지기에 무거운 것이다! 그리고 인간의 내면에 있는 많은 것은 굴과 같아, 말하자면 구역질을 일으키고 미끌미끌하며 손으로 잡기 힘들다.

그러므로 고상하게 치장한 고상한 껍질이 중간에서 조정을 해줘야 한다. 그러므로 사람들은 껍질과 멋진 외관, 현명한 맹목성을 갖추는 기술도 배워야 한다!

대부분의 껍질이 열등한 데다가 아주 초라하며, 너무 껍질답기 때문에 인간의 많은 부분을 거듭 기만한다. 그리하여 숨겨진 많은 선의와 힘은 결코 드러나지 않는다. 가장 맛있는 음식이 그 맛을 알아주는 사람을 만나지 못하는 것이다!

여인들, 말할 수 없이 섬세한 여인들은 알고 있다. 조금 더 살이 찌거나 조금 더 살이 빠지는 것을. 오, 이런 얼마 안 되는 것에 얼마나 많은 운명이 담겨 있는가!

인간은 밝혀 내기 어려우며, 인간 자신에게 가장 어려운 일이다. 정신이 영혼에게 종종 거짓말을 하기 때문이다. 중력의 영이 바로 그런 일을 한다.

그런데 자기 자신을 알아낸 자는 이것이 나의 선이고 악이라고 말한다. 이로써 그는 '모든 사람을 위한 선과 모든 사람을 위한 악'에 대해 말하는 두더지와 난쟁이의 말문을 막는다.

참으로 나는 만물이 선하고, 이 세계가 최선의 세계라고 일컫는 자들을 좋아하지 않는다. 나는 이런 자들을 전적으로 만족하는 자들이라고 부른다.

모든 것을 맛볼 줄 아는 전적인 만족감, 이것이 최상의 미적 감각은 아니다. 나는 '나'와 '아니다', '그렇다'를 말하는 것을 배운, 반항적이고 까다로운 혀와 위를 가진 사람을 존경한다.

하지만 모든 것을 씹고 소화하는 것 ── 그것은 그야말로 돼지의 속성이다. 언제나 '이-아'[48]라고 말하는 것 ── 나귀와 나귀의 정신을 지닌 자만이 이를 배우리라!

짙은 노란색과 불타는 빨간색, 내 미의식은 이것을 바란다. 내 미의식은 모든 색깔에 핏빛을 섞는다. 자기 집을 흰색으로 회칠한 사람은 나에게 희게 회칠한 자신의 영혼을 드러내는 것이다.

어떤 자는 미라에게 반하고, 어떤 자는 유령에게 반한다. 그런데 둘 다 온갖 살과 피에 적대적이다. 오, 그 둘은 내 미의식에 얼마나 거슬리는가! 나는 피를 사랑하기 때문이다.

하지만 나는 모든 사람이 침 뱉고 구토하는 곳에 살거나 머물고 싶지 않다. 이것이 내 미의식이다. 오히려 나는 도둑들과 거짓 맹세하는 사람들 사이에서 살고 싶다. 아무도 입에 황금을 물고 다니지 않기 때문이다.

나에게는 온갖 아첨꾼들이 가장 역겹다. 그리고 내가 가장 역겹게 생각한 인간이라는 짐승에게 기생충이라고 이름을 붙여 주었다. 이 기생충은 사랑하려고 하지는 않으면서 사랑을 먹고 살아가려고 한다.

나는 나쁜 짐승이 되거나 나쁜 짐승의 조련사가 되느냐 중에 한 가지만 택해야 하는 사람을 불행하다고 부른다. 나는 이런 자들 곁에 오두막을 짓지 않을 것이다.

나는 언제나 기다리기만 해야 하는 자들도 불행하다고 부른다. 이들은 내 미의식에 거슬린다. 모든 세금 징수원, 상인, 왕들과 그 밖의 나라와 가게를 지키는 자들 말이다.

정말이지 나는 기다리는 것도 배웠다. 그것도 철두철미하게. 하지만 나를 기다렸을 뿐이다. 그리고 무엇보다도 나는 서서 걷고 달리면서 뛰어오르고 기어오르며 춤추는 것을 배웠다.

나는 이렇게 가르친다. 언젠가 나는 것을 배우려는 자는 우선 서서 걷고 달리며 기어오르고 춤추는 것을 배워야 한다. 단번에 나는 법을 배울 수는 없다!

나는 줄사다리로 창문에 기어오르는 법을 배웠고, 더없이 민첩한 다리로 높은 돛대에 기어올랐다. 인식이라는 높은 돛대에 앉는 것이 나에게는 적지 않게 행복처럼 생각되었다.

높은 돛대 위에서 깜박거리는 조그만 불꽃. 사실 조그만 불빛이지만 표류하는 뱃사람이나 난파한 자들에게는 커다란 위안이 된다!

나는 수많은 길과 방법으로 나의 진리에 도달했다. 나는 한 개의 사다리만 타고 먼 곳을 바라볼 수 있는 높이에 도달한 것이 아니다!

그리고 언제나 마지못해 길을 물어보았을 뿐이었다. 그것은 언제나 내 미의식에 거슬렸기 때문이다! 오히려 나는 길 자체를 물어보고 시도해 보았다.

나의 모든 행로는 물어보고 시도하는 것이었다. 그리고 참으로 사람들은 이러한 물음에 답하는 법도 배워야 한다! 이것이 내 미의식이다.

그것은 좋지도 나쁘지도 않으며, 내가 더 이상 부끄러워하거나 숨기지 않는 내 미의식이다.

"이것이 —— 이제 나의 길이다. 그대들의 길은 어디에 있는가?" 나는 나에게 '길을' 묻는 자들에게 그렇게 말했다.

말하자면 그런 길은 존재하지 않는다!

차라투스트라는 이렇게 말했다.

낡은 서판과 새로운 서판에 대하여

1

나는 여기에 앉아 기다리고 있다. 내 주위에는 낡고 부서진 서판들, 그리고 반쯤 쓰인 새로운 서판도 있다. 나의 시간은 언제나 올까?

내가 내려가고 몰락하는 시간이. 나는 또 한 번 인간들에게 가고자 한다.

나는 이제 그때를 기다리고 있다. 우선 나의 시간이 왔음을 알리는 조짐이, 말하자면 비둘기 떼와 함께 사자가 웃으며 와야 한다.

그사이에 나는 시간이 충분한 자로서 나 자신에게 말한다. 아무도 나에게 새로운 이야기를 들려주지 않으므로, 나는 나 자신에게 말한다.

2

내가 인간들에게 가보니 그들은 낡은 자만심 위에 앉아 있었다. 모두들 인간에게 무엇이 선이고 악인지 이미 오래전부터 알고 있는 듯이 자만하고 있었다.

그들은 덕에 관한 모든 말을 낡고 싫증이 나는 것으로 여겼다. 그래서 잠을 잘 자려고 하는 자는 자기 전에 '선'과 '악'에 관해 말했다.

나는 이렇게 가르쳐 잠들려는 그들을 방해했다. 무엇이 선이고 악인지 아직 아무도 알지 못한다. 창조하는 자라면 또 몰라도!

그는 인간의 목표를 창조하고, 대지에 의미와 미래를 부여하는 자다. 그가 비로소 모든 일의 선과 악의 특성을 창조한다.

나는 그들의 낡은 강단을, 낡은 자만심만 가득할 뿐인 그곳을 뒤엎으라고 그들에게 일렀다. 그들의 위대한 덕의 교사들, 성자들, 시인들 및 구세주를 비웃으라고 그들에게 일렀다.

그들의 음울한 현자들, 검은 옷을 입은 허수아비처럼 삶의 나무 위에 앉아 경고하던 자들을 비웃으라고 그들에게 일렀다.

나는 무덤길은 물론 썩은 시체와 독수리 옆에 앉기도 했다. 그리고 나는 그들의 모든 과거와 그것의 썩어 문드러진 영화를 비웃었다.

참으로 나는 참회를 설교하는 자나 바보처럼 크고 작은 그들의 모든 일에 분노하며 고함쳤다. 그들의 최선이 이렇게 작다니! 그들의 최악이 이렇게 작다니! 나는 비웃었다.

산에서 태어난 나의 지혜로운 동경이, 참으로 거친 지혜가 마음속으로 소리치고 비웃었다. 요란하게 날개를 퍼덕이는 나의 위대한 동경이.

그리고 이 동경은 웃는 도중에 나를 앞으로 위로 저 멀리 잡아당겼다. 나는 햇빛에 취한 황홀경을 느끼며 화살처럼 전율하며 날아갔다.

아직 꿈에서 본 적이 없는 아득한 미래로. 지금까지 조각가들이 꿈꾼 것보다 더 뜨거운 남쪽 나라로. 신들이 자신의 옷을 부끄러워하며 춤추면서 나아가는 그곳으로.

말하자면 나는 비유적으로 말하고, 시인들처럼 절룩이며 말을 더듬는다. 그리고 참으로, 나는 아직 시인이어야 한다는 사실이 부끄럽다!

나에게 모든 생성이 신들의 춤, 신들의 분방함으로 여겨지고, 세계가 풀려나 제멋대로 자기 자신에게 다시 도망치고 있는 것으로 생각되는 곳에서.

많은 신들이 서로에게서 영원히 도망치고 다시 찾으며, 행복하게 서로 반박하고 서로에게 귀 기울이며, 서로 다시 하나가 되는 곳에서.

나에게 모든 시간이 순간에 대한 행복한 조롱처럼 생각되는 곳에서, 자유의 가시와 행복하게 놀았던 필연이 자유 자체인 곳에서.

내가 나의 늙은 악마이자 최대의 원수, 중력의 영과 그것이 창조한 모든 것, 즉 강제, 규정, 필요와 결과, 목적과 의지, 선과 악을 다시 발견한 곳에서 말이다.

춤추며 넘어가고, 춤추며 건너가도록 하는 게 거기에 있어야 하지 않겠는가? 가벼운 자, 가장 가벼운 자를 위해 두더지와 무거운 난쟁이들이 그곳에 있어야 하지 않겠는가?

3
그곳에서 나는 '초인'이라는 단어를 길에서 줍기도 했고, 인간은 극복되어야 하는 존재라는 것도 알게 되었다.

인간이란 목적이 아니라 다리라는 사실과 새로운 아침놀에 이르는 길로서 자신의 정오와 저녁을 행복한 기분으로 찬양한다는 것을 알게 되었다.

위대한 정오에 대한 차라투스트라의 말도 그곳에서 주웠고, 그것 말고도 제2의 보랏빛 저녁놀처럼 내가 인간들 머리 위에 내걸었던 것도 그곳에서 주웠다.

참으로 나는 새로운 밤들과 함께 새로운 별들도 그들이 보게 해 주었다. 그리고 구름이며 낮과 밤 위에 알록달록한 장막과도 같은 웃음을 팽팽하게 펼쳤다.

나는 그들에게 내가 전력을 다해 노력하고 있는 모든 것을 가르쳤다. 인간에게 단편이고 수수께끼며 무서운 우연인 것을 하나로 묶어 뭉뚱그리는 법을 가르쳤다.

시를 쓰는 자이고 수수께끼를 푸는 자이며 우연을 구원하는 자로서 나는 미래를 창조하고, 과거에 있었던 모든 것을 창조적으로 구원할 것을 가르쳤다.

인간의 과거를 구원하고, 모든 "있었다."를 개조하여, 마침내 의지가 "그러나 나는 이렇게 되기를 바랐다! 이렇게 되기를 바랄 것이다!"라고 말하도록 가르쳤다.

나는 이것을 구원이라고 불렀고, 이것만을 그들에게 구원이라고 부르도록 가르쳤다.

이제 나는 나의 구원을 기다리고 있다. 내가 최후로 그들에게 돌아가기를 기다리고 있다.

나는 또 한 번 인간들에게 가려고 한다. 인간들 사이에서 나는 몰락하려고 하고, 죽어가면서 그들에게 나의 더없이 풍요로운 선물을 안겨 주려고 하기 때문이다!

나는 넘쳐흐르는 태양이 질 때 이런 사실을 배웠다. 태양은 가라앉으면서 무궁무진한 부(富)에서 나오는 황금을 바다에 뿌린다.

가장 가난한 어부도 황금 노를 저을 정도로! 말하자면 나는 일찍이 이 광경을 보고 하염없이 눈물을 흘렸다.

가라앉는 태양처럼 차라투스트라도 내려가고자 한다. 이제 그는 여기에 앉아 기다리고 있다. 그의 주위에는 낡고 부서진 서판, 반쯤 쓰인 새로운 서판도 놓여 있다.

4

보라, 여기에 새로운 서판이 있다. 그런데 이 서판을 나와 함께 골짜기로, 육체의 마음속으로 운반할 나의 형제들은 어디에 있는가?

아득히 먼 곳에 있는 자들에 대한 나의 사랑은 이렇게 요구한다. 그대의 이웃을 보살피지 마라! 인간이란 극복되어야 하는 존재다.

극복하기 위한 여러 가지 길과 방법이 있다. 그대는 그 점을 유의하라! 하지만 익살꾼만은 이렇게 생각한다. "인간이란 뛰어넘을 수 있는 존재다."

그대의 이웃 속에서 그대 자신을 극복하라. 빼앗을 수 있는 그대의 권리를 남에게서 받지 마라!

그대가 하는 일을 아무도 그대에게 다시 되풀이할 수 없다. 보라, 보복이란 존재하지 않는다.

자신에게 명령을 내릴 수 없는 자는 복종해야 한다. 그리고 몇몇은 자신에게 **명령할 수** 있지만, 자신에게 복종하기에는 아직 부족한 점이 많다!

5

고귀한 영혼을 가진 자들의 속성은 이러하다. 그 영혼들은 아무것도 거저 가지려고 하지 않는다. 삶의 경우는 특히 그러하다.

천민 근성을 지닌 자는 거저 살아가려고 한다. 하지만 삶이 주어진 우리 다른 사람들은 어떻게 하면 그에 대해 가장 잘 보답할 수 있는지를 언제나 곰곰 생각한다.

이런 말은 참으로 고상하다고 할 수 있다. "삶이 우리에게 약속하는 것을 우리는 삶에게 지키고자 한다!"

즐길 것을 주지 않는 곳에서는 즐기려고 해서는 안 된다. 그러므로 사람들은 즐기려고 해서는 안 된다!

향락과 순진함이야말로 가장 부끄러움을 많이 타기 때문이다. 그 두 가지는 사람들이 자신을 찾는 것을 바라지 않는다. 사람들은 이 두 가지를 가져야 하고, 죄와 고통을 찾아야 한다!

6

오, 나의 형제들이여, 맏이인 자는 언제나 제물이 되는 법이다. 그런데 이제 보니 우리가 맏이다.

우리는 모두 비밀 제단에서 피를 흘리고, 우리는 모두 낡은 우상을 기려 불에 타고 구워진다.

우리의 최선은 아직 젊다는 것인데, 이것이 늙은이들의 입맛을 다시게 한다. 우리의 살은 연하고, 피부는 어린 양의 가죽 같다. 그러므로 우상을 섬기는 늙은 성직자들이 우리에게 입맛을 다시지 않겠는가!

우리 자신의 내부에도 우상을 섬기는 늙은 성직자가 아직 살고 있다. 그는 푸짐한 연회를 열기 위해 우리의 가장 좋은 부위를 굽는다. 아, 나의 형제들이여, 맏이가 어떻게 제물이 되지 않을 수 있겠는가!

우리의 천성이 이를 바란다. 그리고 나는 자신을 유지하려고 하지 않는 자들을 사랑한다. 나는 내려가는 자들을 온 마음을 다해 사랑한다. 그들은 건너가기 때문이다.

7

진실할 수 있는 자는 얼마 되지 않는다! 그리고 그럴 수 있는 자는 아직 그러기를 바라지 않는다! 그런데 선한 자들이 그렇게 되기는 가장 어렵다.

오, 이 선한 자들!──선한 자들은 결코 진리를 말하지 않는다! 정신에게 그 정도로 선할 수 있다는 것은 일종의 병이다.

이러한 선한 자들은 양보하고 헌신한다. 그들의 마음은 남을 따라서 말하고, 그들 마음속으로 복종한다. 그러나 복종하는 자는 자기 자신에게 귀 기울이지 않는다!

하나의 진리가 태어나려면 선한 자들이 악이라고 부르는 모든 것이 한데 모여야 한다. 오, 나의 형제들이여, 그대들도 이러한 진리에 어울릴 만큼 충분히 악한가?

무모한 도전, 오랜 불신, 잔인한 부정, 싫증, 살아 있는 것 속으로 파고들기. 이런 것이 한데 모이기는 얼마나 드문 일인가? 하지만 그러한 씨앗에서 태어나는 것이 바로 진리다!

지금까지 모든 지식은 양심의 가책과 더불어 자라났다! 그러므로 부숴라, 부숴버려라. 그대 인식하는 자들이여, 낡은 서판들을!

8

물 위에 판자를 얹고 그곳을 건너갈 수 있다면, 그곳에 다리와 난간을 놓는다면 참으로 그때는 "만물이 유전(流轉)한다."[49]라는 말을 아무도 믿지 않을 것이다.

오히려 바보조차 그의 말을 반박할 것이다. 바보들이 말한다. "뭐라고? 만물이 유전한다고? 하지만 판자와 난간이 흐르는 물 위에 있지 않은가!"

"흐르는 물 위에는 모든 게 고정되어 있고, 사물의 모든 가치, 다리, 개념, 모든 '선'과 '악', 이 모든 것이 고정되어 있다!"

혹독한 겨울, 동물 조련사처럼 강물을 꽁꽁 얼어붙게 하는 겨울이 오면, 아무리 재기 넘치는 사람도 불신을 배운다. 그러면 참으로 바보들만 이런 말을 하는 것이 아니다. "만물은 정지해 있는 게 아닌가?"

"원래 모든 것은 정지해 있다." 이것이 올바른 겨울의 가르침이고, 불모의 계절에 어울리는 말이며, 겨울잠을 자는 사람과 난로 옆에 쪼그리고 있는 사람에게는 좋은 위안이다.

"원래 모든 것은 정지해 있다." 하지만 얼음과 눈을 녹이는 봄바람은 이와 반대로 설교한다.

봄바람은 황소지만 밭을 가는 황소가 아니라, 사납게 날뛰는 황소며, 분노한 뿔로 얼음을 깨뜨리는 파괴자다! 그런데 부서진 얼음은 판자 다리를 무너뜨린다!

오, 나의 형제들이여, 이제 만물은 유전하지 않는가? 모든 난간과 판자 다리가 물속으로 무너져 내리지 않았는가? 그런데 누가 아직 '선'과 '악'에 매달리려고 하는가?

"우리에게 화가 있기를! 우리에게 축복이 있기를! 봄바람이 불어온다!" 이렇게 설교하라, 나의 형제들이여, 골목골목을 누비며!

9

선과 악이라 불리는 낡은 망상이 있다. 이 망상의 수레바퀴는 지금까지 예언가와 점성가 주위를 맴돌았다.

일찍이 사람들은 예언가와 점성가의 존재를 믿었다. 그 때문에 사람들은 "모든 것은 운명이다. 그대는 마땅히 해야 하므로, 해야 한다."라는 말을 믿었던 것이다!

그리고 나서 다시 사람들은 예언가와 점성가의 말을 불신하게 되었다. 그 때문에 사람들은 "모든 것은 자유다. 그대는 하려고 하므로 할 수 있다."라는 말을 믿었던 것이다!

오, 나의 형제들이여, 별들과 미래에 대해 지금까지 망상만 했을 뿐, 아무것도 알려진 게 없었다. 그 때문에 선과 악에 대해서도 지금까지 망상만 했을 뿐, 아무것도 알려진 게 없었던 것이다!

10

"빼앗아서는 안 된다! 남을 죽여서는 안 된다!" 일찍이 이런 말은 신성하다고 불렸다. 이런 말 앞에 사람들은 무릎을 꿇고 머리를 숙이며 신발을 벗었다.

하지만 그대들에게 묻는다. 그러한 신성한 말보다 더 고약한 강도나 살인자가 세상에 존재한 적이 있었던가?

모든 삶 자체에 강탈과 살인이 있지 않은가? 그리고 그런 말이 신성하다고 불림으로써 진리 자체가 살해되지 않았던가?

또는 모든 삶에 모순되고, 그 삶을 거역하는 것을 신성하다고 부른 것이 죽음의 설교였던가?

오, 나의 형제들이여, 낡은 서판들을 부수고, 부숴버려라!

11

지나간 모든 것이 버림받는 것을 보니 그런 것에 동정심이 생긴다.

다가오는 모든 세대의 자비, 정신, 광기로 과거의 모든 것은 다리로 해석된다!

위대한 폭군, 약삭빠른 괴물이 나타날지도 모른다. 자비하게 또는 무자비하게 과거의 모든 것을 강제하고 강요하며, 그것을 다리, 조짐, 전령, 닭 울음소리로 만들지도 모른다.

그런데 여기에 또 다른 위험과 또 다른 나의 동정이 있다. 천민 근성을 지닌 자들의 기억은 할아버지까지 거슬러 올라가지만, 할아버지와 함께 시간이 멈춰버린다는 점이다.

이렇게 지나간 모든 것은 버림받는다. 천민이 주인이 되어, 얕은 물속에서 모든 시간이 익사할 날이 언젠가 올지 모르기 때문이다.

오, 나의 형제들이여, 그러므로 새로운 귀족이 필요하다. 모든 천민과 폭군 같은 자의 적이 되고, 새로운 서판에 '고귀하다.'라는 말을 새로 써넣을 귀족 말이다.

귀족이 존재하려면 많은 귀족과 여러 유형의 귀족이 필요하다! 또는 내가 한때 비유로써 말한 것처럼, "신들이 존재하지만, 하나의 신만 존재하지 않는다는 게 바로 신성한 것이다!"

12

오, 나의 형제들이여, 나는 그대들을 새로운 귀족으로 서품하고 임명한다. 그대들은 미래를 낳는 자, 미래를 가꾸는 자, 미래의 씨를 뿌리는 자가 되어야 한다.

참으로 그대들은 상인들처럼, 그들의 황금으로 살 수 있는 귀족이 되어서는 안 된다. 값이 매겨져 있는 것은 죄다 가치가 별로 없기 때문이다.

그대들이 어디서 왔는지가 아니라, 어디로 갈 것인지를 앞으로 그대들의 명예로 삼아라! 그대들 자신을 넘어서려는 그대들의 의지와 발을 그대들의 새로운 명예로 삼아라!

참으로 그대들이 어떤 군주를 섬겼다는 것은 명예가 아니다. 군주가 대체 무슨 소용이란 말인가! 또는 지금 서 있는 것이 보다 확고하게 서 있도록 그대들이 보루가 되는 것도 명예가 아니다!

그대들의 일족이 궁정 예법에 익숙해지고, 그대들이 홍학처럼 알록달록한 옷을 입고 얕은 연못 속에 오랫동안 서 있는 법을 배운 것도 명예가 아니다.

서 있을 수 있다는 것은 궁신(宮臣)들에게 하나의 공로이기 때문이다. 그리고 모든 궁신들은 앉아도 되는 것이 사후의 복이라고 생각한다!

신성하다고 불리는 영혼이 그대들 조상을 약속의 땅으로 인도한 것도 명예가 아니다. 나는 그 약속의 땅을 찬양하지 않는다. 그곳에서는 모든 나무들 중에서 가장 고약한 나무인 십자가가 자라기 때문이다. 그 땅에는 찬양할 게 아무것도 없기 때문이다!

그리고 참으로 이 '성령'이 기사들을 어디로 인도했든지 간에, 그러한 행렬에서는 염소며 거위며, 머리에 십자가를 얹은 괴팍한 자들이 언제나 선두에 서기 때문이다.

오, 나의 형제들이여! 그대들 귀족은 뒤쪽이 아니라 저 멀리 앞쪽을 바라보아야 한다! 그대들은 모든 아버지이자 선조들의 땅에서 추방된 자들이어야 한다!

그대들은 자손들의 땅을 사랑해야 한다. 이 사랑이 그대들의 새로운 귀족적인 특성이 되기를 바란다. 아득히 먼바다 속의 발견되지 않은 땅에 대한 사랑이 되기를! 나는 이 땅을 찾고 또 찾으라고 그대들의 돛에 명령한다!

그대들이 그대들 조상의 후손인 것을 그대들 후손에게 알려야 한다. 그리하여 지나가 버린 모든 것을 구원해야 한다! 나는 이 새로운 서판을 그대들 머리 위에 걸도록 하겠다!

13

"무엇을 위해 사는가? 모든 것은 덧없다! 삶 그것은 짚을 타작하는 것이다. 삶 그것은 자신을 불태우지만 따뜻해지지 않는 것이다."

오래되고 시시한 이야기가 아직 '지혜'로 간주된다. 낡고 곰팡내가 나기 때문에 더욱 존중을 받는다. 곰팡내마저 고상하게 취급되는 것이다.

아이들이라면 이렇게 말할 수 있을지 모른다. 아이들이 불을 무서워하는 건 불에 덴 적이 있기 때문이다! 낡은 지혜의 책에는 유치한 내용이 많다.

언제나 "짚을 타작하는" 자가 어떻게 타작하는 것을 비방할 수 있겠는가! 이런 바보들의 입을 다물게 해야 할 것이다!

그러한 자들은 식탁에 앉으며 아무것도, 왕성한 식욕조차 갖고 오지 않는다! 그러면서 "모든 것은 덧없다!"라고 비방하는 것이다!

오, 나의 형제들이여, 하지만 잘 먹고 마시는 것은 참으로 헛된 기술이 아니다! 부숴버려라. 결코 기뻐할 줄 모르는 자의 서판을 부숴버려라!

14

"순수한 자에게는 모든 것이 순수해 보인다." 군중은 이렇게 말한다. 하지만 나는 돼지 눈에는 모든 것이 돼지로 보인다고 그대들에게 말한다!

그 때문에 머리는 물론 마음까지 숙이고 있는 광신자이자 위선자들은 "세계 자체가 불결한 괴물이다."라고 설교한다.

이러한 자들은 모두 더러운 정신을 지니고 있기 때문이다. 특히 뒤편의 세계를 보지 않으면 마음을 놓지도 못하고 편히 쉬지도 못하는 자들, 즉 저편의 세계를 믿는 자들이 그러하다!

듣기 거북할지 모르지만 나는 그들의 얼굴에 대고 이렇게 말한다. 세계에 엉덩이[50]가 있다는 점에서는 인간과 같다.──그 정도는 진실이다!

세계에는 오물이 많이 있다. 그 정도는 진실이다! 하지만 그렇다고 해서 세계 자체가 불결한 괴물은 아니다!

세계에 악취를 풍기는 것이 많다는 말에는 지혜가 들어 있다. 구역질 자체가 날개를 만들어내고, 샘물을 찾는 힘을 만들어낸다!

최선의 자에게도 구역질을 일으키는 무언가가 있다. 최선의 자도 극복되어야 하는 존재가 아니던가!

오, 나의 형제들이여, 세계에 오물이 많다는 말에는 숱한 지혜가 들어 있다.

15

나는 저편의 세계를 믿는 신앙심 깊은 자들이 참으로 악의도 거짓도 없이 자신의 양심에게 이런 잠언을 말하는 것을 들었다. 세상에 이 잠언보다 더 거짓되고 악의적인 것이 없는데도 말이다.

"세계를 세계 그대로 두라! 이에 맞서 손가락 하나 까딱하지 마라!"

"그들이 원하는 대로 목을 조르고, 찌르고, 껍질을 벗기고, 살을 도려내게 하라. 이에 맞서 손가락 하나 까딱하지 마라! 그럼으로써 사람들은 세계를 단념하는 법을 배운다."

"그리고 그대 자신이 그대 자신의 이성을 목 졸라 죽이도록 하라. 그것은 이 세계의 이성이기 때문이다. 그렇게 함으로써 인간들은 세계를 단념하는 법을 배운다."

부숴버려라. 오, 나의 형제들이여, 신앙심 깊은 자들의 이 낡은 서판을 부숴버려라! 세계를 비방하는 자들의 잠언을 부숴버려라!

16

"많이 배우는 자는 모든 격렬한 욕망을 잊어버린다." 인간들은 오늘날 모든 어두컴컴한 골목에서 자신에게 이렇게 속삭인다.

"지혜는 피곤하게 만들 뿐, 아무런 보상도 없다. 그대는 욕망을 드러내서는 안 된다!" 나는 이 새로운 서판이 시장 바닥에 내걸린 것을 발견했다.

부숴버려라. 오, 나의 형제들이여, 이 새로운 서판도 부숴버려라! 세계에 싫증이 난 자들, 죽음의 설교자들, 그리고 간수들도 이 서판을 내걸었다. 보라, 그들은 노예가 되라고 설교하고 있는 것이다!

제대로 배우지 못했고, 최선의 것을 배우지 못했다. 모든 것을 너무 일찍, 너무 빨리 배웠고, 제대로 먹지 못해, 그들의 위장이 병든 것이다.

즉 그들의 정신은 병든 위장이고, 그것이 바로 죽음을 권하는 것이다! 참으로, 나의 형제들이여, 정신이 바로 위장이기 때문이다!

삶이란 쾌락의 샘이지만, 슬픔의 아버지, 병든 위장으로 말하는 자의 모든 샘은 독이 퍼져 있다.

인식하는 것, 그것은 사자의 의지를 가진 자에겐 즐거움이다. 그러나 싫증이 난 자는 다른 자들의 의지에 '휘둘릴' 뿐이고, 온갖 물결에 농락을 당한다.

그리고 도중에서 길을 잃고 헤매는 것이 언제나 허약한 자들의 속성이다. 마침내 지친 그들이 묻는다. "여태껏 우리가 길을 걸은 이유가 무엇인가? 모두 똑같은 길인데!"

그러므로 그들의 귀에 달콤하게 들리는 설교는 이러하다. "보람 있는 일은 아무것도 없다! 그대들은 욕망을 드러내지 마라!" 하지만 이것은 노예가 되라는 설교다.

오, 나의 형제들이여, 차라투스트라는 길을 걷는 것에 지친 모든 사람들에게 상쾌한 일진광풍으로 다가온다. 그는 많은 사람들을 재채기하게 만들 것이다!

또한 나의 자유로운 숨결은 벽을 뚫고 감옥 속으로, 갇혀 있는 정신들 속으로 분다!

욕망은 우리를 해방시킨다. 욕망이 곧 창조이기 때문이라고 나는 가르친다. 그리고 그들이 배워야 하는 것은 오직 창조하기 위해서다!

그리고 그대들은 배우는 것, 잘 배우는 것을 나에게서 배워야 한다! 귀 있는 자는 들어라!

17

여기에 나룻배가 있다. 저 너머에 아마 광막한 무(無)로 가는 길이 있으리라. 그런데 누가 이 '아마'에 올라타려고 하겠는가?

그대들 중의 누가 죽음의 나룻배에 타려고 하겠는가! 그렇다면 그대들은 어째서 세계에 지친 자라고 하는가?

세계에 지친 자들! 그대들은 아직 대지에 등을 돌리지 않았다! 그대들은 여전히 대지를 갈망하고 있고, 대지에 대한 자신의 권태에 반해 있다. 그대들의 입술이 아무 까닭 없이 아래로 처져 있는 것이 아니다. 대지에서의 조그만 소망이 아직 그대의 입술에 얹혀 있기 때문이다! 그리고 눈 속에는 잊을 수 없는 대지에서의 쾌락이라는 구름 한 조각이 떠다니고 있지 않은가?

대지에는 훌륭한 창작품이 많이 있다. 그것들 중에 어떤 것은 유용하고, 어떤 것은 기분을 즐겁게 만든다. 그러므로 대지는 사랑할 만한 것이다.

그리고 대지에는 여자의 가슴처럼 유용한 동시에 기분을 즐겁게 하는 것이 적지 않다.

그러나 그대들 세계에 지친 자들이여! 그대들 대지의 게으른 자들이여! 그대들은 채찍질을 당해야 한다. 채찍질을 당함으로써 그대들의 다리를 다시 경쾌하게 만들어야 한다.

그대들이 대지에 지친 병자들이거나 쇠약해진 자들이 아니라면, 그대들은 교활한 게으름뱅이들이거나 살금살금 기어 다니는 쾌락의 고양이들이다. 다시 흥겹게 달릴 생각이 없다면 그대들은 달아나야 한다!

인간들은 불치병 환자를 고치는 의사가 되려고 해서는 안 된다. 차라투스트라는 이렇게 가르친다. 그러므로 그대들은 달아나야 한다!

하지만 끝장을 내려면 새로운 시구를 지을 때보다 더 많은 용기가 필요하다. 의사와 시인들은 모두 이 점을 잘 알고 있다.

18

오, 나의 형제들이여, 피로감에서 생긴 서판이 있고, 게으름과 부패한 게으름에서 생긴 서판도 있다. 이것들은 같은 말을 하더라도 다르게 들리기를 바란다.

여기 이 초췌한 자를 보라! 자신의 목표에서 단 한 뼘 정도 떨어져 있는 데도 지친 나머지 여기 먼지 속에 꼼짝 않고 누워 있다. 이 용감한 자가!

지친 나머지 그는 길이며 대지, 목표, 자기 자신에게 하품하며, 한 발짝도 더 나아가려 하지 않는다. 이 용감한 자가!

이제 그의 머리 위에 태양이 이글거리고, 개들이 그의 땀을 핥아주고 있다. 하지만 그는 거기에 꼼짝 않고 누워, 오히려 극심한 고통에 시달리고자 한다.

자신의 목표에서 한 뼘 정도 떨어진 곳에서 극심한 고통에 시달리고 있다니! 참으로 그대들은 그의 머리채를 잡고 그의 천국으로 데려가야 한다. 이 영웅을!

그가 누운 자리에 그대로 누워 있게 하는 것이 더 낫다. 위로해 주는 잠이 시원하게 해주는 황홀한 비와 함께 그에게 찾아오도록.

그 스스로 깨어날 때까지 그를 누워 있게 내버려 두라. 피로로 인해 그의 입에서 나온 가르침을 그 스스로 취소할 때까지.

다만, 나의 형제들이여, 그에게서 개들을, 살금살금 돌아다니는 저 게으른 자들을 쫓아버려라. 그리고 우글거리는 모든 구더기들도.

'교양 있는 자들'이라는 저 우글거리는 구더기들을. 영웅의 땀이라면 배불리 맛있게 먹는 구더기들을!

19

나는 내 주위에 원을 그려, 신성한 경계선을 삼는다. 산에 높이 오를수록 나와 함께하는 자들은 줄어든다. 나는 더욱 성스러워지는 산들로 산맥을 이룬다.

그러나 그대들이 나와 함께 어디로 올라가든, 오, 나의 형제들이여, 기생충들은 그대들과 함께 오르지 않도록 지켜보라!

기생충, 이것은 벌레이고, 기어 다니는 유연한 벌레다. 그대들의 병들고 상처 난 부위에 달라붙어 살을 찌우려고 한다.

그리고 올라가는 영혼들이 피로해지는 지점을 알아맞히는 것이 기생충의 재주다. 기생충은 그대들의 원망과 불만 속에, 그대들의 민감한 수치심 속에 역겨운 둥지를 튼다.

강자의 약한 곳, 고귀한 자의 너무 부드러운 곳, 기생충은 그 속에 역겨운 둥지를 튼다. 즉 기생충은 위대한 자의 조그만 상처 부위에서 살아간다.

모든 존재 중에 가장 높은 부류는 무엇이고, 가장 낮은 부류는 무엇인가? 기생충이 가장 낮은 부류다. 하지만 가장 높은 부류가 가장 많은 기생충을 먹여 살린다.

가장 긴 사다리를 갖고 가장 깊이 내려갈 수 있는 영혼의 주위에 어떻게 가장 많은 기생충이 꾀지 않겠는가?

가장 멀리 자신의 내면을 달리고 길을 잃어 헤맬 수 있는 더 없이 넓은 영혼. 기뻐서 우연 속으로 곤두박질치는 더없이 필연적인 영혼.

생성 속으로 가라앉는 존재의 영혼, 의욕과 갈망 속에 들어가고자 하는 소유의 영혼.

자기 자신에게서 달아나는 영혼, 아주 넓게 원을 그리며 자신을 따라잡는 영혼, 어리석음이 아주 달콤하게 말을 거는 더없이 지혜로운 영혼.

자기 자신을 가장 사랑하는 영혼, 그 속에서 모든 사물이 흘러가고 역류하며, 썰물과 밀물이 되는 영혼, 오, 최고의 영혼이 어찌하여 최악의 기생충을 가지지 않겠는가?

20

오, 나의 형제들이여, 정말 내가 잔혹한가? 그러나 나는 말한다. 떨어지는 것은 밀쳐 버려야 한다!

오늘날 떨어지고 쇠락하는 모든 것을 누가 지탱하려고 하겠는가! 나는 그것을 밀쳐 버리려고 한다!

그대들은 돌을 가파른 심연 속으로 굴릴 때의 희열을 아는가? 오늘날의 이러한 인간들, 그들이 나의 심연 속으로 어떻게 굴러 오는지 보라!

나는 더 나은 배우의 등장을 알리는 서막이다. 오, 나의 형제들이여! 하나의 선례다! 나의 선례를 따르라!

그리고 그대들이 날도록 가르치지 못하는 자에게는 보다 빨리 추락하는 법을 가르치도록 하라!

21

나는 용기 있는 자들을 사랑한다. 그런데 양날의 칼이 되는 것으로는 충분하지 않다. 누구를 벨 것인지도 알아야 한다!

때로는 자신을 참고 지나치는 것이 더 용감하기도 하다. 보다 대등한 호적수와 맞닥뜨리기 위해!

그대들은 증오할 만한 적을 가질 뿐, 경멸할 적을 가져서는 안 된다. 그대들은 그대들의 적을 자랑스럽게 생각해야 하기 때문이다. 나는 이미 언젠가 그렇게 가르쳤다.

오, 나의 벗들이여, 보다 대등한 적과 맞닥뜨리기 위해 그대들 자신을 아껴야 한다. 그 때문에 그대들은 많은 것들의 곁을 지나쳐야 한다.

특히 그대들 귀에 군중과 민족에 관해 떠들어대는 천민들의 곁을 지나쳐야 한다.

그들의 갑론을박으로부터 그대들의 눈을 맑게 유지하라! 여기에는 올바른 것도 많고 부당한 것도 많다. 여기서 지켜보는 자는 화나기 마련이다.

들여다보는 것과 칼로 베는 것은 여기서 같은 것이다. 그 때문에 숲 속에 들어가 그대들의 칼을 잠들게 하라!

그대들의 길을 가라! 그리고 군중과 민족들로 하여금 그들의 길을 가도록 하라! 참으로 더는 한 줄기 희망의 번갯불도 비치지 않는 어두운 길을!

아직 상인의 황금만 번쩍거리는 곳에서는 상인이 활개를 치도록 하라! 더 이상 왕들의 시대가 아니다. 오늘날 스스로를 군중이라 일컫는 자는 왕이 될 자격이 없다!

지금 이들이 상인처럼 구는 것을 보라. 그들은 아무리 하찮은 이익이라도 주워 모으려고 아무 쓰레기나 뒤지는 것도 마다

하지 않는다.

그들은 서로를 엿보며 기다리다가 서로에게서 무언가를 염탐한다. 그들은 이를 '선린(善隣)'이라고 부른다. 어떤 민족이 스스로에게 말한 복된 아득한 시간이여! "나는 여러 민족들을 다스리는 지배자가 되려고 한다!"

나의 형제들이여, 최선의 것이 지배해야 하고, 또한 최선의 것이 지배하려고 하기 때문이다. 그리고 이와 다른 가르침이 있는 곳에서는 최선의 것이 없다.

22

그들이 빵을 거저 얻게 된다면, 슬픈 일이리라! 그들이 무엇을 향해 소리쳐 외칠 것인가! 그들의 생계유지는 그들의 어엿한 오락이다. 따라서 그들은 힘겹게 살아가야 한다!

그들은 맹수다. 그들의 '일'에는 약탈도 있고, 그들의 '돈벌이'에는 술수도 있다! 그러므로 그들은 힘겹게 살아가야 한다!

그러므로 그들은 보다 나은 맹수, 보다 우아하고 영리하며 보다 인간을 닮은 맹수가 되어야 한다. 말하자면 인간은 최고의 맹수다.

인간은 이미 모든 짐승들의 덕을 빼앗았다. 모든 짐승들 중에서 인간이 가장 힘겹게 살아왔기 때문이다.

인간의 머리 위에는 새들만 있을 뿐이다. 인간이 나는 법마저 배운다면 슬픈 일이리라! 인간의 약탈욕은 저 위로 날아갈 것이다!

23

나는 남자와 여자에게 바란다. 남자는 전쟁에 능하고, 여자는 아이를 잘 낳으며, 둘 다 머리와 발로 춤을 잘 추기를.

그리고 춤조차 추지 않은 날은 우리에게 무익한 날이기를! 그리고 웃음을 주지 못하는 진리는 모두 거짓으로 불리기를!

24

그대들의 결혼이 나쁜 결합이 되지 않도록 유의하라! 그대들은 너무 빨리 결합한다. 그리하여 결혼이 깨어지게 되는 것이다!

그런데 왜곡되고 거짓된 결혼보다는 결혼이 깨어지는 게 더 낫다! 어떤 여자가 나에게 말했다. "내가 혼인을 깨뜨렸을지 모르지만, 혼인이 먼저 나를 깨뜨렸다오!"

최악의 복수심에 불타는 부부는 언제나 잘못 결합된 부부다. 그들은 더 이상 따로 갈라져서 살 수 없게 되자 온 세상에 보복을 한다.

그래서 나는 솔직한 사람들이 서로에게 이렇게 말하기를 바란다. "우리는 서로 사랑한다. 우리의 사랑이 지속되도록 노력하자! 아니면 우리의 약속이 실수가 되어야 한단 말인가?

"우리가 위대한 결혼에 적합한지 살펴보기 위해 일정 기간 작은 결혼을 하자! 늘 둘이 같이 있다는 것은 대단한 일이 아닌가!"

나는 모든 솔직한 자들에게 이렇게 권한다. 만일 내가 다르게 권하고 말한다면 앞으로 오게 될 모든 것과 초인에 대한 나의 사랑은 대체 뭐란 말인가!

그대를 계속 나아가게 할 뿐만 아니라 올라가게 하리라. 오, 나의 형제들이여, 결혼이라는 정원이 그대를 도와주도록!

25

보라, 옛 원천들을 잘 아는 자가, 결국 미래의 샘과 미래의 원천을 찾게 되리라.

오, 나의 형제들이여, 머지않아 새로운 민족들이 생겨나고, 새로운 샘이 새로운 골짜기로 흘러내릴 것이다.

지진이 많은 샘을 뒤엎고, 갈증에 시달리는 자들을 무수히 만들어낼 것이다. 또한 지진은 내부적인 힘과 은밀한 것들을 드러나게 하리라!

지진으로 새로운 샘들이 드러난다. 낡은 민족들의 지진으로 새로운 샘이 솟아나온다.

그런데 이때 "보라, 여기를. 목마른 자들을 위한 샘이, 그리워하는 자들을 위한 마음이, 도구를 위한 의지가 무수히 많다."라고 외치는 자 주위에 한 민족이, 수많은 자들이 모여든다.

누가 명령할 수 있고, 누가 복종해야 하는지가 여기서 시험된다! 아, 얼마나 오랜 모색과 조언, 실패, 학습, 그리고 새로운 시도가 있었던가!

인간 사회란 하나의 시도이고 오랜 모색이라고 나는 가르친다. 하지만 인간 사회는 명령을 내리는 자를 찾고 있다!

이것은 하나의 시도다. 오, 나의 형제들이여! 그런데 '계약'은 아니다! 부숴버려라. 마음이 여린 자들과 어중이떠중이들의 그러한 말을 부숴버려라!

26

오, 나의 형제들이여! 인간의 모든 미래가 어떤 자들 때문에 가장 위험한가? 선한 자들과 의로운 자들 때문이 아닌가?

"우리는 선하고 의롭다는 것이 무엇인지 이미 알고 있고, 이를 체득하고 있다. 아직 그것을 추구하는 자들에게 화가 있으리라!"라고 말하고 마음속으로 그렇게 느끼는 자들 때문에.

악한 자들이 아무리 큰 해를 끼친다 하더라도 선한 자들이 끼치는 해가 가장 큰 것이다!

그리고 세계를 비방하는 자들이 아무리 큰 해를 끼친다 하더라도 선한 자들이 끼치는 해가 가장 큰 것이다!

오, 나의 형제들이여! 일찍이 "이들은 바리새인이다."라고 말한 어떤 자가 선하고 의로운 자들의 마음을 꿰뚫어 보았다. 하지만 인간들은 그의 말을 알아듣지 못했다.

선하고 의로운 자들 자신이 그의 말을 알아들을 수 없었다. 그들의 정신은 자신들의 거리낌 없는 양심에 사로잡혀 있었기 때문이다. 선한 자들의 우둔함은 이루 헤아릴 수 없을 정도로 영리하다.

그런데 이것이 진리이다. 즉 선한 자들은 바리새인이 되지 않을 수 없다. 그들에게 선택의 여지가 없는 것이다!

선한 자들은 그 자신의 덕을 만들어내는 자를 십자가에 못 박지 않을 수 없다! 이것이 진리다!

그런데 그들의 대지, 곧 선하고 의로운 자들의 마음과 대지를 발견한 두 번째 사람은 "그들이 가장 미워하는 사람이 누구인가?"라고 물었던 자다.

그들이 가장 미워하는 자는 창조하는 자다. 서판들과 낡은 가치들을 부수고 깨뜨리는 자들을 그들은 범죄자라 부른다.

선한 자들은 창조할 수 없다. 그들은 언제나 종말의 시작이다.

그들은 새로운 가치를 새로운 서판에 적는 자를 십자가에 못 박고, 자신의 미래를 제물로 바침으로써, 인간의 모든 미래를 십자가에 못 박는다!

　선한 자들, 그들은 언제나 종말의 시작이었다.

27

　오, 나의 형제들이여, 그대들은 또한 이 말을 알아들었는가? 내가 일찍이 '최후의 인간'에 대해 말한 것을?

　인간의 모든 미래가 어떤 자들 때문에 가장 위험한가? 선한 자들과 의로운 자들 때문이 아닌가?

　부숴버려라. 선하고 의로운 자를 부숴버려라! 오, 나의 형제들이여, 그대들은 또한 이 말을 알아들었는가?

28

　그대들은 나에게서 달아나는가? 그대들은 놀랐는가? 그대들은 이 말을 듣고 두려움에 떠는가?

　오, 나의 형제들이여, 내가 선한 자들과 그들의 서판을 부숴버리라고 일렀을 때 비로소 나는 인간을 먼바다로 내보낸 것이다.

　이제야 인간은 크게 놀라고, 크게 내다보고, 크게 아프고, 크게 구역질하고, 크게 뱃멀미를 하는 것이다.

　선한 자들은 그대들에게 거짓 해안과 거짓 안전을 가르쳤다. 그대들은 선한 자들의 거짓말 속에서 태어났고, 보호를 받았다. 모든 것은 선한 자들에 의해 철저하게 기만되었고 왜곡되었다.

　그런데 '인간'이라는 대지를 발견한 자는 '인간의 미래'라는 대지도 발견했다. 그대들은 이제 항해자, 늠름하고 참을성 있는 항해자가 되어야 한다.

때에 맞게 똑바로 걸어라. 오, 나의 형제들이여, 똑바로 걷는 법을 배워라! 바다에는 폭풍우가 몰아친다. 많은 사람들이 그대들에 의지해 다시 몸을 일으키려고 한다.

바다에는 폭풍우가 몰아친다. 바다에는 온갖 것이 있다. 자! 힘을 내라! 그대들 낡은 뱃사람의 마음이여!

조상의 대지가 아니다! 우리의 키는 아이들의 대지가 있는 그곳으로 가고자 한다! 그곳으로, 우리의 위대한 동경은 바다보다 더 거칠게, 폭풍처럼 나아간다!

29

"왜 그렇게 단단한가?" 언젠가 숯이 다이아몬드에게 말했다. "우리는 가까운 친척이 아닌가?"

왜 그렇게 연약한가? 오, 나의 형제들이여, 나는 이렇게 묻는다. 그대들은 나의 형제가 아니던가?

왜 그렇게 연약하고 양보하며 굴복하는가? 그대들의 마음속에는 왜 그렇게 많은 부정과 거부가 들어 있는가? 그대들의 눈길에는 운명이 그렇게 적게 들어 있는가?

그리고 그대들이 운명, 가차 없는 운명이고자 하지 않는다면, 그대들은 나와 함께 승리할 수 있겠는가?

그대들의 단단함이 번개 치고 갈라지며 쪼개지려고 하지 않는다면 어떻게 그대들이 언젠가 나와 함께 창조할 수 있겠는가?

창조하는 자들은 단단하다. 그러므로 밀랍 위에 찍듯이, 수천 년 위에 그대들의 손을 찍는 것을 행복으로 여겨야 한다.

청동에 새기듯이, 청동보다 더 단단하고 고귀하게, 수천 년의 의지에 새기는 것을 행복으로 여겨야 한다.

오, 나의 형제들이여, 이러한 새로운 서판을, 그대들의 머리 위에 내건다. 단단하게 되어라!

30
오, 그대 나의 의지여! 그대 모든 역경의 전환이여! 그대 나의 필연이여! 온갖 사소한 승리로부터 나를 지켜다오!

내가 운명이라고 부르는, 그대 내 영혼의 섭리여! 그대 내 안에 있는 자여! 그대 내 위에 있는 자여! 커다란 운명을 위해 나를 지키고 보호해 다오!

그리고 나의 의지여, 그대의 최후를 위해 그대의 마지막 위대함을 아껴두라. 그대가 그대의 승리 속에서 냉정을 잃지 않도록! 아, 자신의 승리에 굴복하지 않은 자가 있었던가!

아, 이렇게 도취된 어스름 속에서 눈이 흐려지지 않는 자가 있었던가! 아, 승리감에 빠져 발이 비틀거려 서는 것을 잊은 자가 있었던가?

내가 언젠가 위대한 정오를 맞이할 준비를 하고 성숙해 있도록. 빛을 발하는 청동처럼, 번개를 품은 구름처럼, 부풀어 오르는 젖가슴처럼 준비를 하고 성숙해 있도록.

나 자신과 나의 가장 은밀한 의지를 준비하도록. 자신의 화살을 찾아 욕정에 불타는 활처럼, 자신의 별을 찾아 욕정에 불타는 화살처럼.

자신의 정오를 맞을 준비를 한 성숙한 별처럼, 모든 것을 초토화시키는 태양의 화살 앞에 이글거리며 꿰뚫린 행복한 별처럼.

승리를 위해 초토화할 준비를 하는 태양 자체와 무자비한 태양의 의지처럼!

오, 그대 의지여, 역경의 전환이여, 그대 나의 필연이여! 하나의 위대한 승리를 위해 나를 보호해 다오!

차라투스트라는 이렇게 말했다.

건강을 회복하고 있는 자

1

동굴로 돌아온 지 얼마 되지 않은 어느 날 아침 차라투스트라는 미친 사람처럼 잠자리에서 벌떡 일어나 끔찍한 목소리로 외쳤고, 아직 잠자리에 누워 일어나려고 하지 않는 어떤 사람이 있기라도 하듯이 행동했다. 그런데 차라투스트라의 목소리가 울리자 그의 동물들이 깜짝 놀라 달려왔고, 차라투스트라의 동굴 부근에 있는 모든 동굴과 은신처에 있던 모든 동물들이 급히 달려 나왔다. 각자 자신에게 주어진 발과 날개에 따라 날고 파닥거리고 기고 뛰면서. 그런데 차라투스트라는 이렇게 말했다.

솟아나라, 심연의 사상이여. 나의 깊이에서! 나는 그대의 수탉이고 먼동이다. 잠에 취한 벌레여! 깨어나라! 깨어나라! 나의 목소리는 그대를 깨우는 닭 울음소리다!

그대의 귀를 묶은 사슬을 떼어내고 귀 기울여라! 나는 그대의 목소리를 듣고 싶다! 깨어나라! 깨어나라! 여기서는 무덤들도 귀 기울이는 법을 배울 정도로 천둥이 치고 있다!

그대의 눈에서 졸음과 온갖 어둠, 무지를 씻어내라! 그대의 눈으로도 내 말에 귀 기울여라. 나의 목소리는 선천적으로 눈이 먼 자에게도 치료제다.

그리고 일단 깨어나면 그대는 언제까지나 깬 상태로 있어야 한다. 잠자는 증조모들을 깨웠다가 계속 자라고 하는 것은 나의 방식이 아니다.

그대는 몸을 움직이고 기지개를 켜며 숨을 그르렁거리는가? 깨어나라! 깨어나라! 그르렁거리지 말고 나에게 말해야 한다! 신을 부정하는 자, 차라투스트라가 그대를 부르고 있다.

나, 차라투스트라, 삶과 고뇌의 대변자, 둥근 고리의 대변자인 내가 그대, 나의 더없이 깊은 심연의 사상을 부르는 것이다.

나를 낫게 해다오! 그대가 다가오고 나는 그대의 목소리를 듣는다! 나의 심연이 말을 하고, 나는 나의 가장 깊은 심연을 빛에 드러냈다!

나를 낫게 해다오! 이리 오라! 악수를 하자.——아! 놓아라! 아, 아!——구역질, 구역질, 구역질.——슬프도다!

2

그런데 차라투스트라는 이 말을 하자마자 시체처럼 쓰러졌고, 마치 시체처럼 한참 동안 움직이지 않았다. 다시 정신을 차렸을 때 그는 창백한 얼굴로 몸을 떨면서 오랫동안 먹고 마시려고 하지 않았다. 그런 상태는 일주일 동안 계속되었다. 먹이를 구하러 독수리가 날아간 것을 제외하고 그의 짐승들은 밤낮으로 그의 곁을 떠나지 않았다. 그리고 독수리는 가져오고 빼앗아온 것을 차라투스트라의 침상에 올려놓았다. 그리하여 마침내 차라투스트라는 노랗고 빨간 딸기, 포도, 들장미 열매, 향긋한 냄새가 나는 풀잎, 솔방울에 둘러싸였다. 그의 발치에는 독수리가 목자에게서 빼앗아온 두 마리 새끼 양도 널브러져 있었다.

마침내 일주일 후 차라투스트라는 자신의 침상에서 몸을 일으키고, 들장미 열매를 손에 쥔 채, 냄새를 맡아보고는 냄새가 좋다고 생각했다. 그러자 그의 짐승들은 그와 이야기할 때가 왔다고 생각했다.

"오, 차라투스트라여." 그의 짐승들이 말했다. "이미 일주일 동안이나 울적한 눈으로 누워 있었는데, 이제 다시 두 발로 서지 않겠는가?

그대의 동굴에서 걸어 나오라. 세계가 마치 꽃밭처럼 그대를 기다리고 있다. 바람이 그대를 사랑하는 진한 향기와 노닥거리고 있다. 그리고 모든 시냇물은 그대를 따라 흘러가려고 한다.

그대가 일주일 동안 혼자 있었기에 만물이 그대를 그리워하고 있다. 그대의 동굴에서 걸어 나오라! 만물이 그대를 치유하는 의사가 되려고 한다!

그대는 새로운 깨달음, 쓰디쓰고 무거운 깨달음을 얻었는가? 효모가 든 반죽처럼 그대는 누워 있었고, 그대의 영혼은 부풀어 올라 모든 그 가장자리를 넘쳐흘렀다."

오, 나의 짐승들이여. 차라투스트라가 대답했다. 그렇게 계속 이야기해 다오. 그대들의 말을 듣고 싶구나! 그대들이 이야기하면 나는 기운이 생긴다. 이야기 소리가 들리면 세계는 이미 꽃밭과 같다.

말과 소리가 있다는 것은 얼마나 사랑스러운 일인가. 말과 소리는 영원히 떨어져 있는 것 사이에 걸린 무지개이자 가상의 다리가 아니던가?

영혼마다 다른 세계를 지니고 있다. 영혼마다 다른 영혼은 모두 저편의 세계다.

가장 비슷한 것 사이에서 가상이 가장 멋지게 거짓말한다. 가장 작은 틈새야말로 다리를 놓기 가장 힘들기 때문이다.

나에게 나의 바깥이 어떻게 존재한단 말인가? 바깥이란 존재하지 않는다! 그런데 우리는 온갖 소리를 들으면서 이 점을 잊어버린다. 잊어버린다는 것은 얼마나 사랑스러운 일인가!

인간이 온갖 사물에게 이름과 소리를 부여한 것은 사물들로 기운을 얻기 위해서가 아닌가? 말한다는 것은 아름다운 바보짓이다. 그로써 인간은 춤추며 만물을 넘어간다.

모든 말과 소리의 거짓은 얼마나 사랑스러운가! 소리와 함께 우리의 사랑은 알록달록한 무지개 위에서 춤춘다.

"오, 차라투스트라여." 그 후에 짐승들이 말했다. "우리처럼 생각하는 인간들에게는 만물이 절로 춤춘다. 모든 것이 다가와 손을 내밀고, 웃고 달아났다가 되돌아온다.

모든 것이 가고, 모든 것이 되돌아온다. 존재의 수레바퀴는 영원히 굴러간다. 모든 것이 죽고, 모든 것이 다시 꽃핀다. 존재의 세월은 영원히 흘러간다.

모든 것이 꺾이고, 모든 것이 새로 이어진다. 존재의 동일한 집이 영원히 지어진다. 모든 것이 헤어지고, 모든 것이 다시 서로 인사한다. 존재의 순환은 자신에게 영원히 충실하다.

존재는 매 순간 시작한다. 저기라는 공이 모든 여기의 주위를 굴러간다. 어디에나 중심이 있다. 영원의 오솔길은 굽어 있다."

오, 그대들 어릿광대며 손풍금들이여! 차라투스트라가 대답하며 다시 미소 지었다. 일주일 내로 이행해야 할 일을 그대들은 너무도 잘 알고 있구나.

그리고 저 괴물이 어떻게 내 목구멍 안으로 기어 들어와, 나를 질식시켰는지를! 그런데 나는 그놈의 머리를 물었다가 뱉어 버렸다.

그런데 그대들은 이걸 가지고 이미 칠현금에 맞춰 부를 노래를 지었단 말인가? 그런데 나는 물어뜯고 뱉느라 지치고, 자신을 구원하다 병이 들어 이제 여기에 누워 있다.

그런데 그대들은 이 모든 일을 지켜보았단 말인가? 오, 나의 짐승들이여, 그대들도 잔인하단 말인가? 그대들은 인간들처럼 나의 크나큰 고통을 지켜보려고 했단 말인가? 인간이야말로 가장 잔인한 동물이다.

인간은 지금까지 지상에서 비극이며 투우며 십자가에 못 박히는 것을 보고 더없는 즐거움을 누렸다. 보라, 인간이 지옥을 꾸며냈을 때도, 그것은 인간의 지상 천국이었다.

위대한 인간이 소리치면 조그만 인간은 날듯이 달려간다. 그리고 그의 목에서는 욕정 때문에 혀가 나온다. 하지만 그는 이를 자신의 '동정'이라고 부른다.

조그만 인간, 특히 시인은 말로 삶을 얼마나 열심히 고발하는가! 그의 말에 귀를 기울여라. 하지만 온갖 고발에 들어 있는 쾌락을 건성으로 듣지 마라!

이러한 삶을 고발하는 자들, 삶은 눈 깜짝할 새 이들을 이겨낸다. 뻔뻔한 여자인 삶은 이렇게 말한다. "그대는 나를 사랑하나요? 조금만 기다려주세요. 지금은 그대에게 내줄 시간이 없어요."

인간은 자기 자신에게 가장 잔인한 짐승이다. 그러므로 자신을 '죄인'이니 '십자가를 진 자'니 '속죄자'라 부르는 자를 만날 때, 이러한 하소연과 고발에 들어 있는 육체적인 쾌락을 건성으로 듣지 마라!

그런데 나 자신, 나는 이로써 인간을 고발하는 자가 되려는 건가? 아, 나의 짐승들이여, 내가 지금까지 유일하게 배운 것이 있다면 인간에게는 자신의 최선을 위해 자신의 최악이 필요하다는 것이다.

모든 최악의 것은 인간에게 최선의 힘이고, 최고의 창조자에게 가장 단단한 돌이다. 그리고 인간은 더 선해지고 더 악해져야 한다는 것이다. 이런 사실을 알기 때문에 내가 이 고문대에 매여 있는 것은 아니다. 오히려 아직 누구도 외쳐보지 않은 것처럼 소리쳤다.

"아, 인간의 최악이 저렇게 작다니! 아, 인간의 최선이 저렇게 작다니!'

인간에 대한 커다란 권태, 그것이 나의 목을 졸랐고, 나의 목구멍 속으로 기어 들어왔다. 그리고 예언자가 예언한 것, 즉 "모든 것은 동일하다. 아무것도 보람이 없고, 앎이 목을 조른다."라는 말이 나의 목을 조르고, 내 목구멍 안으로 기어 들어왔다.

기다란 어스름이, 죽도록 지치고 죽도록 취한 슬픔이 내 앞에서 절룩이며 왔다. 그 슬픔은 하품하며 이렇게 말했다.

"그대가 싫증 낸 인간, 그 작은 인간은 영원히 되돌아온다." 내 슬픔은 하품하며 말하고, 발을 질질 끌고 걸어가며, 잠을 이루지 못했다.

나에게 인간이란 대지는 동굴로 변했고, 그 대지의 가슴은 내려앉았으며, 살아 있는 모든 것은 인간의 부패물, 뼈, 썩은 과거가 되었다.

나의 탄식은 인간의 모든 무덤 위에 앉아 더는 일어날 수 없었다. 나의 탄식과 물음은 밤낮으로 꽥꽥거리고 목 졸리는 소리를 내면서 갉아먹으며 하소연했다.

"아, 인간이란 영원히 다시 돌아오는구나! 작은 인간이 영원히 다시 돌아오는구나!"

나는 일찍이 가장 큰 인간과 가장 작은 인간, 이 둘의 벌거벗은 모습을 보았다. 서로 너무 비슷했고, 가장 큰 인간도 너무 인간적이었다!

가장 큰 자도 너무 작았던 것이다! 그래서 인간이 너무 권태로워졌다. 그리고 가장 작은 인간도 영원히 되돌아온다는 것! 그래서 모든 생존이 권태로워졌다!

아, 구역질! 구역질! 구역질! 차라투스트라는 이렇게 말하고, 탄식하며 몸을 부르르 떨었다. 자신의 병이 생각났기 때문이다. 그런데 이때 그의 짐승들이 그의 말을 가로막았다.

"더 이상 말하지 마라, 그대 낫는 자여!" 그의 짐승들이 그에게 말했다. "세계가 꽃밭처럼 그대를 기다리는 바깥으로 나가라.

장미며 꿀벌이며 비둘기 떼가 있는 바깥으로 나가라! 특히 노래하는 새가 있는 바깥으로. 그대가 그들에게서 노래하는 법을 배우도록!

노래하는 것은 건강을 회복하고 있는 자에게 좋은 것이다. 건강한 자라면 말해도 좋으리라. 건강한 자가 노래를 원한다 하더라도 건강을 회복하고 있는 자와는 다른 노래를 바란다."

"오, 그대들 어릿광대며 손풍금들이여, 침묵하라!" 차라투스트라는 자신의 동물들에게 미소를 지으며 말했다. "일주일 동안 내 자신이 어떤 위로를 꾸며냈는지 그대들은 얼마나 잘 아는가!

내가 다시 노래해야 한다는 것, 그 위로와 이 치유를 꾸며냈다. 그대들은 이걸 가지고도 다시 칠현금에 맞춰 부를 노래를 지으려고 하는가?'

"더 이상 말하지 마라." 그의 짐승들이 다시 그에게 말했다. "그대 건강을 회복하고 있는 자여, 차라리 일단 칠현금을 마련하라. 새로운 칠현금을!

보라. 오, 차라투스트라여! 새로운 노래를 부르려면 새 칠현금이 필요하기 때문이다!

노래하고, 마음껏 소리 질러라. 오, 차라투스트라여, 새 노래로 그대의 영혼을 낫게 하라. 아직 어떤 인간의 운명도 아니었던 그대의 커다란 운명을 짊어지도록!

오, 차라투스트라여, 그대의 짐승들은 그대가 누구며 어떤 사람이 되어야 하는지 잘 알고 있기 때문이다. 보라, 그대는 영원회귀를 가르치는 자다. 그것이 이제 그대의 운명이다.

그대가 최초로 이 가르침을 행해야 한다는 것, 이 크나큰 운명이 어떻게 그대의 가장 커다란 위험이자 병이 아닐 수 있겠는가!

보라, 우리는 그대가 무엇을 가르치는지 알고 있다. 만물이 영원히 회귀하고 우리 자신도 그러하다는 것, 우리가, 우리와 아울러 만물이 이미 무한 번 존재했다는 사실을.

그대는 위대한 생성의 해[年]가 존재하고, 위대한 해의 괴물이 존재한다고 가르친다. 즉 그 해는 새로이 흘러가고 흘러나오기 위해 모래시계처럼 언제나 새로 뒤집혀야 한다고 가르친다.

그래서 이 해들은 아무리 큰 것이든 아무리 작은 것이든 언제나 동일하다. 그래서 우리 자신도 아무리 큰 것이든 아무리 작은 것이든 모든 위대한 해에서 동일하다.

오, 차라투스트라여, 그대가 지금 죽으려고 하더라도, 그대가 그대 자신에게 무엇을 말하리라는 것을 우리는 알고 있다. 그런데 그대의 짐승들은 아직 죽지 말라고 그대에게 간청한다!

그대는 오히려 행복에 겨워 안도의 한숨을 쉬며 떨지 않고 말하리라. 그대, 더없이 인내심 강한 자에게서 커다란 무거움과 무더위가 덜어질 것이기 때문이다!'

"나는 이제 죽어서 사라진다." 그대는 말하리라. "그리고 순식간에 나는 무(無)가 되고 만다. 육체처럼 영혼도 죽게 마련이다.

하지만 내가 얽혀 들어간 인과의 매듭은 다시 돌아오고, 그것은 나를 다시 창조하리라! 나 자신이 영원회귀의 원인에 속해 있는 것이다.

나는 이 태양, 이 대지, 이 독수리, 이 뱀과 함께 다시 오지만, 새로운 삶이나 더 나은 삶, 비슷한 삶으로는 아니다.

나는 아무리 큰 것이든 아무리 작은 것이든 이러한 동일한 삶에 영원히 회귀한다. 만물의 영원회귀를 다시 가르치려고.

대지와 인간의 위대한 정오에 대한 말을 하려고, 인간에게 다시 초인이 오는 것을 알리려고.

나는 나의 말을 했고, 나는 그 말로 인해 부서진다. 나의 영원한 운명이 이와 같이 되고자 한다. 즉 예언자로서 내가 파멸하기를!

이제 내려가는 자가 자신에게 축복을 내릴 때가 왔다. 이렇게 차라투스트라의 내려감이 끝난다."

짐승들은 말을 마치고 차라투스트라가 자신들에게 무슨 말을 해주기를 기다렸다. 그러나 차라투스트라는 그들이 침묵하고 있음을 알지 못했다. 오히려 그는 잠자지 않았지만 잠든 사람처럼 두 눈을 감고 잠자코 누워 있었다. 그는 자신의 영혼과 대화를 나누고 있었다. 그가 이처럼 침묵하고 있는 것을 본 뱀과 독수리는 그의 주위가 매우 조용한 것을 존중하여 조심스럽게 그곳을 떠났다.

위대한 동경에 대하여

오, 나의 영혼이여, 나는 '오늘'을 말할 때 '언젠가'와 '이전에'처럼 말하라고 가르쳤고, 모든 여기와 거기와 저기를 넘어 원무를 추며 가라고 가르쳤다.

오, 나의 영혼이여, 나는 그대를 모든 구석에서 구원해 주었고, 그대에게서 먼지며 거미며 어스름을 몰아내었다.

오, 나의 영혼이여, 나는 그대에게서 조그마한 수치심과 구석진 덕을 씻어냈고, 태양이 보는 앞에 벌거벗은 채 서도록 그대를 설득했다.

나는 '정신'이라고 불리는 폭풍으로 그대의 파도치는 바다 위를 날아갔다. 나는 바다에서 온갖 구름을 날려 보냈고, '죄악'이라고 불리는 목 조르는 여자도 목 졸라 죽였다.

오, 나의 영혼이여, 나는 폭풍처럼 '아니다'라고 말할 권리를 그대에게 주었고, 맑게 갠 하늘이 말하듯이 '그렇다'라고 말할 권리를 주었다. 그대는 빛처럼 잠자코 서 있다가 이제 부정하는 폭풍을 뚫고 나간다.

오, 나의 영혼이여, 나는 그대에게 이미 창조된 것과 아직 창조되지 않은 것을 누릴 권리를 되돌려 주었다. 미래의 환희를 그대처럼 알 사람이 누가 있겠는가?

오, 나의 영혼이여, 나는 벌레가 먹어치우는 것과 다른 경멸을 그대에게 가르쳤다. 가장 많이 경멸할 때 가장 많이 사랑하는 커다랗고 사랑에 찬 경멸을.

오, 나의 영혼이여, 나는 그대가 자신의 근거들이 자신에게 오게끔 그대에게 설득하는 법을 가르쳤다. 바다에게 자신의 높이에 이르도록 설득하는 태양처럼.

오, 나의 영혼이여, 나는 그대에게서 모든 복종과 무릎 꿇음, '주여!'라고 말하는 것을 덜어주었다. 나는 그대 자신에게 '곤경의 전환'과 '운명'이라는 이름을 부여해 주었다.

오, 나의 영혼이여, 나는 그대에게 새로운 이름과 알록달록한 장난감을 주었다. 나는 그대를 '운명', '외연들 중의 외연', '시간의 탯줄', '하늘색의 종(鐘)'이라고 불렀다.

오, 나의 영혼이여, 나는 그대의 토양이 마실 온갖 지혜를 주었다. 온갖 새로운 포도주, 그리고 먼 옛날부터 전해져 내려오는 듯한 지혜의 포도주도 주었다.

오, 나의 영혼이여, 나는 온갖 태양이며 온갖 밤, 온갖 침묵, 온갖 그리움을 그대에게 쏟아부었다. 그래서 그대는 포도 덩굴처럼 무럭무럭 자라났다.

오, 나의 영혼이여, 그대는 이제 아주 풍요롭고 묵직한 모습으로 거기 서 있다. 부풀어 오른 젖가슴이며 갈색의 탐스러운 황금 포도송이가 달린 포도 덩굴처럼.

그대의 행복으로 내리눌러 무거울 때, 그대의 기대로 인해 아직 부끄러워하면서도 그대의 행복이 넘치는 것을 기다린다.

오, 나의 영혼이여, 보다 사랑에 넘치고 보다 드넓으며 광대한 영혼은 이제 어디에도 없으리라! 미래와 과거가 그대에게서 보다 더 가까이 모여 있는 곳이 어디 있겠는가?

오, 나의 영혼이여, 나는 그대에게 모든 것을 주었고, 그대 때문에 나의 두 손은 텅 비었다. 그런데 이제! 이제 그대는 내게 미소 지으며 슬픔에 차 말한다. "우리들 중에 누가 고마워해야 하는가? 받는 자가 받아주었으므로 주는 자가 고마워해야 하지 않겠는가? 주는 것이 절실히 필요한 게 아닌가? 받는 것은 가엾게 여겨서가 아닌가?"

오, 나의 영혼이여, 나는 그대의 우수에 젖은 미소를 이해한다. 그대의 넘치는 풍요로움 자체가 이제 그리움의 손을 뻗는 것이다!

그대의 충만함은 사나운 바다 저쪽을 바라보며, 찾고 기다린다. 넘치는 충만함의 그리움이 그대의 미소 짓는 눈[目]의 하늘에서 내려다본다!

오, 나의 영혼이여! 참으로 그대의 미소를 보고 누가 눈물짓지 않겠는가? 천사들도 그대의 미소에 넘치는 선의를 보고 눈물짓는다.

그대의 선의와 넘치는 선의는 하소연하거나 울려고 하지 않는다. 오, 나의 영혼이여, 그렇지만 그대의 미소는 눈물을 그리워하고, 그대의 떨리는 입은 흐느낌을 그리워한다.

"우는 것은 모두 하소연하는 것이 아닌가?" 그대는 자신에게 이렇게 말한다. 오, 나의 영혼이여, 그 때문에 그대는 그대의 고뇌를 쏟아붓기보다는 오히려 미소 지으려고 한다.

충만함에서 오는 그 모든 고뇌, 포도 재배자와 포도 따는 칼을 기다리는 포도 덩굴의 그 모든 중압감을 걷잡을 수 없는 눈물로 쏟아붓기보다는!

하지만 그대가 울려고 하지 않고, 그대의 보랏빛 슬픔을 실컷 울어서 달래려고 하지 않는다면, 그대는 노래해야 할 것이다. 오, 나의 영혼이여! 보라, 그대에게 그런 것을 예언하는 내가 자신에게 미소 짓고 있다.

모든 바다가 잔잔해지면서 그대의 그리움에 귀 기울일 때까지, 떠나갈 듯한 소리로 노래 불러야 한다.

잔잔하고 그리움에 찬 바다 위로 황금빛 기적인 나룻배가 떠다니고, 그 황금 주위로 선악의 경이로운 온갖 사물이 깡충거리며 뛰어다닐 때까지.

또한 크고 작은 많은 짐승들이며 보라색 오솔길을 달릴 수 있을 만큼 날렵하고 경이로운 발을 가진 모든 것이 깡충거리며 뛰어다닐 때까지.

이 모든 것은 황금의 기적, 자유의지의 나룻배와 그 주인을 향해 달려간다. 그런데 그 주인은 다이아몬드로 된 칼을 가지고 기다리는 포도 재배자다.

오, 나의 영혼이여, 그대의 위대한 구세주는 미래의 노래가 비로소 그 이름을 알게 되는 이름 없는 자다! 그리고 참으로 그대의 숨결은 이미 미래의 노래 향기를 풍기고 있다.

그대는 이미 이글거리고 꿈꾸고 있으며, 목이 말라 깊고 은은하게 울리는 위안의 샘물을 마시고 있다. 그대의 슬픔은 이미 다가올 노래의 행복 속에 쉬고 있다!

오, 나의 영혼이여, 이제 나는 모든 것과 나에게 마지막 남은 것도 그대에게 주어버렸다. 그래서 내 두 손은 그대 때문에 텅 비었다! 보라, 내가 그대에게 노래하라고 시킨 것, 그것이 나의 마지막 남은 것이었다!

내가 그대에게 노래하라고 시켰다는 것을 이제 말하라. 우리들 중에 누가 고마워해야 하는가? 하지만 이게 더 나을 것이다. 오, 나의 영혼이여! 나에게 노래를 불러다오. 그리고 나에게 고마워하게 하라!

차라투스트라는 이렇게 말했다.

또 다른 춤의 노래

1

"오, 삶이여, 나는 최근에 그대의 눈 속을 들여다보았다. 그대의 어두운 눈 속에서 황금이 번쩍이는 것을 보았다. 나의 마음은 환희에 겨워 멎어버렸다.

나는 밤바다 위에 황금 나룻배가 번쩍이는 것을 보았다. 가라앉아 잠겼다가, 다시 손짓하며 흔들거리는 황금 나룻배를!

나의 발에, 춤추며 날뛰는 나의 발에 그대는 눈길을 던졌다. 웃는 듯 묻는 듯, 녹아내리며 흔들리는 눈길을.

그대는 조그만 두 손으로 오직 두 번 그대의 딸랑이를 흔들었다. 그러자 나의 발은 이미 춤에 열광하며 흔들거렸다.

나의 발꿈치는 들려졌고, 나의 발가락은 그대를 이해하려고 귀를 기울였다. 춤추는 자의 귀는 발가락에 달려 있는 것이다!

나는 그대 쪽으로 뛰어올랐다. 그러자 그대는 내가 뛰어오르는 것을 피해 달아났다. 달아나던 그대의 머리카락이 휘날리며 나에게 혀를 날름거렸다.

나는 그대에게서, 그대의 뱀을 피해 달아났다. 그러자 그대는 이미 반쯤 몸을 돌리고 갈망에 찬 눈으로 서 있었다.

구부러진 미소로 그대는 나에게 구부러진 길을 가르친다. 구부러진 길 위에서 나의 발은 간계를 배운다!

가까이 있으면 그대가 무섭고, 멀리 있으면 그대가 보고 싶다. 그대가 달아나면 이끌리고, 그대가 찾으면 멈춰 서게 된다. 괴로운 일이지만, 그대를 위해 기꺼이 고통을 감내하지 않았던가!

그대가 차가우면 마음에 불이 붙고, 그대가 미워하면 유혹을 받는다. 그대가 달아나면 속박을 원하고, 그대가 비웃으면 감동을 받는다.

누가 그대를 미워하지 않겠는가. 우리를 속박하고, 농락하며, 유혹하고, 탐구하며, 발견하는 그대를! 누가 그대를 사랑하지 않겠는가. 그대 순진하고 참을성 없으며 바람처럼 재빠를 뿐만 아니라 아이 같은 눈을 가진 죄수를!

그대 전형적인 말썽꾸러기여, 지금 나를 어디로 끌고 가려는가? 이제 다시 나에게서 달아나는구나. 그대 아름답지만, 은혜를 모르는 말괄량이여!

나는 춤을 추며 그대의 희미한 발자국만 있어도 그대의 뒤를 따라갈 것이다. 그대는 어디에 있는가? 손을 내밀어다오! 아니면 손가락 하나만이라도!

여기에 동굴과 우거진 덤불이 있다. 우리는 길을 잃고 말리라! 멈춰라! 그 자리에 서라! 부엉이와 박쥐들이 어지럽게 날아다니는 게 보이지 않는가!

그대 부엉이여! 그대 박쥐여! 그대는 나를 우롱하려는가? 우리는 어디에 있는가? 그대는 이처럼 울부짖는 것을 개들에게서 배웠는가?

그대는 작고 하얀 이빨을 지독하게 드러냈고, 심술궂은 그대의 눈은 작은 곱슬머리 속에서 나를 향해 달려든다!

이것은 골짜기와 언덕을 뛰어넘은 춤이다. 나는 사냥꾼이다. 그대는 나의 개가 되려는가, 아니면 나의 영양이 되려는가?

이제 내 곁에 있구나! 날렵하구나. 그대 심술궂게 뛰어오르는 자여! 이제 저 위로! 그리고 저 너머로! 슬프구나! 이때 나는 뛰어오르다 넘어지고 말았다!

오, 자비를 구걸하며 누워 있는 나의 모습을 보라. 그대 거만한 자여! 나는 그대와 함께 보다 사랑스러운 오솔길을 걷고 싶다!

한적하고 알록달록한 덤불을 지나가는 사랑의 오솔길을! 또는 저기 호수를 따라 도는 오솔길을! 호수에서 금붕어들이 헤엄치며 춤추고 있겠지!

그대는 이제 지쳤는가? 저 너머에 양 떼와 저녁놀이 있다. 목자들의 피리 소리를 들으며 잠자는 것은 멋진 일이 아닌가?

그대는 그토록 몹시 지쳤는가? 내가 그대를 안고 갈 테니, 두 팔을 그냥 늘어뜨려라! 그대가 목마를 때 내가 그대에게 줄 게 있지만, 그대는 마시려 하지 않겠지!

오, 재빠르고 유연한 이 저주받은 뱀이여, 미끄러지듯 빠져나가는 마녀여! 그대는 어디로 가버렸는가? 하지만 내 얼굴에서 그대의 손이 만든 얼룩과 붉은 반점이 느껴진다!

나는 언제나 양처럼 온순한 그대의 목자로 있는 데 정말 지쳐버렸다! 그대 마녀여, 지금까지는 내가 그대에게 노래해 주었지만, 이젠 그대가 나에게 소리쳐 주어야 한다!

내가 휘두르는 채찍에 맞춰 그대가 춤추고 소리쳐야 한다!

그런데 내가 채찍을 잊었단 말인가? 아니다!"

2

그러자 삶은 나에게 대답했고, 그러면서 귀여운 두 귀를 틀어막았다.

"오, 차라투스트라여! 그렇게 무섭게 채찍을 휘두르지 마라! 그대는 소동이 사상을 죽인다는 것을 알고 있다. 그런데 방금 아주 아기자기한 사상이 나에게 떠올랐다.

우리는 둘 다 선한 일도 악한 일도 하지 않는 자들이다. 우리는 선악의 저편에서 우리의 섬과 우리의 푸른 초원을 발견했다. ─우리 둘이서만! 그 때문에 우리는 서로 사이좋게 지내야 한다!

우리가 죽도록 서로 사랑하는 것은 아니다. 그런데 우리가 죽도록 사랑하지 않는다 해서 서로를 싫어해야 한단 말인가?

내가 그대에게 호의적이고, 때로는 너무 호의적이라는 것을 그대는 알고 있다. 그리고 이는 내가 그대의 지혜를 부러워하기 때문이다. 아, 이 지혜라는 늙고 미친 바보여!

그대의 지혜가 언젠가 그대에게서 달아나 버리기라도 한다면, 아! 그러면 나의 사랑도 그대에게서 금방 달아날 것이다!"

이렇게 말한 후에 삶은 생각에 잠겨 뒤와 주위를 둘러보고 나서 나지막하게 말했다. "오, 차라투스트라여, 그대는 나에게 그리 충실하지 않구나!

그대는 오래전부터 그대가 말한 만큼 나를 사랑하지 않았다. 그대가 머지않아 나를 떠날 생각이라는 것을 난 알고 있어.

뎅뎅 울리는, 무겁고도 무거운 낡은 종이 하나 있다. 뎅뎅거리는 그 소리는 밤에 그대의 동굴에까지 울린다.

한밤중에 이 종이 시간을 울릴 때, 하나에서 열두 번까지 종이 울리는 사이에 그대는 그런 생각을 한다.

오, 차라투스트라여, 나는 알고 있다. 그대가 머지않아 나를 떠날 생각을 한다는 것을!'

"그렇다." 나는 머뭇거리며 대답한다. "하지만 그대는 이런 사실도 알고 있다." 그러면서 나는 마구 헝클어진 누런 머리카락 사이로 그녀의 귀에 무언가를 속삭였다.

"그대가 그걸 알고 있다는 말인가? 오, 차라투스트라여! 그것은 아무도 모르는 사실이다."

그리고 우리는 서로 바라보았고, 때마침 서늘한 저녁이 찾아드는 푸른 초원을 바라보며, 함께 눈물지었다. 하지만 그때 나 이전의 모든 지혜보다도 삶이 나에게 더 사랑스러웠다.

차라투스트라는 이렇게 말했다.

3
하나!
오, 인간이여! 주의하라!

둘!
한밤중에 하는 말은 무엇인가?

셋!
"나는 잠자고 있었다.

넷!
깊은 꿈에서 나는 깨어났다.

다섯!
세계는 깊다.

여섯!
낮은 생각했던 것보다 더 깊다.

일곱!
세계의 슬픔은 깊다.

여덟!
기쁨은——마음의 고통보다 더 깊다.

아홉!
슬픔이 말한다. 사라져라! 가라!

열!
하지만 모든 기쁨은 영원을 바란다.

열하나!
깊고, 깊고, 깊은 영원을 바란다!"

열둘!

일곱 개의 봉인
(또는 '그렇다'와 '아멘'의 노래)

1

내가 예언자이고 두 바다 사이에 높이 치솟은 암벽 위를 거니는 예언자적 정신으로 충만하다면,

무거운 구름처럼 과거와 미래 사이를 거닐며, 무더운 저지대에 적의를 품고, 지친 나머지 죽을 수도 살 수도 없는 모든 것에 적의를 품는 예언자적 정신으로 충만하다면,

어두운 가슴속에서 번갯불과 구원의 광선을 준비하면서 "그렇다!"라고 말하고, "그렇다!"라고 웃으며 예언자적 광선을 낳는 번갯불을 잉태한다면,

이렇게 잉태한 자는 행복하도다! 그리고 참으로 언젠가 미래의 빛을 밝혀야 하는 자는 무거운 뇌우로 오랫동안 산허리에 걸려 있어야 한다!

오, 내가 어떻게 영원을 갈망하지 않겠는가. 반지들 중의 결혼반지, 회귀의 고리를 갈망하지 않겠는가!

나는 지금껏 내 아이를 낳고 싶어 하는 여자를 발견하지 못했다. 내가 사랑하는 이 여자 외에는. 오, 영원이여, 나는 그대를 사랑하기 때문이다!

오, 영원이여, 나는 그대를 사랑하기 때문이다!

2

일찍이 나의 분노가 무덤들을 파헤치고, 경계석들을 밀쳐 버리며, 낡은 서판들을 골짜기로 굴려 부수어버렸다면,

일찍이 나의 조롱이 곰팡내 나는 말들을 불어서 날려 버렸다면, 십자거미들에게는 빗자루처럼, 낡고 희미한 묘혈에게는 쓸어버리는 바람으로 왔다면,

일찍이 내가 해묵은 염세주의자들의 기념비 옆에서 세계를 축복하고 사랑하면서, 옛날 신들이 묻혀 있는 곳에 기쁜 심정으로 앉아 있었다면,

하늘이 해맑은 눈으로 부서진 천장 사이로 들여다본다면, 나는 교회와 신들의 무덤마저 사랑하고, 풀이나 붉은 양귀비꽃처럼 교회의 폐허 위에 즐겨 앉아 있을 것이다.

오, 내가 어떻게 영원을 갈망하지 않겠는가. 반지들 중의 결혼반지, 회귀의 고리를 갈망하지 않겠는가!

나는 지금껏 내 아이를 낳고 싶어 하는 여자를 발견하지 못했다. 내가 사랑하는 이 여자 외에는. 오, 영원이여, 나는 그대를 사랑하기 때문이다!

오, 영원이여, 나는 그대를 사랑하기 때문이다!

3

일찍이 창조적인 입김으로부터, 여러 우연이 별들의 윤무를 추도록 강요하는 저 천상의 필연으로부터 한 줄기 입김이 나를 찾아왔다면,

행위의 천둥이 투덜거리면서도 온순하게 뒤따르는, 창조적인 번개의 웃음에 내가 웃었다면,

내가 신들의 탁자인 대지 위에서 대지가 흔들리고 무너지며 불길이 치솟을 정도로 신들과 주사위 놀이를 했더라면,

신들의 탁자는 대지이고, 그 대지는 창조적인 새로운 말과 신들의 주사위 놀이로 벌벌 떨기 때문이다.

오, 내가 어떻게 영원을 갈망하지 않겠는가. 반지들 중의 결혼반지, 회귀의 고리를 갈망하지 않겠는가!

나는 지금껏 내 아이를 낳고 싶어 하는 여자를 발견하지 못했다. 내가 사랑하는 이 여자 외에는. 오, 영원이여, 나는 그대를 사랑하기 때문이다!

오, 영원이여, 나는 그대를 사랑하기 때문이다!

4

일찍이 내가 온갖 것이 잘 뒤섞여 있는, 거품이 이는 양념 섞는 항아리에 든 것을 실컷 마신다면,

나의 손이 가장 먼 것을 가장 가까운 것에, 불을 정신에, 쾌락을 고통에, 가장 악한 것을 가장 선한 것에 쏟아부었다면,

나 자신이 양념 섞는 항아리에 든 모든 것이 잘 섞이게 하는 저 구원의 소금 알갱이라면,

선을 악과 결합시키는 알갱이가 있고, 최악의 것도 양념이 되어 최후의 거품이 넘쳐흐르게 할 가치가 있기 때문이다.

오, 내가 어떻게 영원을 갈망하지 않겠는가. 반지들 중의 결혼반지, 회귀의 고리를 갈망하지 않겠는가!

나는 지금껏 내 아이를 낳고 싶어 하는 여자를 발견하지 못했다. 내가 사랑하는 이 여자 외에는. 오, 영원이여, 나는 그대를 사랑하기 때문이다!

오, 영원이여, 나는 그대를 사랑하기 때문이다!

5

내가 바다와 바다의 속성을 지닌 모든 것에 호의적이고, 또한 바다가 나에게 분노하며 덤벼들 때 가장 호의적이라면,

발견되지 않은 것을 향해 돛을 몰아가는, 저 탐구의 기쁨이 내 안에 있다면, 항해자의 기쁨이 나에게 있다면,

일찍이 나의 환희가 "해안이 사라졌고, 이제 나의 마지막 쇠사슬이 풀렸다. ─

경계가 없는 가장 무한한 것이 내 주위에 물결치고, 공간과 시간이 저 멀리 반짝인다. 자! 어서! 옛 마음이여!" 하고 외쳤더라면,

오, 내가 어떻게 영원을 갈망하지 않겠는가. 반지들 중의 결혼반지, 회귀의 고리를 갈망하지 않겠는가!

나는 지금껏 내 아이를 낳고 싶어 하는 여자를 발견하지 못했다. 내가 사랑하는 이 여자 외에는. 오, 영원이여, 나는 그대를 사랑하기 때문이다!

오, 영원이여, 나는 그대를 사랑하기 때문이다!

6

나의 덕이 춤추는 자의 덕이고, 내가 때때로 두 발로 황금과 에메랄드 같은 황홀경에 뛰어들었다면,

나의 심술궂음이 웃음 짓는 심술궂음이고, 장미의 산비탈과 백합의 울타리 밑에 있다면,

웃음에는 온갖 심술궂음이 나란히 있지만, 그것은 심술궂음 자신의 커다란 행복에 의해 신성해지고 죄를 면하기 때문이다.

그리고 모든 무거운 것이 가벼워지고, 모든 몸이 춤추는 자가 되고, 모든 정신이 새가 되는 것, 그것이 나의 알파이자 오메가라면, 그리고 그것이 참으로 나의 알파이자 오메가라면!

오, 내가 어떻게 영원을 갈망하지 않겠는가, 반지들 중의 결혼반지, 회귀의 고리를 갈망하지 않겠는가!

나는 지금껏 내 아이를 낳고 싶어 하는 여자를 발견하지 못했다. 내가 사랑하는 이 여자 외에는. 오, 영원이여, 나는 그대를 사랑하기 때문이다!

오, 영원이여, 나는 그대를 사랑하기 때문이다!

7

일찍이 내가 내 머리 위에 조용한 하늘을 펼치고, 내 자신의 날개로 자신의 하늘을 날았더라면,

내가 노닐며 깊은 빛의 아득함 속으로 헤엄쳐 가고, 나의 자유에 새의 지혜가 날아왔더라면,

새의 지혜는 이렇게 말하리라. "보라, 위도 아래도 없지 않은가! 그대를 주위로, 저 멀리, 뒤로 던져라. 그대 가벼운 자여! 노래하라! 더는 말하지 마라!

모든 말들은 무거운 자들을 위해 만들어진 것이 아닌가? 가벼운 자에게는 모든 말이 거짓말하는 것이 아닌가? 노래하라! 더는 말하지 마라!"

오, 내가 어떻게 영원을 갈망하지 않겠는가, 반지들 중의 결혼반지, 회귀의 고리를 갈망하지 않겠는가!

나는 지금껏 내 아이를 낳고 싶어 하는 여자를 발견하지 못했다. 내가 사랑하는 이 여자 외에는. 오, 영원이여, 나는 그대를 사랑하기 때문이다!

오, 영원이여, 나는 그대를 사랑하기 때문이다!

제4부 — 마지막 부

"아, 세상에 동정하는 자들보다 더 어리석은 짓을 하는 자들이 어디 있겠는가? 세상에 동정하는 자들의 어리석음보다 더 커다란 고통을 안겨 주는 것이 어디 있겠는가?
 아직 자신의 동정심도 극복하지 못하고 사랑하는 자들에게 안타까움을 금할 수 없다.
 언젠가 악마가 나에게 이렇게 말한 적이 있었다. "신에게도 지옥이 있는데, 그것은 인간에 대한 사랑이다."
 그리고 최근에 악마가 이런 말을 하는 것을 들었다. "신은 죽었다. 인간을 동정하는 바람에 신은 죽어버렸다."

——『차라투스트라는 이렇게 말했다』, 제2부, 「동정하는 자들에 대하여」

제물로 바친 꿀

차라투스트라의 영혼 위로 다시 세월이 흘렀지만, 그는 이에 아랑곳하지 않았다. 하지만 그의 머리는 허옇게 세었다. 하루는 그가 자신의 동굴 앞 바위에 앉아 말없이 먼 곳을 바라보고 있었다. 그곳에서 구불구불한 계곡들 너머로 바다가 내다보였던 것이다. 그러자 그의 짐승들이 생각에 잠겨 그의 주위를 맴돌다가 마침내 그의 앞에 멈추어 섰다.

짐승들이 물었다. "오, 차라투스트라여, 그대는 자신의 행복을 내다보는가?" 그가 대답했다. "행복이 무슨 소용인가! 행복을 바라지 않은 지 오래되었다. 내 일을 생각할 뿐이다." 다시 짐승들이 말했다. "오, 차라투스트라여, 그대는 선한 것에 진력을 다하여 그런 말을 하고 있다. 그대는 행복이라는 푸른 하늘색 호수에 누워 있지 않은가?" 그러자 차라투스트라가 미소 지으며 대답했다. "그대들 어릿광대들이여, 참으로 절묘한 비유를 들고 있구나! 하지만 그대들도 나의 행복이 무겁고, 흐르는 물결과 같지 않다는 것을 알고 있지 않은가. 나의 행복은 나를 몰아붙이고, 나에게서 떠나려고 하지 않으며, 녹아내린 역청과 같다는 것을."

그러자 그의 짐승들이 다시 생각에 잠겨 그의 주위를 맴돌다가 또 한 번 그의 앞에 멈추어 섰다. 그들이 말했다. "오, 차라투스트라여, 그 때문에 그대 자신은 점점 더 누렇고 더 어두워지지 않았는가? 그대의 머리칼은 허옇게 세어 아마(亞麻)처럼 보이건만. 보라, 그대는 그대의 역청[51] 속에 앉아 있구나!" 차라투스트라는 웃으며 덧붙여 말했다. "나의 짐승들이여, 무슨 말을 하는 건가. 내가 역청이란 말을 한 것은 사실 비방하기 위해서였다. 익어가는 온갖 과일들에게도 나에게 일어나는 것과 같은 일이 일어난다. 나의 피를 보다 짙게 하고, 또한 나의 영혼을 보다 침착하게 하는 것은 나의 혈관 속에 든 꿀이다." 이 말을 들은 짐승들이 그의 주위로 몰려들었다. "그럴지도 모른다. 오, 차라투스트라여, 그런데 그대는 오늘 높은 산에 오르려는 게 아닌가? 공기가 맑아 오늘은 어느 때보다 세상을 더 잘 볼 수 있다." 차라투스트라가 대답했다. "그렇다. 나의 짐승들이여, 적절한 조언이고 마음에 드는 말이다. 나는 오늘 높은 산에 오르려고 한다! 그런데 거기서도 내가 꿀을 손에 넣을 수 있게 해다오. 더욱 노랗고 더욱 희고 더욱 좋은, 얼음처럼 신선한 벌집의 황금 꿀을. 그대들은 거기서 내가 꿀을 제물로 바치려고 한다는 것을 알아야 하기 때문이다."

하지만 차라투스트라는 산꼭대기에 올라섰을 때 자신을 뒤따르던 짐승들을 집으로 돌려보냈다. 혼자 있게 된 그는 마음껏 웃으며 주위를 둘러보고 이렇게 말했다.

내가 제물에 관해, 꿀이라는 제물에 관해 말한 것은 하나의 술수에 불과했지만, 참으로 유용한 어리석음이었다. 이 위에서는 은둔자의 동굴 앞이나 은둔자의 짐승들 앞에서 보다 자유롭게 말할 수 있다.

제물을 바치다니! 나는 손이 천 개나 되는 탕진하는 자로서 나에게 주어지는 것을 탕진한다. 그런데 어떻게 내가 제물을 바친다고 할 수 있겠는가!

그리고 내가 꿀을 갈망했을 때 투덜거리는 곰과 이상하고 무뚝뚝하며 심술궂은 새도 먹고 싶어 입맛을 다신 최상의 미끼와 달콤한 즙, 점액을 갈망했을 뿐이다.

사냥꾼이나 어부에게 필요한 최상의 미끼를 바란 것이다. 이 세계가 짐승이 사는 어둑한 숲과 같고, 온갖 거친 사냥꾼들의 유원지와 같다면, 나에게는 오히려 그 세계가 바닥을 알 수 없는 풍요로운 바다처럼 느껴지기 때문이다.

알록달록한 물고기와 갑각류로 가득 찬 바다, 신들도 어부가 되어 그물을 던지고 싶어 하는 바다 말이다. 이처럼 세계에는 크고 작은 기이한 것으로 가득하다!

특히 인간 세계, 인간의 바다가 그러하다. 이 바다에 나는 이제 황금 낚싯대를 던지며 말한다. 열려라, 그대 인간의 심연이여!

열려라, 그대의 물고기와 반짝이는 갑각류를 나에게 던져라! 나는 오늘 최고의 미끼로 이상하기 짝이 없는 인간이라는 물고기를 낚으리라!

나는 나의 행복을 저 멀리 사방으로 던진다. 일출에서 정오를 지나 일몰 때까지. 인간이라는 많은 물고기들이 나의 행복을 끌어당기고, 매달려 버둥거리는 법을 배우지나 않을까 해서.

그 물고기들이 감추어진 뾰족한 낚싯바늘을 물고 나의 높이로 올라올 때까지. 심연의 바닥에 있는 더없이 알록달록한 것들이 인간을 낚는 낚시꾼 중에서 가장 심술궂은 낚시꾼에게 올라오도록.

나는 원래부터 잡아당기고, 내 쪽으로 잡아당기고, 내 쪽으로 끌어올리고, 끌어올리는 그러한 낚시꾼이다. "너의 모습 그대로 되어라!"라고 말했듯이 잡아당기는 자, 훈육하는 자, 관리하는 자가 되어라.

그러므로 이제부터는 인간들이 내가 있는 이 위로 올라와야 할 것이다. 나는 내가 내려갈 때를 알리는 조짐을 아직 기다리기 때문이다. 언젠가는 내려가야 하겠지만 아직은 인간들 사이에 내려갈 생각이 없다.

여기 높은 산 위에서 교활하게 비웃으며 기다리고 있다. 참을성이 없는 자나 참을성이 있는 자로서가 아니라 참을성을 잊은 자로서 기다리고 있다. 더는 '참을성'이 필요 없기 때문에.

나의 운명이 나에게 시간을 주었다. 운명이 나를 잊어버렸단 말인가! 아니면 운명이 커다란 바위 뒤의 그늘에 앉아 파리라도 잡고 있단 말인가?

그리고 참으로 나는 나의 영원한 운명에 고마워한다. 나를 독촉하지도 몰아붙이지도 않고, 나에게 장난치고 심술부릴 시간을 주었으니까. 그리하여 나는 오늘 고기 잡으러 이 높은 산으로 올라온 것이다.

지금까지 높은 산에서 고기를 잡은 인간이 있었을까? 내가 이 위에서 하기 원하고 하고 있는 일이 어리석다 하더라도 이것이 더 낫다. 내가 저 아래에서 기다림에 지쳐 엄숙해지고, 얼굴이 푸르죽죽하고 창백해지는 것보다는.

기다림에 지쳐 거드름을 피우며 분노로 인해 씩씩거리는 자가 되고, 산에서 신성하게 울부짖는 폭풍이 되고, 골짜기 아래를 향해 "들어라. 그렇지 않으면 신의 채찍으로 너희들을 때리리라!"라고 외치는 참을성 없는 자가 되기보다는.

그렇다고 내가 그렇게 화내는 자들을 원망하는 것은 아니다. 그들은 나에게 그저 웃음거리에 불과하기 때문이다! 위험을 알리는 큰북은 오늘이 아니면 결코 다시는 말할 기회를 얻지 못하므로 초조할 수밖에 없다!

그런데 나와 나의 운명은, 즉 우리는 오늘에게 말하지 않으며, 결코 오지 않을 것에게도 말하지 않는다. 우리는 말하기 위한 참을성이며 시간과 시간을 뛰어넘는 시간을 가지고 있다. 언젠가 그것은 오고야 말 것이고, 그냥 지나쳐가지 않을 것이다.

그렇다면 무엇이 오고야 말 것이고, 그냥 지나쳐가지도 않는 것인가? 우리의 위대한 하자르[52], 즉 우리의 위대하고도 머나먼 인간 왕국, 차라투스트라의 천년왕국이다.

이 '머나먼' 것은 얼마나 먼 것일까? 하지만 그것이 나와 무슨 상관이겠는가! 아무리 멀다고 해도 나는 조금도 흔들리지 않는다. 나는 두 발로 이 토대 위에 굳건히 서 있을 뿐이다.

이 영원한 토대 위에, 견고한 태고의 바위 위에, 더없이 높고 더없이 견고한 이 태고의 산맥 위에 서 있는 것이다. 모든 바람이 폭풍을 가르는 이곳으로 "어디에서?", "어디로부터?", "어디로?"라고 물으며 불어온다.

자, 웃어라. 나의 밝고 온전한 악의여 웃어라! 높은 산에서 아래로 번쩍이며 조롱하는 그대의 큰 웃음을 던져라! 그대의 번쩍거림으로 더없이 아름다운 인간이라는 물고기를 나에게 꾀어내라!

그리고 모든 바닷속에 있는, 나에게 속하는 것, 만물 속에 있는 그 자체로 나의 것, 그것을 나에게로 끌어올려라. 그것을 이 위로 끌어올려라. 모든 낚시꾼 중에서 가장 심술궂은 나는 그것을 기다리고 있다.

저 멀리, 저 멀리, 나의 낚싯바늘이여! 저 안으로, 저 아래로, 나의 행복의 미끼여! 내 마음의 꿀이여, 그대의 다디단 이슬이 방울져 떨어지게 하라! 잡아라, 나의 낚싯바늘이여, 모든 시커먼 슬픔의 복부를!

밖을 보라, 밖을 보라, 나의 눈이여! 오, 얼마나 많은 바다가 내 주위에 있는가! 밝아 오는 인간의 미래가 나를 둘러싸고 있지 않은가! 그리고 내 머리 위의 장밋빛 고요를 보라! 구름 한 점 없는 침묵을 보라!

도움을 청하는 외침

다음 날 차라투스트라는 다시 동굴 앞 자신의 바위 위에 앉아 있었다. 짐승들은 신선한 꿀과 신선한 음식을 구하기 위해 바깥세상을 돌아다니고 있었다. 차라투스트라가 남은 꿀을 마지막 한 방울까지 소비하고 낭비해 버렸기 때문이다. 이렇게 앉아 그는 생각에 잠겨 손에 지팡이를 들고 자신의 그림자를 대지에 그리고 있었다. 그런데 참으로! 자기 자신과 그림자 때문이 아니라, 깜짝 놀라 몸을 움츠렸다. 자신의 그림자 옆에 또 다른 그림자가 보였던 것이다. 재빨리 주위를 둘러보며 일어섰다. 보라, 그의 옆에 예언자가 서 있었다. 언젠가 차라투스트라가 식탁에 초대하여 음식을 대접한 적이 있었던 자였다. 위대한 권태의 예언자인 그는 이렇게 가르쳤다. "모든 것은 동일하다. 아무것도 보람이 없다. 세계는 의미가 없고, 앎은 목을 조른다." 그런데 그사이에 그의 얼굴은 달라져 있었다. 차라투스트라가 그의 얼굴을 들여다본 순간 차라투스트라의 마음은 또 한 번 깜짝 놀랐다. 이 얼굴 위로 너무 많은 불길한 예언과 잿빛 섬광이 스쳐 지나갔다.

차라투스트라의 영혼에 무슨 일이 일어났는지 알아차린 그 예언자는 얼굴을 닦아내기라도 하듯이 손으로 자신의 얼굴을 훔쳤다. 차라투스트라도 똑같은 동작을 했다. 그리고 두 사람은 말없이 정신을 가다듬고 기운을 차리며, 서로를 알아보려는 표시로 악수를 나누었다.

"잘 왔네." 차라투스트라가 말했다. "그대 위대한 권태의 예언자여, 그대가 한때 까닭 없이 내 식탁의 친구이자 손님이었던 게 아니네. 오늘도 나와 함께 먹고 마시도록 하세. 유쾌한 늙은이가 그대와 함께 식탁에 앉는 것을 용서하게!" "유쾌한 늙은이라고?" 예언자가 머리를 흔들며 말했다. "아, 차라투스트라여, 그대가 어떤 사람이든, 또는 어떤 사람이 되고자 하든, 그대는 아주 오랜 세월 동안 이 위에 있었다. 그대의 나룻배는 더 이상 이 마른 곳에 앉아 있어서는 안 된다!" "내가 마른 곳에 앉아 있다고?" 차라투스트라가 웃으면서 물었다. "그대의 산 주위의 물결이." 예언자가 대답했다. "차오르고 있다. 커다란 곤경과 슬픔의 물결이. 이 물결은 곧 그대의 나룻배를 밀어 올려 그대를 싣고 떠날 것이다." 이 말을 듣고 차라투스트라는 말을 멈추고 의아하게 생각했다. 예언자가 말을 계속했다. "아직 아무 소리도 들리지 않는가? 저 깊은 심연에서 아우성치며 포효하는 소리가 들리지 않는가?" 차라투스트라가 또 한 번 침묵하며 귀를 기울이자, 그때 길고 긴 외침이 들렸다. 어떤 심연도 그 외침을 간직하고 싶지 않아서 심연들이 서로에게 던지고 떠넘기는 외침이었다. 그래서 그 외침이 무척 불길하게 울렸다.

마침내 차라투스트라가 입을 열고 말했다. "그대 불길한 예언자여, 저것은 도움을 청하는 외침이고, 한 인간의 외침이다. 그것은 시커먼 바다에서 들려오는지도 모른다. 하지만 인간의 곤경이 나와 무슨 상관인가! 나에게 남겨져 있는 이 마지막 죄, 그대는 혹시 그 죄의 이름을 아는가?"

"동정이지!" 예언자는 감정이 넘쳐흐르는 마음으로 대답하며 두 손을 쳐들었다. "오, 차라투스트라여, 나는 그대의 마지막 죄로 그대를 유혹하려고 온 것이다!"

이 말이 끝나자마자 또 한 번 외침이 울려 퍼졌다. 아까보다 더 길고 불안하게, 그리고 훨씬 더 가까이에서. "들리는가? 들리는가? 오, 차라투스트라여?" 예언자가 소리쳤다. "그대에게 외치는 소리다. 그대를 부르는 소리다. 오라, 오라, 오라, 때가 왔고, 때가 무르익었다!"

이 말을 듣고 차라투스트라는 혼란스럽고 크게 동요되어 침묵했다. 마침내 어찌 할 바를 모르는 사람처럼 이렇게 물었다. "그런데 저기서 나를 부르는 자가 누구인가?"

그러자 예언자가 격한 어조로 대답했다. "그대는 알고 있지 않은가. 왜 자신을 속이는가? 그대에게 외치는 자는 보다 높은 인간이다!"

차라투스트라가 두려움에 사로잡혀 소리쳤다. "보다 높은 인간이라고?" "그는 무얼 바라는가? 그는 무얼 바란단 말인가? 보다 높은 인간이! 그는 여기서 무얼 바란단 말인가?" 그리고 그의 몸은 땀에 흥건히 젖었다.

그러나 예언자는 차라투스트라의 불안한 마음에 개의치 않고 심연에 귀 기울였다. 그곳이 한참 동안이나 잠잠하자 그는 눈길을 돌려 떨고 있는 차라투스트라를 보았다.

"오, 차라투스트라여." 그는 슬픈 목소리로 말하기 시작했다. "거기 서 있는 모습을 보니 행복해서 어지러운 사람 같지는 않구나. 쓰러지지 않으려면 춤을 추어야 할 것이다!

하지만 그대가 내 앞에서 아무리 춤을 추고 온갖 재주를 부린다 해도, 아무도 나에게 '보라, 여기에 마지막 즐거운 인간이 춤추고 있다!'라고 말하지는 않을 것이다.

그런 사람을 찾으려고 이 산 위로 올라와 봤자 아무 소용없을 것이다. 여러 동굴들과 동굴 속의 동굴, 은둔자들의 은신처는 찾아낼지 몰라도, 행복의 수직 통로, 보물 창고, 행복의 새로운 금광맥은 찾아내지 못할 것이다.

행복——이렇게 묻힌 자들, 은둔자들에게서 어떻게 행복을 찾아낸단 말인가! 최후의 행복을 지극한 행복의 섬에서, 멀리 잊힌 바다들 사이에서 찾아야 하는가?

하지만 모든 것은 동일하고, 아무것도 보람이 없으며, 찾아다녀도 소용없다. 지극한 행복의 섬이란 더 이상 존재하지 않는다!"

예언자는 이렇게 탄식했다. 하지만 그의 마지막 탄식 소리에 차라투스트라는 깊은 구덩이 속에 있다가 밝은 곳으로 나온 사람처럼 다시 마음이 밝아지고 자신감이 생겼다. 그는 힘찬 소리로 외치며 자신의 수염을 쓰다듬었다. "아니다! 아니다! 거듭 말하지만 아니다! 그것은 내가 더 잘 알고 있다! 지극한 행복의 섬은 아직 존재한다! 그 일에 대해서는 입을 다물라, 그대 한숨 짓는 세마포여![53]

그 일에 대해서는 그만 쫑알거려라, 그대 오전의 비구름이여! 나는 이미 그대의 슬픔에 젖어, 비 맞은 개처럼 여기 서 있지 않은가?

나는 다시 몸을 말리기 위해 몸을 털고 그대에게서 떠날 것이다. 그대는 놀라지 마라! 내가 그대에게 무례하다고 생각하는가? 하지만 여기는 나의 뜰이다.

그대가 말하는 보다 높은 인간에 대해서는, 저기 숲 속에 들어가 곧 찾겠다. 그곳에서 그의 외침이 들렸다. 어쩌면 그곳에서 사악한 짐승에게 쫓기고 있는지도 모른다.

그는 나의 영역 안에 있다. 나의 영역에서 그가 해를 입어서는 안 된다! 그런데 정말이지 내 곁에는 사악한 짐승들이 많다."

이렇게 말한 차라투스트라는 몸을 돌려 가려고 했다. 그러자 예언자가 말했다. "오, 차라투스트라여, 짓궂은 자로구나!

그대가 나에게서 떠나려고 한다는 것을 나는 이미 알고 있다! 그대는 오히려 숲 속에 들어가 사악한 짐승이나 뒤쫓으려 한다!

하지만 그게 무슨 소용이 있겠는가? 저녁이면 다시 나를 만나게 될 텐데. 나는 그대의 동굴에서 통나무처럼 참을성 있게 묵묵히 그대를 기다리겠다!"

"좋을 대로 하라!" 차라투스트라는 떠나며 뒤를 향해 외쳤다. "그리고 내 동굴 속의 물건은 내 손님인 그대 것이기도 하다!

동굴에서 꿀을 찾기라도 하면, 그것을 핥아 먹어도 된다. 그대 으르렁거리는 곰이여. 그리하여 그대의 영혼을 달콤하게 하라! 저녁이면 우리 둘의 기분이 좋아야 하니까.

오늘 하루가 끝나니 기분이 좋고 즐겁다. 그리고 그대 자신은 나의 춤추는 곰으로 나의 노래에 맞춰 춤을 춰야 한다.

그대는 내 말을 믿지 않는가? 머리를 흔드는가? 자! 어서! 늙은 곰이여! 하지만 나도 예언자다."

차라투스트라는 이렇게 말했다.

왕들과 나누는 대화

1

차라투스트라는 산이며 숲 속을 채 한 시간도 가지 않아, 갑자기 이상한 행렬을 보았다. 그가 내려가려는 바로 그 길로 두 명의 왕이 다가왔던 것이다. 그들은 왕관과 보랏빛 띠로 장식하고 홍학처럼 알록달록하게 치장하고 있었다. 그들은 짐을 진 나귀 한 마리를 앞세우고 있었다. "이 왕들이 내 영토에서 무얼 하려는 거지?" 깜짝 놀란 차라투스트라는 마음속으로 이렇게 말하고는, 덤불 속으로 재빨리 몸을 숨겼다. 그런데 왕들이 그가 있는 데까지 다가오자 그는 흡사 자기 자신에게 말하는 사람처럼 나지막한 소리로 말했다. "이상하군! 이상해! 어찌 이런 일이 다 있는가? 왕은 둘인데 나귀는 한 마리뿐이라니!'

그러자 두 왕은 가던 길을 멈추고 미소를 지으며 소리가 난 쪽을 바라보았다. 그런 후 서로 얼굴을 마주 보았다. "우리들 중에도 그렇게 생각하는 사람이 있을지도 모른다." 오른쪽의 왕이 말했다. "하지만 그것을 말로 표현하는 자는 없다."

왼쪽의 왕이 어깨를 으쓱하며 대답했다. "그런 자는 아마도 목자일 거야. 아니면 너무 오랫동안 바위와 나무들 사이에서 살아온 은둔자겠지. 교제가 없으면 좋은 예절도 타락하기 마련이네."

"좋은 예절?" 다른 왕이 못마땅하게 여기며 언짢게 대꾸했다. "지금 우리는 대체 누구를 피해 달아나고 있는가? '좋은 예절'로부터가 아닌가? 우리의 '상류사회'로부터가 아닌가?

참으로 금박 입힌 가짜이자 분을 덕지덕지 바른 천민과 살기보다는 은둔자나 목자와 사는 게 낫다. 천민이 이미 스스로를 '상류사회'라고 칭하더라도.

천민이 이미 스스로를 '귀족'이라고 칭하더라도. 하지만 그곳에서는 모든 것이 가짜고 썩었다. 무엇보다 피가 그러한데, 그건 오래된 나쁜 질병과 보다 나쁜 돌팔이 의사들 탓이다.

오늘날 나에게 가장 훌륭하고 가장 사랑스러운 자는 건강한 농부다. 투박하고 손재주가 많으며, 고집스럽고 참을성 있는 농부다. 이들이야말로 오늘날 가장 고상한 족속이다.

오늘날 농부는 가장 훌륭한 자다. 농부의 족속이야말로 지배자가 되어야 한다! 하지만 우리가 사는 곳은 천민의 나라다. 나는 더 이상 속지 않겠다. 천민은 잡동사니에 지나지 않는다.

잡동사니 천민, 그 안에는 온갖 것이 뒤섞여 있다. 성인과 악당, 귀공자와 유대인, 노아의 방주에서 나온 온갖 가축이 뒤섞여 있다.

좋은 예절이라! 우리에게 모든 것은 가짜고 썩었다. 아무도 더는 공경할 줄 모른다! 바로 이런 자들에게서 우리는 달아난다. 그들은 달콤한 말을 입에 달고 다닐 뿐만 아니라 성가시게 구는 개들이다. 그들은 종려나무 잎에 금칠하는 자들이다.

이러한 구역질이 나의 목을 조른다. 우리들 왕 자신도 가짜가 되었기 때문이다. 누렇게 변한 조상들의 화려한 옷, 가장 어리석은 자들이나 권력과 결탁하여 온갖 폭리를 취하는 가장 교활한 자들을 위한 메달을 걸치고 위장하고 있기 때문이다!

우리는 제1인자가 아니지만 그런 척해야 한다. 결국 우리는 이러한 사기에 진저리가 나서 구역질을 하는 것이다.

이러한 천민들에게서 우리는 달아났다. 호언장담하는 자들, 쇠파리 같은 글쟁이들, 악취를 풍기는 상인들, 명예욕에 발버둥치는 자들, 불쾌한 숨결로부터 도망친 것이다. 흥, 천민들 사이에서 살다니!

흥, 천민들 사이에서 제1인자인 척하다니! 아, 역겹다! 역겹다! 역겹구나! 우리 왕들이 무슨 소용이란 말인가!"

"그대의 고질병이 그대를 덮쳤다." 이때 왼쪽의 왕이 말했다. "구역질이 그대를 덮쳤다. 나의 가련한 형제여. 하지만 누군가 우리의 말을 엿듣고 있음을 그대도 알 테지."

이 말에 주의하며 귀를 기울이고 있던 차라투스트라는 숨어 있던 곳에서 몸을 일으키고, 왕들이 있는 곳으로 걸어가 이렇게 말하였다.

"그대 왕들이여, 그대들의 말을 우연히 듣고 우연히 듣기를 즐거한 자는 차라투스트라다.

나는 전에 '왕들이 무슨 소용인가.'라고 말한 차라투스트라다. 나를 용서하라. 그대들이 '우리 왕들이 무슨 소용인가!'라고 서로에게 말했을 때 내가 기뻐한 것을.

그러나 이곳은 나의 영토이고 내가 다스리는 곳이다. 그대들은 나의 영토에서 무얼 찾고 있는가? 어쩌면 그대들은 내가 찾는 자, 말하자면 보다 높은 인간을 오는 도중에 만났을지도 모른다."

왕들은 이 말을 듣자 자신들의 가슴을 치며 한목소리로 말했다. "우리 정체가 드러나고 말았구나!

그대는 비수 같은 말로 우리 가슴의 짙은 어둠을 도려내는구나. 그대는 우리의 곤경을 알아차렸다. 보라! 우리는 보다 높은 인간을 찾으려고 길을 떠났기 때문이다.

우리가 비록 왕이긴 하지만 우리보다 높은 인간을 찾으려고 길을 떠났다. 그를 찾으려고 이 나귀를 몰고 가는 것이다. 말하자면 최고의 인간이 대지에서도 최고의 지배자가 되어야 한다.

인간의 모든 운명에서 가장 가혹한 불행은 대지에서 힘 있는 자가 최상의 인간이 아닐 때다. 그럴 때 모든 것은 거짓되고 뒤틀리며 기괴해진다.

그리고 힘 있는 자가 최하의 인간이고, 인간이기보다는 가축에 가까운 경우에 천민의 몸값은 자꾸 올라간다. 그리하여 급기야는 천민의 덕은 이렇게 말한다. '보라, 오직 나만 덕이다!'"

"방금 내가 무슨 말을 들었지?" 차라투스트라가 대답했다. 왕들이 이렇게 지혜롭다니! 정말 감격스럽구나. 참으로 이들의 말로 시 한 수를 짓고 싶구나.

모든 사람들의 귀에 와 닿는 시는 아닐지라도. 나는 오래전부터 기다란 귀를 배려하는 것을 잊어버렸다. 자! 어서!

그런데 이때 나귀도 한마디 거들었다. 나귀가 악의를 품은 채 또렷한 소리로 "이-아."라고 소리친 것이다.

> 그 옛날 기원 후 1년의 일이다.
> 술 마시지 않고 취한 시빌[54]이 말했다.
> '슬프다, 이제 모든 것이 잘못되어 가는구나!
> 타락했다! 타락했다! 세상이 이토록 깊이 가라앉은 적은 없었다!
> 로마는 가라앉아 창녀가 되었고, 유곽이 되었다.
> 로마의 황제는 가라앉아 가축이 되고, 신 자신은 유대인이 되었다!'

2

차라투스트라가 이런 시를 읊자 왕들은 즐거워했다. 그때 오른쪽의 왕이 말했다. "오, 차라투스트라여, 우리가 그대를 만나러 길을 떠난 것은 얼마나 잘한 일인가!

그대의 적들이 그들의 거울에 비친 그대의 형상을 우리에게 보여 주었다. 거기서 그대는 찌푸린 악마의 얼굴로 비웃으며 바라보았다. 그래서 우리는 그대가 무서웠다.

그런데 그게 무슨 소용이란 말인가! 그대는 그대의 잠언으로 계속해서 우리의 눈과 귀를 찔러댔다. 그래서 마침내 우리는 이렇게 말했다. 그의 모습이 무슨 상관이란 말인가!

우리는 그의 말을, '그대들은 새로운 전쟁을 일으키는 수단으로서 평화를 사랑해야 한다. 그것도 오랜 평화보다는 짧은 평화를!'이라고 가르치는 그대의 말을 들어야 한다.

'선한 것이 무엇인가? 용감한 것이 선하다. 모든 일을 신성하게 만드는 것이 선한 전쟁이다.' 이렇게 전투적으로 말한 자는 일찍이 아무도 없었다.

오, 차라투스트라여, 이런 말을 듣고 우리 몸속에서는 우리 조상의 피가 끓어올랐다. 그것은 봄이 해묵은 포도주 통에게 하는 말과 같았다.

칼들이 붉은 반점을 지닌 뱀들처럼 뒤엉키면 우리 조상은 삶을 사랑하였다. 그들은 모든 평화의 햇빛을 나른하고 나약하다고 생각했고, 오랜 평화를 수치스럽게 생각했다.

그들, 우리 조상들은 벽에 번쩍이는 마른 칼들이 걸려 있는 것을 보고 얼마나 탄식했던가! 그 칼들은 즉시 전쟁을 갈망했기 때문이다. 칼이란 피를 마시려 하고, 욕망 때문에 번쩍거리는 것이다.

왕들이 자기 조상의 행복에 관해 이처럼 열심히 수다스럽게 말하자, 차라투스트라에게는 이들의 열성을 비웃어주고 싶은 생각이 슬며시 생겼다. 그의 눈앞에 있는 자들은 늙었지만 외모가 세련되었으며, 평화를 무척 사랑하는 자들이 분명했기 때문이다. 하지만 그는 그런 욕구를 자제하고 이렇게 말했다. "자! 저쪽으로 가면 차라투스트라의 동굴이 나온다. 오늘 밤은 긴긴 밤이 되리라! 하지만 지금은 도움을 청하는 외침이 급히 그대들 곁을 떠나라고 한다.

왕들이 나의 동굴에 앉아 기다리려고 한다면 나의 동굴로서도 영광이다. 하지만 그대들은 오래 기다려야 할 것이다!

하지만 오늘날 궁전보다 기다리는 법을 배우기 좋은 곳이 어디 있겠는가? 그리고 오늘날 왕들에게 남아 있는 덕이란 오직 기다릴 수 있다는 것밖에 없지 않은가?"

　차라투스트라는 이렇게 말했다.

거머리

　그리고 차라투스트라는 생각에 잠겨 숲이며 늪지대를 지나 더 멀리 더 깊이 들어갔다. 그런데 어려운 문제를 골똘히 생각하는 자에게 흔히 일어나듯이 그는 자기도 모르게 어떤 사람을 밟게 되었다. 보라, 갑자기 외마디 비명과 두 마디 저주, 그리고 스무 개의 고약한 욕설이 그의 얼굴로 튀어 올라왔다. 그는 놀란 나머지 지팡이를 치켜들고 밟힌 자를 후려쳤다. 하지만 그는 즉시 이성을 되찾았다. 그리고 그의 마음은 자신이 방금 저지른 어리석은 짓을 비웃었다.

　"용서하라." 그는 화를 내며 일어나 앉은, 밟힌 자에게 말했다. "용서하라. 그리고 이 우화를 들어보라.

　머나먼 것들을 꿈꾸는 방랑자가 외로운 길에서 잠자는 개를, 양지바른 곳에 누워 있는 개를 무심코 밟았다.

　그래서 화들짝 놀란 두 사람, 혼비백산한 두 사람이 불구대천의 원수처럼 서로에게 달려드는 일이 우리에게 일어났다.

　그렇지만! 그렇지만 사정이 조금만 달랐더라면 서로를 쓰다듬어주었을지도 모른다. 이 개와 외로운 자는! 사실 이들 둘은 외로운 자들이 아닌가!"

　"그대가 누구라 할지라도." 밟힌 자가 여전히 화를 내며 말했다. "그대는 그대의 발로 밟은 것에 그치지 않고 그대의 비유로도 너무 심하게 밟고 있다!

보라! 내가 개란 말인가?' 이 말을 하면서 앉아 있던 자는 몸을 일으키며 맨 팔을 늪에서 꺼냈다. 사실 그는 애당초 사지를 뻗은 채 바닥에 누워 있었던 것이다. 늪의 야생동물을 노리며 잠복하고 있는 자처럼 몸을 숨기고 눈에 띄지 않게.

"그런데 대체 무슨 짓을 하고 있었던 건가?" 차라투스트라가 깜짝 놀라 소리쳤다. 그의 맨 팔에서 피가 줄줄 흘러내리고 있는 것을 보았기 때문이다. "그대에게 무슨 일이 일어났는가? 고약한 짐승이 그대를 물기라도 했는가, 그대 불행한 자여?"

피 흘리는 자는 여전히 화가 풀리지 않았지만 웃고 있었다. "그대에게 무슨 상관이란 말인가!" 그는 이렇게 말하고 자리를 뜨려고 했다. "여기는 나의 집이고 나의 영역 안에 있다. 묻고 싶다면 얼마든지 물어보라. 하지만 얼간이에게는 쉽사리 대답하지 않겠다."

그러자 차라투스트라가 그를 붙들고 동정 어린 목소리로 말했다. "그대는 잘못 생각하고 있다. 이곳은 그대의 영토가 아니라 나의 영토다. 나는 내 영토에서 아무도 해를 입지 않도록 해야 한다.

그대 마음대로 나를 뭐라고 불러도 좋다. 나는 나 자신일 뿐이다. 나 자신은 나를 차라투스트라라고 부른다.

자! 저 위쪽으로 가면 차라투스트라의 동굴이 나온다. 여기서 멀지 않은 곳이다. 나의 동굴에서 그대의 상처를 돌보지 않겠는가?

그대 불행한 자여, 이 삶에서 그대의 운이 좋지 않았다. 처음에는 짐승에게 물렸고, 그 다음에는 인간에게 밟히고 말았다!"

그러나 밟힌 자는 차라투스트라의 이름을 듣더니 태도가 싹 달라졌다. "나에게 이런 일이 일어나다니!" 그는 크게 소리쳤다. 이 삶에서 누가 나에게 신경을 쓴단 말인가? 이 사람, 즉 차라투스트라와 저 동물, 즉 피를 빨아먹고 사는 저 거머리 외에는 아무도 없다.

나는 이 거머리 때문에 여기 이 늪가에 어부처럼 누워 있었고, 나의 축 늘어진 팔은 이미 열 번이나 물렸다. 더구나 더욱 멋진 거머리인 차라투스트라 그대가 나타나 나의 피를 탐내며 물었다!

오, 행복하구나! 오, 기적이구나! 나를 이 늪으로 유혹한 이 날은 찬양을 받으라! 오늘날 살아 있는 더없이 생기 있는 흡혈 동물은 찬양을 받으라! 위대한 양심의 거머리 차라투스트라는 찬양을 받으라!"

밟힌 자는 이렇게 말했다. 그리고 차라투스트라는 그의 말과 그의 세련되고 존경할 만한 태도를 보고 기뻐했다. "그대는 누구인가?" 차라투스트라는 이렇게 묻고 그에게 손을 내밀었다. "우리 사이에는 해명하고 분명히 밝혀야 할 일이 많다. 하지만 그것은 이미 나에게 명약관화한 일이다."

"나는 양심적인 정신의 소유자[55]다." 질문을 받은 자가 대답했다. "정신의 문제에서 나보다 더 엄격하고 엄중한 자를 찾아보기 쉽지 않을 것이다. 나에게 그것을 가르친 차라투스트라 자신을 제외하면 말이다.

어중간하게 이것저것을 많이 알기보다는 차라리 아무것도 모르는 게 낫다! 남의 판단으로 움직이는 현자보다는 차라리 자신의 힘으로 판단하는 바보가 낫다! 나는 사물의 바닥을 파헤친다.

그 바닥이 크든 작든 무슨 상관이란 말인가? 그 바닥이 늪이라 불리든 하늘이라 불리든 무슨 상관이란 말인가? 한 뼘 너비의 바닥만 있으면 나에게 족하다. 그것이 실제로 바닥이고 지면이기만 하다면!

한 뼘 너비의 바닥 위에서 설 수도 있다. 올바른 지식의 양심에서는 크고 작은 것이 결코 존재하지 않는다."

"그렇다면 그대는 거머리의 본질을 잘 안다는 말인가?" 차라투스트라가 물었다. 그리고 그대는 거머리의 마지막 바닥까지 속속들이 파헤치려 하는가, 그대 양심적인 자여?"

"오, 차라투스트라여." 밟힌 자가 대답했다. "그건 엄청난 일일지도 모르는데, 내가 어찌 그런 걸 시도할 수 있겠는가?

하지만 내가 대가이자 전문가인 것은 거머리의 두뇌에 관해서다. 그것이 바로 나의 세계다!

그리고 그것도 하나의 세계다! 하지만 여기서 나의 자부심이 말하는 것을 용서하라. 이 분야에서는 나와 대적할 자가 없기 때문이다. 그 때문에 나는 '여기가 나의 집이다.'라고 말했다.

내가 이미 얼마나 오랫동안 거머리의 두뇌라는 이 한 분야를 파고들었던가. 미끄러운 진리가 나에게서 더는 미끄러져 나가지 못하도록 말이다! 여기가 나의 영토다!

그것 때문에 나는 모든 다른 것을 던져버렸고, 그것 때문에 모든 다른 것이 나에게 똑같아졌다. 그리하여 나의 지식 바로 곁에 나의 컴컴한 무지가 웅크리고 있는 것이다.

내 정신의 양심은 내가 한 가지만을 알고 그 밖의 모든 것은 알지 못하기를 바란다. 그 모든 어중간한 정신, 흐릿하고 떠다니며 몽상적인 모든 것은 나에게 구역질을 일으킨다.

나의 솔직함이 없어지는 경우 나는 장님이 되고, 또한 장님이 되기를 바란다. 하지만 내가 알고자 하는 경우에는 솔직해지고자 한다. 즉 단호하고 엄격하고 엄밀하고 가혹하고 냉정해지고자 한다.

오, 차라투스트라여, 그대는 일찍이 '정신이란 직접 삶 속으로 파고드는 삶이다.'라고 말했는데, 그 말이 나를 그대의 가르침으로 이끌었고 유혹했다.

그리고 정말이지 나는 자신의 피로 자신의 지식을 늘렸다!"

"내가 본 그대로군." 차라투스트라가 끼어들어 말했다. 양심적인 자의 맨 팔에서는 아직도 피가 흘러내렸기 때문이었다. 말하자면 열 마리의 거머리가 같은 곳에 달라붙어 피를 빨고 있었던 것이다.

"오, 유별난 친구여. 그대의 이 모습이 얼마나 많은 것을 나에게 말하고 있는가! 어쩌면 그대의 엄격한 귀에 모든 것을 쏟아부어서는 안 될지도 모른다!

자! 우리 여기서 헤어지기로 하자! 하지만 그대를 다시 만났으면 한다. 저 위쪽으로 올라가면 나의 동굴이 나온다. 오늘 밤 그곳으로 나를 찾아와 다오!

차라투스트라가 그대를 밟은 것에 대해 그대의 몸에 보상해 주려고 한다. 나는 그런 생각을 하고 있다. 하지만 지금은 도움을 청하는 외침이 급히 그대 곁을 떠나라고 한다."

차라투스트라는 이렇게 말했다.

마술사

1

그러나 차라투스트라가 바위 하나를 돌아가고 있을 때 아래쪽으로 멀지 않은 같은 길에서 한 사람을 보았다. 그는 미친 사람처럼 손발을 마구 휘두르다가 마침내 배를 깔고 땅에 쓰러졌다. 그러자 차라투스트라는 마음속으로 이렇게 말했다. '잠깐! 저자가 보다 높은 인간일지도 몰라. 도움을 청하는 불길한 외침도 그가 냈을 것이다. 도울 방법이 있는지 알아봐야겠다.' 그래서 그 사람이 넘어져 있는 곳으로 달려가 보니 멍한 눈으로 노인이 떨고 있었다. 그래서 차라투스트라는 그를 일으켜 제 발로 다시 서게 하려고 무진 애를 썼지만 허사였다. 그 불행한 자는 자기 옆에 누가 있는 것도 알아차리지 못하는 모양이었다. 오히려 애처로운 몸짓을 하며 자꾸 주위를 둘러볼 뿐이었다. 온 세상으로부터 버림을 받아 고독해진 자 같았다. 그러나 심하게 몸을 떨고 움찔하고 몸을 비틀더니 마침내 이렇게 한탄하기 시작했다.

> 누가 나를 따뜻하게 감싸는가, 누가 나를 아직 사랑하는가?
> 뜨거운 두 손을 나에게 다오!
> 마음의 화로를 나에게 다오!
> 손과 발을 뻗은 채, 덜덜 떨며,
> 두 발이 따뜻한 생과 사의 기로를 헤매는 자처럼
> 아! 알 수 없는 열병으로 인해 몸을 떨고,

날카로운 얼음의 서릿발 같은 화살에 맞아 덜덜 떨며,
그대에게 쫓기고 있노라, 나의 사상이여!
이름 지어 부를 수 없는 자여! 베일에 쌓인 자여! 무서운 자여!
그대 구름 뒤에 숨은 사냥꾼이여!
나는 그대의 번개에 맞아 쓰러졌노라.
어둠 속에서 나를 바라보는 그대 조롱하는 눈이여!
나는 이렇게 누워 있노라.
몸을 구부리고, 몸을 비틀며,
영원한 고문에 괴로워하며,
그대의 화살에 맞았노라.
그대, 가장 잔인한 사냥꾼이여.
그대 미지의 신이여!

더 깊숙이 파고들어라!
다시 한 번 파고들어라!
내 심장을 찌르고 산산히 부수어라!
이 고통은 무엇을 의미하는가?
촉이 무딘 화살로
왜 그대는 나를 다시 바라보는가.
인간의 고통에 싫증을 내지 않고,
심술궂은 신들은 번쩍이는 눈으로 바라보는가?
그대를 죽일 생각도 없이
고문만 자꾸 하는가?
왜 나를 고문하는가.
그대 심술궂은 미지의 신이여?

하하! 그대는 살금살금 다가오는가?
이런 한밤중에
그대는 무엇을 바라는가? 말하라!
그대는 나를 몰아붙이고 억누른다. ─
아! 어느새 너무 가까이 왔구나!
떨어져라! 떨어져라!
그대는 나의 숨소리를 듣고,
그대는 나의 심장에 귀를 기울인다.
그대 질투의 신이여. ─
그대는 무엇을 질투하는가?
떨어져라! 떨어져라! 사다리는 무엇에 쓰려는가?
그대는 오르려는가,
나의 심장 속으로.
나의 가장 은밀한 생각 속으로 오르려는가?
염치없는 자여! 미지의 도둑이여!
그대는 무엇을 훔치려는가?
그대는 무엇을 엿들으려는가?
고문으로 무엇을 바라는가?
그대 고문하는 자여!
그대 ─ 처형의 신이여!
아니면 내가 개처럼
그대 앞에 굴러야 하는가?
몰입하여, 정신이라도 나간 듯이
그대에게 ─ 꼬리 쳐 사랑을 보여야 하는가?

헛되도다! 계속 파고들어라.

더없이 잔인한 가시여, 아니,
나는 개가 아니라 ─ 그대가 잡은 사냥감일 뿐이다.
더없이 잔인한 사냥꾼이여!
그대의 더없이 당당한 포로다.
그대 구름 뒤에 숨은 강도여!
이젠 말하라!
나에게서 무얼 바라는가, 노상강도여?
그대 번개 속에 숨은 자여! 알 수 없는 자여! 말하라.
그대는 무엇을 바라는가, 알 수 없는 신이여?
무엇을 바라는가? 몸값인가?
몸값을 얼마나 바라는가?
많이 요구하라. ─ 나의 긍지는 그렇게 조언한다!
그리고 짧게 말하라. ─ 나의 또 다른 긍지는 그렇게
조언한다!

하하!
나 ─ 그대는 나를 원하는가?
나를 ─ 전부······.

하하!
나를 고문하는가, 그대는 바보로구나.
고문으로 나의 긍지를 무너뜨리려는가?
나에게 사랑을 다오. ─ 누가 나를 따뜻하게 감싸는가?
누가 아직 나를 사랑하는가? 뜨거운 두 손을 나에게 다
오!
마음의 화로를 나에게 다오.

더없이 고독한 나에게
얼음을 다오. 아! 일곱 겹의 얼음은
적 자신을
적을 애타게 그리워하라고 가르친다.
어서 다오. 어서 다오. 더없이 잔인한 적이여.
나에게 ─ 그대를 다오!

사라졌다!
그 자신이 달아나 버렸다.
마지막 남은 나의 유일한 친구,
나의 위대한 적,
나의 알려지지 않은 자,
내 처형의 신이여!

아니다! 돌아오라.
그대의 온갖 고문과 함께!
모든 고독한 자들 중의 마지막 자에게
오, 돌아오라!
내 눈물의 모든 시냇물은
그대에게 흘러간다!
그리고 내 심장의 마지막 불꽃은
그대를 향해 불타오른다!
오, 돌아오라.
내 미지의 신이여! 나의 고통이여!
나의 마지막 ─ 행복이여!

2

이때 차라투스트라는 더 이상 참지 못하고 자신의 지팡이를 들어 한탄하는 자에게 온 힘을 다해 내리쳤다. "그만하라!" 차라투스트라는 분노의 웃음을 머금은 채 소리쳤다. "그만하라! 그대 배우여! 그대 위조하는 자여! 그대 철두철미한 거짓말쟁이여! 나는 그대를 잘 알고 있다!

나는 그대의 발을 따뜻하게 해주고자 한다. 그대 고약한 마술사여. 나는 그대 같은 자를 혼내 주는 법을 잘 알고 있다."

"그만하라." 노인이 소리치며 바닥에서 벌떡 일어났다. "차라투스트라여! 그만 때려라. 나는 그냥 연기하고 있을 뿐이다!

이것은 내 재주의 일부다. 그대를 시험하려고 이런 연기를 했을 뿐이다! 그런데 참으로 그대는 나를 잘 꿰뚫어 보았다!

하지만 그대도 자신의 모습을 웬만큼 보여 주었다. 그대는 냉혹하다. 그대 지혜로운 차라투스트라여! 그대는 그대의 '진리'로 가혹하게 때린다. 그대의 몽둥이가 나에게 이러한 진리를 강요한다!"

"아부하지 마라." 아직 흥분하고 있는 차라투스트라는 눈살을 찌푸리며 대답했다. "그대는 철두철미한 배우다! 그대는 거짓말을 한다. 그대가 진리에 대해 무슨 말을 하겠는가!

그대 공작 중의 공작이여, 그대 허영의 바다여, 그대는 내 앞에서 무슨 연기를 했는가, 그대 고약한 마술사여? 그대가 그런 모습으로 한탄하고 있을 때 나는 그대가 누구라고 믿어야 하는가?"

노인이 말했다. "나는 속죄하는 정신의 소유자다. 나는 그를 연기로 보여 준 것이다. 그대 자신이 일찍이 이 말을 만들어내지 않았는가.

그는 결국 자신의 정신을 자기 자신에게 맞서게 하는 시인이자 마술사다. 자신의 사악한 지식과 양심 때문에 얼어붙은 변화된 자다.

오, 차라투스트라여, 그러므로 고백하라. 그대가 나의 연기와 거짓을 알아차리기까지 한참 걸렸다는 것을! 그대는 나의 곤경을 사실이라 믿었다. 그대가 두 손으로 내 머리를 받쳐주었을 때.

나는 그대가 한탄하는 소리를 들었다. '그는 정말 사랑을 받지 못했다. 정말 사랑을 받지 못했다!' 내가 그대를 이만큼 속인 것에 대해 나의 악의는 마음속으로 기뻐했다."

차라투스트라는 냉혹하게 말했다. "그대는 나보다 눈치 빠른 자들도 속였을 것이다. "나는 속이는 자를 경계하지 않는다. 나는 조심하지 않고 살아야 한다. 나의 운명은 그러기를 바란다.

하지만 그대는——속여야만 한다. 나는 이만큼 그대를 알고 있다! 그대는 언제나 두 겹, 세 겹, 네 겹, 다섯 겹으로 위장해야 한다! 그대가 지금 고백한 것도 나에게는 제대로 진실도 아니고, 제대로 거짓도 아니다!

그대 위조하는 자여, 그대가 어떻게 달라질 수 있겠는가? 그대는 의사에게 그대의 벗은 몸을 보일 때도 병이 난 척할 것이다.

'나는 그냥 연기할 뿐이다!' 그대가 이렇게 말할 때도 그대는 내 앞에서 거짓말을 꾸며댔다. 그 말엔 진지함도 있었다. 그대는 어느 정도 속죄하는 정신의 소유자이기 때문이다!

나는 그대가 어떤 사람인지 잘 알고 있다. 그대는 온갖 사람을 속이는 마술사가 되었지만, 그대 자신에게는 그대의 거짓말도 술수도 더는 통하지 않는다. 그대 자신이 그대의 마술에서 풀려났기 때문이다!

그대가 거두어들인 그대의 하나의 진리는 구역질이다. 그대가 말하는 어떤 말도 더 이상 진실이 아니다. 하지만 그대의 입, 말하자면 그대의 입에 달라붙어 있는 구역질만은 진짜다."

그러자 늙은 마술사[56]가 반항적인 목소리로 외쳤다. "그런데 그대는 누구인가? 오늘날 살아 있는 가장 위대한 자인 나에게 그런 말을 하는 자는 누구인가?" 그리고 그의 눈에서 푸른 번갯불이 차라투스트라를 향해 쏘아져 나왔다. 하지만 그는 이내 태도를 바꾸고 슬픈 어조로 말했다.

"오, 차라투스트라여, 나는 지쳤고, 내 재주에 구역질이 난다. 나는 위대하지 않다. 무엇 때문에 그런 척해야 한단 말인가? 하지만 그대는 잘 알고 있다. ─내가 위대함을 추구한다는 것을!

나는 위대한 인간의 모습을 보여 주려고 했고, 많은 사람들을 설득했다. 이러한 거짓은 나의 능력으로 버거웠다. 그러한 거짓말로 나는 무너지고 있다.

오, 차라투스트라여, 나에게는 모든 것이 거짓이다. 하지만 내가 무너진다는 것 ─ 이것은 **진짜다!**"

그러자 차라투스트라는 눈길을 떨군 채 음울하게 말했다. "이는 그대의 영광이다. 그대가 위대함을 추구한다는 것은 그대의 영광이지만, 그러는 중에 그대의 모습도 드러난다. 그대는 위대하지 않다.

그대 고약하고 늙은 마술사여, 그대가 그대 자신에게 싫증을 내고, '나는 위대하지 않다.' 라고 말하는 것, **그것이야말로** 내가 그대에게서 존중하는 그대의 가장 선하고 솔직한 점이다.

그 점으로 인해 나는 속죄하는 정신의 소유자로서 그대를 존중한다. 그리고 그것이 하나의 숨결이고 찰나에 불과하더라도 그 순간만큼은 그대가 진짜였던 것이다.

그러나 말하라. 그대는 여기 나의 숲과 바위에서 찾는 것이 무엇인가? 그대가 길에 누워 나에게 무엇을 시험하려 했는가?

나에게 무엇을 시험했는가?"

차라투스트라의 두 눈은 번득였다. 늙은 마술사는 잠시 침묵하다가 말했다. "내가 그대를 시험했다고? 나는 찾을 뿐이다.

오, 차라투스트라여, 나는 참된 자, 올바른 자, 온전한 자, 정직 그 자체인 자, 지혜의 보고, 지식의 성인, 위대한 인간을 찾고 있는 것이다!

오, 차라투스트라여, 그대는 모르겠는가? 나는 차라투스트라를 찾고 있다."

그리고 나서 둘 사이에 한참 동안 침묵이 흘렀다. 차라투스트라는 두 눈을 감고 자기 자신에 깊이 침잠하였다. 마침내 눈을 뜬 그는 마술사의 손을 잡고 더없이 정중하고도 지혜롭게 말했다.

"자! 저 위로 올라가면 차라투스트라의 동굴이 나온다. 그 동굴에서 찾고 싶은 것을 찾도록 하라.

그리고 나의 짐승들에게 조언을 청하라. 나의 독수리와 뱀에게. 그들은 그대가 그것을 찾도록 도와줄 것이다. 그런데 나의 동굴은 넓다.

물론 나 자신은──나는 아직 위대한 인간을 보지 못했다. 오늘날 가장 예민한 자들의 눈으로도 위대한 것을 보기엔 너무 조악하다. 이 세상은 천민의 나라니까.

팔다리를 뻗고 기지개를 켜며 으스대는 자는 이미 많이 보았다. 그러면 군중은 이렇게 소리쳤다. '보라, 저기 위대한 인간을!' 하지만 온갖 풀무가 무슨 소용이 있겠는가! 결국에는 바람이나 새어 나올 텐데.

바람을 너무 오래 불어넣으면 개구리는 결국 배가 터지고, 바람이 새어 나오는 법이다. 부풀어 오른 자의 배를 찌르는 것, 이것을 나는 기막힌 심심풀이라고 부른다. 이 말을 잘 들어라, 너희 소년들이여!

오늘날은 천민의 세상이다. 그러므로 크고 작은 것을 누가 알겠는가! 누가 위대한 것을 찾는 데 성공하겠는가! 오직 바보만, 바보들만 성공할 것이다.

그대는 위대한 인간을 찾고 있는가. 그대 유별난 바보여? 누가 그리하라고 가르쳤는가? 지금이 그럴 때인가? 오, 그대 고약한 탐구자여, 그대는 왜 나를 시험하는가?'

마음의 위안을 얻은 차라투스트라는 이렇게 말했다. 그리고 웃으면서 자신의 길을 계속 걸어갔다.

일자리를 잃음

그런데 차라투스트라가 마술사에게서 벗어난 지 얼마 되지 않아 다시 누군가가 자신이 걸어가는 길가에 앉아 있는 것을 보았다. 검은 옷을 입은 길쭉한 남자였는데 얼굴이 마르고 창백했다. 그자는 차라투스트라를 무척 짜증 나게 만들었다. 그는 혼잣말을 했다. "슬프구나. 슬픔이 가면을 쓰고 앉아 있구나. 성직자들 같아 보이는데. 저들이 내 영토에서 무얼 하려는가?

어찌된 일인가? 마술사에게서 겨우 벗어났더니 또 다른 마술사가 내 길을 가로막는구나.

손을 얹어 마술을 부리는 마술사, 신의 은총을 빌어 미심쩍은 기적을 행하는 자, 성유를 바른 염세주의자, 이런 자들은 악마가 잡아가야 한다!

하지만 악마는 있어야 할 자리에 있지 않는 법이다. 언제나 너무 늦게 나타난다. 이 망할 난쟁이, 안짱다리여!"

차라투스트라는 조바심치며 이렇게 마음속으로 저주하고, 검은 옷을 입은 남자를 외면한 채 어떻게 살짝 빠져나갈 수 있을까 생각해 보았다. 하지만 달리 뾰족한 수가 없었다. 바로 그 순간 앉아 있던 그 남자가 자신을 보았다. 그는 뜻하지 않게 행운을 잡은 사람처럼 벌떡 일어서더니 차라투스트라에게 달려들었다.

그가 말했다. "그대가 누군지는 모르겠지만, 그대 방랑자여, 길을 잃고 헤매는 자, 찾고 있는 자, 자칫하면 여기서 해를 입을지도 모르는 이 늙은이를 도와다오!

여기 이 세계는 나에게 낯설고 먼 곳이다. 맹수들이 울부짖는 소리도 들렸다. 그리고 나를 지켜줄 수 있는 자가 이곳에는 이제 없다.

나는 최후의 경건한 사람, 성자이자 은둔자를 찾고 있었다. 홀로 숲 속에 살며 오늘날 세상 사람들이 다 아는 것을 하나도 듣지 못한 그를."

그러자 차라투스트라가 물었다. "오늘날 세상 사람들이 다

아는 것이란 무엇인가? 가령 한때 세상 사람들이 모두 믿었던 낡은 신이 더 이상 살고 있지 않다는 것 말인가?"

이 말을 들은 늙은이는 슬픈 어조로 말했다. "바로 그것이다. 나는 이 늙은 신이 마지막 임종하는 순간까지 섬겼다.

하지만 나는 이제 주인이 없어 일자리를 잃었다. 그렇다고 자유롭지도 않다. 추억에 잠길 때 말고는 한시도 즐겁지 않다.

내가 이 산에 올라온 것은 마침내 다시 나에게, 늙은 교황이자 고위 성직자에게 어울리는 축제를 베풀기 위함이다. 나는 경건한 추억과 예배의 축제를 주관하는 마지막 교황이기 때문이다!

하지만 이제 한없이 경건한 그는 죽었다. 노래하고 웅얼거리며 계속 자신의 신을 찬양한 숲 속의 그 성자는.

내가 그의 오두막을 발견했을 때 그의 모습은 더 이상 보이지 않았다. 하지만 두 마리 늑대만이 그곳에서 그의 죽음을 슬퍼하며 울부짖고 있었다. 모든 짐승이 그를 사랑했기 때문이다. 그래서 나는 그곳에서 빠져나왔다.

내가 이 숲과 산에 온 것이 정말 아무 소용없는 일인가? 그래서 나의 마음은 다른 사람을 찾아보기로 결심했다. 신을 믿지 않는 모든 인간들 중에서 가장 경건한 자인 차라투스트라를 찾기로!"

노인은 이렇게 말하고 자기 앞에 서 있는 남자를 날카로운 눈길로 바라보았다. 그런데 차라투스트라는 늙은 교황의 손을 잡고 경탄하는 눈으로 한동안 그를 물끄러미 바라보았다.

그리고 나서 그는 말했다. "보라, 그대 존귀한 자여, 손이 참으로 아름답고 기다랗구나! 언제나 축복을 나누어준 손이지. 그런데 이제 이 손은 그대가 찾고 있는 자인 나, 차라투스트라를 꽉 붙잡고 있다.

내가 바로 신을 부정하는 자다. 나는 말한다. '내가 그 가르침을 반길 만큼 나보다 더 신을 부정하는 자는 누구인가?'"

차라투스트라는 이렇게 말하고, 늙은 교황의 생각과 그 너머의 생각을 꿰뚫어 보았다. 마침내 교황이 입을 열었다.

"신을 가장 많이 사랑하고 소유한 자, 그가 이제 신을 가장 많이 잃어버린 자다.

보라, 우리 둘 중에서 이제 나 자신이 보다 신을 부정하는 자가 아닌가? 그렇다고 누가 이를 기뻐할 수 있겠는가!"

차라투스트라는 깊은 침묵에 잠겼다가 골똘히 생각하며 물었다. "그대는 마지막까지 신을 섬겼으므로, 그가 어떻게 죽었는지 알고 있을 테지? 동정심이 그를 목 졸라 죽였다고들 하던데 그게 사실인가?

그는 인간이 십자가에 매달려 있는 것을 보고 견딜 수 없었고, 인간에 대한 사랑이 그의 지옥이 되고, 급기야 그의 죽음이 되었다는 게 사실인가?

그러나 늙은 교황은 대답하지 않고, 고통스럽고 음울한 눈초리로 눈길을 돌렸다.

"신을 그냥 보내줘라." 차라투스트라는 여전히 늙은이의 얼굴을 정면으로 바라보며 한참 생각한 후에 말했다.

"신을 그냥 보내줘라. 그는 갔다. 그대가 이 죽은 신에게 좋은 말만 하는 것은 그에게 명예로운 일이다. 그가 누구였는지, 그가 유별난 길을 걸었다는 것을 그대도 나만큼이나 잘 알고 있지 않은가."

그러자 늙은 교황이 말했다. "우리 세 개의 눈끼리(교황의 한쪽 눈이 멀었기 때문이다.) 하는 말이지만, 신은 내가 차라투스트라보다 더 잘 알고 있다. 그야 당연하지 않겠는가.

나는 오랜 세월동안 사랑으로 신을 섬겼고, 나의 의지는 그의 모든 의지를 따랐다. 훌륭한 좋은 주인의 모든 걸 알고 있으니, 주인이 자기 자신에게 숨기는 것조차 알고 있다.

그는 비밀에 가득 찬 숨겨진 신이었다. 참으로 그는 독생자를 찾아올 때도 샛길로 왔다. 그래서 그의 신앙의 문턱에는 간음이란 것이 있다.

그를 사랑의 신으로 찬양하는 자는 아직 사랑 자체를 제대로 생각해 보지 않은 자다. 이 신은 재판관이기를 원하지 않았던가? 그러나 사랑하는 자는 보답과 보복의 저편에서 사랑하는 것이다.

동방에서 온 이 신은 젊은 시절 냉혹하고 복수심에 불탔으며, 자신이 총애하는 자들을 즐겁게 해주려고 지옥을 만들어냈다.

하지만 그는 늙고 쇠약하고 물러지고 동정을 받는 자로서 아버지보다 할아버지를 닮았다. 아니 몸이 흔들리는 늙은 할머니를 가장 많이 닮았다.

그는 시들한 채 난로가 놓인 구석에 앉아, 자신의 발에 힘이 빠진 것을 슬퍼하며 세상사에 지치고 의욕마저 잃어버렸다. 그러던 어느 날 자신의 너무 큰 동정심 때문에 질식하고 말았다."

그때 차라투스트라가 끼어들었다. "그대 늙은 교황이여, 그것을 직접 눈으로 목격했는가? 어쩌면 그것이 사실일 수도 있고 그렇지 않을 수도 있겠지. 신들이란 언제나 여러 가지 유형으로 죽음을 맞이하지 않는가.

하지만 이렇게 됐든지 저렇게 됐든지 그는 갔다! 그는 나의 귀와 눈에 거슬렸다. 그에게 더 고약한 말은 하지 않겠다.

나는 밝게 바라보고 솔직하게 말하는 모든 것을 사랑한다.

하지만 그대도 알다시피, 그대 늙은 성직자여, 그에게는 그대, 즉 성직자와 유사한 점이 있었다. 그는 모호한 자다.

그는 분명하지 않았다. 씩씩거리며 분노하는 이 자는 우리가 자기 말을 제대로 알아듣지 못한다고 얼마나 화를 냈던가? 하지만 왜 그는 보다 명확하게 말하지 않았던가?

그게 만약 우리의 귀 탓이라면 왜 그는 자신의 말을 제대로 알아듣지 못하는 귀를 우리에게 주었는가? 우리의 귓속에 오물이 들어 있다면, 누가 그걸 넣어두었는가?

제대로 기술을 배우지 못한 도공은 수많은 실패를 거듭한다! 그런데도 그가 자신의 항아리와 피조물이 잘못 만들어졌다면서 복수하는 것은 그의 **훌륭한** 미의식에 거슬리는 죄악이다.

경건함에도 훌륭한 미의식이 있는 법이다. 마침내 그 미의식이 말했다. '이런 신은 떠나라! 차라리 신이 없는 게 낫고, 차라리 혼자 힘으로 운명을 만들고, 차라리 바보가 되고, 차라리 자신이 신이 되는 게 낫다!'"

그때 귀를 곤두세우고 있던 늙은 교황이 말했다. "오, 차라투스트라여, 무슨 말인가! 그대는 신앙이 없으면서 그대가 생각하는 것 이상으로 경건하구나! 그대 마음속의 어떤 신이 그대를 무신론자로 개종시켰구나.

그대가 더 이상 유일신을 믿지 못하게 하는 것이야말로 그대 자신의 경건함이 아닌가? 그리고 그대의 지나친 솔직함은 그대를 선악의 저편으로 데려갈 것이다!

보라, 그대에게 남겨진 것이 무엇인가? 그대에게는 아득한 옛날부터 축복을 내리도록 미리 정해진 눈이며 손, 귀가 있다. 손으로만 축복을 내리는 것은 아니다.

그대는 비록 신을 가차 없이 부정하려고 하지만 나는 그대 곁에서 장구한 축복의 은밀하고 신성한 향기를 맡는다. 그것은 나에게 기쁨과 슬픔을 충만하게 한다.

오, 차라투스트라여, 나를 그대의 손님으로 받아주오. 단 하룻밤만이라도! 지금 나에게는 그대 곁에 있는 것이 지상에서 가장 아늑하다!"

"아멘, 그렇게 될지어다!" 차라투스트라는 무척 의아해하며 말했다. "저 위로 올라가면 차라투스트라의 동굴이 나온다.

정말이지 나는 그대를 직접 그곳에 데려다주고 싶은 마음이 간절하다. 그대 존귀한 자여. 나는 경건한 사람이면 누구나 사랑하기 때문이다. 하지만 지금은 도움을 청하는 외침이 급히 그대 곁을 떠나라고 한다.

나는 나의 영토에서 아무도 상처 입지 않기를 바란다. 나의 동굴은 좋은 피난처다. 나는 슬픔에 잠긴 모든 사람이 다시 굳건한 대지에 굳건한 두 발로 서기를 바란다.

하지만 누가 그대의 슬픔을 그대의 어깨에서 덜어줄 것인가? 그러기에는 나의 힘이 너무 약하다. 우리는 참으로 오랜 세월을 기다려야 할지도 모른다. 누군가가 그대를 위해 그대의 신을 다시 깨울 때까지.

이 늙은 신은 더 이상 살아 있지 않다. 그 신은 완전히 죽은 것이다."

차라투스트라는 이렇게 말했다.

더없이 추한 자

 그러고 나서 차라투스트라의 발은 다시 산과 숲을 지났고, 그의 눈은 찾고 또 찾았다. 하지만 그가 찾는 자, 커다란 곤경에 처해 도와달라 외치는 자는 어디에도 보이지 않았다. 하지만 길을 가는 내내 그의 마음에는 기쁨과 감사함으로 가득했다. 그가 말했다. "오늘이라는 날은 나에게 참으로 좋은 일들을 안겨 주는구나. 시작이 좋지 않았던 대가로! 나는 참으로 기이한 말 상대들을 만나지 않았던가!
 나는 이제 질 좋은 낟알을 씹듯 이들의 말을 오래오래 씹어야겠다. 이들의 말이 젖처럼 내 영혼 속에 흘러 들어올 때까지 나의 이빨은 그것들을 잘게 부수고 갈아야 한다!"
 하지만 어떤 바위를 돌아서자 갑자기 풍경이 바뀌면서, 차라투스트라는 죽음의 왕국으로 들어서게 되었다. 이곳에는 검붉은 절벽이 우뚝 솟아 있었고, 풀도 나무도 없었으며, 새소리조차 들리지 않았다. 다시 말해 온갖 짐승들, 심지어 맹수들마저 피해 가는 골짜기였다. 단지 푸른 빛깔의 추하고 늙은 뱀들만이 죽음을 맞으러 이곳에 찾아올 뿐이었다. 그 때문에 목자들은 이 골짜기를 '뱀의 무덤'이라고 불렀다.
 차라투스트라는 어두컴컴한 기억 속으로 빠져들었다. 이미 언젠가 이 골짜기에 와봤던 느낌이 들었기 때문이다. 그리고 이런저런 생각으로 인해 마음이 무거워 발걸음이 점차 느려졌고, 급기야는 멈추어 섰다. 그가 눈을 떴을 때 길가에 무언가 앉아 있는 것이 보였다. 인간과 비슷한 모습이었지만, 차마 인간이라고는 할 수 없었고, 말로 표현할 수 없는 모습이었다. 그런 것을 눈으로 보았다는 사실에 차라투스트라는 갑자기 커다란 불쾌감을 느꼈다. 흰머리까지 붉게 변할 정도로 얼굴이 발갛게 달아오른 그는 눈길을 옆으로 돌리고, 이 불길한 장소를 떠나려고 발걸음을 떼었다. 하지만 그때 죽어 있던 황야가 큰 소리를 질러댔다. 마치 한밤중에 막힌 수도관에서 나는 소리처럼 땅에서 그르렁거리는 소리가 났다. 그러다가 급기야는 인간의 목소리로 변하더니 인간의 말이 되었다. 그 소리는 이러했다.

"차라투스트라여! 차라투스트라여! 나의 수수께끼를 풀라! 말해 다오, 말해 다오! 목격자에 대한 복수는 무엇인가?

나는 그대를 유혹한다. 여기는 얼음이 미끄럽다! 조심하라. 그대의 자긍심이 여기서 그 다리를 다치지 않도록 조심하라!

그대는 자신이 지혜롭다고 생각한다. 그대 자긍심 강한 차라투스트라여! 그러므로 수수께끼를 풀라. 그대 냉혹한 호두 까는 기구여. 내가 바로 그 수수께끼다! 내가 누구인지 말해 보라!

그런데 차라투스트라가 이 말을 들었을 때 그의 영혼에 어떤 일이 일어났을까? 그는 동정심에 사로잡혔다. 그는 오랫동안 벌목꾼들에게 저항해 왔던 떡갈나무처럼, 나무를 쓰러뜨리려고 한 사람들 자신이 깜짝 놀랄 정도로 갑자기 우지끈하며 쓰러졌다. 하지만 그는 어느새 다시 땅에서 일어났고, 그의 표정은 냉혹해졌다.

"그대를 잘 알고 있다." 차라투스트라는 쩌렁쩌렁 울리는 목소리로 말했다. "그대가 바로 신을 살해한 자로구나![57] 나를 놓아 다오.

그대는 그대를 본 자, 늘 끊임없이 그대를 본 자를 견뎌내지 못했다. 그대 더없이 추한 인간이여! 그대는 이 목격자에게 복

수한 것이다!'

차라투스트라는 이렇게 말하고, 그 자리를 뜨려고 했다. 하지만 말로 표현할 수 없는 그가 그의 옷자락을 붙잡고, 다시 그르렁거리며 할 말을 찾기 시작했다. "멈추어라!" 마침내 그가 말했다.

"멈추어라! 가지 마라! 나는 어떤 도끼가 그대를 땅에 쓰러뜨렸는지 알고 있다. 오, 차라투스트라여, 그대가 다시 일어선 것을 축하한다!

그대는 이미 알고 있을 것이다. 나는 그것을 잘 알고 있다. 신을 죽인 자, 신을 살해한 자의 기분이 어떠한지를. 멈추어라! 내 곁에 앉아라. 그것이 부질없는 일은 아닐 것이다.

그대에게가 아니라면 내가 누구에게 가려고 했겠는가? 멈추고 앉아라! 그러나 나를 바라보지는 마라! 그리하여 나의 추함에 경의를 표하라!

그들이 나를 박해한다. 이제 나의 마지막 피난처는 그대다. 그들은 미움으로 나를 박해하는 것도 아니고, 그들의 추종자를 시켜 박해하는 것도 아니다. 오, 그런 박해라면 나는 자랑스러워하며 즐거워할 것이다!

지금까지 모든 성공한 자들은 온갖 박해를 받지 않았던가? 그리고 박해를 잘하는 자는 추종하는 법도 쉽게 배운다. 그는 뒤에서 뒤쫓기 때문이다! 하지만 이는 그들의 동정심이다.

그들의 동정심 때문에 나는 도망쳐 그대에게 숨으려는 것이다. 오, 차라투스트라여, 나를 지켜다오. 나의 마지막 은신처여, 그대 나를 알고 있는 유일한 자여.

신을 죽인 자의 기분이 어떠한지 그대는 알고 있다. 멈춰라! 그대가 가고자 한다면, 그대 참을성 없는 자여, 내가 온 길로는 가지 마라. 그 길은 험난하다.

내가 너무 오래 두서없이 말하는 바람에 그대는 화가 났는가? 내가 충고까지 한다고 화가 났는가? 하지만 내가 더없이 추악한 자임은 알아두어라.

나의 발은 무척 크고 무겁다. 내가 걸어간 그 길은 험난하다. 내가 걸어온 모든 길은 죽고 파괴되었다.

나는 그대가 말없이 내 곁을 지나가면서, 얼굴을 붉히는 것을 분명히 보았다. 그래서 나는 그대가 차라투스트라임을 알아보았다.

다른 사람이라면 모두 나에게 눈길과 말로 자신의 적선과 동정심을 던졌을 것이다. 하지만 그대도 알다시피 나는 그 정도로 거지는 아니다.

거지가 되기에는 나는 너무 많은 것들을 가졌다. 위대한 것, 무시무시한 것, 더없이 추악한 것, 차마 말로 표현하기 어려운 것을 잔뜩 가지고 있다! 오, 차라투스트라여, 그대의 수치심이, 나에게는 영광스러운 일이다!

나는 끈질기게 동정하는 군중들 틈에서 간신히 빠져나왔다. 오늘날 '동정은 성가시다.' 라고 유일하게 가르치는 그대를 찾기 위해서. 오, 차라투스트라여!

신의 동정이든 인간의 동정이든, 동정이란 겸손을 모르는 것이다. 돕지 않겠다는 마음이 돕겠다고 달려드는 덕보다 더 고상할 수 있다.

하지만 그것, 즉 동정은 오늘날 모든 작은 인간들에 의해 덕이라고 불린다. 작은 인간은 커다란 불행이며 커다란 추악함이며 커다란 실패에 대해 아무런 외경심도 품지 않는다.

마치 한 마리 개가 무리지어 있는 양 떼의 너머를 바라보듯,

나는 이러한 모든 자들 너머를 바라본다. 그들은 작고 악의가 없으며 털이 보드랍고 마음씨가 좋은 회색 군중이다.

마치 왜가리 한 마리가 머리를 뒤로 젖힌 채 오만하게 얕은 연못을 바라보듯, 나는 작은 물결과 의지, 영혼의 회색 무리를 바라본다.

이들, 이 작은 자들에게 권리가 너무 오랫동안 주어졌다. 그래서 마침내 그들은 힘을 갖게 되었다. 이제 그들은 '작은 자들이 선하다고 하는 것만이 선하다.' 라고 가르친다.

'내가 곧 진리니라.' 라고 자기 스스로 증언한 저 이상한 성자와 작은 자들의 대변자가 한 말이 오늘날 '진리' 라고 불리고 있다.

이 오만한 자는 오랫동안 작은 자들의 계관을 높이 쳐들어 자랑했다. '내가 진리니라.' 라고 가르칠 때 그는 적지 않은 오류도 함께 가르쳤다.

일찍이 그보다 더 공손한 대답을 받은 불손한 자가 있었던가? 오, 차라투스트라여, 하지만 그대는 그의 곁을 지나가며 이렇게 말했다. '아니다! 아니다! 거듭 말하지만 아니다!'

그대는 그가 저지른 오류를 경고했고, 처음으로 동정을 경고했다. 모두에게 경고한 것이 아니라, 그대와 그대의 부류에게 경고한 것이다.

그대는 커다란 고통을 겪는 자들의 수치심을 부끄러워하고 있다. 그리고 참으로 그대가 '동정에서 커다란 구름이 생긴다. 조심하라, 그대들 인간들이여!' 라고 말할 때 그러하다.

오, 차라투스트라여, 그대가 '창조하는 자들은 냉혹하다. 위대한 사랑은 모두 동정을 초월한다.' 라고 가르친다면, 날씨의 징조를 잘 읽는 자라 할 것이다!

그대 자신은——그대가 동정하지 않도록 자기 자신에게도 경고하라! 많은 사람들이 그대를 찾아오는 중이기 때문이다. 고통에 시달리고 의심하며, 절망하고 익사하며, 추위에 얼어붙는 많은 사람들이.

나는 그대에게 나도 조심하라고 경고한다. 그대는 나의 최선의 또는 최악의 수수께끼, 즉 나 자신이 누구이고 무슨 일을 했는지 알고 있다. 나는 그대를 쓰러뜨리는 도끼를 알고 있다.

하지만 신은 죽어야만 했다. 그는 온갖 것을 보는 눈으로 보았다. 그는 인간의 심연과 바닥을, 인간의 감추어진 모든 수치와 추악함을 보았다.

그의 동정은 수치를 알지 못했다. 그는 나의 가장 더러운 외진 구석까지 기어 들어왔다. 말할 수 없이 호기심이 넘치고, 지나치게 성가시며, 너무 동정심이 많은 그는 죽어야만 했다.

그는 언제나 나를 지켜보았다. 나는 그런 목격자에게 복수하고자 했다. 아니면 내가 죽어야 했다.

인간을 비롯하여 모든 것을 꿰뚫어 본 신은, 이 신은 죽어야만 했다! 인간은 그런 목격자가 살아 있는 걸 견디지 못한다."

더없이 추악한 자가 말했다. 차라투스트라는 자리를 털고 일어나 떠날 준비를 했다. 그의 창자 속까지 오싹하는 느낌이 들었기 때문이다.

차라투스트라가 말했다. "그대 말로 표현할 수 없는 자여, 그대는 그대가 온 길로 가지 말라고 나에게 경고했다. 그에 대한 감사의 표시로 나는 그대에게 나의 길을 권하겠다. 보라, 저 위로 올라가면 차라투스트라의 동굴이 나온다.

나의 동굴은 넓고 깊으며, 구석진 곳이 많다. 거기에는 숨어 사는 걸 좋아하는 자도 자신의 은신처를 발견할 수 있다. 그리고 동굴 바로 옆에는 기거나 날거나 뛰어다니는 짐승들에 맞는 백 개의 은신처가 있다.

그대 스스로에게 내쫓긴 자여, 그대는 인간과 인간의 동정 사이에서 살고 싶지 않은가? 자, 그렇다면 나처럼 행동하라! 나에게서 배워라. 오직 행동하는 자만이 배우는 법이니까.

먼저 무엇보다도 나의 짐승들과 이야기를 나누어라! 더없이 긍지가 높고 영리한 짐승 — 이들은 우리 둘에게 진정한 충고자가 되고 싶어 한다."

차라투스트라는 이렇게 말하고, 이전보다 더 생각에 잠겨 천천히 자신의 길을 갔다. 자신에게 많은 질문을 던졌지만 쉽게 대답이 나오지 않았기 때문이다.

"인간이란 얼마나 가련한 존재인가!" 그는 마음속으로 생각했다. "얼마나 추악하고 얼마나 음산하며 얼마나 숨겨진 수치로 가득 찬 존재인가!

인간은 자기 자신을 사랑한다고 나에게 말한다. 아, 이 자기애는 얼마나 위대한가! 자기 모멸은 또 이와 얼마나 다른가!

그는 자신을 경멸하는 만큼 자신을 사랑했다. 그는 크게 사랑하고 크게 경멸하는 자다.

나는 그보다 더욱 깊게 자신을 경멸하는 자를 아직 보지 못했다. 그렇게 높은 경지에 이른 자를. 슬프구나, 그가 혹시 내가 외치는 소리를 들은 보다 높은 인간이 아닐까?

나는 크게 경멸하는 자를 사랑한다. 하지만 인간은 극복되어야 하는 그 무엇이다."

자진해서 거지가 된 자

　차라투스트라가 더없이 추한 자의 곁을 떠날 때 그는 추위와 함께 외로움을 느꼈다. 그의 팔다리가 얼어붙을 정도로 추위와 외로움이 엄습했기 때문이다. 하지만 언덕과 골짜기를 오르내리며 때로는 푸른 목초지를 지나가고, 이전에 시냇물이 급히 흐르다가 바닥을 드러낸 듯이 보이는 돌투성이 황무지를 지나는 동안, 어느새 그의 마음은 다시 보다 따뜻해지고 훈훈해졌다.
　"나에게 무슨 일이 일어났던가?" 그는 자신에게 물었다. "무언가 따스하고 생기 넘치는 것이 내 기분을 상쾌하게 한다. 그것은 내 가까이 있는 것이 틀림없다.
　나는 이제 덜 외롭다. 내가 알지 못하는 길동무와 형제들이 내 주위를 돌아다니고, 그들의 따뜻한 숨결이 내 영혼에 와 닿는다."
　그래서 그는 주변을 살피며 자신의 고독을 달래줄 자들을 찾아보았다. 그런데 보라, 언덕에 암소들이 나란히 서 있는 게 아닌가. 암소들이 가까이서 냄새를 풍기는 바람에 그의 마음이 따뜻해진 것이다. 하지만 이 암소들은 어떤 자의 말에 열심히 귀 기울이는지, 다가오는 자에게 주의하지 않았다. 차라투스트라가 암소들 곁에 바투 다가갔을 때 암소들 가운데서 말하는 자의 목소리가 또렷이 들렸다. 보아하니 암소들은 모두 말하는 자 쪽으로 머리를 돌리고 있었다.
　그러자 차라투스트라는 헤집고 뛰어들어 암소들을 서로 갈라놓았다. 누군가 여기서 암소의 동정으로는 쉽게 해결할 수 없는 고통을 겪지 않나 싶어서였다. 하지만 안에 들어가 보니 자신의 생각이 틀렸음이 드러났다. 왜냐하면 거기엔 어떤 사람이 바닥에 앉아 짐승들에게 자신을 두려워하지 말라고 설득하고 있는 것 같았기 때문이다. 그는 평화를 사랑하는 자로서 산 위에서 내려온 설교자였다. 그는 자신의 눈으로 선함 자체를 설교하고 있었다. "그대는 여기서 무얼 찾고 있는가?" 차라투스트라는 의아하게 생각하며 소리쳤다.

그가 대답했다. "내가 여기서 무얼 찾느냐고? 그대가 찾고 있는 것과 같은 것을 찾고 있다. 그대 훼방꾼이여! 다시 말해 지상에서의 행복을 찾고 있다.

하지만 그러기 위해 이 암소들에게서 그것을 배우고 싶다. 아침나절 반을 설득해서 그들이 나에게 그것을 막 가르쳐주려던 참이었다. 그런데 왜 그대가 나를 방해하는가?

만약 우리가 바뀌어 암소가 되지 않는 한 우리는 하늘나라에 들어가지 못한다. 다시 말해 우리가 암소들에게 한 가지 배워야 할 점은 되새김질을 하는 법이다.

정말이지 인간이 온 세상을 다 얻는다 해도 이 한 가지, 되새김질을 배우지 못한다면 무슨 소용이 있겠는가? 그는 자신의 슬픔에서 벗어나지 못하리라.

그의 커다란 고통, 이것을 오늘날 구역질이라고 부른다. 오늘날 그의 마음이며 입과 눈이 구역질로 가득 차 있지 않는 자가 있단 말인가? 그대도! 그대도 마찬가지다! 하지만 이 암소들을 보라!"

산 위에서 내려온 설교자는 이렇게 말하고 차라투스트라에게 자신의 눈길을 돌렸다. 지금까지는 암소들을 사랑스러운 눈길로 바라보았기 때문이다. 하지만 차라투스트라를 보는 순간 그의 태도가 바뀌었다. "나와 이야기하는 그대는 누구인가?" 그는 깜짝 놀라 소리치며 자리에서 벌떡 일어났다.

"그대는 구역질을 하지 않는 인간, 바로 차라투스트라. 큰 구역질을 이겨낸 자로구나. 이것은 차라투스트라 자신의 눈이고 입이며 마음이다."

이렇게 말하면서 그는 쏟아져 내리는 눈물을 주체하지 못하며 자신이 이야기하는 자의 두 손에 입맞춤을 했다. 그리고 자기도 모르게 하늘에서 귀한 선물이며 보석을 받은 사람처럼 행동했다. 하지만 암소들은 이 모든 광경을 지켜보며 의아하게 생각했다.

"내 이야기는 하지 마라. 그대 유별난 자여! 사랑스러운 자여!" 차라투스트라는 이렇게 말하며, 그의 애정 어린 몸짓을 진정시켰다. "먼저 그대 이야기를 들려 달라! 그대는 일찍이 막대한 재산을 내던지고 자진해서 거지가 된 자가 아닌가?

자신의 재산과 부유함을 부끄럽게 여기며, 가장 가난한 자들에게 옮겨 간 자가 아닌가? 자신의 충만함과 자신의 마음을 베풀기 위해. 하지만 그들은 그대를 받아들이지 않았다."

"하지만 그들은 나를 받아들이지 않았다." 자진해서 거지가 된 자가 말했다. "그대도 알다시피. 그래서 할 수 없이 짐승들과 이 암소들에게 오게 되었다."

"그대가 그것을 배웠구나." 차라투스트라가 중간에 끼어들어 말했다. "제대로 주는 것이 제대로 받는 것보다 더 어렵다는 것을. 그리고 잘 베푸는 것이 하나의 재주이며, 친절한 장인의 교묘하기 짝이 없는 최후의 기술임을."

"오늘날에는 더욱 그렇다." 자진해서 거지가 된 자가 말했다. "오늘날에는 천한 것들이 모두 거역하고 삼가며 나름대로의 방식으로, 즉 천민의 방식으로 교만을 떨고 있기 때문이다.

그대도 알다시피 그때가 되었기 때문이다. 천민과 노예의 폭동이 규모가 클 뿐만 아니라 사악한 형태로 장기간에 걸쳐 서서히 일어나고 있다. 이 폭동은 점점 커지고 있다!

이제 모든 자비와 자선은 천한 자들을 화나게 할 뿐이다. 그러므로 아주 부유한 자들은 조심해야 할 것이다!

배는 불룩한데 목이 가느다란 병에서 물방울을 떨어뜨리는 자들이 있다면 누구라도 오늘날의 인간들에 의해 그 목이 부러질 것이다.

이글거리는 탐욕, 지독한 질투, 비뚤어진 복수심, 천민의 오만 이 모든 것이 내 얼굴에 던져졌다. 가난한 자에게 복이 있다는 말은 더 이상 진실이 아니다. 하늘나라는 차라리 암소들에게 있다."

"그렇다면 왜 부자들은 하늘나라에 갈 수 없는 것일까? 차라투스트라는 평화를 사랑하는 자에게 코를 쿵쿵거리는 암소들을 가로막으며 물었다.

"왜 나를 시험하는가?" 그가 대답했다. "그대가 나보다 더 잘 알고 있지 않은가. 무엇이 나를 가장 가난한 자들에게 가게 했던가. 오, 차라투스트라여. 우리의 가장 부유한 자들에게 구역질이 나서가 아니었던가?

온갖 쓰레기에서 자신들의 이익을 긁어모으는 부유한 죄수들에게 구역질이 나서가 아니었던가? 차가운 눈과 천한 생각으로 하늘에 악취를 풍기는 이 천민에게 구역질이 나서가 아니었던가?

겉만 꾸민 천박한 천민에게 구역질이 나서가 아니었던가? 그들의 조상은 소매치기이거나 썩은 고기를 먹는 새이며, 음탕하고 게으른 아내들에게 순종하는 넝마주이였다. 그들 모두는 창녀와 다름없었기 때문이다.

위에도 천민, 아래도 천민이라니! 오늘날 '가난'하다는 것과 '부유'하다는 것은 무엇인가? 나는 그러한 구분을 배우지 않았다. 그래서 나는 달아났다. 멀리 더 멀리, 급기야는 이 암소들이 있는 데까지."

평화를 사랑하는 자는 이렇게 말했고, 말하는 동안 숨을 몰아쉬며 땀을 뻘뻘 흘렸다. 그래서 암소들은 다시 의아하게 생각했다. 하지만 차라투스트라는 평화를 사랑하는 자가 이렇게 가혹하게 말하는 동안, 내내 미소를 띠며 그의 얼굴을 바라보았고, 그러면서 말없이 머리를 가로저었다.

"그대가 그런 가혹한 말을 한다면, 그대 자신에게 폭력을 가하는 것이다. 그대 산에서 내려온 설교자여. 그대의 입이며 눈은 그러한 가혹함을 감당하지 못한다.

내 생각에는 그대의 위도 마찬가지일 것이다. 그러한 모든 분노와 미움, 끓어오르는 흥분은 그대의 위에 좋지 않다. 그대의 위는 보다 부드러운 음식을 원한다. 그대는 육식주의자가 아니다.

오히려 채식주의자다. 그대는 육식의 즐거움을 마다하고 밀을 갈아 먹거나 꿀을 좋아하는 게 분명하다."

"그대는 나를 잘도 알아맞히는구나." 자진해서 거지가 된 자가 홀가분해진 마음으로 말했다. "나는 밀을 갈아 먹을 뿐만 아니라 꿀도 좋아한다. 달콤한 향기가 나는 맛있는 음식을 좋아한다.

또한 시간이 오래 걸리더라도 빈둥거리는 자와 게으름뱅이에게 알맞은 일상의 일과 음식을 찾고 있기 때문이다.

물론 이런 일에는 암소들이 제격이다. 이들은 되새김질과 일광욕을 생각해 내지 않았던가. 또한 이들은 가슴을 부풀게 하는 무거운 생각은 모두 멀리한다."

"자!" 차라투스트라가 말했다. "그대는 나의 짐승도, 나의 독수리와 뱀도 보아야 한다. 오늘날 그와 같은 짐승들은 지구상에 존재하지 않는다.

보라, 저쪽으로 가면 나의 동굴이 나온다. 오늘 밤은 나의 동굴에서 묵도록 하라. 그리고 짐승의 행복에 관해서는 나의 짐승들과 이야기하라.

내가 집에 돌아올 때까지. 지금은 도움을 청하는 외침이 급히 그대들 곁을 떠나라고 한다. 그대는 나의 동굴에서 새로운 꿀, 아주 신선한 황금 벌집 꿀을 발견하게 될 것이다. 그것을 먹어라!

하지만 지금은 그대의 암소들과 작별하라. 그대 유별난 자여! 사랑스러운 자여! 그것이 힘들지도 모른다. 암소들은 그대의 가장 따뜻한 벗이자 스승이므로!"

"내가 가장 좋아하는 한 사람을 제외하고." 자진해서 거지가 된 자가 대답했다. "그대 자신이 좋고, 암소보다 더 좋다. 오, 차라투스트라여!"

"떠나라, 지금 당장 떠나라! 그대 고약한 아첨꾼이여!" 차라투스트라는 화를 내며 소리쳤다. "왜 그대는 칭찬과 아첨의 꿀로 나를 망치려는가?"

"떠나라, 지금 당장 떠나라!" 그는 또 한 번 소리치고, 상냥한 거지에게 지팡이를 휘둘렀다. 그러자 거지는 부리나케 그곳을 떠났다.

그림자

자진해서 거지가 된 자가 달아나고 차라투스트라 혼자 있게 되자, 그의 뒤쪽에서 새로운 목소리가 들렸다. 그 목소리는 이렇게 외쳤다. "멈추어라! 차라투스트라여! 좀 기다려라! 바로 나다. 오, 차라투스트라여, 나는 그대의 그림자다!" 하지만 차라투스트라는 기다리지 않았다. 많은 사람들이 그의 산속에 바글거리며 몰려드는 것을 보고 돌연 기분이 언짢았기 때문이다. "나의 고독은 어디로 가버린 걸까?" 그가 말했다.

"정말 너무 심하구나. 이 산에 사람들로 우글거리다니. 이런 세계는 더 이상 나의 영토가 아니다. 나에게는 새로운 산이 필요하다."

나의 그림자가 나를 부른다고? 내 그림자가 무슨 소용이란 말인가? 쫓아오려면 오라지! 나는 그림자를 피해 달아날 테니까."

차라투스트라는 마음속으로 이렇게 말하고 그곳을 떠났다. 그런데 그의 뒤에 있던 자가 그를 쫓아왔다. 그래서 곧장 세 사람이 나란히 달리는 꼴이 되었다. 다시 말해 맨 앞에는 자진해서 거지가 된 자, 그 다음에는 차라투스트라, 세 번째이자 맨 꼴찌에는 그의 그림자가 달렸다. 그들이 그렇게 얼마 달리지 않아 차라투스트라는 자신의 어리석음을 깨닫고, 모든 언짢음과 염증을 한꺼번에 툴툴 털어버렸다.

"뭐 어때!" 그가 말했다. "우리 늙은 은둔자와 성자들에게도 예로부터 이처럼 가소롭기 짝이 없는 일이 일어나지 않았던가? 참으로 산속에서 지내다 보니 나의 어리석음이 하늘 높이 자랐구나! 이제 나는 늙은 바보들이 앞뒤로 나란히 달리며 만들어내는 여섯 개의 소란스러운 다리 소리를 듣고 있다니!

차라투스트라가 그림자 따위를 두려워해도 되겠는가? 어쨌든 그림자의 다리가 내 다리보다 길기는 긴 모양이구나."

차라투스트라는 눈으로 웃고 마음속으로 웃으며 이렇게 말하고는, 발길을 멈추고 재빨리 뒤돌아보았다. 보라, 그러다가 그는 자신을 뒤쫓아 오던 그림자를 하마터면 땅바닥에 쓰러뜨릴 뻔했다. 그림자가 그의 뒤를 바짝 쫓아왔고, 게다가 너무 허약해 보였다. 말하자면 그림자를 두 눈으로 찬찬히 살피다가 그는 갑자기 유령이라도 본 듯 소스라치게 놀랐다. 뒤쫓아 온 그는 너무 얇고 거무스름하며, 속이 텅 비고 기진맥진한 모습이었다.

"그대는 누군가?" 차라투스트라가 격한 어조로 물어보았다. "여기서 무얼 하고 있는가? 그리고 나의 그림자라고 자칭하는 이유는 뭔가? 그대는 내 마음에 들지 않는다."

그림자가 대답했다. "나를 용서해 다오. 내가 그러한 자고, 마음에 들지 않는다 해도. 오, 차라투스트라여! 바로 그 때문에 내가 그대와 그대의 뛰어난 미의식을 칭송하지 않았는가.

나는 방랑자로 이미 오래전부터 그대의 발꿈치를 따라다녔다. 언제나 길 위에 있지만, 목적지도 없고 고향도 없다. 그리하여 나는 영원히 세상을 떠도는 유대인 같다. 내가 영원하지도 않고 유대인도 아니지만.

이것이 뭐란 말인가? 내가 언제나 길 위에 있어야 하다니? 온갖 바람에 시달리며, 정처 없이 떠돌아야 하다니? 오, 대지여, 그대는 나에게 너무 둥글다!

나는 이미 온갖 표면에 앉아 보았고, 지쳐버린 먼지처럼 거울과 유리창에서 잠을 잤다. 모든 것이 나에게서 앗아가기만 하고 아무것도 주지 않아, 이렇게 얇아졌다. 그리하여 나는 그림자처럼 되었다.

오, 차라투스트라여, 하지만 나는 장구한 세월 동안 그대 뒤를 날고 걸었다. 그리고 그대 눈을 피해 숨기도 했지만 그대의 최상의 그림자였다. 그대가 앉아 있는 곳이라면 어디에도 앉았다.

나는 그대와 함께 아득히 멀고 말할 수 없이 추운 세계를 돌아다녔다. 겨울 지붕과 눈 위를 자진해서 달리는 유령처럼.

나는 그대와 함께 모든 금지된 것, 더없이 고약한 것, 아득히 먼 곳으로 들어갔다. 그러므로 나에게 어떤 덕이 있다면 어떤 금지된 것도 두려워하지 않는다는 점이다.

나는 그대와 함께 일찍이 내 마음이 숭배하던 것을 부수어버렸고, 모든 경계석과 우상을 쓰러뜨렸으며, 위험하기 짝이 없는 소망을 추구했다. 참으로 어떤 범죄든지 한 번은 그 위를 스쳐 지나갔다.

나는 그대와 함께 말이며 가치며 위대한 이름에 대한 믿음을 잃어버리게 되었다. 악마가 허물을 벗으면 그의 이름도 함께 떨어지지 않겠는가? 다시 말해 이름도 껍질에 불과한 것이다. 어쩌면 악마 자신도 껍질에 불과할지 모른다.

'아무것도 참된 것은 없고, 뭐든지 허용된다.' 나는 자신에게 이렇게 말했다. 나는 머리며 마음과 함께 차디찬 물속으로 뛰어들었다. 아, 그러다가 나는 몇 번이고 붉은 가재처럼 벌거벗은 채 우두커니 서 있었던가!

아, 나의 모든 선함과 모든 수치, 선한 자들에 대한 믿음은 다 어디로 갔는가! 아, 한때 나에게 있었던 거짓 순진함과 선한 자들의 순진함, 그들의 고상한 거짓 순진함은 모두 어디로 갔는가!

참으로 나는 너무나 자주 진리의 발꿈치 뒤를 바짝 쫓아갔다. 그러다가 나는 진리의 발에 머리를 걷어차였다. 때때로 거짓말을 할 생각이었는데, 보라! 그때 비로소 나는 진리에 부딪혔다.

나는 정말 많은 것을 속 시원히 알게 되었다. 이제 나와 상관있는 것은 더 이상 아무것도 없다. 내가 사랑하는 것은 더 이상 살아 있지 않다. 그러므로 내가 자신을 어떻게 사랑할 수 있겠는가?

'내 마음대로 살아야지. 그렇지 않으면 아예 살지 않겠다.' 나는 이렇게 바라고, 최고의 성자도 이렇게 바란다. 하지만 슬프구나! 나에게 아직 뭘 하려는 마음이 있단 말인가?

나에게 아직 목표가 있단 말인가? 나의 돛이 향하는 항구가 있단 말인가?

순풍이 불어오는가? 아, 자신이 어디로 가는지 아는 자만이 어떤 바람이 좋고 순풍인지도 아는 법이다.

나에게 아직 남은 것이 있는가? 지치고 뻔뻔한 마음, 불안한 의지, 약한 날개, 부러진 등뼈가 남아 있을 뿐이다.

오, 차라투스트라여, 그대도 잘 알다시피, 나의 고향을 찾는 것은 나의 시련이었고, 그것이 나를 집어삼킨다.

'어디 있는가——나의 고향은?' 나는 이렇게 물으며 찾고 또 찾았지만 찾지 못했다. 오, 영원히 어디에도 있고 영원히 어디에도 없는, 영원한——부질없음이여!'

그림자는 이렇게 말했고, 그림자의 말을 들은 차라투스트라의 얼굴에는 슬픔이 감돌았다. 마침내 그는 슬픈 어조로 말했다. "그대는 나의 그림자다!"

"그대의 위험은 작지 않다. 그대 자유로운 정신이자 방랑자여! 그대의 낮은 불길했다. 더 불길한 저녁이 찾아오지 않도록 주의하라!

그대처럼 정처 없이 떠도는 자는 급기야 감옥도 행복하다고 여긴다. 감옥에 갇힌 죄수들이 잠자는 모습을 본 일이 있는가? 그들은 편히 자고, 자신들의 새로운 안전을 누린다.

그대는 급기야 편협한 믿음과 경직되고 가혹한 착각에 사로잡히지 않도록 조심하라! 이제부터는 편협하고 경직된 모든 것이 그대를 유혹하고 시험에 들게 할 것이다.

그대는 목표를 잃어버렸다. 슬프구나, 그대는 어찌하여 이러한 상실을 농담 삼아 말하며 고통을 달래려고 하는가? 그럼으로써 그대는 길도 잃어버린 것이다!

그대 가련한 방랑자여, 들떠서 돌아다니는 떠돌이여, 그대 지친 나비여! 그대는 오늘 밤 휴식과 아늑한 거처를 가지고자 하는가? 그렇다면 나의 동굴로 올라가라!

저쪽으로 가면 나의 동굴로 통하는 길이 나온다. 그런데 지금 나는 얼른 그대 곁을 떠나려고 한다. 이미 그림자 같은 것이 내 몸 위에 드리워져 있다.

나의 주위가 다시 밝아지도록 나는 혼자 가고자 한다. 그러기 위해서는 아직 오랫동안 즐거운 마음으로 나의 두 다리에 의존해야 한다. 저녁이면 나의 동굴에서 춤판이 벌어질 것이다!"

차라투스트라는 이렇게 말했다.

정오

그리고 나서 차라투스트라는 걷고 또 걸었지만, 아무도 만나지 못했다. 그는 혼자 가면서 끊임없이 자신을 다시 발견했다. 그리고 몇 시간 동안이나 자신의 고독을 즐겼고 맛보았으며, 좋았던 일들을 생각했다. 그런데 정오 무렵이 되어 태양이 바로 차라투스트라의 머리 위로 떠올랐을 때 그는 오래된 마디가 있는 구부러진 나무 곁을 지나게 되었다. 이 노목은 포도 덩굴에 휘감겨 뜨겁게 사랑을 받으며 자기 자신의 모습을 숨기고 있었다. 즉 이 나무는 노란 포도송이를 가득 매단 채 방랑자를 맞아들였던 것이다. 그가 목이 말라 포도송이를 따려고 팔을 뻗었을 때 또 다른 욕구가 보다 강렬하게 생겼다. 그때가 바로 정오인지라 나무 옆에 누워 자고 싶었던 것이다.

차라투스트라는 그렇게 했다. 알록달록한 풀의 고요와 은밀함이 깃든 땅에 눕자마자 목이 말랐던 것마저 까맣게 잊어버리고 잠이 스르르 들었다. 차라투스트라의 잠언이 말하는 그대로, 한 가지 일이 다른 일보다 더 절실했기 때문이었다. 그런데 눈은 감지 않고 있었다. 그의 두 눈은 나무와 포도 덩굴의 사랑을 보고 칭송하는 데 싫증이 나지 않았던 것이다. 하지만 잠이 들면서 차라투스트라는 마음속으로 이렇게 말했다.

"쉿! 지금 세계가 막 완전해지지 않았는가? 나에게 무슨 일이 일어나고 있는가?

부드러운 산들바람이 남몰래 고요한 바다 위에서 가볍게, 깃털처럼 가볍게 춤추듯이, 잠이 내 위에서 춤추고 있다.

잠은 내 눈을 감겨 주지 않고, 내 영혼을 깨어 있게 한다. 잠은 가볍다. 참으로! 깃털처럼 가볍다.

잠은 나에게 설득하고, 나는 어찌할 바 모른다. 잠은 내 안에서 나를 쓰다듬듯 가볍게 건드리며 강요한다. 그렇다. 나의 영혼이 사지를 쭉 뻗으라고 나에게 강요한다.

내 영혼은 지쳐 길게 늘어져 있다. 나의 유별난 영혼이! 어느 이레째 되는 날 저녁이 바로 정오에 내 영혼을 찾아온 것일까? 내 영혼이 선한 것들과 무르익은 것들 사이에서 행복에 겨워 이미 너무 오랫동안 방황했는가?

내 영혼은 사지를 길게 쭉 뻗고 있다. 길게, 점점 더 길게! 나의 영혼은 말없이 누워 있다. 나의 유별난 영혼이. 나의 영혼은 이미 좋은 것을 너무 많이 맛보았고, 이 황금의 슬픔에 짓눌리며 입을 삐죽인다.

쥐 죽은 듯 정적이 감도는 포구로 들어오는 배와 같다. 오랜 항해와 불확실한 바다에 지쳐 이제 대지에 기대고 있는 배와 같다. 대지가 더 믿음직하지 않은가?

배가 기슭에 정박해 몸을 갖다 대는 것과 같다. 그럴 때는 거미 한 마리가 뭍에서 배에 거미줄을 치는 것으로 충분하다. 이때 더 강한 밧줄은 필요하지 않다.

이처럼 지친 배가 쥐 죽은 듯이 조용한 만에서 쉬는 것처럼 나도 이제 뭍 가까이에서 쉬고 있다. 더없이 가는 실로 뭍에 묶여 성실하고 믿음직하게 기다리며.

오, 행복이여! 오, 행복이여! 혹시 노래하려는가. 오, 나의 영혼이여? 그대는 풀밭에 누워 있다. 하지만 지금은 어떤 목자도 피리 불지 않는 은밀하고 엄숙한 순간이다.

조심하라! 뜨거운 정오가 초원에서 자고 있다. 노래하지 마라! 쉿! 세계는 완전하다.

노래하지 마라. 그대 풀밭의 새들이여, 오, 나의 영혼이여! 속삭이지도 마라! 그냥 보라. ——쉿! 늙은 정오가 잠을 자며 그의 입을 움직인다. 늙은 정오가 방금 한 방울의 행복을 마시지 않았는가.

황금빛 행복, 황금빛 포도주의 오래된 갈색 방울을 마신 것인가? 그의 얼굴 위로 무언가 스쳐 지나가자 그의 행복이 웃는다. 이렇게 어떤 신이 웃는다. 쉿!

'행복해지려면 얼마 안 되는 것으로도 충분하다!' 나는 일찍이 이렇게 말했고, 자신이 현명하다고 생각했다. 하지만 그건 불경한 생각이었다. 그런 사실을 나는 이제 배웠다. 영리한 바보가 말은 더 잘하는 법이다.

바로 가장 작은 것, 가장 나지막한 것, 가장 가벼운 것, 도마뱀이 바스락거리는 소리, 한 번의 숨결, 순간의 눈길, 이처럼 작은 것이 나를 가장 행복하게 만든다. 쉿!

나에게 무슨 일이 일어났는가, 귀 기울여 보라! 시간이 훌쩍 지나가 버렸는가? 내가 떨어지고 있는 게 아닐까? 이미 떨어진 것이 아닐까. ——귀 기울여 보라! 영원의 샘 속에 떨어지지 않았는가?

나에게 무슨 일이 일어나고 있는가? 쉿! 무언가가 나를 찌른다. ——슬프구나. ——나의 마음인가? 나의 마음이구나! 오, 부수어라, 부수어라, 마음을, 이렇게 행복한 다음에, 이렇게 찔린 다음에!

이것이 무슨 일인가? 세계가 막 완전해지지 않았던가? 둥글게 무르익지 않았는가? 오, 황금의 둥근 고리여. ——그것은 어디로 날아가 버리는가? 나는 그 뒤를 쫓아가야지! 빨리!

쉿.──"(그런데 이때 차라투스트라는 기지개를 켰고, 자신이 잠자고 있다고 느꼈다).

그는 자기 자신에게 말했다. "일어나라! 그대 잠꾸러기여! 그대 낮잠 자는 자여! 자, 어서, 그대 늙은 다리여! 때가 왔고, 때가 지났다. 아직 그대들 갈 길이 멀다.

이제 그대들은 푹 잤다. 그런데 얼마나 잔 것일까? 영원의 절반을 잤구나! 자, 이제 어서, 나의 늙은 마음이여! 그만큼 잤으니 이제 그대는 얼마만큼 깨어 있어도 되지 않느냐?"

(하지만 그러다가 그는 어느새 다시 잠들어 버렸다. 그의 영혼이 그에게 맞서고 저항하면서 다시 누워버린 것이다.)

"나를 좀 내버려 다오! 쉿! 세계가 막 완전해지지 않았던가? 오, 둥근 황금의 공이여!"

"일어나라!" 차라투스트라가 말했다. "그대 좀도둑이여. 그대 게으름뱅이여! 뭐라고? 아직도 축 늘어져 하품하고 탄식하며 깊은 샘 속으로 떨어지고 있는가?

그대는 누구인가? 오, 나의 영혼이여!"(그리고 이때 그는 깜짝 놀랐다. 한 줄기 햇살이 하늘에서 그의 얼굴에 떨어졌기 때문이다.)

"오, 내 머리 위의 하늘이여." 그는 탄식하며 말하고 몸을 일으켜 반듯이 앉았다. "그대는 나를 지켜보고 있는가? 그대는 나의 유별난 영혼에 귀 기울이고 있는가?" 그대는 지상의 온갖 사물에 떨어진 이슬방울을 언제 마시려는가? 그대는 언제쯤 이 유별난 영혼을 마시려는가?

언제쯤인가, 영원의 샘이여! 그대 고요하고 무서운 정오의 심연이여! 언제쯤 내 영혼을 그대 속으로 다시 마시려는가?

차라투스트라는 이렇게 말하고는, 마치 낯선 취한 상태에서 깨어나듯 나무 옆 그의 잠자리에서 일어났다. 그런데 보라, 태양은 아직 바로 그의 머리 위에 떠 있었다. 그러므로 차라투스트라가 그때 잠을 오래 자지 않았다고 추측하더라도 가히 틀린 말은 아니리라.

환영 인사

차라투스트라는 늦은 오후가 되어서야 다시 자신의 동굴로 돌아왔다. 그는 오랫동안 찾아 헤매고 다녔지만 헛수고만 했다. 그가 동굴에서 채 스무 걸음도 떨어지지 않은 곳에서 동굴을 마주하고 서 있을 때 전혀 예기치 못한 일이 일어났다. 도움을 청하는 커다란 외침이 다시 들려왔던 것이다. 놀랍게도! 이번에는 바로 그 자신의 동굴에서 들려왔다. 여러 가지 소리가 섞인 이상하고도 긴 외침이었다. 차라투스트라는 많은 목소리가 뒤섞여 있는 것을 분명히 구분할 수 있었다. 만약 멀리서 들었더라면 한 사람의 입에서 나온 목소리처럼 들렸을지도 모른다.

그래서 차라투스트라는 자신의 동굴로 허겁지겁 달려갔다. 그런데 보라! 이러한 아우성의 뒤에 어떤 광경이 그를 기다리고 있었던가! 거기에는 그가 낮에 만났던 자들이 모두 한자리에 모여 있었다. 오른쪽 왕과 왼쪽 왕, 늙은 마술사, 교황, 자진해서 거지가 된 자, 그림자, 양심이 있는 정신의 소유자, 슬픔에 잠긴 예언자, 나귀가 거기에 모여 있었다. 그런데 더없이 추한 자는 왕관을 쓰고 두 개의 보랏빛 허리띠를 두르고 있었다. 그는 추한 자들이 다 그렇듯이 변장하고 멋지게 꾸미는 것을 좋아하기 때문이다. 그런데 이러한 우울한 무리들 가운데서 차라투스트라의 독수리가 깃털을 세운 채 안절부절못하고 있었다. 그는 자신의 자존심으로는 대답할 수 없는 너무 많은 문제에 답해야 했기 때문이었다. 하지만 영리한 뱀은 독수리의 목을 칭칭 감고 있었다.

차라투스트라는 이 모든 광경을 보고 놀라움을 금치 못했다. 그는 손님들 하나하나를 온화하지만 호기심 어린 눈길로 살펴보았고, 그들의 영혼을 읽고 나서는 새삼 놀라워했다. 그러는 사이 거기에 모여 있던 사람들은 자리에서 일어나 공경하는 마음으로 차라투스트라가 말하기를 기다렸다. 그래서 차라투스트라는 이렇게 말했다.

"그대들 절망한 자들이여! 그대들 유별난 자들이여! 그렇다면 내가 들은 것이 그대들의 도움을 청하는 외침이었다는 말인가? 그렇다면 이제 알겠다. 내가 오늘 찾아다녔지만 찾지 못한 보다 높은 인간을 어디서 찾을 수 있는지를.

보다 높은 인간, 그가 내 자신의 동굴에 앉아 있다니! 그런데 그것이 뭐가 놀랄 일인가! 내가 제물로 바친 꿀과 나의 행복을 미끼 삼아 교활한 감언으로 그를 나에게 오도록 유혹하지 않았던가?

그렇지만 내가 보기에 그대들은 서로 어울려 지내는 데 서투른 것 같다. 여기에 모여 있으면서도 서로의 마음을 언짢게 하고 있지 않은가. 그대들 도움을 청하는 자들은? 우선 한 사람이 와야 한다. 그대들을 다시 웃게 만드는 자, 선하고 쾌활한 어릿광대, 춤추는 자이며 산들바람, 개구쟁이, 늙은 바보나 또 다른 누군가가 와야 한다. 그대들 생각은 어떤가?

나를 용서해 다오. 그대들 절망한 자들이여! 내가 그대들 앞에서 참으로, 손님들에게 어울리지 않는 이런 보잘것없는 말로 이야기하는 것을! 그런데 그대들은 내 마음이 무엇 때문에 그리도 불손한지 잘 모를 것이다.

그대들 자신과 그대들 모습 때문인 것 같다. 나를 용서해 다오! 절망하는 자를 보면 누구나 대담해지는 법이다. 모두들 절망하는 자에게 격려의 말을 건넬 만큼 충분히 강하다고 생각하기 때문이다.

나 자신에게 그대들은 그러한 힘을 주었다. 좋은 선물이다. 나의 귀한 손님들이여! 제대로 된 선물이다! 자, 그러니 그대들에게 나의 것을 내놓더라도 화내지 마라.

이곳은 나의 영토이고 내가 다스리는 곳이다. 하지만 오늘 저녁과 오늘 밤에는 나의 것이 곧 그대들의 것이다. 나의 짐승들이 그대들에게 봉사할 것이다. 나의 동굴이 그대들의 휴식처가 되기를!

나의 집에서는 아무도 절망할 필요가 없다. 나의 영역에서 나는 누구나 그의 맹수로부터 지켜준다. 그리고 내가 무엇보다 중시하는 것은 그대들의 안전이다!

그런데 두 번째로 중요한 것은 나의 작은 손가락이다. 그대들은 먼저 손가락을 잡고 나서 손 전체를 잡아라. 자! 거기에 덧붙여 마음까지 가져라! 이곳에 온 것을 환영한다. 환영한다. 나의 손님들이여!"

차라투스트라는 이렇게 말하면서, 사랑과 악의의 심정으로 웃었다. 이 환영 인사가 끝나자 그의 손님들은 또 한 번 머리를 숙이고, 공경하는 마음으로 침묵을 지켰다. 그런데 오른쪽 왕이 손님을 대표하여 말했다.

"오, 차라투스트라여, 그대가 우리에게 내민 손과 환영 인사로 우리는 그대가 차라투스트라임을 알게 되었다. 그대가 우리 앞에서 몸을 낮추며 겸손한 모습을 보여, 하마터면 우리의 공경심에 금이 갈 뻔했다.

하지만 누가 그대처럼 자긍심에 넘치면서도 그렇게 자신을 낮출 수 있겠는가? 그래서 우리의 기운이 솟고, 우리의 눈과 마음이 상쾌해진다.

이것을 보기 위해서라도 우리는 이 산보다 더 높은 산도 기꺼이 오를 것이다. 우리는 구경거리를 찾아 이곳에 왔고, 무엇이 흐린 눈을 밝게 해주는지 보려고 했다.

그런데 보라, 도움을 청하는 우리의 외침은 어느새 모두 온데간데없지 않은가. 이미 우리의 마음과 가슴은 활짝 열려 희열을 맛보고 있다. 우리의 용기가 불손해질 지경이다.

오, 차라투스트라여, 대지에서 자라는 것 중에 높고 강한 의지보다 더 기쁨을 주는 것은 아무것도 없다. 그 의지야말로 가장 멋진 식물이다. 그런 나무 한 그루로 풍경 전체에 생기가 도는 것이다.

나는 그대처럼 자라는 자를 소나무에 비유한다. 오, 차라투스트라여, 오랫동안 말없이 가혹한 조건에서 홀로 서 있는, 더없이 유연한 최상의 근사한 소나무여.

마침내 자신의 지배권을 행사하기 위해 억세고 푸른 가지들을 내뻗고, 바람과 뇌우며 언제나 높은 곳에 위치하는 것에 당차게 질문하는 소나무.

명령하는 자, 승리하는 자로 보다 강력하게 대답하는 소나무, 이런 식물을 보기 위해 누가 높은 산에 오르지 않겠는가?

오, 차라투스트라여, 이곳의 그대라는 나무로 음울한 자, 실패한 자도 기운을 되찾고, 정처 없이 떠도는 자도 그대 모습을 보고 안심하며 자신의 마음을 치유한다.

그리고 참으로 그대의 산과 그대라는 나무에 오늘날 많은 사람들이 주목하고 있다. 위대한 동경이 일어났으며, '차라투스트라가 누구인가?'라고 묻는 사람이 많이 있다.

그리고 일찍이 그대가 그대의 노래와 그대의 꿀을 귓속에 방울방울 떨어뜨린 자들, 즉 숨어 지내는 자들, 혼자 살거나 둘이 사는 은둔자들, 이들 모두가 한꺼번에 자기 마음에 이렇게 말했다.

'차라투스트라가 아직 살아 있는가? 더 이상 살아갈 보람이 없고, 모든 것은 동일하며, 모든 것은 부질없다. 그렇지 않으면 우리는 차라투스트라와 함께 살아야 하지 않겠는가!'

'그토록 오래전에 예고해 놓고도 그는 왜 오지 않는다는 말인가?' 많은 사람들이 이렇게 묻는다. '고독이 그를 삼켜버렸단 말인가? 아니면 우리가 그에게 가야 한단 말인가?'

이젠 고독 자체가 물러져서 허물어진다. 허물어져서 시신을 더 이상 보존하지 못하는 무덤과도 같다. 어디에나 부활한 자들이 보인다.

이제 그대의 산 주위로 물결이 자꾸 차오르고 있다. 오, 차라투스트라여. 그리고 그대가 얼마나 높은 곳에 있든 많은 물결이 그대가 있는 곳에 올라올 것이다. 그렇게 되면 그대의 나룻배도 더는 마른 땅에 놓여 있지 않을 것이다.

그런데 우리 절망하는 자들은 지금 그대의 동굴에 와서 더 이상 절망하지 않고 있다. 이는 보다 나은 자들이 그대에게 오고 있음을 보여 주는 조짐이자 징조일 뿐이다.

그리고 사람들 중에 신의 마지막 잔재인 그 자신이 그대에게 오는 중이기 때문이다. 즉 커다란 그리움, 커다란 구역질, 커다란 권태를 지닌 모든 자들이.

다시 희망하는 법을 배우지 않으면 안 된다. 오, 차라투스트라여, 그대에게서 위대한 희망을 배우지 않는 한 살려고 하지 않는 모든 자들이 오고 있다!"

오른쪽 왕이 이렇게 말하고는 차라투스트라의 손을 잡고 입맞춤을 하려고 했다. 하지만 차라투스트라는 그의 존경하는 마음을 물리치고 흠칫 놀라 말없이 뒤로 물러섰다. 이는 마치 느닷없이 먼 곳으로 달아나려고 하는 것 같은 동작이었다. 하지만 잠시 후 그는 다시 손님들 곁으로 다가와, 밝게 살피는 눈길로 그들을 바라보며 이렇게 말했다.

"나의 손님들이여, 보다 높은 인간들이여, 나는 쉬운 독일어로 또렷하게 그대들에게 말하고자 한다. 내가 이 산속에서 기다린 것은 그대들이 아니었다."

("쉬운 독일어로 또렷하게?[58] 참으로 가엾군!" 왼쪽 왕이 이렇게 말했다. "동방에서 온 현자는 독일어를 잘 모르는 모양이야!

그는 '독일어로 투박하게'[59]라고 말하려고 했나 보다." ──자! 오늘날 그것은 최악의 미의식은 아니다!)

차라투스트라는 계속해서 말했다. "정말이지 그대들 모두가 보다 높은 인간일지도 모른다. 하지만 내가 보기에 그대들은 별로 높지도 강하지도 않다.

내가, 즉 내 안에 있으나 언제까지나 침묵하고 있지는 않을 가차 없는 자가 보기에는 말이다. 그대들이 나에게 속하기는 하나 나의 오른팔에 속하는 것은 아니다.

병약하고 연약한 다리로 서 있는 자는 자신이 그것을 알든 숨기든 무엇보다 보호 받기를 바란다.

그러나 나는 나의 팔다리를 아끼지 않는다. 나는 나의 전사들을 아끼지 않는 것이다. 그러므로 그대들이 나의 전쟁에 무슨 도움이 되겠는가?

그대들과 함께하면 나의 모든 승리마저 망치고 말 것이다. 그리고 그대들 중의 많은 자는 시끄러운 내 북소리를 듣기만 해도 쓰러지고 말리라.

또한 그대들은 그리 멋지지도 않고 혈통이 그다지 좋지도 않다. 나에겐 나의 가르침을 비춰줄 맑고 매끄러운 거울이 필요하다. 그대들의 표면에선 나 자신의 모습마저 일그러진다.

많은 짐과 추억에 그대들의 어깨는 짓눌리고 있다. 고약한 난쟁이들이 그대들의 몸 구석구석에 도사리고 있다. 그대들 안에도 천민이 숨어 있는 것이다.

그대들이 높고 보다 높은 속성을 지니고 있더라도 그대들의 많은 것이 굽어져 기형으로 되어 있다. 그대들을 두들겨 바르게 펴줄 대장장이는 세상에 존재하지 않는다.

그대들은 다리에 불과하다. 보다 높은 자들이 그대들을 딛고 건너가기를! 그대들은 계단이란 뜻이다. 그러므로 그대들을 넘어 자신의 높이로 올라가는 자에게 화내지 마라!

그대들의 씨앗에서 언젠가는 나에게도 진정한 아들과 완전한 상속자가 자라날지도 모른다. 하지만 그건 먼 훗날의 일이다. 그대들 자신은 나의 유산과 이름을 물려받을 자들이 아니다.

내가 여기 산속에서 기다린 것은 그대들이 아니다. 나는 그대들과 함께 최종적으로 산을 내려가서는 안 된다. 그대들은 보다 높은 자들이 이미 나에게 오고 있다는 조짐으로서 왔을 뿐이다.

그대들은 커다란 그리움, 커다란 구역질, 커다란 권태를 지닌 인간들이 아니고, 그대들이 신의 잔재라 부른 자들도 아니다.

아니다! 아니다! 거듭 말하지만 아니다! 나는 여기 산속에서 다른 사람들을 기다리고 있다. 그들이 오지 않으면 나는 여기서 한 발짝도 떼지 않을 것이다.

보다 높은 인간, 보다 강한 인간, 승리를 거듭하는 인간, 보다 쾌활한 인간, 몸과 영혼이 반듯한 모습인 자들을 기다리고 있다. 웃는 사자들은 오고야 말 것이다!

오, 나의 손님들이여, 그대들 유별난 자들이여. 그대들은 아직 내 아이들 이야기는 듣지 못했는가? 그리고 그들이 나에게 오는 중이라는 사실도?

좀 말해 다오. 나의 정원, 나의 지극한 행복의 섬, 나의 새롭고 멋진 종족에 대해. 그대들은 왜 그에 대해 나에게 말해 주지 않는가?

내가 그대들의 사랑에 호소하니 부디 이 선물을 나에게 다오. 내 아이들 이야기를 해다오. 그들 때문에 나는 부유하고, 그들 때문에 나는 가난해졌다. 내가 그들에게 무엇인들 주지 않았던가.

한 가지를 얻기 위해 무엇인들 주지 못하겠나. 이 아이들, 이 생기가 넘치는 정원, 내 의지와 내 최고 희망의 생명수들을 위해서라면!'

차라투스트라는 이렇게 말하고는 돌연 말을 멈추었다. 갑자기 그리움에 사로잡혔기 때문이다. 그는 흥분된 마음을 다잡기 위해 눈과 입을 닫았다. 그의 손님들도 모두 말없이 가만히 서서 어리둥절했다. 다만 늙은 예언자만이 손과 몸짓으로 신호를 보냈을 뿐이었다.

만찬

이때 예언자가 차라투스트라와 그의 손님들이 나누는 인사를 중단시켰다. 그는 조금도 여유가 없는 자처럼 밀치고 나와 차라투스트라의 손을 잡고는 이렇게 외쳤다. "그런데 차라투스트라여!

한 가지 일이 다른 일보다 더 필요하다고 그대 자신이 말했다. 자, 이젠 나에게 다른 일보다 한 가지 일이 더 필요하다.

제때에 한마디 하겠다. 그대는 나를 만찬에 초대하지 않았는가? 그리고 여기에 있는 많은 사람들이 먼 길을 왔다. 설마 말잔치만 베풀려는 것은 아니겠지?

또한 그대들 모두는 이미 얼어 죽는 것, 물에 빠져 죽는 것, 숨이 막혀 죽는 것, 그리고 다른 신체적 곤경에 대해 아주 많은 이야기를 나누었다. 하지만 나의 곤경, 즉 굶주려 죽는 것에 대해서는 아무도 말하지 않았다.

(예언자는 이렇게 말했다. 그러나 차라투스트라의 짐승들은 이 말을 듣더니 깜짝 놀라 달아나 버렸다. 그들이 낮에 가져온 것으로는 예언자 한 사람의 배를 채우기에도 부족하리라고 생각해서였다.)

목말라 죽는 것을 포함해서." 예언자는 말을 계속했다. "여기서는 지혜의 소리처럼, 말하자면 지칠 줄 모르고 풍성하게 찰랑거리는 물소리가 들리지만, 나는 포도주를 마시고 싶다!

누구나 차라투스트라처럼 줄곧 물만 마시는 것은 아니다. 지치고 시든 자에게는 물이 어울리지 않는다. 우리에게는 포도주가 제격이다. 그것이야말로 단번에 회복하게 하고 즉석에서 건강하게 해준다!"

예언자가 포도주를 달라고 조르는 틈을 타서 말수가 적은 왼쪽 왕도 말문을 열었다. "포도주라면 우리가, 나와 나의 형제인 오른쪽 왕이 준비해 둔 게 있다. 포도주라면 나귀에 가득 실려 있는데, 빵이 없을 뿐이다."

그러자 차라투스트라가 웃으며 대꾸했다. "빵이라고? 은둔자에겐 빵이 없다. 하지만 인간은 빵만으로 사는 것이 아니라 질 좋은 양고기도 먹고 산다. 내게 양 두 마리가 있다."

그것들을 서둘러 잡고 샐비어로 양념하여 요리하자. 나는 그렇게 먹는 것을 좋아한다. 그리고 뿌리며 열매도 부족하지 않고, 미식가나 식도락가도 만족할 만큼 질 좋은 것이다. 또한 깨뜨릴 호두와 그 밖의 수수께끼 놀이도 준비되어 있다.

그러니 어서 훌륭한 만찬을 즐기도록 하자. 그런데 같이 먹으려면 왕이라도 손을 거들어야 한다. 다시 말해 차라투스트라의 집에서는 왕도 요리사가 되어야 한다."

모두들 이 제안을 진심으로 반겼다. 다만 자진해서 거지가 된 자만이 고기며 포도주며 양념에 반대했을 뿐이다.

그가 익살스럽게 말했다. "자, 이제 미식가 차라투스트라의 말을 들어보도록 하자! 이런 식사나 하자고 동굴과 산꼭대기로 올라왔단 말인가?

그가 일찍이 '소박한 가난을 찬미하라!' 라고 가르치고, 거지들을 몰아내려 한 이유가 이제야 이해된다."

이 말을 들은 차라투스트라가 그에게 말했다. "나처럼 기분을 좀 내라. 그대 풍습대로 하라. 그대 훌륭한 자여. 그대의 곡식을 잘게 부수고 그대의 물을 마시며 그대의 요리를 칭송하라. 그렇게 해서 그대의 기분이 좋아지기만 한다면!

나는 나에게 속하는 자들을 위한 법이지, 모두를 위한 법은 아니다. 그런데 나에게 속하는 자는 뼈대가 강하고 발도 가벼워야 한다.

전쟁과 잔치를 즐기는 자여야 하고, 음울한 자나 몽상가여서는 안 된다. 아무리 힘든 일일지라도 잔치처럼 받아들이는 건강하고 온전한 자야 한다.

나에게 속하는 것과 나의 것은 최상의 것이다. 사람들에게서 받지 못하면 우리는 그것을 빼앗는다. 최고의 음식, 더없이 맑은 하늘, 가장 강력한 사상, 더없이 아름다운 여자를!"

차라투스트라가 이렇게 말하자, 오른쪽 왕이 대답했다. "희한한 일이다. 일찍이 현자가 이렇게 현명한 말을 하는 걸 들은 적이 있었던가?

그리고 참으로 현자가 너무나 현명하면서도 나귀가 아니란 사실이 현자에게서 가장 희한한 일이다."

오른쪽 왕이 이렇게 말하고는 의아하게 생각했다. 하지만 이 말을 들은 나귀는 악의에 찬 소리로 "이-아." 하고 소리쳤다. 하지만 이것은 여러 역사서에 '최후의 만찬'이라 불린 저 길고 긴 식사의 시작이었다. 그런데 그 만찬에서는 오로지 보다 높은 인간에 대해서만 이야기를 나누었다.

보다 높은 인간에 대하여

1

내가 처음으로 인간들에게 갔을 때 은둔자다운 어리석음, 커다란 어리석음을 저질렀다. 시장을 찾아갔던 것이다.

그리고 나는 모든 사람들에게 말했지만 아무에게도 말하지 않은 셈이 되었다. 그날 저녁 줄 타는 광대와 시체가 내 길벗이 었는데, 나 자신도 거의 시체나 다름없었다.

그러나 새 아침이 밝아오며 나에게 새로운 진리가 찾아왔다. 그때 나는 "시장과 천민, 천민의 소음과 천민의 기다란 귀가 나와 무슨 상관인가?"라고 말하는 법을 배웠다.

그대들 보다 높은 인간들이여, 나에게서 이런 사실을 배워라. 시장에서는 아무도 보다 높은 인간의 존재를 믿지 않는다는 것을. 그대들은 거기서 말하고 싶겠지, 자! 하지만 천민은 눈을 껌벅거리며 말한다. "우리는 모두 평등하다."

천민은 눈을 껌벅이며 이렇게 말한다. "그대들 보다 높은 인간들이여, 보다 높은 인간이란 없다. 우리는 모두 평등하니까. 인간은 인간일 뿐이고, 신 앞에서 우리 모두는 평등하다!"

신 앞에서라니! 신은 죽었는데. 그런데 천민 앞에서 우리는 평등해지고 싶지 않다. 그대들 보다 높은 인간들이여, 시장을 떠나라!

2

신 앞에서라니! 신은 죽었다! 그대들 보다 높은 인간들이여, 이 신이 그대들에게 가장 위험했다.

신이 무덤 속에 눕고 나서야 그대들이 다시 부활했다. 이제야 위대한 정오가 오고, 이제 보다 높은 인간이 주인이 된다!

그대들은 이 말을 알아들었는가. 오, 나의 형제들이여? 그대들은 놀라는구나. 그대들의 가슴이 어지러운가? 여기서 심연이 그대들에게 아가리를 벌리는가? 여기서 지옥의 개[60]가 그대들에게 짖어대는가?

자! 어서! 그대들 보다 높은 인간들이여! 이제야 미래라는 산이 진통을 시작하고 있다. 신은 죽었다. 이제 우리는 초인이 살기를 바란다.

3

자나 깨나 걱정하는 자들은 이렇게 묻는다. "어떻게 인간이 계속 보존될 수 있는가?" 하지만 차라투스트라는 유일한 자이자 최초의 자로서 그대들에게 묻는다. "인간이 어떻게 극복되겠는가?"

나의 관심사는 초인이다. 인간이 아니라 초인이 나의 최초이자 유일한 목표다. 가장 가까운 이웃, 가장 가난한 자, 가장 고통받는 자, 최상의 자가 아니라.

오, 나의 형제들이여, 내가 인간을 사랑할 수 있는 이유는 인간이 건너가는 자이자 내려가는 자이기 때문이다. 또한 그대들을 향한 나의 사랑과 희망이 넘치기 때문이다.

그대들이 경멸한다는 것, 그대들 보다 높은 인간들이여, 그 점이 나에게 희망을 갖게 해준다. 다시 말해 크게 경멸하는 자들은 크게 존경하는 자들이기 때문이다.

그대들이 절망했다는 것, 거기에 존중할 만한 점이 많이 있다. 그대들은 복종하는 법도, 작게나마 신중하게 행동하는 법도 배우지 못했기 때문이다.

다시 말해 오늘날 작은 자들이 주인이 되었다. 그들 모두는 헌신과 겸손, 영리함과 근면함, 배려와 그 밖의 자질구레한 덕을 설교한다.

여자 같은 자, 노예 출신인 자, 특히 천민처럼 혼혈인 자, 이런 자들이 이제 인간의 모든 운명의 주인이 되려고 한다. 오, 역겹다! 역겹다! 역겹다!

이런 자들은 지칠 줄 모르고 묻고 또 묻는다. "인간은 어떻게 가장 최선의 상태로, 가장 오랫동안, 가장 안락하게 보존될 수 있는가?" 이렇게 물어서 그들은 오늘날의 주인이 된다.

이러한 오늘날의 주인을 극복하라. 오, 나의 형제들이여, 이러한 작은 자들을. 이런 자들이 초인에게 가장 위험한 자들이다!

극복하라. 그대들 보다 높은 인간들이여. 열등한 덕을, 열등한 신중함을, 모래알 같은 배려를, 개미 떼 같은 어리석음을, 가련한 편안함을, "최대 다수의 행복을!"

그리고 몸을 바치느니 차라리 절망하라. 참으로 내가 그대들을 사랑하는 이유는 그대들이 오늘을 제대로 살 줄 모르기 때문이다. 그대들 보다 높은 인간들이여! 다시 말해 그래서 그대들은 가장 잘 사는 것이다!

4

오, 나의 형제들이여, 그대들에게 용기가 있는가? 그대들은 담력이 센가? 목격자 앞에서의 용기가 아니라, 어떤 신도 더 이상 지켜보지 않는 은둔자이자 독수리의 용기를 갖고 있는가?

나는 차가운 영혼, 노새, 눈먼 자, 술 취한 자를 담력이 세다고 하지 않는다. 두려움을 알면서 두려움을 제압하는 자, 심연을 보지만 자긍심이 있는 자가 대담한 자다.

심연을 보지만 독수리의 눈으로 보는 자, 독수리의 발톱으로 심연을 붙잡는 자에게 용기가 있다.

5

"인간은 악하다." 최고의 현자들은 모두 나를 위로해 주려고 이렇게 말했다. 아, 이 말이 오늘날에도 진실이기를! 악이란 인간의 최상의 힘이기 때문이다.

"인간은 더욱 선하고 더욱 악하게 되어야 한다." 나의 가르침은 이렇다. 초인의 최고선을 위해서는 최고악이 필요하기 때문이다.

인간이 고통에 시달리며 인간의 죄를 짊어지는 것은 작은 자들에게 설교하는 자들에게나 어울릴지도 모른다. 하지만 나의 커다란 죄를 나의 커다란 위안으로 삼아 즐긴다.

하지만 이러한 것은 귀가 긴 자들에게 하는 말은 아니다. 모든 말이 누구의 입맛에도 맞는 것은 아니니까. 그것은 미묘하고도 심원한 일들이다. 양의 발톱으로 그것들을 붙잡을 수 없는 일이다!

6

그대들 보다 높은 인간들이여, 그대들은 그대들이 잘못한 일을 내가 보상하려고 여기에 있다고 생각하는가?

또는 내가 앞으로 고뇌하는 그대들을 보다 편안하게 잠재우려 한다고 생각하는가? 또는 그대들 정처 없이 헤매는 자들, 잘못 올라온 자들에게 보다 쉬운 새 길을 가르쳐주려 한다고 생각하는가?

아니다! 아니다! 거듭 말하지만 아니다! 그대들 부류 중에 더욱 많은 자들, 더욱 나은 자들이 파멸해야 한다. 그대들 삶이 더욱 힘들고 더욱 가혹해야 하기 때문이다. 그래야만.

그래야만 인간은 번개에 맞아 부서질 만큼의 높이로 자라게 된다. 번개에 맞을 만큼의 높이!

나의 마음과 그리움은 적은 것, 장구한 것, 머나먼 것을 향한다. 그대들의 하찮고 잡다하며 짧은 불행이 나와 무슨 상관인가!

그대들은 아직 제대로 고통을 받고 있지 않다! 그대들은 그대들 자신 때문에 시달리지, 아직 인간 때문에 시달리는 것은 아니기 때문이다. 그대들이 이와 다른 말을 한다면 거짓말하는 셈이리라! 그대들 모두는 내가 시달린 것 때문에 시달리지는 않고 있다.

7

더 이상 번개의 피해를 입지 않는 것으로는 나에게 충분하지 않다. 나는 번개를 다른 방향으로 돌리고자 하지 않는다. 오히려 번개는 나를 위해 일하는 법을 배워야 한다.

이미 오래전부터 나의 지혜가 구름처럼 모이고 있고, 그 지혜는 더욱 조용해지고 어두워진다. 언젠가 번개를 낳게 될 모든 지혜는 이렇게 되는 것이다.

나는 오늘을 사는 이러한 인간들에게 **빛**이 되고 싶지도, 빛으로 불리고 싶지도 않다. 나는 그들을 눈멀게 만들려고 한다. 나의 지혜의 번개어! 그들의 눈을 뽑아버려라!

8

그대들의 능력을 넘는 것은 바라지 마라. 자기 능력 이상의 것을 바라는 자들에겐 사악한 속임수가 있다.

그들이 위대한 것을 원할 때 특히 그렇다! 그들, 이 교묘하게 위조하는 자이자 배우들은 위대한 것에 대한 불신을 일깨우기 때문이다.

그러다가 마침내 그들은 자기 자신마저 속이고 사팔눈으로 쳐다보며 그럴싸한 벌레의 먹이가 되는 것이다. 억센 말과 주렁주렁 매달린 덕이며 휘황찬란한 거짓 작품으로 꾸민 채.

부디 이 점을 조심하라. 그대들 보다 높은 인간들이여! 오늘날 나에게는 솔직함보다 더 귀중하고 진기한 것이 없다.

오늘날 세상은 천민의 것이 아닌가? 그러나 천민은 크고 작은 것, 올곧고 솔직한 것이 무엇인지 알지 못한다. 천민은 순진하게 굽어지고, 언제나 거짓말을 한다.

9

오늘날 건전한 불신감을 가져라. 그대들 보다 높은 인간들이여, 그대들 용감한 자들이여! 그대들 숨김없는 자들이여! 그리고 그대들의 근거를 비밀에 부치도록 하라! 오늘날의 세상은 천민의 것이니까.

천민이 한때 근거 없이 믿게 된 것을, 근거를 제시한들 누가 그들의 믿음을 뒤엎을 수 있겠는가?

그런데 시장 사람들은 몸짓으로 상대를 설득해 왔다. 하지만 천민은 근거에 불신을 품는다.

그리고 시장에서 어쩌다가 진리가 승리한다 해도 건전한 불신감으로 이렇게 자문하라. "얼마나 강력한 오류가 진리를 위

해 싸웠던가?'

그대들은 또한 학자들도 조심하라! 그들은 그대들을 싫어한다. 그들은 결실을 맺지 못하기 때문이다. 그들의 눈은 차갑고 메말랐으며, 그들 앞에는 온갖 새가 날개 뜯긴 채 누워 있다.

이러한 자들은 거짓말하지 않는다는 것을 뽐낸다. 하지만 거짓말할 줄 모르는 무력한 자가 진리를 사랑하려면 아직 한참 멀었다. 그대들 조심하라!

열정으로부터 자유롭다는 것도 지식과는 아직 한참 멀었다! 나는 차갑게 식은 정신을 믿지 않는다. 거짓말할 줄 모르는 자는 진리가 무엇인지 모르는 것이다.

10

저 높이 올라가려면 그대들 자신의 다리가 필요하다! 위쪽으로 실려 가지 않도록 하고, 남의 등이나 머리에 올라타고 가지도 마라!

그대는 말을 타고 왔는가? 그대는 이제 말을 타고 그대의 목적지로 서둘러 가는가? 자, 나의 벗이여! 그런데 그대의 절룩거리는 발도 같이 말을 타고 있구나!

그대의 목적지에 도달해 말에서 내릴 때 바로 그대의 높이에서, 그대 보다 높은 인간이여, 그대는 비틀거리게 될 것이다!

11

그대들 창조하는 자들이여, 그대들 보다 높은 인간들이여! 인간이란 자신의 아이만 임신할 뿐이다.

무엇이든 곧이듣거나 설득당하지 마라! 그대들의 이웃이란 대체 누구인가? 그대들이 '이웃을 위해' 행동하더라도 이웃을 위해 창조하지는 마라!

그대들 창조하는 자들이여, 이 '위해서'라는 말을 부디 잊도록 하라. 그대들의 덕은 '무엇을 위해서', '무엇을 목표로', '무엇 때문에' 어떤 일을 하지 않도록 바란다. 이러한 거짓되고 하찮은 것에 그대들의 귀를 막도록 하라.

이 '이웃을 위해서'는 작은 자들만의 덕이다. 이들 사이에는 '유유상종'이라든가 '가는 정 오는 정'이라는 말이 통한다. 이들에겐 그대들의 사욕을 누릴 권리도 힘도 없다.

그대들의 사욕에는, 그대들 창조하는 자들이여, 임신부의 조심성과 준비성이 있다! 아직 아무도 눈으로 보지 못한 것, 즉 그 열매를 그대들의 전적인 사랑이 감싸고 아끼고 기른다.

그대들의 전적인 사랑이 있는 곳, 즉 그대들의 아이 곁에 그대들의 전적인 덕도 있다! 그대들의 일, 그대들의 의지가 그대들의 '이웃'이다. 거짓 가치에 설득당하지 마라!

12

그대들 창조하는 자들이여, 그대들 보다 높은 인간들이여! 아이를 낳아야 하는 자는 병들었고, 아이를 낳은 자는 불결하다.

여자들에게 물어보라. 즐거움을 주니까 아이를 낳는 것은 아니다. 산통으로 수탉과 시인들은 꼬꼬댁하며 울어댄다.

그대들 창조하는 자들이여, 그대들에게도 불결한 것이 많다. 이는 그대들이 어머니가 되어야 하기 때문이다.

새로운 아이, 아이와 함께 얼마나 많은 더러운 것도 세상에 나왔던가! 저리 비켜라! 아이를 낳은 자는 자신의 영혼을 깨끗이 씻어야 한다!

13

그대들의 능력 이상으로 덕을 베풀지 마라! 가능하지 않은 일은 아무것도 바라지 마라!

그대들 조상의 덕이 이미 걸어간 발자취를 따르지 마라! 그대들 조상의 의지가 그대들과 함께 오르지 않는다면 그대들이 어떻게 높이 오르겠는가?

맏이가 되려는 자는 막내가 되지 않도록 주의하라! 그리고 그대들 조상의 악덕이 있는 곳에서 성자인 척해서도 안 된다!

조상이 여러 여자를 거느리고 독한 포도주와 멧돼지 고기를 즐겼던 자, 그러한 자가 자신의 순결을 바란다면 어찌 말이 되겠는가?

바보 같은 짓이리라! 참으로 큰 문제가 아닐 수 없다. 이러한 자가 한 명, 또는 두 명, 또는 세 명의 여자를 거느린 남편이라면.

그리고 이러한 자가 수도원을 세우고, 문에 '성자의 길'이라고 써놓는다면. 나는 이렇게 말하리라. 무엇 때문에 그러는가! 새로운 바보짓이로다!

그는 자기 자신을 위한 교도소와 피난처를 세운 것이다. 부디 그렇게 되기를! 하지만 나는 그렇게 되리라고 믿지 않는다.

고독한 가운데 누군가 고독 속으로 데리고 온 것이 자라고, 내면의 짐승도 자란다. 이런 식으로 많은 인간들은 고독에서 벗어난다.

지금까지 지상에서 황야의 성자들보다 더 더러운 것이 있었던가? 그리고 이들 주위에는 악마뿐만 아니라 돼지도 돌아다녔다.

차라투스트라는 이렇게 말했다

14

뛰어오르는 데 실패한 호랑이가 수줍고 부끄러워 어찌할 바 모르는 것처럼, 그대들 보다 높은 인간들이여, 나는 그대들이 슬그머니 옆으로 새려는 것을 자주 보았다. 그대들의 주사위가 잘못 던져진 것이다.

하지만 그대들 주사위 놀이를 하는 자들이여, 그게 무슨 상관이란 말인가! 그대들은 놀이하고 조롱하는 방법을 배우지 못했다! 우리는 언제나 놀이와 조롱을 위한 커다란 탁자에 앉아 있지 않은가?

그리고 그대들이 큰일을 그르쳤다면 그렇다고 그대들 자신이 실패작이란 말인가? 그리고 그대들 자신이 실패작이라면 인류 자신도 실패작이란 말인가? 하지만 인류가 실패작이라면, 자! 어서!

15

어떤 사물의 속성이 고귀할수록 그것이 성공할 가능성이 희박해진다. 여기 있는 그대들 보다 높은 인간들이여, 그대들은 모두 실패한 자들이 아닌가?

용기를 내라. 그게 어쨌단 말인가! 아직 얼마나 많은 일이 가능한가! 사람들이 웃지 않을 수 없도록 그대 자신을 비웃는 법을 배워라!

그대들이 실패했고 아직 반밖에 성공하지 못했더라도 그게 뭐가 이상한가. 그대들 반쯤 부서진 자들이여! 그대들 속에서 서로 밀치며 부딪치지 않는가 —— 인간의 미래가!

인간에게서 가장 멀고, 가장 깊고, 별처럼 가장 높은 것, 인간의 어마어마한 힘. 이러한 모든 것이 그대들의 항아리 속에서 서로 부딪치며 거품을 내고 있지 않은가?

많은 항아리가 부서진다 해도 그게 뭐가 이상한가! 사람들이 웃지 않을 수 없도록 그대 자신을 비웃는 법을 배워라! 그대들 보다 높은 인간들이여, 아직 얼마나 많은 일이 가능한가!

그런데 참으로 이미 얼마나 많은 일이 성공했는가! 이 땅에는 조그맣고 아름답고 완전한 사물들이, 제대로 된 것이 얼마나 풍부한가!

그대들 주위에 조그맣고 아름답고 완전한 사물들을 놓아두라. 그대들 보다 높은 인간들이여! 그것들의 금쪽같은 성숙함이 마음을 치유한다. 완전한 것은 희망을 갖도록 가르친다.

16

지금까지 이 땅에 있었던 가장 커다란 죄악은 무엇이었던가? "여기서 웃는 자에게 화가 있으리라!"라고 이야기한 자의 말이 아니었던가?

그는 대지에서 웃을 만한 근거를 찾지 못했단 말인가? 이처럼 그는 제대로 찾아내지 못했을 뿐이다. 아이마저 여기서 그 근거를 찾아내는데.

그는 충분히 사랑하지 않은 것이다. 그랬더라면 우리들, 웃고 있는 자들도 사랑했을 것이다! 하지만 그는 우리를 미워하고 조롱하며, 우리에게 울부짖고 이빨 가는 법을 가르쳐주겠노라고 약속했다.

사랑하지 않는다고 곧장 저주해야겠는가? 이는 나에게 좋지 않은 미의식이라고 생각된다. 그러나 그, 그 무조건적인 자는 그렇게 했다. 천민 출신이었으니까.

그 자신이 충분히 사랑하지 않았을 뿐이었다. 그랬더라면 그는 사랑받지 못한다고 그렇게 화내지 않았을 것이다. 모든 위대한 사랑은 사랑을 원하지 않고, 그 이상의 것을 원하기 때문이다.

이러한 모든 무조건적인 자들을 피하도록 하라! 그들은 가련하고 병든 방식으로, 천민의 방식으로 살아간다. 그들은 삶을 고깝게 바라보며, 이 대지를 사악한 시각으로 바라본다.

이러한 모든 무조건적인 자들을 피하도록 하라! 그들의 발걸음은 무겁고, 그들의 마음은 후텁지근하다. 그들은 춤출 줄 모르는 것이다. 이러한 자들에게 대지가 어떻게 가벼울 수 있겠는가!

17

모든 선한 사물들은 굽은 모습으로 자신들의 목표에 접근한다. 그것들은 고양이처럼 등을 둥글게 하고, 행복이 가까이 있는 것을 보고 속으로 그르렁거린다. 모든 선한 사물들은 웃고 있다.

어떤 자가 자신의 길을 가는지 알려면 그의 걸음걸이를 보면 된다. 내가 걷는 모습을 보라! 그런데 자신의 목표에 가까이 다가가는 자는 춤을 추는 법이다.

정말이지 나는 지금까지 입상처럼 서 있지 않았다. 지금도 나는 멍하니 뻣뻣하게 돌기둥처럼 서 있지 않다. 나는 민첩하게 걷는 것을 좋아한다.

그리고 대지에 수렁과 깊은 슬픔이 있다 하더라도, 발이 가벼운 자는 진창 위를 사뿐히 걸으며 반반한 얼음 위에서처럼 춤을 춘다.

그대들의 마음을 드높여라. 나의 형제들이여, 높게 더 높게!

그리고 다리도 잊지 마라! 그대들의 다리도 들어 올려라. 그대들 멋지게 춤추는 자들이여. 그리고 보다 좋은 일은 그대들이 물구나무도 서는 것이다!

18

웃는 자의 이 면류관, 이 장미꽃 다발의 화관, 나 자신이 이 화관을 내 머리에 씌웠다. 나 자신이 내 웃음을 신성하다고 말했다. 나는 오늘날 그럴 수 있을 만큼 강력한 어떤 다른 자도 발견하지 못했다.

춤추는 자 차라투스트라, 날개로 신호를 보내는 가벼운 자 차라투스트라, 모든 새들에게 신호를 보내며 날아갈 준비를 갖춘 자, 만반의 준비를 갖춘, 더없이 행복하고 경박한 자.

예언자 차라투스트라, 참되게 웃는 자 차라투스트라, 참을성이 없지도 무조건적이지도 않은 자, 뛰어오르기와 재주 부리기를 좋아하는 자, 나 자신이 이 화관을 내 머리에 씌웠다!

19

그대들의 마음을 드높여라. 나의 형제들이여, 높게! 더 높게! 그리고 다리도 잊지 마라! 그대들의 다리도 들어 올려라. 그대들 멋지게 춤추는 자들이여. 그리고 보다 좋은 일은 그대들이 물구나무도 서는 것이다!

행복하면서도 몸이 무거운 짐승이 있고, 애당초부터 발이 굼뜬 자들이 있다. 그들은 물구나무서려고 하는 코끼리처럼 이상하게 애쓴다.

그런데 불행해서 바보스러워지는 것보다 행복해서 바보스러워지는 게 낫다. 절룩거리며 가는 것보다 어설프게 춤추는 게 낫다. 그러므로 나의 지혜를 배워라. 아무리 나쁜 것에도 두 가지 좋은 이면이 있음을 배워라.

아무리 나쁜 것에도 춤추기 좋은 다리가 있다. 그러므로 부디 배워라. 그대들 보다 높은 인간들이여, 그대들의 곧은 다리로 서는 법을!

그러므로 부디 잊어라. 슬픔에 빠지는 것을. 천민의 모든 슬픔을! 오, 오늘날에는 나에게 천민의 어릿광대마저 얼마나 슬퍼 보이는지 모른다! 오늘날은 천민의 세상이다.

20

바람처럼 행동하라. 산속의 동굴에서 불어닥치는 바람처럼! 바람은 자신의 피리 소리에 맞추어 춤추려 하고, 이 바람의 발자취 아래에서 바다는 떨며 깡충깡충 뛴다.

칭송하라. 나귀들에게 날개를 달아주고, 암사자들의 젖을 짜주는 이 멋지고 자유분방한 정신을. 모든 오늘날과 모든 천민에게 폭풍처럼 불어닥치는 이 정신을.

엉겅퀴 같은 머리, 자질구레한 것에 신경 쓰는 머리, 그리고 모든 시든 잎과 잡초에 적의를 품는 이 정신, 풀밭 위에서처럼 늪과 슬픔 위에서 춤을 추는 이 거칠고 멋지며 자유로운 폭풍의 정신을 칭송하라!

천민이라는 앙상하게 마른 개와 실패하고 음울한 온갖 패거리를 미워하는 이 정신, 온갖 비관론자들과 종양 환자들의 눈에 먼지를 불어넣는, 모든 자유로운 정신 중에 가장 자유로운 정신, 웃고 있는 폭풍을 칭송하라!

그대들 보다 높은 인간들이여, 그대들의 가장 나쁜 점은 사람들이 춤춰야 하는 방식으로 춤추는 법을, 즉 그대들을 넘어

서서 춤추는 법을 배우지 않은 것이다!

아직 얼마나 많은 일이 가능한가! 그러므로 부디 그대들 자신을 넘어 웃는 법을 배워라! 그대들 마음을 드높여라. 그대들 멋지게 춤추는 자들이여, 높게! 더 높게! 그리고 멋지게 웃는 것도 잊지 마라!

웃는 자의 이 면류관, 이 장미꽃 다발의 화관, 이 화관을 던진다. 나는 이 웃음을 신성하다고 말했다. 그대들 보다 높은 인간들이여, 웃는 법을 배워라!

우울의 노래

1

이 말을 했을 때 차라투스트라는 자신의 동굴 입구에서 가까운 곳에 서 있었다. 하지만 마지막 말을 하고는 자신의 손님들에게서 슬며시 빠져나와 잠시 탁 트인 바깥으로 도망쳤다.

"오, 내 주위의 맑은 향기여." 그는 마음껏 소리쳤다. "오, 내 주위의 복된 고요함이여! 그런데 나의 짐승들은 어디 있는가? 오라, 이리 오너라, 나의 독수리와 뱀이여!

나에게 말해 다오. 나의 짐승들이여. 이들 보다 높은 인간들 모두가 혹시 좋지 않은 냄새를 풍기는 게 아닐까? 오, 내 주위의 맑은 향기여! 이제야 알게 되고 느낀다. 나의 짐승들이여, 내가 너희들을 얼마나 사랑하는지."

그러고 나서 차라투스트라는 또 한 번 말했다. "나는 너희들을 사랑한다. 나의 짐승들이여!" 그가 이 말을 하자 독수리와 뱀이 그에게 몰려와서 그를 쳐다보았다. 이런 식으로 이들 셋은 조용히 모여 좋은 공기를 다 같이 냄새 맡고 들이마셨다. 보다 높은 인간들과 같이 있을 때보다 이곳 바깥 공기가 더 좋았기 때문이다.

2

그런데 차라투스트라가 동굴을 떠나자마자 늙은 마술사가 일어나 교활한 눈길로 주위를 둘러보며 말했다. "그가 나갔다!

그대들 보다 높은 인간들이여, 나는 차라투스트라와 마찬가지로 나도 이 칭송과 아부의 말로 그대들을 간질인다. 어느새 나의 고약한 기만과 마술의 정령이 나를 덮친다. 나의 우울한 악마가.

이 악마는 차라투스트라와 근본적으로 적수다. 그를 용서하라. 이 악마는 이제 그대들 앞에서 마술을 부리려고 한다. 바로 자신의 때를 만난 것이다. 내가 이 사악한 정령과 싸워봤자 부질없는 일이다.

그대들이 자신들에게 어떤 명예로운 말을 부여하든, 그대들이 자신을 '자유로운 정신' 또는 '진실한 자' 또는 '정신의 회개자' 또는 '사슬에서 풀려난 자' 또는 '크게 그리워하는 자'라고 부르든 간에,

나의 사악한 정령, 마법의 악마는 그대들 모두를 좋아한다. 나처럼 심한 구역질에 시달리고, 늙은 신의 죽음을 받아들이며, 요람에 누워 포대기에 싸여 있는 어떤 새로운 신도 인정하지 않는 그대들 모두를.

나는 그대들을 잘 알고 있다. 그대들 보다 높은 인간들이여.

나는 그도 잘 알고 있다. 내가 마지못해 사랑하고 있는 이 괴물, 이 차라투스트라도. 나는 그 자신이 멋진 가면을 쓴 성자가 아닌가 하는 생각이 자주 든다.

나의 사악한 정령, 우울한 악마의 마음에 드는 새롭고 기이한 가장무도회 같다는 생각이 든다. 내가 차라투스트라를 사랑하는 것은 나의 사악한 정령 때문이라는 생각이 자주 든다.

그런데 어느새 그 정령이 나를 덮쳐 나를 몰아세운다. 이 우울의 정령, 이 저녁 어스름의 악마가. 참 그대들 보다 높은 인간들이여, 그 정령은 갈구하고 있다.

눈을 뜨기만 하라! 남자인지 여자인지는 아직 모르지만, 이 정령은 벌거벗은 채 오고 싶어 한다. 하지만 이 정령은 와서 나를 몰아세운다. 슬프게도! 그대들의 감각을 열어라!

날은 저물고 이제 모든 사물에, 가장 좋은 사물에게도 저녁이 온다. 이제 듣고 보아라. 그대들 보다 높은 인간들이여. 남자인지 여자인지는 모르지만, 이 저녁에 우울의 정령이 어떤 악마인지를!"

늙은 마술사는 이렇게 말하고, 교활한 눈길로 주위를 둘러보고는 자신의 하프에 손을 댔다.

3

　대기는 맑게 개고
　어느새 이슬의 위안이
　땅에 내려앉을 때
　보이지도 들리지도 않는,
　이슬의 위안은

부드러운 신발을 신고 있다.
그대는 기억하는가. 기억하는가. 뜨거운 마음이여,
일찍이 얼마나 목말라했는지.
천상의 눈물을, 방울져 떨어지는 이슬을,
햇볕에 그을리고 지쳐 목말라했다.
누런 풀밭의 오솔길에서
저녁 햇살의 심술궂은 눈길이
검은 나무 사이를 뚫고 뛰놀며
눈멀도록 작열하는 태양의 심술궂은 눈길,

"진리의 구혼자라고? 그대가?" 태양의 눈길은 조롱한다.
아니야! 그냥 시인일 뿐이야!
교활한 자, 빼앗는 자, 살금살금 돌아다니는 자,
거짓말하는 자.
알면서도 일부러 거짓말을 해야 하는 한 마리 짐승이다.
먹이를 탐내고,
알록달록한 가면을 쓰고,
자기 자신이 가면이고,
자기 자신이 먹이가 되는,
이러한 자가 —— 진리의 구혼자라고?
아니야! 그냥 어릿광대일 뿐이야! 그냥 시인일 뿐이야!
알록달록한 것만 말하고,
어릿광대의 가면을 쓰고, 다채롭게 소리 지르며,
거짓된 말[言]의 다리[橋]를 돌아다니고,
알록달록한 무지개 위로,
거짓 하늘과

거짓 땅 사이를
이리저리 돌아다니며 헤매는,
어릿광대일 뿐이다! 시인일 뿐이다!

이런 자가 —— 진리의 구혼자라고?
말없이 멍하고, 매끄럽고 차가운
조각상이 되지 않았고,
신의 기둥도 되지 않았으며,
신전 앞에 세워진
신의 문지기가 되지도 않았다.
그렇다! 이런 진리의 입상에 적대적이었고,
어떤 들판에서도 신전 앞에서보다 아늑했고,
고양이처럼 제멋대로
모든 창문을 통과해
훌쩍! 모든 우연 속으로 뛰어들며,
온갖 원시림의 냄새를 킁킁거리며 맡고
그리움에 사로잡혀 냄새를 맡으며 돌아다닌다.
그대가 원시림 속의
알록달록한 반점을 가진 맹수들 사이에서
죄가 될 만큼 건강하게, 알록달록하고 멋지게 돌아다니려고.
탐하는 입술로,
복되게 조롱하고, 복되게 지옥처럼, 복되게 피에 굶주리며,
빼앗고 살금살금 돌아다니고, 속이며 달리려고.

또는 오랫동안 독수리처럼
오랫동안 멍하니 심연을 바라본다.
자신의 심연을.
오, 여기서 심연은 아래로
저 아래로, 저 밑으로,
점점 더 깊은 심연으로 소용돌이치며 떨어진다!
그러다가
느닷없이 일직선으로
날개 치며 쏜살같이
어린양들을 덮친다.
격심한 굶주림에 급강하한다.
어린양을 탐하며,
모든 어린양의 영혼에 화를 내며
양처럼 어린양의 눈길로 바라보며,
곱슬곱슬한 잿빛 털에
어린양처럼 친절한
모든 것에 화내고 분노한다!

그리하여
독수리 같고 표범 같다.
시인의 그리움은
천 개의 가면을 쓴 그대의 그리움은,
그대 어릿광대여! 그대 시인이여!

그대는 인간을
신으로도 양으로도 보았다.

인간 속의 신을 찢어버리는 것,
인간 속의 양처럼,
그리고 찢어버리며 웃는 것.

이것, 이것이야말로 그대의 지극한 행복이다!
표범이자 독수리의 더없는 행복이다!
시인과 어릿광대의 더없는 행복이다!

대기는 맑게 개고
초승달은 어느새
보라색 사이에서 녹색으로
시기하여 살그머니 간다.
——낮에 적의를 품고
가는 걸음걸음마다 몰래
장미의 해먹을 낫질해
마침내 가라앉게 한다.
밤의 어둠 아래로 창백하게 가라앉게 한다.

이렇게 일찍이 나 자신이 가라앉았다.
진리에 대한 나의 광기에서 벗어나
나의 낮의 그리움에서 벗어나
낮에 지치고, 빛으로 병들어,
——아래로, 저녁 쪽으로, 그림자 쪽으로 가라앉았다.
하나의 진리 때문에
불태워지고 목말라하면서
——아직 생각나는가, 생각나는가, 그대 뜨거운 가슴이여,

그때 그대가 얼마나 목말라했는가를?
모든 진리로부터
추방되었음을,
어릿광대일 뿐이다!
시인일 뿐이다!

학문에 대하여

　마술사는 이렇게 노래를 불렀다. 그리고 함께 있던 모든 자들은 새들처럼 자기도 모르는 새 그의 교활하고도 우울한 육욕의 그물에 걸려들었다. 양심적인 정신의 소유자만이 사로잡히지 않았다. 그는 재빨리 마술사의 하프를 빼앗고 소리쳤다. "공기를! 신선한 공기가 들어오게 하라! 차라투스트라를 들여보내라! 그대는 이 동굴을 후텁지근하고 유독하게 만든다. 그대 고약한 늙은 마술사여!
　그대 거짓되고 교활한 자여, 그대는 미지의 욕망과 난잡함으로 유혹한다. 슬프구나, 그대 같은 자가 진리에 대해 이러쿵저러쿵하고 소란을 피우다니!
　이러한 마술사를 조심하지 않는 모든 자유로운 정신들에 화가 있기를! 그들의 자유는 이것으로 끝난다. 그대는 감옥으로 되돌아가라고 가르치고 유혹하는구나.
　그대 우울한 늙은 악마여, 그대의 탄식에서 유혹의 피리 소리가 들려온다. 그대는 순결을 찬양하며 몰래 육욕을 부추기는 자와 같다!"

양심적인 정신의 소유자가 말했다. 하지만 늙은 마술사는 주위를 바라보며 자신의 승리를 즐겼고, 그럼으로써 양심가 때문에 생긴 불쾌감을 꿀꺽 삼켜버렸다. "조용히 하라!" 그는 겸손한 목소리로 말했다. "좋은 노래는 좋은 반응을 원한다. 좋은 노래를 들은 다음에는 한참 동안 침묵해야 한다.

여기 있는 자들, 보다 높은 자들은 그렇게 하고 있다. 하지만 그대는 내 노래를 제대로 이해하지 못했단 말인가? 그대 속에는 마술의 정령이 별로 없구나."

그러자 양심가가 대꾸했다. "그대는 나를 칭송하고 있다. 나를 그대와 떼어놓으면서, 자! 그런데 그대들 다른 사람들은 어찌된 일인가? 탐하는 눈길로 그러고 앉아 있는 그대들은.

그대들 자유로운 영혼들이여, 그대들의 자유는 어디로 가버렸는가! 그대들은 흡사 발가벗고 춤추는 몹쓸 소녀들을 오랫동안 바라보는 자들 같구나. 그대들의 영혼 자체가 춤추고 있구나!

그대들 보다 높은 인간들이여, 그대들 속에는 마술사가 자신의 사악한 마술의 정령이자 기만의 정령이라 부른 것이 보다 많이 들어 있는 모양이구나. 우리는 아마 서로 다른 모양이다.

그런데 참으로 차라투스트라가 자신의 동굴로 돌아오기 전에, 우리가 서로 다르다는 것을 내가 알 수 있을 정도로 서로 충분히 많은 이야기를 나누었고 충분히 생각했다.

우리, 그대들과 나는 이 위에서도 서로 다른 것을 추구하고 있다. 다시 말해 내가 차라투스트라를 찾아온 까닭은 더 많은 안전을 찾아서였다. 말하자면 그야말로 더없이 견고한 탑이자 의지이기 때문에.

모든 것이 흔들리고 땅이 진동하는 오늘날에. 하지만 나는 그대들 눈빛만 보아도 알 수 있다. 그대들은 흡사 더 많은 불안정을 추구하고 있는 것처럼 생각된다는 것을.

더 많은 전율을, 더 많은 위험을, 더 많은 지진을. 그대들은 흡사 갈구하는 것처럼 생각된다. 나의 이런 주제넘은 생각을 용서해 다오. 그대들 보다 높은 인간들이여.

그대들은 더없이 고약하고 위험한 삶을 갈구하고 있다. 내가 가장 두려워하는 삶을, 야수의 삶을, 숲이며 동굴이며 가파른 산과 깊은 미로의 골짜기를 갈구하고 있는 것이다.

그리고 가장 그대들 마음에 드는 자는 위험에서 벗어나게 하는 지도자가 아니라, 그대들을 모든 길에서 빗나가게 유혹하는 자다. 그런데 이런 욕망이 그대들에게 실제로 있다 하더라도 내가 볼 때 이것이 불가능하리라 생각된다.

다시 말해 두려움, 그것은 인간이 타고난 기본적인 감정이다. 모든 것, 원죄와 타고난 덕이 두려움에서 설명된다. 나의 덕도 두려움에서 자라났으니, 말하자면 그것은 학문이라고 불린다.

다시 말해 인간은 자신 속에 숨겨 두고 두려워한 짐승을 포함하여 맹수에 대한 두려움을 가장 오랫동안 키워왔다. 차라투스트라는 이를 '마음속의 짐승' 이라고 부른다.

이러한 길고 오래된 두려움, 이것이 마침내 세련되게 변화되고, 종교적으로 또는 정신적으로 변화되어, 오늘날 '학문' 이라고 불리고 있다.

양심가가 이렇게 말했다. 그러나 막 자신의 동굴에 돌아와 마지막 말을 듣고 뜻을 짐작한 차라투스트라는 양심가에게 한 손 가득 장미를 던져주고는 그의 '진리' 라는 것을 비웃었다. "뭐라고!" 그가 소리쳤다. "내가 방금 무슨 말을 들었지? 참으로 그대 아니면 내 자신이 바보라는 생각이 든다. 나는 그대의 '진리'를 당장 물구나무서게 하겠다.

말하자면 두려움은 우리에게 예외적인 것이다. 그러나 용기와 모험, 불확실한 것이나 감히 시도되지 않은 것에 도전하는 즐거움, 인간의 모든 지나간 역사는 용기라는 생각이 든다.

인간은 가장 사납고 용기 있는 짐승의 모든 덕을 시기하여 그것을 빼앗아버렸다. 이리하여 비로소 그는 인간이 되었다.

이러한 용기, 독수리의 날개와 뱀의 현명함을 지닌 인간의 이러한 용기가 마침내 세련되게 변화되고, 종교적으로 또는 정신적으로 변화된 것이다. 내 생각에 그것이 오늘날 불리기를.——"

"차라투스트라!" 그 순간 같이 모여 있던 자들이 마치 이구동성으로 그러는 듯이 커다란 웃음을 터뜨렸다. 그러자 그들에게서 먹구름 같은 것이 피어올랐다. 마술사도 웃으며 재치 있게 말했다. "자! 그놈이 사라졌다, 나의 사악한 정령이."

그리고 그가 사기꾼이고 거짓과 기만의 정령이라고 내가 말했을 때 나 자신이 그대들에게 그를 경고하지 않았던가?

특히 말하자면 그가 벌거벗은 모습을 보였을 때. 하지만 그가 간계를 부리는 것에 내가 무얼 할 수 있단 말인가? 내가 그와 세계를 만들어내기라도 했단 말인가?

자! 우리 기분을 풀고 즐거운 시간을 보내자! 차라투스트라가 기분 나쁜 얼굴로 바라보고 있지만. 그를 보라. 나에게 화내고 있지 않은가.

밤이 오기 전에 그는 나를 다시 사랑하고 칭송하게 될 것이다. 그런 어리석은 일을 하지 않으면 그는 오래 살지 못할 것이다.

그는 자신의 적을 사랑한다. 내가 본 사람들 중에서 그가 이 기술을 가장 잘 터득하고 있다. 하지만 그 대신 그는 자기 벗들에게 복수한다!'

늙은 마술사가 이렇게 말하자, 보다 높은 인간들은 그에게 박수갈채를 보냈다. 그러자 차라투스트라는 주위를 빙 돌아다니며, 악의와 사랑으로 벗들과 악수를 나누었다. 마치 모든 자들에게 무언가를 보상하고 사죄해야 하는 자처럼. 그러다가 동굴 입구 쪽으로 오게 되자 다시 바깥의 신선한 공기와 자신의 짐승들이 그리워졌고, 그래서 그는 슬며시 바깥으로 나오려고 했다.

사막의 딸들[61] 사이에서

1

"떠나지 마라!" 그때 차라투스트라의 그림자를 자처한 방랑자가 말했다. "우리 곁을 떠나지 마라. 그렇지 않으면 우리는 다시 오래된 알 수 없는 슬픔에 사로잡힐지도 모른다.

이미 저 늙은 마술사가 자신이 지닌 가장 고약한 것으로 우리를 극진히 대접했다. 그런데 보라, 저기 선하고 경건한 교황은 눈물이 그렁그렁한 눈으로 다시 마음을 다잡고 우울의 바다로 출항했다.

이 왕들은 우리 앞에서 의연한 표정을 지으려는 것 같다. 오늘날 우리 중에 그들이야말로 의연한 표정을 가장 잘 배우지 않았는가! 하지만 내 장담하건대 목격자가 없다면 그들도 사악한 놀이를 시작하게 되리라.

떠다니는 구름, 축축한 우울, 가려진 하늘, 도둑맞은 태양, 울부짖는 가을바람의 사악한 놀이가!

우리의 울부짖음과 도움을 청하는 외침이라는 사악한 놀이가. 우리 곁을 떠나지 마라. 오, 차라투스트라여! 이곳에는 말하고자 하는 많은 숨겨진 비참함이 있다. 많은 저녁, 많은 구름, 많은 후텁지근한 공기가!

그대는 근사한 남성적인 음식과 힘찬 잠언으로 우리를 대접했다. 그러므로 저 연약하고 여성적인 정령이 후식으로 우리를 다시 덮치지 않도록 하라!

그대만이 그대 주위의 공기를 신선하고 맑게 해준다! 지금까지 내가 지상에서 그대의 동굴에서만큼 좋은 공기를 마셔본 적이 있었던가?

나는 많은 나라들을 보았고, 나의 코는 여러 가지 공기를 음미하고 평가할 줄 알게 되었다. 하지만 나의 콧구멍이 가장 커다란 기쁨을 맛볼 때는 그대 곁에서다.

다만 예외로, 한 가지 예외로, 오래된 추억을 말하는 걸 용서하라! 내가 언젠가 사막의 딸들 사이에서 지은, 오래된 후식의 노래를 부르는 걸 용서하라.

말하자면 그들 곁에서도 마찬가지로 아름답고 맑은 동방의 공기가 있었다. 거기서 나는 구름 끼고 축축하며 우울한 늙은 유럽에서 아득히 멀리 떨어져 있었다. 그때 나는 그러한 동방의 소녀들을 사랑했고, 한 점의 구름도 사상도 걸리지 않은 또 다른 푸른 하늘나라를 사랑했다.

그대들은 믿지 못하리라. 춤추지 않을 때면 얼마나 얌전하게 앉아 있었는지. 깊이, 그러나 아무 생각 없이, 조그만 비밀처럼, 리본을 단 수수께끼처럼, 후식용 호두처럼.

알록달록하고 이국적이었다. 참으로! 그러나 구름 한 점 없이. 맞춰보라고 내준 수수께끼처럼. 나는 그 당시 이 소녀들을 위해 후식용 시 한 수를 지었던 것이다."

방랑자요 그림자가 이렇게 말했다. 그리고 누가 대답하기 전에 그는 어느새 늙은 마술사의 하프를 손에 집어 들었다. 다리를 꼬고 차분하고 지혜롭게 주위를 둘러보며. 콧구멍으로는 천천히 음미하듯 공기를 들이마셨다. 새로운 나라에서 새롭고 낯선 공기를 맛보는 자처럼. 그러고 나서 마치 포효하듯 노래하기 시작했다.

2

사막은 자라난다. 사막을 품고 있는 자에게 화 있으리라!

──아! 장엄하구나!
참으로 장엄하구나!
위엄 있는 시초여!
아프리카처럼 장엄하구나!
사자에게 어울리는
또는 도덕을 부르짖는 원숭이에게 어울리는
──하지만 그대들과는 아무 상관없는,
그대들 너무나 사랑스러운 여자 친구들이여,
그대들의 발치에
내가 처음으로
유럽인으로서 허락을 받았다.

야자나무 아래에 앉아도 된다고. 셀라.

참으로 놀랍구나!
그런데 나는 여기
사막 가까이에 앉아 있다. 그리고 이미
다시 사막에서 멀리 떨어져 있다.
어디에도 황폐한 곳은 없다.
다시 말해 이 작디작은 오아시스에
삼켜져 버린 것이다.
 ──이 오아시스는 막 하품하며
귀여운 입을 벌렸다.
모든 입들 중에서 가장 향기 나는 입을,
나는 그곳으로 떨어졌다.
저 아래로, 그 속으로──그대들 사이로,
그대들 너무나 사랑스러운 여자 친구들이여! 셀라.

만세, 만세, 저 고래여,
자기 손님을
이렇게 극진히 잘 대접하다니.
그대들은 나의 박식한 암시를 이해하는가?
고래의 배에 축복 있기를,
그것이 이토록 사랑스러운 오아시스 같은 배였더라면,
이러한 오아시스 같은 배처럼, 하지만 나는 이를 믿지 않아,
 ──난 유럽에서 왔기 때문이지.
늙수그레한 온갖 여인네보다 더 의심 많은 유럽에서.

신이 뜯어고쳐 주기를!
아멘!

나는 이제 여기
이 작디작은 오아시스에 앉아 있다.
대추야자 열매처럼,
갈색으로 달디달게 금빛으로 익어
소녀의 동그란 입을 탐하면서,
하지만 그보다는 소녀답고
얼음처럼 차고 눈처럼 희고 날카로운
앞니를 갈망하면서,
말하자면 모든 뜨거운 대추야자 열매의 마음은
이러한 앞니를 갈망하고 있다. 셀라.

방금 말한 남쪽 나라의 열매와
비슷하게, 아주 비슷하게
나는 여기에 누워 있다.
날개 달린 작은 딱정벌레들이
쿵쿵대고 장난치며 돌아다니고,
마찬가지로 보다 작고
보다 어리석고 보다 죄 많은
소망과 착상들이 돌아다니는 가운데,
그대들에게 둘러싸인,
그대들 말없고 예감에 찬
소녀 고양이들이여,
두두와 줄라이카[62]여!

──많은 감정을 한마디로 표현하자면
스핑크스에 둘러싸여
(신이여, 이렇게 말로
죄 짓는 것을 용서하십시오!)
──여기 앉아 있다. 더없이 좋은 공기를 맡으며,
참으로 천국의 공기이다.
밝고 가벼우며 금빛으로 빛나는 공기,
이렇게 좋은 공기는 언젠가
달에서 내려왔으리라.
옛 시인이 말하듯이
이건 우연히 일어난 것인가.
또는 자유분방함 때문에 일어난 것인가.
하지만 나, 의심하는 자는
이를 믿지 못하지만,
이는 내가 유럽 출신이기 때문이다.
모든 늙수그레한 아내들보다
더 의심 많은 유럽에서,
신이여, 뜯어고쳐 주소서!
아멘!

더없이 좋은 이러한 공기를 마시며,
콧구멍은 술잔처럼 부풀리고,
미래도 추억도 없이,
나 여기 앉아 있노라.
그대들 너무도 사랑스러운 여자 친구들이여.
그리고 나는 야자나무를 바라본다.

무희처럼 어떻게
몸을 구부리고 휘고 허리를 흔드는지,
── 오래 구경하다 보면 따라하는 법!
내게 그렇게 보이듯이, 무희처럼
이미 너무 오랫동안 위험할 정도로 오랫동안
언제나, 언제까지나 한쪽 다리로만 서 있었던가?
── 내게 그렇게 보이듯이, 그러다가 잊어버렸는가.
다른 쪽 다리는?
적어도 허사이긴 했지만
나는 잃어버린 한 쌍의 보석을 찾고 있었다.
── 말하자면 다른 쪽 다리를 ──
야자나무의 더없이 사랑스럽고 귀여운,
펄럭이고 반짝거리는 부채꼴 스커트 근처의
성스러운 곳에서.
그렇다. 그대들 아름다운 여자 친구들이여.
그대들이 내 말을 전적으로 믿으려고 한다면,
야자나무가 그걸 잊어버렸다!
그것은 사라져버렸다!
영원히 사라져버렸다!
다른 쪽 다리는!
오, 애석하구나, 사랑스러운 다른 쪽 다리가!
어디서 ── 머무르며 버림받은 것을 슬퍼하고 있을까?
그 외로운 다리는?
어쩌면 으르렁거리고 있는
금발 갈퀴의 괴수인 사자 앞에서
두려움에 떨고 있는 것일까?

아니면 이미 물어뜯기고 뜯어 먹혀 버렸는가?
가엾구나, 슬프다! 슬프다! 뜯어 먹히다니! 셀라.

오, 울지 마라,
연약한 마음이여!
울지 마라, 그대들
대추야자의 마음이여! 젖가슴이여!
그대들 감초 같은 마음을 가진
작은 주머니여!
더 이상 울지 마라.
창백한 두두여!
사나이가 되라. 줄라이카여! 용기를! 용기를 내라!
── 또는 어쩌면
힘을 돋우고 마음을 강하게 하는 어떤 것이
여기 이 자리에 있어야 하지 않을까?
향유를 바른 잠언이?
엄숙한 격려의 말이?

아하! 나오라, 위엄이여!
덕의 위엄이여! 유럽인의 이름이여!
바람을 일으켜라, 다시 바람을 일으켜라.
덕의 풀무여!
아하!
또 한 번 울부짖으라!
도덕적으로 울부짖으라!
도덕적인 사자로서

사막의 딸들 앞에서 울부짖으라!
──덕의 울부짖음은,
그대들 너무도 사랑스러운 소녀들이여.
유럽인의 온갖 열정, 유럽인의 온갖 갈망 이상이기 때문이다!
그런데 나는 이미 그곳에 서 있다.
유럽인으로서,
달리 어쩔 수 없다. 신이여, 나를 도와주소서!
아멘!

사막은 자라난다. 사막을 품고 있는 자에게 화 있으리라!

일깨움

1

방랑자이자 그림자의 노래가 끝나자 동굴은 갑자기 소란과 웃음으로 가득 찼다. 모여 있던 자들이 일제히 말을 시작해서였다. 나귀도 이러한 고무된 분위기에 더 이상 가만있지 않아 차라투스트라는 손님들이 즐거워하는 것이 기쁘긴 했지만 이들에 대한 약간의 반감과 조롱의 감정을 느꼈다. 손님들이 즐거워하는 게 그에게는 회복의 조짐으로 생각되었기 때문이었다. 그래서 그는 바깥으로 슬며시 빠져나와 자신의 짐승들에게 말했다.

"그들의 곤경은 이제 어디로 사라졌는가?" 그는 이렇게 말하고, 어느새 자신의 언짢은 기분을 털어내며 안도의 한숨을 쉬었다. "내 곁에 오더니 도움을 청하는 외침을 잊어버린 모양이다!

유감스럽게도 소리 지르는 것은 아직 잊지 않았지만." 그러고 나서 차라투스트라는 자신의 귀를 막았다. 바로 그때 "이-아." 하는 나귀의 울음소리가 보다 높은 인간들의 시끌벅적한 환호성에 기묘하게 뒤섞였기 때문이었다.

그는 다시 말하기 시작했다. "아주 신이 났군. 어찌 알겠나? 주인에게 폐가 될지도 모른다는 것을. 나에게서 웃는 법을 배우긴 했어도 이들이 배운 것은 나의 웃음이 아니다.

하지만 그게 무슨 소용인가! 늙은이들인데. 그들은 나름대로 회복되고 있고, 나름대로 웃고 있다. 나의 귀는 이미 더 고약한 것도 참아내며 언짢은 기분을 누르지 않았던가.

오늘은 승리의 날이다. 중력의 영은 이미 피해 달아나고 있다. 나의 오래된 숙적이여! 그토록 불길하고 무겁게 시작되었던 오늘이 얼마나 멋지게 끝나려고 하는가!

오늘이 끝나 가려고 한다. 어느새 저녁이 찾아온다. 저녁이 바다를 건너오고 있다. 멋진 기사여! 복된 자, 귀향하는 자인 저녁이 보랏빛 안장에 앉아 흔들리는 모습이란!

하늘은 해맑은 눈길로 바라보고, 세상은 깊이 누워 있다. 오, 나를 찾아온 그대들 모든 유별난 자들이여, 내 곁에서 지낸다는 것으로도 이미 보람 있는 일이 아닌가!"

차라투스트라는 이렇게 말했다. 그때 동굴에서 보다 높은 인간들의 고함 소리와 웃음소리가 다시 들려왔다. 그러자 그는 다시 말하기 시작했다.

"그들은 미끼를 물고 있다. 내 미끼가 효과를 보고 있다. 그들에게도 그들의 적인 중력의 영이 물러가고 있다. 이미 그들 자신에 대해 웃는 법을 배우고 있다. 내가 제대로 들은 걸까?

남자를 위한 나의 음식이 효과를 보고 있어. 즙이 있고 힘이 넘치는 나의 잠언이. 정말이지 그들의 배나 부풀리는 야채는 내놓지 않았다! 전사의 음식이자 정복자의 음식을 내놓은 것이다. 나는 이들의 새로운 욕구를 일깨웠다.

그들의 팔다리에 새로운 희망이 움트고 있고, 그들의 가슴은 기지개를 켜고 있다. 그들은 새로운 말을 찾아내며, 머지않아 그들의 정신은 자유분방함을 호흡할 것이다.

물론 이러한 음식은 아이들을 위한 것이 아닐지도 모른다. 그리움에 찬 늙고 젊은 여자들을 위한 것도 아닐 것이다. 이들의 위는 다른 식으로 달래야 한다. 하지만 나는 이들의 의사도 교사도 아니다.

보다 높은 인간들에게서 **구역질**이 물러가고 있다. 자! 이것이 나의 승리이다. 나의 영역에서 그들은 안전하게 되고, 어리석은 모든 수치심은 달아나고, 그들은 마음속을 털어놓는다.

그들은 마음속을 털어놓는다. 좋은 시간이 그들에게 되돌아온 것이다. 그들은 축하하고 되새김질을 한다. 그들은 고마움을 알게 된다.

나는 그들이 고마움을 알게 된 사실을 최고의 조짐으로 여긴다. 머지않아 그들은 축제를 생각해 낼 것이고, 옛날의 즐거움을 전할 기념비를 세울 것이다.

이들은 **치유되고 있는 자들이다**!" 차라투스트라는 마음속으로 기뻐하며 이렇게 말하고, 먼 곳을 내다보았다. 그런데 그의 짐승들이 그에게 몰려와 그의 행복과 침묵에 존경을 표했다.

2

그런데 갑자기 차라투스트라의 귀는 깜짝 놀랐다. 말하자면 지금까지 시끄러운 소리와 웃음소리로 가득하던 동굴이 순식간에 쥐 죽은 듯 조용해져서였다. 그런데 그의 코는 솔방울을 태울 때 나는 것 같은 향긋한 연기와 향냄새를 맡았다.

"무슨 일인가? 그들이 무슨 일을 벌이고 있는가?" 그는 자신에게 묻고는 손님들이 눈치채지 못하게 살그머니 입구 쪽으로 다가가 보았다. 그런데 생각지도 못한 놀라운 일이 벌어지고 있는 게 아닌가! 그는 도저히 자신의 눈을 믿을 수 없었다!

"그들 모두 다시 경건해져 기도하고 있다니, 미쳤구나!" 그는 너무 놀란 나머지 입을 다물 수 없었다. 그런데 참으로! 보다 높은 인간들, 두 명의 왕, 일자리를 잃은 교황, 사악한 마술사, 자진해서 거지가 된 자, 방랑자이자 그림자, 늙은 예언자, 양심적인 정신의 소유자, 그리고 더없이 추한 자, 이들 모두가 아이들과 독실한 노파들처럼 무릎을 꿇고 나귀에게 예배를 드리고 있지 않은가. 그리고 바로 그때 더없이 추한 자가 꾸르륵거리며 헐떡거리기 시작했다. 마치 말로 표현하기 어려운 것이 그의 속에서 나오려고 하는 것처럼. 그러다가 마침내 그가 이를 말로 표현했다. 보라, 이는 그들이 예배를 드리고 향을 피워 올리고 있는 나귀를 칭송하는 경건하고 기이한 연도(連禱)였다. 그 연도는 이렇게 울렸다.

아멘! 우리의 신께 찬양과 영예와 지혜와 감사와 영광과 권능이 무궁하기를!

그러자 나귀는 "이-아." 하고 소리쳤다.

그는 우리의 짐을 짊어지고, 종의 모습으로 나타나며, 진심으로 인내하며 결코 아니라고 말하지 않는다. 그리고 자신의 신을 사랑하는 자는 그를 징계한다.

그러자 나귀는 "이-아." 하고 소리쳤다.

그는 말하지 않는다. 자신이 창조한 세상에 대해 "그렇다." 라고 말하는 것을 제외하고는. 이렇게 그는 자신의 세상을 찬양한다. 말하지 않는 것이 그의 교활함이다. 그러므로 그가 잘못을 범하는 경우를 보기 드물다.

그러자 나귀는 "이-아." 하고 소리쳤다.

기다란 귀를 지닌 그가 "그렇다."라고만 말하고 결코 "아니다."라고 말하지 않는 것은 얼마나 숨겨진 지혜인가! 그는 자신의 모습에 따라, 말하자면 되도록 어리석게 이 세상을 창조하지 않았는가?

그러자 나귀는 "이-아." 하고 소리쳤다.

그대는 똑바른 길도 구부러진 길도 간다. 우리 인간들이 무엇을 똑바르고 굽어졌다고 생각하든 그대는 별로 개의치 않는다. 선과 악의 저 너머에 그대의 나라가 있으므로. 순진함이 무엇인지 모르는 것이 그대의 순진함이다.

그러자 나귀는 "이-아." 하고 소리쳤다.

보라, 그대는 아무도 물리치지 않는다. 거지든 왕이든. 그대는 갓난아이도 마다하지 않고, 짓궂은 악동들이 그대를 유혹해도, 그대는 그저 "이-아." 하고 말한다.

그러자 나귀는 "이-아." 하고 소리쳤다.

그대는 암나귀와 신선한 무화과나무 열매를 좋아한다. 그대는 식성이 까다롭지 않다. 그대가 무척 배고플 때는 엉겅퀴조차 그대의 마음을 간질인다. 그 점에 신의 지혜가 담겨 있다.

그러자 나귀는 "이-아." 하고 소리쳤다.

나귀 축제

1

그러나 연도가 이 지점에 이르자 차라투스트라는 더는 참을 수 없어서 자신이 나귀보다 더 큰 소리로 "이-아." 하고 소리쳤다. 그러고는 정신 나간 손님들 한가운데로 뛰어들었다. "이 무슨 짓들인가, 인간의 자식들이여?" 그는 기도하고 있는 자들을 바닥에서 와락 일으켜 세우며 소리쳤다. "슬프다. 차라투스트라 말고 다른 자가 그대들을 보았더라면 어찌할 뻔했는가.

누구든 이렇게 판단하리라. 그대들이 새로운 신앙으로 더없이 고약한 신성 모독자가 되었거나 아니면 모든 노파들 중에서 가장 어리석은 노파가 되었다고!

그리고 그대 늙은 교황이여, 나귀를 이런 식으로 신으로 경배하는 것이 어떻게 그대 자신에게 어울린단 말인가?"

그러자 교황이 대답했다. "오, 차라투스트라여, 용서하라. 하지만 신의 문제에 대해서는 그대보다 내가 더 잘 안다. 그야 당연한 일이 아닌가.

아무런 형상이 없는 신을 사랑하느니 차라리 이 나귀를 경배하겠다! 이 잠언을 생각해 보라. 나의 귀한 벗이여. 그대는 이 잠언에 지혜가 숨겨져 있음을 금방 알아차릴 것이다.

'신은 하나의 정신이다.'라고 말한 자, 그는 지금껏 지상에서 무신앙에 이르는 가장 커다란 발걸음을 내딛고 도약한 것이다. 그런 말은 지상에서 쉽게 다시 주워 담을 수 있는 게 아니다!

아직 지상에 경배할 것이 있다는 사실에 나의 늙은 가슴은 마구 뛰고 쿵쾅거린다. 용서하라. 오, 차라투스트라여, 늙고 경건한 교황의 마음을!"

차라투스트라는 방랑자이자 그림자에게 말했다. "그런데 그대는 자신을 자유로운 정신이라 부르고 그런 줄로 생각하고 있지 않은가? 그런데 이렇게 우상을 섬기고 사제인 양 행동하는가?

참으로 그대는 갈색의 고약한 소녀들과 있을 때보다 더 고약한 짓을 하고 있구나. 그대 고약한 새 신자여!"

방랑자이자 그림자가 대답했다. "고약하고도 남지. 그대 말이 옳다. 하지만 나라고 어쩌겠는가! 옛 신이 다시 살아났으니. 오, 차라투스트라여, 그대가 무슨 말을 하든 상관없다.

이 모든 책임은 더없이 추한 자에게 있다. 그가 신을 다시 소생시켰다. 그리고 그가 언젠가 신을 죽였다고 말하지만, 신들의 경우 죽음이란 하나의 편견일 뿐이다!"

"그리고 그대는." 차라투스트라가 말했다. "늙고 고약한 마술사 그대는 무슨 짓을 했단 말인가! 참으로 이 자유로운 시대에 누가 그대를 믿겠는가? 그대가 그러한 나귀를 신으로 믿고 모신다면.

그대는 멍청한 짓을 한 셈이다. 그대, 그대 같은 영리한 자가 그런 어리석은 일을 하다니!"

영리한 마술사가 대답했다. "오, 차라투스트라여, 그대 말이 옳다. 어리석은 일이었다. 나도 그런 일을 하기가 쉽지 않았다."

"그리고 그대는." 차라투스트라가 양심적인 정신의 소유자에게 말했다. "곰곰 생각하고 그대의 손가락을 코끝에 대보라! 양심에 거리끼는 것이 대체 아무것도 없단 말인가? 그대의 정

신은 이러한 기도와 이러한 성도들이 내뿜는 뿌연 안개에 빠져들기엔 너무 깨끗하지 않은가?'

"거기엔 무언가가 있다." 양심적인 정신의 소유자가 이렇게 대답하면서 손가락을 코끝에 댔다. "이러한 연극에는 내 양심에 잘 부합하는 무언가가 있다."

나는 신을 믿어서는 안 될지도 모른다. 하지만 분명한 것은 신이 이러한 모습으로 나타날 때 가장 신뢰할 만하다고 생각한다.

더없이 경건한 자들의 증언에 의하면 신은 영원한 존재여야 한다. 그토록 많은 시간이 있으니 시간적 여유가 있겠다. 되도록 천천히, 되도록 미련하게. 그렇게 해도 그런 자는 아주 많은 것을 이루어낼 수 있지 않은가.

그리고 정신을 너무 많이 지닌 자는 어리석음과 바보스러움에 빠져들 수 있다. 그대 자신을 잘 생각해 보라. 오, 차라투스트라여!

그대 자신을—참으로! 그대도 쓸데없이 많이 지니고 지혜로워 나귀가 될 수 있을지도 모른다.

완전한 현자는 아무리 굽어진 길도 기꺼이 가지 않는가? 겉모습이 이를 알려 준다. 오, 차라투스트라여, 그대의 겉모습이!"

"그리고 그대 자신이 마지막으로." 차라투스트라는 이렇게 말하며, 아직도 바닥에 누워 나귀를 향해 팔을 치켜들고 있는 (그는 말하자면 나귀가 마실 포도주를 바치고 있었다.) 더없이 추한 자에게 몸을 돌렸다. "말하라, 그대 말로 표현할 수 없는 자여, 그대는 여기서 무슨 짓을 했는가?'

그대는 변해 보인다. 그대의 눈은 이글거리고 있고, 그대의 추함 주변에 고상함이라는 외투가 펼쳐져 있다. 그대는 무슨 짓을 했는가?

그대가 신을 소생시켰다는데 그게 사실인가? 무엇 때문에? 신은 정당한 사유로 살해되어 처리되지 않았는가?

내가 보기에 그대 자신이 깨어난 모양이다. 무슨 짓을 했는가? 왜 그대는 생각을 바꾸었는가? 왜 그대가 개종했는가? 말해보라. 그대 말로 표현할 수 없는 자여?"

"오, 차라투스트라여." 더없이 추한 자가 대답했다. "그대는 악한이다!

신이 아직 살아 있는지, 또는 다시 살아났는지, 아니면 완전히 죽었는지, 우리 둘 중에 누가 더 잘 알겠는가? 그대에게 묻는다.

하지만 나는 한 가지는 알고 있다. 언젠가 그대 자신에게서 배웠다. 오, 차라투스트라여, 가장 철저히 죽이려고 하는 자는 웃는다는 것을.

언젠가 그대가 말했지. '분노해서가 아니라 웃어서 살해한다고.' 오, 차라투스트라여, 그대 숨겨진 자여, 분노하지 않고 파멸시키는 자여, 그대 위험한 성자여, 그대는 악한이다!"

2

그런데 이러한 무례한 대답에 놀란 차라투스트라는 동굴 입구 문까지 되돌아 달려갔다. 그리고 자신의 모든 손님들을 향해 힘찬 목소리로 외쳤다.

"오, 그대들 짓궂은 바보들이여, 어릿광대들이여! 그대들은 내 앞에서 무엇 때문에 위장하고 숨기는가!

그대들 각자의 마음은 쾌락과 악의로 몹시 허우적거리고 있구나. 그대들이 마침내 어린아이처럼 되었기 때문이다. 말하자면 경건해졌기 때문이다.

그대들이 마침내 어린아이처럼 행동하고, 다시 말해 기도하고 합장하며, '사랑의 신'이라고 불렀기 때문이다!

그러나 이제 이 아이들의 방을 떠나라. 오늘날 온갖 유치한 일들이 벌어지고 있는 내 동굴을 떠나라. 여기 바깥으로 나와 그대들의 아이 같은 열렬한 분방함과 마음의 소란함을 차갑게 식혀라!

하기야 아이들처럼 되지 않고는 저 천국에 들어갈 수 없다. (그러고 나서 차라투스트라는 두 손으로 저 위쪽을 가리켰다.)

하지만 우리는 천국으로 들어가고 싶은 마음이 조금도 없다. 우리는 성인 남자가 되었다. 그러므로 우리는 대지의 나라를 원한다.

3

그러고 나서 차라투스트라는 또다시 말하기 시작했다. "오, 나의 새로운 벗들이여, 그대들 유별난 인간들이여, 그대들 보다 높은 인간들이여, 그대들이 이제 얼마나 내 마음에 드는지 모르겠다.

그대들이 다시 즐거워하고 나서부터! 참으로 그대들 모두가 활짝 피어났구나. 그대들 같은 꽃들을 위해 새로운 잔치를 열어야겠구나.

작으면서도 대담한 허튼 짓거리, 어떤 예배와 나귀 축제, 어떤 늙고 즐거운 차라투스트라라는 어릿광대, 그대들 영혼에 불어오는 사나운 바람이 필요하다.

오늘 밤과 이 나귀 축제를 잊지 마라. 그대들 보다 높은 인간들이여! 그대들이 내 동굴에서 생각해 낸 이것을 나는 좋은 조짐이라고 생각한다. 건강을 회복하고 있는 자만이 그런 걸 생각해 낼 수 있으니까!

이 나귀 축제를 다시 한 번 벌여라. 그대들과 나를 위해서도! 그리고 나의 기억을 위해!'

차라투스트라는 이렇게 말했다.

취한 자의 노래

1

그러는 사이 한 사람씩 바깥으로, 시원하고 생각에 잠긴 밤으로 걸어 나갔다. 차라투스트라 자신도 더없이 추한 자의 손을 잡고 이끌었다. 밤의 세계와 크고 둥근 달, 동굴 옆의 은빛 폭포를 보여 주기 위해서였다. 그리하여 이들 모두는 마침내 나란히 서 있게 되었다. 다들 나이 든 늙은이들이었지만, 이들 마음은 위로를 받아 용기가 넘쳤고, 대지에서 이렇게 기분 좋을 수 있다는 것이 믿기지 않았다. 그런데 밤의 은밀함이 그들 마음에 가까이 보다 가까이 다가왔다. 그래서 차라투스트라는 새로이 마음속으로 이렇게 생각했다. '오, 이제 정말 내 마음에 드는구나. 이 보다 높은 인간들은!' 하지만 그는 이를 입 밖에 내지 않았다. 그들의 행복과 침묵을 존중해서였다.

그런데 놀랍고 긴 그날 가장 놀라운 일이 벌어졌다. 더없이 추한 자가 다시 마지막으로 꾸르륵거리며 헐떡거리기 시작한 것이다. 그러다가 그가 이윽고 말문을 열었다. 보라, 그의 입에서 낭랑하고도 맑게 하나의 질문이 튀어나왔다. 그의 말에 귀 기울이던 모든 사람들의 심금을 움직인 아름답고 깊으며 명료한 질문이었다.

"나의 모든 벗들이여." 더없이 추한 자가 말했다. "그대들 생각은 어떤가? 오늘 하루 때문에 나는 지금까지 평생 살아온 것이 처음으로 만족스럽다.

그런데 이 정도의 증언으로는 아직 충분하지 못하다. 대지에서 사는 것은 보람 있는 일이다. 차라투스트라와 보낸 하루와 축제는 나로 하여금 대지를 사랑하는 법을 가르쳐주었다.

'이것이 삶이 아니었던가?' 나는 죽음에게 말하고자 한다. '자! 또 한 번!'

나의 벗들이여, 그대들 생각은 어떤가? 그대들도 나처럼 죽음에게 말하지 않겠는가? '이것이 삶이 아니었던가?' 차라투스트라를 위해, '자! 또 한 번!'

더없이 추한 자는 이렇게 말했다. 그런데 때는 자정이 가까워져 있었다. 그런데 그때 무슨 일이 일어났는가? 보다 높은 인간들은 그의 질문을 듣는 순간 자신들이 단번에 변하여 치유되고 있으며 그리고 누구 때문에 그렇게 되었는지 깨닫게 되었다. 그래서 이들은 차라투스트라에게 달려와 고마워하고 숭배하며 어루만지고 손에 입맞춤했다. 각자 자신의 방식대로 어떤 자들은 웃었고, 어떤 자들은 울었다. 늙은 예언자는 흡족한 나머지 춤을 추었다. 많은 이야기꾼이 말하고 있듯이 그때 달콤한 포도주에 잔뜩 취해 있긴 했지만, 그는 달콤한 삶에 더욱 흠뻑 취해 있는 게 분명했고, 모든 권태를 물리쳐 버렸다. 그때 심지어 나귀마저 춤을 추었으며, 다시 말해 더없이 추한 자가 아까 나귀에게 포도주를 마시도록 한 게 헛되지 않았다고 말하는 자들도 있었다. 그런데 이는 정말일 수도 있고 그렇지 않을 수도 있다. 그날 저녁 나귀가 실제로 춤을 추지 않았다 하더라도 그때 그것보다 훨씬 크고 이상한 놀라운 일들이 벌어졌던 것이다. 요컨대 차라투스트라가 흔히 말하곤 하듯이, "그게 무슨 소용이란 말인가?"

2

그런데 더없이 추한 자가 이런 일을 하자 차라투스트라는 취한 사람처럼 우두커니 서 있었다. 그의 눈빛이 흐릿해졌고, 그의 혀가 잘 돌아가지 않았으며, 그의 발은 비틀거렸다. 이때 차라투스트라의 영혼에 어떤 생각이 스쳐 지나갔는지 누가 알겠는가? 그런데 분명 그의 정신은 뒤로 물러나, 미리 달아나서는 저 먼 곳에서, 말하자면 "책에 적혀 있기로는 두 바다 사이 높은 산등성이에, 과거와 미래 사이에 무거운 구름으로 떠돌았다." 그러나 보다 높은 인간들이 그를 팔에 안고 있는 동안 차츰 그는 정신을 차리며, 숭배하고 염려하는 자들이 몰려드는 것을 두 손으로 물리쳤다. 그렇지만 말은 하지 않았다. 그러다가 별안간 머리를 홱 돌렸다. 무슨 소리를 들은 것 같아서였다. 그는 손가락을 입에 갖다 대고 말했다. "오라!"

그러자마자 주위는 조용해지고 은밀해졌다. 그런 가운데 깊은 곳에서 종소리가 은은히 울려 퍼졌다. 보다 높은 인간들과 마찬가지로 차라투스트라는 이 소리에 귀를 기울였다. 그리고 나서 다시 한 번 손가락을 입에 갖다 대고 이렇게 말했다. "오라! 오라! 한밤중이 다가온다!" 그의 목소리는 변해 있었다. 하지만 그는 그 자리에서 여전히 꿈쩍도 하지 않았다. 그러자 주위는 더욱 조용해지고 은밀해졌다. 모든 것이 쫑긋 귀를 기울였다. 나귀도 차라투스트라의 명예로운 짐승들인 독수리와 뱀도 또한 차라투스트라의 동굴이며 크고 시원한 달이며 밤 자신도 귀를 기울였다. 차라투스트라는 세 번째로 손을 입에 갖다 대고 말했다.

"오라! 오라! 오라! 이제 거닐자꾸나! 때가 왔다. 우리 밤 속을 거닐자꾸나!"

3

그대들 보다 높은 인간들이여, 한밤중이 다가온다. 그래서 저 오래된 종(鐘)이 내 귀에 들려주듯 그대들 귀에 무슨 말을 들려주려고 한다.

인간보다 더 많은 경험을 한 저 한밤중의 종이 나에게 말하듯, 그토록 은밀하고 그토록 섬뜩하며 그토록 진심으로.

저 종은 이미 그대들 조상들의 고통스러운 심장의 박동을 헤아렸다. 아! 아! 한밤중이 얼마나 한숨짓고 있는가! 꿈속에서 얼마나 웃고 있는가! 늙고 깊디깊은 한밤중이!

쉿! 조용! 낮에는 들리지 않는 많은 것이 들려온다. 시원한 바람으로 그대들 마음속의 모든 소란이 잠잠해진 지금.

이제 그것이 말하고, 이제 그 말이 들리고, 이제 밤에 깨어 있는 영혼으로 살그머니 기어든다. 아! 아! 한밤중이 얼마나 한숨짓고 있는가! 꿈속에서 얼마나 웃고 있는가!

한밤중이, 늙고 깊디깊은 한밤중이 은밀하고 섬뜩하고 진심으로 그대에게 말하는 것이 들리지 않는가?

오, 인간이여, 조심하라!

4

슬프구나! 시간이 어디로 가버렸는가? 나는 깊은 우물 속에 가라앉았는가? 세계는 잠들어 있다.

아! 아! 개는 짖어대고 달은 빛난다. 나의 한밤중의 마음이 방금 생각한 것을 그대들에게 말하느니 나는 차라리 죽고, 죽고 싶다.

이제 나는 죽은 존재다. 다 끝났다. 거미여, 너는 왜 내 주위에 거미줄을 치느냐? 피를 바라는가? 아! 아! 이슬이 내리고 때가 왔다.

내가 추위에 떨고 얼어붙는 시간이 왔다. 시간은 묻고 물으며 또 묻는다. "누가 이를 감당할 만한 마음을 지녔는가?

누가 대지의 주인이어야 하는가? 누가 이렇게 말하려는가? 그대들 크고 작은 강물들이여, 그대들은 그렇게 흘러가야 하는가!"

때가 가까이 다가온다. 오, 인간이여, 그대들 보다 높은 인간들이여, 조심하라! 이 말은 섬세한 귀, 그대의 귀를 위한 것이다. 깊은 한밤중은 무슨 말을 하는가?

5

나는 저 멀리 실려 가고, 내 영혼은 춤을 춘다. 매일매일의 일이여! 매일매일의 일이여! 누가 대지의 주인이어야 하는가?

달은 시원하고, 바람은 침묵한다. 아! 아! 그대들은 이미 충분히 높게 날았는가? 그대들은 춤추지만, 다리는 날개가 아니다!

그대들 멋진 춤꾼들이여, 이제 모든 즐거움은 사라졌다. 포도주는 찌꺼기만 남았고, 모든 술잔은 깨지기 쉬워졌으며, 무덤들은 더듬거리며 말한다.

그대들은 충분히 높게 날아오르지 못했다. 이제 무덤들은 더듬거리며 말한다. "죽은 자들을 구원하라! 밤이 왜 이리 길단 말인가? 달이 우리를 취하게 만든 게 아닌가?"

그대들 보다 높은 인간들이여, 무덤들을 구원하고 시신들을 깨워라! 아, 벌레는 아직 무엇을 파헤치고 있는가? 다가온다, 때가 가까이 다가온다.

종은 울리고 마음은 아직 웅얼거리고 나무 벌레, 마음을 파먹는 벌레는 아직 파헤치고 있다. 아! 아! 세계는 깊다!

6

감미로운 칠현금이여! 감미로운 칠현금이여! 나는 그대의 음을 사랑한다. 그대의 취한 두꺼비의 음을! 얼마나 오래전부터, 얼마나 멀리서 그대의 음이 내게 울려오는가. 멀리서, 사랑의 연못에서!

그대 낡은 종이여, 그대 감미로운 칠현금이여! 온갖 고통이 그대의 마음을 찢어놓았다. 아버지의 고통이, 조상의 고통이, 태곳적 조상의 고통이. 그대의 말은 무르익었다.

황금빛 가을처럼, 황금빛 오후처럼, 은둔자인 나의 마음처럼 무르익었다. 이제 그대는 말한다. 세계 자체가 무르익었고, 포도송이는 노릇노릇하게 익었다고.

이제 그대들은 죽으려고 한다. 행복에 겨워 죽으려고 한다. 그대들 보다 높은 인간들이여, 그대들은 냄새 맡지 못하는가? 은밀하게 어떤 냄새가 피어오르고 있다.

영원의 향기와 냄새, 오래된 행복의 장밋빛 축복을 담은 누르스름한 황금빛 포도주 냄새가 피어오르고 있다.

차라투스트라는 이렇게 말했다

한밤중의 취한 죽음의 행복을 알리는 향기가 피어오르고 있다. 그것은 노래한다. 세계는 깊고, 낮에 생각한 것보다 더 깊다고!

7

나를 내버려 두라! 나를 내버려 두라! 나는 그대에게는 너무 순수하다. 나를 건드리지 마라! 나의 세계가 방금 완성되지 않았는가?

나의 피부는 그대의 손이 닿기엔 너무 깨끗하다. 나를 내버려 두라. 그대 어리석고 미련하며 둔감한 낮이여! 한밤중이 더 밝지 않은가?

가장 깨끗한 자가 대지의 주인이 되어야 한다. 가장 알려지지 않은 자들, 가장 강한 자들, 모든 낮보다 더 환하고 깊은 한밤중의 영혼들이.

오, 낮이여, 그대는 나를 손으로 더듬고 있는가? 그대는 나의 행복을 더듬거리며 찾고 있는가? 나는 그대가 보기에 풍요롭고도 외로우며, 보물 구덩이이자 황금 창고인가?

오, 세계여, 그대는 나를 바라는가? 그대가 보기에 나는 세속적인가? 종교적으로 보이는가? 신적으로 보이는가? 하지만 낮과 세계여, 그대들은 볼품없다.

보다 영리한 손을 가져라. 보다 깊은 행복, 보다 깊은 불행에 손을 뻗쳐라. 어떤 신에게 손을 뻗치고 내게는 뻗치지 마라.

나의 불행, 나의 행복은 깊다. 그대 유별난 낮이여. 그런데 나는 신도 아니고, 신의 지옥도 아니다. 신의 지옥의 고통은 깊다.

8

신의 고통은 보다 깊다. 그대 기이한 세계여! 신의 고통에는 손을 뻗치고, 나의 고통에는 뻗치지 마라! 나는 어떤 존재인가! 취한 감미로운 칠현금이던가.

아무도 이해하지 못하지만 귀머거리 앞에서 말해야 하는 한밤중의 칠현금이며 종소리 울리는 두꺼비가 아닌가. 그대들 보다 높은 인간들이여! 그대들은 나를 이해하지 못하기 때문이다!

가버렸다! 가버렸다! 오, 청춘이여! 오, 한낮이여! 오, 오후여! 이제 저녁이며 밤이며 오후가 왔다. 개가 짖어대고 바람도 짖는다.

바람이 개가 아닌가? 바람은 낑낑거리고 멍멍거리며 울부짖는다. 아! 아! 탄식하고 웃고 그르렁거리며 헐떡거리고 있구나. 한밤중이!

맑은 정신으로 말하지 않는가. 이 취한 여류 시인이! 자신의 취기를 너무 마셔버린 걸까? 의식이 아주 또렷한 걸까? 되새김질하는 걸까?

꿈속에서 자신의 고통을 되새김질하는 것이다. 이 늙고 깊은 한밤중은. 더구나 자신의 쾌락도 되새김질하는 것이다. 다시 말해 쾌락은, 이미 고통이 깊어졌다 해도, 쾌락은 마음의 고통보다 더 깊은 것이다.

9

그대 포도나무여! 그대는 왜 나를 칭송하는가? 내가 그대를 베어내지 않았던가! 나는 잔인하고, 그대는 피 흘린다. 무엇 때문에 그대는 나의 취한 잔인함을 칭송하는가?

그대는 말한다. "완전해진 것, 무르익은 모든 것은 죽기를 바란다." 축복이 있으라, 포도를 따는 칼은 축복이 있으라! 하지만 덜 익은 모든 것은 살기를 바라니! 슬프도다!

고통은 말한다. "사라져라! 가거라, 그대 고통이여!" 고통받는 모든 것은 살기를 바란다. 익고 즐거워하고 그리워하기 위해.

보다 멀리 떨어져 있는 것, 보다 높은 것, 보다 밝은 것을 그리워하기 위해. 고통받는 것은 모두 이렇게 말한다. "나는 상속자를 바란다. 아이들을 바라지, 나를 바라지는 않는다."

하지만 쾌락은 상속자도 아이들도 바라지 않는다. 쾌락은 자기 자신을, 영원을, 회귀를 바라며, 모든 것이 서로 같기를 바란다.

고통은 말한다. 찢어져 피를 흘려라, 마음이여! 거닐어라. 다리여! 날개여, 날아라! 저쪽으로! 위쪽으로! 고통이여!" 자! 어서! 오, 나의 늙은 마음이여! 고통은 "사라져라!"라고 말한다.

10

그대들 보다 높은 인간들이여, 그대들 생각은 어떠한가? 나는 예언자인가? 꿈꾸는 자인가? 취한 자인가? 꿈을 해석하는 자인가? 한밤중의 종인가?

한 방울의 이슬인가? 영원의 안개이자 향기인가? 그대들에게는 들리지 않는가? 그대들은 냄새를 맡지 못하는가? 방금 나의 세계가 완전해졌다. 한밤중은 한낮이기도 하다.

고통이 쾌락이기도 하고, 저주가 축복이기도 하며, 밤이 낮이기도 하다. 가든지 아니면 배우라. 현자가 바보이기도 하다는 것을.

그대들이 일찍이 쾌락에 대해 그렇다고 말한 적이 있는가? 오, 나의 벗들이여. 오, 나의 벗들이여. 그랬다면 모든 고통에 대해서도 그렇다고 말한 셈이 된다. 모든 사물은 사슬로 이어져 있고, 실로 꿰어져 있고, 반해 있다.

그대들이 일찍이 어떤 한 순간을 향해 또 한 번 하고 바란 적이 있다면, 그대들이 일찍이 "그대는 내 마음에 든다. 행복이여! 찰나여! 순간이여!"라고 말한 적이 있다면, 그대들은 모든 것이 되돌아오기를 바란 것이다.

모든 것을 새로 시작하고, 모든 것이 영원하며, 모든 것이 사슬로 이어져 있고, 실로 꿰어져 있고, 반해 있다면 그대들은 세계를 사랑한 것이다.

그대들 영원한 자들이여, 이러한 세계를 영원히 언제까지나 사랑하라. 그리고 고통에 대해 "사라져라, 하지만 되돌아오라!"라고 말하라. 모든 쾌락은 영원을 바라기 때문이다!

11

모든 쾌락은 모든 사물의 영원함을 바라고, 꿀이며 찌꺼기며 취한 한밤중을 바라고, 무덤의 눈물 어린 위안과 황금빛 저녁놀을 바란다.

쾌락이 무엇인들 원하지 않겠는가? 쾌락은 모든 고통보다 더 목마르고, 더 진실하며, 더 굶주리고, 더 섬뜩하며, 더 은밀하다. 쾌락은 자기 자신을 원하고, 자기 자신을 물어뜯으며, 그 속에서 둥근 고리의 의지가 몸부림친다.

쾌락은 사랑을 원하고, 쾌락은 미움을 원하며, 쾌락은 넘치게 풍요롭고, 베풀고 내던지며, 누군가 자신을 받아들이도록 애걸하고, 받아들이는 자에게 고마워한다. 쾌락은 기꺼이 미움

받기를 원한다.

　쾌락은 그토록 풍요로워 고통을, 지옥을, 미움을, 치욕을, 장애를, 세계를 갈망한다. 오, 그대들은 그러지 않아도 이 세계를 잘 알고 있기 때문이다!

　그대들 보다 높은 인간들이여, 제어하기 어려운 복된 쾌락이 그대들을 그리워한다. 그대들의 고통을, 그대들 실패한 자들이여! 영원한 모든 쾌락은 실패한 자들을 그리워한다.

　모든 쾌락이 자기 자신을 원하기 때문이다. 그래서 쾌락은 마음의 고통도 원한다! 오, 행복이여. 오, 고통이여! 오, 찢어져라, 가슴이여! 그대들 보다 높은 인간들이여, 쾌락은 영원을 원한다는 것을 부디 배우도록 하라.

　쾌락은 만물의 영원을 바라고, 깊디깊은 영원을 바란다!

12

　그대들은 이제 내 노래를 배웠는가? 그것이 무얼 원하는지 알아맞혔는가? 자! 어서! 그대들 보다 높은 인간들이여, 그럼 이제 나의 돌림노래를 불러보자!

　이제 직접 이 노래를 불러보라. 노래 제목은 "또 한 번"이고 그 뜻은 "모든 영원 속으로!"다. 그대들 보다 높은 인간들이여, 차라투스트라의 돌림노래를 불러보라!

　　오, 인간이여, 조심하라!
　　깊은 한밤중은 무슨 말을 하는가?
　　"나는 잠들어 있었다. 잠들어 있었다.
　　깊은 꿈에서 깨어났다.
　　세계는 깊다.

낮이 생각한 것보다 더 깊다.
세계의 고통은 깊다.
쾌락은 마음의 고통보다 더 깊다.
고통은 말한다. '사라져버려라!'
하지만 모든 쾌락은 영원을 원한다.
깊고 깊은 영원을!'

조짐

그런데 이러한 밤이 가고 아침이 오자, 차라투스트라는 잠자리에서 벌떡 일어나 허리띠를 매고는, 어둑어둑한 산에서 솟아오르는 아침 해처럼 이글거리며 힘차게 동굴 바깥으로 나왔다.

그는 예전에 그랬던 것처럼 말했다. "그대 위대한 별이여, 그대 깊은 행복의 눈이여, 그대의 빛이 밝혀 줄 존재가 없다면, 그대의 모든 행복이 무슨 소용이랴!

그대가 이미 깨어나 베풀어주고 나누어주고 있는데도, 그것이 계속 자기 방에 있다면, 그대의 자부심에 찬 수치심은 얼마나 분노하겠는가!

자! 내가 깨어 있는데도 그들, 보다 높은 이 인간들은 아직 잠자고 있다. 그들은 나의 진정한 길벗이 아니다! 내가 여기 나의 산에서 그들을 기다리는 것은 아니다.

나는 나의 일로, 나의 낮으로 가고자 한다. 하지만 그들은 내 아침의 조짐이 무슨 뜻인지 아직 이해하지 못하고 있다. 나의 발소리는 그들을 깨우는 기상 신호가 되지 못한다.

그들은 아직 나의 동굴에 잠들어 있고, 그들의 꿈은 아직 나의 취한 노래를 마시고 있다. 이들의 사지에는 나의 말을 경청하는 귀, 순종하는 귀가 없다.

해가 떠오르자 차라투스트라는 마음속으로 이렇게 말했다. 그러고는 의아한 듯이 하늘 높이 쳐다보았다. 머리 위에서 그의 독수리가 날카롭게 외치는 소리가 들렸기 때문이다. 그는 위쪽을 향해 외쳤다. "자! 마음에 들어, 마땅히 그래야지. 내가 깨니까 나의 짐승들도 깨어나는구나.

나의 독수리는 깨어나, 나처럼 태양을 경배한다. 독수리는 자신의 발톱으로 새로운 빛을 붙잡는다. 그대들은 나의 참된 짐승이므로 나는 그대들을 사랑한다.

하지만 아직 나에게는 참된 인간들이 없구나!"

차라투스트라가 이렇게 말하자, 이런 일이 일어났다. 갑자기 무수한 새 떼와 같은 것이 몰려와 날개를 퍼덕이는 소리가 들려왔다. 수많은 날개를 퍼덕거리는 소리와 그의 머리 주위로 몰려드는 소리가 너무 커서 그는 두 눈을 감아버렸다. 정말이지 그 소리는 구름처럼 그의 머리 위로 떨어졌다. 새로운 적의 머리 위로 쏟아지는 화살의 구름 같았다. 하지만 보라, 이번에는 새로운 벗의 머리 위로 몰려드는 사랑의 구름이었다.

"이게 무슨 일인가?" 차라투스트라는 깜짝 놀라며, 동굴 입구의 커다란 바위에 천천히 앉았다. 그런데 두 손을 자기 주위로, 자기 위로, 자기 아래로 뻗으며 귀여운 새들을 물리치고 있을 때, 그때 그에게 보다 이상한 일이 일어났다. 그는 자기도 모르는 사이에 무성하고 따뜻한 털 뭉치 속으로 손을 집어넣었다. 그런데 그와 동시에 그의 앞에서 포효하는 소리가 울려 퍼졌다. 부드럽고 기다란 사자의 울부짖는 소리가.

"조짐이 오고 있다." 이렇게 말하는 차라투스트라의 마음에 변화가 일어났다. 그리고 정말이지 그의 눈앞이 환하게 되었을 때, 그의 발치에는 노랗고 힘센 짐승이 엎드려 있었다. 그 짐승은 머리를 그의 무릎에 바싹 붙이고, 사랑에 넘쳐 그에게서 떨어지지 않으려고 했다. 마치 옛 주인을 만난 개처럼 굴었다. 하지만 비둘기들도 사랑의 열성에는 사자 못지않았다. 한 비둘기가 사자의 코끝을 휙 스쳐 지나갈 때마다 사자는 머리를 흔들어대고, 의아한 표정을 지으며 웃어댔다.

이 모든 일을 보고 차라투스트라는 단 한마디만 말했다. "나의 아이들이 가까이 오고 있다. 나의 아이들이." 그러고 나서 그는 완전히 말문을 닫았다. 하지만 그의 마음은 풀렸고, 그의 두 눈에서는 눈물이 방울져 그의 두 손에 떨어졌다. 그는 어떤 것도 더 이상 주의하지 않고, 짐승들도 물리치지 않으며 꼼짝 않고 거기에 앉아 있었다. 그러자 비둘기들이 이리저리 날아다녔고, 그의 어깨에 앉거나 그의 흰머리를 어루만지며, 지치지도 않고 애정과 기쁨을 표시했다. 힘센 사자는 계속 차라투스트라의 두 손으로 떨어지는 눈물을 핥았고, 수줍어하며 울부짖고 으르렁댔다. 짐승들은 이렇게 행동했다.

이 모든 일은 한참 동안 지속되었다. 아니면 잠시 동안이었을지도 모른다. 엄밀히 말해 대지에는 이러한 일을 잴 시간이 없기 때문이다. 하지만 그러는 사이에 차라투스트라의 동굴에는 보다 높은 인간들이 깨어나 나란히 줄지어 정렬해 있었다. 차라투스트라에게 가서 그에게 아침 인사를 하기 위해서였다. 잠에서 깨어나 보니 그가 더 이상 그들 사이에 없는 것을 알았기 때문이다. 그러나 그들이 동굴의 문에 다다르고, 발소리가 그들보다 먼저 달려 나가자, 사자는 깜짝 놀라 멈칫했다. 사자는 별안간 차라투스트라에게서 등을 돌리고 사납게 으르렁거리며 동굴을 향해 달려들었다. 하지만 보다 높은 인간들은 사자가 으르렁거리는 소리를 듣자 이구동성으로 비명을 질렀고, 뒤로 달아나 순식간에 사라져버렸다.

멍하고 낯선 기분에 빠져 있던 차라투스트라 자신은 자리에서 일어나 주위를 둘러보았다. 그는 놀란 표정으로 그 자리에 서서 마음속으로 묻고 곰곰 생각해 보았다. 그는 혼자였다. "무슨 소리가 들렸던가?" 그는 마침내 천천히 말했다. "방금 나에게 무슨 일이 일어났단 말인가?"

그리고 이미 그의 기억이 되살아났다. 그는 어제와 오늘 사이에 일어난 모든 일을 한꺼번에 떠올렸다. "여기가 바로 그 바위구나." 이렇게 말하며 그는 자신의 수염을 어루만졌다. "나는 어제 아침 이 바위에 앉아 있었지. 예언자가 여기 나에게로 걸어왔어. 그리고 여기서 처음으로 내가 방금 들은 외침을 들었다. 도움을 청하는 커다란 외침을.

오, 그대들 보다 높은 인간들이여, 저 늙은 예언자가 어제 아침 나에게 예언한 것은 그대들의 곤경에 관해서였다."

그는 그대들의 곤경으로 나를 유혹해 시험하고자 했다. 그가 나에게 말했다. '오, 차라투스트라여, 나는 그대가 그대의 마지막 죄를 짓도록 유혹하려고 왔다.'

나의 마지막 죄라니?" 차라투스트라는 이렇게 외치고, 분노해서 자신의 말을 비웃지 않았던가. "나의 마지막 죄로 남은 것이 무엇이었던가?"

그리고 나서 차라투스트라는 또 한 번 자기 속으로 침잠했고, 다시 커다란 바위에 앉아 곰곰 생각해 보았다.

"동정이다! 보다 높은 인간들에 대한 동정이다!" 그는 이렇게 고함쳤고, 그의 얼굴은 청동 빛으로 변했다. "자! 그것도 이제 끝이다!

나의 고통과 동정, 그게 무슨 소용이란 말인가! 내가 행복을 얻으려 애쓴단 말인가? 나는 나의 일을 위해 애쓰고 있지 않은가!

자! 사자가 왔다. 나의 아이들이 가까이 오고 있다. 차라투스트라는 무르익었다. 나의 때가 왔다.

이것이 나의 아침이다. 나의 낮이 시작된다. 솟아라. 위로 솟아라, 그대 위대한 정오여!"

차라투스트라는 이렇게 말하고는, 어둑어둑한 산에서 솟아오르는 아침 해처럼 이글거리며 힘차게 자신의 동굴을 떠났다.

작가 연보

1844년　작센 주 뤼첸 근처 뢰켄 마을에서 목사의 아들로 태어남. 어머니 프란티스카 욀러도 목사의 딸이었음.
1849년　아버지 카를 루트비히 니체 뇌연화증으로 사망함.
1850년　가족이 나움부르크로 이사함.
1853년　성홍열을 앓음. 시를 짓고 작곡을 시작함. 할머니 사망.
1858~64년　나움부르크 근교 슐포르타 김나지움에 다님. 자서전을 쓰기 시작함.
1861년　「트리스탄」의 피아노 발췌곡이 발표되어 바그너를 알게 된 무렵부터 셰익스피어, 괴테, 횔덜린 등의 작품을 즐겨 읽음.
1864년　본 대학에 입학하여 신학과 고전어문학을 공부함.
1865년　리츨 교수를 따라 라이프치히 대학으로 옮겨 공부를 계속함. 처음으로 쇼펜하우어의 주저 『의지와 표상으로서의 세계』를 읽고 커다란 감명을 받음.
1866년　에르빈 로데와 교제를 시작함. 디오니게네스 라에르티오스에 관한 연구로 라이프치히 대학에서 주는 상을 받음.
1867~68년　포병으로 근무하며 승마와 포 쏘는 법을 배움.
1868년　동양학자인 브로크하우스 집에서 리하르트 바그너와 개인적으로 처음 알게 됨.
1869년　리츨 교수의 추천으로 고전어와 고전문학 원외교수로 바젤 대학에 초빙됨.
　　　　루체른 근교 트립셴의 바그너 집을 처음 방문함.
　　　　바젤 대학에서 「호메로스와 고전어문학」에 관해서 취임 강연을 함.
　　　　야코프 부르크하르트와의 친교가 시작됨.
1869~71년　『음악의 정신으로부터 비극의 탄생』 집필.(1872년 1월 출판)
1870년　정교수가 됨.
　　　　독불전쟁에 지원하여 간호병으로 종군, 이질과 디프테리아에 걸림.

	바젤로 돌아옴. 신학자 프란츠 오버베크와 교제가 시작됨.
1872년	바젤에서「교육제도의 미래」강연.(유고로 처음 출간됨)
	바그너가 트립셴을 떠남.
	바이로이트의 축제극장 기공식. 바이로이트에서 바그너와 만남.
1873년	제1권『반시대적 고찰: 다비드 슈트라우스 고백자이며 저술가』.
	제2권『반시대적 고찰: 역사의 장단점에 관해서』. (1874년에 출간)
	단편『그리스 비극 시대의 철학』. (유고로 처음 출간됨)
1874년	제3권『반시대적 고찰: 교육자로서의 쇼펜하우어』.
1875~76년	제4권『반시대적 고찰: 바이로이트의 리하르트 바그너』.
1875년	음악가 페터 가스트(본명 하인리히 쾨제리츠)와 처음으로 알게 됨.
1876년	최초의 바이로이트 축제극에 갔지만 바그너 숭배 분위기를 견디지 못하고 도중에 그곳을 떠남.
	심리학자 파울 레와 친교가 시작됨. 병이 심각해짐.
	바젤 대학으로부터 병가를 얻음. 레 및 말비다 폰 마이젠부크와 함께 소렌토에서 겨울을 보냄.
	소렌토에서 바그너와 마지막으로 함께함.
1876~78년	『인간적인, 너무나 인간적인』제1부를 읽은 바그너, 니체와 결별함.
1878년	바그너가 마지막으로「파르시팔」을 니체에게 보냄.
	『인간적인, 너무나 인간적인』을 증정하며 바그너에게 마지막으로 편지를 보냄.
1879년	병이 심해져 바젤 대학 교수직 사임함.
1880년	『방랑자와 그의 그림자』,『인간적인, 너무나 인간적인』제2부.
	페터 가스터와 휴양하며 처음으로 베네치아에 머묾.
	제네바에서 첫겨울을 보냄.
1880~81년	『아침놀』집필.
1881년	여름에 질스마리아에서 산책을 하다가 영원회귀 사상을 구상함.
	제네바에서 처음으로 비제의「카르멘」을 들음.
1882년	『즐거운 학문』집필함.
	시칠리아 여행.
	로마에서 루 살로메와 교제, 이후 두 차례 청혼하지만 거절당함.
	라괄로에서 겨울을 보냄.

1883년	라팔로에서 『차라투스트라는 이렇게 말했다』 제1부 출간함.
	니스에서 첫겨울 보냄.
1884년	니스에서 『차라투스트라는 이렇게 말했다』 제3부 출간함.
	하인리히 폰 슈타인이 질스마리아로 니체를 방문함.
1884~85년	망톤과 니스에서 『차라투스트라는 이렇게 말했다』 제4부 집필함.
	『선악의 저편』 집필함.
1885년	『차라투스트라는 이렇게 말했다』 제4부 자비로 출판. 질스마리아에서 여름을 보내며 『힘에의 의지』 구상.
1886년	라이프치히에서 에르빈 로데와 마지막으로 만남.
	『선악의 저편』 자비로 출판함.
1887년	건강이 악화된 상태에서 6월에 살로메의 결혼 소식을 듣고 우울증에 빠짐.
	『도덕의 계보학』 출간함.
	에르빈 로데에게 마지막 편지를 보냄.
1888년	『힘에의 의지』 집필함.
	처음으로 투린에 머묾.
	게오르크 브란데스가 코펜하겐 대학에서 「독일의 철학자 프리드리히 니체에 관해서」 강의함.
	『바그너의 경우』, 『디오니소스 찬가』를 완성함.
	『우상의 황혼』 집필함.
	『반그리스도』, 『기독교 비판의 시도』, 『바그너의 경우』 출간함.
	『이 사람을 보라』, 『니체 대 바그너』 집필함.
1889년	투린의 카를로 알베르트 광장에서 채찍에 맞는 말을 보고 눈물을 흘리며 감싸 안다가 발작을 일으킴. 친구 오버베크가 바젤로 데려가 정신병원에 입원시킴.
	『우상의 황혼』, 『니체 대 바그너』, 『이 사람을 보라』 출간함.
1890년	어머니가 니체를 나움베르크로 내려가서 돌봄.
1894년	여동생이 니체 전집을 편찬하기 위해 니체 문서보관소를 설립함.
1897년	부활절에 어머니 사망. 누이동생이 바이마르로 데려감.
1900년	바이마르에서 사망함. 고향 뢰켄에 안장됨.

옮긴이 주

1) 기원전 6세기 고대 페르시아에서 생겨난 태양 숭배 종교인 조로아스터(Zoroaster)교의 교조 조로아스터의 독일어 이름이다. 그러나 선과 악, 신과 악마라는 이원론을 주창한 조로아스터와는 달리 차라투스트라는 일원론을 주창했다. 즉 니체가 스승인 쇼펜하우어와 바그너를 극복했듯이 차라투스트라는 조로아스터를 자기 극복해 새롭게 변화한 존재다.
2) 독수리는 긍지, 뱀은 지혜를 상징한다.
3) 독일어 'Untergang'에는 '하강, 내려감' 이외에 '몰락'이라는 뜻도 있는데, 여기서는 두 가지 의미를 다 내포하고 있다.
4) 세상을 등진 소박한 기독교도를 의미함.
5) 신의 죽음은 진선미를 판단하게 해주는 절대적 가치 기준이 무너졌음을 의미하고, 이 세계를 무시하는 기준이 되는 저 세계가 존재하지 않음을 선포한 것이다. 니체는 죽은 신의 그림자도 정복해야 한다고 말한다. 신은 죽었지만 인간의 마음속에 죽지 않고 살아 있는 신앙은 숭배할 대상을 계속 찾기 때문이다. 『즐거운 학문』에서 신의 죽음이 선포되고, 영원회귀가 언급되며, 마지막에 가서 차라투스트라가 하산하는 내용이 담겨 있다.
6) 초인(위버멘쉬, Übermensch)은 '건너가는 자, 넘어가는 자'의 의미를 지니고 있다. 니체의 핵심 사상인 자기 극복, 영원회귀, 힘에의 의지, 초인은 서로 긴밀히 얽혀 있다. 스스로 주체적인 입장에서 새로운 가치를 창조해 나갔지만 조금씩 바뀐 모습으로 힘차게 자꾸 되돌아오는, 자유정신을 가진 인간이 바로 초인이다. 니체는 괴테에게서 그런 인물 유형을 보았다. 니체의 저서에 모순되는 말이 많은 것은 이처럼 이전의 자신을 부정하여 자꾸 자기 극복을 하기 때문이다. 결국 그는 계속 다른 사람이 되어갔지만, 결국 조금씩 변한 같은 사람이라 할 수 있다. 하지만 이러한 생각은 인종 차별주의자였던 그의 여동생 엘리자베스가 다르게 해석하여, 히틀러에 의해 왜곡됨으로써 불행의 씨앗이 되었다. 니체는 결코 인종주의자, 반유태주의자, 국가주의자가 아니다.

7) 'Erde'라는 독일어에는 '땅, 대지, 지상, 지구'라는 여러 가지 뜻이 있음.
8) 이들은 모든 것을 다 귀찮아하고, 모든 것은 쓸데없으며 부질없다고 말하는 허무주의자들이다. 최후의 인간은 모든 진리와 도덕의 기준을 저 세계에 두고, 저 세계의 시각에서 이 세계를 비난하고, 그러다가 저 세계 자체를 의심하기 시작하며, 마지막으로 가치 평가 자체를 무의미하게 보고 포기하게 된다.
9) 「마태복음」 4장 19절, "나를 따라오너라. 내가 너희로 하여금 사람 낚는 어부가 되게 하리라."는 구절에서.
10) 줄 타는 죽은 광대를 말함.
11) 하느님께서 모세에게 십계명을 기록하여 준 석판을 말함.
12) 니체에게 이러한 친구이자 진정한 선구자는 스피노자였다. 그는 『에티카』에서 세계에 대한 목적론적 해석이 세계의 도덕화를 초래한다고 지적했다.
13) 「마태복음」 12장 28절 "수고하고 무거운 짐진 자들아, 다 내게로 오라, 내가 너희를 쉬게 하리라." 성서에서는 고통 속에서 번민하며 살아가는 인간을 무거운 짐을 지고 사막을 건너는 낙타의 신세로 본다.
14) 여기서 잠이란 가치 판단을 기피하거나 포기하고 기존의 도덕률에 무비판적으로 빠져 있는 것을 말한다. 깊은 잠에 빠지지 말라는 표현은 비유적인 표현이므로 진짜 밤에 잠을 자지 말라는 말은 아니다. 이런 것을 액면 그대로 받아들임으로써 니체를 오해하고 왜곡하게 된다.
15) 니체는 신이 인간을 만든 게 아니라 인간이 신을 만들었다고 말한다. 니체가 파시스트를 만든 것이 아니라 파시스트가 왜곡된 니체의 상을 만들어낸 것이다.
16) 서구의 철학자들이나 기독교의 성직자, 프로테스탄트들은 인간을 영혼(정신)과 몸으로 나누어 영혼을 받들고 몸을 무시해 왔다. 반면 불교에서는 몸을 생리학적 입장에서 대하고 몸의 선악에 대해 말하지 않는다.
17) 니체는 정신과 몸을 통합하는 제3의 신체를 자아와 구별하여 자기(Selbst)라고 칭하고 있다.
18) 예수는 천국을 신앙이 아니라 실천을 통해 이 세상에서 찾으라고 했다. 그러므로 니체가 보기에 예수야말로 유일한 기독교인이라 할 수 있다.
19) 'Geist'라는 독일어에는 '정신', '영', '정령', '유령'이라는 뜻이 있다. 중력의 영은 새털처럼 가벼워지려는 몸을 무겁게 짓누르는 것으로, 제도와 관

습, 법규와 도덕을 말한다. 이것은 프로이트에게는 초자아에 해당한다. 밀란 쿤데라는 『참을 수 없는 존재의 가벼움』에서 이러한 중력의 영을 떨쳐 버리고자 한다.
20) 니체가 말하는 전쟁이란 총 들고 싸우는 전쟁이 아니라, 여러 다양한 가치들을 창조하고 그러기 위한 치열한 경쟁을 뜻한다. 그러므로 니체를 전쟁광으로 이해하는 것은 잘못이다.
21) 니체는 히틀러적인 국가 지상주의에 반대한다.
22) 「마태복음」 8장 30~32절 참조.
23) 고대 페르시아의 배화교를 창시한 조로아스터의 독일어 이름이 차라투스트라다.
24) 유대 민족을 가리킴.
25) 고대 게르만 민족을 가리킴.
26) 초인의 사상을 말함.
27) 쇼펜하우어는 『의지와 표상으로서의 세계』에서 시간, 공간 및 인과율의 저 너머에 있는 세계에서 도덕과 윤리의 기준을 가져와야 한다고 주장한다. 하지만 그의 제자인 니체는 이를 부정하고 보편적이고 초월적인 도덕이 있는 게 아니라 그것이 시대, 민족, 문화에 따라 다르고 선악에 대한 수많은 판단 기준이 있다고 주장한다.
28) 그리스 신화에서 법과 정의의 여신인 테미스는 눈을 가리고 다닌다.
29) 바리새인을 말함.
30) 초인 사상을 말함.
31) 종교적 구원을 설교한 그리스도를 가리킨다.
32) 그리스의 영웅이 죽으면 간다는 낙원임.
33) 니체는 이 장에서 동정하는 자에 대해 부정적으로 말하지만, 정작 자신은 1889년 1월 투린에서 마부에게서 채찍을 맞는 말에 연민을 느끼고 도와주려다 쓰러진 이후 정신이상이 되었다.
34) 최고의 천국을 상징함.
35) '정의로운(gerecht)'이라는 말과 '복수 당한(gerächt)'이라는 말의 독일어 발음이 비슷해 운을 맞추고 있다.
36) 니체가 말하는 천민이란 신분적 의미에서의 천민이 아니라 스스로 가치 창조를 못하는 인간, 즉 권력, 명예, 돈, 쾌락을 좇는 노예가 된 현대인을 말한

다. 따라서 강한 자나 높은 자는 스스로 사물과 행동에 가치를 부여할 줄 아는 인간을 말하는 것이지 신분상의 귀족이나 단순히 물리적으로 힘이 센 자를 말하는 것이 아니다.
37) 이탈리아의 타란토에 분포해 사는 독거미로, 여기서는 다양성을 인정하지 않고 모든 것은 동일하다는 평등에 대한 의지를 말한다. 타란툴라의 정의는 신 앞에 영혼의 평등, 법 앞에 만인의 평등이다.
38) 사랑의 신 큐피드를 말한다.
39) 형이상학자들을 말함.
40) 신이 죽었는데도 신에 대한 미련을 버리지 못하는 신학자를 말함.
41) 한 가지 문제만 알고 다른 것은 모르는 현대의 전문가들을 말함.
42) 니체는 1878년 5월 바젤 대학에 사직서를 제출한 이후, 병을 치유하기 위해 1879년 3월부터 9월까지 바젤, 제네바, 취리히, 라이프니츠, 나움부르크 등으로 열여섯 번이나 거주지를 바꾸며 방랑 생활을 했다.
43) 아이들의 주사위 놀이에서는 같은 행위가 반복되고 생성이 반복되지만, 차이와 다양성을 지니며 새롭게 그것이 되풀이된다.
44) 키드론 계곡을 경계로 서쪽으로 옛 예루살렘과 이웃하고 있는 산으로, 유대교와 그리스도교의 성지로 알려져 있다. 성서에서는 「사무엘 하」 15장 '감람산 비탈'에서 처음 언급되며, 세상의 종말을 예언하는 대목에서도 나온다. 올리브 산이라고도 하는 감람산은 예수가 생애의 마지막 주 첫날 예루살렘으로 들어갈 때 거쳐 간 길목으로, 예루살렘의 묵시적 멸망을 예언한 곳이고, 예수가 승천한 곳으로도 손꼽힌다.
45) 난로를 의미하며, 비유적으로는 기독교적 도덕을 뜻한다.
46) 왕 주위의 권력자들을 말함.
47) 1509년에 에라스무스가 쓴 종교비판서의 이름. 이 책은 우매한 여신의 자기 예찬을 빌어 종교 개혁 시대의 왕후, 귀족, 사제, 교황, 나아가서는 인간 전체에 대한 통렬한 비판과 풍자를 인문주의적 입장에서 시도하였다. 소박한 양심의 부활과 자연스럽고 자유로운 인간상의 회복을 꾀한 것으로 르네상스 정신의 선구가 되었다.
48) '이-아'는 'yes'를 의미하는 독일어 'ja(야)'와 발음이 비슷하다. 나귀는 낙타처럼 무엇에든 굴종하는 존재다.
49) 이성과 파괴의 망치를 든 그리스의 철학자 헤라클레이토스(BC 535~475)의

말. '같은 강에 두 번 발을 담글 수 없다.'는 그의 말은 강물과 인간은 항상 변하면서도 동일성이 유지된다는 뜻이다. 반면에 아낙시만드로스(BC 610~456)는 사물은 시간의 질서에 따라 자신의 불의에 대해 속죄하므로, 자신이 생성된 곳으로 소멸한다고 말한다.

50) 엉덩이라는 뜻의 'Hinter'에는 '뒤의, 배후의'라는 뜻도 있는데, 이는 '저편의 세계를 믿는 자들(Hinterweltler)'을 조롱하기 위한 표현이다.
51) 역청(Pech)에는 '곤경, 궁지, 불운'이란 뜻도 있다.
52) 하자르(Hazar)는 고대 페르시아어로 천(千)을 뜻함.
53) 「마태복음」 11장 21절 참조. "저희가 벌써 베옷을 입고 재에 앉아 회개하였으리라."
54) 아폴론의 신탁을 전한 여자 예언가.
55) 과학적으로 증명되지 않은 것은 아무것도 믿지 않는 과학자를 말함.
56) 늙은 마술사는 니체가 애증을 품은 바그너를 말함.
57) 신은 자신이 만든 인간의 더없이 추한 모습을 보고 동정심 때문에 죽을 수밖에 없었다.
58) 독일식으로 또렷하게(deutsch und deutlich).
59) 독일식으로 투박하게(deutsch und derb).
60) 그리스 신화에서 지옥문을 지키는 머리가 셋 달린 개 케르베로스로, 여기서는 창조적 정신으로 대지의 대변자가 되려는 자를 말한다.
61) 사막의 딸들은 유곽의 여자들을 의미한다.
62) 두두와 줄라이카는 니체가 쾰른의 유곽에서 만나게 된 소녀들이다.